EDGAR WALLACE

Der schwarze Abt
Die seltsame Gräfin
Die toten Augen von London

Buch

Der schwarze Abt

In den Gewölben der verfallenen Abtei Fossaway geht ein Gespenst um: der schwarze Abt. Als sich Lord Chelford auf die Suche nach einem alten Goldschatz in der Abtei macht, wird er tatsächlich fündig. Aber neben dem Gold liegt ein Toter: ein Mann in einer schwarzen Kutte. Er wurde ermordet …

Die seltsame Gräfin

Die junge Lois wird Privatsekretärin der Gräfin von Moron. Merkwürdige Dinge geschehen in dem vornehmen Londoner Haus. Erst stürzt ein Balkon ein, dann benimmt sich der Butler Braime verdächtig. Und schließlich entdeckt Lois ein rätselhaftes feines Drahtgeflecht an der Tür eines Bücherschranks. Kurze Zeit später wird die Bibliothek zum Schauplatz des Grauens …

Die toten Augen von London

Ein sonderbares Testament: Der reiche Kanadier Gordon Stuart hatte es mit Tintenstift auf sein Hemd geschrieben! Als Inspektor Larry Holt von Scotland Yard in der Hand des Toten einen zerbrochenen Manschettenknopf findet, deuten alle Zeichen auf Mord …

Autor

Geboren wurde Edgar Wallace 1875 als unehelicher Sohn eines Schauspielers. Er wuchs in armen Verhältnissen auf, blieb ohne Schulabschluss und hielt sich mit Gelegenheitsjobs wie Milchhändler, Maurergehilfe oder Zeitungsverkäufer über Wasser. Schließlich begann er kleine Artikel für die Zeitung zu schreiben. Mit Erfolg: Er arbeitete sich hoch bis zum Chefredakteur. Später lebte er als freier Schriftsteller und schrieb Sachbücher, Lyrik und Theaterstücke, 1904 schließlich seinen ersten Krimi (»Die vier Gerechten«) – das Debüt einer beispiellosen Karriere. Edgar Wallace verfasste 175 Romane, 24 Theaterstücke, eine große Anzahl von Kurzgeschichten, Essays, Zeitungs- und Zeitschriftenartikeln und Drehbüchern. Die Filme, die nach seinen Vorlagen gedreht wurden, sind kaum zu zählen. Edgar Wallace verstarb hoch verschuldet 1932 in Hollywood.

Von Edgar Wallace außerdem bei Goldmann lieferbar:

Der Hexer. Roman (5292) · Der Zinker. Roman (5372) · Der Frosch mit der Maske/Das Gasthaus an der Themse/Der grüne Bogenschütze. Drei Romane in einem Band (5538/55503) · Der Hexer/Die blaue Hand/Das Geheimnis der gelben Narzissen. Drei Romane in einem Band (55502) · Die gelbe Schlange/Der Engel des Schreckens/Bei den 3 Eichen. Drei Romane in einem Band (55505) · Die Tür mit den sieben Schlössern/Die Bande des Schreckens/Der Doppelgänger. Drei Romane in einem Band (55506) · Das geheimnisvolle Haus/Der Safe mit dem Rätselschloß/Die Abenteuerin. Drei Romane in einem Band (55507) · Der unheimliche Mönch/Die gebogene Kerze/Die drei Gerechten. Drei Romane in einem Band (55508) · Die Gräfin von Ascot/Das Geheimnis der Stecknadel/Der viereckige Smaragd. Drei Romane in einem Band (55509) · Das indische Tuch/Geheimagent Nr. 6/Der Diamantenfluß. Drei Romane in einem Band (55510)

EDGAR WALLACE

DER SCHWARZE ABT

DIE SELTSAME GRÄFIN

DIE TOTEN AUGEN VON LONDON

Drei Romane in einem Band

PORTOBELLO

Die Originalausgabe von »Der schwarze Abt« erschien unter dem Titel »The black Abbot«, die Originalausgabe von »Die seltsame Gräfin« erschien unter dem Titel »The strange Countess« und die Originalausgabe von »Die toten Augen von London« erschien unter dem Titel »The dark Eyes of London«.

Umwelthinweis:
Alle bedruckten Materialien dieses Taschenbuchs sind chlorfrei und umweltschonend.

Portobello Taschenbücher erscheinen im Goldmann Verlag, einem Unternehmen der Verlagsgruppe Random House GmbH.

Einmalige Sonderausgabe Februar 2007

Umschlaggestaltung: Design Team München
Umschlagillustration: Hanka Steidle
Druck: GGP Media GmbH, Pößneck
KC · Herstellung: we
Printed in Germany
ISBN 978-3-442-55504-8
www.portobello-verlag.de

10 9 8 7 6 5 4 3 2 1

EDGAR WALLACE

DER SCHWARZE ABT

Roman

Aus dem Englischen
von Gregor Müller

I

»Thomas!«

»Mylord?«

Der Diener – in schwarzer Livree, mit wenig einnehmendem Gesicht – wartete, während der blasse Mann hinter dem Schreibtisch ein Häufchen Papiergeld sortierte. Den abgenutzten Stahlkasten, dem er es entnommen hatte, füllte bis zum Rand ein hoffnungsloses Durcheinander von Banknoten und Kupons.

»Thomas!« erklang es von neuem.

»Mylord?«

»Stecken Sie das Geld in jenes Kuvert – nicht das, Sie Dummkopf! Das graue! Ist es adressiert?«

»Jawohl, Mylord.«

»Kleben Sie es zu, lassen Sie es einschreiben! Wo ist Mr. Richard? In seinem Arbeitszimmer?«

»Nein, Mylord. Er ging vor einer Stunde fort.«

Harry Alford, der achtzehnte Graf von Chelford, seufzte. Er war Anfang Dreißig, hatte das weiche, blasse Gesicht des geistig Arbeitenden und pechschwarzes Haar, das die Blässe noch unterstrich. Die Bibliothek, in der er arbeitete, war ein hoher Raum, den auf drei Seiten eine Galerie umlief, zu der eine Wendeltreppe hinaufführte. Von der Decke bis zum Fußboden bedeckten Bücherregale die Wände, ausgenommen über dem mächtigen Kamin. Dort hing in Lebensgröße das Bild einer wunderschönen Frau. Niemand, der Seine Gnaden sah, konnte auch nur einen Augenblick bezweifeln, daß es das Porträt seiner Mutter war. Die gleichen feinen Gesichtszüge, dunklen Augen, das gleiche schwarze Haar. Lady Chelford war sehr bekannt gewesen, ihr tragisches Ende hatte seinerzeit großes Aufsehen erregt.

Der Diener zögerte an der Tür.

»Weiter nichts, Mylord?«

»Das ist alles.« Doch als der Mann sich anschickte, geräuschlos zu verschwinden, kam ein neues: »Thomas!«

»Mylord?«

»Ich hörte zufällig ein paar Worte Ihrer Unterhaltung, als Sie heute morgen mit dem Reitknecht unter meinem Fenster vorbeigingen – äh ... «

»Filling erzählte mir vom Schwarzen Abt.«

In dem bleichen Gesicht zuckte es. Sogar am hellen Tag, wenn die Sonne durch die bunten Fenster fiel und rote, blaue und amethystfarbene Arabesken auf das Parkett malte, ließ schon die bloße Erwähnung des Schwarzen Abtes Harry Alfords Herz schneller schlagen.

»Jeder, der über den Schwarzen Abt spricht, wird sofort entlassen. Teilen Sie das dem gesamten Personal mit, Thomas! Ein Gespenst? Großer Gott, seid ihr alle verrückt?« Sein Gesicht war jetzt gerötet, die Schläfenadern schwollen an, ärgerlich kniff er die Augen zu. »Kein Wort mehr darüber, verstehen Sie? Es ist eine Lüge, eine niederträchtige Lüge, wenn behauptet wird, daß es in Fossaway spukt! Irgendein Lümmel hat sich einen schlechten Scherz erlaubt.«

Er winkte dem Diener, sich zu entfernen, und widmete sich wieder dem Studium des alten Bandes, der am Morgen aus Deutschland eingetroffen war!

Vor der Bibliothekstür angelangt, verzog sich das glatte Gesicht des Dieners zu einem hämischen Grinsen. In jener Geldkassette mußten wenigstens tausend Pfund liegen – für den zehnten Teil dieser Summe hatte Thomas einst drei Jahre gesessen. Aber darauf war selbst Richard Alford nie gekommen, der sonst doch so ziemlich alles wußte.

Thomas mußte noch einen Brief schreiben; er unterhielt eine gewinnbringende Korrespondenz mit jemandem, der an Fossaway ein ganz besonderes Interesse hatte. Vorher jedoch wollte er Mr. Glover, dem Butler, das eben Erlebte mitteilen.

»Mich kümmert's nicht, was Seine Gnaden sagt – das Gespenst existiert, und alle möglichen Leute haben es gesehen!« Der würdevolle Greis schüttelte den silbergrauen Kopf. »Ich würde nachts nicht für fünfzig Millionen allein durch die Ulmenallee gehen. Und Seine Gnaden glaubt im geheimen auch ... Er sollte heiraten. Dann würde er sicher umgänglicher werden.«

»Und wir würden den verflixten Mr. Alford los, was?«

Der Butler schnupfte.

»Manche mögen ihn, andere nicht«, orakelte er. »Mir hat er noch nie ein grobes Wort gesagt ... Thomas, es läutet!«

Der Diener lief in die Halle und öffnete die schwere Haustür. Unter dem Portal stand eine junge Dame – hübsch, keck, sehr teuer gekleidet.

Thomas schenkte ihr ein halbvertrauliches Lächeln.

»Guten Morgen, Miss Wenner! Das nenne ich eine angenehme Überraschung!«

»Ist Seine Gnaden zu Hause, Thomas?«

»Das wohl – aber ich darf Sie nicht anmelden. Ich kann nichts dafür, Miss – Befehl Mr. Alfords!«

»Befehl Mr. Alfords!« wiederholte sie bissig. »Soll das heißen, daß ich den ganzen Weg von London hierher umsonst gemacht habe?«

Doch Thomas gab den Weg nicht frei. Er selbst empfand zwar Sympathie für die frühere Sekretärin Seiner Gnaden, die nie vornehm getan hatte, und er würde sie gern eingelassen haben, um so mehr, als er vermutete, auch seinem Herrn wäre der Besuch nicht unwillkommen gewesen. Indessen konnte jederzeit irgendwo aus dem Hintergrund Dick Alford auftauchen, ein kurz angebundener

Mann, nicht nur imstande, ihm die Tür zu weisen, sondern ihn auch gleich durch sie hinauszubefördern.

»Tut mir sehr leid, Miss, aber Befehl ist Befehl!«

»So – ich werde also von der Schwelle des Hauses gewiesen, das mein eigenes hätte werden können, Thomas!«

Er versuchte, eine teilnahmsvolle Miene aufzusetzen, aber außer einem ziemlich blöden Gesichtsausdruck kam dabei nichts zustande. Trotz ihres Ärgers lächelte sie ihm zu, beehrte ihn mit einem Händedruck und wandte sich zum Gehen.

»Miss Wenner –«, berichtete er dem Butler in der Dienerstube, »die Alford an die Luft setzte, weil er fand, sie gefiele Seiner Gnaden zu sehr. Und ...«

Ein Klingelzeichen rief ihn in die Bibliothek.

»Wer war die Dame, die ich weggehen sah?«

»Miss Wenner, Mylord.«

Ein Schatten flog über Harry Alfords Gesicht.

»Baten Sie sie, einzutreten?«

»Nein, Mylord. Mr. Alford befahl ...«

»Aber natürlich. Ich hatte es vergessen. Danke.«

Den grünen Schutzschirm auf die Augen herabziehend, denn er arbeitete hier auch am Tage bei künstlichem Licht, nahm er die Lektüre wieder auf. Aber es fiel ihm schwer, seine Gedanken auf den Inhalt des Folianten zu konzentrieren. Er erhob sich und ging, die Arme verschränkt, mit gesenktem Kinn eine Weile hin und her, bis er vor dem Bild seiner Mutter haltmachte. Mit einem Seufzer kehrte er zum Schreibtisch zurück. Dort lag ein Artikel, den er aus einer Londoner Zeitung ausgeschnitten hatte und den er, teils geschmeichelt, Gegenstand von Pressekommentaren zu sein, teils erzürnt, zum drittenmal las.

›Chelfordbury, ein verschlafenes Dorf in Sussex, frönt dem aufregenden Sport der Gespensterjagd. Der Schwarze Abt von Fossaway ist nach einer längeren Ruhepause wieder aufgetaucht. Die Legende besagt, daß vor siebenhundert Jahren Hubert von Redruth, Abt von Chelfordbury, auf Befehl des zweiten Grafen von Chelford ermordet wurde. Seitdem hat man von Zeit zu Zeit seinen Geist gesehen. In den letzten zehn Jahren liefen in der Gegend Gerüchte von einem Wesen um, das auf grausige Art schrie und heulte, in der vergangenen Woche jedoch will man das Gespenst auch wieder gesehen haben. – Mit Fossaway ist außer dieser Gespenstergeschichte noch eine andere Legende verknüpft. Vor vierhundert Jahren wurde irgendwo auf dem Besitztum ein Goldschatz vergraben, und zwar so gut, daß er nie entdeckt werden konnte, obwohl die Grafen von Chelford stets eifrig nach dem Hort der Ahnen forschten. – Der jetzige Graf von Chelford, der mit Miss Leslie Gine, der einzigen Schwester des bekannten Rechtsanwalts und Notars, verlobt ist, teilte unserem Korrespondenten allerdings mit, daß die Erscheinung des Schwarzen Abtes lediglich auf einen taktlosen Scherz junger Leute aus der Nachbarschaft zurückzuführen sei.‹

Er wollte den Zeitungsausschnitt zerreißen, besann sich aber und legte ihn unter einen Briefbeschwerer. Der letzte Passus des Artikels klang ja recht beruhigend, doch so sehr Harry Alford auch seine Skepsis beteuerte – im geheimen war er felsenfest von der Existenz des Schwarzen Abtes überzeugt.

Nervös drückte er auf die elektrische Klingel.

»Ist Mr. Richard zurück?«

»Nein, Mylord.«

»Wohin, zum Kuckuck, geht er nur jeden Vormittag?« Ärgerlich klopfte er mit der Hand auf die Schreibtischplatte.

Thomas tat – klugerweise – so, als hätte er nichts gehört.

2

Das letzte Getreide war gemäht; wie gelbe Grabsteine standen die Garben auf dem kahlen Boden. Jenseits der Felder, wo die alte, graue Kirchturmspitze hinter vollen Baumkronen hervorragte, lag Chelfordbury, und dahinter begannen die grünen und weißen Dünen von Sussex.

Dick Alford saß auf einem Zaun auf einer Hügelkuppe, von wo aus man fünfzehn Meilen im Umkreis das offene Land überblickte. Eine kleine Drehung des Kopfes, und er konnte den Gutshof, die grünen Dächer und Kuppeln von Fossaway, die breiten Rasenflächen und kunstvoll gestutzten Eibenhecken sehen. Doch weder Kornfelder noch Dünen, weder Herrenhaus noch Lustgarten interessierten ihn im Augenblick. Er beobachtete eine junge Dame, die eilig den sich windenden Pfad heraufkam, der zu seinem Sitzplatz führte.

Sie sang etwas und ließ dazu, wie ein Tambourmajor den Stab, ihre Reitpeitsche im Takt auf und nieder tanzen. Seine Lippen kräuselten sich zu einem Lächeln. Gleich würde sie ihn bemerken – und vielleicht Ärger zeigen, weil er sie beobachtet hatte? Bisher war er Leslie Gine nur bei offiziellen Gelegenheiten begegnet, wenn es galt, sich liebenswürdig konventionell zu geben.

Der Gesang brach ab. Sie hatte ihn erblickt, stutzte aber nicht, sondern kam im gleichen Tempo auf die Anhöhe, unterwegs noch schnell eine hohe Brennessel köpfend.

»Duckmäuser!« begrüßte sie ihn vorwurfsvoll.

Leslie war ein hübsches Mädchen, nicht groß, aber durch ihre Schlankheit wirkte sie größer, hatte ein fein geformtes Gesicht und dunkelgraue Augen.

Sie stellte sich vor ihm auf, breitbeinig, in hohen Stiefeln, eine Hand auf die Hüfte gestützt, während die andere mit der Reitpeitsche fuchtelte. Der schwarze Reithut saß ein wenig schief.

Dick Alford schob einen Grashalm zwischen die Zähne und blickte von seinem vorteilhaften Platz auf der obersten Zaunlatte wohlwollend auf sie hinab.

»Sind Sie geritten, Leslie?«

»Auf einem Pferd«, verkündete sie feierlich.

Unschuldig umherblickend fragte er:

»Wo ist das liebe Tier?«

Ein argwöhnischer Blick traf ihn. Kein Muskel zuckte in seinem Gesicht.

»Als ich abstieg, um ein paar Blumen zu pflücken, rannte das Tierchen weg. – Sie sahen es!« klagte sie ihn plötzlich an.

»Etwas, das einem Pferde glich, sah ich in Richtung Willow-Haus laufen. Ich dachte, es hätte Sie abgeworfen!«

»Wegen dieser Vermutung werden Sie es jetzt suchen! Ich warte hier auf Sie.« Als er mit einem Seufzer vom Zaun sprang, fuhr sie fort: »Diesen Auftrag wollte ich Ihnen ohnehin geben. Als ich Sie sah, sagte ich mir: Dort sitzt ein Müßiggänger, der Bewegung braucht! Zudem wissen Sie vielleicht, daß zukünftige Schwägerinnen Vorrechte genießen.«

Er verzog das Gesicht. Vermutlich hatte sie es bemerkt, denn sie hielt ihn mit ausgestreckter Hand auf.

»Nein, lassen Sie es, Dick! Mein Reitknecht kann das Pferd suchen. Das Biest ist so verfressen, daß es sicher zum Stall gelaufen ist. Setzen Sie sich wieder, ich möchte mit Ihnen reden.« Ein Schwung, und sie saß auf dem Platz, den er verlassen hatte. »Richard Alford, mir scheint, daß Ihnen die Aussicht, mich als Herrin in Fossaway einziehen zu sehen, nicht gerade angenehm ist?«

»Oh, ich zähle die Tage!«

»Antworten Sie vernünftig!«

Er zog ein verbeultes silbernes Etui aus der Tasche und zündete sich eine Zigarette an.

»Meine liebe Leslie ...«

Sie schüttelte unwillig den Kopf.

»Wahrscheinlich denken Sie, daß ich mich überall einmischen werde. In die Leitung des Gutes – ich weiß, daß Harry nicht einmal mit einem kleinen Bauernhof fertig würde – und in alle möglichen Sachen. Aber eine solche Befürchtung wäre falsch.«

Dick blies blaue Ringe in die Luft.

»Ich wünschte im Gegenteil, Sie würden die Leitung übernehmen. Für mich wäre es ein Segen. Wenn das Gut erst einmal Ihr Geld im Rücken hat – verzeihen Sie das rüde Wort! –, kann irgendein Angestellter die geschäftlichen Dinge ebensogut erledigen wie der zweite Sohn des Hauses!«

Sie hörte ihm stumm zu. Er sprach ohne Bitterkeit und Selbstbedauern.

Richard Alford entstammte einer zweiten Ehe. Als der alte Lord Chelford starb, fiel das Vermögen, der Titel, ja selbst der Wagen, den Dick benutzte, an den ältesten Sohn. Der jüngere mußte sich mit einem kleinen Hof in Hertfordshire, der jährlich zweihundert Pfund abwarf, mit etlichem altem Schmuck seiner verstorbenen Mutter und tausend Pfund bescheiden. Und selbst die tausend Pfund erhielt er nie. Auf mysteriöse Weise versickerten sie damals, als Arthur Gine den Nachlaß ordnete.

Dick fühlte sich wohler, wenn er an die tausend Pfund nicht dachte. Dennoch kamen sie ihm jetzt irgendwie in den Sinn. Und Leslie, als ob sie seine Zurückhaltung instinktiv mit ihrem Bruder in Verbindung brächte, fragte:

»Sie mögen Arthur wohl nicht?«

»Wie kommen Sie darauf?« Er war ehrlich überrascht. Nie hatte er seine Abneigung gegen den stutzerhaften Anwalt zu erkennen gegeben.

»Ich spüre es. Auch mich bringt er manchmal zur Verzweiflung, und ich kann mir gut vorstellen, daß er einem Mann wie Ihnen unausstehlich sein muß.«

Dick lachte.

»Harry findet ihn keineswegs unausstehlich, und er ist der Mann, auf den es hier ankommt.«

»Harry... Es kommt mir so unwirklich vor, daß ich ihn heiraten soll. Seine Werbung war so komisch, Dick, so formell...«

Dick versuchte sich auszumalen, wie sein Bruder, dieser Neuling in Liebessachen, sich ausgedrückt haben mochte. Einmal, an einem warmen Juniabend, hatte Dick ein Tête-à-tête unterbrochen, das in einem Antrag der unternehmungslustigen jungen Sekretärin an Harry gipfelte. Der verwirrte Harry würde ihren Einflüsterungen bestimmt unterlegen sein, wenn nicht zufällig sein Bruder dazugekommen wäre, der die spekulierende Miss Wenner zu einer überstürzten Abreise von Fossaway zwang.

»Ich frage mich oft, ob seine Wahl auf mich gefallen wäre, wenn...« Leslie stockte.

»Wenn Sie nicht so schrecklich reich wären«, vollendete Dick. »Sie machen mit dieser Auffassung Ihrem Verlobten nicht gerade ein Kompliment!«

Sie streckte die Arme aus, und er hob sie von ihrem Sitz herunter, wozu bei ihrer Gewandtheit freilich kein Anlaß vorlag.

Sie stiegen nebeneinander den Hügel hinab.

»Dick, was soll ich tun?«

»Inwiefern?«

»In bezug auf Harry. Mein Bruder ist sehr erpicht auf diese Heirat, und auch ich bin eigentlich nicht abgeneigt, wenigstens kommt es mir so vor.«

»Schlimme Sache, eine reiche Erbin zu sein!« neckte er.

»Bin ich's denn?« Sie mußte lachen, als sie sein fragendes, bestürztes Gesicht sah.

»Etwa nicht?«

»Ich weiß nicht. Mein Onkel hinterließ mir vor vielen Jahren eine Menge Geld. Wieviel, kann ich nicht sagen. Arthur hat mein Vermögen von jeher verwaltet. Jedenfalls habe ich immer alles, was ich brauche.«

»Dann maulen Sie nicht!« verwies er sie vergnügt.

»Wahrscheinlich kommen die Ehen der meisten vermögenden Mädchen auf diese Weise zustande, und bis vor kurzem fand ich mich auch damit ab wie mit etwas Unvermeidlichem.«

»Und warum haben Sie Ihre Meinung geändert?« erkundigte er sich und sah, wie ihr das Blut in die Wangen schoß.

»Das weiß ich nicht«, antwortete sie schroff.

Verstohlen sah sie im Gehen zu ihm hinüber. Unwillkürlich mußte sie an ihren Verlobten denken, diesen dürren, leicht reizbaren jungen Mann, der alles hatte, ausgenommen Männlichkeit. Ein Schwächling mit gefolterten Nerven, der bald bat, bald lärmend einzuschüchtern versuchte, unbekümmert um den Eindruck, den er auf die Frau machte, die sein Leben teilen sollte.

Ein paar Minuten später, auf dem Rückweg nach dem alten Willow-Haus, quälte sie sich mit einem Problem, das unlösbar schien.

3

Dick Alford schlenderte langsam in entgegengesetzter Richtung. Von weitem bemerkte er die schmächtige Gestalt seines Bruders am Ende der Ulmenallee. Der Wind hob die Schöße seines Gehrocks, und wie er so dastand, leicht vornübergebeugt und den Kopf vorgestreckt, glich er einem großen, plumpen Vogel. Mit zornverzerrter Miene kam er Dick entgegen.

»Ich überlasse dir vieles, Richard, aber meine Liebesaffären regle ich allein!« Seine Stimme schrillte in kindischer Wut. »In meine Privatangelegenheiten hast du dich nicht zu mischen, verstanden? Ein Mädchen hast du schon weggeschickt – nimm dich in acht mit Leslie!«

»Wie kommst du nur ...«

»Du willst nicht, daß ich heirate«, schnitt ihm Harry das Wort ab. »Ich bin kein Dummkopf, Dick! Du bist der nächste Erbberechtigte ... Doch diese Verlobung wirst du nicht hintertreiben!«

Die Brutalität und Ungerechtigkeit der Anklage verschlug Dick im ersten Augenblick den Atem. Dann lachte er laut auf. Szenen dieser Art spielten sich fast täglich ab, nie zuvor jedoch war Harry Alford so weit gegangen. In zehn Minuten würde der Sturm sich ausgetobt haben, Harry wieder der liebenswürdigste Mensch sein – trotzdem, es war nur schwer erträglich.

»Warum diese Vorwürfe?« verteidigte er sich. »Ich ließ die Wenner gehen, weil sie keine Frau für dich war.«

»Ich soll überhaupt nicht heiraten, das willst du!« keifte Harry. »Du wartest darauf, in meine Fußstapfen zu treten. Eine neue Gräfin von Chelford ist das letzte auf der Welt, das du sehen möchtest!«

Dick schwieg. Weiß Gott, sein Bruder sprach die Wahrheit! Ein schwarzer Tag, an dem Harry Alford in dieses Haus eine Frau brachte, die das wie eine Wolke über Fossaway hängende Geheimnis teilen mußte.

4

Dick Alford saß in dem kleinen Zimmer, in dem er meistens arbeitete und das durch die vielen Mappen und Briefordner ein büromäßiges Aussehen bekam. Die auf den Garten hinausgehenden Fenster standen weit offen. Die Septembernacht war so warm, daß er den Rock ausgezogen hatte.

Wenn zwischen Lord Alford und seiner Mutter eine große Ähnlichkeit bestand, so hätte auch der schärfste Beobachter keine Spur einer solchen zwischen Dick Alford und seinem Halbbruder entdecken können. Ein breitschultriger Athlet mit wettergebräuntem Gesicht – seine blauen Augen musterten mit einem spöttischen Lächeln den Diener, mit dem er sich gerade unterhielt. Er schob die Schreibmaschine beiseite und steckte sich die Pfeife wieder an.

»Der Schwarze Abt? O Gott! Haben Sie ihn gesehen, Thomas?«

»Ich nicht, Sir. Aber Mr. Cartwright...« Und Thomas lieferte einen anschaulichen Bericht über das greuliche Erlebnis des Dorfkrämers. »Wer weiß, ob der Schwarze Abt nicht auch an dem Feuer schuld ist, das während der Erholungsreise des Vikars im Pfarrhaus ausbrach?«

»Das genügt Thomas! Was Mr. Cartwright betrifft – entweder war er betrunken, oder er sah einen Schatten...« Er blickte auf den Rasen hinaus, den das bläulichweiße Licht des Vollmonds übergoß. »Bei solchem Mondlicht bildet man sich häufig ein, seltsame Dinge zu sehen. – Hat Lord Alford übrigens nicht jede Diskussion über den Schwarzen Abt verboten?«

»Jawohl, Sir.«

»Dann halten Sie also den Mund!«

An seiner Pfeife saugend schlenderte Dick zur Bibliothek.

Der dreiarmige Kronleuchter war nicht angedreht. Nur die beiden grünbeschirmten Lampen rechts und links auf dem Schreibtisch brannten und machten den Raum noch düsterer.

Beim Anblick des Bruders furchte Lord Alford die Stirn.

»Wirklich, Dick, mir wäre es sehr lieb, wenn du im Hause nicht in Hemdsärmeln und Breeches herumliefest! Es sieht scheußlich aus.«

»Ist aber hübsch warm heute abend.« Dick setzte sich. »Können deine Nerven den Geruch von anständigem Tabak vertragen?«

Harry rutschte unbehaglich auf dem Stuhl und zog ein goldenes Zigarettenetui hervor.

»Lieber einen Pfeifenkopf Shag als hundert deiner Stänker«, grinste Dick. »Gegen Zigaretten will ich nichts sagen, aber parfümiert!«

»Wenn sie dir nicht gefallen, kannst du ja wieder gehen! Ah – hast du diesen Zeitungsartikel gelesen? Er ist zwar nicht unfreundlich gegen mich, aber wie konnte der Reporter das Ganze überhaupt in Erfahrung bringen?«

Dick überflog die Zeilen.

»Weiß ich's? Unser Spuk macht uns jedenfalls berühmt!«

»Kannst du überhaupt nichts ernst nehmen?« erboste sich Harry. »Du siehst, wie es mich aufregt, kennst den Zustand meiner Nerven – aber was kümmert's dich?«

»Gut, ich bin jetzt ganz ernst. Du siehst total erschöpft aus. Hast du für heute nicht genug gearbeitet?«

»Laß den Blödsinn!« Verdrossen wandte sich Harry ab, spielte nervös mit den Seiten des vor ihm liegenden Buches und warf dann einen bezeichnenden Blick zur Tür.

Aufstehend beugte Dick den Kopf über das aufgeschlagene Buch. Aber der Text war althochdeutsch, und Dicks Fremdsprachenkenntnisse beschränkten sich auf Hotel-Französisch.

Lord Alford lehnte sich mit einem Seufzer zurück und wies mit ausladender Geste auf die Bücherregale.

Du hältst mich wohl für einen Narren, weil ich meine Zeit darauf verwende – anstatt mich mit Leslie zu amüsieren?«

»Stimmt. Vom Bräutigam merkt man nicht viel bei dir!«

Harry lächelte überlegen.

»Was würdest du sagen, wenn ich dir erklärte, daß ich auf halbem Wege bin, den Chelfordschatz aufzuspüren?« Er zog eine Schublade auf und entnahm ihr ein in Pergament gebundenes, vergilbtes Bändchen. »Hör zu: –

›Am Fünfzehnten des Monats, dem Tag des heiligen Jacobus, kehrte Sir Walter Hythe von seiner Kreuz- und Querfahrt in den Spanischen Meeren, für deren Unkosten ich erstmalig dreitausendachthundert Pfund und dann nochmals achttausend Pfund bei dem Lombarden Bellitti aufgenommen hatte, zurück. Mit sich brachte Sir Walter Hythe auf zehn Wagen eintausend Barren Gold, jeder fünfunddreißig Pfund schwer, die von den spanischen Schiffen Esperanza und Escurial stammten. Diese Barren soll er, wenn die Trockenheit andauert, an den sicheren Platz schaffen, da es mich unklug deucht, den Lordkanzler hiervon in Kenntnis zu setzen – wegen der Habsucht der Königin. – Des weiteren brachte er das Kristallfläschchen voll Lebenswasser mit, das ein Priester des Aztekenvolkes dem Don Fernando Cortez überreichte, und von dem ein Tropfen auf die Zunge genügt, um selbst Tote aufzuwecken, wie Pater Pedro von Sevilla geschworen hat. Dieses Fläschchen will ich selbst mit großer Achtsamkeit im Schatzlager verstecken. Sir Walter Hythe erlaubte ich, einhundert Barren für sich zu behalten, was er mit höflichem Dank tat. Sodann stach er von Chichester in See. Sein Schiff scheiterte an der Küste von Kent, wobei Sir Walter Hythe, sein Kapitän und die ganze Besatzung ertranken. Dies war sein schrecklicher Untergang. – Die Sorge um meinen wahren Souverän, Mary, bringt mich in Gefahr . . . ‹

»Hier endet die Niederschrift«, sagte Lord Alford. »Doch ist es keineswegs sicher, daß er beim Vergraben des Schatzes von Soldaten Elisabeths gestört wurde, die ihn der Teilnahme an der Verschwörung zugunsten Marys verdächtigten.«

»Wo ist nun aber das Gold?« fragte Dick. »Nach dem, was man über Elisabeth weiß, hat sie es bestimmt eingesteckt. Sonst hätten unsere Vorfahren nicht seit vierhundert Jahren vergeblich danach . . . «

Sein Bruder unterbrach ihn mit einer ärgerlichen Handbewegung.

»Gold! Gold! Wenn du es findest, kannst du es behalten. Ich will das Fläschchen!« Sein Gesicht wurde feucht, er flüsterte: »Dick, ich habe Angst vor dem Tod. Diese Angst – wenn ich hier sitze, und...«

Dicks Miene blieb ernst.

»Siehst du nicht ein, daß dein Glaube an ein Lebenselixier absurd ist?«

»Warum?« Harrys Augen glänzten fiebrig. »Warum sollten die Alten es nicht entdeckt haben? Wäre das etwa wunderbarer als drahtlose Telegrafie oder Atomzertrümmerung? Noch vor hundert Jahren betrachtete man das Fliegen als ein Wunder. Ich will die Flasche – den Lebenstrank! Das Gold? Ich will das Leben – verstehst du?« Er trocknete seine nasse Stirn und keuchte nochmals: »Das Leben – Ende der Angst...«

Dick konnte die ganze Zeit den Blick nicht von diesem Gesicht abwenden. Und so etwas sollte Leslie Gines Gatte werden?

5

Der Honourable Richard Fallington Alford schenkte dem Grund und Boden, den er wartete und hütete, eine Treue und Hingabe, auf die manche Dame hätte eifersüchtig sein können. Die Pächter schworen auf sein Talent, das Getreide auf dem Halm abzuschätzen. Über das alte Herrenhaus, seine Vorzüge und Schwächen, wußte er besser Bescheid als der Gutsarchitekt. Er konnte zeigen, wo die Fundamente durch die Bauleute zu Elisabeths Zeiten verpfuscht worden waren, wie die Wälle der alten Burg verliefen, die Richard von York dem Erdboden gleichgemacht hatte, nicht ohne hierbei den vierten Grafen wegen Verrats im großen Torweg, von dem noch immer ein verwitterter Pfeiler aus wuchernden Kletterrosen hervorragte, aufzuknüpfen.

An diesem frischen Herbstmorgen wanderte Dick quer durch den Park zur Abteiruine. Nur wenig war von ihr noch vorhanden. Ein vom Blitz getroffener, verstümmelter Turm, der halbe Bogen eines hohen Erkerfensters, ein Wust von Schutt und Stein, den Cromwells Soldaten hinterlassen hatten, und unter dem Grasteppich da und dort sichtbar ein gepflasterter Boden.

Eine bleiche Sonne versuchte den Nebel zu durchdringen. Herrlich schmeckte der Tabak in der kühlen Morgenluft. Ein prosaischer Rundgang – der Knecht hatte die Erkrankung einer Kuh gemeldet. Da war der wie ein Fragezeichen anmutende Fensterbogen der Ruine. Eines Tages, wenn der Chelfordschatz zum Vorschein kam, oder wenn jene Kohlenader sich als abbaufähig erwies, oder wenn Harry seine reiche Frau heimführte, würde man ans Restaurieren der Abtei gehen.

Plötzlich stockte er.

Zwischen den Ruinen bewegte sich jemand – eine Frau. Obwohl sie ihm den Rücken zukehrte, kam sie ihm bekannt vor. Er verließ den Weg und bog zur Ruine ab. Sie hörte ihn nicht kommen, und als er sie anrief, fuhr sie mit einem Schrei zusammen und drehte sich um.

»Sie, Miss Wenner –? Guten Morgen! Sie sind sehr zeitig auf...«

Ihre Augen funkelten ihn haßerfüllt an, aber sie bezwang sich.

»Guten Morgen, Mr. Alford! Ich logiere im Dorf und wollte mir bei der Gelegenheit noch einmal das Gemäuer ansehen.«

»Gestern versuchten Sie meinen Bruder zu sprechen.«

»Und?«

»Obwohl ich Ihnen damals zu verstehen gab, daß es für uns alle wünschenswert wäre, wenn Sie Fossaway fernblieben.«

»Wie sehr bedaure ich, dem Tugendhüter der Familie lästig gefallen zu sein! Aber zum mindesten hätte Lord Alford mich empfangen können, nach allem, was sich zwischen uns zugetragen hat.«

»Das einzige, was sich zutrug, Miss Wenner, war Auszahlung und Empfang Ihres wöchentlichen Gehalts.«

Dicks Ruhe brachte sie aus der Fassung.

»Er machte mir einen Antrag und hätte mich ohne Ihr Dazwischentreten geheiratet. Wegen seines Wortbruchs könnte ich Tausende aus ihm herausholen, wenn ich nicht eine Dame wäre! Doch Sie speien Gift gegen mich – Sie sollten sich schämen!«

Aber Dick schien es zu amüsieren.

»Sie haben mein Leben ruiniert!« keifte sie weiter. »Drei Jahre lang habe ich Lord Alford bei seinen Nachforschungen nach dem Schatz unterstützt, und er selbst versicherte, noch nie eine so tüchtige Sekretärin gehabt zu haben.«

»Das mag ja richtig sein, aber es handelt sich im Augenblick auch nur darum, daß Ihre Anwesenheit hier unangebracht ist.«

»Das heißt, ich soll verschwinden?«

»Ich bringe Sie bis zur Dorfstraße«, schlug er zuvorkommend vor, und sie war zu sehr mit ihrem Ärger beschäftigt, um es zurückzuweisen.

Was hat sie in aller Herrgottsfrühe in den Ruinen zu schaffen; grübelte er, machte sich aber zugleich klar, daß es zwecklos wäre, ihr diese Frage zu stellen.

Sie stiegen den Abhang zum Ravensrill hinab, dem Flüßchen, das seit tausend Jahren die Grenze von Fossaway bildete. Miss Wenner drehte sich halb um und rief über die Schulter:

»Nicht für eine Million Pfund würde ich ihn jetzt nehmen! Er soll getrost Leslie Gine heiraten. Von mir aus viel Glück!«

»Ich werde ihm Ihre freundlichen Wünsche ausrichten«, versprach er ironisch.

»Aber er soll aufpassen, daß er sie nicht wieder verliert«, schürte sie weiter. »Jeder weiß, daß auch der zweite Sohn in sie vernarrt ist! Schöne Aussichten für Lord Alford!«

Er blickte ihr nach, bis sie bei der Biegung zum Dorf verschwand. Jeder wußte, daß er Leslie Gine liebte – nur er selbst wußte es erst seit diesem Augenblick!

6

In London gab es kaum ein Privatbüro, das an Luxus mit dem Arthur Gines konkurrieren konnte. Ein großes, weißgetäfeltes Gemach mit silbernen Wandleuchtern, deren Licht blaßrote Schirme dämpften. Der Fuß versank in einem dicken Teppich, rosafarben wie die schweren Samtvorhänge, die, stets zugezogen, die gräßliche Welt ausschlossen, die draußen in Holborn fieberte und hastete. Jedermann, der den eleganten Rechtsanwalt besuchte, wurde vor der Tür seines Allerheiligsten gebeten, drinnen nicht zu rauchen, denn dort duftete es nach Rosen. Mr. Gine hatte eine Vorliebe für köstliche Parfüms, die er regelmäßig von einer ersten Londoner Firma bezog.

Er selbst war blond, mit zartem Teint und kleinem, gelbem Schnurrbart, eine lebende Reklame für seinen Schneider und Wäschelieferanten. Der Gehrock, die graue Weste, die dunkelgestreiften Beinkleider, die korrekte Krawatte – alles war von überwältigender Symmetrie.

Selten plädierte Mr. Gine persönlich. Sein Bürovorsteher, ein ergrauter Fünfziger, den Mr. Gines Kollegen für das Hirn der Firma hielten, gab den vor Gericht auftretenden Anwälten die notwendigen Instruktionen. Der Chef kümmerte sich nur um ganz wichtige Klienten.

An einem dieser Septembermorgen fuhr der schwere Rolls-Royce geräuschlos vor. Der neben dem Chauffeur sitzende junge

Diener sprang heraus und hielt die Wagentür. Eine weiße Rosenknospe zierte Mr. Gines Knopfloch. Jeder Passant, der ihn – mit Zylinder, blitzenden Lackschuhen, cremefarbigen Handschuhen – sah, mußte ihn für einen Bräutigam unmittelbar vor dem Gang zur Kirche halten.

Der Lift brachte ihn zum ersten Stock hinauf, wo unter ehrerbietiger Verbeugung ein Portier die Tür zum Büro aufriß, während der Diener mit Stock und Hut verschwand.

Die bereits geöffnete Post auf seinem Schreibtisch beiseite schiebend drückte Mr. Gine zweimal auf einen Onyxknopf. Sekunden später zeigte sich der Bürovorsteher mit einem Stoß Akten in der Tür.

»Morgen, Gilder. Was haben Sie?«

»Meist Vorladungen.«

»Für mich?« Der Anwalt blätterte einige Schriftstücke durch.

»Sie werden Unannehmlichkeiten haben, in einigen dieser Fälle ist mit einer Klage zu rechnen. Bis jetzt ist es mir gelungen, Ihre Gläubiger zurückzuhalten, aber wenigstens drei müssen umgehend befriedigt werden. Verloren Sie viel beim letzten Rennen?«

»Acht- oder neuntausend Pfund. Genau weiß ich es nicht.«

»Weil Sie es gar nicht bezahlt haben«, bemerkte Gilder grob.

»Ein paar von denen, die am meisten drängten, habe ich bezahlt.« Gine legte die manikürte Hand auf die Akten. »Ist hier – etwas Wichtiges?«

»Diese Angelegenheit ist sehr ernsthaft.« Der Bürovorsteher zog ein Aktenstück aus dem Stoß hervor. »Die Nachlaßverwalter des Welmanschen Vermögens wollen Sie auf Rückzahlung von dreitausend Pfund verklagen – das Darlehen, das Sie von Welman erhielten.«

»Können Sie das nicht regeln?«

»Unmöglich, es ist eine Nachlaßforderung, das wissen Sie ja auch! Es wird höchst brenzlig, wenn es zur Verhandlung kommt.«

Arthur Gine zuckte die Schultern.

»Was soll da schon brenzlig sein, bei einem Darlehen –?«

»Aber Sie waren der Anwalt Welmans, dessen geistiger Zustand ihn auch für die kleinste geschäftliche Transaktion unfähig machte. Ich sage Ihnen, die Sache sieht häßlich aus, und die Anwaltskammer dürfte Sie mit unangenehmen Fragen behelligen.«

»Was noch?«

»Eine Forderung von zwölfhundert Pfund, Möbel für das Willow-Haus, und eine weitere des Verkäufers für den Rest der Kaufsumme.«

Arthur Gine lehnte sich zurück.

»Alles zusammen?«

»Ungefähr sechstausend Pfund. Können Sie sie beschaffen?«

»Nein.«

»Ein Wechsel?«

»Wer sollte für den bürgen?«

Gilder kratzte sich am Kinn.

»Vielleicht der Graf von Chelford?«

Gine lachte leise.

»Was würde er wohl sagen, wenn ich ihm mit einem solchen Vorschlag käme? Sie scheinen vergessen zu haben, mein Teuerster, daß ich für ihn der Bruder einer jungen Dame bin, die an ihrem fünfundzwanzigsten Geburtstag annähernd eine halbe Million Pfund erbt. Und ich bin nicht allein ihr Bruder, sondern auch der Treuhänder. Obendrein verwalte ich das Vermögen der verstorbenen Lady Alford. Nein – Harry Alford ist ein Trottel, doch immerhin kein so großer, daß er nichts merken würde, ganz abgesehen davon, daß alles Geschäftliche vom zweiten Sohn abgewickelt wird.«

»Sie meinen Richard Alford? Warum nennen Sie ihn so?«

»Weil er seit seiner Kindheit als der zweite Sohn bekannt ist! Ein listiger Teufel – manchmal frage ich mich, ob er nicht vermutet, daß Leslies Vermögen nichts weiter als Dunst ist.«

»Dunst?« wiederholte Gilder.

»Das sollten Sie doch wissen – seit acht Jahren leben wir davon! Die Croupiers von Monte Carlo haben eine ganze Menge davon zusammengerecht, und verschiedene Buchmacher bauten sich schöne Landhäuser von ihrem Vermögen. Dunst? Nicht vor zehn Jahren – da waren es zweihunderttausend Pfund. Aber heute?«

»Was erhoffen Sie sich eigentlich von dieser Heirat? Geld gibt's da doch nicht.«

Mr. Gine schmunzelte.

»Bevor ich Zeit und Geld darauf verwandte, ein Haus unweit von Fossaway zu kaufen und Leslie mit dem Grafen in Verbindung zu bringen, habe ich mich als vorsichtiger Mensch natürlich eingehend über seine Lage orientiert. Bargeld besitzt er wenig, aber nur, weil sein Bruder in keinen größeren Landverkauf einwilligt. Grob taxiert ist Harry Alford eine Viertelmillion Pfund wert – nicht mitgerechnet den vergrabenen Schatz.«

Ein Schreiber trat ein, um ein Dokument unterzeichnen zu lassen. Als er wieder gegangen war, fragte Gilder:

»Und Ihre Schwester glaubt immer noch, eine reiche Erbin zu sein?«

»Sie gibt sich dieser Illusion hin! Oder können Sie sich vorstellen, daß sie sonst diese Schaumschlägerei dulden würde? – Sechstausend Pfund! Augenblicklich eine höllische Menge Geld für mich! Und als Black Satin im Drayton Handicap um einen Kopf geschlagen wurde, verlor ich dreimal soviel! Das einzige, was mir übrigbleibt, ist, die Hochzeit zu beschleunigen.«

»Ist mit dem Gut in Yorkshire nichts zu machen?«

Gine schnitt eine Grimasse.

»Der Handel hätte mir zwanzigtausend Pfund eingebracht, denn ich überzeugte mich persönlich vom Vorhandensein eines starken Kohlenflözes. Aber der zweite Sohn – der Teufel möge ihn holen! – ließ meine Strohmänner glatt abfahren.«

Ein langes Schweigen.

»Und was nun?« wagte Gilder schließlich zu fragen.

»Ich bin am Ende mit meiner Kunst. Haben Sie keinen gescheiten Einfall?«

»Geben Sie mir fünf Minuten Zeit zum Überlegen«, erwiderte Gilder und verließ den prunkvollen Raum.

7

Als er in sein eigenes Büro kam, händigte ihm die Stenotypistin einen Brief aus, der von einer wenig schreibgewohnten Hand an ihn persönlich adressiert war. Ohne irgendeine Einleitung begann er:

›Seine Gnaden studiert Tag und Nacht ein Buch, das vergangenen Dienstag aus Deutschland kam und sehr alt sein muß, denn der Druck ist so verzwickt, daß ich den Titel nicht entziffern konnte. Auch sandte ihm sein Londoner Antiquar einen Plan der früheren Fossaway-Burg. – Mr. Alford verkaufte die Red Farm für 3500 Pfund.‹ – Bei dieser Stelle lächelte der Bürovorsteher. – ›Miss Gine kam gestern zum Tee und ging hinterher mit ihrem Verlobten im Park spazieren. Es wird viel vom Schwarzen Abt gesprochen. Zuerst wurde er von Thomas Elvin, dem etwas blöden Sohn des Kuhhirten gesehen, dann vom Krämer Cartwright, beide Male bei der Ruine. Ein Käufer für das Yorkshire-Gut wurde auf Mr. Alfords Rat abschlägig beschieden. Als ich den Tee servierte, äußerte Seine Gnaden den Wunsch, daß die Hochzeit im Oktober stattfinde, doch Miss Gine sagte, ihr sei ein Termin nach Weihnachten lieber. Dann schlug Mr. Alford vor, die Vermögensauseinandersetzungen gelegentlich der Heirat den Notaren des verstorbenen Lord Alford, Sampson & Howard, anzuvertrauen, während Lord Harry hierfür

Mr. Gine bestimmte. Mehr hörte ich nicht, da Mr. Richard mich hinausschickte. Miss Wenner, die einstige Sekretärin Seiner Gnaden, traf gestern von London ein, wurde aber auf Befehl Mr. Alfords nicht vorgelassen...‹

Auch noch anderes von geringerer Bedeutung berichtete der Spion an Mr. Fabrian Gilder, der sich noch ein paar Minuten an seinem Schreibtisch beschäftigte, um dann ins Privatbüro des Chefs zurückzukehren.

»Was ist das?« fragte Mr. Gine, als ihm der Vorsteher ein Papier vorlegte.

»Ein Sechsmonatswechsel über siebentausend Pfund. Ich setzte gleich tausend Pfund mehr ein, als Sie dringend brauchen. Mit Ihrer Unterschrift und der Lord Alfords ist es bares Geld.«

»Das – das riskiere ich nicht«, sträubte sich der Anwalt.

»Warum ihm auf die Nase binden, daß es ein Wechsel ist? Machen Sie ihm irgend etwas vor – Sie lassen sich ja auch sonst immer etwas einfallen! Oder erklären Sie ihm einfach, daß Sie seine Unterschrift benötigen, um von einer Liegenschaft Ihrer Schwester eine Hypothek abzulösen.«

Gine drehte das Papier unschlüssig hin und her.

»Aber am Verfalltag?«

»In sechs Wochen ist er verheiratet. Wenn sich Ihre Lage inzwischen nicht gebessert hat, muß er die Sache eben vertuschen und bezahlen. Bedenken sind nicht am Platz – Sie stehen am Rande des Abgrunds! Und schließlich geht es auch um meine Lebensstellung!«

»Sie stehen sich besser als ich«, knurrte Gine, als er nach der Feder griff, um zu unterschreiben.

»Weil ich weniger ausgebe.«

»Vielleicht hätten Sie selbst mir diese Summe vorstrecken können?«

»Gewiß. Aber ich verstehe mit Geld umzugehen, und Ihnen etwas zu borgen halte ich nicht für eine gute Anlage«, erklärte Gilder ungeschminkt.

Wenige Minuten, nachdem er das Zimmer verlassen hatte, kam er zurück und schloß behutsam die Tür hinter sich.

»Kennen Sie eine Miss Wenner?« fragte er gedämpft.

»Ja. Was wünscht sie?«

»Sie möchte Sie in einer dringenden Angelegenheit sprechen. Ist sie eine Ihrer – hm, Freundinnen?«

»Nein. Ich lernte sie in Fossaway kennen, sie war dort Sekretärin. Können Sie nicht herausbekommen, was sie will?«

»Ich habe es schon versucht, ohne Erfolg. Soll ich sie abweisen?«

Arthur Gine überlegte eine Weile.

»Lieber nicht. Führen Sie sie herein.«

Er ging ihr ein paar Schritte entgegen.

»Ein unerwartetes Vergnügen, mein Kind – jedesmal, wenn ich Sie sehe, sind Sie hübscher geworden!«

Sie setzte sich familiär auf eine Ecke des Schreibtischs.

»Ich bin in Fossaway gewesen«, berichtete sie.

»Ich glaubte, das wäre endgültig begraben? Sie müssen sich jetzt zusammennehmen, Harry Alford wird meine Schwester heiraten.«

»Überrascht mich nicht – ich sah doch, wie Sie Ihre Fäden zogen!« Sie legte ihre Hände auf seine Schultern. »Arthur, ich habe das Tippen satt! Und außerdem möchte ich Dick Alford, diesem kaltschnäuzigen Hund, furchtbar gern eins auswischen. Einmal bin ich an die Luft gesetzt worden, weil ich einem Mann einen Antrag machte – jetzt will ich's zum zweitenmal riskieren! Sagen Sie, sind wir beide nicht immer gut miteinander ausgekommen?«

Bestürzt murmelte er ein paar Worte.

»Arthur, schlagen Sie eine gute Sache nicht so ohne weiteres aus! Heiraten Sie mich, und ich werde Ihnen eine Mitgift bringen, die das Vermögen Ihrer Schwester weit übersteigt.«

Er starrte sie an. »Sie? Mitgift?«

»Heiraten Sie mich! Und ich führe Sie zu einem Platz, wo Sie Ihre Hand auf fünfzehn Tonnen Gold legen können!«

Fünfzehn Tonnen Gold! Zweieinhalb Millionen Pfund Sterling! Arthur Gine traute seinen Ohren nicht. Doch das aufgeregte Gesicht und die glänzenden Augen Mary Wenners verrieten, daß es ihr ernst war.

»Fünfzehn Tonnen Gold! Mary, Sie sind übergeschnappt!«

»Übergeschnappt? Oh, Sie werden Ihre Ansicht bald ändern. Ich habe nämlich den Chelfordschatz gefunden.«

Ungläubig staunend ließ er sich in den Sessel zurückfallen.

»Quatsch!« brach er endlich los. »Es gibt keinen Chelfordschatz! Die lange Zusammenarbeit mit Harry hat Sie gleichfalls um den Verstand gebracht.«

»Meinen Sie? Allerdings hat er mir drei Jahre lang von morgens bis abends mit dieser Schatzaffäre in den Ohren gelegen. Noch jetzt kann ich keinen Pergamentband sehen, ohne daß mir übel wird. Aber eines Tages traf von seinem Londoner Antiquar ein Bündel alter Pläne von Chelfordbury und Fossaway ein, und da Harry verreist war und ich nichts zu tun hatte, machte ich mich daran, die Pläne zu katalogisieren. Auf dem dritten fand ich etwas, das mich die Augen aufreißen ließ.«

»Und was war das?« erkundigte sich Arthur möglichst gleichgültig.

Sie musterte ihn ruhig und lächelte.

»Bis ich Ihnen das verrate, muß sich erst allerlei ereignen! Arthur, wenn ich Ihnen den Schatz oder einen Anteil daran gebe, werden Sie mich dann heiraten?«

»Schon für eine halbe Million würde ich Sie heiraten, selbst wenn Sie das häßlichste Geschöpf der Welt wären. Statt dessen sind Sie das niedlichste ...«

»Sparen Sie sich diesen Schmus für später auf!« Sie fingerte in ihrer Handtasche und zog ein Papier heraus.

Doch wenn er erwartet hatte, sie würde ihm nun das Geheimnis des Chelfordschatzes ausliefern, erlebte er eine böse Enttäuschung.

»Ich verstehe zwar nicht viel von juristischen Sachen«, begann sie, während sie das Papier auseinanderfaltete und auf seine Schreibunterlage legte, »aber ich denke, daß dies für beide Teile verbindlich sein dürfte.«

Mit verdrießlichem Gesicht las er das Folgende:

›Mit Rücksicht darauf, daß ich, Arthur Gine, Willow-Haus, Chelfordbury in Sussex, die Hälfte des Chelfordschatzes erhalte, verpflichte ich mich, Mary Wenner einen Monat nach Auffindung und Teilung des Schatzes zu ehelichen.‹

»Mein liebes Kind ... « setzte er in seiner süßlichsten Weise an.

»Hören Sie zu, Arthur«, unterbrach sie ihn schroff. »Hier handelt es sich klipp und klar um Ja oder Nein. Wir sind nicht ineinander verliebt, aber ich will ein Haus und eine Stellung in der Gesellschaft! Wenn ich auch keine Lady bin, so bin ich immerhin ladylike und habe lange genug unter erstklassigen Leuten gelebt, um keinen Schnitzer zu begehen.«

Arthur studierte von neuem das Papier.

»Alles ganz schön. Nur gehört der Schatz Lord Alford.«

»Oh!« protestierte sie. »Das Gesetz bestimmt, daß ein nach hundert Jahren aufgefundener Schatz zwischen dem Staat und dem Entdecker geteilt wird.«

Er wiegte lächelnd den Kopf.

»Mary als Juristin! Was Sie da sagen, trifft zu, wenn kein Eigentümer vorhanden ist. Aber – aber – das brauchte uns im Ernstfall ja nicht zu kümmern. Man kann doch nicht verlieren, was man nie besessen hat, nicht?«

Mary stieß einen Seufzer der Erleichterung aus. Er sah ihr nachdenklich in die Augen.

»Was mich einzig und allein interessiert ist, wann und wo Sie den Schatz gesehen haben.«

»Vor zwei Tagen.«

»Vor zwei Tagen –?«

»Jawohl, vor zwei Tagen. Doch bevor ich Ihnen sage, wo, müssen Sie unterschreiben.«

Als er keinerlei Anstalten dazu machte, faltete sie das Blatt zusammen und steckte es wieder in ihre Handtasche.

»Warum so hastig?« fuhr er hoch. »Sie müssen mir doch wenigstens einen Augenblick zum Überlegen gönnen. Vergegenwärtigen Sie sich überhaupt, was Sie von mir verlangen? Komplicenschaft bei einem Diebstahl!«

»Gott, wenn Ihr Gewissen so zart besaitet ist ...« Sie stand auf.

Mit einem Sprung war er an ihrer Seite.

»Seien Sie nicht albern! Sie fordern viel, Mary, und ...«

»Ich bringe ja auch viel – zweieinhalb Millionen Pfund sind kein Pappenstiel! Wollen Sie unterschreiben?«

Noch einmal überflog er den Text, machte eine kleine Verbesserung und unterschrieb.

»Was haben Sie noch hineingesetzt?« fragte sie mißtrauisch.

»Einen Notausgang für Arthur Gine! Jetzt steht da: ›Mit Rücksicht darauf, daß ich – und so weiter – die Hälfte des Chelfordschatzes für Rechnung meines Klienten Lord Alford erhalte ...‹«

Zuerst verstand sie nicht, dann aber zog ein bewunderndes Lächeln über ihr Gesicht.

»Arthur, manchmal sind Sie wirklich gescheit!«

Er legte den Arm um ihre Hüften und führte sie zum Fenster. Ketten von Wagen zogen sich in beiden Richtungen hin. Ein großer Lastwagen mit der Aufschrift ›5 Tonnen‹ ratterte vorbei. Und drei solcher Ungetüme würden notwendig sein, um das Chelfordgold fortzuschaffen...

»Wollen Sie mir jetzt verraten, wo das Gold ist, Mary?«

»In den unterirdischen Gewölben der Abtei«, erwiderte sie halblaut.

Stumm blickten sie sich an.

»Sind Sie für Ihre Schwester zu sprechen, Mr. Gine?« erklang hinter ihnen eine Stimme.

Mit einem Fluch fuhr Arthur Gine herum. Geräuschlos hatte der Bürovorsteher das Zimmer betreten. Ob er die letzten Worte gehört hatte oder nicht, war seinem Gesicht nicht anzumerken.

8

Leslie Gine hatte zu Hause allerlei Pflichten. Wenn ihr Bruder auch kein allzu großes Haus führte, gab es doch öfters exquisite Dinners oder gelegentlich einen Ball, und im Laufe des Winters bewirtete Arthur, dessen Ehrgeiz es schmeichelte, Master der Grafschaftsmeute zu sein, die prominenten Jagdreiter der Gegend. Bei all diesen Gelegenheiten repräsentierte seine Schwester und leitete auch sonst den Haushalt, was nicht immer leicht war, da Arthur zwar das Beste auf seinem Tisch verlangte, mit Geld jedoch knauserig war.

Den Entschluß, nach London zu fahren, hatte Leslie heute morgen ganz plötzlich gefaßt. Es behagte ihr irgendwie nicht, den Lunch allein einnehmen zu müssen. Einen Augenblick erwog sie, nach Fossaway zu gehen, erinnerte sich aber, daß Dick immer am Mittwoch seine Pächter aufsuchte. Einen Lunch allein mit ihrem Verlobten? Dann lieber noch ganz einsam! Also in die Stadt – rasch kleidete sie sich an, der Gärtner holte den kleinen Zweisitzer aus der Garage, und zehn Minuten später flitzte sie zur Bahnstation. Sie hatte Zeit im Überfluß, würde wahrscheinlich eine halbe Stunde auf den Zug warten müssen.

Kurz vor der Gutsgrenze sah sie in etwa zweihundert Meter Entfernung eine bekannte Gestalt querfeldein wandern. Ihr Herz klopfte schneller. Ein Hohlweg nahm ihr die Sicht, doch als sie herauskam, sah sie, daß sie sich nicht getäuscht hatte. Sie stoppte.

Dick Alford öffnete ein Gatter, trat hinaus und winkte ihr zu. Aber zu ihrer Verblüffung wäre er wortlos weitergegangen, wenn sie ihn nicht angerufen hätte.

»Schlechter Laune, Dick?«

»Stimmt. Etwas gibt's, was ich wie die Pest hasse – wenn nämlich unsere Farmen in kleine Landsitze für die Städter zerstückelt werden. Ich verkaufte vergangene Woche die Red Farm an Mr. Leonard, in der Meinung, daß der alte –«, er verschluckte einen derben Ausdruck – »hm, Gentleman seinen Besitz abrunden wolle, obgleich mir schleierhaft war, warum er gerade auf den ärmsten Boden verfiel.«

»Und was tat der alte – hm, Gentleman?« neckte sie.

»Er hat sie weiterveräußert, obwohl ein solches Geschäft zu seiner Gültigkeit meiner Zustimmung bedarf, an irgendeinen Schnüffler aus London übrigens, der schon den ganzen Sommer über ein kleines Wochenendhäuschen hier in der Nähe bewohnte.«

»Etwa am Ravensrill?« fragte sie interessiert.

»Ja, ja, das ist der Bursche. Ich hielt ihn für einen vorübergehenden Sommergast, statt dessen stellt sich jetzt heraus, daß er die Farm kaufte, um dort so einen Kasten mit Erkern und Türmchen bauen zu lassen. Und bestimmt legt er auch gleich noch einen künstlichen Teich und einen Rosengarten an!«

»Warum sollte er nicht? Sie sagen ja selbst, daß es der ärmste Boden in unserer Gegend sei, und wenn er schon unbrauchbar für die Landwirtschaft ist, kann er doch wenigstens schön aussehen. Ich liebe künstliche Teiche und Rosengärten!«

Trotz seines Ärgers mußte er lachen.

»In dem Fall werden Sie wohl bei Mr. Gilders Einweihungsfeier nicht fehlen?«

Sie stutzte.

»Wie heißt der Mann?«

»Mr. Gilder – vermutlich ein neureicher Städter. Konnte er sich nicht anderswo ankaufen? Was Leonard betrifft, so habe ich ihm schon gesagt, daß ich seinem Begräbnis fernbleiben werde!«

»Dick, Sie sollten sich schämen! Der arme alte Mann! – Kennen Sie seinen Vornamen?«

»Wessen? Leonards?«

»Mr. Gilders natürlich!«

»Der heißt Fabrian. Komischer Name!«

Ob Arthur von diesem Unternehmen seines Angestellten etwas wußte? Für den Moment hielt sie es für ratsam, das Thema zu wechseln.

»Dick, wenn Sie nett und schwägerlich sein wollen, dann kommen Sie mit zum Bahnhof und nehmen meinen Wagen in die Garage zurück!«

Er stand unentschlossen da, und in ihr begann es beim Gedanken an eine Ablehnung schon zu kochen.

»Na ja«, sagte er endlich, »zuweilen muß die Pflicht mit dem Vergnügen verquickt werden. Aber lassen Sie mich fahren – Frauen am Steuer sind mir nicht geheuer!«

»Sie sind ungezogen!« Sie rückte zur Seite. »Wie geht es Harry?«

»Gut. Er probiert gerade ein neues Patentmittel aus. Sind Sie jemals – verzeihen Sie die indiskrete Frage – in seinem Schlafzimmer gewesen?«

Sie schüttelte den Kopf, während es in ihren grauen Augen lustig aufblitzte.

»Dort stehen achthundertfünfzig verschiedene Allheilmittel. Einmal in jedem Vierteljahr findet ein großes Aufräumen statt, bei dem der ganze Bestand hinausfliegt. Augenblicklich braut er einen Trank für seine Nerven.«

»Armer Harry!« murmelte sie sanft.

Sie fand es seltsam, daß Dick nie über die Zeit sprach, wenn sie Herrin auf Fossaway sein würde. Jetzt zum Beispiel, wäre es nicht ganz natürlich gewesen, wenn er gesagt hätte: Nach der Hochzeit werden Sie ihn hoffentlich von diesem Unsinn kurieren? – Aber dann war sie auch wieder froh über seine Zurückhaltung.

Sie durchfuhren ein Wäldchen, herbstlich gelb, braun, purpurrot. Gleich darauf langten sie beim Bahnhof an.

»Haben Sie wieder Besuch vom Schwarzen Abt gehabt?« erkundigte sich Leslie auf dem Bahnsteig.

»Nein. Die Polizei stellte gestern abend Nachforschungen an, und so wird es wohl Schluß mit den Besuchen sein. Unerklärlich, wie Harry sich von diesem Spuk ins Bockshorn jagen läßt! Sobald es heißt der Abt gehe um, traut er sich nicht mehr hinaus.«

»Und Sie, Dick?«

»Wenn ich ein Gespenst mit meinen eigenen Augen sehe, dann will ich daran glauben. Bis dahin – nein.«

Als der Zug aus der Station fuhr, streckte sie den Kopf aus dem Fenster und winkte ihm zu. Stocksteif stand er immer noch an der gleichen Stelle und starrte dem entschwindenden Wagen nach.

Leslie fröstelte.

9

So seltsam dies sein mochte, noch nie hatte Leslie Gine bisher das Büro ihres Bruders in Holborn betreten. Und heute tat sie es nur eines prosaischen Mißgeschicks wegen. Sie hatte das Willow-Haus ohne einen Penny in der Tasche verlassen und bemerkte es erst, als der Bahnbeamte ins Abteil trat und sie aus ihren Träumereien riß. Weder Geld noch Billett! Sie gab ihm ihre Karte und nahm in London ein Taxi.

Im Wartezimmer ihres Bruders trat ihr ein stattlicher Herr mit ergrautem Haar und energischem, nicht unsympathischem Gesicht entgegen, in dem sie den einsamen Angler erkannte, den sie in diesem Sommer so oft am Ufer des Ravensrill bemerkt hatte. Das also war Mr. Gilder, den Arthur häufig als tüchtigen Angestellten erwähnte. Sie hatte nie Neugierde verspürt, ihn kennenzulernen. Ein Bürovorsteher! Jetzt mußte sie sich eingestehen, daß er durchaus nicht dem üblichen Typ entsprach. Mächtige Schultern, ein viereckiges Kinn, zusammengepreßte Lippen, durchdringende graue Augen unter buschigen Brauen erweckten den Eindruck von Energie und Kraft.

»Miss Gine, nicht wahr? Die Ähnlichkeit mit Ihrem Bruder ist unverkennbar!«

Mit dieser Begrüßung versetzte er ihr einen kleinen Schock, denn Arthurs gutes Aussehen war von einer Art, die weder ihre Bewunderung noch ihren Neid erregte.

»Er ist im Moment beschäftigt. Nehmen Sie bitte einen Augenblick Platz, ich werde ihn gleich wissen lassen, daß Sie hier sind.«

Unwillkürlich kam ihr eine oft in Romanen gelesene Wendung in den Sinn – verzehrender Blick! Gilder starrte sie allerdings nicht direkt an, es war vielmehr die Konzentration, die durchbohrende Intensität seiner hellgrauen Augen, was ihr Unbehagen verursachte. Mit raschem Blick vermerkte sie, welch peinliche Sorgfalt er auf sein Äußeres verwandte. Hatte Arthurs Vorliebe für Eleganz auch seinen Stab angesteckt?

»Ich hörte, daß Sie sich in unserer Nähe niederlassen wollen, Mr. Gilder«, bemerkte sie.

»Oh – ja, allerdings«, gab er, unangenehm überrascht, zu. »Ich – ich habe eine Vorliebe für die Gegend.«

»Nett für Arthur, Sie als Nachbar zu haben. Vermutlich ging die Anregung für diesen Kauf auch von ihm aus?«

Mit nervöser Geste zupfte er an einem nicht vorhandenen Schnurrbart.

»Das gerade nicht – er weiß noch gar nichts von dem Kauf. Ich will jetzt sehen, ob Ihr Bruder frei ist...«

Vor der Tür des Privatbüros rang er einige Sekunden um Haltung, bis er die Klinke niederdrückte und eintrat. Die Worte, die er dann zu hören bekam, ließen ihn von neuem wie angewurzelt stehenbleiben.

10

»Meine Schwester?« Arthur Gine blickte von Gilder zu Mary Wenner. »Kommen Sie später wieder«, sagte er gedämpft. »Gilder, lassen Sie Miss Wenner durch den Nebenausgang hinaus!«

Als er sie durch den Korridor führte, fragte der Bürovorsteher kurz:

»Wo wohnen Sie?«

Es lag so viel Autorität in seiner Stimme, daß Mary Wenner ohne zu überlegen antwortete:

»Cranston Mansion Nummer 73. – Warum?«

»Weil ich mit Ihnen sprechen muß. Kann ich Sie abends aufsuchen?«

Miss Wenner schreckte etwas zurück.

»Ja, nur – ich werde eine Freundin bitten...«

»Was ich Ihnen zu sagen habe, ist nicht für fremde Ohren bestimmt.«

Sie war neugierig, was dieser Mann eigentlich von ihr wollte.

Er begleitete sie zum Lift und nahm ihr das Versprechen ab, daß sie ihn allein empfangen werde. Darauf begab er sich ins Wartezimmer und führte Leslie Gine hinein.

»Du bist ein Gänschen, ohne Geld in die Stadt zu fahren!« rügte Arthur, als er drei Geldscheine aus seiner Brieftasche zog. »Hier hast du Geld, damit kannst du dich bis zu deiner Hochzeit amüsieren!«

»Meinst du, fünfzehn Pfund reichen hin?« Sie lachte, zog die Handschuhe an und wollte gehen. Aber dann fiel ihr die Red Farm ein.

Arthur Gine hörte ungläubig zu, als sie ihm die Geschichte erzählte.

»Gilder hat sich in Chelfordbury angekauft? Unmöglich. Das würde er mir gesagt haben. Wozu braucht er einen Landsitz. Überhaupt fehlt ihm das Geld für einen solchen Kauf.«

»Bist du sicher, daß er kein Geld hat?«

»Schön, vielleicht hat er etwas. Aber gleich ein Haus in Chelfordbury! Ich bildete mir immer ein, er kenne die Gegend gar nicht.«

»Den ganzen Sommer hindurch hat er das Wochenende im Ravensrillcottage verbracht.«

»Ach, der Angler!« Er pfiff leise. »So ein Geheimniskrämer! Lebt ein halbes Jahr in unserer nächsten Nähe und läßt nichts davon verlauten!«

»Und besitzt sogar ein Auto! Dick Alford ist wütend über den Verkauf.«

Gine grinste.

»Ich kenne ihn in dieser Hinsicht! Als ich ihm einmal vorschlug, eine der nördlichen Besitzungen für Villen zu parzellieren, sprang er mir beinah ins Gesicht. Er glaubt blind an die Zukunft der Landwirtschaft. Ich kann mir lebhaft vorstellen, wie er bei dem Gedanken schäumt, daß ein Bürovorsteher sich als Krautjunker etabliert.«

»Er schäumte nicht mehr, als ich mich von ihm verabschiedete.«

»Wann?«

»Heute vormittag – er begleitete mich zum Bahnhof.« Sie konnte eine kleine Verwirrung nicht ganz verbergen.

Er sah sie forschend an. Langsam stand er auf, legte ihr die Hände auf die Schultern und rüttelte sie ein wenig.

»Mädchen, schlag dir den Mann aus dem Kopf! Natürlich kommt Harry bei einem Vergleich mit seinem Bruder schlecht weg. Aber Dick ist und bleibt arm wie eine Kirchenmaus. Und von deinem hübschen Gesichtchen kannst du nicht leben ...«

»Was soll das heißen?« fuhr sie ihn an. »Und mein Vermögen?«

Es dauerte eine Weile, bis er eine passende Antwort fand.

»Natürlich – ja, aber ich möchte, daß du dir eine führende Stellung in der Grafschaft erringst. Gräfin von Chelford bedeutet etwas! Dick Alford ist tipptopp, aber einen armen Menschen zu heiraten ...«

Unter dem Blick ihrer grauen Augen stockte er.

»Arm! Arm! Etwas anderes kannst du wohl überhaupt nicht denken? Als ob es darauf ankäme, daß mein zukünftiger Gatte Vermögen besitzt? Deine Logik mutet etwas sonderbar an.«

Er lachte, aber es geriet zu lang und lustig, um überzeugend zu wirken.

»Du hättest Anwalt werden sollen, Leslie! Mein Wort, die weiße Perücke und die Robe würden dir fabelhaft stehen. Jetzt aber, mein Mädchen, hinweg mit dir! Ich habe unheimlich zu tun.«

Als sich die Tür hinter ihr schloß, atmete er erleichtert auf. Stürmisch drückte er auf den Onyxknopf.

»Schicken Sie Mr. Gilder zu mir!« befahl er dem Schreiber.

II

Gilder wußte, als es ihm ausgerichtet wurde, warum sein Chef ihn zu sehen wünschte. Obwohl es ihm nicht an Mut fehlte, kostete es ihn doch einige Überwindung, der Aufforderung sofort nachzukommen.

»Gilder, was bedeutet dieser Kauf der Red Farm?« fragte Gine ohne Umschweife.

»Warum sollte ich sie nicht kaufen?«

»Ich habe ja auch nichts dagegen, nur berührt es mich seltsam, daß Sie nicht eine Silbe darüber verlauten ließen.«

»Es ist gar nicht seltsam. Ich befürchtete, daß Sie meinem Plan nicht sehr gewogen sein würden, denn Arbeitgeber pflegen es nicht gern zu sehen, wenn sich Angestellte in ihrer Nähe niederlassen. Monatelang habe ich in einem Häuschen bei Chelfordbury gehaust, und manchmal war ich versucht, bei Ihnen vorzusprechen, doch hielt mich mein Instinkt davon ab, Ihnen gesellschaftlich nahezutreten. Sie haben mich in all den Jahren nicht ein einziges Mal aufgefordert, das Wochenende bei Ihnen zu verbringen. Nun, und darum sah ich auch keine Veranlassung, Sie über den Kauf zu informieren.«

»Und das Geld? Ich wußte nicht, daß es Ihnen so gut geht!«

»Warum sollte ich Sie über die Höhe meines Bankkontos orientieren?«

»Von Ihrem Gehalt, das – ich gebe es offen zu – nicht fürstlich ist, konnten Sie jedenfalls das Geld nicht zurücklegen, um die Farm zu kaufen. Und bauen wollen Sie ja auch.«

Als Antwort zog Gilder ein Lederportefeuille aus der Tasche, auf dem in goldenen Buchstaben der Name des Buchmachers stand, bei dem sein Chef die größten Sätze anlegte.

»Trebman –?« Arthur Gine furchte die Stirn. »Was hat das mit Ihrem Kauf zu tun?«

»Ich bin Trebman«, sagte der Bürovorsteher.

Gine stierte ihn an. Trebman! Der Buchmacher, dem er Tausende und aber Tausende bezahlt hatte!

»Dann ist das Geld – mein Geld?« stieß er nach einer Weile hervor.

»Ihr Geld? Wenn Trebman Ihre Wetten nicht angenommen hätte, so wäre irgendein anderer Buchmacher dazu bereit gewesen. Vor fünf Jahren beklagten Sie sich einmal, daß sich kein Buchmacher bereit fände, große Wetten noch fünf Minuten vor dem Rennen telegrafisch entgegenzunehmen. Dies gab mir zu denken, ich sah, daß Sie zu diesen ... «

»Dummköpfen«, warf der Anwalt ein.

»Nein – Pechvögeln gehören, die ungeachtet aller Verluste das Wetten nicht lassen können. So trat Trebman ins Leben und benachrichtigte Sie durch Prospekte, daß er jede Summe auf telegrafische Order annehmen würde. Wissen Sie, wieviel Sie in den letzten fünf Jahren verloren haben?« Der andere schüttelte bleich vor Wut den Kopf. »An Trebman allein dreiundsechzigtausend Pfund.«

Die Farbe kam und wich in Arthur Gines Gesicht. Trotzdem wußte er, daß sein Zorn unberechtigt war. Bisher war Trebman für ihn ein Name auf einem Depeschenformular gewesen, eine Adresse irgendwo im Westend, an die er seine verlustreichen Telegramme schickte. Nie hatte er sich dafür interessiert, wer der Mann sein mochte.

»Sie sind doch nicht etwa auch Rathburn & Co?« fragte er.

Zu seinem grenzenlosen Erstaunen nickte Gilder.

»Nicht nur Rathburn & Co, sondern auch Burton & Smith. Das heißt also, daß ich identisch bin mit den drei Buchmacherfirmen, an die Sie innerhalb der letzten fünf Jahre zirka dreißigtausend Pfund jährlich verloren. Machen Sie kein so finsteres Gesicht, Gine! Ich habe mir nichts vorzuwerfen, die paar Male, als Sie gewannen, ist Ihnen Ihr Gewinn korrekt ausbezahlt worden. Ich nahm das Risiko auf mich – mein Glück gegen das Ihrige. Als ich begann, setzte ich mein ganzes Vermögen, in jahrelangen Mühen ersparte dreitausend Pfund, aufs Spiel. Hätten Sie Glück gehabt, wäre ich ruiniert gewesen.«

»Sie haben absolut recht. Nur – ich muß diese Neuigkeit erst ein wenig verdauen!«

Er forschte in dem verschlossenen Gesicht Gilders, versuchte krampfhaft, seine Einschätzung dieses Mannes, in dem er bis jetzt nur einen gehobenen Angestellten gesehen hatte, zu berichtigen. Plötzlich kam ihm das Groteske der Sachlage zum Bewußtsein, und er lachte laut auf.

»Was werden Sie nun mit Ihrem Geld anfangen, Sie Krösus?«

»Mich auf dem Lande niederlassen und heiraten.«

»Ausgezeichnet!« lobte Arthur mit einem ironischen Unterton. »Und wer ist die glückliche Dame?«

»Ich habe die Absicht, mich mit Miss Leslie Gine zu vermählen.«

Nichts regte sich im Gesicht des Anwalts, nur ein böser Funke traf Gilder, der ein wenig erschrak. War er zu weit gegangen?

»Das ist sehr interessant.« Gine lächelte geheimnisvoll. »Sehr – unternehmungslustig von Ihnen, Gilder! Leider habe ich andere Pläne.« Er kam hinter dem Schreibtisch hervor und pflanzte sich, die Hände in den Hosentaschen, vor dem Bürovorsteher auf. »Was würden Sie übrigens für das Privilegium, mein Schwager zu sein, zahlen?«

»Die Hälfte Ihrer Rennverluste aus den letzten fünf Jahren.«

»Das langt nicht!«

»Die Löschung der vier auf Lord Alford gezogenen, unterschriebenen Wechsel, bei denen seine Unterschrift ausnahmslos gefälscht ist...« Und als Arthur Gine mit kreidebleichem Gesicht zurückfuhr: »Mit anderen Worten, Gine – fünfundsiebzigtausend Pfund oder fünf Jahre Zuchthaus!«

12

Leslie langweilte sich bald in der Stadt und bedauerte, daß sie auf den Vorschlag ihres Bruders, gemeinsam mit ihm nach dem Willow-Haus zurückzufahren, eingegangen war. Sie hatte alle Einkäufe erledigt. Warum sollte sie also nicht mit dem nächsten Zug nach Chelfordbury zurückkehren? Aber Arthur machte Einwendungen, als sie ihm diese Absicht telefonisch mitteilte.

»Ach was! Du fährst viel bequemer mit mir im Wagen zurück. Bleiben wir bei der ersten Verabredung! Nur komm anstatt um fünf schon um halb fünf ins Büro – Gilder hat uns zum Tee eingeladen. Tu mir den Gefallen und nimm die Einladung an!«

»Mr. Gilder?«

»Da er unser Nachbar wird, ist es vielleicht ganz gut, wenn wir ihn nett behandeln«, argumentierte er.

Am liebsten hätte sie Kopfschmerzen vorgeschützt, und nur, weil ihr Bruder sie so selten um eine Gefälligkeit bat, stimmte sie zu.

Als sich Leslie Gine um halb fünf im Privatbüro einfand, saß ihr Bruder, den Kopf in die Hände gestützt, am Schreibtisch.

»Fühlst du dich nicht wohl, Arthur?« erkundigte sie sich.

»Glänzend! Ich habe nur einen strengen Tag hinter mir. Gilder kommt gleich. Bitte, sei nett zu ihm, er ist eine nützliche Arbeitskraft. Seine Wohnung liegt am Regents Park. Übrigens ist er Junggeselle.«

Sie zuckte die Achseln. Was interessierte es sie, ob Gilder Junggeselle war oder nicht!

»Erstaunlich, was du für einen wohlhabenden Bürovorsteher hast – Landsitz in Chelfordbury, Wohnung im vornehmsten Londoner Viertel ... «

»Er wird dir gefallen.« Arthur drückte auf den Onyxknopf. »Ganz amüsant.«

Amüsant war nun allerdings nicht das richtige Wort, aber das einzige, das ihm eingefallen war.

Als hätte er nur auf das Klingelzeichen gewartet, betrat Gilder, einen leichten Überzieher über dem Arm, in der Hand einen grauen Borsalino, das Zimmer.

Während der Fahrt bestritt Mr. Gilder die ganze Unterhaltung. Er hatte eine tiefe, angenehme Stimme und eine gefällige Art zu plaudern. Arthur sah den Mann, mit dem er tagtäglich zusammenarbeitete, in neuem Licht. Ungezwungen sprach Gilder über alles mögliche, schnitt jedes Thema an, für das er Interesse vermutete – Flugwesen, Rundfunk, Literatur und Weltkrieg, russischer Kommunismus und italienische Renaissance, amerikanisches Theater und Polospiel.

Die Wohnung nahm das gesamte erste Stockwerk eines der teuren Häuser am Parkrand ein und war sehr luxuriös eingerichtet. Von meinem Geld! dachte Arthur Gine, in dem der Ärger wieder aufstieg. Nach dem Tee führte der Hausherr die Gäste in die Bibliothek, um ihnen seine Raritäten zu zeigen.

Gilder machte die junge Dame gerade auf eine kostbare Erstausgabe aufmerksam, als sich etwas sehr Eigenartiges ereignete.

»Entschuldige mich für ein paar Minuten, Leslie«, sagte Arthur plötzlich, »ich will nur schnell zu einem Bekannten, der ganz in der Nähe wohnt.«

Seine Stimme klang auffallend unnatürlich, und seine Schwester schaute ihn fragend an.

»Wenn wir rechtzeitig zum Dinner zu Hause sein wollen, dann müssen wir ...« Sie warf einen Blick auf ihre Armbanduhr.

»Ich bleibe höchstens eine Viertelstunde!« Er sprang auf und verschwand, bevor sie noch etwas einwenden konnte.

Wie sonderbar und ungewöhnlich! Trotz des Unbehagens, das

sie beschlich, hätte sie es nie für möglich gehalten, daß ihr Bruder sie absichtlich mit diesem grauhaarigen Mann allein lassen würde. Warum aber hatte er, dessen Egoismus sich doch stets sträubte, auf jemanden, der von ihm abhing, Rücksicht zu nehmen, den plötzlichen Wunsch, seinem Bürovorsteher gefällig zu sein?

Als sie allein waren, stellte Fabrian Gilder den Band behutsam an seinen Platz zurück.

»Nächstes Jahr werde ich mein neues Heim beziehen. Ich hoffe, Sie dann häufiger zu sehen, Miss Gine! Ich wünschte mir schon immer, meinen beiden Liebhabereien, Fischen und Lesen, in Ruhe nachgehen zu können. Glücklicherweise bin ich in der Lage, den Beruf an den Nagel zu hängen. Ihr Bruder hat Ihnen wahrscheinlich gesagt, daß ich unabhängig bin. Und – nun ja, ich bin fünfzig, ein gutes Alter, und ich bilde mir ein, eine Frau glücklich machen zu können.«

Leslie hatte ein peinliches Gefühl und eine trockene Kehle, sie mußte sich räuspern, bevor sie antworten konnte:

»Hoffentlich werden wir dann das Vergnügen haben, Ihre Gattin gelegentlich bei uns zu sehen.«

Gilder antwortete nicht, aber unter dem hartnäckigen Blick seiner grauen Augen wurde ihr heiß und kalt. Unversehens, bevor sie ausweichen konnte, ergriff er ihre beiden Arme.

»Leslie ... «

»Lassen Sie mich los!« schrie sie und riß sich verzweifelt aus der Umklammerung.

»Für Sie, Leslie, habe ich gearbeitet, Pläne geschmiedet ... «

Ein Klopfen an der Tür – seine Züge verzerrten sich vor Wut.

»Herein!«

»Mr. Richard Alford möchte Sie sprechen«, meldete das Mädchen.

13

Dick Alford, der im Herrenzimmer wartete, überlegte gerade, wie er diese Unterhaltung, die sehr unangenehm zu werden versprach, einleiten sollte, als die Tür aufflog und eine junge Dame mit kalkweißem Gesicht auf ihn zustürzte.

»O Dick, Dick!«

»Um Gottes willen, was ist geschehen? Wie kommen Sie hierher?«

Doch Leslie kam gar nicht dazu, zu antworten. Im Türrahmen stand die imposante Gestalt Mr. Gilders. Die Wut in seinen Augen loderte geradezu. »Was wollen Sie?« brüllte er.

Dick Alford beachtete ihn nicht. »Warum sind Sie hier, Leslie?«

»Arthur brachte mich hierher, und – und ... «

Langsam dämmerten Dick die Zusammenhänge.

»Arthur brachte Sie hierher? Und ließ Sie dann allein mit diesem Herrn? Ist er ein Freund von Ihnen?«

»Nein, nein«, wehrte sie heftig ab. »Ich begegnete ihm heute zum erstenmal.«

Diesen Augenblick wählte Arthur Gine für seine Rückkehr. Man hörte die Türglocke klingeln, schnelle Schritte kamen durch die Diele. Sein Gesicht erblaßte, er zwang sich zu einem verkrampften Lächeln.

»Hallo, Kleine! Was ist los?«

»Sie täten gut daran, Leslie sofort nach Hause zu bringen!« fuhr ihn Dick an.

»Darf ich mir erst einmal die Frage gestatten, mit welchem Recht Sie über meine Gäste verfügen?« sagte Gilder scharf.

Aber Dick beachtete ihn auch jetzt nicht.

»Kümmern Sie sich um Ihre Schwester, Gine! Ich werde mir erlauben, heute abend bei Ihnen vorbeizukommen.«

Er führte Leslie in die Diele, Arthur folgte, und Dick wartete, bis die beiden gegangen waren. Erst jetzt wandte er sich dem ergrimmten Hausherrn zu.

»Ich kam geschäftlich zu Ihnen, Gilder, aber das hat nun Zeit. Zuerst möchte ich von Ihnen wissen, was Sie Miss Gine gesagt haben.«

»Das geht niemand etwas an.«

»Es ist Ihnen sicher bekannt, daß Miss Gine mit meinem Bruder verlobt ist?«

Gilder fuhr sich mit der Zunge über die trockenen Lippen.

»Das interessiert mich nicht.« Er überlegte kurz. »Warum Versteck spielen? Ich habe Miss Gine um ihre Hand gebeten.«

»So! Und wie stellte sie sich dazu?«

»Sie ließen ihr ja keine Zeit, mir eine Antwort zu geben. Aber ich glaube kaum, daß Schwierigkeiten zu überwinden sind.«

»Sie meinen wohl, Schwierigkeiten von seiten Mr. Gines?« fragte Dick ironisch. »Auf alle Fälle, Schwierigkeiten haben Sie von Miss Gine zu erwarten – und von mir.«

»Von Ihnen? Sind Sie etwa mit der Dame ...«

»Ich bin Miss Gines Freund. Was jedoch Sie betrifft, habe ich den Eindruck, daß Sie bedenklich im trüben fischen. Gott weiß, was für Zwangsmittel Sie gegen Gine in der Hand haben. Trotzdem, Sie werden Leslie Gine nicht heiraten, Gilder!«

»Ist das eine Drohung?«

»Fassen Sie es auf, wie es Ihnen beliebt. Und jetzt zu unserer geschäftlichen Angelegenheit! Sie erwarben unsere Red Farm von Leonard für dreitausendfünfhundert Pfund. Wollen Sie von dem Kauf bei einem Profit von fünfhundert Pfund zurücktreten?«

»Wie käme ich dazu? Ich beabsichtige, dort Wohnsitz zu nehmen, und wüßte nicht, was mich daran hindern sollte.«

»Ich hatte mich gefragt, warum Sie gerade auf unsere Nachbarschaft verfielen. Jetzt sehe ich klar. Doch Sie haben Pech. Leonard benötigt zum Weiterverkauf die Zustimmung meines Bruders, das heißt, die meinige, da ich Generalvollmacht besitze. Als Jurist sind Sie vielleicht mit den verzwickten Bestimmungen über sogenannte Lehngüter, zu denen die Red Farm gehört, vertraut und wissen, daß Sie, falls ich zum Prozeß gezwungen werde, unweigerlich verlieren. Also gutwillige Regelung?«

»Nein.«

»Vielleicht kommen Sie bei ruhiger Überlegung zu einem andern Entschluß.« Dick griff nach seinem Hut. »Und auch in bezug auf Miss Gine sollten Sie sich nicht auf Ihre Absichten versteifen.«

»Wenn ich es dennoch tue?«

»Werden Sie es sehr bedauern«, erwiderte Dick gelassen.

14

Leslie ließ kein Wort über das Erlebnis mit Gilder fallen, und auch ihr Bruder vermied das Thema ängstlich. Auf der Fahrt sprach er über geschäftliche Dinge und versank zwischendurch in Grübeln. Mit seinen Nerven schien es nicht zum besten zu stehen. Als Leslie eine belanglose Frage an ihn richtete, zuckte er erschrocken zusammen.

»Ach, entschuldige, was meintest du? Ich war in Gedanken.«

»In unangenehmen, Arthur?«

»Ja, verdammt unangenehmen.«

Sie hatten Chelfordbury fast erreicht. Erst jetzt sagte sie das, was ihr die ganze Zeit auf den Lippen gelegen hatte.

»Arthur, weißt du, was Mr. Gilder von mir wollte?« Und als er stumm blieb: »Er machte mir einen Antrag.«

»Tatsächlich? Sieh mal an!«

»Arthur, hast du es gewußt, als du uns allein ließest?«

»Eine absurde Idee!« wich er aus. »Natürlich ist er kein schlechter Kerl, und man kann es einem Mann ja auch nicht als Verbrechen anrechnen, wenn er sich in ein Mädchen verliebt und es heiraten will.«

»Soll das heißen, daß du... Aber du weißt doch, daß ich mit Harry verlobt bin, gerade du wolltest mich partout als Gräfin sehen!«

Normalerweise fehlte es Arthur Gine nicht an Zungenfertigkeit, um sich aus heiklen Situationen herauszulügen. Doch jetzt ließ ihn seine Schlagfertigkeit im Stich, und seine Ausflüchte kamen ihm selbst banal vor.

»Mein liebes Mädchen, es macht mir wirklich nichts aus, wen du heiratest, sofern du nur glücklich wirst. Gilder ist sicher ein tüchtiger Mann und besitzt obendrein ein schönes Vermögen...«

Wild fuhr sie auf ihrem Sitz herum und blitzte ihn an.

»Geld! Vermögen! Dauernd betonst du es, nichts anderes bewegt dich! Wo ist mein eigenes Geld?«

Die Frage schoß förmlich aus ihr heraus. Arthur riß sich zusammen, um der neuen Situation gewachsen zu sein.

»Dein Geld? Das ist sicher angelegt – in allen möglichen Rentenbriefen und Aktien...« Vergeblich versuchte er, einen überzeugenden Ton zu treffen.

»Wieviel Geld besitze ich?« fragte sie unerbittlich.

»Etwa eine halbe Million Pfund. Aber komm, reden wir nicht vom Mammon!«

»Ich will davon reden, Arthur! Habe ich überhaupt noch etwas? Ich kann mir nicht helfen, ich glaube, ich habe gar nichts mehr. Du hast seit Jahren das Geld allein verwaltet, und irgendwie komme ich von der Vorstellung nicht los, daß deine Geschäfte nicht gutgegangen sind.«

»Soll das heißen, daß ich dich bestohlen habe?«

»Das sage ich ja nicht. Aber vielleicht hast du das Vermögen unklug angelegt, vielleicht ist es kleiner und kleiner geworden. Ist es so?«

Einen vertrauensseligen Augenblick lang erwog er, ihr die Wahrheit zu gestehen. Doch Eitelkeit und Zurückschrecken vor der Wirkung, die diese Mitteilung auf einen Menschen haben mußte, für den er immerhin ein Quentchen Liebe empfand, verhinderte die Beichte.

»Verschone mich mit solch lächerlichen Fragen und geschmacklosen Verdächtigungen!«

Der Weg zum Willow-Haus lief am Park von Fossaway entlang. Arthur Gine sah den zerfallenen Bogen der Abtei, rot in der untergehenden Sonne, ein feuriges Fragezeichen, das auffallend zu seiner eigenen Gemütsverfassung, seinen Zweifeln und Hoffnungen, paßte. Wenn es gelang, den Chelfordschatz zu heben, könnte er den Druck Gilders abschütteln, die vier Wechsel bezahlen, für das vergeudete Vermögen seiner Schwester Ersatz leisten... Aber es war ein Strohhalm, nach dem er griff.

Zu Hause angekommen, verschwand er sofort in sein Schlafzimmer, um sich zum Dinner umzuziehen.

Zu seiner Erleichterung war Leslie bei Tisch in fröhlichster Laune; der Vorfall mit Fabrian Gilder schien vergessen zu sein.

»Du könntest mir einen großen Gefallen tun, Schwesterchen«, begann Arthur, als der Kaffee serviert wurde. »Erinnerst du dich an Harrys Sekretärin Mary Wenner?«

»Gewiß. Dick kann sie nicht leiden. Er erzählte mir neulich...«

»Zum Kuckuck – sollen wir unser Leben nach seinem Geschmack einrichten?« Als er ihren erstaunten Blick auffing, sagte er hastig: »Entschuldige, meine Nerven...«

»Was ist also mit Mary Wenner?«

»Ich möchte, daß du sie zum Wochenende einlädst. Ich habe unheimlich viel Arbeit, und sie ist eine ausgezeichnete Stenotypistin.«

»Warum nicht! Gib mir ihre Adresse, damit ich ihr schreiben

kann. Dick hat ihr wohl vor allem ihren Flirt mit Harry verübelt.«

»Den hat sie vergessen. Ich muß sagen, sie ist gar nicht so übel – natürlich keine Dame, aber was bedeutet das heutzutage schon? – Also, bis nachher, Leslie, ich habe noch zu tun.«

Die Aussicht, den Abend allein verbringen zu müssen, störte sie nicht sehr. Es gab vieles, über das sie nachdenken, in das sie Ordnung bringen wollte.

Bald darauf schrillte die Haustürglocke. Sie lief in die Halle und machte Licht. Draußen stand Dick. Sie riß die Tür auf und begrüßte ihn mit weitausholender, zeremonieller Gebärde.

»Tretet ein, Richard von Chelford!« Sie führte ihn ins Wohnzimmer. »Wollen Sie mit Arthur sprechen? Er arbeitet. Dick, es war reizend von Ihnen, heute nachmittag dort aufzutauchen!«

»Gilder machte Ihnen, wie ich hörte, einen Antrag?«

»Erzählte er es Ihnen?« Sie stieß einen schweren Seufzer aus.

»Ja. Seltsam. Und furchtbar eilig schien er es zu haben!«

»Hat Ihr Bruder Ihnen vorher einen Wink gegeben?«

»Arthur kann unmöglich etwas geahnt haben. Gilder wollte uns seine Wohnung zeigen, und ich ging eben mit, obwohl mir die Einladung nicht behagte.«

»Ihrem Bruder zuliebe, nicht wahr?«

»Oh!« rief sie vorwurfsvoll. »Ein bißchen weibliche Neugier sollten Sie mir denn doch zutrauen, Dick! Eine Junggesellenwohnung macht einen immer gespannt.«

»War Arthur wütend, als er von Gilders Benehmen erfuhr?«

»Vielleicht. Sie wissen ja, er zeigt seine Gefühle kaum.«

»Das kann man wohl sagen!« versetzte Dick trocken. »Kann ich ihn fünf Minuten sprechen?«

»Aber nicht streiten, Dick!« Sie sah ihn bittend an.

»Ich will ihm nur ein paar Fragen stellen.«

Wortlos durchquerte sie die Halle und klopfte an die Tür des Arbeitszimmers.

»Was will er denn von mir?« murrte Arthur Gine. »Eine Rücksichtslosigkeit, bei Nacht und Nebel aufzukreuzen!«

»Du solltest ihn wirklich empfangen, damit die Sache aus der Welt geschafft wird.«

Er warf einen schnellen Blick auf seine Schwester.

»Welche Sache?«

»Solltest du es etwa nicht wissen, Arthur?«

»Schon gut, schon gut, schick ihn her!« befahl er ungnädig.

Er hielt es nicht für nötig, sich vom Sessel zu erheben, als Dick eintrat und die Tür hinter sich schloß.

»Nehmen Sie Platz, Alford. Leslie sagt, daß Sie mich sprechen wollen?«

»Das wußten Sie ohnehin – ich kündigte Ihnen bereits heute nachmittag an, daß ich am Abend herüberkommen werde. Gilder machte Ihrer Schwester einen Antrag...«

»Ja. Ich vernahm es auf der Heimfahrt.«

»Ich nehme an, daß Sie dem Mann morgen kündigen werden?«

»Meines Erachtens liegt dafür kein Grund vor. Ein hübsches Mädchen um seine Hand zu bitten ist ja kein Vergehen. Selbstverständlich ist er nicht das, was ich mir für Leslie wünschen würde.«

»Was für Druckmittel hat er?« fragte Dick ruhig.

»Zum Teufel, was soll das heißen?«

»Genau, was ich sagte. Sie würden nie dulden, daß Gilder seine Augen zu Ihrer Schwester erhebt – ganz abgesehen von der Beleidigung, die damit der künftigen Gräfin von Chelford zugefügt wird –, wenn er Sie nicht fest in seinen Krallen hätte. Ganz offensichtlich ist Ihre Furcht vor möglichen Konsequenzen größer als Ihre Entrüstung.«

»Wie melodramatisch, mein Teuerster!« nahm Gine Zuflucht zur

Spöttelei. »Selbstverständlich sähe ich Leslie lieber mit Ihrem Bruder verheiratet, würde ihr jedoch auch kein Hindernis in den Weg legen, wenn sie ihr Herz an einen anderen hängen sollte.«

»Das heißt, an Gilder!« Die Frage, die Dick Alford nun stellte, ließ Gine von seinem Sessel hochspringen. »Handelt es sich um die Wechsel?«

»Die – was?« stammelte er.

»Die vier Wechsel, auf denen das Akzept meines Bruders gefälscht wurde. Ich sah sie auf der Bank, erhob indessen glücklicherweise – ich meine, glücklicherweise für Sie – keinen Einspruch. Als ich sie mir einige Tage später nochmals vorlegen lassen wollte, waren sie eingelöst, vermutlich von Mr. Fabrian Gilder, den das etwas über fünftausend Pfund gekostet und der den Betrag bestimmt nicht aus purer Selbstlosigkeit geopfert hat.«

Arthur Gine holte tief Luft.

»Ich – ich erfuhr es auch erst heute. Das Geld stand mir zu, für – für Anwalts- und Notariatsunkosten. Lord Alford war damals krank ...«

»Ist es – eine Handhabe gegen Sie?«

»Wenn Sie es wissen wollen, ja. – Alford, ich bin ruiniert! Dieser Bursche kann mich ins Zuchthaus bringen.«

Dick schüttelte den Kopf.

»Setzen Sie ihn morgen vor die Tür. Wenn er die Wechsel vorlegen sollte, will ich mich dafür verwenden, daß Harry die Unterschriften anerkennt.«

In das kalkweiße Gesicht kam wieder etwas Farbe.

»Das wollen Sie tun? Großer Gott, Sie ahnen nicht, was es für mich bedeutet! Sie sind großartig, Alford! Morgen vormittag fliegt Gilder.«

Die Hand, die er Dick hinstreckte, nahm dieser mit einigem Widerstreben. Viel hatte er von diesem Mann nie gehalten, doch jetzt ...

»Ich will Ihrem Bruder jeden Penny zurückzahlen«, versicherte Gine, »was mir ohne weiteres gelingen wird, da ich einen großen Coup vorhabe, der mich wieder flottmacht.«

Daß der große Coup, der ihm auf die Beine helfen sollte, ein glatter Diebstahl am Eigentum Harry Alfords war, störte ihn nicht. Auch ging ihm anscheinend die Ironie der Situation nicht auf. Hauptsache, daß die Affäre mit den vier Wechseln erledigt war – in Zukunft würde er auf geraden Wegen wandeln! Seine guten Vorsätze vermochte auch der Umstand nicht zu trüben, daß sich in seiner Tasche noch ein fünftes derartiges Papier befand, von dem Dick Alford freilich nichts ahnte.

»Ja, und diese Heirat – wollen Sie sie nicht beschleunigen, Alford? Setzen Sie sie, wenn es geht, auf nächsten Monat fest. Leslie ist ein schnurriges kleines Ding und sucht das Unvermeidliche hinauszuschieben – na, vielleicht ist das Mädchenart. Stecken Sie es hinter Harry!«

»Die Entscheidung darüber muß Ihrer Schwester überlassen werden«, stellte Dick kurz und unwiderruflich fest.

Zusammen verließen sie das Arbeitszimmer. Leslie, die sie besorgt erwartete, sah das entspannte Gesicht ihres Bruders und atmete erleichtert auf. Dick griff nach seinem Hut.

»Sie wollen schon wieder gehen?«

»Spielen wir Mah-Jongg!« forderte ihn der Hausherr auf.

Doch Arthur Gine gegenüberzusitzen war mehr, als er sich an diesem Abend zumuten wollte.

»Ah, hier habe ich etwas für Sie!« rief Gine gemütlich und zeigte auf einen Dolch an der Wand, lang und schwarz, der Griff vom Gebrauch geglättet, die Klinge gekerbt und zackig. »Er gehört eigentlich nach Fossaway – der echte Dolch, mit dem Hubert von Redruth, der echte Schwarze Abt, umgebracht wurde. Sehen Sie sich das Wappen auf dem Griff an!«

»Ich habe es früher schon gesehen«, erwiderte Dick kurz und

wandte sich an das Mädchen. »Ziehen Sie Ihren Mantel an, Leslie, ein kleiner Spaziergang wird Ihnen guttun.«

Und Arthur, der in der momentanen Verfassung jeden Vorschlag Dicks unterstützt haben würde, redete ihr gleichfalls zu.

15

Eine dunkle Nacht, der Mond brach nur dann und wann durch die treibenden Wolken. Leslie schob ihre Hand unter Dicks Arm, als sie die stockfinstere Allee hinab zur Straße gingen.

»Habt ihr euch gezankt?« wollte sie wissen.

»Das gerade nicht – es fielen ein paar unverblümte Worte, die die Luft reinigten. Morgen wird Gilder entlassen.«

Sie schwieg eine ganze Weile und schien nachzudenken.

»Ist das klug? Mir ist ein wenig angst vor dem Mann.«

»Ein gefährlicher Feind, sicher, aber zu fürchten doch nur, soweit seine Macht reicht.«

»Kann er Arthur nichts anhaben?«

»Nicht mehr – und Ihnen bestimmt nicht. Übrigens hat mich Ihr Bruder gebeten, die Beschleunigung Ihrer Heirat zu betreiben, was ich ablehnte. – Sie sehen Harry sehr selten, Leslie?«

»Er vermißt mich wirklich nicht, Dick! Die Suche nach dem Schatz und dem Lebenselixier nimmt ihn völlig in Anspruch.«

»Hat er mit Ihnen darüber gesprochen?«

»Natürlich. Was halten Sie von dem Schatz?«

»Die Grafen von Chelford haben in den letzten vierhundert Jahren für die Suche mehr ausgegeben, als der Schatz wert ist. Und außerdem bin ich überzeugt, daß die gierige Bess sich bis zum allerletzten Goldbarren alles angeeignet hat.«

»Ich bin anderer Meinung«, widersprach Leslie überraschend. »In letzter Zeit habe ich mich ein wenig mit Elisabeths Geschichte beschäftigt. In dem Jahr, als das Gold versteckt wurde, herrschte in den Kassen der Königin eine solche Ebbe, daß sie von den Lombarden Geld leihen mußte.«

Er blieb stehen. »Stimmt das wirklich?«

»Ja. Wenn Sie nicht ein so unverbesserlicher Skeptiker wären und etwas mehr lesen würden, wüßten Sie, daß die Königin im Jahre 1582 bankrott war!«

Beim Hohlweg bog Dick nach links ab. Auf einem kleinen Pfad näherten sie sich der Abtei.

»Sie sollen die Ruinen einmal im Mondschein sehen, Leslie! Es hat unbedingt einen romantischen Reiz.«

Im Mondlicht warf das zerfallene Gemäuer lange, unwirkliche Schatten. Wenn die Überlieferung stimmte, hatte in grauer Vorzeit hier ein Opferstein gestanden, lange bevor die normannischen Mönche den Meißel an die Blöcke für ihre Abtei legten. Leslie sah im Geist die schwarzen Kutten der Mönche sich hin und her bewegen. Links unten am Hang spiegelte sich der Mond im Ravensrill, ein Gekräusel von gleißendem Silber. Am Ufer des Flüßchens hatten die frommen Männer einst mit ihren Angelruten gesessen. Zu Staub waren sie geworden, und ihre prächtige Abtei zerbröckelte zu Schutt.

Da – ein Trugbild? Sie hätte schwören können, daß etwas im Schatten der Turmruine vorübergehuscht war.

»Was gibt's?« fragte Dick, der ihren raschen Atem hörte.

»Ach nichts! Wahrscheinlich Einbildung – es kam mir vor, als ob sich drüben jemand bewegte.«

»Das könnte zu dieser Nachtstunde höchstens der Schwarze Abt sein«, scherzte er. »Und den fürchten wir beide doch nicht?«

Im gleichen Augenblick hörten sie ein Ächzen, ein langes, schrill beginnendes, die Skala abwärtslaufendes Stöhnen, das leise verhauchte.

»Was war das?« flüsterte sie, Dicks Arm umklammernd.

Er antwortete nicht. Seine Augen bohrten sich ins Dunkel zwischen den Mauerresten.

Wieder der Laut, diesmal in einem Schrei endend. Dick zog das Mädchen an sich – er hatte eine Gestalt gesehen, die von den Ruinen zum Wasser hinabschlich. Eine hohe, schwarze Gestalt –.

»Bleiben Sie bei mir, Dick«, flehte Leslie, als er Anstalten machte, die Verfolgung aufzunehmen.

Die Erscheinung hastete weiter, drehte sich einige Male um, fuchtelte wild mit den Armen und verschwand, bald aufheulend, bald stöhnend und röchelnd, zwischen den Bäumen beim Flüßchen. Weit weg erklang noch einmal ein heulendes Jammern, dann hatte die Nacht den Spuk verschluckt.

»Entsetzlich! War es der Schwarze Abt?« flüsterte Leslie schaudernd.

»Ein Dorfbewohner, dem der Alkohol zu Kopf gestiegen ist!« versuchte er sie zu beruhigen.

»O nein, Dick! Es war ... Kommen Sie, gehen wir nach Hause.«

Als sie langsam dem Willow-Haus zuschritten, schaute er ein- oder zweimal zurück.

»Glauben Sie, daß der – daß jemand uns nachschleicht?« fragte sie zähneklappernd.

»Bewahre! Ich bildete mir ein, einen Wagen zu hören, aber ich muß mich getäuscht haben.«

Er hatte sich nicht getäuscht – und wußte es. Ganz kurz hatte er einen Strahl der Scheinwerfer erhaschen können und das leise Surren des Motors gehört. Aber da ein Wenden auf dem schmalen Weg unmöglich war, mußte der unbekannte Fahrer jetzt mit abgedrehten Lichtern irgendwo im Dunkeln stehen und warten.

»Lassen Sie sich mal anschauen!« Dick blieb stehen und drehte Leslies Kopf so, daß das Mondlicht auf ihr Gesicht fiel. »Sie sehen verflixt bleich aus und täten gut daran, sich schnurstracks ins Bett zu legen. Und erzählen Sie Ihrem Bruder nichts von dem Erlebten. Ich möchte nicht, daß etwas darüber bekannt wird.«

In der Nähe des Hauses nahmen sie, um das Knirschen des Kieses zu vermeiden und einer geräuschvollen Begrüßung durch Arthur zu entgehen, ihren Weg über den Rasen. Mit einem kleinen Seufzer ließ Leslie Dicks Arm los und murmelte:

»Er war doch schön – der Spaziergang...« Das Schweigen, das folgte, war für beide ein wenig verwirrend. »Dick, wollen Sie, daß ich Harry heirate?« Sie erhielt keine Antwort. »Wollen Sie es wirklich?«

Er stand im Schatten der großen Zeder, die sich direkt vor der Haustür emporreckte, und sie konnte seinen Gesichtsausdruck nicht sehen.

»Meine Wünsche spielen doch gar keine Rolle«, wich er aus. »Niemand darf Sie in Ihrem Entschluß beeinflussen.«

»Wollen Sie, daß ich ihn heirate?« beharrte sie.

»Darauf kann ich nicht antworten.«

»Und ich werde diese Frage nie wieder stellen. Gute Nacht!«

Verzweifelt und sich selbst verwünschend lief er bis zum Hohlweg zurück. Mit der Taschenlampe, die er abends immer bei sich hatte, leuchtete er den Boden ab. Ein wenig befahrener Weg, den außer ihm und dem Anwalt höchstens gelegentlich ein Händler benutzte. Dick sah die Reifeneindrücke von Gines Rolls-Royce und von Leslies kleinem Wagen. Dazwischen entdeckte er die Spur eines fremden Reifens mit auffallendem Muster. Die Stelle, wo der Wagen gestoppt hatte, war deutlich zu erkennen. Der Unbekannte schien gar nicht den Versuch gemacht zu haben, umzudrehen, sondern war ein Stück rückwärts gefahren. Dick folgte der Spur, bis sie den Weg verließ und über freies Feld zu einem Gatter führte.

»Red Farm«, murmelte er, das Gattertor aufstoßend. Er mußte nicht lange suchen. Im Schutz einer Hecke stand ein Wagen, unbeleuchtet, aber mit noch warmem Motor. Es war ein amerikanischer Sportwagen mit Londoner Nummer.

Dick ging zum Tor zurück, schwang sich auf die oberste Latte und wartete. Seine Geduld wurde auf keine harte Probe gestellt. Von seinem Sitz aus sah er die Kuppe des Hügels und den Turm der Abtei. Fünf Minuten, nachdem er seinen Platz eingenommen hatte, hob sich eine schwarze Silhouette vom Horizont ab, die hügelabwärts auf ihn zukam.

Den Park von Fossaway umschloß ein weitmaschiges Drahtgitter, das niemandem, der es übersteigen wollte, ein Hindernis bot. Der Fremde jedoch schien mit dem Gelände nicht vertraut zu sein, denn Dick hörte einen Draht klirren und vernahm einen Fluch. Dann kletterte der Mann darüber. Allmählich kam er näher.

»Guten Abend, Mr. Gilder!« grüßte Alford höflich. »Sehen Sie sich Chelfordbury an?«

»Wer, zum Henker, sind Sie?« Ein Lichtstrahl schoß auf und leuchtete Dick Alfords Gesicht ab. »Ach, Sie! Wie können Sie einen so erschrecken! Ich habe Ihre Ruinen im Mondschein bewundert – und ließ den Wagen hier auf dem Feld, damit er den Verkehr nicht behindert.«

»Der Verkehr hierzulande ist zwischen zehn Uhr abends und Mitternacht nicht gerade überwältigend. Worauf läuft das Spiel hinaus, Gilder?«

»Was meinen Sie mit Spiel? Ist es vielleicht unstatthaft, eine Mondscheinnacht zu genießen?«

»Unstatthaft ist, völlig ungeniert das Besitztum meines Bruders zu betreten. Darum nochmals: Worauf läuft das Spiel hinaus?«

»Ich verstehe Sie nicht. Wollen Sie mich gefälligst durchs Tor lassen? Ich möchte nach Hause.«

Dick Alford kletterte langsam von seinem Sitz herunter.

»Sie sind ein verdächtiger Patron, Gilder!«

»Verdammt noch mal, was soll das heißen?«

»Ich finde es sehr eigentümlich, daß Sie sich zu dieser Stunde im Park von Fossaway herumtreiben, besonders nach dem, was sich heute abend ereignete.«

»Halten Sie mich vielleicht für den Schwarzen Abt?« zischte Gilder.

Dick lachte amüsiert.

»Ihnen traue ich allerhand interessante Fähigkeiten zu. Was suchten Sie in der Abtei?«

»Ich sagte Ihnen bereits, daß ich nur ihren Anblick bei Mondschein genoß. Wenn das ein Vergehen ist, so zeigen Sie mich an!«

Gilder ließ den Motor an. Dick, die Hände in den Hosentaschen versenkt, beobachtete ihn.

»Der richtige Platz, um die Abtei zu bewundern, ist oben auf dem Hügel, auf keinen Fall in den Ruinen selbst. Morgen wird übrigens das Verfahren wegen Ungültigkeitserklärung Ihres Kaufs eingeleitet.«

»Das ist eine Angelegenheit, die ich nur vor Gericht diskutiere!«

Mit einem Ruck sprang der Wagen an. Bald verschwanden die Lichter hinter der Krümmung der Straße.

16

Dick Alford wanderte an den Ruinen vorbei zum Herrenhaus. Eines der mächtigen, bleigefaßten Bibliothekfenster stand offen, so daß er einen flüchtigen Blick auf Harry werfen konnte, der, den Kopf in beide Hände gestützt, am Schreibtisch las. Mit einem Seufzer wandte er sich ab und ging in sein eigenes Arbeitszimmer. Er klingelte.

»Bringen Sie mir Kaffee«, befahl er dem eintretenden Thomas.

Als der Diener gegangen war, schloß er die Posttasche auf, die jeden Abend von der Station gebracht wurde, schüttelte den Inhalt auf den Tisch und öffnete als erstes einen Brief mit dem Aufdruck ›New Scotland Yard‹, der in der Handschrift eines alten Schulfreundes adressiert war.

›Lieber Dick,
besten Dank für Deinen etwas ungewöhnlichen Brief, aber ich fürchte, daß wir offiziell nichts für Dich tun können. Privatdetektive gibt es zwar in Hülle und Fülle, doch kann ich Dir folgendes vorschlagen. Hier im Präsidium ist ein Sergeant namens Puttler – vielleicht entsinnst Du Dich seiner aus der Hatton Garden Affäre, ein sehr fähiger, zur Beförderung eingereichter Mann, dem die Natur allerdings ein so komisches Äußeres bescherte, daß wir ihn im Yard mit dem Spitznamen ›der Affe‹ bedachten, was seiner Beliebtheit übrigens keinen Abbruch tut. Dieser Puttler pflegt sich auch während seiner Ferien stets mit kriminalistischen Studien zu beschäftigen. Ich habe heute eingehend mit ihm gesprochen, und er ist bereit, den ihm zustehenden sechswöchigen Urlaub mit Einwilligung des Chefs, den ich über Dein Anliegen informieren mußte, in Fossaway zu verbringen. Wie gesagt, eine komische Erscheinung, dazu Antialkoholiker und frommer Christ mit sehr heftig verfochtenen Ansichten über Kirchenmusik. Auf die Diskretion des Mannes kannst Du Dich unbedingt verlassen. Ich bot ihm in Deinem Namen zehn Pfund wöchentlich an, abgesehen von der Erstattung aller Unkosten, und hoffe, daß Deine Sorgen in sechs Wochen behoben sind.‹

Dick überflog die übrige Post und ging in die Bibliothek hinüber.

»Hallo! Was gibt's Neues?« begrüßte ihn Harry.

Ohne zu antworten schloß Dick das Fenster, durch das er vorhin seinen Bruder am Schreibtisch gesehen hatte.

»Warum das?« murrte Lord Alford.

»Unser Mönchsspuk hat sich gezeigt, laß darum das Fenster lieber nicht offenstehen.«

»Und die Polizei? Wofür bezahlen wir sie? Unglaublich, daß die Gegend terrorisiert wird durch ... Dick, kannst du nichts dagegen tun?«

»Vielleicht schon bald. – Nun leg endlich mal deinen Schmöker beiseite und laß uns miteinander reden! Ich machte heute Leslie einen Besuch.«

Widerstrebend schloß Harry den vor ihm liegenden Band und nahm seine Hornbrille ab.

»Leslie? Sahst du auch ihren Bruder? Er ließ sich telefonisch bei mir für morgen vormittag anmelden. Ich soll einige Urkunden unterzeichnen. Wir wollen die beiden an einem der nächsten Tage zum Dinner einladen, Dick. Ich bin Arthur sehr verpflichtet. Netter Junge!«

»Sicher.« Dick stopfte seine Pfeife, und als er auf der mit Büchern und Papieren bedeckten Tischplatte nach der wappengeschmückten silbernen Streichholzschachtel suchte, entdeckte er das kleine Büchlein, das ständig in Harrys Reichweite lag – das Tagebuch jenes Grafen von Chelford, der als Rebell erhängt worden war. Langsam durchblätterte er die vergilbten Seiten mit den blassen Schriftzügen, wobei sein Bruder ihm mit triumphierender Miene zusah. – »›Diese Barren soll er, wenn die Trockenheit andauert, an den sicheren Platz schaffen ...‹ Ich möchte bloß wissen, was die Trockenheit mit dem Versteck zu schaffen hat! Klingt ja fast, als ob Regen den Plan unseres Ahnen durchkreuzt hätte.«

Harry lachte hektisch.

»Aha, jetzt hat es dich auch gepackt! Künftig wirst du ein ebenso eifriger Schatzsucher sein wie ich.« Mit glänzenden Augen beugte er sich über den Schreibtisch vor. »Soll ich dir sagen, wo das Gold versteckt wurde? Es ist nicht einfach vergraben worden, es muß in einem Hohlraum in irgendeinem unterirdischen Gewölbe liegen.

Das Tagebuch erwähnt an drei Stellen ein Chesil, das ist ein Brecheisen.« Er nahm Dick das Büchlein aus der Hand und wendete aufgeregt die Seiten um. »Hier: ›Heute brachte mir Tom Goodman den Chesil von Brightelstone‹, und weiter unten: ›Der Chesil liegt jetzt in der Nähe des Verstecks.‹«

»Das muß ein ganz besonderes Brecheisen gewesen sein!« schmunzelte Dick. »Steht nichts da über seine Länge oder sein Gewicht?«

»Leider nein. Aber hör zu – hier ... «

Es klopfte leise, Thomas trat ein.

»Soll ich Ihren Kaffee hier servieren, Sir?«

»Nein, in meinem Zimmer.«

»Willst du denn noch arbeiten?« fragte Harry.

Dick kehrte in sein kleines Arbeitszimmer zurück, wo ihn außer dem Kaffee eine Menge administrative Arbeit erwartete. Briefe mußten beantwortet, Kontobücher durchgesehen, Rechnungsbelege und Berichte der Pächter kontrolliert werden. Erst gegen drei Uhr morgens stand er steifbeinig auf, reckte sich und ging, die ebenerdige Fenstertür aufstoßend, hinaus auf den Rasen.

Die Luft war frisch und rein, er holte tief Atem, bevor er seine Pfeife anzündete. Zu Bett gehen? Während er noch unschlüssig dastand, sah er sekundenlang in der Ferne ein Licht – ein weißes Flackern, das aufsprühte und sofort wieder verlosch.

»Wenn das nicht eine Taschenlampe war ... « murmelte er, eilte ins Zimmer zurück, griff mit der einen Hand nach der Flinte und steckte sich mit der andern einige Patronen in die Rocktasche.

In letzter Zeit hatten sich Wilddiebe unangenehm bemerkbar gemacht, Kerle, die kurzerhand losschossen, wenn sie gestört wurden. Alford war allerdings kein prinzipieller Feind von Wilderern. Über seine Ansicht, das ›Schießen für den Kochtopf‹ sei verzeihlich, hatte sich schon der grauköpfige Grafschaftsrichter entsetzt.

Die Bäume und Büsche der Parkanlagen verdeckten die Aussicht, und erst ein fünfminütiger Dauerlauf brachte ihn an eine Stelle, die einen freien Ausblick bot. Wohl eine Viertelstunde stand er regungslos hinter einem Strauch und wollte schon umkehren, als es von neuem aufzuckte. Seltsam, es kam von der Abtei, also kein Wilddieb – der würde sich nicht dort herumtreiben, wo es nichts gab außer wilden Kaninchen und den Forellen im Ravensrill.

Behutsam legte Dick das Stück Weg zurück, bald konnte er die Umrisse der Ruinen erkennen. Im Osten kroch eine Ahnung von Dämmerung am Horizont hoch, ein kühler Morgenwind erhob sich. Auf dem Hügelkamm machte Dick halt und spähte.

Wieder blitzte das Licht auf und zeichnete den Schatten eines Mannes ab, der den Boden absuchte.

»Etwas verloren?« fragte Alford.

Der nächtliche Besucher schoß mit einem Aufschrei herum.

»Wer sind Sie?«

Dick erkannte die heisere Stimme sofort. Es war Arthur Gine.

»Ich – ich konnte nicht schlafen«, stotterte er.

»Suchten Sie hier vielleicht nach einem Schlafmittel?« erkundigte sich Dick. »Sie hätten doch zu uns ins Haus kommen können, mein Bruder verfügt über einen ganzen Drogenladen und würde Ihnen gern geholfen haben.«

»Lassen Sie diese Witze! Da ich nicht schlafen konnte, machte ich einen Spaziergang, und zwar hierher, weil mich die Abtei interessiert.«

»Ich wußte gar nicht, daß Sie Archäologe sind, noch dazu ein nächtlicher! Die Gegend wimmelt seit neuestem geradezu davon. Vielleicht sind Sie aber auch Nachtfalterjäger? Oder wollen die Nachtigall belauschen? Die Jahreszeit ist leider ungeeignet dafür.«

»Hören Sie zu, Alford! Ich liebe es nicht, daß man sich über mich lustig macht. Sie finden es sonderbar, daß ich zu dieser Stunde herumschlendere, gut – nur, Sie sind ja gleichfalls hier!«

»Ich verwalte das Gut. Das wußten Sie wohl bisher nicht? Und sehen Sie, zu meinen Pflichten gehört es auch, verdächtigen Individuen mit Taschenlampen nachzuspüren.«

»Dachte ich's mir doch, daß jemand das Licht sehen könnte!« rief Gine, der seine Unverfrorenheit zurückgewonnen hatte, aus. »Um die Wahrheit zu gestehen, Alford, ich hatte einen scheußlichen Traum, in dem mir der Schwarze Abt erschien. Der Traum war so eindringlich, daß es mich, als ich darüber erwachte, förmlich an diese Stelle hinzog, wo er aufzutreten pflegt.«

»So, also ein Spukjäger! Das erklärt ja alles. Und Sie kamen sogar bewaffnet hierher, wie ich sehe! Außerordentlich umsichtig.« Arthur Gine hielt nämlich ein Stemmeisen in der Hand, vergeblich hatte er innerlich gefleht, daß es dem Spötter entgehen möge. »Aber den Schwarzen Abt, den sahen Sie wohl nicht?« plauderte Dick weiter. »Nein? Ich dachte es mir. Unsere Familiengespenster begeben sich zeitiger zur Ruhe. Durchwegs respektable Leute! Auch der Abt war ein hochachtbarer und sogar religiöser Mann, wenn auch nicht unberührt von einem schrecklichen Skandal.«

Im Sprechen waren sie zum Hohlweg gelangt, wo Gine stehenblieb.

»Ich will nicht mit Ihnen streiten, Alford, und Ihnen auch Ihren Spott nicht verübeln. Sie haben mir gestern abend einen großen Dienst erwiesen. Gute Nacht!«

Dick wartete, bis Gine im schwachen Morgendämmer verschwunden war.

Was bedeutete dies alles? Wie kam es, daß die Ruinen auf einmal eine solche Anziehungskraft auf die verschiedensten Leute ausübten? Erst Mary Wenner, dann Gilder, und nun Arthur Gine. Was mochte den verweichlichten Anwalt, der jede Unbequemlichkeit haßte, bewegen, um drei Uhr morgens das Bett zu verlassen, um mit einem Stemmeisen und einer Taschenlampe die Ruinen zu durchstöbern? Was suchte er? – Den Schatz natürlich.

Als Dick Alford sich dies klargemacht hatte, setzte er sich auf den nächsten Sandsteinblock und lachte, lachte, bis ihm die Tränen kamen.

Der Schatz! Harry hatte diese prosaischen Leute mit seiner Besessenheit infiziert. Doch wie? Überträgerin war vermutlich Mary Wenner, die, wie er sich erinnerte, fast ebensoviel von dem mythischen Schatz gefaselt hatte wie ihr Arbeitgeber. Sie mußte Arthur Gine, mit dem sie auf ziemlich vertrautem Fuß stand, angesteckt haben, und dieser wiederum hatte Gilder unterrichtet. Der Chelfordschatz also war der große Coup, von dem sich Arthur Gine die Rettung aus seiner finanziellen Misere erhoffte!

Das Lachen über die grotesken Schatzsucher lag noch auf seinen Zügen, als er das Herrenhaus von Fossaway erreichte und die Treppe zu seinem Schlafzimmer hinaufstieg. Fünf Minuten später schlief er tief.

17

Aus der Halle unten drang eine geängstigte Frauenstimme herauf:

»Dick! Dick!«

Er drehte sich unruhig im Schlaf herum.

»Dick! Dick!«

Endlich erwachte er. Mit einem Satz sprang er aus dem Bett, stand im Korridor, beugte sich über das Treppengeländer.

»Wer ruft?«

»Ich bin's – Leslie! Kommen Sie schnell, Dick!«

Alford schoß die Stufen hinab. Unten, im Dämmerlicht der Halle, wartete Leslie Gine, ohne Hut, in Pantoffeln, nur einen Mantel übergeworfen.

»Irgend etwas Schreckliches ist passiert, Dick! Ich sah Arthur mit einem Mann vor unserer Haustür im Handgemenge, und da ich es erst einfach nicht glauben wollte, ging ich, um mich zu überzeugen, hinüber in sein Schlafzimmer. Sein Bett war unberührt. Nun sind beide verschwunden.«

»Arthur? Ich sprach mit ihm noch vor ein oder zwei Stunden, genau kann ich es nicht sagen, ich weiß nicht, wie lang ich inzwischen geschlafen habe. Warten Sie einen Moment, ich ziehe mich schnell an!«

Fünf Minuten später ließ er den Motor ihres kleinen Zweisitzers anspringen.

»Wie kamen Sie ins Haus, Leslie?«

»Durch Ihr Arbeitszimmer. Ich läutete zuerst, doch vergeblich, und dann entdeckte ich, daß eins Ihrer Fenster offenstand.«

»Wann passierte die Sache mit Ihrem Bruder?«

»Vor einer halben Stunde. Ich erwachte vom Lärm und eilte zum Fenster. Unter den Bäumen sah ich undeutlich zwei Gestalten, von denen eine nur Arthur sein konnte. Wo haben Sie ihn denn getroffen?«

»Bei der Abtei.«

»Was mag das alles nur bedeuten?« fragte sie verwirrt.

»Das weiß der Himmel! Ich wünschte, Puttler wäre schon hier.«

Sie fuhren durch den Hohlweg, dann schoß der Wagen die lange, gerade Allee auf das Willow-Haus zu.

»Da ist ja Ihr verlorengegangener Arthur!« rief Dick plötzlich, auf einen Mann zeigend, der gleichfalls dem Haus zustrebte.

Arthur, ja – wenn auch in einem jämmerlichen Zustande! Die zerschundene Nase blutete heftig, das linke Auge war blau unterlaufen und halb geschlossen. Unter anderen Umständen würde sich Dick nicht wenig über den verunstalteten Dandy amüsiert haben. Doch Leslie war über die Verletzungen ihres Bruders derart beunruhigt, daß ein Lachen taktlos gewesen wäre. »Nichts von Bedeutung!« wehrte Arthur ihre eindringlichen Fragen ab. »Ich hatte eine kleine Auseinandersetzung mit einem Wilddieb.«

Die Knie seiner eleganten Knickerbocker starrten vor Schmutz. Sein rechtes Handgelenk war stark angeschwollen. Er schien sich in seiner Verfassung sehr unbehaglich zu fühlen, denn als sie das Haus erreichten, verschwand er, jede Hilfeleistung zurückweisend, in seinem Schlafzimmer, während Alford dankbar die schnell zubereitete Tasse Kaffee annahm.

»Was kann sich wohl zugetragen haben, Dick?« fragte Leslie, als sie allein waren.

»Er sagte es ja – ein ganz gewöhnliches Handgemenge mit einem Wilderer. Eine jener peinlichen Situationen, denen auch der beste Mann nicht immer auszuweichen vermag.«

»Glauben Sie wirklich? Mein Instinkt sagt mir, daß es überhaupt kein Wilderer war, sondern daß er mit Gilder zusammengeriet.«

Auch er hatte diesen Gedanken schon erwogen.

Zu Fuß kehrte Dick nach Fossaway zurück und begab sich geradewegs hinauf in sein Schlafzimmer, um noch einige Stunden zu schlafen.

18

Am nächsten Morgen wurde die gesamte Praxis von Gine & Gine durch den Umstand, daß Mr. Fabrian Gilder zum erstenmal seit fünfundzwanzig Jahren nicht zum Dienst erschien, in größte Aufregung versetzt. An diesem Vormittag erhielt der älteste Angestellte einen Brief von ihm mit der Weisung, ein bestimmtes Fach in seinem Schreibtisch zu öffnen und den Inhalt durch Boten in die Wohnung am Regent's Park bringen zu lassen.

Das Schreiben enthielt folgenden Nachsatz: ›Es ist sehr unwahrscheinlich, daß ich noch einmal ins Büro kommen werde, da ich meine Entlassung eingereicht habe und beabsichtige, mich nur noch Privatgeschäften zu widmen.‹

Telegrafisch ernannte Arthur Gine den ältesten Angestellten zum Nachfolger Gilders, was den Beförderten nur zum Teil befriedigte, da seit einiger Zeit unerquickliche Gerüchte über die Firma im Umlauf waren.

Der Anwalt selbst ließ sich an diesem und am nächsten Tag nicht im Büro blicken, und das Rätsel um Mr. Gilders Ausscheiden blieb ungelöst, als auch der Bote, der die verlangten Papiere hintrug, nichts Näheres über den plötzlichen Entschluß in Erfahrung bringen konnte. Er wurde nicht, wie man allgemein gehofft hatte, von Mr. Gilder persönlich empfangen; der Hausherr hätte, so hieß es lediglich, einen Autounfall gehabt und müßte das Bett hüten.

An diesem gleichen Vormittag fand Dick Alford, als er gebadet und rasiert zum Lunch erschien, einen Gast vor, in dem er unschwer Sergeant Puttler erkannte. Ein Hüne mit tiefliegenden braunen Augen, deren sanfte Melancholie an einen kranken, bekümmerten Schimpansen erinnerte. Seine Stirn war niedrig, die Oberlippe sehr lang, die Arme reichten fast bis zu den Knien. Der arme Puttler mußte wissen, wie wenig einnehmend, ja eigentlich abstoßend sein Äußeres auf Fremde wirkte.

»Nun, Mr. Alford«, begrüßte er Dick mit einem verlegenen Augenzwinkern, »wie gefalle ich Ihnen? Es gibt Leute, speziell romantische, die bei meinem Anblick in Ohnmacht fallen.«

»Das beabsichtige ich nicht zu tun – aber vermutlich bin ich auch nicht romantisch veranlagt.«

Der Diener allerdings, der gerade eintrat, zuckte beim Anblick des seltsamen, langarmigen Gastes sichtlich zusammen.

»Zeigen Sie Mr. Puttler das Zimmer!« befahl ihm Alford.

Als der verdutzte Thomas den Fremden hinaufgeleitet und den Handkoffer abgestellt hatte, fragte er kleinlaut:

»Haben Sie noch Befehle, Sir?«

Sergeant Puttler sah ihn forschend an.

»Danke, nein. Wie heißen Sie?«

»Thomas Glück.«

»Thomas Unglück wäre passender. Weiß Ihr Herr, daß Ihr richtiger Name Sleisser lautet und daß Sie eine Gefängnisstrafe hinter sich haben?«

»Nein.«

Als Thomas sich, Mordlust in den Augen, verzogen hatte, suchte Mr. Puttler Dick Alford auf.

»Ist das Zimmer wirklich für mich bestimmt? Mein Leben lang wollte ich einmal in einem Himmelbett schlafen! Ja – doch nun, Mr. Alford, was kann ich für Sie tun?«

»Zuerst muß ich Sie mit meinem Bruder bekannt machen. Er ist ein sehr nervöser Mensch, und aus diesem Grund habe ich Sie als Buchprüfer angekündigt, der die verzweigte Buchhaltung der ganzen Besitzungen in Ordnung bringen soll.«

Mr. Puttler hatte dagegen nichts einzuwenden, und so wurde er in der großen Bibliothek dem Grafen von Chelford vorgestellt, der, an mancherlei Gäste seines Bruders gewöhnt, keinen Anstoß an der affenartigen Erscheinung Puttlers zu nehmen schien.

»Mr. Puttler wird sechs Wochen hierbleiben«, eröffnete ihm Dick. »Du mußt dich nicht wundern, wenn er seine Nase überall hineinsteckt. Es ist wichtig, daß er sich von allem ein genaues Bild machen kann.«

»Er soll den Schwarzen Abt unter die Lupe nehmen«, meinte Harry gezwungen scherzhaft. »Überhaupt würden wir eher einen tüchtigen Polizisten brauchen!«

Nach der Begrüßung in der Bibliothek führte Dick Alford den Gast ins eigene Arbeitszimmer.

»Rauchen Sie?«

Mr. Puttler kramte in seiner Tasche nach einer schwarzen Stummelpfeife.

»Sie ist nicht aristokratisch, aber es ist mir lieber als Zigarren oder Zigaretten.«

»Mir auch«, versicherte Dick.

Nachdem er etwa zehn Minuten, von gelegentlichen Zwischenfragen Puttlers unterbrochen, dieses und jenes berichtet hatte, kam durch den Korridor Thomas geschlichen und preßte sein Auge ans Schlüsselloch. Er konnte gerade noch das eine Sofaende und den Oberkörper des Gastes erspähen. Nun legte er das Ohr ans Schlüsselloch, und obwohl die beiden drinnen gedämpft sprachen, hörte er Mr. Alfords Stimme sagen: ›Mein Bruder hat keine Feinde, was ich von mir nicht behaupten kann.‹ Dann schnappte der Lauscher noch die Worte ›Arthur Gine‹ und ›Schatz‹ auf, ohne den Zusammenhang verstehen zu können. Thomas hielt es jetzt für ratsam, sich erst durch einen kleinen Rundgang zu vergewissern, ob die Luft rein war, um nicht Gefahr zu laufen, auf seinem Lauscherposten überrascht zu werden. Als er zurückkam, war es wiederum Dick Alford, der des längeren irgend etwas erklärte, von dem Thomas zu seinem Verdruß nichts aufschnappen konnte. Nur einmal glaubte er seinen Namen zu unterscheiden – oder...

Fort! Von weitem hörte er die gemessenen Schritte des alten Butlers. Thomas flitzte davon.

19

Der Lunch verlief ziemlich still. Lord Alford hatte die häßliche Gewohnheit angenommen, zu den Mahlzeiten ein Buch mitzubringen, in das er sich auch jetzt ohne Rücksicht auf den Gast vertiefte.

Doch Mr. Puttler schien weder diese Unhöflichkeit zu bemerken noch den entfalteten Pomp – drei Diener in Livree servierten unter dem dirigierenden Auge des majestätischen Butlers. Unberührt davon erzählte er eine Reihe lustiger Geschichten, die er mit völlig ernstem Gesicht vortrug.

Einmal unterbrach Dick Alford die Lektüre seines Bruders.

»Leslie telefonierte, daß sie zum Tee komme.«

Harry blickte auf, und seine Züge umwölkten sich.

»Ach, das ist zu dumm, ich wollte den ganzen Nachmittag dem Pater Hiekler widmen. Er schrieb ein interessantes Werk über die Zeit, die er, unter Elisabeths Regierung, in der Abtei zubrachte. Unsere Abtei gehörte zu den wenigen, die sowohl Heinrich der Achte als auch Elisabeth unbehelligt ließen, wahrscheinlich deshalb, weil die schwarzen Mönche von Chelfordbury Gegner der Jesuiten waren.«

»Es genügt ja«, entgegnete Dick, »wenn du wenigstens den Tee in unserer Gesellschaft trinkst. Leslie wird nichts dagegen haben, wenn du dich nachher wieder mit deinem Pater Hiekler beschäftigst, der übrigens, dem Namen nach, ein Deutscher gewesen zu sein scheint.«

»Ja, er war ein Deutscher, den seltsame Motive zu uns führten.«

»Wissen Sie«, warf Mr. Puttler ein, »daß Robinson Crusoe auch ein Deutscher war?«

Dick Alford hielt die Bemerkung des Sergeanten für einen lahmen Witz, während Lord Alford sie ernsthaft aufgriff.

»Ich bin mit Robinson Crusoe nicht sehr vertraut, möchte aber behaupten, daß solche Charaktere typisch englisch sind.«

»Trotzdem handelt es sich um einen Deutschen«, beharrte Puttler. »Gleich auf der ersten Seite stoßen Sie auf den Satz: ›Mein Vater war ein Bremer Kaufmann.‹ Wenn Bremen nicht in Deutschland liegt, will ich Holländer sein! War der Vater aber ein Deutscher, so ist es der Sohn ebenfalls, denn in jenen Zeiten gab es noch keine Naturalisierung.«

Nach diesem literarischen Intermezzo wandte sich Mr. Puttler wieder dem Thema zu, das Dick durch seine Ankündigung von

Leslie Gines Besuch unterbrochen hatte und bei dem es um die Mängel der neuen Kirchenmusik ging.

Bald darauf verließ Harry die Tafel, kehrte jedoch nach wenigen Minuten mit einem dicken Band unter dem Arm zurück.

»Sie haben recht mit Robinson Crusoe, Mr. Puttler! Unglaublich, wie man ein Leben lang von falschen Annahmen ausgehen kann.«

Beeindruckt von solcher literarischer Findigkeit, änderte der Hausherr seine Haltung dem Gast gegenüber, den er bis jetzt auf die gleiche Stufe mit dem Milchmann, dem Postboten und dem Krämer gestellt hatte. Nun faßte er ihn wohlwollend am Arm und zog ihn in die Bibliothek, um ihm das Tagebuch des Ahnen zu zeigen.

Dick Alford aber, der Puttler für geraume Zeit versorgt wußte, trieb sich unterdessen im Freien herum. Als er in der Ulmenallee Leslies Zweisitzer begegnete, sprang er auf das Trittbrett des fahrenden Wagens.

»Ich trainiere für meinen neuen Beruf«, rief er ihr ausgelassen zu. »Sobald Sie als Herrin in Fossaway einziehen, werde ich Straßenbahnschaffner!«

»Wann wird das wohl sein, Dick?«

»Hoffentlich nie!« Die Worte entschlüpften ihm, bevor er seine Zunge, wie er es sonst tat, im Zaum halten konnte.

Leslie ließ sich nichts anmerken, sie blickte geradeaus und steuerte ihren Wagen vor das ehrwürdige Portal.

Dick half ihr beim Aussteigen.

»Passen Sie auf, Sie werden einen merkwürdigen Kauz kennenlernen.«

»Wer ist es?«

»Ein Buchprüfer, sehr unterhaltsam und belesen.«

In Gegenwart seiner Verlobten legte Harry Alford eine Nervosität und Befangenheit an den Tag, die allenfalls bei einer ersten Begegnung zu verstehen gewesen wäre. Ihre Hand ließ er sofort wieder los.

»Wie geht es, Leslie? Darf ich vorstellen – Mr. Tuttler...«

»Puttler«, verbesserte der Detektiv. Ein melancholischer, sehnsüchtiger Blick der braunen Augen traf Leslie.

»Kommst du, Harry?« fragte Dick. »Der Tee wird im Blauen Salon serviert.«

»Ja, ja. In ein paar Minuten.«

Als Leslie Gine und Dick Alford sich im Blauen Salon, von dessen Fenster man auf lange Beete gelber Chrysanthemen hinaussah, am Teetisch niederließen, stellten sie fest, daß sie ganz allein waren. Mr. Puttler hatte sich in der Halle heimlich davongemacht, um, wie er nachträglich behauptete, den Park einer Besichtigung zu unterziehen.

»Haben Sie sich ausgeschlafen nach den Aufregungen der Nacht?« fragte Dick.

»Nein, ich konnte nicht schlafen. Ich habe Arthur noch nie so aufgeregt gesehen. Meine Vermutung, daß der Mann, mit dem er sich geprügelt hat, Gilder war, hat sich bestätigt. Aus Andeutungen Arthurs konnte ich entnehmen, daß Gilder ihm irgendwohin gefolgt ist.«

»Nach den Ruinen vermutlich! Ich will Ihnen etwas verraten, Leslie, das ich sogar vor Harry geheimhalte. Vielleicht kann es Sie in den dunklen Stunden der Nacht ein wenig beruhigen. Puttler ist nämlich Detektiv, ein Mann von Scotland Yard.«

»Aber wozu nur...«

»Es tragen sich hier Dinge zu, die mir nicht gefallen. Wenn ich mir auch zutraue, mit allem möglichen fertig zu werden, so brauche ich doch täglich meine sieben Stunden Schlaf, und ich muß mich auch in dieser Zeit auf jemanden verlassen können.«

»Ist es der Schwarze Abt, der Ihnen Kopfzerbrechen macht?«

»Ja und nein. Glauben Sie an den Schatz, Leslie?«

»Den Chelfordschatz? Es ist doch wohl nicht zu bestreiten, daß vor Jahrhunderten Gold nach Fossaway gebracht wurde.«

»Das schon. Aber glauben Sie, daß er heute noch irgendwo hier existiert? Ich habe nämlich die Erfahrung gemacht, daß außer Harry noch andere Leute von seinem Vorhandensein überzeugt sind.«

»Glauben Sie jetzt etwa selbst daran?«

»Soweit bin ich noch nicht.« Dick holte tief Atem. »Aber meinem Unglauben ist ein Stoß versetzt worden. Ich zweifle – und Zweifeln ist die schlimmste Verfassung, in die ein Mann geraten kann. Oder doch beinahe die schlimmste.«

Leslies schöne Augen funkelten mutwillig.

»Weiß Harry von Ihrer Bekehrung?«

»Er ahnt es.«

»Kommen Sie hinaus auf die Terrasse«, schlug sie vor. »Ihre Blumen sind herrlich.«

»Alles, was dieser Garten bietet...« setzte er feierlich an, um sogleich vor ihrem drohenden Zeigefinger zu verstummen.

»Wenn Sie geschmacklos werden, gehe ich Puttler suchen!«

An die graue Steinbalustrade gelehnt, schaute sie hinab auf die windbewegte Fläche goldener Chrysanthemen, jede Blütendolde von der Größe eines Tellers. Aber nicht alle waren golden, es gab dazwischen auch solche von sattem Rot, schneeigem Weiß, flammendem Orange; und jenseits dieser Pracht, am Gartenende, eine Hecke von Rosen, deren Duft bis zum Haus herüberwehte.

»Ein wunderschönes Besitztum! Es wundert mich nicht, daß Sie es lieben. Wie lange gehört es Ihrer Familie?«

»Achthundert Jahre. Der erste Graf von Chelford hackte dem ursprünglichen Besitzer den Kopf ab und ernannte sich selbst zum Eigentümer. Seine Nachfolger stahlen noch einige tausend Hektar von den Bauern, bis der heutige Besitz komplett war.«

»Sie haben wenig Illusionen, Dick!«

»Ich hoffe, gar keine.« Irgendwie verletzte sie diese Antwort.

Zweimal mußten sie nach Harry schicken, ehe er zu erscheinen geruhte, und als er endlich auftauchte, merkte man ihm an, wie sehr ihn Puttlers Fehlen verdroß.

»Ein äußerst intelligenter Mensch!« lobte er. »Ungewöhnlich bewandert in der Geschichte, speziell in der englischen. Leider liest er nicht deutsch, aber ich habe ihn überredet, sich mit dem Studium dieser Sprache zu befassen.« Im gleichen Atemzug kam er, in der Annahme, Leslie damit einen Gefallen zu tun, auf die Hochzeit zu sprechen. »Diese ganzen pompösen Zeremonien – Schleier, Brautjungfern und Orangenblüten – halte ich für ein wenig geschmacklos und barbarisch. In Amerika soll es, wie ich hörte, Sitte geworden sein, sich im Salon trauen zu lassen. Ob sich das nicht auch hier arrangieren ließe, Dick? Der alte Bischof ist doch ein recht gefälliger Gentleman.«

»Frage Puttler«, riet Dick. »Er ist eine Autorität auf dem Gebiete des Rituals.«

»Auf manch anderen Gebieten gleichfalls«, versetzte Harry mit ungewohntem Enthusiasmus. »Er machte mich zum Beispiel darauf aufmerksam, daß möglicherweise ein Kryptogramm mit einem direkten Fingerzeig auf das Versteck des Schatzes vorhanden sei. Seines Erachtens kommen als Versteck besonders Verliese in Betracht, wovon wir ja genug haben. Ich werde dem einmal nachgehen und die Böden auf hohle Stellen hin untersuchen.«

»Die Verliese, wie du sie nennst, sind Weinkeller. Wenn Puttler in der Nähe des Portweins herumzubuddeln beginnt, ist's mit unserer Freundschaft vorbei!« ereiferte sich Dick. »Außerdem bin ich überzeugt, daß kaum einer der Vorfahren es unterlassen hat, die Decken deiner Verliese aufzubrechen! Einer ließ sogar große Mauern umlegen, und es kostete unseren Vater an die tausend Pfund, um den durch diesen Goldsucher angerichteten Schaden wieder gutzumachen.«

20

Leslie hatte, ohne sich an der Unterhaltung zu beteiligen, in steifer Haltung zugehört und wurde erst wieder munter, als Lord Alford sich mit einer matten Entschuldigung zurückzog.

»Erzählen Sie mir mehr von Ihrem Detektiv, Dick. Mir gefällt er, Ihr Schutzengel! Er soll seine Untersuchungen auch auf das Willow-Haus ausdehnen – ich stelle ihm sogar meinen Wagen zur Verfügung.«

»Sind Sie ängstlich, Leslie?«

»Ja – doch. Der Schwarze Abt ist ja sehr romantisch, aber furchterregend. Fürchtet Harry ihn auch?«

»Ein wenig.«

»Warum wohl?«

»Weil er sehr nervös veranlagt ist. Es wäre ungerecht, bei solchen Menschen von Feigheit zu sprechen. Wenn Sie mich hinter dem Schwarzen Abt herjagen sähen, würden Sie glauben, ich sei ungeheuer tapfer, während die Sache ganz einfach so liegt, daß ich weder von Nerven noch von der Einbildungskraft geplagt werde.«

»So einfach ist es auch wieder nicht, das wissen Sie selbst am besten, Dick!«

»Kommen Sie, da unten promeniert Puttler – wir wollen ihm etwas Gesellschaft leisten.«

»Ein herrlicher Fleck Erde!« gab Puttler seiner Bewunderung Ausdruck, als die beiden zu ihm stießen. »Noch nie habe ich so viele Rosen beisammen gesehen, außer auf dem Markt von Covent Garden.«

»Zu Ihrer Orientierung, Mr. Puttler – ich habe Miss Gine Ihren wirklichen Beruf verraten.«

Der Detektiv runzelte die Stirn.

»Sie kennen Miss Gine besser als ich, Mr. Alford. Im allgemeinen glaube ich, daß sich solche Dinge leichter abwickeln lassen, wenn man den Mund hält. Das soll jedoch kein Vorwurf sein.« Er blieb unter einem hohen Baum stehen. »Da hatten wir zum Beispiel in Scotland Yard einen gewissen Carter, der...«

Päng!

Eine Kugel zischte an Puttlers Gesicht vorbei und schlug ganz am Rande in den Stamm ein, so daß die Rinde absplitterte. Über einem etwa zweihundert Meter entfernten Rhododendrongebüsch schwebte ein blaues Wölkchen.

»Hinlegen!« schrie Dick heiser und zog das Mädchen zu Boden. Nicht eine Sekunde zu früh...

Päng!

Die zweite Kugel schlug tiefer ein. Ein Stückchen Rinde flog gegen Leslies Ohr.

Jetzt rannte Mr. Puttler, einen großkalibrigen Browning aus der Gesäßtasche reißend, gebückt auf das Gebüsch zu.

Ein dritter Schuß dröhnte. Der vorwärtsstürmende Mann fiel vornüber aufs Gesicht und blieb liegen.

Dick rannte auf den regungslosen Körper zu und drehte ihn auf den Rücken. Die Augenlider zuckten krampfartig, aber abgesehen von Schürfungen im Gesicht, die vom Aufprall am Boden stammten, konnte er keine Verwundung sehen. Doch dann entdeckte er, daß die Sohle des rechten Schuhs abgerissen und die Socke blutgetränkt war. Als er hinter sich ein Kleid rauschen hörte, fuhr er herum.

»Stellen Sie sich augenblicklich hinter den nächsten Baum!« schrie er.

Diesmal gehorchte Leslie nicht. Sie war bleich, zeigte aber keine Furcht, als sie neben dem Bewußtlosen niederkniete und seinen Kragen zu lösen begann.

»Gottlob, er ist nur ohnmächtig«, murmelte Dick. »Zuerst dachte ich, er wäre erledigt.«

Langsam versuchte er, den Schuh abzustreifen, und obwohl er größte Vorsicht walten ließ, mußte der Verwundete heftige Schmerzen spüren, denn er zuckte zusammen und öffnete die Augen.

»Hallo! Was ist geschehen, Mr. Alford? Hat der Bursche mich getroffen?«

»Sie haben Glück gehabt – eine Fleischwunde an der Ferse Warten Sie, nur einen Augenblick!«

Puttler tastete nach der ihm beim Sturz entfallenen Pistole, während Alford ohne weitere Erklärungen zum Rhododendronbusch lief. Angsterfüllt blickte ihm Leslie nach, jeden Moment eines vierten Schusses gewärtig.

Ein paar Minuten später kam er mit einem Fund zurück.

»Der Kerl gebrauchte eine Lee-Enfield, das übliche Armeemodell. Hier sind die Hülsen. Natürlich ist er entwischt, das Unterholz zieht sich hier vom Westflügel bis zum Hügel hinauf. Wie gehen jetzt besser ins Haus und versuchen, etwas für Ihre Wunde zu tun, Puttler.«

Auf halbem Wege kam ihnen Harry entgegen.

»Wer veranstaltete diese Knallerei?« zürnte er. »Dick, du weißt genau, daß eine Meile im Umkreis nicht geschossen werden soll. Meine Nerven ertragen es nicht, und du könntest wohl etwas Rücksicht darauf nehmen!«

Leslie öffnete schon die Lippen, um den Sachverhalt wahrheitsgemäß zu berichten. Da traf sie Dicks Blick, und geistesgegenwärtig murmelte sie eine Ausrede von einem wilden Tier, das ihr angst gemacht habe.

»Ich allein bin schuld daran, Harry«, beteuerte sie.

»Gut, gut, das ist was anderes – nur ... « Ohne zu Ende zu sprechen, drehte sich Harry unvermittelt um und ging davon. Daß die beiden den Sergeanten stützend untergefaßt hielten, war ihm völlig entgangen.

»Fast hätte ich eine Dummheit begangen«, meinte Leslie zerknirscht. »Die Wahrheit hätte ihn zu Tode erschreckt. – Aber wer könnte die Schüsse abgegeben haben, Dick? Ein unglückseliger Zufall?«

»Zufall? Ausgeschlossen!« entschied Puttler. »Mr. Alford, werden Sie den Vorfall der Ortspolizei melden?«

Dick überlegte ein Weilchen.

»Nein. Ich glaube, es unterbleibt besser. Finden Sie nicht?«

Zu Leslies Überraschung teilte der Mann von Scotland Yard diese Meinung.

Sie brachten Puttler ins Haus, Leslie streckte ihm die Hand zum Abschied hin und wandte sich dann an Dick.

»Ich habe Arthur versprochen, früh zurückzukommen«, entschuldigte sie sich. »Sie brauchen mich nicht zu begleiten, Dick, ich fürchte mich nicht!«

»Ich auch nicht!« Er lächelte etwas gezwungen, ließ sich aber nicht davon abbringen, sie nach Hause zu fahren.

Als er vom Willow-Haus zurückkam, hatte Puttler schon einen kleinen Verband auf die Wunde gelegt und Dick suchte ihm ein Paar große, bequeme Hausschuhe heraus.

»Ganz geringfügige Schramme!« versicherte Puttler. »Natürlich hätte es auch anders ausgehen können. Jedenfalls bin ich froh, daß die Kugel mich und nicht die Person, für die sie bestimmt war, getroffen hat.«

»Für wen war sie bestimmt?«

Ohne Zögern kam die Antwort:

»Für Miss Gine. Ich dachte, Sie wüßten es.«

Dick Alford erwiderte nichts, aber er zweifelte nicht, daß Puttler recht hatte.

21

Fabrian Gilder, gewesener Bürovorsteher der Firma Gine & Gine und nunmehr Privatier, konnte in gewissem Sinne als harter Mann angesehen werden. Er vergab nicht die kleinste Kränkung und ließ es sich Zeit und Geld kosten, um mit einem Beleidiger abzurechnen. Und Arthur Gine hatte ihn mehr als jeder andere gekränkt.

Bis vor einigen Tagen glaubte er, das Schicksal des Anwalts in Händen zu haben. Doch die Wechsel, die er durch seine Bank präsentieren ließ, wurden anstandslos honoriert. Also mußte er neue Rachepläne ersinnen.

Vor zwei Tagen, einige Stunden nach der nächtlichen Auseinandersetzung mit Dick Alford, war Gilder nochmals zu den Ruinen zurückgekehrt. Dort war er noch auf einen anderen gestoßen, den es nach dem Schatz gelüstete, und unsichtbarer Zeuge des Auftritts zwischen Arthur Gine und Dick Alford geworden.

Darauf war er Gine zum Willow-Haus gefolgt, und zwar zunächst in der freundschaftlichen Absicht, seine Hilfe bei der Schatzsuche anzubieten. Doch wie wurde seine Hilfsbereitschaft aufgenommen? Der Anwalt, noch kochend vor Wut über den Sarkasmus Alfords und voller Mißtrauen über das Auftauchen seines Angestellten, hatte ihn Knall und Fall entlassen!

Wenn Gine schlechter Laune war, pflegte er Ausdrücke zu gebrauchen, die kein Mensch mit ein wenig Selbstachtung hinnehmen konnte. Mochte Gilder auch Buchmacher sein, ein Dieb war er deshalb noch nicht!

Es dauerte zwei Tage, bis der Riß in der Lippe, den er bei dem Handgemenge davongetragen hatte, zusammenheilte. Am Abend des zweiten Tages zog er sich besonders sorgfältig an und suchte die Adresse auf, die er sich genau notiert hatte.

Mary Wenners Wohnung in der Baker Street lag im obersten Stockwerk und bot eine ungehinderte Aussicht auf die Stadtbahn und den regen Straßenverkehr. Es gab keinen Aufzug in dem Haus, und Mr. Gilder fluchte innerlich, als er die vielen Treppen erklomm und schließlich außer Atem oben ankam.

Marys Personal bestand aus einer ältlichen Witwe, die, ein kleines weißes Häubchen kokett auf dem Kopf, Mr. Gilders Karte entgegennahm, um ihn gleich darauf in den Salon zu führen.

»Welch unerwartetes Vergnügen, Mr. Gilder«, begrüßte ihn Miss Wenner. »Nehmen Sie bitte Platz.«

Sie trug ein einfaches Hauskleid und sah recht hübsch aus. Das Zimmer war geschmackvoll, doch nicht kostbar möbliert und sah ganz so aus, als ob sie es mit eigenem Geld nach und nach eingerichtet hätte. Das gefiel ihm. Denn Fabrian Gilder war eine Mischung von Puritaner und Abenteurer.

»Ich bin eben erst heimgekommen und wollte gerade Tee trinken. Darf ich Ihnen ein Täßchen anbieten?«

»Arbeiten Sie wieder?« fragte er.

»Nein, ich bin zur Zeit nicht tätig.« Auf das letzte Wort legte sie eine gewisse Betonung, als wollte sie ihn korrigieren. Nach ihrer Meinung ›arbeiteten‹ nur die gewöhnlichen Leute, die feineren ›waren tätig‹.

Sie verschwand durch eine Art Schranktür. Er hörte das Klappern von Geschirr und das ›Plom‹ beim Anzünden der Gasflamme. Als sie nach einer Weile mit dem Tee wieder eintrat, plauderte sie munter drauflos.

»Ich bekomme selten Besuch, Herrenbesuch schon gar nicht, darin kann man nicht vorsichtig genug sein, finden Sie nicht, Mr. Gilder? Der gute Ruf... Das habe ich auch stets zu Harry gesagt – entschuldigen Sie, ich meine Lord Alford, den Grafen von Chelford. Wir waren nämlich so gute Freunde, daß ich ihn beim Vornamen nannte.«

»Und waren Sie mit Richard Alford auch so gut befreundet?« fragte er mit dezentem Spott.

»Der –?« Sie rümpfte die Nase. »Von Dick Alford nahm ich nicht mehr Notiz als von den übrigen besseren Dienstboten. Er mag tausendmal in Eton und Harrow erzogen worden sein – ich beurteile einen Mann nach seinen Manieren und nicht nach seiner Erziehung. Und Dick Alford hat Manieren wie ein Stallknecht...«

»Sie sind mit Gine befreundet, nicht wahr?« warf Mr. Gilder ein, während er die Teetasse zum Munde führte.

Mary Wenner senkte verwirrt die Augen.

»Ja, gut befreundet, mehr nicht. Er hat mich stets als Dame behandelt. Warum fragen Sie?«

»Ich habe gekündigt«, erklärte er kurz. »Wir hatten eine Meinungsverschiedenheit – ja, man kann es auch eine stürmische Auseinandersetzung nennen, die sogar in Schläge ausartete, wie ich Ihnen offen gestehen will, da Sie es wahrscheinlich doch früher oder später von ihm selbst erfahren.«

Mary war entsetzt, und wenn sie entsetzt war, hielt sie immer ihre weiße Hand vor ihren etwas groß geratenen Mund.

»Schläge, sagen Sie? Gott, wie gewöhnlich!«

»Ich habe mit Ihnen über Gine zu sprechen«, schnitt Gilder weitere Kundgebungen der Entrüstung ab. »Glauben Sie nicht, daß ich ihn schlechtmachen will. Es ist nur so, daß ich mich jetzt, nachdem wir uns getrennt haben, nicht mehr verpflichtet fühle, ihn in Schutz zu nehmen und mich zwischen ihn und seine Schulden zu stellen, wie ich es bisher tat. Sie kennen ihn ebensogut wie ich – seine maßlose Eitelkeit, seine Unaufrichtigkeit. Sie wissen, wie unzuverlässig er ist, wie er sich aus jeder Zusage, die er macht, herauszuwinden versteht, selbst wenn man sie schwarz auf weiß besitzt.«

Er hatte sie beim Sprechen nicht aus den Augen gelassen und sah nun, wie sie die Stirn runzelte.

»Wirklich?« fragte sie kühl. »Ich verstehe nicht, wie sich jemand, ob Gentleman oder nicht, von einer schriftlich festgelegten Verpflichtung lösen kann.«

»Dann kennen Sie Arthur Gine doch nicht so gut, wie ich ihn kenne! Ich bin überzeugt, daß Gine, selbst wenn man ihn aus einer Kanone abfeuerte, einen Zickzackkurs einschlagen würde. Doch das ist nicht der springende Punkt – ich kam nicht hierher, um ihn anzuschwärzen oder in Ihren Augen herabzusetzen, vielmehr... Wie verhält es sich eigentlich mit dem Chelfordschatz?«

Im Nu saß sie steif und kerzengerade da.

»Sie wissen davon?«

»Allerdings. Sie wollen ihm helfen, das Gold zu finden, wofür er...« Er machte eine Pause, obschon er über die Art von Arthur Gines Gegenleistung keinen Zweifel hegte. Eine junge Dame wie Mary Wenner, die um jeden Preis aus ihrem Milieu herauswollte, konnte nur eine einzige Forderung gestellt haben: »Wofür er Ihnen die Ehe versprach«, ergänzte er endlich.

Ihr verlegenes Gesicht bewies ihm, daß seine Menschenkenntnis ihn nicht im Stich gelassen hatte.

»Hoffentlich nehmen Sie nicht an, Mr. Gilder«, stammelte sie ein wenig kleinlaut, »daß ich mich ihm an den Hals geworfen habe? Das würde ich selbst beim besten Mann der Welt nicht tun! Im übrigen ist Arthur Gine Gentleman genug, um sein Versprechen zu halten.«

»Und wann soll die Heirat stattfinden? Doch wohl erst nach Entdeckung des Schatzes, vermute ich. Darf ich fragen, welches Pfand er Ihnen gegeben hat?«

»Sein Ehrenwort«, antwortete Mary Wenner.

»Hm! Das ist alles? Ich frage in Ihrem Interesse. Sie sind eine junge Dame, die ihr Brot allein verdient und vielleicht niemand hat, der sich selbstlos um sie kümmert.«

Mr. Gilder spürte, daß er sich auf dem richtigen Weg befand.

»Ich habe auch … Einen Augenblick, ich kann Ihnen außerdem etwas Schriftliches zeigen.«

Sie holte aus dem anstoßenden Schlafzimmer ihre Handtasche und suchte aus einem Wust von allerlei Sächelchen einen Zettel hervor. Gilder las ihn, auch die von Gines Hand vorgenommene Änderung.

»Es ist ein vollkommen wertloses Papier«, versicherte er, wobei Mary Wenners Gesicht größte Bestürzung zeigte. »Bei dieser Erklärung handelt es sich, juristisch ausgedrückt, um ein unter Zwang gegebenes Versprechen. Er kann jederzeit behaupten, daß er diese Verpflichtung eingehen mußte, um von Ihnen für seinen Klienten wertvolle Informationen zu erlangen.«

Miss Wenner biß sich nervös auf die Lippe.

»Was soll ich tun, Mr. Gilder? Raten Sie mir, Sie sind Jurist. Können Sie nicht ein Dokument aufsetzen, das ihn absolut bindet? Natürlich bin ich viel zu sehr Dame, um mich einem Mann gegen seinen Willen aufzuzwingen, doch …«

»Ein solches Dokument könnte ich zwar abfassen, nur bezweifle ich, ob es Ihnen wirklich helfen würde. Trauen Sie ihm nicht?«

»Aber wem soll ich trauen? Die Männer sind so voll Trug, Mr. Gilder, und die jungen sind die schlimmsten! Mir scheint, ein Mann von fünfundvierzig –« (sie nahm ein unsichtbares Krümchen von ihrem Kleid) »oder fünfzig wäre das Richtige. Arthur ist noch so unbeherrscht. Außer Ihnen würde ich es ja niemandem erzählen, aber er versuchte mich unzählige Male zu küssen, und einmal in Fossaway wollte er sogar …«

»Ich verstehe, ich verstehe«, beeilte sich Gilder zu beteuern. »Nun hören Sie mich an, Miss Wenner. Sie sind ein kluger Mensch, und deshalb kann ich mit Ihnen sprechen wie mit wenig anderen …« Diese dick aufgetragene Schmeichelei, die sogar intelligenten Menschen gegenüber selten ihre Wirkung verfehlt, veranlaßte auch Mary Wenner, den Ausführungen ihres Gastes gespannt zu lauschen. »Was würden Sie sagen, wenn ich Ihnen verriete, daß Gine schon jetzt versucht, Ihnen zuvorzukommen?«

»Wie bitte?«

»Daß er das Gold ohne Ihre Hilfe zu finden versucht.«

»Das wagt er nicht!« stieß Mary hervor.

»So, meinen Sie? Nun, ich überraschte ihn in der vorletzten Nacht mit einem Stemmeisen in den Ruinen der Abtei.«

»Oh, der Hund!« Damenhaft war diese Ausdrucksweise nicht, der Augenblick freilich auch nicht dazu angetan, an gesellschaftliche Formen zu denken. »Dieser schmutzige, diebische, falsche Schleicher!« tobte sie weiter. »In der Abtei mit einem Stemmeisen? Soll er kratzen und herumstochern, soviel er Lust hat – finden wird er nichts!« Sie lachte schrill. »Er hat mich betrogen! Ich gab ihm alles, was eine Frau einem Mann geben kann – verstehen Sie mich recht, Mr. Gilder, ich meine in bezug auf den Schatz. Um alles in der Welt möchte ich nicht, daß Sie mich mißverstehen, ich habe mich immer als Dame benommen!« Nach einer Weile wurde sie ruhiger. »Wem kann ich trauen?« fragte sie flehend.

Und Gilder griff das Stichwort auf.

»Mir!« sagte er sanft.

Marys Blick streifte ihn. Eigentlich war er eine recht annehmbare Erscheinung, das graue Haar gab ihm sogar etwas Distinguiertes.

»Bei mir würden Sie kein legales Dokument benötigen.«

»Doch. Das auf jeden Fall«, widersprach sie entschieden. »Ich traue keinem Mann.«

»Nun, Sie könnten auch jedes gewünschte Dokument von mir haben. Ich bin sogar bereit, mich rettungslos zu kompromittieren.«

Sie hüstelte.

»So weit möchte ich nicht gehen«, wehrte sie, ihn mißverstehend, verschämt ab.

»Ich meinte, daß ich das Risiko der Entdeckung auf mich nehmen würde, ohne mir, wie Arthur Gine, den Rücken zu sichern.«

Sie betupfte sich mit einem winzigen Taschentuch die Augen.

»Mr. Gilder, obwohl ich Sie erst so kurz kenne, sind Sie mir lieb und wert geworden. Am Dienstag sagte ich noch zu meiner Freundin: ›Mr. Gilder ist ein Gentleman durch und durch!‹ Wie heißen Sie eigentlich mit Vornamen?«

»Fabrian.«

»Fabrian...« Wie eine Liebkosung wiederholte sie es. »Ich würde Sie Fabe nennen. Klingt das nicht nett?«

»Ich möchte, daß wir heute nacht hinfahren.«

Ihre Miene verdüsterte sich.

»Zur Abtei? Nachts?«

»Mit meinem Wagen sind wir in anderthalb Stunden dort, und falls nicht zuviel zu graben ist...«

»Überhaupt nicht«, fiel sie ihm ins Wort. »Aber nachts?«

»Warum nicht? Mein Häuschen liegt knapp einen Kilometer von der Abtei entfernt. Wenn das Gold wirklich dort ist, an einem erreichbaren Platz, könnten wir genug davon mit uns nehmen, um als sehr reiche Leute ein neues Leben zu beginnen.«

Mary Wenner ließ eine lange Minute verstreichen.

»Sie werden natürlich denken, daß ich eine schreckliche Person bin. Trotzdem, Mr. Gilder – oder besser, Fabe – möchte ich etwas schwarz auf weiß in Händen haben.«

Sofort, ohne Widerrede, verfaßte Fabrian Gilder ein Dokument, das, wie er scherzend sagte, genügte, um ihn an den Galgen zu bringen, und das sogar die mißtrauische Mary Wenner von der Ehrlichkeit seiner Absichten überzeugte. Er schrieb mit seiner eigenen Füllfeder, einem ganz neuen Fabrikat, die mit einer Tinte gefüllt war, für die der Verkäufer garantiert hatte, daß sie innerhalb von sechs Stunden von jedem Papier wieder verschwinde.

»Gut, Fabe, wann fahren wir?«

»Halb zehn.«

»Und bitte kein Stemmeisen!« rief sie ihm boshaft nach. »Das Handwerkszeug, das wir brauchen, ist in meiner Handtasche.«

22

Gegen Abend hatten sich im Westen schwere, dunkle Wolken zusammengeballt. Ein feiner Regen rieselte, als Fabrian Gilder seinen Wagen zum verabredeten Treffpunkt in der Marylebone Road steuerte.

Es überraschte ihn selbst ein wenig, mit welcher Bestimmtheit er an das Vorhandensein des Schatzes glaubte. Er hatte nämlich, um Platz für das Gold zu schaffen, nicht nur alles Entbehrliche aus dem Wagen geräumt, sondern auch Berechnungen über das Gewicht angestellt, das er bei jeder Fahrt fortschaffen könnte.

Es wurde jedoch zehn Uhr, bis Mary Wenner erschien und sich mit einem Schwall von Entschuldigungen neben ihm niederließ.

»Beinahe wäre ich überhaupt nicht gekommen. Wirklich, ich spreche im Ernst – sobald Sie mich verlassen hatten, mußte ich dauernd an den gräßlichen Schwarzen Abt denken!«

»Sie glauben doch nicht etwa an solchen Hokuspokus?«

Der Wagen zog scharf um die Ecke der Baker Street.

»Ich weiß nicht. Ein- oder zweimal wurde er in der Zeit, die ich in Fossaway zubrachte, gesehen. Aber nach den Zeitungen soll er auch neulich wieder aufgetaucht sein.«

»Keine Angst«, beruhigte er sie und klopfte auf seine Manteltasche. »Hier steckt etwas, das sowohl schwarzen als auch weißen Äbten nicht gut bekommen würde! Fühlen Sie sich nun sicherer?«

»Ja, Fabe«, hauchte sie.

Behutsam ließ er durchblicken, daß es ihm lieber wäre, wenn sie ihn mit seinem richtigen Taufnamen anreden würde. Ob sie seinen Wunsch zu respektieren gewillt war, konnte er nicht erkennen, denn sie schwieg sehr lange. Völlig abrupt äußerte sie dann:

»Ich halte nichts von langen Verlobungen. Und Sie?«

»Ich auch nicht.«

Beide lachten. Sie fuhren durch die verödete Dorfstraße von Dorking. Der Regen peitschte jetzt von der Seite her unter das Verdeck.

»Scheußliche Nacht!« klagte sie.

»Im Gegenteil. Eine bessere hätten wir uns gar nicht aussuchen können. Bei dem Wetter vergeht Mr. Alford bestimmt die Lust, draußen herumzustöbern.«

Zwei Kilometer vor Fossaway schaltete er die Lichter aus. Seine Begleiterin fürchtete, der Wagen müsse jeden Moment mit einer der vorbeiflitzenden Telegrafenstangen zusammenprallen.

»Seien Sie unbesorgt«, tröstete er sie, »ich bin diesen Weg hundertmal gefahren. Gleich hinter dem Willow-Haus liegt mein Cottage.«

Bei der Red Farm stoppte Gilder, sprang heraus, um das Gatter zu öffnen, und stellte den Wagen neben der gleichen Hecke ab, wo ihn vor einigen Nächten Dick Alford entdeckt hatte.

»So, da wären wir!«

Er nahm Mary Wenners Arm. Sie zitterte, und als sie sprach, hörte er, wie ihre Zähne zusammenschlugen.

»Mein Gott, wäre ich doch nicht gekommen! Was ist das – dort, vor uns?«

»Eine gekappte Weide, Sie Hasenfuß!«

Sie kamen durch das niedrige Parktor, das, wie immer, unverschlossen war, stiegen den Hang hinauf, bis sich vor ihnen, gespenstisch in der Dunkelheit, die Ruinen erhoben.

»Ich möchte kein Licht machen«, sagte er leise, »damit hat sich nämlich Gine verraten. Finden Sie den Weg im Dunkeln?«

»Wir müssen zum Turm«, wisperte sie. »Aber, um Himmels willen, lassen Sie meinen Arm nicht los!«

Ein paar Meter weiter stolperte sie über einen Stein und würde aufgeschrien haben, wenn seine Hand sich nicht sofort auf ihren Mund gelegt hätte.

»Mein Gott, seien Sie doch still!« schalt er. »Wohin nun?«

»Kommen Sie!«

An der Rückwand des Turmes blieb sie stehen und flüsterte nahe an seinem Ohr:

»Geben Sie mir Ihre Hand! Es ist sehr eng – Sie müssen sich durchzwängen. Dieser Eckstein schwingt herum und öffnet sich wie eine Tür. Hier schlüpfte auch der Abt hinaus, wenn es ihn zur Gräfin von Chelford trieb. Sie hörten doch von dem kleinen Skandal?«

Der ›kleine Skandal‹ war siebenhundert Jahre alt, aber für Mr. Gilder eine Neuigkeit.

Als sie sich durch den Spalt gezwängt hatten, ertönte Marys Stimme etwas beherzter aus der Finsternis.

»Jetzt können Sie getrost Ihre Lampe anknipsen.«

Er tat es und sah, daß sie sich in einem winzigen Gelaß mit gewölbter Decke befanden, die aus einem einzigen Stein gehauen zu sein schien. Auch die Mauern waren von ungeheurer Stärke.

Seine Führerin zog ihn weiter.

Über feuchte, moosbedeckte Stufen ging es abwärts. Fünfundzwanzig zählte Gilder, dann standen sie in einem großen, unterirdischen Raum, der mit seinem verwitterten, bröckligen Mauerwerk eher einer natürlichen Höhle glich.

»Dort ist es…« Mary Wenner sprach noch immer im Flüsterton, obgleich sie kaum mit einem Lauscher zu rechnen hatte.

In die Wand gegenüber waren zwei schmale Türen eingelassen. Sie erinnerten Mr. Gilder an die Zellentüren des Zuchthauses von

Dartmoor, und diese Ähnlichkeit wurde noch unterstrichen durch ein Gitter im oberen Teil der linken Tür.

Gilder ließ den Strahl seiner Taschenlampe durch die Zwischenräume fallen. Er sah in ein tiefes, enges Gelaß, an dessen beiden Längswänden Steinbänke entlangliefen. Und auf diesen Steinbänken lagen und standen zahlreiche walzenförmige Behälter, die, wie man bei den zunächstliegenden erkennen konnte, an beiden Enden mit seltsamen Siegeln versehen waren.

Fabrian Gilders Herz schlug schneller. Er rüttelte an dem lottrigen Schloß, stemmte sich gegen die morsche Tür, die schon nach dem dritten Versuch kreischend nachgab. Im Begriff, sie ganz aufzustoßen, spürte er, wie Mary Wenners Hände seinen Arm umkrampften.

»Sehen Sie! Oh, mein Gott! Sehen Sie!« schrie sie wie wahnsinnig, so daß er herumschnellte.

Auf der untersten Stufe der Wendeltreppe stand eine Gestalt in schwarzer Kutte, das Gesicht durch die Kapuze verhüllt. Zwei fieberhaft glühende Augen – entsetzlich! Drohend überwachte der Schwarze Abt ihr Treiben.

Mit einem Fluch riß Gilder seinen Revolver aus der Tasche, wobei das Licht der Lampe sekundenlang von der Treppe abwich. Als er, schußbereit, den Strahl wieder auf die Stelle richtete, war die Erscheinung verschwunden.

»Gehen Sie nicht! Gehen Sie nicht!« jammerte Mary Wenner, sich an seinen Arm hängend. »Oh, Mr. Gilder! Oh, Fabrian, verlassen Sie mich nicht!«

Er stieß sie rücksichtslos zur Seite, rannte zur Treppe, stieg vorsichtig aufwärts, hörte den keuchenden Atem des Mädchens, das ihm auf den Fersen folgte.

»Lassen Sie mich nicht allein in der schrecklichen Dunkelheit«, schluchzte sie.

Er stieg höher, langsam, spähend – keine Spur von einer schwarzen Kutte! Der kleine Raum oben war so, wie sie ihn verlassen hatten. Der Steinquader, mit dem der schmale Durchgang verschlossen wurde, stand nach außen offen.

Mary strauchelte und torkelte ins Freie. Dort brach sie in die Knie. Ihr hysterisches Geschrei gellte durch die Nacht.

»Bringen Sie mich fort! O Gott, hätte ich mich doch nie in dieses Unternehmen eingelassen!«

Fluchend schwang Gilder den Pfeilerstein zurück. Dann schleppte er, Wut und auch ein gut Teil Furcht im Herzen, die reglos im Gras Liegende den Hügel hinab zum Wagen.

Der Regen strömte unvermindert nieder. Gilder schlug das Verdeck zurück, damit Wind und Regen die Ohnmächtige rascher wieder zu sich brachten. Er konnte seine Zeit nicht mit ihr vertrödeln, mußte sie sofort in ihrer Wohnung absetzen, um nach Chelfordbury zurückzufahren und jene Behälter zu untersuchen.

Der Schwarze Abt? Er atmete ein wenig schneller, wenn er an die schreckliche Gestalt dachte, aber daß sie ein Wesen von Fleisch und Blut war, bezweifelte er nicht.

Beim Dorf Horsham kam Mary Wenner, bis auf die Haut durchnäßt, zu sich und war auch bald wieder zum Plaudern aufgelegt. Doch ihr Begleiter gab ihr nur einsilbige Antworten oder erwiderte überhaupt nichts.

»Mein Gott, ich dachte, mich rührt der Schlag! Haben Sie gesehen, wie unheimlich seine Augen funkelten, Fabe?«

»Fabrian!« korrigierte er ärgerlich.

»Nicht einmal auf Bildern hab' ich je so was Schreckliches gesehen. – Können wir nicht das Verdeck hochziehen, Fabe, Pardon, Fabrian?«

Er hielt mit einem Ruck an und schloß wütend das Verdeck.

»Was wollen wir jetzt machen?« erkundigte sie sich.

»Ich fahre Sie nach Hause. Morgen nacht werden wir einen zweiten Versuch unternehmen. Auf welche Weise haben Sie eigentlich den Eckstein zum Drehen gebracht?«

»Das kann ich Ihnen nicht sagen«, erklärte sie unumwunden. »Es ist mein einziger Trumpf gegen Sie.«

»Seien Sie nicht albern! Sie gebrauchten etwas Spitzes, eine Ahle oder dergleichen. Ich bemerkte, daß sich zwischen zwei Steinen ein kleiner künstlicher Zwischenraum befindet.«

»Meine Schere«, gestand sie. »In jener Fuge ist der Mechanismus versteckt, eine eiserne Klammer ...«

Jetzt wußte Gilder alles, was er wissen wollte, und konnte Mary Wenner von weiterer Mitarbeit dispensieren. Er schlug ihre Einladung, einen heißen Tee bei ihr zu trinken, aus und sauste, sobald die Haustür hinter ihr zuschnappte, zurück nach Sussex.

Auf halbem Weg ging ihm das Benzin aus. Er mußte lange auf einen vorbeikommenden Wagen warten, die Nacht war schlecht, es gab kaum Verkehr auf der Landstraße. Schließlich überließ ihm ein Fahrer etwas Treibstoff.

Das Leuchtzifferblatt seiner Armbanduhr zeigte zwei Uhr, als er wieder auf dem Hügel stand. Das letzte Stück legte er äußerst vorsichtig, Schritt für Schritt, zurück, mit Auge und Ohr das Dunkel erforschend. Nichts – kein Laut, keine Spur vom maskierten Spuk!

Er fand den Eckstein des Turms, preßte mit seinem Taschenmesser die Klammer zurück, zog an dem Stein – der Eingang lag frei.

In der rechten Hand den Revolver, in der linken die Taschenlampe, stieg er die Wendeltreppe hinab. Als er in das schmale Gelaß hineinleuchtete, durchzuckte ihn ein kalter Schreck – die Behälter waren verschwunden.

Schweißtropfen standen auf seiner Stirn. Was für ein Schurke hatte seine Pläne durchkreuzt?

Er versuchte die zweite schmale Tür zu öffnen, die aus einem einzigen kompakten Stück bestand und oben kein Gitter aufwies wie die andere. Umsonst, sosehr er sich anstrengte, sie gab nicht nach. Voll Zorn und Ohnmacht stieg er endlich die Wendeltreppe wieder hinauf. Er erreichte den kleinen Vorraum oben und wollte gerade seine Lampe auslöschen, um durch den Spalt ins Freie zu schlüpfen, als er sah, wie sich der Stein auf ihn zu bewegte und, bevor er hinzuspringen konnte, im Mauerwerk einschnappte.

Irgendwo draußen erhob sich ein höllisches Gelächter.

Gefangen!

Gilder stemmte sich gegen den Stein, der vollkommen festsaß und um keine Spur sich bewegen ließ.

Aber mußte man die Pforte nicht auch von innen öffnen können? Wie sonst wäre der Abt bei seinen Minnefahrten hinausgelangt?

Er ließ den Strahl der Taschenlampe an den Wänden entlanggleiten. Nichts! Er leuchtete den Boden ab, der aus zerbrochenen Fliesen bestand. Eine davon, kleiner als die übrigen, erregte seine Aufmerksamkeit, weil sie ganz flach, nicht gewellt und schief wie die andern, auflag. Das Taschenmesser zu Hilfe nehmend, gelang es ihm, sie zu heben. Darunter fand er einen rostzerfressenen Eisenring. Er zog daran, zog mit aller Gewalt – der Stein begann sich zu bewegen, nur ganz wenig, die unsichtbare Klammer hielt ihn nicht mehr, Gilder hatte gehört, wie die Arretierung aufschnappte. Erlöst aufatmend stemmte er sich gegen den Stein, schob ihn nach außen und stolperte hinaus in die fahle Morgendämmerung.

Das Wetter hatte sich beruhigt. Am Himmel blinzelten einige Sterne. Weitab zur Linken kräuselte sich eine dünne Rauchfahne aus einem der Schornsteine von Fossaway.

Gilder wischte sich den Schweiß von der Stirn und bemühte sich, die Bitterkeit seiner Niederlage zu überwinden. Als er sich umblickte, sah er seitlich im feuchten Gras etwas liegen, das er mit einem halb unterdrückten Schrei aufhob. Es war einer der an beiden Enden versiegelten Behälter aus der Schatzkammer!

Mit Gold konnte er allerdings nicht gefüllt sein, dazu fehlte es ihm an Schwere. Doch was enthielt er?

Gilder rannte mit seinem Fund den Hügel hinab und löste im Schutz des Hohlweges ein Siegel. Ein eng zusammengerolltes Stück Pergament kam zum Vorschein. Er entfaltete es, starrte es an – eine alte Handschrift mit wunderbaren Malereien. Als Kunstwerk von unschätzbarem Wert, aber ein armseliger Ersatz für fündunddreißig Pfund Gold!

Und all die andern Behälter würden den gleichen Inhalt haben, dachte er voll Schadenfreude. Wer sie sich auch angeeignet haben mochte – nach seiner Meinung kam nur Arthur Gine in Frage –, würde dieselbe Enttäuschung erleben wie er!

23

Als er das Gatter zur Red Farm öffnete, um seinen Wagen zu holen, blieb er wie versteinert stehen. Der Wagen war fort.

Der aufgeweichte Boden hatte die Reifenspuren deutlich bewahrt, so daß es nicht schwerfiel, ihnen nachzugehen. Sie führten anfänglich direkt auf das Willow-Haus zu, bogen aber bald seitlich in Richtung Red Farm wieder ab. Bei der nächsten Wegbiegung kam das Weekendhäuschen in Sicht. Vor dem Eingang stand der Wagen. Wer hatte ihn hierhergefahren?

Gilder drückte die Haustürklinke nieder. Unverschlossen! Die Tür, die von der Diele ins Eßzimmer führte, gleichfalls. Voller Staunen erblickte er über dem Kaminfeuer einen dampfenden Wasserkessel und auf dem Tisch neben der Teekanne eine geöffnete Biskuitbüchse. Als er im Nebenzimmer Schritte hörte, fuhr er herum, um dem Eindringling entgegenzutreten, ließ aber den erhobenen Browning gleich wieder sinken.

»Thomas? Was, zum Teufel, treiben Sie hier?«

»Bin heute morgen entlassen worden.«

»Heute morgen? Es dämmert ja eben erst.«

»Alford traf mich, als ich zu einer Stunde durchs Haus wanderte, zu der ich eigentlich ins Bett gehörte. Und da setzte er mich ohne weiteres an die Luft. Der Kerl hat mich nie leiden mögen!«

Gilder glaubte dem Bericht nicht so recht.

»Was haben Sie angestellt?«

Der Mann schob die Unterlippe vor.

»Also gut, meinetwegen sollen Sie alles wissen. Ich will vorher nur noch den Tee aufbrühen.« Und erst nachdem er Gilder und sich selbst versorgt hatte, nahm er den Faden wieder auf. »Hörten Sie schon mal vom Affen-Puttler? Jeder in London, der was auf dem Kerbholz hat, kennt ihn. Mir verhalf er zu drei Jahren, nur weil ich... Na, so ein kleines Ding im Westinghouse Hotel – «

Gilder hatte von diesem Vorleben nichts geahnt.

»Einbruch?« fragte er.

»Nein, ich war im Hotel angestellt. Aber wenn es Ihnen Spaß macht, nennen Sie es ruhig Einbruch. Als ich aus dem Kittchen kam, fand ich die Stelle in Fossaway. Eine feine Stelle! Der Graf zählt sein Geld nie nach, und Alford kann seinem Bruder doch nicht mit Fragen zusetzen, wenn es seines Erachtens zu schnell alle geworden ist!«

Gilder berührte diese Eröffnung sichtlich unangenehm.

»Wenn ich das gewußt hätte, würde ich Ihre Dienste nicht in Anspruch genommen haben. Doch, was ist nun los mit diesem Puttler?«

»Er traf gestern in Fossaway ein, angeblich als Buchprüfer. Ich erkannte ihn aber im ersten Moment, und – was schlimmer ist – er mich ebenfalls. Natürlich wußte ich, daß ich nun meine Livree an den Nagel hängen konnte.«

»Aber warum setzte Alford Sie bei Nacht und Nebel an die Luft?«

»Das sollen Sie auch gleich hören. Der Graf verwahrt sein Bargeld in der linken Schreibtischschublade, ohne eine Ahnung zu haben, wieviel da herumliegt. Ein guter Griff konnte meinen Lebensunterhalt für einige Zeit sichern, wobei immer noch genug zurückblieb, daß er nicht zu beschwören vermöchte, ob etwas geklaut wurde oder nicht. Wie ich nun heute morgen um vier Uhr die Treppe wieder hinaufsteige, überrascht mich Alford und sagt nur: ›Sofort packen und raus!‹ Dem werde ich es noch ...«

»Faßte er Sie mit dem Geld?«

»Nein. Das lag sicher unter dem Bibliothekfenster, wo ich es mir nachher holte.«

»Und aus welchem Grund wanderte Mr. Alford zu dieser ungewöhnlichen Zeit im Haus umher?«

Thomas schnitt eine Grimasse.

»Man ist zu keiner Stunde sicher vor ihm.«

Gilder war überzeugt, daß dieser Bericht einigermaßen den Tatsachen entsprach, aber er wurde den Eindruck nicht los, daß Thomas etwas verheimlichte. Seine Geschichte schien Lücken aufzuweisen, wenngleich er sie geschickt zu überbrücken verstand. Andererseits war jetzt nicht der richtige Moment, um ein Kreuzverhör zu eröffnen. Eines jedenfalls stand fest – er, Gilder, konnte sich mit diesem entlassenen Sträfling nicht kompromittieren.

»Warum kamen Sie gerade hierher?«

»Ich vermutete Sie in London und dachte, Sie würden nichts dagegen haben, wenn ich ein paar Tage hier kampiere.«

»Hm!« Gilder rieb sich das Kinn. »Brachten Sie meinen Wagen her?«

»Auf dem Weg zur Red Farm stieß ich auf ihn, ich wartete über eine Stunde, und als Sie nicht kamen, hielt ich es für besser, ihn zu Ihrem Häuschen zu bringen, der Zündschlüssel steckte ja.«

»Hat Sie jemand bemerkt?«

»Niemand. Es war noch fast dunkel.«

»Gut, Sie können hierbleiben, Thomas. Wenn mich aber die Polizei benachrichtigt, daß Sie sich in meinem Haus aufhalten, werde ich angeben, daß Sie sich eigenmächtig einquartierten. Sie verstehen, daß ich mich schützen muß.«

»Natürlich – und dann...« Er verstummte.

»Haben Sie noch etwas auf dem Herzen?« drängte Gilder.

»Vielleicht erzähle ich es Ihnen später.«

Als Gilder sich rasiert, geduscht und den Anzug gewechselt hatte, kehrte er zu Thomas zurück, der seine kurze Pfeife rauchte und im Kaminfeuer herumstocherte.

»Wenn Sie sich entschlossen haben, zu sprechen, Thomas, schicken Sie mir am besten ein Telegramm, aber nicht von Chelfordbury, sondern von Horsham.«

Dann fuhr er mit seinem Wagen durch den trüben Morgen nach London.

24

Um zehn Uhr riß ihn das Telefon aus schwerem Schlaf. Es war Mary Wenner, und im stillen bedachte er sie mit einem derben Fluch.

»Guten Tag, Fabe. Ich habe mich die ganze Nacht so um Sie geängstigt. Sie fuhren doch nicht etwa zu diesem scheußlichen Ort zurück?«

»Ich werde heute nachmittag zu Ihnen kommen«, unterbrach er den Redestrom. »Sprechen Sie nicht von der Angelegenheit am Telefon, man kann belauscht werden.«

»Fabe, Liebster – sind Sie nicht doch zurückgekehrt und haben etwas von dem Gold geholt? Ich weiß, Sie sind sehr tapfer, aber wozu sein Leben riskieren...«

»Nein, ich habe kein Gold geholt – also, bis heute nachmittag!«

Er hatte nicht die Absicht, sie an diesem oder irgendeinem anderen Nachmittag zu treffen, doch sein Vorsatz sollte nicht ausschlaggebend sein. Kurz nach fünf, er saß noch beim Tee, erschien Mary Wenner unangemeldet in seinem Eßzimmer. Was hat sie wohl dem Hausmädchen gesagt? dachte er schaudernd, während sie, verschämt lächelnd, einen Kuß auf seine Stirn drückte.

»Liebster, ich bin im Begriff, etwas zu tun, das ein klein wenig nach Treulosigkeit aussieht.«

»Bitte, bitte!«

»Sie dürfen nicht denken, daß ich Ihnen ernstlich untreu werden will, aber sehen Sie, er hat mir einen so netten Brief geschrieben ...«

»Wer?«

»Arthur. Und seine Schwester ebenfalls. Sie haben mich eingeladen, das Wochenende bei ihnen zu verbringen. Das ist eine gute Gelegenheit, um mit ihm reinen Tisch zu machen. Er soll wissen, daß ich Ihnen gehöre. Und wenn wir auch den Schatz nicht finden sollten – ich weiß, daß Sie mich nicht des Geldes wegen wollen. Schließlich sind Sie ja auch nicht unvermögend, Liebster. Eine Auskunftei, bei der ich mich erkundigte, schätzt Sie auf wenigstens hunderttausend Pfund.«

Gilder stöhnte.

»Und denken Sie, Fabe, was mit Ihrem Schein passierte! Als ich ihn heute hervorholte, war die Schrift verschwunden. Ich lief sofort zu einem guten Bekannten, der Zauberei als Geschäft betreibt. Vielleicht haben Sie ihn schon auftreten sehen – er holt Kaninchen aus leeren Papiertüten und dergleichen. Wissen Sie, was er tat? Er träufelte Zitronensaft über Ihre verschwundenen Zeilen und hielt das Papier ans Feuer. Jetzt ist die Schrift wieder sichtbar und diesmal, wie er sagte, unauslöschlich.«

»Ach!« war alles, was Gilder dazu einfiel. Verfluchtes Pech! Ob sie sich mit tausend Pfund abfinden ließ?

»Werden Sie die Einladung der Gines annehmen?« fragte er möglichst ruhig.

»Ich muß wohl. Arthur ist schließlich ein alter, guter Freund von mir.«

Mary Wenner hatte kaum die Wohnung verlassen, als ein Telegramm eintraf. Gilder nahm an, daß es von einem seiner Wettbüros käme, die sich jetzt, nach Verlust ihres einzigen Kunden, in Liquidation befanden.

Es kam aber aus einem Dorf in der Umgebung von Chelfordbury und lautete: ›Erwarte Sie dringend. Große Neuigkeiten für Sie.‹ Es war mit ›T‹ unterzeichnet.

Beabsichtigte Thomas, sein Schweigen zu brechen? Und was hatte er zu sagen?

25

Ein Mann in grauem, schlechtsitzendem Anzug, Zigarette zwischen den Lippen, stand vor dem Gartentor, als Leslie Gine von ihrem Morgenspaziergang zum Ravensrill zurückkehrte. Sie kam näher. Er zog die Hände aus den Hosentaschen.

»Guten Morgen, Miss.«

»Guten Morgen, Thomas.«

»Kann ich Sie ein paar Minuten sprechen, Miss?«

»Mr. Alford sagte mir, daß er Sie entlassen hat. Es tut mir leid, aber ich kann nichts für Sie tun.« Sie öffnete das Tor.

»Eine Minute nur, Miss – Mr. Alford habe ich nie gefallen –, ich komme auch gar nicht mit einer Bitte, sondern mit einer Nachricht, die für Sie sehr wertvoll ist.«

Ihre grauen Augen blickten ihn kühl an.

»Sie können mir nichts mitteilen, das auch nur die geringste Bedeutung für mich hätte.«

»So, meinen Sie? Ich weiß etwas, das niemand sonst weiß. Die Leute reden viel über den Chelfordschatz …«

»Ich will nichts hören«, unterbrach sie ihn und betrat den Garten.

Thomas starrte ihr wütend nach und tauchte hinter den Lorbeerbüschen unter, die sich außerhalb des Gartens den Zaun entlangzogen.

Vom Liegestuhl, der auf dem Rasen vor dem Haus stand, erhob sich Arthur. Sein eines Auge bedeckte eine Binde.

»Mit wem sprachst du, Leslie?«

»Mit Thomas.«

»Dem Diener von Fossaway? Hatte er etwas zu bestellen?«

»Nein. Er ist entlassen worden. Dick hält ihn für einen Dieb.«

»Hast du denn schon wieder Dick gesprochen? Du scheinst diesen Herrn ständig zu treffen – Dick hier und Dick dort … Leslie, ist es klug, mit dem Feuer zu spielen? Ich habe noch nie von dir gehört, daß du Harry begegnet wärst.«

»Harry kommt ja auch nie aus seiner Bibliothek hervor, während es schwierig ist, Dick nicht irgendwo zu treffen, wenn man draußen herumläuft. Ich sehe keinen Grund, ihm aus dem Weg zu gehen.«

Arthur nahm eine Zigarette und betrachtete sie mit gespitztem Mund.

»Gegen Dick ist nichts einzuwenden, außer daß er zweiter Sohn ist und nichts zu erwarten hat. Vergiß das nicht, denn – offen gestanden, du bist darauf angewiesen, einen reichen Mann zu heiraten.«

Die erste Andeutung der Wahrheit! Leslie wappnete sich, sie ganz zu erfahren.

»Aber Dick ist geschäftstüchtig«, erwiderte sie, »und angenommen, ich heirate ihn, würde er sich auch um meine Aktien und Pfandbriefe kümmern – vermutlich besser als ein reicher Mann.«

Gespanntes Schweigen.

»Weder Aktien noch Pfandbriefe sind vorhanden, Leslie!«

Nun war es gesagt. Er hatte seine ganze Willenskraft aufbieten müssen, um diese Beichte abzulegen. Jetzt fühlte er sich erschöpft und wagte nicht, aufzublicken.

»Weder Aktien noch Pfandbriefe«, wiederholte sie. »Also hatte ich neulich im Auto recht mit dem, was ich sagte – ich besitze keinen Penny!«

Arthur Gine mußte seine trockenen Lippen netzen, bevor er sprechen konnte.

»Schon seit langem habe ich versucht, den Mut für dieses Geständnis aufzubringen. Ein Feigling und ein Schurke – das bin ich! Es bleiben dir ein paar tausend Pfund, an die ich nicht herankonnte. Alles andere, mehr als eine Viertelmillion Pfund, habe ich am grünen Tisch und auf dem Turf verspielt. – Gut, daß es heraus ist!«

Er zog die Binde von seinem beschädigten Auge. Abgesehen von den buntschillernden Flecken, die nun zum Vorschein kamen, war sein Gesicht weiß wie Kalk. Als er endlich zu seiner Schwester aufschaute, begegnete er nicht dem Blick voll Verachtung, den er erwartet hatte. Weder Verachtung noch Bestürzung. Nein, sie lächelte sogar.

»Gott sei Dank!« flüsterte sie so leise, daß er sie nicht verstehen konnte.

»Er wird dich auch ohne Vermögen nehmen.«

»Ich habe Harry bereits geschrieben, daß ich unser Verlöbnis aufhebe.« Sie nahm seinen Arm. »Komm, wir wollen nun frühstücken!«

26

Das Schreiben erreichte Lord Alford, Graf von Chelford, mit zwei oder drei Geschäftsbriefen; seine Korrespondenz bestand hauptsächlich aus Zuschriften von Londoner Buchhändlern, denen er ununterbrochen alte Drucke und Pergamente abkaufte. Als er die Handschrift auf dem Privatbrief erkannte, drehte er den Umschlag unschlüssig hin und her, um ihn endlich mißmutig aufzuschneiden.

›Lieber Harry,
seit längerer Zeit habe ich die Überzeugung gewonnen, daß wir so wenig Gemeinsames haben, daß eine Heirat wohl für keinen von uns das Glück bedeuten würde. Eigentlich müßte ich Dir nun meinen Verlobungsring zurücksenden, aber glücklicher- oder unglücklicherweise hattest Du vergessen, mir dieses Symbol der Zusammengehörigkeit zu schenken. Ich wünsche Dir alles Gute und hoffe, daß wir auch weiterhin Freunde bleiben werden. Leslie.‹

Harry las die Zeilen, rieb sich völlig verdutzt die Stirn, erhob sich und stürmte hinüber ins Arbeitszimmer seines Bruders.

»Lies das! Was hältst du davon?«

Dick überflog den Inhalt.

»Das tut mir leid.«

»Leid –? Es ist eine Schmach!« zeterte Harry los. »Man wird mich für einen Trottel halten! Und diese Bemerkung über den Verlobungsring ist absolut geschmacklos. Warum sollte ich diese lächerliche, stupide Sitte mitmachen, um so mehr, als sie bereits einen sehr schönen Ring hat? Du hast ihn sicher gesehen – einen großen Brillanten, den sie fast immer trägt.« Trotz der Erregung und des Ärgers, die Harry zeigte, glaubte Dick aus seiner Stimme etwas wie Erleichterung herauszuhören. Doch seine

Eitelkeit war verletzt worden. »Und ohne den geringsten vorherigen Wink! Gestern noch war sie hier und ließ kein Wörtchen fallen.«

»Du hast ihr auch keine Gelegenheit dazu gegeben«, entgegnete Dick, »hast dich überhaupt nicht um sie gekümmert. Sei gerecht, Harry!«

»Das mag stimmen«, lenkte Harry versöhnlich ein, »vielleicht eigne ich mich eben wirklich nicht zur Ehe. Aber man wird über mich spotten!« Sein Ärger flammte von neuem auf, die dicken Gläser seiner Hornbrille funkelten Dick an. »Die ganze Grafschaft weiß von unserem Verlöbnis und wird nun herumschnüffeln, weshalb es zum Bruch kam. Ich sehe schon die Reporter aufkreuzen.«

»Schick sie alle zu mir!«

Noch immer war der Bruder nicht ganz besänftigt.

»Was hat sie nur zu diesem Schritt veranlaßt? Glaubst du, daß sie einen andern Mann kennengelernt hat, der ihr besser gefällt? Das würde es allerdings noch schlimmer machen. Was soll ich jetzt tun?«

»Schreib ihr ein paar liebenswürdige Zeilen, daß du einverstanden bist.«

»Sag mir doch, Dick, ob deiner Meinung nach ein anderer dahintersteckt?«

»Wahrscheinlich ein Dutzend – aber tu jetzt, was ich dir gesagt habe, Harry!«

Brummend zog sich Lord Alford in die Bibliothek zurück.

Sie hatte sich frei gemacht! Dick wußte nicht recht, ob er stolz darauf sein sollte. Er holte die Pfeife aus der Tasche und stopfte wild Tabak hinein. Angenommen, Harry übertrüge nun die Verwaltung des Vermögens einem anderen Anwalt, dann war Arthur Gines Ruin besiegelt. Die Wechselfälschungen konnte Dick gerade noch vertuschen, aber...

»Seine Gnaden wünscht Sie zu sprechen«, meldete ein Diener.

Harry saß mit zerwühltem Haar und einer bösen Falte auf der Stirn an seinem Schreibtisch.

»Dick, ich möchte mit diesen Gines alle Beziehungen abbrechen. Ich bitte dich, einen andern Anwalt mit meinen Angelegenheiten zu betrauen. Jeder einzelne Posten soll aufs genaueste nachgeprüft werden. Das Vermögen meiner verstorbenen Mutter muß sich auf etwa fünfzigtausend Pfund belaufen, und wehe dem Burschen, wenn ein Penny fehlt! Er hat mich in der Grafschaft lächerlich gemacht, und sowie sich eine Handhabe ergibt, will ich's ihm heimzahlen!«

»Welchen anderen Anwalt wünscht du?«

»Sampson & Howard. Sie genießen einen guten Ruf und stehen mit Gine auf nicht allzu gutem Fuß. Willst du es besorgen Dick?«

27

Sobald er sich von seinem Bruder freigemacht hatte, holte Dick den Wagen aus der Garage und fuhr zum Willow-Haus.

Arthur ging in bedrückter Stimmung auf dem Rasen hin und her. Er fuhr herum, als er eine Stimme hinter sich hörte.

»Guten Tag, Gine, ich möchte mit Ihnen sprechen.«

»Ach, Sie sind's – weiß Harry schon?«

»Ja.«

»Und ist er sehr ärgerlich?«

»Er tobt. Darum geht es ja. Wo ist Leslie?«

»Im Haus.«

»Dann bleiben wir besser hier im Garten. Also – Harry hat sich entschlossen, Ihnen die Verwaltung des Vermögens wegzunehmen. Wie steht es mit den fünfzigtausend Pfund, die Lady Alford hinterließ? Ist dieses Vermögen intakt?«

Arthur schwieg.

»Ich möchte wissen, ob das Vermögen intakt ist«, wiederholte Dick.

»Nein. Es ist nichts mehr vorhanden.«

»Was –? Alles verloren?«

»Ja. Ich ließ mich überreden, das Geld in amerikanischen Ölaktien anzulegen. Die Papiere sind heute zwei Cents pro tausend Dollar wert.«

Dick stöhnte.

»Oh, Sie Idiot! Sie verdammter Idiot! Wissen Sie, was das bedeutet? In dieser Sache kann ich Sie nicht decken – Sie gottverdammter Narr ...«

Arthur Gine hob müde die Hand.

»Es nützt nichts, wenn Sie gegen mich wüten. Ich wußte, daß dieser Tag einmal kommt, und bin bereit, meine Medizin zu schlucken.«

»Und Leslie? Soll sie Ihre Medizin auch schlucken? – Können Sie nichts bei Freunden aufbringen?«

Arthur lachte.

»Nein, Alford. Und ich habe mich mit dem Gedanken an das Zuchthaus abgefunden. – Wann soll die Übergabe stattfinden?«

»Ich werde den Auftrag an Sampson & Howard erst nächste Woche abgehen lassen, wodurch Sie acht Tage Zeit gewinnen und sich nach Rettung umsehen können.«

Acht Tage Zeit! Gine kaute an seiner Oberlippe. Und wenn man ihm acht Jahre gäbe, würde er keine Rettung sehen.

»Den Gedanken an den Chelfordschatz schlagen Sie sich aber aus dem Kopf!«

Vor Schreck blieb Gine stehen.

»Wieso ... Was –?« stammelte er.

»Ich weiß Bescheid, und darum sage ich Ihnen, daß das keine

Lösung ist. Es hieße nur, meinen Bruder zu bestehlen, um ihn mit der Beute zu bezahlen. Wie steht es mit Leslies Vermögen? Das existiert wohl auch nicht mehr! Ahnt sie es?«

»Ich sagte es ihr heute morgen. Sie war nicht einmal erschüttert, im Gegenteil, schien eher erleichtert darüber. Frauen sind merkwürdige Wesen!«

Dick fuhr ab, ohne Leslie zu begrüßen. Der Mann, der hinter dem Lorbeergebüsch kauerte, wartete noch, bis auch Arthur Gine ins Haus gegangen war, dann schlich er im Schutz des Zauns davon und begab sich ins nächste Dorf zum Telegrafenamt.

28

Als Mr. Gilder abends in seinem Wochenendhäuschen eintraf, rauchte sein Gast auf der Eingangstreppe gemütlich eine Pfeife. Zwar verdeckten Laubbäume das Häuschen, aber trotzdem ärgerte sich Gilder über diesen Mangel an Vorsicht.

»Wenn Sie hier noch länger bleiben wollen, dann halten Sie sich gefälligst drinnen auf! Ich will nicht, daß die Leute von Ihrem Aufenthalt bei mir erfahren. Und nun, bitte, Ihre große Neuigkeit!«

Man konnte Thomas nicht gerade einen guten Erzähler nennen. Mit vielen ›Sie verstehen doch, was ich meine‹ und unnötigen Weitschweifigkeiten tischte er seinen verwickelten Bericht auf. So brauchte er denn auch über eine halbe Stunde, um die belauschte Unterredung mehr oder weniger genau wiederzugeben und zu dem Punkte voranzutreiben, der Mr. Gilder einen leisen Pfiff entlockte.

Gine hatte den Nachlaß der Gräfin allein verwaltet, ohne seinen Bürovorsteher je beizuziehen oder einzuweihen, so daß Gilder hier zum erstenmal Einzelheiten darüber erfuhr. Fünfzigtausend Pfund! Ja, das war mehr, als Gine aufzubringen vermochte. Gilder rannte in dem kleinen Zimmer auf und ab, die Hände auf dem Rücken verschränkt.

»Und dann, Mr. Gilder, ist der Schwarze Abt letzte Nacht wieder aufgetaucht«, meldete Thomas weiter. »Ich mache mir über ihn meine eigenen Gedanken. Sie wissen wohl...«

»Lassen Sie mich mit diesen albernen Geschichten in Frieden!« fuhr ihn Gilder an. Er hatte jetzt Wichtigeres zu überlegen als sich Thomas' Geschwafel über den Spuk anzuhören.

Fünfzigtausend Pfund! Für diesen Preis konnte er Leslie Gine kaufen! Um ihren Bruder vor dem Zuchthaus zu retten, würde sie unbedenklich jedes Opfer bringen. Diesmal hatte er sie alle in der Hand – Leslie, Arthur Gine und sogar Dick Alford!

»Vielleicht ist es doch besser, wenn Sie noch hierbleiben«, wandte er sich an Thomas. »Brauchen Sie Geld?«

»Vorläufig nicht. Wissen Sie, ich hab' was versäumt. Auf dem Schreibtisch in der Bibliothek liegt so ein vergilbtes, muffiges Ding – ein Tagebuch, für das Lord Alford glatt tausend Pfund geben würde. Ich Esel hatte es neulich nachts in der Hand und nahm es nicht mit!«

»Und wegen versuchter Erpressung säßen Sie jetzt vermutlich wieder einmal im Kittchen. Also – passen Sie lieber auf, daß Sie niemand hier sieht!«

Zwei Stunden später saß Mr. Fabrian Gilder wieder in seiner komfortablen Wohnung am Regent's Park und machte eine Aufstellung seiner schnell realisierbaren Wertpapiere. Über hunderttausend Pfund...

29

Am Nachmittag des nächsten Tages trank Leslie Gine allein ihren Tee, als ihr das Hausmädchen eine Visitenkarte brachte.

»Ich möchte den Herrn nicht empfangen. Melden Sie ihn Mr. Gine.« Doch da fiel ihr die nächtliche Rauferei und das blaue Auge ihres Bruders ein. »Nein, führen Sie ihn doch zu mir!«

Gilder hatte sich wie für einen offiziellen Empfang angezogen – Zylinder, blitzende Lackschuhe, eine große gelbe Rose im Knopfloch. Auf dem Weg hierher war er schnell bei seinem Häuschen vorbeigefahren, um Thomas wegen des belauschten Gesprächs nochmals vorzunehmen, doch er fand das Nest leer.

»Ich fürchte, daß Ihnen mein Besuch nicht gerade willkommen ist, Miss Gine«, begann er. »Da ich aber eine geschäftliche Angelegenheit mit Ihnen besprechen möchte, bitte ich Sie um einige Minuten...«

»Nehmen Sie bitte Platz«, sagte sie reserviert.

»Wie Sie wissen, bin ich jahrelang die rechte Hand Ihres Bruders gewesen. Infolgedessen bin ich über seine eigenen und über die Angelegenheiten seiner Klienten recht gut informiert. So ist es mir zum Beispiel nicht entgangen, daß sich Ihr eigenes, ziemlich beträchtliches Vermögen in nichts aufgelöst hat.«

»Mir ist das ebenfalls bekannt, Mr. Gilder«, antwortete sie.

Gilder, der sich bereits von dieser ersten Enthüllung eine gewisse Wirkung versprochen hatte, geriet etwas aus der Fassung.

Leslie, die es bemerkte, unterdrückte ein Lächeln und fragte teilnahmsvoll:

»Und deshalb sind Sie eigens hierhergekommen?«

»Nicht nur, Miss Gine – ich möchte noch eine andere Sache erwähnen, die allerdings Sie nicht direkt betrifft. Von seinem verstorbenen Onkel übernahm Ihr Bruder die Verwaltung des

Nachlasses der Gräfin von Chelford, das heißt, es handelte sich um Wertpapiere in Höhe von einundfünfzigtausend Pfund ...« Er sah, wie die Farbe aus ihrem Gesicht wich. »Und ich erfuhr, daß Lord Alford den Anwalt wechseln will, so daß Mr. Gine in acht Tagen diese Werte dem neuen Vermögensverwalter aushändigen muß.«

»Und?« hauchte sie.

»Und von diesen Werten ist gleichfalls nichts mehr vorhanden.«

Als er ihre Augen sah, tat sie ihm beinahe leid.

»Sind Sie absolut sicher?«

»Absolut.«

In der plötzlichen Stille wurde das Ticken der französischen Stutzuhr auf dem Kamin so laut, daß beide unwillkürlich dorthin blickten.

»Warum erzählen Sie mir dies alles?«

Mr. Gilder räusperte sich.

»Vor einigen Tagen bat ich Sie – leider in etwas ungeschickter Form – um Ihre Hand. Ich verehre Sie, und es gibt nichts, das ich nicht für Sie tun würde.«

»Auch fünfzigtausend Pfund in einer Woche aufbringen?«

»Sogar das.«

Sie erhob sich. Ihre Stimme klang ganz unbeteiligt. »Ich werde Ihnen schreiben.«

»Aber ich sollte Ihre Antwort morgen ... «

»Sie werden sie morgen erhalten.«

Ohne ein weiteres Wort ging er zur Tür, verbeugte sich – sie hörte seinen Schritt in der Halle, hörte das Surren eines Motors, das langsam schwächer wurde.

Sie stand noch immer regungslos auf dem gleichen Fleck, als die Tür sich öffnete.

»Das war doch Gilder«, sagte Arthur. »Warum riefst du mich nicht? Was wollte der Kerl?«

»Er kam wegen Lady Alfords Nachlaß.« Ein Blick in sein Gesicht zeigte ihr, daß Gilder nicht übertrieben hatte. »Weiß Dick davon?« fragte sie leise.

»Ja, er weiß es. Und was denkst du jetzt von mir?«

»Was ich denke, ist doch nebensächlich, Arthur. Kannst du das Geld beschaffen?« Unnütze Frage. »Und was geschieht, wenn es ans Licht kommt?«

»Du mußt es doch einmal erfahren –« Er holte tief Atem. »Zuchthaus.« Schweigen. »Kam Gilder, um dir das mitzuteilen?«

»Das – und noch etwas anderes.«

»Ah, rückte er mit einem Vorschlag heraus?«

Sie spürte die Erregung in seiner Stimme – ein Ertrinkender, der nach einem Strohhalm griff. Dennoch schmerzte sie der Gedanke, daß er bedenkenlos ein neues Opfer ihrerseits in Erwägung zog.

»Allerdings. Aber ich weiß nicht, was ich tun soll. Ich möchte mich zuerst mit Dick besprechen.«

»Ist das notwendig?« wagte er einzuwenden.

»Ja.«

Sie ging zum Telefon. Als sie den Hörer abnahm, hielt er ihren Arm fest.

»Laß dich nicht in allem von Dick leiten«, beschwor er sie, heiser vor Aufregung. »Vielleicht wirst du mit Gilder glücklicher als mit Harry!«

Sie schüttelte stumm seinen Arm ab, ließ sich mit Fossaway verbinden und erfuhr vom Butler, daß Dick nach London gefahren sei und erst nachts zurückerwartet werde. Müde legte sie den Hörer zurück.

»Du hast eine Woche Zeit, Arthur – ich nur vierundzwanzig Stunden. Ich denke, daß mein Fall schlimmer ist.«

Sie ging hinaus. Er hörte sie die Treppe hinaufgehen. Nach einer Weile folgte er ihr, rief und klopfte an ihre Tür. Sie war verschlossen.

30

Am Nachmittag stieß Dick Alford in der Wardour Street auf ein bekanntes Gesicht. Ein Bündel unter den Arm geklemmt, trat ein Mann aus einem der Läden, machte jäh kehrt und eilte in entgegengesetzter Richtung davon. Ach – Thomas! Was mochte der wohl hier eingekauft haben? Dick sah sich das Schaufenster an. Da hingen Maskenkostüme, frivoler Mummenschanz, für den Thomas doch eigentlich keine Verwendung haben konnte!

Dick war etwas verbittert; zwei Besuche hatte er schon gemacht und in beiden Fällen höfliche Zurückweisung erfahren. Jetzt ging er – seine letzte Hoffnung – zu Mr. Jarvis, einem Jugendfreund seines Vaters, der im Krieg vom soliden Provinzbankier zum Lord Chanfield und zum Chef der größten englischen Bank avanciert war.

Der Financier begrüßte ihn mit aufrichtiger Freude, denn er hatte Dick als Jungen schon gut gemocht.

»Nanu, was bringt Sie in unseren Ameisenhaufen?«

Dick brachte sein Anliegen vor.

»Fünfzigtausend Pfund, mein Junge!« Der alte Herr wiegte den weißen Kopf. »Brauchen Sie es selbst?«

»Nein, für einen Freund, der in der Klemme sitzt.« Die Bezeichnung ›Freund‹ kostete ihn etliche Überwindung.

»Ausgeschlossen. Wenn Sie selbst in der Klemme säßen, würde ich Ihnen das Geld aus meiner eigenen Tasche geben. Aber Sie sind nicht der Mann, dem so etwas passiert.«

»Und wenn ich bürge?«

Der Bankier lachte.

»Was heißt das, Dick? Welche Chance hätten Sie, fünfzigtausend Pfund zurückzuzahlen? Harry heiratet demnächst, und übers Jahr ist ein Erbe da. Was bleibt da für den jüngeren Sohn?«

In seiner Verzweiflung erzählte Dick, ohne Namen zu nennen, die ganze Geschichte, die sich Lord Chanfield mit ernstem Gesicht anhörte.

»Er muß es ausbaden«, erklärte er dann. »Mir tut das Mädchen leid. Natürlich sprechen Sie von Gine – nein, nein, leugnen Sie es nicht! Ich werde Ihr Vertrauen nicht mißbrauchen. Verdächtig war mir der Bursche schon lange. Wenn er hinter schwedischen Gardinen sitzt, können Sie von mir für seine Schwester so viel Geld haben, wie Sie wollen. Ich kannte sowohl ihren Vater gut als auch ihren Onkel, der ihr ein schönes Erbe hinterließ, das vermutlich gleichfalls verjubelt ist. Ihr will ich gern helfen, aber Sie dürfen sich nicht für diesen unwürdigen Menschen ins Zeug legen, Dick!«

Niedergeschlagen fuhr Dick nach Chelfordbury zurück. Am Bahnhof erwartete ihn Puttler, der einige Neuigkeiten zu berichten wußte.

»Thomas hält sich in unserer nächsten Nähe auf, und zwar in Gilders Cottage.«

»So.« Das war alles, was Dick dazu zu äußern wußte. Was kümmerte ihn in seiner momentanen Verfassung Thomas oder Gilder oder sonst irgend etwas?

»Auch Mr. Gilder beehrte uns heute nachmittag mit einem Besuch«, berichtete Puttler weiter. »Das heißt, ich sah ihn, wie er mit seinem Wagen vom Willow-Haus wegfuhr, und muß sagen, daß er eine ziemlich selbstzufriedene Miene zur Schau trug. Außerdem habe ich das Gewehr gefunden, Mr. Alford!«

»Wo?« fragte Dick mit plötzlichem Interesse.

»Im Fluß. Der Kerl hatte es anscheinend sehr eilig, als er es hineinwarf, denn ein Stück des Laufs ragte noch aus dem Wasser heraus.«

»Haben Sie meinen Bruder gesprochen?«

»Ja. Er entwickelte mir beim Tee seine Ansicht über den ›Chesil‹, der in dem alten Tagebuch erwähnt wird. Meine Meinung darüber habe ich für mich behalten!«

»Darf ich sie vielleicht kennenlernen?«

»Gewiß. Lord Alford nimmt an, daß der ›Chesil‹ ein Werkzeug ist. Er scheint nicht zu wissen, daß das Wort zur Zeit der Königin Elisabeth Kies bedeutete.«

Überrascht blieb Dick stehen.

»Stimmt das tatsächlich?«

»Aber ja! Der Chesil, von dem das Tagebuch berichtet, ist weiter nichts als eine Fuhre Kies von Brightelstone, dem heutigen Brighton. Und wozu brauchte ihn der tüchtige Graf?«

»Fangen Sie jetzt bloß nicht vom Schatz an, oder ich werde verrückt!« stöhnte Dick. »Gott sei Dank, daß Sie wenigstens nicht an ihn glauben!«

»Ich? Ich bin absolut sicher, daß dieser Schatz existiert. Ihr Bruder besitzt ein Buch, in dem alle großen Nebeneinkünfte Elisabeths verzeichnet sind, zum Beispiel die Million, die sie den spanischen Schiffen stahl, die auf ihrer Fahrt nach Holland einen englischen Hafen anliefen; es erwähnt auch das Gold, das ihr Drake und die andern Kronpiraten ablieferten – aber mit keiner Silbe die Goldbarren des Grafen von Chelford.«

»Wo aber sollen sie denn sein?« fragte Dick ärgerlich.

»Stellen Sie mir diese Frage, bevor ich abreise.«

31

Ein Dutzend Briefe entwarf Leslie, die sie jedesmal sofort dem Kaminfeuer in ihrem Schlafzimmer übergab, bis sie endlich den zuletzt geschriebenen in einen Umschlag steckte und an Fabrian Gilder esq., 35, Regency Mansions, London, adressierte. Er lautete:

›Sehr geehrter Mr. Gilder,

ich gehe auf Ihre Bedingung ein. Das Geld oder sein Gegenwert muß in der Filiale Horsham der Southern & Midland Bank auf den Namen Leslie Gilder hinterlegt werden, so daß ich, sobald die Trauung vollzogen ist, darüber verfügen kann. Vermutlich wird Ihnen eine Ziviltrauung recht sein, die nach Einholung einer speziellen Genehmigung bereits in den nächsten Tagen stattfinden könnte. Ich bitte Sie, alles Nötige zu veranlassen und mich zu verständigen.

Leslie Gine.‹

Um sieben und zehn Uhr abends wurde der etwa hundert Meter entfernte Kasten geleert. Sie wollte die Absendung bis zum letzten Moment hinausschieben, also bis zehn Uhr, wenn der Bote mit dem Motorrad die letzte Runde machte.

Sie sah Arthur beim Dinner, doch außer ein paar Redensarten wurde nichts gesprochen. Nach dem Essen ließ er den Kaffee in sein Arbeitszimmer kommen, und Leslie blieb allein.

Was würde Dick sagen?

»Keine Schwäche, Danton!« Es war ein Lieblingsausspruch ihrer Kindheit – die Losung in Momenten, wenn Tränen sie zu überwältigen drohten.

Vor ihr lag der Brief, adressiert und frankiert. Sie brauchte ihn nur noch in den Kasten zu werfen, und ihr Schicksal war besiegelt.

Die Zeiger rückten weiter. Neun Uhr, Viertel nach neun, zwanzig Minuten vor zehn. Sie holte Hut und Mantel und stahl sich hinaus.

Draußen war es sehr finster. Erst als sich ihre Augen an die Dunkelheit gewöhnt hatten, konnte sie den Weg unter den überhängenden Bäumen erkennen. Klangen da nicht Schritte? Sie blieb stehen, um zu lauschen. Nein, alles war still.

Wenige Minuten später stand sie vor dem Briefkasten. Ein dicker Regentropfen fiel ihr auf die Hand. Sie hörte den Wind rauschen, der durch die Baumkronen fuhr. Das gedämpfte Brummen eines Motorrades war zu vernehmen. Von weither blinkte ein winziges Licht auf. Der Brief fiel in den Kasten.

Wohin jetzt? Dick! Sie mußte Dick sprechen.

Verzweifelt kämpfte sie gegen diesen unsinnigen Wunsch, aber als das Motorrad des Postboten näher kam, und die Scheinwerfer grell aufleuchteten, jagte sie den Hang zur Abtei hinauf. Vor den Ruinen hielt sie an und holte Atem. Sie wartete, bis das rote Schlußlicht des Motorrads verschwunden war, und schlug dann den Weg nach Fossaway ein.

Sie nahm die Abkürzung, und als sie die Wiese halb überquert hatte, fuhr sie ängstlich herum. Folgte ihr nicht jemand? Kein Geräusch war zu vernehmen. Ihr Herz schlug rasend.

Ruhe! Schon tauchten die Ulmen der Auffahrt aus dem Dunkel auf, sie ging schneller, lief – einmal drehte sie sich um, glaubte einen sich bewegenden Schatten zu sehen. Ruhe!

Erleichtert hörte sie den Kies der Allee unter ihren Sohlen knirschen und atmete auf. Plötzlich erklangen ganz deutlich Schritte.

»Wer ist da?« rief sie.

Keine Antwort. Das Geräusch der Schritte war verstummt. Leslie hetzte weiter zum Haus. Zischen und Wispern drang durch die Nacht. Noch einmal wandte sie sich um und sah vor dem grauschimmernden Teich eine Gestalt sich abheben – die Umrisse einer Kutte mit unförmiger Kapuze.

Sie floh schreiend. Dicks Büro erleuchtet! Die Fenstertür stand offen. Einen Moment später hielt er die Zitternde in den Armen.

Er hörte sich ihren atemlosen, überstürzten Bericht an, brachte sie zu einem Sessel und ging auf den Rasen hinaus, um nachzusehen. Gleich darauf kam er wieder zurück.

»Nichts mehr zu sehen. Der Schwarze Abt, sagen Sie?«

»Ich weiß nicht. Eine lange, schwarze Gestalt mit Kapuze...«

»Kam Arthur mit Ihnen?«

»Nein. – Dick, ich erfuhr alles.«

»Was?«

»Über Lady Alfords Nachlaß.«

»Hat Arthur es Ihnen gesagt?«

»Nein, Gilder. Er bot mir heute nachmittag das Geld an.«

Er kniff die Augen zusammen.

»Für einen gewissen Preis natürlich. Und – willigten Sie ein?«

Sie schluckte krampfhaft.

»Willigten Sie ein?« wiederholte er.

»Ich habe soeben den Brief in den Kasten gesteckt«, flüsterte sie und schluchzte: »Oh, Dick – Dick ...«

»Sie dürfen das nicht tun, Leslie – alles andere ist besser. Gilder? Ausgeschlossen! Ich kenne diese Sorte. Es ist nicht sein Alter, an dem ich mich stoße, es ist sein schäbiger Charakter, seine üble Gesinnung ...«

»Mein Gott, Dick, was ist das?« stieß sie hervor.

Irgendwo draußen stieg ein wilder Schrei auf. Eine Sekunde Stille – dann langgezogenes Stöhnen, Ächzen.

Dick packte die Taschenlampe auf dem Schreibtisch und stürzte zum Ausgang.

»Nehmen Sie mich mit, bitte! Ich will nicht allein ...«

»Gut, kommen Sie, rasch!« Er nahm ihre Hand, sie rannten über den Rasen, bei der Allee knipste er die Taschenlampe an. »Warten Sie hier!« befahl er hastig. Der Lichtschein fiel auf einen dunklen Klumpen am Boden.

Von der entgegengesetzten Seite rannte Puttler hinzu.

»Wer ist es?«

»Ich weiß es nicht«, erwiderte Dick.

Am Boden lag, mit dem Gesicht im Gras, eine verkrümmte Gestalt in schwarzer Kutte.

»Der Schwarze Abt?« fragte Puttler. »Ist er tot? Sehen Sie!« Er zeigte auf die Wunde am Hals.

Puttler kniete nieder, schob seinen Arm unter den Vermummten und drehte ihn vorsichtig um.

»Verdammt noch mal!«

Fassungslos starrten beide in Thomas' Gesicht.

»Wer ist es?« fragte Leslie, als Dick wieder neben ihr stand.

»Einer unserer Diener.«

»Thomas?«

»Ja, Thomas.«

Stumm kehrten sie ins Arbeitszimmer zurück. Dick klingelte und verlangte, als ein Diener eintrat, nach Mr. Glover, dem Butler.

»Wo ist Lord Alford?« fragte er einige Minuten später den alten Mann.

»Seine Gnaden ist vor etwa fünf Minuten zu Bett gegangen.«

»Hat er etwas gehört?«

»Vom Schwarzen Abt? Nein, Sir.«

»Wie kommen Sie auf den Schwarzen Abt?« fragte Dick scharf.

»Eines der Mädchen stand am Fenster und alarmierte uns.«

»Gut, hören Sie zu, Glover! Bei den Ulmen liegt Thomas in einer schwarzen Kutte – ermordet.«

»Allmächtiger! Unser Thomas? Den Sie entlassen haben, Sir?«

»Ja. Erzählen Sie jedoch der Dienerschaft nichts davon, denken Sie sich irgendeine plausible Erklärung für den nächtlichen Schrei aus, und schicken Sie alle sofort zu Bett. Gleich wird die Polizei hier sein, aber ich will sehen, daß man das Personal erst morgen früh verhört. – Und was Sie betrifft –«, lächelte Dick, als der Butler gegangen war, Leslie zu, »scheint es meine Lebensaufgabe zu sein, Sie unentwegt nach Hause zu begleiten.«

»Kann ich nicht noch ein wenig hierbleiben, Dick?«

»Nur sollte die Polizei Sie nicht hier antreffen, damit Ihr Name nicht mit der Sache verquickt wird. Ist Arthur zu Hause?«

»Ja.«

Das Telefon klingelte.

»Hier ist das Postbüro«, meldete sich eine Stimme. »Ist Lord Alford am Apparat?«

»Nein, Richard Alford. Was gibt's?«

»Haben Sie für die letzte Kastenleerung wichtige Briefe aufgegeben, Mr. Alford?«

»Warum?«

»Unser Fahrer berichtete, daß der Gutsbriefkasten beschädigt ist. Jemand muß ihn mit Gewalt zu öffnen versucht und dabei das Schloß verdorben haben, so daß der richtige Schlüssel nicht mehr funktionierte. Wir konnten also die zwischen sieben und zehn Uhr eingesteckten Briefe nicht abholen.«

»Ah, das trifft sich sehr gut! Schicken Sie doch bitte, sobald Sie den Kasten aufkriegen, die Sendungen nach Fossaway zurück, da ich einen meiner Briefe zurückbehalten möchte.«

Der Postbeamte schien unschlüssig zu sein, doch nach einigem Zögern meinte er:

»Gut. Unter diesen Umständen kann ich es wohl verantworten. Gute Nacht, Sir.«

Dick legte auf.

»Leslie, unser Briefkasten ist nicht geleert worden.«

Erst allmählich begriff sie.

»Und jetzt?«

»Ermächtigen Sie mich, Ihren Brief an Gilder zurückzuhalten. Wir haben noch sechs Tage Frist.«

Sie schaute ihn mit angehaltenem Atem an.

»Handeln Sie nach Ihrem Gutdünken«, murmelte sie verwirrt.

32

Puttler saß, unrasiert und übernächtigt, in Dicks Arbeitszimmer, schenkte sich eine Tasse von dem dampfenden Tee ein, den der Butler gebracht hatte, und leerte sie in einem Zug.

»Sie glauben also, daß er sich seine Ausstaffierung in der Wardour Street verschafft hat?«

»Ich sah ihn jedenfalls gestern nachmittag mit einem Bündel unter dem Arm aus einem Maskenverleihgeschäft kommen und wunderte mich, was er mit Karnevalskram anfangen wollte.«

»Das ist das eine, im übrigen sieht es so aus, als hätte er sich fürs Verduften eindecken wollen. Er versuchte den Gutsbriefkasten aufzubrechen. Pflegen Sie Geld in Briefen wegzuschicken?«

»Ich nicht, aber mein Bruder sehr häufig, obwohl ich mich schon lange bemühe, ihm dies abzugewöhnen.«

»Das Vorhaben mit dem Briefkasten mißlang also, doch fanden wir einen Dietrich in seiner Tasche. Außerdem ließ er alles einigermaßen Wertvolle aus Gilders Wochenendhäuschen mitgehen. Den Handkoffer mit dem gestohlenen Gut versteckte er hinter der Hecke der Red Farm, wo Gilder, wie Sie mir sagten, manchmal seinen Wagen abstellte. Daß er auch noch einen Einbruch in die Bibliothek beabsichtigte, um den Rest des Bargeldes zu holen, beweisen die Einbrecherwerkzeuge, die ich im Blumenbeet unter dem linken Fenster entdeckte.«

»Wie wurde er getötet?« fragte Dick.

Puttler kratzte sich am Kopf.

»Man könnte meinen, daß ein ganzes Regiment daran beteiligt war.«

Der alte Butler erschien in der Tür und bat um die Erlaubnis, zu Bett gehen zu dürfen. Darauf begaben sich beide in den Garten hinaus. Der Polizeitrupp durchsuchte immer noch den Park. Der Morgen war kalt und grau.

»Eigentlich sollten wir uns auch noch ein wenig hinlegen«, schlug Dick vor und drehte sich um. Puttler hatte sich gebückt und hob aus dem halblangen Gras einen alten Dolch mit wappengeschmücktem, nachgedunkeltem Griff auf.

»Ist er Ihnen bekannt, Mr. Alford?«

»Ja. Es ist angeblich der Dolch, mit dem einst Hubert von Redruth, der Schwarze Abt, ermordet wurde.«

»Wo wurde er aufbewahrt?«

»Zuletzt sah ich ihn in der Halle Arthur Gines.«

»Mr. Alford! Mr. Alford –!« rief die aufgeregte Stimme des Butlers, der winkend heranhastete.

»Was gibt's, Glover?«

»Alice – das Mädchen... Das törichte Ding erzählte mir erst jetzt...« Er war völlig atemlos. »Sie ist im Büro.«

Von Puttler gefolgt eilte Dick zum Hause zurück. Auf seinem Schreibtischstuhl kauerte eine verstörte junge Magd, die über dem Nachthemd einen Herrenmantel trug und der das lange Haar aufgelöst über die Schultern herabhing.

»Wiederholen Sie den Herren, was Sie mir schon erzählten, Alice«, forderte sie der Butler auf, der als letzter eintraf.

Es dauerte eine Weile, bis sie zusammenhängend sprechen und über das Vorgefallene berichten konnte. Kurz vor elf war sie zu Bett gegangen und bald fest eingeschlafen, so daß sie von dem Schrei nichts gehört hatte. Erst viel später, und zwar genau ein Viertel vor zwei, wie das Leuchtzifferblatt ihrer Weckeruhr zeigte, wurde sie durch einen gräßlichen Tumult geweckt. Unter ihr, im Schlafzimmer des Grafen, klirrten Gläser, polterten Möbel, schien ein Handgemenge stattzufinden.

»Ja, Sir«, schloß das Mädchen, »und mehr weiß ich auch nicht. Ich wagte mich nicht zu rühren, schon gar nicht aufzustehen aus Angst vor Mördern. Sonst kann ich mich an nichts erinnern.«

Offenbar war das Mädchen ohnmächtig geworden.

Dick eilte in die Halle, hetzte zwei Stufen auf einmal nehmend, die Treppe hinauf. Die Schlafzimmertür seines Bruders war verschlossen. Er rief, pochte, hämmerte – alles blieb still.

»Brechen wir sie auf!« schrie Puttler, kehrtmachend. Nach einigen Augenblicken war er mit einer Axt zur Stelle.

Schon beim ersten Hieb splitterte die Füllung so weit, daß Alford die Hand hindurchstrecken und den Riegel zurückschieben konnte.

Im Zimmer herrschte ein wirres Durcheinander. Der Tisch war umgekippt, die langen Reihen von Medizinflaschen hatten sich in wirre Scherbenhaufen verwandelt, die über den Fußboden verstreut inmitten kleiner Seen ausgeflossener Essenzen und Mixturen herumlagen. Zwei Stühle waren demoliert. Die Matratze hing halb vom Bett herab, die Kissen wiesen, ebenso wie das Laken, Blutspuren auf.

Das mittlere Fenster stand weit offen. Der Rhododendronstrauch unmittelbar darunter war zerstampft. Dick schwang sich auf die Fensterbank und sprang, noch ehe Puttler ihn von dieser Waghalsigkeit abhalten konnte, hinaus. Auf den dunklen Blättern des Strauches fand er Blutspuren. Auch der Mauervorsprung unmittelbar dabei war mit Blut beschmiert.

Inzwischen hatte sich, nach einem vorsichtigeren Abstieg, Puttler eingefunden.

»Dieses zweite Unheil passierte, als wir mit der Polizei im Park waren«, stellte er fest.

»Ich hätte mich nach Auffinden des Toten um meinen Bruder kümmern sollen«, beschuldigte sich Dick. »Zum mindesten hätten wir eine Wache vor seiner Tür aufstellen müssen.«

Gemeinsam suchten sie nach weiteren Spuren. Auf dem gepflasterten Pfad, der am Haus entlangführte, fanden sie nichts, doch als sie den Kiesweg erreichten, entdeckten sie eine Furche, deutliche Schleifspuren im Kies, wie sie ein nachgezogener schwerer Gegenstand oder Körper hinterläßt. Doch nach wenigen Metern hörte diese Spur wieder auf.

Sie liefen um den Seitenflügel herum bis zum Mittelbau und machten vor den Fenstern der Bibliothek halt. Eines von ihnen stand offen, und als Dick die Vorhänge zurückriß, sah er sofort, daß sich hier in der Nacht jemand zu schaffen gemacht hatte. Ein Bücherregal war fast ganz ausgeräumt, eine Schublade von Harrys Schreibtisch aufgebrochen, und auf dem Parkett lag die leere Geldkassette.

Über eine Stunde suchten sie das ganze Gelände ab, ohne den geringsten Hinweis für Harrys Verbleib zu erhalten. Außer den Schleifspuren auf dem Kiesweg – nichts.

Geradeaus vor ihnen, in einer Entfernung von fünfhundert Metern, rauschte der Ravensrill. Zur Linken, von ihrem Standort aus noch nicht zu sehen, lagen die Ruinen der Abtei.

Sie kehrten zum Haus zurück und erreichten es gerade in dem Moment, als der erste neuigkeitslüsterne Reporter aus seinem Wagen stieg.

33

Mr. Gilder erhob sich an diesem Morgen bereits um sechs Uhr. Er hatte eine unruhige Nacht hinter sich und begrüßte erleichtert die graue Dämmerung. Als um acht die erste Post verteilt wurde, öffnete er selbst dem Boten und ließ sich das halbe Dutzend Briefe aushändigen, um damit sofort in seinem Arbeitszimmer zu verschwinden. Nur einer der Briefe trug den erwarteten Stempel, doch die Handschrift auf dem Umschlag kannte er nicht. Nervös riß er ihn auf und las die paar hingekritzelten Zeilen:

›Falls ich Sie nicht wiedersehen sollte, besten Dank für Ihre Freundlichkeit. Denken Sie nicht zu schlecht von Ihrem alten Freund.‹

Demnach hatte Thomas den Unterschlupf verlassen. Verstimmt warf Gilder den Brief ins Kaminfeuer und ging nochmals zur Korridortür, um den von den oberen Stockwerken zurückkommenden Postboten abzufangen.

»War vielleicht nicht noch ein Brief für mich dabei?«

Der Mann durchsuchte das ganze Bündel.

»Nein, Sir. Übrigens kommt die Post aus der Provinz meist erst mit der Zehn-Uhr-Runde zur Verteilung.«

Gilder knallte die Tür ins Schloß und setzte sich an den Frühstückstisch. Ärgerlich griff er nach der Morgenzeitung, die neben seinem Teller lag, und als er sie aufschlug, sprang ihm als erstes die fettgedruckte Überschrift: ›Mysteriöse Vorgänge in einem Spukschloß‹ in die Augen. Er las:

›Telefonischer Bericht aus Chelfordbury, zwei Uhr morgens. – Das Erscheinen des Schwarzen Abtes, des Hausgeistes von Fossaway, über das wir früher schon berichteten, hat eine tragische Fortsetzung gefunden. Gestern abend um elf Uhr hörte Mr. Richard Alford Schreie im Park, lief hinaus und fand den Leichnam eines Mannes in Mönchstracht. Der Körper wies nicht weniger als neun Stichwunden auf. Der Ermordete ist identifiziert worden als Thomas Glück, früherer Diener des Grafen von Chelford.‹

Bestürzt ließ Gilder die Zeitung sinken. Thomas!

Sein erster Gedanke galt sich selbst. Wenn es herauskam, daß

Thomas in seinem Häuschen gewohnt hatte, würde er unfehlbar in diese Affäre mit hineingezogen werden. Er würde vorgeladen, verhört werden – in einem Mordverfahren! Gilder zweifelte nicht, daß Thomas nach Fossaway zurückgegangen war, um sich den Rest Bargeld anzueignen. Und weiter? Hatte Thomas schon früher die Rolle des Schwarzen Abtes gespielt? Sollte das die Erklärung des ganzen Spukes sein?

Gilders Gedanken kehrten von diesem Vorfall zu Leslie Gine zurück. Die zweite Post würde ihren Brief bringen, und dann wollte er sich großzügig zeigen. Kein Handeln und Feilschen, keine Klausel – ihr Wort sollte genügen. Schon gestern abend hatte er seine Antwort aufgesetzt. Jetzt holte er sie hervor und las sie durch, um sich nochmals die Wirkung auf Leslie Gine auszumalen und sich an seiner eigenen Großzügigkeit zu berauschen.

›Liebe Leslie,
Dank für Ihren Brief! Ich zweifle nicht, daß Sie Ihr Wort halten werden. Als Antwort finden Sie beiliegend einen Blankoscheck. Fügen Sie den Betrag ein, den Ihr Bruder benötigt, um sich aus seiner fatalen Lage zu befreien. Die Bank ist angewiesen worden, den Scheck anstandslos zu honorieren.

Fabrian.‹

Es war bezeichnend für den Mann, der bei drei verschiedenen Banken ein Konto besaß, daß er den Scheck auf diejenige ausstellte, bei der sein Guthaben ziemlich genau der Höhe von Arthur Gines Verbindlichkeiten entsprach. Er hätte ebensogut den geforderten Betrag gleich einsetzen können – aber in der Übersendung eines Blankoschecks lag etwas Nobles, und der Eindruck mußte entstehen, als gäbe er ihr Carte blanche auf sein ganzes Vermögen.

Er legte den Brief weg. Wenig später läutete das Telefon. Sein Nachfolger in Gines Büro meldete sich.

»Seit Sie uns verließen, Mr. Gilder«, berichtete der neue Bürovorsteher, »haben wir den Chef nicht mehr zu sehen bekommen. Noch verwunderlicher ist, daß er auch die ihm zur Unterschrift nach Chelfordbury gesandten Briefe nicht zurückschickt. Wissen Sie vielleicht etwas von ihm?«

Gilder beschwichtigte den Aufgeregten mit der Versicherung, daß Gine, der einige Tage unpäßlich gewesen sei, sich bestimmt demnächst im Büro zeigen werde.

Im stillen beunruhigten ihn die Ereignisse in Chelfordbury selbst genug. Wer konnte wissen, was alles sich dort im geheimen wirklich abgespielt hatte?

Er schickte das Hausmädchen zum Zeitungsstand hinunter, um eine zweite Ausgabe zu holen, doch kam es mit leeren Händen zurück, da Regent's Park noch nicht beliefert worden war. Er entschloß sich daher, zum Piccadilly Circus oder, wenn nötig, sogar bis ins Zeitungsviertel zu fahren.

Doch schon am Oxford Circus wurden die zweiten Morgenausgaben angeboten.

»Furchtbares Verbrechen in Sussex!« schrie der erste Zeitungsverkäufer. – »Gräflicher Schloßbesitzer verschleppt und ermordet!« brüllte ein anderer.

Fabrian Gilder fuhr in seinem Wagen hoch, hielt an und winkte einem Verkäufer, dem er das Blatt förmlich aus der Hand riß. ›Doppeltragödie auf einem Gut in Sussex‹ und ›Der Graf von Chelford von einem unbekannten Mörder verschleppt‹ lauteten die Schlagzeilen. Er fuhr in die nächste ruhige Straße, hielt von neuem an und las:

›Im Park von Fossaway, einem schönen alten Tudorschloß, das seit Jahrhunderten Sitz der Grafen von Chelford ist, wurden gestern nacht gegen elf Uhr wilde Schreie gehört, worauf der Honourable Richard Alford, der einzige Bruder des jetzigen Grafen, in Begleitung von Detektivsergeant Puttler, der als Gast im Schloß weilt, sofort hinauseilte. Zu ihrem Entsetzen fanden sie die Leiche eines Mannes in der Tracht des legendären Schwarzen Abtes. Während die sofort gerufene Ortspolizei noch mit den Erhebungen beschäftigt war, wurde ein zweites Verbrechen begangen. Alice Barter, eines der Hausmädchen, hörte gegen ein Uhr aus dem Schlafzimmer des Grafen, das unter dem ihren liegt, wüsten Lärm. Da sie vor Schreck einen Schock oder eine Ohnmacht erlitt, konnte sie den Vorfall erst um vier Uhr morgens melden. Als man die Schlafzimmertür Lord Alfords aufbrach, zeugte das zertrümmerte Mobiliar von einem furchtbaren Kampf. Entweder bewußtlos oder tot ist der Graf aus dem Fenster geworfen und, wie die Spuren auf dem Kiesweg beweisen, fortgeschleift worden. Alle Nachforschungen nach seinem Verbleib sind bis zum Zeitpunkt dieser telefonischen Meldung unseres Berichterstatters resultatlos verlaufen. Die Untersuchung leitet Mr. Puttler von Scotland Yard.‹

Juristisch geschult, erkannte der einstige Bürovorsteher mit einem Schlag die ganze Kette von Verstrickungen und Konsequenzen, in die diese Tragödie ihn unfehlbar hineinzog. – Thomas, ein entlassener Sträfling, der in seinem Wochenendhäuschen Unterschlupf findet, begibt sich unter mysteriösen Umständen auf einen Raubzug und wird ermordet. Lord Alford, bis vor kurzem mit der Dame verlobt, die Gilder selbst erringen will, verschwindet unter Umständen, die keinen Zweifel an seinem Tod lassen. – Sogleich begann Fabrian Gilder, sich seine Aussagen zurechtzulegen, an ihrer Formulierung zu feilen.

Als er vor seiner Wohnungstür stand, merkte er, daß er in der Eile den Schlüssel vergessen hatte. Das Mädchen, das auf sein Klingeln öffnete, überreichte ihm die inzwischen eingetroffene zweite Post. Kein Brief von Leslie.

»Mr. Arthur Gine wartet in der Bibliothek auf Sie, Sir!«

Er zuckte sichtlich zusammen bei dieser Meldung.

»Mr. Gine –? Wann kam er?«

»Vor zehn Minuten.«

Hatte sie ihren Bruder von dem Vorschlag verständigt und ihn statt eines Briefes hierhergeschickt? Wie dem auch sein mochte, man mußte der Situation ins Auge sehen.

In der Bibliothek fand er Arthur Gine, der es sich, ein Buch in der Hand und eine Zigarette rauchend, in einem Sessel bequem gemacht hatte.

»Ah, guten Morgen, Gilder!«

Seine Stimme klang fröhlich, fast liebenswürdig. Gilder fiel ein Stein vom Herzen. Nein, das war ein friedlicher Abgesandter, der sicher mit dem Auftrag kam, die nötigen Arrangements zu treffen.

»Machen wir am besten einen Strich unter die Vergangenheit«, begann Arthur jovial. »Wir beide haben die Nerven verloren, und was in der Aufregung gesagt oder getan wird, soll man nicht abwägen. – Stört es Sie, wenn ich rauche?«

»Nicht im geringsten.«

»Soviel ich weiß, erwarten Sie einen Brief von meiner Schwester. Nun, ich befürchte, daß Sie ihn nicht bekommen.«

Gilder gab es einen Stich. »Warum nicht?«

Arthur stellte das Buch an seinen Platz zurück.

»Freund Thomas betrieb gestern abend Einbruch en gros. Mir stahl er zum Beispiel einen historischen Dolch, eine silberne Teekanne und etliche andere Kleinigkeiten. Sogar am Briefkasten hat er sich versucht und dabei das Schloß verdorben.«

»Ah, und da konnte der Kasten nicht geleert werden?«

»Richtig.« Arthur Gine strich sorgsam die Asche ab. »Wie ich gehört habe, wollen Sie mir in meinem Pech beispringen?«

»Allerdings. Ich will Ihnen die Schwierigkeiten aus dem Wege räumen.«

»Ja, sehen Sie, Gilder, mir ist eingefallen, daß Sie mir einen Beweis für die Aufrichtigkeit Ihrer Gefühle geben könnten.«

»Das verstehe ich nicht!«

»Glauben Sie nicht, daß es taktvoller wäre, wenn Sie mir das Geld leihen würden? Sie können mir das mit ein paar Zeilen bestätigen. Obschon Sie meine Schwester zu heiraten beabsichtigen, liegt mir unbedingt daran, daß dieses Geld nicht etwa als Morgengabe oder gar als Preis verstanden wird, sondern eben als Darlehen an mich! Warum schauen Sie mich so an?« Er lachte auf. »Mir paßt es nicht, wenn die Welt sagt: ›Leslie Gine ist für fünfzigtausend Pfund verkauft worden!‹ Ich möchte es schwarz auf weiß haben, daß dem nicht so ist.«

»Wenn das alles ist! Ich werde gleich ein Briefchen aufsetzen. Ist es Ihnen unangenehm, wenn ich Sie darin mit ›Lieber Arthur‹ anrede?«

»Im Gegenteil.«

»Man muß den Schein herzlicher Beziehungen wahren«, führte Gilder aus, während seine Feder über das Papier flog. »Außerdem hege ich auch gar keine bösen Gefühle gegen Sie, Gine – Sie sind mir recht nützlich gewesen.«

»Verdammt nützlich!« bekräftigte der Anwalt.

Er nahm den Brief in Empfang, las ihn genau durch und steckte ihn ein. »Schönen Dank, Gilder! Sobald der Kasten geleert wird, werden Sie von Leslie hören – sofern sich die Vermutung, daß Thomas aus Wut über sein Mißlingen ein paar brennende Zündhölzer hineinwarf, nicht bewahrheitet. Die Neugier trieb mich nämlich, ein bißchen am Schlitz zu schnuppern, und mir scheint, der Argwohn der Polizei ist begründet.« Er erhob sich und unterdrückte ein Gähnen. »Wir machten da draußen eine aufregende Nacht durch, wie Sie wohl schon aus den Zeitungen erfahren haben. Unglücklicherweise war Leslie Augenzeuge, als man den Ermordeten auffand, und Sie können sich denken, in welchem

Zustand sie sich jetzt befindet. Gönnen Sie ihr ein oder zwei Tage, bis sich ihre Nerven einigermaßen beruhigt haben.«

Ein Taxi brachte Arthur Gine in die City, ein anderes zu seinem Junggesellenquartier. Hier rasierte er sein Schnurrbärtchen ab, vertauschte seinen eleganten Anzug mit einem einfachen, dunkelblauen, verunstaltete sich durch eine große Hornbrille und setzte sich, sein Spiegelbild mit einer gewissen Befriedigung musternd, an den Schreibtisch, um ein paar Zeilen an seine Schwester zu schreiben.

Ein drittes Taxi führte ihn zum Flugplatz hinaus.

»In Ordnung, Mr. Steele!« Der Kontrollbeamte gab den Paß zurück. » Ihr Flugzeug steht bereit.«

Wenig später entschwebte die Maschine ins Blaue, wurde rasch zu einem immer kleineren Fleck am weiten Himmel.

Zuerst Frankreich, dachte Arthur Gine, von da nach Genua, und dann vielleicht auf einem italienischen Dampfer hinüber nach Rio de Janeiro. Alles hing natürlich davon ab, wie Mr. Fabrian Gilder die Pille schluckte, die er ihm verabfolgt hatte.

34

»Ausgebrannt!« sagte Dick Alford höchst befriedigt. »So hat der arme Teufel, bevor er aus dem Leben schied, noch eine gute Tat vollbracht!«

»Aber was fange ich nun mit Mr. Gilder an?« fragte Leslie.

»Gar nichts! Wenn er Lust hat, Ihnen zu schreiben, und er wird sie wahrscheinlich haben, dann lassen Sie ihm eben das Vergnügen. Sie müssen doch zugeben, daß Ihrem Bruder keine Gefahr droht, solange Harry nicht gefunden wird.«

»Glauben Sie, daß er noch lebt, Dick?«

»Ja – obgleich Puttler anderer Meinung ist. Heute werden wir den Fluß absuchen, aber er führt ja viel zuwenig Wasser, um einen Körper völlig bedecken zu können.« Er seufzte. »Sie, Leslie, sollten übrigens für einige Zeit diese Gegend verlassen. Was halten Sie vom prosaischen Bournemouth? Oder vom vulgären, aber gesunden Margate?«

»Liegt Ihnen so viel daran, daß ich fortgehe, Dick?«

»Ja, sehr viel«, erwiderte er mit einem Nachdruck, der seine Sorge verriet.

»Wollen Sie mir ohne Umschweife eine Frage beantworten? Droht mir persönlich Gefahr hier?«

»Allerdings. Die Kugel, die vor einigen Tagen Puttler verletzte, war für Sie bestimmt.«

Sie schaute ihn ungläubig erstaunt an.

»Aber warum bloß? Ich habe doch keine Feinde.«

»Trotzdem gibt es einen Menschen, der Sie haßt – und der auch mich haßt. Sie müssen reisen.«

»Ich werde Arthur bitten, mich nach London mitzunehmen.«

Mit diesem Versprechen gab er sich zufrieden.

Sie standen noch vor dem Willow-Haus, als Puttler daherkam.

»Etwas Neues?« rief ihm Dick entgegen.

Der Detektiv reichte ihm einen großen Bogen Kanzleipapier, auf dem in groben, ungelenken Buchstaben die Worte standen: ›Der Graf von Chelford befindet sich in Sicherheit. Sucht nicht nach ihm, da er sonst getötet wird. Der Schwarze Apt.‹

Das Wort Abt war mit einem p geschrieben.

»Das Blatt hing an einem Baum auf halbem Weg zwischen den Ruinen und dem Schloß«, berichtete Puttler. »Das merkwürdigste dabei ist, daß wir diesen Teil des Parkes eine Viertelstunde vorher genau durchsuchten.«

»Dick, kann ich nicht irgendwie helfen?« mischte sich Leslie ein. »Ich kenne die Gegend wie meine Tasche und bin sicher, daß es

Stellen gibt, die die Polizei übersehen hat. Zum Beispiel die kleinen Höhlen an der Uferböschung des Ravensrill.«

»Sie sind alle abgesucht worden, obwohl sie schon für einen großen Hund zu eng wären. Wenn Sie sich aber wirklich nützlich machen wollen, so kommen Sie nachher nach Fossaway herüber und kümmern sich ein wenig um meine seit Tagen vernachlässigte Korrespondenz.«

Zwar brauchte er ihre Hilfe nicht unbedingt, aber solange sie nicht wirklich verreiste, war es ihm lieber, sie direkt unter den Augen zu haben.

»Kommen Sie mit dem Wagen, halten Sie unterwegs aber unter keinen Umständen an, falls man Sie anrufen sollte, wer immer es sei«, ermahnte er sie zum Schluß.

Nachdem Dick Alford und Sergeant Puttler sie verlassen hatten, widmete sie sich dem Haushalt, besprach mit der Köchin das Dinner, zu dem sie Arthur zurückerwartete, ging schließlich hinauf in ihr Schlafzimmer und stand vor dem Spiegel, als jemand läutete. Gleich darauf meldete das Mädchen Miss Wenner.

»O Gott, die hatte ich ganz vergessen!«

Auf dem Weg zur Halle wurde ihr bewußt, wie sehr ihr in der jetzigen Situation die Gesellschaft einer Frau willkommen war.

»Ich freue mich so, meine alte Gegend wieder zu sehen!« sprudelte Mary Wenner los. »Wie wunderbar friedlich das Schloß daliegt –.«

»Der Schein trügt, Miss Wenner.«

»Warum nennen Sie mich nicht einfach Mary? Und darf ich auch Leslie zu Ihnen sagen? Ein hübscher Name!«

Leslie Gine führte ihren Besuch ins Gastzimmer.

»Arthur ist nach London gefahren, er kommt aber heute abend zurück. Haben Sie schon die Morgenzeitungen gelesen?«

»Ich lese nie Zeitungen. Es stehen doch nur Lügen drin.«

»Dann wissen Sie also nichts von dem, was sich in Fossaway zugetragen hat?«

Leslie schilderte die Ereignisse der verflossenen Nacht, und Mary lauschte schaudernd mit offenem Mund.

»Armer Harry!« seufzte sie. »Es fiel nicht immer leicht, mit ihm umzugehen, aber er war ein ausgezeichneter Mensch. Sie nehmen es mir doch nicht übel, wenn ich mein Urteil über ihn abgebe?«

»Nein. Wahrscheinlich wissen Sie noch nicht, daß wir unsere Verlobung lösten?«

»Wie?« rief Mary verblüfft. »Ich wette, daß das Dick Alfords Werk ist!«

»Mr. Alford hat nicht das geringste damit zu tun«, widersprach Leslie, und Mary milderte ihre Kritik sogleich, denn sie verfügte unbestreitbar über eine bemerkenswerte Wandlungsfähigkeit.

»Im Grunde hat er ja keinen schlechten Charakter. Manches an ihm gefällt mir sogar, und dann sieht er fabelhaft aus. Mir war er nur zu sehr von oben herab – das vertrage ich nicht. Das muß jetzt eine furchtbare Zeit für ihn sein!« Sie hüllte sich für eine Weile in teilnahmsvolles Schweigen. »Dann bin ich also zu sehr ungelegener Zeit gekommen, Miss Leslie. Möchten Sie lieber, daß ich nach London zurückkehre?«

»Einen Augenblick!« Leslie eilte hinaus und ließ sich mit Dick Alford verbinden.

»Natürlich, bringen Sie sie mit!« stimmte er zu. »Ich finde es sogar eine sehr gute Idee. Vielleicht wäre es überhaupt am besten, Sie beide blieben über Nacht hier. Arthur kann ja nachkommen.«

Mary Wenner hatte gegen diese Abmachung nicht nur nichts einzuwenden, sie begrüßte sie sogar entschieden.

»Jetzt werden wir uns einmal auf die Suche begeben!« lachte sie. »Ich kenne alle Winkel und Ecken des alten Kastens. Ich sage Ihnen, Leslie, der Schatz ist an allem schuld. Das heißt, Harry war ja immer auf der Jagd nach diesem albernen Lebenswasser – wer weiß, ob er nicht in schlechte Gesellschaft geraten ist!«

»Harry ging doch überhaupt nie aus!« widersprach Leslie.

»So –? Er verschwand sogar des öfteren nach London, wenn Mr. Alford abwesend war. Ich mußte dann stets ein Taxi von Horsham bestellen, das ihn beim Hohlweg aufnahm, und auf gleiche Weise wurde die Rückkehr bewerkstelligt. Manchmal telefonierte er mit mir von London aus, um sich zu erkundigen, ob sein Bruder zurückgekommen sei. Als sich Mr. Alford einmal längere Zeit auf dem Gut in Yorkshire aufhielt, fuhr Harry sogar dreimal wöchentlich nach London. Doch was ist dabei?«

Ob Dick von alledem wohl eine Ahnung hat? überlegte Leslie.

35

Nichts hätte ein bezeichnenderes Licht auf Mary Wenners Anpassungsfähigkeit werfen können als die Art, wie sie Dick Alford entgegentrat. In ihrem Blick lag eine verschämte Innigkeit, und ein Außenstehender hätte unfehlbar den Eindruck gewinnen müssen, daß sich hier ein auseinandergerissenes Liebespaar nach Jahren der Trennung zum erstenmal wiedersah. Dem übermüdeten Dick entlockte ihr Getue das erste Lächeln seit vierundzwanzig Stunden.

Er hatte für die beiden jungen Damen Zimmer im Ostflügel vorbereiten lassen, zwei helle, kleine, durch eine Tür verbundene Räume. Ein dritter war für Arthur vorgesehen.

Die Mädchen stürzten sich gleich auf die seit vier Tagen liegengebliebenen Abrechnungen. Vor allem Mary Wenner, die die Verhältnisse in Fossaway kannte, erwies sich als äußerst nützliche Hilfe. Zum Lunch blieben sie allein. Dick hatte sich entschuldigen lassen.

»Ist es nicht zum Gruseln in diesen alten Mauern?« fragte Mary.

Ihre Nervosität war nicht gespielt. »Schrecklich, dies alles! Der arme Thomas ermordet, Harry verschwunden, der Himmel weiß, wohin ... « Sie sprang plötzlich erregt auf und rief: »Wohin? Ich weiß, wo Harry ist! Ich weiß es – ich muß sofort Mr. Alford sprechen!«

Leslie Gine ging zum Telefon und rief die Red Farm an.

»Sind Sie es, Dick? Wie gut, daß wir Sie gleich erreichen!«

»Was gibt's? Ist ein neues Unglück passiert?«

»Das nicht. Aber Mary will Sie dringend sprechen. Sie glaubt zu wissen, wo Harry ist.«

»Was –? Ich komme gleich zurück.«

Sie gingen ihm bis zum Ende der Auffahrt entgegen.

»Mein gesunder Menschenverstand muß mich verlassen haben, daß ich nicht früher draufgekommen bin«, lamentierte Mary Wenner. »Nach der schrecklichen Erfahrung, die Mr. Gilder und ich in jener Nacht durchmachen mußten, nicht gleich daran zu denken ist unverzeihlich ... «

Mit wachsender Ungeduld hörte sich Dick diese Einleitung an.

»Wo also befindet sich, Ihrer Meinung nach, mein Bruder?«

»Wo? Unter der Abtei! Kommen Sie, ich zeige es Ihnen.«

Zu dritt gingen sie über die Lange Wiese, und unterwegs beichtete Mary ihre abenteuerliche Jagd nach dem Schatz.

Ungläubig prüfte Dick den großen Eckstein der Turmmauer und beobachtete gespannt, wie Mary Wenner eine Schere in den Spalt schob – und tatsächlich drehte sich der Stein geräuschlos in seinen unsichtbaren Angeln und gab eine Öffnung von dreißig bis vierzig Zentimetern frei.

»Bleiben Sie lieber hier, bis ich mich umgesehen habe –.«

»Sie brauchen eine Lampe, Mr. Alford!« mahnte Miss Wenner.

Er hatte seine Taschenlampe vom Vormittag her noch in der Rocktasche, als er auf den dunklen Tennen und Heustöcken der Nachbarschaft herumgekrochen war. Leslie sah ihn mit Herzklopfen in dem engen Durchlaß verschwinden. Kurz darauf hörte man seine Stimme:

»Kommen Sie!«

»Ich nicht!« wehrte Mary erschrocken ab. »Ich habe genug von dem einen Mal.«

Leslie schlüpfte hinein. Vorsichtig stieg sie hinter Dick, der die moosbewachsenen Stufen beleuchtete, die Rundtreppe hinab. Dick leuchtete die beiden schmalen Türen ab, die erste, mit dem Gitter in der oberen Hälfte und dem länglichen Gelaß dahinter, und die zweite, ganz geschlossene, die fest versperrt war. Er ließ den Lichtkegel über die Wände, den Fußboden gleiten und schließlich lange auf einer zerbrochenen Bodenplatte verweilen.

»Was ist?«

»Nichts!« Er richtete das Licht hinauf zum Ausgang. »Zurück zur Oberwelt mit Ihnen! Hier gibt's nur Mäuse und Erinnerungen ... «

Leslie stand schon auf der Treppe. Dick vergaß völlig, ihr die Stufen zu beleuchten, so daß sie sich hinauftasten mußte. Als sie sich umdrehte, bemerkte sie, daß er rückwärts emporstieg und mit der Lampe die Stufen unter sich erhellte.

»Beeilen Sie sich!« drängte er.

So schnell die Finsternis und die feuchten Steine es erlaubten, hastete sie hinauf und ins Freie. Er folgte nicht gleich, und als er endlich in dem engen Eingang auftauchte, zeigte sein Gesicht im hellen Tageslicht eine bei ihm ungewöhnliche Blässe.

»Was haben Sie dort unten gesehen, Dick?« forschte sie ängstlich.

»Nichts.«

Der Eckstein schwang an seinen Platz zurück.

Mary Wenner schien von der unheimlichen Atmosphäre, die Dick Alford aus jenem Gewölbe mit heraufgebracht hatte, nichts zu spüren. Sie plapperte ununterbrochen, während Leslie nicht von der Frage loskam, was Dick dort unten gesehen haben mochte.

Nahe beim Schloß verabschiedete er sich, um, wie er sagte, noch einige Feldarbeiten zu kontrollieren. Leslie, von Angst geplagt, wagte nicht, ihn mit Fragen zu belästigen, doch als Mary Wenner zu ihrem unterbrochenen Lunch zurückkehrte, beobachtete sie ihn heimlich von einer Bodenwelle aus. Wie sie geahnt hatte, ging er zur Abtei, und sie folgte ihm heimlich. Sie verlor ihn aus den Augen und sah ihn erst wieder, als sie auf einen näher gelegenen Hügel stieg. Jetzt hatte er den alten Turm erreicht, stand vor dem Eckstein – und war verschwunden.

Zehn Minuten verrannen, eine Viertelstunde. Sie hörte die Turmuhr der Dorfkirche zwei schlagen, noch immer wartete sie. Kühe brüllten auf der Weide. Dort unten aber, in dem einsamen Gewölbe, spielte sich vielleicht eine Tragödie ab.

Leslie war drauf und dran, zur Abtei hinüberzulaufen, um ihm zu folgen, da tauchte er in der Mauerlücke auf. Langsam trat er heraus, schloß die Steinpforte und lehnte sich einen Augenblick erschöpft gegen das Gemäuer. Endlich entfernte er sich mit müden, schweren Schritten.

Eine Stunde, nachdem Leslie ins Schloß zurückgekehrt war, wurde ihr vom Willow-Haus ein Eilbrief überbracht, auf dessen Umschlag sie Arthurs Handschrift erkannte. Was konnte er wollen? Beabsichtigte er, länger in London zu bleiben?

›Liebe Leslie,
Du wirst unter keinen Umständen Gilder heiraten. Ich fahre heute ins Ausland, wo ich abwarten will, bis über die ganze Geschichte Gras gewachsen ist. Bediene Dich der beiliegenden Vollmacht.

Arthur.‹

Ein Gefühl des Verlassenseins überkam sie, und wie immer, wenn sie nicht weiter wußte, ging sie zu Dick.

»Vielleicht ist es die beste Lösung«, meinte er. »Aber zeigen Sie mir einmal die Vollmacht.«

Sie zog den zweiten gefalteten Briefbogen aus dem Umschlag und überreichte ihn Dick.

»Eine notariell beglaubigte Vollmacht, die Firma Gine & Gine zu verkaufen! Hm – könnte eine hübsche Summe einbringen. Ich will sehen, was sich machen läßt.«

»Sie? Auf Ihnen lastet ohnehin schon viel zuviel... Dick, was haben Sie in den Ruinen gefunden?«

»Haben Sie mich gesehen?«

»Seien Sie nicht böse, Dick – ich sah, daß Sie zurückgingen, und habe spioniert, aus Angst...«

»Es bestand keine Veranlassung, sich zu ängstigen. Ich glaubte auf dem Boden etwas entdeckt zu haben, das vielleicht ein Fingerzeig hätte sein können. Aber ich erlebte eine Enttäuschung.«

Er wechselte das Thema, und sie spürte, daß er etwas vor ihr verbergen wollte.

Die beiden Mädchen saßen sich auch beim Dinner allein gegenüber. Der alte Butler ließ sich in ein Gespräch mit ihnen ein und äußerte sein Erstaunen über die Großzügigkeit, mit der Mr. Alford die Polizisten behandelte.

»Eben mußte ich einen Korb fertigmachen lassen mit allem, was das Herz begehrt – kaltes Huhn, Thermosflaschen, alter Portwein. Meiner Meinung nach hätten Käsestullen und Bier auch genügt – die Leute werden bloß verwöhnt, und hernach schmeckt ihnen zu Hause nichts mehr. Und heute abend will er ihnen die Sachen auch noch eigenhändig in den Park tragen!«

Leslies Herz begann heftig zu pochen. Jetzt verstand sie!

Nicht für die Polizisten waren die Lebensmittel bestimmt, sondern für Harry. – Für Harry, der in der Abtei gefangengehalten wurde. Von wem?

36

Der Schrecken dieses Tages waren die Londoner Reporter gewesen. Sie hatten den Dorfkrug ›Zum roten Löwen‹ gänzlich mit Beschlag belegt, und ständig befanden sich einige auf dem Weg zum Schloß, um Mr. Alford zu interviewen. Nur einem jedoch gelang es, seiner in der Nähe der Red Farm habhaft zu werden.

»Sind Sie der Meinung, daß das Verschwinden Ihres Bruders auf den Schwarzen Abt zurückzuführen ist, Mr. Alford?«

»Was heißt das – der Schwarze Abt? Da Sie ja wohl kaum an Gespenster glauben, brauche ich Ihnen auch nicht zu versichern, daß es so etwas wie den Schwarzen Abt nicht gibt, daß also die Gestalt, die dann und wann hier auftauchte, nur ein Mensch aus Fleisch und Blut sein konnte.«

»Narrenpossen also?« erkundigte sich der Zeitungsmann.

»Das wohl auch wieder nicht. Ich glaube schon, daß etwas Ernstzunehmendes dahintersteckt.«

»Entschuldigen Sie, Mr. Alford, wenn ich jetzt ein einigermaßen heikles Thema anschneide. Im Falle des Todes Ihres Bruders fällt der Titel, und natürlich auch der Besitz, an Sie. Nun ist gegenwärtig viel die Rede von einem Gegensatz zwischen Ihnen beiden, der häufig in offenen Streit ausartete.«

»Mein Bruder ist sehr nervös«, antwortete Dick, nur mit Mühe die aufsteigende Wut bezwingend, »und die Differenzen, die wir gelegentlich hatten, waren stets harmloser Art.«

»Stimmt es, daß Miss Leslie Gine ihre Verlobung mit Ihrem Bruder kürzlich gelöst hat?«

»Ja.«

»Und dennoch weilt sie als Gast in Fossaway?« Der Reporter, der die Blutwelle, die Dick zu Kopf stieg, bemerkte, beeilte sich zu versichern: »Mr. Alford, vergessen Sie bitte nicht, daß es mir nur darum geht, dem Klatsch entgegenzutreten.«

»Sehr freundlich von Ihnen!« Dick lächelte ironisch. »Aber bitte, machen Sie von dem, was ich Ihnen jetzt sage, ruhig Gebrauch. Schwerwiegende Tatsachen haben mich davon überzeugt, daß sich Miss Gine in großer Gefahr befindet. Aus diesem Grund, und nur aus diesem, habe ich sie gebeten, nach Fossaway zu kommen, wo sie unter dem Schutz der Polizei steht. Sie werden das um so eher verstehen, wenn Sie außerdem wissen, daß sich Mr. Gine, ihr Bruder, gegenwärtig im Ausland befindet.«

»Glauben Sie, daß Miss Gine von der gleichen Person bedroht wird, die Thomas Glück ermordete und den Grafen verschleppte?«

»Ja.«

»Ich danke Ihnen, Mr. Alford.« Der Reporter verbeugte sich. »Sie werden sehen, daß diese kleine Unterhaltung die Luft gereinigt hat, was in solchen Fällen für alle von Vorteil ist.«

»Hoffen wir es.«

Gegen Abend traf Dick in seinem Büro Leslie an, die gerade ein Kuvert mit der Adresse Fabrian Gilders versah.

»Was haben Sie ihm geschrieben?« fragte er.

»Ich habe ihm mitgeteilt, daß ich nach reiflicher Überlegung mich entschlossen habe, seine Bewerbung auszuschlagen ... «

Dick klebte eigenhändig die Marke auf.

»Daß dieser Brief ihn erreicht, dafür will ich diesmal selbst sorgen! Und Ihnen empfehle ich, nach all den Aufregungen, zeitig zu Bett zu gehen.«

»Und Sie? Mr. Glover erzählte, daß Sie vorhaben, heute abend noch die Posten im Park aufzusuchen, um sie mit Leckerbissen zu versorgen.«

Kein Muskel zuckte in seinem Gesicht.

»Ja, sicher. Die Leute, die den Hohlweg bewachen, können ihre Stellungen nicht verlassen, da es an Ablösungsmannschaft fehlt.«

Leslie drang nicht weiter in ihn. Sie ging zu Mary Wenner, die in der Bibliothek auf sie wartete und die sich seit Einbruch der Dunkelheit in ein Nervenbündel verwandelt hatte. Bei jedem Geräusch zuckte sie zusammen, erblaßte, sobald sich eine Tür öffnete. Beim Dinner stieß sie einen lauten Schrei aus, als draußen ein Teller zu Boden fiel.

»Ich kann nichts dafür, Leslie«, entschuldigte sie sich. »Dieses Haus jagt mir einen Schauder nach dem andern über den Rücken. Wenn es mir nicht widerstrebte, Sie ohne Gesellschaft zu lassen, wäre ich längst auf und davon nach London!« Und der Aufenthalt in der ihr so vertrauten Bibliothek, vor Harrys leerem Platz, schien ihr den Rest gegeben zu haben. »Oh, Leslie, Sie dürfen mich nicht mehr so lange allein lassen. Der arme Harry! Ein ausgezeichneter Mensch – ich habe nie verstehen können, warum er Mr. Alford haßte.«

Leslie Gine blickte Mary ungläubig an.

»Haßte –? Nein, da irren Sie sich bestimmt.«

»Das weiß ich besser, Leslie! Und alles wegen Lady Alfords Bild... Vor drei Jahren etwa regte Dick Alford eines Tages an, das Bild in der Galerie aufzuhängen. Was ihn auf diese Idee brachte, mag der Himmel wissen, doch ist sie um so mehr zu verurteilen, als ihm bekannt war, wie sehr Harry seine Mutter vergötterte. Als er sich dann noch zum Ausspruch verstieg, das Bild wirke ›niederdrückend‹, geriet Harry außer sich, sprang von seinem Sessel auf und schleuderte Mr. Alford trotz meiner Anwesenheit schreckliche Dinge ins Gesicht. Vierzehn Tage wechselten die Brüder keine Silbe miteinander.«

Leslie blieb stumm. Solche Hintergründe und Konflikte hatte sie auf Fossaway nicht vermutet.

37

»Darf ich das Licht brennen lassen, Leslie?« bat Mary, als sie ihre Schlafzimmer aufgesucht hatten.

»Natürlich, wenn es Sie beruhigt.«

Fossaway bezog den elektrischen Strom von einer eigenen Kraftstation, die sich in einem zwischen Schloß und Ravensrill gelegenen Schuppen befand und der Initiative Dick Alfords ihr Dasein verdankte.

Lord Alford verwendete nach wie vor Kerzen in seinem Zimmer, und der elektrischen Beleuchtung in der Bibliothek hatte er erst nach langem Hin und Her zugestimmt.

»Sie können sich nicht vorstellen, wie Harry sich vor dem elektrischen Strom fürchtete!« berichtete Mary. »Bei Gewittern stieg er stets in den Keller hinab, und im Sommer ließ er sich dort unten sogar ein Bett aufschlagen, um auch in der Nacht...«

In diesem Augenblick erlosch das Licht.

»Haben Sie das Licht abgedreht?« fragte Mary Wenner ängstlich.

»Nein. Wahrscheinlich ein Kurzschluß.« Leslie tastete sich im Dunklen zum Toilettentisch, wo zwei Kerzen standen. Als das Kerzenlicht aufflackerte, sah sie, daß Mary, blaß, mit aufgerissenen Augen, am Türrahmen lehnte.

»Um Gottes willen, was bedeutet das?«

Leslie zwang sich zu einem Lächeln, obgleich auch sie sich nicht allzu sicher fühlte.

»So etwas kommt doch im besten Haushalt einmal vor«, bemühte sie sich, ihre Gefährtin zu beschwichtigen. »Und da die Korridortüre verschlossen ist, brauchen Sie keine Angst zu haben.«

Ein Klopfen an der Tür. Dann Dicks Stimme:

»Leslie, regen Sie sich nicht auf – eine kleine Störung, die in zwei Minuten behoben ist.«

Zwanzig Minuten später meldete er sich von neuem.

»Leider wird die Reparatur doch wohl die ganze Nacht in Anspruch nehmen. Hat Glover für Kerzen und Streichhölzer in Ihren Zimmern gesorgt?«

»Danke!« rief Leslie durch die Tür. »Wir haben alles, was wir brauchen, und in zehn Minuten werden wir fest schlafen.«

»Ich bestimmt nicht«, murmelte Mary Wenner. »Nicht ein Auge werde ich schließen.«

Im Schein ihrer Kerze legte sie die Kleider, die sie aufgerafft hatte, als das Licht erlosch, wieder über den Stuhl.

Kurz darauf pochte es nochmals an der Tür.

»Leslie! Puttler hat bestimmt, daß einer von seinen Leuten vor Ihrer Tür Wache halten soll. Beunruhigen Sie sich also nicht, wenn Sie ihn nachts auf und ab gehen hören sollten.«

»Warum das, Dick?«

»Nur, weil Miss Wenner so übernervös ist und sich durch diese Maßnahme ruhiger fühlen wird. Und bitte, schlafen Sie nicht bei offenen Fenstern! Gute Nacht.«

Er ging, und Mary Wenner blickte mit tragischer Feierlichkeit Leslie an.

»›Schlafen Sie nicht bei offenen Fenstern‹ hat er gesagt! Das bedeutet nichts Gutes!«

Sie schlossen den noch offenstehenden Flügel, als Mary auf einmal aufkreischte.

»O Gott, unter meinem Bett liegt ein Mann!«

Mit wild schlagendem Herzen hob Leslie die fast bis zum Boden überhängende Decke hoch und zog ein Paar dort vergessene Reitstiefel hervor. Sie lachten beide, aber es klang ziemlich nervös.

»Ich wollte, ich könnte mein Bett in Ihr Zimmer schieben!« Hilflos betrachtete Mary die schwere Bettstatt, über der sich ein gewichtiger Himmel wölbte.

»Schlafen Sie doch einfach in meinem Bett, es ist breit genug für uns beide.«

Dankbar wurde Leslies Anerbieten angenommen.

38

Unten in der Bibliothek unterhielt sich Dick Alford mit Puttler. Der Sergeant war kurz vorher von einem Abstecher nach Scotland Yard zurückgekehrt, und Dick berichtete ihm über seine Feststellungen.

»Die Hauptleitung ist unmittelbar vor der Kraftstation durchschnitten worden.«

Puttler rieb sich die komische kleine Nase, seine blauen Augen zwinkerten unruhig.

»Um einen richtigen Wachdienst zu unterhalten, brauchten wir ein ganzes Bataillon. Von meinen eigenen drei Leuten habe ich einen im Ostflügel, einen im Westflügel und den dritten in der Halle stationiert. Uns beiden und der Ortspolizei bleibt der ganze Park ... Was ist das übrigens für ein Damm, den ich heute morgen an der nordöstlichen Gutsecke entdeckte? Ihr Jagdaufseher erzählte mir, daß er den Namen ›Chelfords Gier‹ trägt. Wie kommt er zu dieser Bezeichnung?«

Dick stand der Sinn zwar nicht nach historischen Reminiszenzen, aber um Puttler gefällig zu sein, erklärte er ihm ausführlich den Zusammenhang.

»Die Urkunde, durch die uns König Heinrich diese Ländereien zu eigen gab, setzte als nördliche Grenze den Lauf des Ravensrill fest. Ein ganz gerissener Vorfahr, dem der vorhandene Besitz nicht genügte, kam eines Tages auf den Einfall, den Fluß abzuleiten und das Gut auf diese Weise um tausend Morgen zu vergrößern. ›Chelfords Gier‹ ist der Damm, den er baute, während der natürliche Lauf des Ravensrill durch die Lange Wiese geht. Welcher Chelford diesen Raub auf dem Gewissen hat, kann ich Ihnen nicht sagen, da nichts Geschriebenes existiert, die Kunde darüber hat sich lediglich mündlich überliefert.«

»So, das also ist die Erklärung.«

Beide versanken in Schweigen und hingen ihren Gedanken nach. Als Dicks Blick zufällig auf das große Porträt an der Kaminwand fiel, murmelte er:

»Lady, Lady – einen Haufen Unruhe haben Sie schon gestiftet!«

»Wieso?« fragte Puttler sofort interessiert.

»Ich werde es Ihnen nächstens einmal erzählen. Jetzt will ich nach den Mädchen oben sehen.«

Geräuschlos stieg er die Treppe hinauf. Kurz bevor er vor die Fremdenzimmer kam, zuckte der Strahl einer Taschenlampe über sein Gesicht.

»Alles ruhig!« flüsterte der wachestehende Polizist, und Dick stieg beruhigt wieder hinunter.

Er und Puttler hatten abgemacht, daß sie abwechselnd um den Gebäudekomplex patrouillieren wollten. Um zwei Uhr wurde Dick durch sanftes Schütteln aus tiefem Schlaf geweckt.

»Hier, ich habe Ihnen eine Tasse gewärmt!« Puttler brachte ihm Kaffee ans Sofa. »Sonst gibt's nichts Neues. Einer der Ortspolizisten im Park schlug einmal Alarm, er glaubte eine Gestalt gesehen zu haben – nun ja, diese Leute aus der Gegend sind nervös und wittern hinter jedem Strauch, den der Wind bewegt, den Schwarzen Abt.«

Dick schlürfte den Kaffee und zerbröckelte mit der freien Hand ein Biskuit.

»Ich muß den blauen Umschlag mit den Papieren, die Sie mir mitgebracht haben, in den Safe schließen. Er liegt noch in der Bibliothek.«

Er durchquerte die Halle, öffnete die Tür zur Bibliothek und griff mechanisch nach dem Lichtschalter. Erst dann erinnerte er sich, daß die kleine Kraftstation ja ihre Funktion eingestellt hatte. Ah, die Taschenlampe lag im Büro – er holte sie, kam zurück, auf dem Schreibtisch lag der blaue Umschlag, er schob ihn in die Tasche. Als er die Bibliothek wieder verlassen wollte, spürte er einen kalten Luftzug. Prüfend leuchtete er die Fensterreihe ab. Das letzte Fenster war offen, der Vorhang heruntergerissen.

»Wie ist das möglich?« staunte Puttler, den Dick herbeigerufen hatte. »Bei meiner letzten Runde vor zehn Minuten war das Fenster verschlossen.«

Wie sich der Eindringling Zutritt verschafft hatte, zeigte die in Höhe des Fensterriegels eingeschlagene Scheibe. Der Stoffetzen auf dem Parkett und die zerbrochene Vorhangstange ließen vermuten, daß der Unbekannte gestrauchelt war und am Vorhang Halt gesucht hatte.

Der Schreibtisch war unberührt. Puttler ging an den Bücherregalen entlang.

»Was sucht die hier?« Er zeigte auf eine kleine Leiter.

»Sie gehört zur Einrichtung der Bibliothek, damit die oberen Buchreihen erreicht werden können. Sonst steht sie immer dort hinten in der Ecke.«

Dick suchte den ganzen Raum mit der Lampe ab. Als er auf die ausgesparte Wand zwischen den Regalen über dem Kamin stieß, an der das Bild der verstorbenen Lady hing, sah er den goldenen Rahmen aufblinken. Der Lichtstrahl traf die ringgeschmückte weiße Hand, die graziös herabhing, stieg höher und kam mit einem Ruck zum Stillstand.

Der Sergeant und Kirchenmusiksachverständige fluchte leise.

Dort, wo der Frauenkopf gewesen war, gähnte jetzt ein schwarzes Loch. Gesicht und Schultern waren aus dem Bild herausgeschnitten worden, und zwar, wie die rauhen, faserigen Leinwandkanten bewiesen, von einer ungeschickten Hand.

»Was halten Sie davon?« fragte Puttler.

»Weiß der Himmel, was es bedeuten soll! Ich will mich gleich draußen umschauen.«

»Warten Sie, Mr. Alford! Sie glauben doch wohl nicht, daß ich jetzt meine Stunden abschlafen kann? Ich begleite Sie. Nur schnell noch den Kaffee austrinken –.«

Durch die Flügeltür in Dicks Büro traten sie auf die Terrasse. Friedlich lag der Park im Mondlicht. Puttler ging ein paar Schritte voraus, kam wieder zurück und fragte:

»Riechen Sie etwas?«

Dick sog die kühle Morgenluft ein.

»Nein.«

Ohne weiteres führte ihn Puttler bis zum Ende des Westflügels. »Und jetzt?«

Dick schnupperte. Ein süßliches, exotisches Parfüm schwebte in der Luft, das ihm irgendwie vertraut war.

»Raucht jemand im Haus parfümierte Zigaretten, Mr. Alford?«

Dick überlief ein Frösteln.

»Harry!«

»Ihr Bruder? So. – Und wo bewahrt er sie auf?«

»In der Bibliothek.«

Der Detektiv suchte mit der Lampe den Boden ab. Es dauerte nicht lange, bis er sich bückte und eine halbgerauchte Zigarette mit Korkmundstück aufhob.

Sie gingen den gleichen Weg zurück, kamen an der offenen Fenstertür des Büros vorbei und begannen auf der entgegengesetzten Gebäudeseite zu suchen. Bald schon machte Puttler einen neuen Fund.

»Mr. Alford – wieder eine Leiter! Und ich kann beschwören, daß sie heute nacht nicht hier lag.«

Er prüfte jede Sprosse. Es war eine lange Leiter, nach oben spitz zulaufend, die, wie Dick Alford versicherte, für die äußere Reinigung der Fenster verwendet und in der Garage aufbewahrt wurde.

»Der Mann, der sie hierherschleppte, ist der gleiche, der die Lichtleitung zerstörte und ...«

Von weither, aus der Tiefe des Parks, erklang scharf befehlend eine Stimme:

»Halt! Wer da?«

»Das muß Renwick sein«, meinte Puttler. »Kommen Sie!«

Sie rannten durch den Park und stießen nach wenigen Minuten auf den Polizisten. Gesehen habe er nichts, berichtete er, hingegen Stimmen gehört.

»Zuerst das Lachen eines Mannes – ein schrilles, bösartiges Lachen.«

»Bekamen Sie auf Ihren Anruf Antwort?« erkundigte sich Puttler.

»Nein. Doch die Stimmen und Geräusche brachen ab. Etwas später vernahm ich eine Frauenstimme.«

»Frauenstimme?« zweifelte Dick. »Sind Sie ganz sicher?«

»Ganz sicher, Mr. Alford.«

»Aus welcher Richtung kam sie?«

Der Polizist deutete über die Lange Wiese, eine talartige Vertiefung, die parallel mit dem Hügelzug verlief, auf dem sich die Abtei befand. Links standen einige Häuschen, in denen Gutsleute wohnten – Feldhüter, Reitknechte und Kutscher. Von dort aus hatte übrigens der Jagdhüter Gill den Schwarzen Abt erblickt.

»Und klang es nicht so, als ob die Stimmen sich über die Anhöhe nach dem Fluß hin entfernten – oder nach den Ruinen, nicht wahr?« forschte Puttler.

»Tja ...« Der Mann war unschlüssig. »Möglich ist es, daß sie diesen Weg nahmen, doch sicher bin ich nicht.«

»Renwick muß sich geirrt haben«, sagte Dick, als sie in der betreffenden Richtung weiterschritten.

»Glauben Sie? Ich glaube viel eher, daß er recht hat.«

»Manchmal durchqueren auch Leute aus Chelfordbury, die ins Nachbardorf wollen, den Park, um den Umweg über die Landstraße zu vermeiden.«

»Um drei Uhr morgens?«

»Vielleicht sind sie von einem Tanzvergnügen gekommen«, beharrte Dick, obwohl er selbst nicht an seinen Einwand glaubte.

»Kein Dörfler durchquert, bloß um ein kleines Stück abzuschneiden, einen Park, in dem es spukt und in dem zwei Nächte vorher ein Mann ermordet wurde«, erklärte der Detektiv.

Als sie nach erfolglosem Streifzug wieder im Schloß anlangten, legte sich Puttler endlich ein wenig zur Ruhe.

Auf einer seiner Runden kam Dick unter den Fenstern der jungen Damen vorbei und blickte hinauf. Der Morgenwind, der in den Baumkronen raschelte, bewegte auch den Fensterflügel des Zimmers, das Mary Wenner bewohnte. Langsam schwang er hin und her. Dick stieß leise einen Fluch aus, weil seine Anweisung mißachtet worden war.

Um sechs Uhr morgens regten sich die ersten Dienstboten im Haus. Rauch kroch träge aus einem der dicken Schornsteine. Auf dem Sofa im Büro schnarchte der Sergeant. Die Tür wurde aufgerissen, und Mary Wenner stürzte herein.

»Mr. Alford, haben Sie Leslie gesehen?«

Er sprang so heftig auf, daß Puttler davon geweckt wurde.

»Wieso? Ist sie nicht oben bei Ihnen?«

»Nein. Vor zehn Minuten wachte ich auf, sah sie nicht, wartete noch ein wenig in der Annahme, sie sei ins Badezimmer gegangen, und fragte schließlich den Beamten, den Sie gestern abend vor unsere Türe stellten. Er sagte, niemand hätte die Schwelle überschritten!«

Puttler richtete sich kerzengerade auf. »Die Leiter!«

Augenblicklich verschwand er über die Terrasse und lief über den Rasen. Ja, das Blumenbeet unter den Fenstern zeigte deutlich zwei tiefe Eindrücke der Leiter; auch hing an den Sprossen frische Erde. Er lehnte die Leiter gegen die Mauer, stieg hinauf und sprang vom Fensterbrett ins Zimmer.

»Kleid und Schuhe fehlen«, jammerte Mary, die mit Dick Alford schon in den Zimmern Umschau hielt. »Sie muß sich angekleidet haben, und ich habe nichts davon gehört!«

In einem unbemerkten Moment stahl sich Dick aus dem Zimmer – zu einer privaten Suche. Er verließ das Schloß durch den hinteren Ausgang, schlich im Schutz der Uferböschung davon.

Als er nach zwei Stunden zurückkam, erinnerte er sich an einen in der vergangenen Nacht gefaßten Entschluß und gab Auftrag, den schweren Wagen seines Bruders bereitzumachen. Harry hatte ihn höchstens ein dutzendmal benützt und jeden anderweitigen Gebrauch streng untersagt.

Bevor Dick einstieg, eilte er in sein Schlafzimmer, verriegelte die Tür und entnahm einer verschließbaren Schublade ein Paket, dessen Inhalt er in seiner Handtasche verstaute. Zwei Minuten später brauste der offene Rolls-Royce davon.

Zwischen Horsham und Dorking schoß an einer Weggabelung ein anderes Auto mit hoher Geschwindigkeit vor seinen Wagen. Dick bremste mit voller Wucht, der schwere Wagen drehte sich halb um sich selbst und rammte einen Kilometerstein, ohne nennenswert beschädigt zu werden. Der fremde Fahrer trug eine breite Schutzbrille. Alford warf ihm einen vernichtenden Blick zu und setzte seine Fahrt fort. Er hatte nicht bemerkt, daß beim jähen Bremsen seine braune Handtasche auf die Landstraße hinausgeschleudert worden war. Der Mann im anderen Wagen jedoch sah es, wendete und fuhr zurück.

Und hier, auf einsamer Landstraße, entdeckte Fabrian Gilder das Geheimnis des Schwarzen Abtes.

39

An diesem Morgen war Mr. Gilder bei der Zeitungslektüre auf das Interview gestoßen, das Dick Alford einem Reporter gewährt hatte. Und da stand ein Satz, den er zweimal las: ›Wie Mr. Alford sagt, hat er Miss Leslie Gine gebeten, während der Auslandsreise ihres Bruders in Fossaway zu wohnen...‹

Auslandsreise? Gilder runzelte die Stirn. Was veranlaßte Arthur Gine, jetzt, wo er nichts mehr zu befürchten hatte, so plötzlich ins Ausland zu fahren?

Noch während er sich mit diesem Problem beschäftigte, brachte das Mädchen die Morgenpost. Nervös sah er die Briefe durch, ein Kuvert trug den Stempel von Chelfordbury, er riß es auf, las –.

Also darum ging's – Leslie hatte sich anders besonnen! Daß er überhaupt noch kein Heiratsversprechen von ihr in Händen hielt, ging ihm gar nicht auf. Überzeugt von ihrer Einwilligung, war er ihrer völlig sicher gewesen und kam sich jetzt betrogen vor. Erbittert lachte er auf. Natürlich, nach Arthurs Flucht bestand keine Notwendigkeit mehr für sie, sich zu opfern.

Krachend flog der Stuhl zurück, das Frühstück blieb unberührt. Fabrian Gilder ging hinüber zum Safe. Da lag das vorbereitete Antwortschreiben an Leslie im postfertigen Umschlag – ein Anblick, der ihn noch mehr aufbrachte. Schon wollte er den Brief zerreißen, als ihm der Blankoscheck einfiel. Aber wo war er? Im Umschlag steckte er nicht. Vielleicht herausgerutscht –?

Mit fliegenden Händen durchwühlte Gilder den Safe. Nichts! Er überlegte, wann er den Scheck zum letztenmal gesehen hatte, und erinnerte sich plötzlich an den Morgen mit dem unerwarteten Besuch Arthur Gines. Bei diesem Gedanken wurde er blaß. Er versuchte, sich jede Einzelheit jenes Besuches ins Gedächtnis zurückzurufen. Erst hatte er den Brief an Leslie Gine aus dem Safe geholt, gelesen und wieder zurückgelegt, er hatte die Tür angedrückt und dann – ja, dann läutete das Telefon, und nachher hatte er vergessen, den Safe zu verschließen!

Wutentbrannt telefonierte er mit seiner Bank.

»Hier Gilder – Bitte den Vorsteher, dringend!«

»Hallo! Was gibt's, Mr. Gilder?«

»Fletcher, ich hatte Ihnen doch einen Scheck über fünfzigtausend Pfund avisiert...«

»Ist auch auftragsgemäß honoriert worden.«

Für einen Augenblick wurde es vor Gilders Augen dunkel.

»Wer präsentierte ihn?«

»Arthur Gine – der Scheck lautete auf Leslie Gine oder Überbringer. Wir benachrichtigten Sie übrigens gestern abend. Ist der Brief nicht eingetroffen?«

»Ich bin noch nicht durch mit meiner Post. Danke.«

Gilder schnaufte. Darum also hatte sich Gine die Summe als Darlehen bestätigen lassen! Ein verdammt kluger Schachzug. Nicht allein die fünfzigtausend Pfund hatte Gine jetzt in der Hand, sondern auch gleich ein Schreiben dazu, das ihn vor jeder Anklage wegen Betrugs sicherte.

Übertölpelt! Zum Narren gehalten...

Doch schon nach fünf Minuten innerlichen Wütens meldete sich wieder der klare Verstand. Fest stand, daß bei diesem Trick Leslie die Hand nicht im Spiel gehabt hatte. Wenn er ihr also mit einer Betrugsanzeige gegen ihren Bruder drohte? Vielleicht würde sie sich doppelt verpflichtet fühlen, seine Werbung anzunehmen. Vielleicht stärkte dieser Zwischenfall sogar seine Position ihr gegenüber.

Er telefonierte nach seinem Wagen und setzte sich zuversichtlich ans Steuer. Er nahm, um rascher vorwärts zu kommen, eine Nebenstraße, die ihn zwischen Horsham und Dorking wieder auf die große Straße brachte. Beim Einbiegen behinderte rechts Buschwerk die Aussicht. Gilder drückte auf die Hupe und brauste mit unverminderter Geschwindigkeit auf die Hauptstraße hinaus, auf der gleichzeitig ein schwerer Wagen nahte, kreischend bremste und schleuderte. Der Mann am Steuer, in dem Gilder sofort Dick Alford erkannte, blickte ihn wütend an, drehte seinen Wagen in Fahrtrichtung und jagte davon. Und dann entdeckte Gilder die herausgefallene Tasche.

Es ging ihm nicht darum, Mr. Alford gefällig zu sein und ihm wieder zu seinem Eigentum zu verhelfen. Verärgert warf er sie auf den Rücksitz. Dabei mußte er auf das Schnappschloß ge-drückt haben, jedenfalls sprang die Tasche auf, und etwas Schwarzes quoll heraus – eine Kutte mit Kapuze.

War es möglich – Dick Alford der Schwarze Abt?

In mäßigem Tempo fuhr Gilder bis zum Krug von Chelfordbury. Der Wirt kannte ihn und tischte ihm die letzten Neuigkeiten auf.

»Seit mir der ›Rote Löwe‹ gehört, habe ich noch nie eine solche Aufregung im Dorf erlebt. Manche wollen wissen, daß der Graf von seinem Bruder ermordet worden ist. Und die unheimliche Geschichte mit der jungen Dame aus dem Willow-Haus ... «

»Meinen Sie Miss Gine?«

»Ja, Miss Gine. Da steht der Fuhrmann, der darüber Bescheid weiß. He, du – komm mal her!«

Der Mann schaute dümmlich verlegen drein, als er sich auf einmal in den Mittelpunkt der Aufmerksamkeit gestellt sah.

»Ich hörte nur... Na, eben, der Gentleman, der wie ein Affe aussieht, sagte zu Mr. Alford: ›Man wird ihr meiner Meinung nach nichts antun‹, und die Miss, die früher bei Seiner Gnaden angestellt war, jammerte in einem fort: ›Was mag ihr nur zugestoßen sein?‹«

»Hoffentlich geschieht bald etwas mit diesem Schwarzen Abt«, ließ sich der Wirt vernehmen. »Unsere Weiber sind schon so verstört, daß sie die halbe Nacht aufbleiben.«

Gilder blickte verbissen in die Runde.

»Mit dem räume ich heute noch auf!«

»Sie?«

»Ja.« Mehr sagte Gilder nicht. Es war weder der Ort noch der Zeitpunkt für Enthüllungen. Er kletterte in seinen Wagen und fuhr bis zum Tor der Schloßauffahrt. Hier stand ein Polizist aus Chelfordbury, der den Sommerfrischler aus dem Cottage der Red Farm kannte.

»Mr. Alford ist fort, Sir«, teilte er mit, »Sie können nur Sergeant Puttler sprechen. Ich habe zwar Befehl, keinen Fremden durchzulassen, denke aber, daß ich es Ihnen gestatten darf.«

Kaum hielt der Wagen vor dem Portal, tauchte von irgendwo der langarmige, wunderliche Mensch auf.

»Guten Morgen«, begrüßte ihn Fabrian.

»Guten Morgen, Mr. Gilder. Was kann ich für Sie tun?«

»Ich möchte Miss Gine sprechen.«

Der Detektiv blickte ihn eine Weile melancholisch an.

»Miss Gine? Leider ist sie nicht anwesend.«

»Dann kann ich vielleicht Miss Wenner sprechen?«

»Die liegt zu Bett und darf nicht gestört werden.«

»Geht es ihr so schlecht?«

»Nicht schlecht, aber auch nicht gerade gut. Die Nacht in diesem unruhigen Haus ist ihr nicht bekommen, was man einigermaßen verstehen kann.«

»Wissen Sie, wohin Miss Gine gegangen ist?«

»Nein, sie teilte es mir nicht mit.«

»Vielleicht wollen Sie mir wenigstens sagen, ob ihr etwas zugestoßen ist?« fragte Gilder wütend.

»Soviel ich weiß, nicht«, erwiderte Puttler mit unangefochtenem Gleichmut. »Sind Sie ein Freund von Miss Gine?«

»Ihr Verlobter.«

»Ach –? Ich dachte, Miss Gine hätte Ihnen einen Korb gegeben! Da Sie schon einmal hier sind, Mr. Gilder, möchte ich Sie etwas fragen: Wie kamen Sie dazu, einem früheren Sträfling, ich meine Thomas Glück, ihr Weekendhäuschen zur Verfügung zu stellen?«

Die seit langem zurechtgelegte Antwort kam prompt.

»Sein Vorleben war mir nicht bekannt. Er erzählte mir, daß er in Fossaway entlassen wurde, und da ich ihn brauchen konnte, stellte ich ihn ein. Erst nach seiner Ermordung erfuhr ich zu meiner peinlichen Überraschung von seiner Vergangenheit. – Doch wollen Sie nun die Güte haben, Miss Wenner meine Karte bringen zu lassen?«

»Geht nicht, Mr. Gilder. Im Augenblick vertrete ich sowohl den Hausarzt als auch den Grafen von Chelford, das heißt, während Mr. Alfords Abwesenheit bin ich für alle drei zuständig. Wenn Sie auf ihn warten wollen, so steht der Salon zu Ihrer Verfügung, wohlverstanden unter der Bedingung, daß Sie niemand vom Personal ausfragen. Ich habe nichts gegen Amateurdetektive, Mr. Gilder, nur verträgt diese Affäre augenblicklich keinerlei Einmischung von Außenstehenden.«

Gilder, entschlossen, nicht von Fossaway zu weichen, bis er die Wahrheit über Leslie Gine erfahren hatte, blieb nichts anderes übrig, als diesen Vorschlag anzunehmen.

»Ich muß Sie bitten, sich nicht aus dem Zimmer zu entfernen«, sagte Puttler, der ihn selbst in den Salon führte. »Sollten Sie etwas benötigen, haben Sie hier eine Klingel zur Hand. – Meine Leute verstehen sich ausgezeichnet auf Bedienung!« setzte er hinzu, als er den funkelnden Blick bemerkte, der ihn traf.

Gilders Geduld wurde auf keine allzu harte Probe gestellt. Eine Stunde später hielt, weiß vor Staub, der schwere Reisewagen Lord Alfords vor dem Portal, wo zu Dicks Erstaunen auch das fremde

Auto stand, das mit dem seinigen beinah zusammengestoßen wäre.

»Gilder, nicht wahr?« fragte er, als er in der Halle Puttler traf, der ihn vor die Tür des Salons führte.

»Sie wünschten mich zu sprechen?« fragte er eintretend.

»Ich möchte von Ihnen erfahren, was Miss Gine zugestoßen ist?«

»Bei Gott, ich wollte, ich wüßte es!«

Ein skeptisches Lächeln breitete sich auf Gilders Gesicht aus.

»Mr. Alford, ich habe Ihnen etwas zu sagen – jedoch im Beisein eines Zeugen ...«

»Ganz wie Sie wollen, Mr. Gilder.« Dick ließ Mr. Puttler rufen, und als der Sergeant kam, sagte er: »Mr. Gilder hat etwas, wie ich vermute, Unangenehmes auf dem Herzen, jedenfalls wünscht er einen Zeugen – also bitte, Mr. Gilder!«

»Vor einigen Tagen verschwand Lord Alford, und es wird vermutet, daß der Schwarze Abt dahintersteckt. Nach meiner Ansicht ist das mehr als wahrscheinlich, da es ihm absolut nicht gleichgültig sein kann, wem Fossaway gehört.«

»Was wollen Sie damit sagen?« erkundigte sich Dick.

»Daß Sie der Schwarze Abt sind. Als Sie heute morgen beinah mit mir zusammenstießen, fiel eine Handtasche aus Ihrem Wagen, die ich aufhob. Der Verschluß hatte sich geöffnet, und ich entdeckte eine schwarze Kutte – eine häufig getragene Kutte.«

»Sie werden Ihre Behauptung beweisen müssen.« Es war Puttler, der das sagte.

»Beweisen?« rief Gilder triumphierend. »Kommen Sie mit!«

Gefolgt von den beiden anderen eilte er zu seinem Wagen hinaus und hob die Decke, unter der er die Tasche versteckt hatte.

»Hier ...«

Der Satz blieb ihm im Halse stecken.

»Hier –?« ermunterte ihn der Detektiv.

»Vor einer Stunde lag sie noch unter dieser Decke – Alford, Sie haben sie herausgeholt!«

Dick lachte sarkastisch.

»Sergeant Puttler wird bestätigen, daß ich mich von meinem Wagen direkt in Ihre angenehme Gesellschaft begeben habe.«

»Warum beschuldigen Sie eigentlich nicht mich?« fragte Puttler. »Ich habe mich eine ganze Weile hier draußen aufgehalten.«

Gilder, der sich verhöhnt vorkam, blickte von einem zum andern. Konnten sich die beiden verbündet haben? Aber Puttler galt, wie er wußte, als einer der besten Beamten Scotland Yards. Er zuckte die Achseln.

»Vorerst haben Sie mich geschlagen, Mr. Alford! Aber ich ruhe nicht, bis Miss Gine gefunden ist.«

40

Trotz all ihrer Prophezeiungen über eine schlaflose Nacht hatte Mary Wenner kaum ihren Kopf aufs Kissen gelegt, als ihr Atem auch schon regelmäßig und bald sogar recht vernehmlich wurde. Leslie schmunzelte. Dann versuchte auch sie einzuschlafen, was ihr nicht gelang. Unablässig wanderten ihre Gedanken hin und her, sie vernahm jeden Glockenschlag der Kirchenuhr und war dankbar, als es eins schlug. Nun ging es wenigstens dem Morgen entgegen.

Das alte Schloß war voll seltsamer Geräusche – Knistern, Knarren und Ächzen. Leslie richtete sich auf, um die Kerze wieder anzuzünden.

Ganz still lag sie auf dem Rücken. Zum x-tenmal blickte sie auf ihre Uhr. Fünf Minuten vor halb zwei.

Ein eigenartiges Klirren im Nebenzimmer –

Und wieder Stille.

Doch jetzt das unverkennbare Geräusch von Kies, der gegen

eine Fensterscheibe geworfen wird. War es Dick, der sie sprechen wollte?

Sie erhob sich vorsichtig, schlüpfte in ihren Morgenrock und öffnete im Nebenzimmer das Fenster.

Unten stand ein Mann, den sie nicht erkennen konnte.

»Sind Sie es, Leslie?«

Harry! Der Atem stockte ihr. Harry – lebendig!

»Sie befinden sich in furchtbarer Gefahr, Leslie! Ich hole eine Leiter, damit Sie herunterkommen können.«

Bevor sie antworten konnte, war er verschwunden, um gleich darauf mit einer Leiter wieder zu erscheinen, die er gegen die Mauer lehnte.

»Ich kann nicht kommen, Harry!« rief sie ganz leise. »Ich bin nicht angezogen. Soll ich nicht besser Dick rufen?«

»Nein, nein! Das würde nicht nur Ihre Rettung unmöglich machen, sondern auch noch sein Leben gefährden. Kleiden Sie sich schnell an!«

Was sollte sie tun? Ihr Instinkt riet ihr, zur Tür zu laufen und der Wache den Vorfall zu melden. Aber der Ernst und Schrecken in Harrys Stimme bewogen sie, seiner Aufforderung zu folgen. Sie zog sich rasch an, innerlich flehend, Mary Wenner möge aufwachen. Dann stieg sie aufs Fensterbrett und kletterte vorsichtig die Leiter hinab. »Was gibt's, Harry?« fragte sie, unten angekommen, ängstlich.

Er legte nur den Zeigefinger auf die Lippen und führte sie auf Umwegen, stets im Schatten der Bäume, an den Stallungen vorbei von den Gebäuden weg. Ein Hund schlug an.

»Harry, weiter komme ich nicht mit –.«

»Sie müssen, Sie müssen!« beschwor er sie. »Es geht um unser Leben, kommen Sie!«

»Und was wird aus Miss Wenner, die oben im Zimmer liegt und eine schreckliche Angst ausstehen wird, wenn sie erwacht?«

»Der Geist meiner Mutter wacht über ihr – sie starb in jenem Zimmer.«

Jetzt glänzte das Wasser des Ravensrill vor ihnen auf. Entschlossen blieb Leslie stehen.

»Ich gehe keinen Schritt weiter, Harry, und ich bin sicher, daß Sie sich in bezug auf die Gefahr, die Ihnen oder mir drohen soll, im Irrtum befinden. Wo waren Sie nur die ganze Zeit? Dick hat sich schreckliche Sorgen gemacht.«

»Dick?«

Er stieß ein wildes Lachen aus – das Lachen, das der Polizist gehört hatte.

Aus der Ferne kam ein Anruf.

»So, Dick hat sich schreckliche Sorgen gemacht –?« wiederholte Harry spöttisch. »Ha, das ist köstlich!«

Jetzt konnte sie ihn im Mondlicht auch deutlich sehen – ungekämmt, unrasiert, Hände und Gesicht verschmutzt, im Frack, aber ohne Kragen, bot er einen seltsamen Anblick. Furchtsam wollte sie vor ihm zurückweichen, doch blitzschnell packte er sie am Handgelenk.

»Wenn Sie schreien, werfe ich Sie in den Fluß und knie so lange auf Ihnen, bis Sie ertrunken sind«, flüsterte er ruhig, absolut sachlich.

Jetzt verstand sie, daß sie sich in Lebensgefahr befand. Fliehen? Auch wenn er sie nicht festhalten würde, wäre Flucht vor ihm, der in seinen Universitätsjahren bester Läufer gewesen war, aussichtslos. Und ihr fiel ein, daß dieser blasse, blutarme Mensch fabelhaft schoß. Ein Verdacht zuckte ihr durch den Kopf – jene Kugel, die, wie Dick behauptete, ihr gegolten hatte...

Sie fühlte, wie ihre Knie zitterten, es kostete sie maßlose Anstrengung, sich zusammenzureißen.

Er zerrte sie weiter. Düster tauchten die Ruinen vor ihnen auf – der Turm... Ah, nun wußte sie, wohin er sie brachte. In jenes grausige Gewölbe, das sie mit Dick besichtigt hatte. Und Dick wußte, daß sein Bruder sich dort versteckt hielt. Davon war sie felsenfest überzeugt – noch bevor sie den Frühstückskorb auf der obersten Stufe der Wendeltreppe sah.

Harry zündete eine Kerze an und wies auf den Korb.

»Dick, dieser Teufel, brachte ihn her – alles vergiftet!«

»Vergiftet?«

Er faltete eine Serviette auseinander und zeigte ihr die appetitlich hergerichteten Sandwiches.

»Sehen Sie die Kristalle auf dem Fleisch glitzern? Aber mich kann er nicht überlisten – kommen Sie!«

Sie stiegen hinunter in das Gewölbe. Auf dem Fußboden klaffte jetzt eine breite Lücke.

»Ich habe unten eine Lampe, Lebensmittel und soviel Wasser, wie Sie wollen. Alles ist schon seit langer Zeit vorbereitet. Bitte!«

Er benahm sich nun sehr zuvorkommend und höflich, faßte sie an der Hand, um sie zu führen, und beleuchtete die Stufen. Dann zog er die Steinplatte auf die Öffnung, schob einen Balken quer darunter und zündete eine Sturmlaterne an, die offenbar mit Paraffinöl gespeist wurde, denn es dauerte ein Weilchen, bis der Raum hell wurde.

Das erste, was Leslie in dem sehr geräumigen Gemach entdeckte, waren zwei Gewehre.

Die Ausstattung bestand aus einem antiken Refektoriumstisch mit einer zehn Zentimeter dicken Platte und einem Feldbett, neben dem ein geschnitzter Stuhl mit sehr hoher Lehne, eine Art Thronsessel, aufragte. Ganz oben, im Winkel zwischen Wänden und Decke, gab es an einigen Stellen Spalte, durch die vermutlich frische Luft einströmen konnte.

Andächtig entfaltete Harry eine Rolle, die er inbrünstig küßte und dann über dem Bett befestigte.

»Wie wunderschön ist meine Mutter«, seufzte er. »Aber Dick haßt sie ...«

»Harry, sagen Sie doch nicht so etwas Absurdes!«

»Sie kennen ihn nicht«, erwiderte er ohne eine Spur von Ärger über ihre Verteidigung. »Dick ist auch der Schwarze Abt. Ich kam erst vor acht Tagen dahinter, als ich zufällig in seinem Zimmer etwas suchte und in einer Schublade, die er zu schließen vergessen hatte, eine schwarze Kutte entdeckte.«

Sie glaubte ihm diese einzige Wahrheit, die er bisher ausgesprochen hatte, nicht, aber spürte, daß es unklug wäre, ihm weiterhin zu widersprechen oder gar mit ihm zu streiten.

»Sie müssen einsehen, Harry, daß ich hier nicht bleiben kann«, sagte sie nach einer Weile leichthin, »denn erstens gibt es hier nur diesen einen Raum, und zweitens habe ich eine Schwäche für ein tägliches Bad.«

Harry machte stumm einige Schritte, raffte eine Sackleinwand, die eine Ecke des Gelasses abtrennte, auf und sagte mit dramatischer Geste:

»Hier haben Sie alles, was Sie brauchen. Ich werde oben schlafen und nur bei Gefahr herunterkommen. Unsere Lage erfordert Mut und Geduld, zwei Eigenschaften, die, wie ich weiß, meiner künftigen Frau nicht fehlen.« Auf seinem Gesicht erschien das alte, liebenswürdige Lächeln. »Und da auf dem Tisch liegen allerhand lesenswerte Bücher. Es kostete Arbeit, die schweren Bände hierherzuschleppen, doch dafür habe ich nun auch alles, was ich benötige.«

»Wie lange kennen Sie dieses Versteck schon, Harry?«

»Seit sechs Jahren. Ich entdeckte es am einundzwanzigsten Todestag meiner Mutter – meiner ermordeten Mutter, sollte ich richtiger sagen. Denn es besteht kein Zweifel, daß mein Vater, der alle bösen Eigenschaften Dicks besaß, sie tötete – erhängte. Das Verbrechen wurde vertuscht und das Gerücht ausgestreut, sie habe selbst Hand an sich gelegt.«

Der Ton seiner Stimme zeigte, daß er an diese Version felsenfest glaubte. Hierauf erklärte er Leslie ganz vernünftig den Mechanismus der Lampe, zeigte ihr das kleine Bassin mit dem fließenden Wasser, das aus dem rauhen Fels quoll und sich irgendwo unsichtbar in der Tiefe verlor. Er erteilte ihr sogar eine kurze historische Belehrung über die Entstehung dieser Räumlichkeiten.

Hierauf wünschte er ihr gute Nacht und stieg, eines der Gewehre mit sich nehmend, die Stufen hinauf. Oben löste er den schweren Eichenbalken an der Decke, der die Steinplatte von unten sicherte. Leslie schoß der Gedanke durch den Kopf, daß sie nachher den Balken vorschieben und den Zugang versperren könnte. Aber als hätte Harry dies erraten, klemmte er einen Steinbrocken vor den Balken und blockierte die ganze Einrichtung.

Eine halbe Stunde lang blieb alles still. Leslie saß auf dem Bett, die Hände um die Knie geschlungen. Plötzlich hörte sie, wie Harry sich oben bewegte. Lähmende Furcht befiel sie. Doch er wollte nur etwas fragen.

»Wissen Sie vielleicht, Leslie, ob Thomas Familie zurückließ? Daß ich ihn tötete, war ein Akt der Gerechtigkeit – aber ich möchte nicht, daß die Hinterbliebenen darunter leiden.«

»Nein, Harry, ich weiß darüber nicht Bescheid.«

Endlos erschien ihr die Zeit, bis sein Licht oben erlosch. Schlief er? Sollte sie versuchen, an ihm vorbeizuschlüpfen? Aber sie erinnerte sich einer Bemerkung Dicks, daß sein Bruder einen sehr leichten Schlaf habe.

Wie lange sie schon, gelähmt und hilflos, dasaß, wußte sie nicht. Stunden mußten vergangen sein, als Harry, seine Decke über der Schulter und das Gewehr in der Hand, auf der Treppe erschien und die Steinplatte mit dem Eichenbalken sicherte.

»Nicht sprechen!« flüsterte er und nahm neben ihr Platz. »Er kommt!«

Über ihnen ertönten Schritte.

Dick!

Sie biß sich auf die Lippe, um den Schrei zu unterdrücken. Harry ließ sie nicht aus den Augen. Ein Schrei bedeutete Tod! Die Schritte über ihnen entfernten sich wieder. Harry erhob sich, nahm das Gewehr und die Decke auf.

»Es tut mir leid, daß ich Sie stören mußte, Leslie«, sagte er.

Er ging nach oben. Wieder wurde es still.

Es mußte noch einen andern Ausgang geben!

Sie zog die Schuhe aus und schlich geräuschlos umher, um Stein für Stein zu prüfen, aber weder der Boden noch die massiven Wände gaben Anlaß zur geringsten Hoffnung.

Als sie mit einer Kerze die Ecke beleuchtete, in der das Wasser rann, entdeckte sie einen engen Schacht, und aus der Mauer dieses Schachts ragten in gewissen Abständen halbkreisförmige Eisensprossen. Ganz hoch oben blinkte – ein Stern.

Sie streckte die Hand aus, aber die unterste Sprosse befand sich mindestens einen Meter über ihren Fingerspitzen, und bis dorthin nichts als glatte, senkrechte Wand, nichts, das als Stufe hätte dienen können –.

Sie blickte sich um – das Feldbett! Schnell holte sie das Laken, und mit Hilfe des zweiten Gewehrs gelang es ihr nach einigen nutzlosen Versuchen, das eine Ende durch die unterste Sprosse zu schieben. Nach zehnminütiger Anstrengung konnte sie die beiden Enden verknoten. Nun kam der schwierigste Teil – sie hangelte aufwärts, immer weiter, und erreichte atemlos das unterste Eisen. Mit den Füßen und dem Rücken schob sie sich langsam an den Wänden höher. Endlich war sie auch mit den Füßen soweit, daß sie auf den Sprossen weitersteigen konnte, höher und höher, das Herz stand ihr still, stieß sie an ein Gitter, dessen Maschen so eng waren, daß sie nicht einmal den Arm hindurchzuzwängen vermochte.

Bitter enttäuscht kletterte sie wieder abwärts, knüpfte das rostbefleckte Laken los und legte es ins Bett zurück. Erst wollte sie auch das Gewehr an seinen Platz zurückstellen, doch kam ihr die Idee, nachzusehen, ob es geladen war – ja, das Magazin war gefüllt! Sie schöpfte Mut.

Langsam, mit äußerster Vorsicht, schlich sie die Stufen hinauf, doch offenbar bei weitem nicht leise genug, denn ganz plötzlich schrillte es ihr von oben hysterisch entgegen:

»Bleiben Sie unten, verfluchte Schlange!«

Leslie schmetterte den Gewehrkolben gegen den Stein, der die Platte und den Balken blockierte. Er polterte hinunter, die Platte fiel auf die Öffnung, und Leslie schob mit zitternden Händen den Eichenbalken darunter.

Oben hörte sie Harry wie einen Irren stampfen und schreien, hörte ihn hin und her rasen, toben, brüllen und Drohungen ausstoßen. Bebend und zitternd schwankte sie die Stufen hinunter und sank zu Boden.

41

Ein hoher Beamter von Scotland Yard saß in der großen Bibliothek von Fossaway Dick Alford gegenüber.

»Mein Bruder war von jeher wunderlich. Vor einem Jahr aber wurde mir klar, daß die von seiner Mutter ererbte Geisteskrankheit sich bei ihm in einer Weise entwickelte, die zur Katastrophe führen mußte. Ich flehte ihn an, sich von einer Kapazität untersuchen zu lassen, aber er haßt Ärzte. Daraufhin brachte ich die besten Spezialisten, als Grundstücksmakler, Bücherrevisoren und dergleichen getarnt, ins Haus, in deren Gegenwart er sich jedoch völlig normal zeigte. – Meine eigene Lage war sehr delikat. Ich bin der nächste Erbe des Titels und Besitzes. Jeder Schritt von mir konnte so ausgelegt werden, als ginge es mir nur darum, das Gut in meine Hände zu bringen. Meine Hauptsorge aber drehte sich ständig darum, zu verhindern, daß er heiratete.«

»Wäre es da nicht am einfachsten gewesen, die junge Dame ins Vertrauen zu ziehen?«

Dick schwieg einen Augenblick.

»Ja, natürlich – doch nicht in diesem Fall. Es gab Gründe, die ... «

»Nun, lassen wir das«, unterbrach der Beamte, der den Zusammenhang ahnte. »Und dann spielten Sie den Schwarzen Abt?«

»Ja – zum Teil wenigstens, und ich bin ein sehr stiller Abt gewesen«, bekannte Dick mit einem schwachen Lächeln. »Harry zitterte vor dem Abt und traute sich nie hinaus, wenn es hieß, er ginge um, und mir war es nur darum zu tun, meinen Bruder ans Haus zu fesseln, damit seine Tobsuchtsanfälle sich im verborgenen abspielten, was mir nicht immer gelungen ist. Das Toben und Schreien, von dem die Dörfler raunen und vor dem sie zittern, kam von Harry.«

»Glauben Sie, daß Ihr Bruder für das Verschwinden von Miss Gine verantwortlich ist?«

»Zweifellos. Er muß sie irgendwie überredet haben, mit ihm zu gehen.« Dick holte tief Atem. »Glauben Sie mir, Oberst, nicht für den Titel, nicht für die Güter, nicht einmal für den Chelfordschatz wollte ich die letzten fünf Jahre noch einmal durchmachen! Von meiner Mutter weiß ich übrigens, daß mein Vater die schwersten Befürchtungen für Harry gehabt hat. Und dabei war er anfänglich ein fröhlicher Junge, trieb Sport, interessierte sich für das Gut, bis sich vor etwa acht Jahren diese Schatzgeschichte in ihm festsetzte und er sich von aller Welt abzuschließen begann, um nur noch über diese Marotte nachzugrübeln.«

»Das Gold?«

»Wenn es nur das Gold gewesen wäre – das hätte wenigstens einen realen Sinn gehabt! Nein, Harry suchte nach einem Fläschchen Lebenselixier, das irgendein Vorfahr in seinem Tagebuch erwähnte.«

42

Während diese Unterhaltung stattfand, ging Mary Wenner an Gilders Seite im Park spazieren. Ursprünglich hatte sie mit dem Morgenzug nach London zurückkehren wollen, nach Fabrians Eintreffen aber ihren Entschluß geändert.

Für sie gab es nur eine Lösung für Leslies Verschwinden.

»Haben Sie die Abtei abgesucht?« hatte sie Dick nicht nur einmal, sondern ein dutzendmal gefragt.

Die Abtei! Dort unten war noch diese zweite schmale Tür, die vielleicht zu einem Versteck führte und die bisher allen Versuchen, sie aufzubrechen, getrotzt hatte. Doch Dick erwartete bereits den Schmied und die in London bestellten Spezialwerkzeuge.

»Wenn es nach mir ginge, lieber Fabrian«, sagte Mary Wenner zu ihrem Begleiter, »müßten Sie mit dieser ganzen Untersuchung beauftragt werden. Sie haben Mut bewiesen und sind der richtige Mann ...« Sie sprach zärtlich wie eine Verlobte, und Mr. Gilder war nachgiebig gestimmt. »Sie sehen übrigens gar nicht wie fünfzig aus, ich war höchst erstaunt, als Sie mir dies neulich mitteilten, und an Erfahrung sind Sie allen weit überlegen – obendrein als Jurist mit allen Kniffen vertraut.«

»Nicht mit allen«, warf Gilder ein, sich an den Blankoscheck erinnernd.

»Was tut dieser sogenannte Detektiv überhaupt? Steht mit Alford herum und kratzt sich am Kopf. Nicht wahr, Fabe?«

»Nennen Sie mich nicht Fabe! Wenn es schon der Vorname sein muß, so gebrauchen Sie gefälligst alle drei Silben.«

»Sie hingegen sind ein Mann von Welt, Fabrian«, schwatzte sie unbeirrt weiter und betonte die drei Silben, als müßte sie sie buchstabieren. »Trotzdem ...«

Ein Schuß krachte, und gleich darauf schlug etwas dumpf vor Gilders Füßen auf.

Er bückte sich und scharrte das Ding, das in die Erde eingedrungen war, aus. Eine Kugel –.

»Woher, zum Kuckuck, kommt die?« Er schaute prüfend in die Höhe.

Dick hatte den Schuß ebenfalls gehört und kam quer über den Rasen gelaufen.

»Haben Sie geschossen, Mr. Gilder?« rief er von weitem.

Ein neuer Schuß!

»Kommt von den Ruinen!« hörten sie einen der Wachtposten rufen.

Dick jagte schon den Hang hinauf, als der dritte Schuß dröhnte, und jetzt konnte er am Ton erkennen, daß der Schütze sich im Turm befinden mußte.

Mit dem Taschenmesser drückte er die Klammer im Spalt zurück, schlüpfte durch die Öffnung und rannte die Treppe hinunter. Der Raum war leer. Er rüttelte an der mysteriösen schmalen Tür – nach wie vor verschlossen.

»Kommen Sie herunter, Gilder!« schrie er nach oben, als er seinen Namen rufen hörte. »Es ist niemand hier.«

Gilder balancierte die moosigen Stufen hinab und schaute sich unten um. Nach einer Weile zeigte er auf den Boden.

»Sehen Sie sich einmal diese Platte an, Mr. Alford! Ganz anders als alle übrigen. Unmöglich ist es nicht, daß sie einen Eingang verdeckt.« Er warf sich flach auf den Boden und drückte das Ohr auf die Platte. »Zu hören ist nichts. Aber ... « Jetzt hielt er die Nase an eine Ritze. »Da unten brennt eine Petroleumlampe oder hat jedenfalls bis vor kurzem gebrannt.«

Dick legte sich neben ihn.

»Ja, Sie haben recht.« Laut rief er: »Leslie!«

Keine Antwort. Er rief nochmals.

»Einen Augenblick, Mr. Alford, ich hole Werkzeuge.«

Dick hatte oben im ersten Gelaß schon einige Werkzeuge für den Schmied deponiert. Gilder holte zwei Stichsägen und äußerte, als er damit zurückkam, die Vermutung, daß die Steinplatte möglicherweise durch einen untergeschobenen Querbalken gehalten werde.

Sie zogen ihre Jacken aus, zwängten die Schneiden der Sägen in die dünnen Ritzen zwischen den Platten und begannen ihre Arbeit.

»Sehen Sie, es ist Holz!« triumphierte Gilder.

Aber das Holz war hart wie Stein, und der Schweiß rann ihnen in Strömen von der Stirn.

Endlich polterte auf Dicks Seite das lose Ende in die Tiefe. Gleich darauf war auch Gilder soweit. Die Platte senkte sich auf der einen Seite etwas, auf der anderen hob sie sich, dadurch konnte sie gefaßt und hochgehoben werden.

Der Geruch von verbranntem Petroleum stieg durchdringend herauf. Dick leuchtete das Gemach ab. Ein Tisch, auf dem Boden ein Gewehr – mehr konnte er nicht sehen.

»Leslie!«

Stille.

Beklommen stieg er hinunter.

»Leslie ... «

Nur ein spöttisches Echo kam aus der kleinen Höhle in der Ecke. Immer wieder rief er ihren Namen. Zwei Damenschuhe lagen herum. Alles hier atmete noch die Gegenwart der beiden, die sich fünf Minuten vorher einen erbitterten Kampf geliefert hatten. In der Ecke, die wie eine Höhle aussah, fand er am Boden drei leere Patronenhülsen.

Er leuchtete die Ecke ab, richtete die Lampe in die Höhe, entdeckte den Schacht, die Eisensprossen – das war der Weg, auf dem sie entkommen waren! Im Sprung erreichte er das unterste Eisen und kletterte, unbekümmert um das verdächtige Knirschen, hinauf.

»Nein, eine Flucht durch den Schacht ist unmöglich«, sagte er resigniert zu Gilder, als er atemlos wieder unten ankam, »ein Gitter sperrt ihn ab. Aber sicher hat Miss Gine, als sie oben den Himmel sah, da hinaufgefeuert.«

Inzwischen war auch Puttler mit einem Scotland-Yard-Mann erschienen, und zu viert klopften sie die Wände und den Boden ab. Nirgends ein hohler Laut! Nirgends die kleinste Öffnung, mit Ausnahme des Spalts, durch den das aus dem Fels sprudelnde Wasser abfloß. Auch unter dem Tisch wollten sie nachforschen. Seine dicke Platte wurde von drei Säulen getragen, die aus einem enormen Eichensockel aufstiegen. Die vereinten Kräfte der vier Männer genügten nicht, ihn auch nur um Haaresbreite wegzurücken.

»Sonderbar«, murmelte Gilder, das unförmige Möbel betrachtend. »Warum er wohl nicht gerade steht?«

Jetzt erst merkten sie, daß der ganze Fußboden leicht abfiel.

Mittlerweile hatte sich der gestern schon herbestellte Schmied eingefunden, und Dick schlug vor, zuerst die schmale Tür im oberen Gewölbe aufzubrechen.

Mit Brecheisen und Meißel, Stangen und Hebel arbeiteten sie weit über eine halbe Stunde, ehe das Schloß mit einem dumpfen Krach barst. In Form und Größe war der Raum, den sie vorfanden, dem anderen ähnlich, in dem Mary Wenner damals den Schatz vermutet hatte. Nur die Steinbänke fehlten. Die verrosteten Ketten und Beinfesseln verrieten, daß er einst ein Kerker gewesen war. Eine muffige dumpfe Luft schlug ihnen entgegen, und sie fröstelten, als sie an der hinteren Wand ein Skelett erblickten, das ihnen mattweiß entgegenschimmerte.

In der Mitte des Verlieses befand sich ein großes, kreisrundes Loch, aus dem das Geräusch von tropfendem Wasser heraufdrang. Dick leuchtete in die Tiefe und sah einen glänzenden Reflex.

»Ein Brunnen!« rief er. »Ein unterirdischer Brunnen, wie ihn so alte Bauwerke fast immer haben.«

Sie hatten zwei Laternen bei sich, er band die eine an einen

Strick und ließ sie langsam hinuntergleiten. In einer Tiefe von vielleicht fünfzehn Metern berührte sie den Wasserspiegel. Die grün überzogene Rundmauer schien noch ziemlich unversehrt zu sein – der Brunnenbauer hatte ausgezeichnete Arbeit geleistet.

Da –! Dicks Herz setzte aus. Aus dem scheinbar kompakten Mauerwerk schnellte eine Hand hervor, eine weiße, schmale Hand, an der ein ihm wohlbekannter Brillant funkelte. Der Strick glitt ihm aus der Hand, mit einem gedämpften Zischen erlosch die Laterne im Wasser.

»Die andere Laterne!« schrie Dick. »Und ein Seil, schnell!«

Aber an ein Seil hatte niemand gedacht, und es schien eine Ewigkeit zu dauern, bis Puttlers Mann mit einem dicken Tau vom Schloß zurückkehrte. Das eine Ende wurde an einer langen, quer hinter den Türrahmen geklemmten Stange befestigt, und Dick glitt in den Brunnen hinab.

»Halt!«

An der Stelle, wo sich Leslies Hand gezeigt hatte, befand sich eine kleine rechteckige Öffnung; doch es gab noch mehr davon, und sie stiegen in regelmäßigen Abständen spiralförmig die Brunnenwand empor. Wahrscheinlich waren es Luftlöcher für dahinter liegende Gänge oder Räumlichkeiten.

»Ein Brecheisen!«

Den Bügel der Laterne im Mund, versuchte Dick, das Loch zu vergrößern, mußte sich aber bald überzeugen, daß man diesem massiven Stein nur mit Dynamit beikommen konnte.

»Weg von der Mauer – abstoßen!« schrie plötzlich Gilder.

Dick sah eine schmutzige Hand, die aus einem der Rechtecke hervorkam, Stahl blitzte auf, es zuckte im Seil, ruckweise gab es nach, jetzt – der letzte Faserstrang riß, Dick stürzte ab.

Als er halb erstarrt aus dem eiskalten Wasser wieder auftauchte, hörte er Gilder schreien:

»Fassen Sie die Leine, halten Sie sich damit über Wasser! Das Seil kommt gleich nach!«

Oben lag Puttler platt auf dem Bauch, Kopf und Schultern über dem Brunnenrand, und zielte mit seinem Revolver auf die Stelle, wo die Hand aufgetaucht war.

Dick hielt sich mühsam an der Leine. Eisige Kälte, die Beine abgestorben, völlig gefühllos – immer höher stieg es…

»Dick!« flüsterte es dicht über seinem Kopf aus der untersten Öffnung. »Dick, nehmen Sie meine Hand!«

Mit der letzten Anstrengung streckte er den freien Arm aus, fühlte sein Gelenk umklammert – und verlor das Bewußtsein.

Als er wieder zu sich kam, lag er unter freiem Himmel in der warmen Herbstsonne.

»Wo ist Leslie?« fragte er und stützte sich auf die Ellenbogen.

Die Umstehenden sahen sich ratlos an. Sprach er im Delirium?

»Gilder holte Sie aus dem Brunnen heraus«, sagte Puttler. »Wir ließen ihn am Seil hinunter.«

»Aber Leslie hielt mich doch am Gelenk!« rief Dick erregt. »Sie müssen es doch von oben bemerkt haben, Puttler?«

Der Detektiv schüttelte den Kopf.

»Ich sah, daß Sie sich mit der linken Hand an die Mauer krallten.«

Dick strich sich über die Stirn. Hatte er geträumt? Aber der Ring! Er konnte einen Eid darauf leisten, daß an der Hand, die sich ihm entgegengestreckt, der Ring gefunkelt hatte. Nein – natürlich hatte er nicht geträumt!

43

Leslie war sicher, daß der Querbalken nicht nachgeben würde. Sie wagte es, sich zu setzen, preßte jedoch die Fingerspitzen fest auf die Ohrmuscheln, um dem schrecklichen Toben dort oben zu entgehen. Als das Rasen nachließ, ließ sie die Hände sinken. Jetzt stöhnte und ächzte er nur noch schwach, das war wenigstens zu ertragen.

Sie blickte auf ihre Armbanduhr. Mittagszeit. Jetzt befanden sich bestimmt Leute im Park. Sie erhob sich, um den Plan, den Sie sich genau überlegt hatte, auszuführen. Unter dem Schacht stehend, feuerte sie drei Kugeln durch das Gitter, über dem ein winziges Stück blauen Himmels schimmerte.

Im oberen Gewölbe blieb alles still. Auf einmal jedoch hörte sie Harrys Stimme, leise, bittend:

»Leslie!«

Um ihn besser verstehen zu können, ging sie die Stufen hinauf.

»Man kommt, Leslie! Nicht wahr, Sie werden sagen, daß ich Ihnen nichts zuleid getan habe?«

»Aber gewiß, natürlich!« versicherte sie eilig.

Nun vernahm sie oben ein Schlurren und Trappeln von Füßen und gleich danach Harrys Stimme:

»Hallo, Dick! Hoffentlich hast du dich nicht zu sehr um uns gebangt, alter Junge?«

Leslie nahm sich gar nicht erst Zeit, auf die Antwort zu warten. Hastig zerrte sie am Eichenbalken, und in der nächsten Sekunde war der Eingang frei. Sie kroch hinauf – in einen stockfinsteren Raum.

»Dick!« rief sie.

Da packte sie jemand mit hartem Griff, und voll Entsetzen erkannte sie, daß das Fußtrappeln und die Unterhaltung eine Finte gewesen waren. Noch hielt sie das Gewehr – es wurde ihr aus der

Hand gerissen. Klappernd schlug es auf den Fliesen auf. Die Umklammerung nahm ihr den Atem, ihr Widerstand wurde schwächer.

»Hinunter mit Ihnen!« flüsterte Harry an ihrem Ohr. »Endlich habe ich die Wahrheit erfahren – also Dick ...« Kichernd trug er sie bis zur obersten Stufe. »Wollen Sie selbst gehen, oder soll ich Sie hinunterwerfen?«

Mit zitternden Knien stieg sie hinab, er folgte ihr auf den Fersen, nur einen Augenblick haltmachend, um den Balken vorzuschieben.

»Setzen Sie sich!« Er wies auf den Thronsessel neben dem Tisch. »Wissen Sie, was Sie getan haben? – Sie haben Lord Alford, den achtzehnten Grafen von Chelford, aufs schändlichste verraten! Sie haben mit denen konspiriert, die ihn hassen. Dieses Vergehen kann nur durch den Tod gesühnt werden.«

Seine Stimme zitterte. Leslies Gesicht war totenbleich, sie streckte beschwörend die Hand aus. In diesem Augenblick schnellte er auf sie los – drückte ihr die Kehle zu.

Über ihnen ertönten Schritte. Eine tiefe Stimme – Dick!

Harrys linke Hand tastete nach der Lampe, sie erlosch, und jetzt gelang es Leslie, sich von seinem furchtbaren Griff zu befreien. Doch bevor ein Laut aus ihrer malträtierten Kehle kam, stürzte er von neuem über sie her, wieder umklammerten, würgten seine Finger ihren Hals. Sie wurde gegen den Tisch gedrängt, an einem der schweren Sockel eingezwängt. In ihren Ohren brauste es, Funken tanzten vor den Augen.

In dieser buchstäblich letzten, verzweifeltsten Sekunde der Not spürte sie, wie sich das Postament des Refektoriumstisches zu bewegen begann, erst langsam, dann immer schneller – der ganze Tisch glitt in Längsrichtung fort. Harrys Hand löste sich von ihrer Kehle. Sie hörte einen Aufschlag, ein Stöhnen –. Sie kroch ein kleines Stück weiter vor, griff ins Leere, rutschte. Von der Tiefe, die sich aufgetan hatte, konnte sie nichts sehen – sie versuchte vergeblich, das Gleichgewicht wiederzugewinnen, sie rollte und glitt über die Stufen, die unter ihrem Gewicht barsten und krachten, bis ihre Füße auf etwas Weichem Halt fanden.

Undurchdringliche Finsternis! Kein Laut drang durch die Decke – das schwere Postament des Tisches war zurückgeglitten, genauso exakt wie vor Hunderten von Jahren, als der echte Schwarze Abt noch diesen Durchgang benützte.

»Wenn ich nur ein Licht hätte!« murmelte Leslie. Zu ihren Füßen lag regungslos Harry. Sie durchsuchte seine Taschen, fand eine Schachtel, dem Klappern nach Streichhölzer, dann fühlte sie in der Fracktasche etwas Hartes, Flaches – eine Taschenlampe. Als sie sie anknipste, sah sie, daß sie am Fuß einer Holztreppe kniete – morsche Stufen, die beim Hinabstürzen eingebrochen waren. Nur vom geschnitzten Geländer stand noch ein intakter Rest in der Mitte der Treppe.

Am Fußboden Wasserlachen. Rechts und links enge Gänge.

Sie richtete den Lichtstrahl auf Harry. War er tot? Sie sah die bläulichen Lippen in seinem grauen, blutbefleckten Gesicht. Zitternd schob sie die Hand unter seine Weste. Das Herz schlug.

Sie riß ein Stück Seide von ihrem Kleid und wusch sein Gesicht ab. Er schlug die Augen auf.

»Was ist passiert, Leslie?«

»Der Tisch glitt davon – wir fielen durch eine Öffnung.«

Harry tastete nach der beim Sturz verlorenen Brille und setzte sie auf. Mit Leslies Unterstützung kam er auf die Beine und sah nach der Decke. Dicht neben der obersten Treppenstufe ragten zwei hölzerne Stiele nach unten.

»Das müssen die Griffe sein, um von unten aus den Tisch wegzuschieben. Aber sie helfen uns nichts, Leslie! Vier Meter Höhe, und die Treppe liegt in Trümmern!« Verdrießlich schaute er sich um. »Versuchen wir es erst einmal mit dem linken Gang!«

Der Gang stieg steil aufwärts, und zwar spiralförmig wie beim

Korkenzieher, ständig rundum nach derselben Seite. Sie kamen an kleinen Luftlöchern vorbei. Aus einem glaubte Leslie einen schwachen Lichtschimmer fallen zu sehen. Sie blieb stehen und beugte sich näher zu der viereckigen Öffnung hin, aus der ihr wirklich ein gelblicher Schein entgegensickerte, und – war das nicht ein Seil, das langsam abwärts glitt? Sie streckte die Hand durch das Loch, um zu versuchen, das Seil hineinzuziehen. Da verschwand es und zugleich der gelbliche Schimmer. Also doch nur eine Halluzination ihrer überreizten Nerven!

Sie schleppten sich weiter, in regelmäßigen Abständen kamen sie an diesen Löchern vorbei, aus denen nach oben hin immer spürbarer ein leichter Luftzug floß. Harry stützte sich schwer auf ihre Schulter.

»Ich kann nicht mehr weiter!« stöhnte er, taumelte gegen die Wand und ließ sich zu Boden gleiten, wo er, den Kopf auf der Brust, sitzen blieb.

»Darf ich Sie einen Augenblick allein lassen?«

Und als er nickte, stieg Leslie rasch weiter, bis sie zu einem schnurgeraden, engen Stollen kam, der mit Sandsteinplatten ausgelegt war. Unvermittelt jedoch war der Gang zu Ende. Eine massive Wand schloß ihn vollständig ab.

Daß sie vor der Mauer stand, die ein rachedurstiger Graf von Chelford gegen seinen Rivalen, den schwarzen Kuttenträger, hatte errichten lassen, wußte Leslie nicht. Enttäuscht kehrte sie um. Aus den Luftlöchern drangen jetzt Laute, und als sie stehenblieb und lauschte, erkannte sie Dicks Stimme.

Ganz in der Nähe hörte sie Harry kichern.

»Was gibt's?« fragte sie erregt.

Sie richtete die Taschenlampe auf die Stelle, wo er hockte. In seiner Hand blitzte ein Messer.

»Ich sah das Seil durchs Loch ...« Wieder kicherte er irr.

»Hing – hing jemand am Seil?«

»Ja. Der Erzfeind der Menschheit – Richard Alford.«

Ohne ein Wort zu verlieren flog sie den Gang hinunter, immer im Kreis herum, ihr schwindelte, am untersten Luftloch kniete sie nieder –.

»Dick! Nehmen Sie meine Hand!«

Sie konnte ihn sehen – das Gesicht blaß und verzerrt.

Sie faßte ein eiskaltes Gelenk.

Dann – Harrys Griff. Er packte sie an der Schulter, riß sie zurück.

Das Geräusch von klatschendem Wasser war das letzte, was sie vernahm. Sie wurde ohnmächtig.

44

Sie erwachte, tastete umher. Nichts als Fels. Totenstille. Dann stießen ihre Finger auf etwas Kaltes, Glattes – Harrys Taschenmesser.

Sofort stand ihr alles wieder vor Augen – der Schacht, Dicks Sturz, das Wasser! Sie ballte mit aller Kraft beide Hände, die Fingernägel bohrten sich schmerzhaft in die Handflächen. Allmählich wurde sie ruhiger. Dick konnte nicht allein sein, und seine Begleiter hatten sicher alles zu seiner Rettung getan.

Von weither kam schwach und schwankend ein Licht näher. In dem unruhigen, schattenhaften Dämmer sah sie über sich die hohe, gewölbte Decke, Wände, die sich einwärtsbogen, ein roh behauener Fußboden.

Das Echo ferner Schritte nahm zu. Sie kamen näher. Schnell steckte sie das Taschenmesser zu sich und wartete.

»Wieder auf dem Posten, Leslie?« fragte Harry. Er wirkte jetzt völlig normal. »Seien Sie nicht böse, daß ich Sie allein ließ. Ich war nur auf der Suche nach einem Ausgang.«

»Wo sind wir?«

»Keine Ahnung. Als Sie in Ohnmacht fielen, trug ich Sie den

elenden, gewundenen Weg hinab in diese Höhle – Sie waren fürchterlich schwer... Wissen Sie, Leslie, ich habe eine Idee. Diese Luftlöcher, an denen wir vorbeikamen, gehen in einen Brunnenschacht hinaus, und mir schwant, daß da unten irgendwo der Chelfordschatz ruht. Wenn wir nur hier herauskämen, damit ich mit Dick sprechen könnte! Er ist ein heller Kopf und würde sicher...«

»Haben Sie keinen Ausgang entdeckt, Harry?«

»Nein. Ich geriet in ein Labyrinth, aus dem ich nur mit großer Mühe wieder zu Ihnen zurückfand. – O Gott, sehen Sie doch Ihre Füße!«

Leslies geschwollene, blutende Füße, an denen die Strümpfe in Fetzen hingen, boten einen bejammernswerten Anblick, und sofort streifte Harry seine eigenen Schuhe ab.

»Ziehen Sie die an!« befahl er, und als sie zögerte, kniete er nieder und schob ihre Zehen in den Schuh. »Eine Stelle habe ich noch nicht erkundet«, fuhr er fort, »nämlich den Gang zur Rechten. Leider ist er teilweise verschüttet, und der Fels sieht sehr brüchig aus. – Warum sind Sie eigentlich in Ohnmacht gefallen, Leslie?«

»Ach, einfach die Nerven.«

»Dachte ich mir. Wenn Sie sich jetzt besser fühlen, wollen wir unsere Erkundung fortsetzen.«

Er ging voran, dann und wann seine Taschenlampe ausknipsend, um die Batterie zu schonen.

»Diese Bauten hier sind nicht angelsächsischen Ursprungs, sondern gehen wahrscheinlich auf die Urbevölkerung Britanniens zurück. Ein fabelhaftes Gefühl, durch jahrtausendealte Gänge zu wandern! Ich werde Dick bitten, diese ganze Unterwelt elektrisch zu beleuchten, und dann schenke ich sie dem Staat.«

Sie mochten dem Gang, der steil anstieg, etwa eine Viertelstunde gefolgt sein, als sie vor einem Gesteinshaufen haltmachen mußten, der sich so hoch auftürmte, daß zwischen seiner Spitze und der Decke gerade noch Platz zum Durchkriechen blieb.

Leslie atmete auf.

»Wir sind auf dem richtigen Weg – spüren Sie den Luftzug?«

»Natürlich.«

Behutsam krochen sie hintereinander über das Geröll. Ein schwarzer Schatten flitzte vorüber, Leslie schrie auf.

»Keine Angst«, beschwichtigte sie Harry, »es ist nur ein Wiesel.«

Bald erweiterte sich der Gang zu einem viereckigen Raum. Von der gewölbten Decke hingen glitzernde Stalaktiten herab. Auch von den Wänden rann und tröpfelte eisiges Wasser.

»Steter Tropfen höhlt den Stein«, zitierte Harry und zeigte auf die winzigen Löcher am Boden. Rasch durchquerte er den Raum und verschwand in dem Stollen, der in der gleichen Richtung weiterlief.

»Kommen Sie!« schrie er gleich darauf jubelnd. »Tageslicht!«

Leslies erste Empfindung, als sie ihm nachstürzte, war die einer wohltuenden Wärme.

Über ihnen zog sich eine natürliche Felsspalte wie ein Kamin steil aufwärts, wild zerklüftet, bald weit, bald so eng, daß höchstens ein Arm sich hätte hindurchzwängen können. Aber oben leuchtete der blaue Himmel!

»Daher die frische Luft, die wir vorhin spürten, Leslie. Nun wollen wir sehen, wohin uns der Gang führt.«

Er führte nicht weit. Nach wenigen Schritten standen sie an seinem Ende – vor einer Felswand. Sie starrten sich an.

»Wir müssen zurück«, sagte Harry kleinlaut.

Er hatte kaum ausgesprochen, als sie ein entferntes Dröhnen und Getöse vernahm. Den Boden unter ihren Füßen durchlief ein Zittern, und aus dem Gang, der zum Stalaktitenraum führte, quoll eine Staubwolke.

»Warten Sie!«

Es dauerte einige Minuten, bis Harry zurückkam.

»Ein riesiger Felssturz«, berichtete er, »vorne, bei dem Haufen, über den wir klettern mußten. Wir sind abgeschnitten und wohl rettungslos verloren.«

45

Ein heißes Bad und eine Mahlzeit, bei der ihm allerdings jeder Bissen in der Kehle steckenzubleiben drohte, stellten Dick Alford einigermaßen wieder her. Noch gab es eine Hoffnung, wenn auch nur eine sehr schwache. Er hatte einen seiner Verwalter nach London geschickt, um Dynamit zu besorgen, aber da Sprengstoff nicht wie Käse über den Ladentisch verkauft wird, mußte der Mann allerlei Formalitäten erledigen, bevor er den erfolgreichen Abschluß seines Auftrags telefonisch nach Fossaway melden konnte.

Dick Alford, Puttler und Gilder waren auf dem Weg zur Abtei, als sie ein kleines Flugzeug sichteten, das direkt über ihnen Kreise zog, im Gleitflug herunterkam und auf der Langen Wiese landete. Ein Mann kletterte heraus – Arthur Gine.

Gilder runzelte die Stirn, als Gine auf ihn zusteuerte.

»Hier – der Betrag, den ich Ihnen schulde, Gilder!« Er zerrte einen dicken Umschlag aus der Tasche seiner Lederjoppe. » Falls der Franc seit meinem Start in Paris nicht gefallen ist. So, und nun können Sie mir den Buckel runterrutschen!«

Gilder nahm den Umschlag stumm in Empfang. Arthur wandte sich an Dick.

»Ich bin gleich zurückgekommen, weil ich aus den französischen Zeitungen von Leslies Verschwinden erfuhr. Ist sie gefunden worden?«

Dick schilderte kurz die Ereignisse der letzten Tage. Als er auf seinen Befreiungsplan zu sprechen kam, wehrte Arthur entsetzt ab.

»Bevor ich mich meinem jetzigen Beruf zuwandte, studierte ich einige Semester Tiefbau, und darum kann ich Ihnen aufgrund meiner, wenn auch nur kärglichen Kenntnisse versichern, daß beim Sprengen eines dieser Luftlöcher der gesamte Brunnen zusammenstürzen würde. Sie dürfen den jahrhundertelangen Verwitterungsprozeß nicht vergessen, dem Mauerwerk wie Gestein ausgesetzt gewesen sind. Wehe denen, die in der Nähe sind, wenn Ihre Sprengzündung losgeht! – Zeigen Sie mir einmal diese Verliese!«

Sie kletterten in das unterste Gewölbe hinab, wo der wuchtige Refektoriumstisch stand. Arthur Gine sah den geneigten Fußboden und tat etwas, was die anderen in dieser Weise nicht versucht hatten. Er stemmte sich gegen die erhöhte Schmalseite des Tisches. Erst langsam, dann immer schneller glitt das Riesenmöbel weg, und Arthur hatte gerade noch Zeit, auf den Sockel zu treten und sich an der Tischkante festzuhalten, um nicht in die gähnende Tiefe, die sich auftat, zu stürzen. Gleich darauf rollte der Tisch von selbst wieder an Ort und Stelle zurück.

Beim zweitenmal wurde er festgeklemmt. Dick sah die eingestürzte Treppe und unten, an ihrem Fuß, etwas Schmales, Dunkles – ein Streifchen Seide. Er sprang hinunter, während die andern noch den Koloß sicherten. Eine Leiter wurde angelegt.

»Gilder«, sagte Dick, »untersuchen Sie mit Puttler den rechten Gang, wir nehmen den linken –.«

Doch die Spirale führte nur bis zu der Mauersperre, an der schon Leslie gestanden hatte. Dick und Arthur kehrten zur eingebrochenen Treppe zurück. Dort warteten auch schon Gilder und Puttler.

»Der rechte Gang«, lautete ihr Bericht, »ist durch Einsturz völlig versperrt.«

Die untergehende Sonne warf ihre letzten Strahlen auf die vier enttäuschten, schmutzigen Männer, die aus dem Spalt des Turms wieder an die Oberwelt traten.

Auf einmal drehte sich Arthur Gine zu Dick um.

»Alford, haben Sie schon an die ›Wunschquelle‹ gedacht?«

»Bei Gott, das ist eine fabelhafte Idee!« rief Dick aufgeregt und rannte zum Fluß hinunter, watete hindurch.

Die Furt, die er benützte, war die ursprüngliche Chelfurt, nach der die Grafen sich nannten. Die ›Wunschquelle‹ aber war eine Felsspalte am andern Ufer des Ravensrill, ein enger Steinschacht von dreißig Zentimeter Durchmesser an seiner breitesten Stelle. Woher der Name ›Wunschquelle‹ kam, wußte niemand – kein Wassersprudel war je aus dem Spalt, der sich in ungemessenen Tiefen verlor, emporgestiegen.

46

»Wie spät ist es?« fragte Harry.

Zwei Stunden hatte er, finster grübelnd, ohne eine Silbe zu sprechen, auf dem Boden gekauert.

»Geben Sie mir die Lampe«, bat Leslie. Nach einem Blick auf die Armbanduhr antwortete sie: »Ein Viertel vor sieben. Ach, Harry, ich bin so hungrig!«

»Wirklich? Ich gar nicht, nur so leer im Kopf. Wie sind wir eigentlich in diese greuliche Höhle geraten? Ach ja, ich erinnere mich –.« Wieder versank er in Grübeln. »Ich hatte entsetzliche Träume – ich schlafe überhaupt so schlecht ... « Zum zehntenmal leuchtete er mit der Taschenlampe zur Decke. »Gewölbt!« Ein Schauer lief durch seinen Körper. »Hoffentlich passiert uns nichts!«

»Die Decke hält«, beruhigte ihn Leslie. »Und wenn wir hier heraus sind, veranstalten wir ein großes Fest.«

»Wir werden nie herauskommen. Es ist das Ende der Chelfords.« Er dachte eine Weile nach. »Aber nein! Dick ist ja noch da – auf ihn wird Titel und Besitz fallen. Ist es nicht merkwürdig, daß er mich nie heiraten lassen wollte? Auch unsere Verlobung paßte ihm nicht. Natürlich ist mit mir kein Staat zu machen, immerhin...«

»Hallo!«

Eine dröhnende Stimme schallte von irgendwoher in das Gewölbe. Leslie sah, wie Harry zusammenfuhr und krampfartig zu zittern begann.

»Hallo!«

Sie sprang auf, rannte zu der Stelle, wo das Tageslicht einbrach.

»Hallo!«

»Sind Sie es, Dick?«

»Gott sei Dank!« rief er zurück. »Ist Harry bei Ihnen, Leslie?«

»Ja.«

Aus dem Stalaktitenraum hallte gräßliches Gelächter. Das war die ärgste Gefahr – Leslie Gine allein mit einem Wahnsinnigen!

»Sind Sie hungrig?«

»Sehr sogar. Tut aber nichts – ich kann noch zwölf Stunden aushalten. Wir sitzen in einer Höhle und können nicht mehr zurück, weil der Stollen hinter uns eingestürzt ist. Und nach vorne hört der Gang auf. Eine Mauer...«

»Leslie!«

»Ja?«

»Wie lang ist der ganze Stollen?«

Sie überlegte.

»Etwa vierhundert Meter.«

»Und wie weit ist es vom Ende bis zur Einbruchstelle?«

»Höchstens neun Meter.«

»Warten Sie! Ich lasse einen Kompaß hinunter. Sagen Sie mir, in welcher Richtung von Ihnen aus die Höhle liegt.«

Der Kompaß traf ein. Eine Minute später kam die Antwort:

»Genau im Westen.«

»Und wieviel Schritte sind es von dieser Spalte bis zur Höhle?«

»Acht.«

»Demnach liegt die Höhle direkt unter dem Flußbett«, erklärte der Ingenieur, den Arthur Gine in der Umgebung aufgetrieben hatte.

»Können wir den Spalt erweitern?«

»Unmöglich, Mr. Alford. Die Sprengarbeiten würden Wochen beanspruchen.«

Jetzt mischte sich Mr. Puttler ein.

»Warum nicht den Ravensrill in sein natürliches Bett zurückleiten?«

Zehn Minuten später saß Mary Wenner am Telefon und brachte alle Unternehmer in einem Umkreis von zwanzig Meilen auf die Beine. Bald bewegten sich Schlangen von Karren, Wagen, Autos, Omnibussen auf Fossaway zu. Aus den Häusern und Kneipen, den Arbeiterklubs und Kinos holte man die Leute heraus, jede Stunde wurden es mehr, bis über tausend Mann sich beim Licht großer Acetylenlampen fieberhaft um das Abtragen des Dammes bemühten.

Immer niedriger wurde der mächtige Erdwall, und kurz nach Mitternacht rauschte der Ravensrill in sein altes Bett, das er vor Jahrhunderten verlassen mußte. Zurück blieb ein dunkles Gewirr von Schlingpflanzen, aus dem silbrige Streifen emporschnellten – Forellen und Hechte.

»Wenn wir jetzt auf Fels stoßen, sind wir aufgeschmissen«, meinte der Ingenieur. »Aber ich möchte wetten, daß der Boden aus Sand besteht.«

»Und aus Kies«, ergänzte Puttler.

»Nein, Sir. Im Ravensrill ist noch nie Kies gefunden worden, was für uns nur günstig ist, denn im Sand kommen wir schneller vorwärts.«

Der in Angriff genommene Schacht wurde mit Holz abgestützt.

Schon hatte man eine Tiefe von zwei Metern erreicht, als der Vorarbeiter rief:

»Kies!«

»Wahrscheinlich nur eine dünne Schicht«, tat es der Ingenieur ab und kletterte in den Schacht hinunter. »Immerhin, sehr wertvolles Material...«

Nun wurde die Arbeit schwieriger. Ein Gerüst und eine Winde mußten aufgestellt werden. Dick benützte die Verzögerung, um der ›Wunschquelle‹ einen Besuch abzustatten.

Diesmal gab Harry auf seinen Ruf Antwort.

»Bist du es, Dick? Kann ich nicht irgendein Werkzeug haben, damit ich nicht untätig warten muß, bis ihr endlich soweit seid?«

Um ihn bei Laune zu halten, ließ Dick ein Brecheisen hinab.

»Geh aber vorsichtig damit um, damit nicht noch mehr einstürzt!« mahnte er.

Doch Harry rannte, kaum hatte er das Eisen losgeknüpft, davon.

47

Er wälzte einen Felsblock aus dem eingestürzten Gang in die Stalaktitenhöhle, stieg darauf und konnte nun mit dem Brecheisen die Decke erreichen, deren Mitte aus einer kunstvoll eingesetzten, sechsteiligen Rosette bestand.

Während er mit dem Eisen daran herumzustochern begann, nahm Leslie, die ihm die Taschenlampe halten mußte, den Raum gründlicher in Augenschein. Die Wände wiesen in regelmäßigen Abständen kleine, runde Löcher auf. In einem von ihnen steckte locker ein eiserner Haken. Leslie ergriff ihn. Er war so von Rost zerfressen, daß sie ihn mit den Händen zerbrechen konnte. Sie kam auf die Idee, daß dieser eiskalte Raum eine Kühlkammer gewesen sein könnte. Vielleicht hatten die Mönche hier das Fleisch aufbewahrt – daher die glatt behauenen Wände, die Löcher für die Haken!

Harry bemühte sich noch immer, sein Brecheisen in eine Fuge zu zwängen.

»Dick denkt gar nicht daran, uns zu retten!« grollte er und wischte sich den Schweiß ab.

Um ihn abzulenken, ermunterte ihn Leslie:

»Sie kommen gut voran, Harry!«

»Verlassen Sie sich auf mich, Leslie – ich bin der einzige Mensch auf Erden, dem Sie trauen dürfen! Ich habe den Schwarzen Abt getötet, und ich bin stolz darauf, stolz auf den Beifall meiner Ahnen...«

Allmählich konnte er das Brecheisen so weit in die Fuge klemmen, daß sich die Stange als Hebel benützen ließ. Und langsam senkte sich der Stein ein wenig.

»Sehen Sie!« schrie er schrill. »Nie hätte Dick mir das zugetraut!«

Mit neuer Wucht legte er sich auf die Stange, und der Steinblock rutschte ein ganzes Stück nach unten.

»Vorsicht, Harry, damit er Sie beim Fallen nicht verletzt!«

Noch war er verständig genug, auf ihren Rat zu hören. Er änderte seine Stellung und lockerte weiter, bis auf einmal das ganze Sechstel der Rosette herunterkrachte. Eine Flut von Kies folgte, der Harry, mit dem Eisen nach oben stechend, nachhalf.

In dem Kieshaufen am Boden blinkte plötzlich etwas Metallenes auf – ein Zinnkästchen. Bevor es von dem stetig fließenden Kiesregen begraben werden konnte, riß es Harry, fieberhaft erregt, an sich und sprengte mit dem Brecheisen den Deckel auf. Zum Vorschein kam ein zusammengewickeltes Tuch. Als er es herausnehmen wollte, zitterten seine Hände derart, daß Leslie ihm behilflich sein und zugreifen mußte. Das zerschlissene Gewebe umhüllte etwas Hartes – eine Flasche!

Er riß sie ihr wild aus den Händen.

»Das Lebenselixier!« keuchte er verzückt. »Dem Himmel sei Dank!«

Leslie beugte sich näher, weil sie den Inhalt sehen wollte. Doch er mißverstand ihre Bewegung.

»Sie Teufel!« kreischte er. »Sie sind im Bunde mit Dick, Sie wollen mir die Zukunft rauben! Es wird Ihnen nicht gelingen!«

Mit den Zähnen zog er den Holzpfropfen heraus, setzte die Flasche gierig an die Lippen – leerte sie bis zum letzten Tropfen.

»Ah, ich werde ewig leben! Sie dagegen sollen sterben – tot soll er sie hier finden und ... «

Ein lautes Poltern ließ ihn herumfahren. Der Kies floß unaufhaltsam weiter, doch dazwischen stürzte und rutschte jetzt etwas Schweres, das einer dicken gelben Kerze glich, auf den immer größer werdenden Haufen. Noch so ein gelbes Ding folgte. Dann kamen sie zu zweien und dreien, zu Dutzenden, Hunderten – ein gelber Strom.

»Das Gold!« gellte Harrys Stimme. »Nie soll er es haben!«

Sein Arm hob sich. Leslie bückte sich und schmetterte die Lampe gegen die Wand.

Im Dunkeln tastete sie sich auf den Gang hinaus, hastete zur Felsspalte. Hinter sich hörte sie ein Prasseln und Krachen, ein Fallen und Brechen.

Die halbe Decke hatte nachgegeben, Kies und Goldbarren rauschten herab, bis sie die Höhle beinah ganz ausfüllten.

Als man Harry Alford später ausgrub, umklammerte seine erstarrte Hand noch immer das Kristallfläschchen. Leer –.

48

Sonnenstrahlen drangen durch die Ritzen der Jalousien. Leslie Gine fuhr hoch, in ihrem Kopf drehte sich alles. Erinnerung überwältigte sie, und sie schloß die Augen, um die furchtbare Vision zu verjagen.

»Endlich!« stieß Mary Wenner erleichtert aus. »Alles im Haus ängstigt sich um Sie, sogar Fabe. Ein Glück, daß mir Eifersucht fremd ist!«

»Wie spät ist es?«

»Drei Uhr. Gut, daß Sie den ganzen Tumult draußen nicht erlebt haben – nichts als Erdarbeiter und Schubkarren! Man sagt, daß es Seine Gnaden zwanzigtausend Pfund kostet.«

Leslie schaute sie verständnislos an. »Seine Gnaden?«

»Ich meine Dick«, erläuterte Miss Wenner. »Alle halben Stunden schickt er jemanden her, um zu fragen, ob Sie aufgewacht sind. Fabe ist heute morgen nach London zurückgekehrt.«

»Fabe –? Ach so, Mr. Gilder!« Leslie lächelte.

»Ja, wir haben uns verlobt. Ich bin sicher nicht das Mädchen, das sich einem Mann an den Hals wirft. Aber er verstand es, mich zu überzeugen. Und ich muß sagen, daß Arthur den Schlag mannhaft ertragen hat.«

»Welchen Schlag?«

»Meine Verlobung.« Miss Wenner seufzte. »Ah, Sie wissen ja gar nicht, daß Ihr Bruder mich sehr geliebt hat –.«

Eine halbe Stunde später stieg Leslie Gine, noch etwas unsicher auf den Füßen, die Treppe hinab. Die Tür zu Dicks Büro stand offen, und sie sah ihn in einem Korbsessel draußen auf der Terrasse sitzen mit einem Stapel Papiere auf den Knien.

»Oh, Dick, Sie sehen ja hundert Jahre älter aus!«

»Leslie –!« Er sprang auf und führte sie zu seinem Sessel. »Es ist mir gelungen, den Zeitungen den schlimmsten Teil der Tragödie vorzuenthalten. Armer Harry! Er war nur das Opfer... Die Geisteskrankheit seiner Mutter wurde erst nach seiner Geburt festgestellt. Wie seltsam, daß er vor seinem Tod noch den Chelfordschatz zu sehen bekam! Und wie seltsam auch, daß niemand die Worte des Tagebuchs – ›wenn die Trockenheit andauert‹ – richtig verstanden hat! Es war ein heißes Jahr und der Ravensrill völlig ausgetrocknet. Wahrscheinlich fand jener Graf von Chelford ein tiefes Loch im Flußbett, dem er sein Gold anvertraute und das er mit dem Kies von Brighton, den das Wasser nicht wegschwemmen konnte, auffüllte.«

»Sie sind jetzt sehr reich, nicht wahr, Dick?«

»Ja, sehr reich. Ein paar Dinge sind noch zu regeln, dann wollen wir für ein Jahr ins Ausland reisen, um all das Grausige zu vergessen. Einverstanden?«

EDGAR
WALLACE

DIE SELTSAME GRÄFIN

Roman

Aus dem Englischen
von Ravi Ravendro

Kapitel

1

Lois Margeritta Reddle saß auf der Kante ihres Bettes und hielt in der einen Hand eine große Tasse, in der anderen einen Brief. Die dicke Brotschnitte war zu dünn gestrichen, der Tee zu schwach aufgegossen und zu stark gezuckert, aber die Lektüre nahm Lois so in Anspruch, daß ihr diese kleinen Nachlässigkeiten ihrer Freundin Lizzy Smith nicht zum Bewußtsein kamen.

Eine goldene Krone schmückte den Briefbogen, und das starke, griffige Papier strömte einen leichten Duft aus.

307 Chester Square, London S. W.

Die Gräfin von Moron hat mit Vergnügen die Nachricht erhalten, daß Miss Reddle ihre Stellung als Privatsekretärin am Montag, dem 17., antritt. Miss Reddle kann versichert sein, daß sie einen angenehmen Posten und viel freie Zeit zur Verfügung haben wird.

Die Tür wurde aufgestoßen, und Lizzys strahlend rotes Gesicht erschien im Rahmen.

»Das Bad ist fertig«, sagte sie kurz. »Aber nimm vorsichtshalber deine eigene Seife mit – durch die dünne Scheibe, die noch da ist, kannst du durchgucken. Hier hast du ein frisches Handtuch, und hier ist ein halbnasses. Was steht in dem Brief?«

»Er ist von meiner Gräfin – ich fange am Montag bei ihr an.«

Lizzy zog ein schiefes Gesicht.

»Du schläfst natürlich auch dort? Das heißt also, daß ich mir wieder jemand suchen muß, der hier bei mir wohnt. Die letzte, mit der ich vor dir zusammenhauste, schnarchte. Aber das gute Zeugnis kann ich dir wenigstens ausstellen, Lois, du hast nicht geschnarcht.«

Lois' Augen blitzten schalkhaft auf, und um ihren ausdrucksvollen Mund spielte ein Lächeln.

»Du kannst dich jedenfalls nicht beklagen, daß ich dich nicht ordentlich versorgt hätte«, sagte Lizzy selbstzufrieden. »Du siehst doch ein, wie gut ich unseren Haushalt geführt habe, besser als alle anderen, mit denen du früher einmal zusammenwohntest. Ich habe dir alle Haushaltssorgen abgenommen, alles besorgt, eingekauft, gekocht und geputzt – das gibst du doch zu?«

Lois legte ihren Arm um die Freundin und küßte ihr einfaches, gutmütiges Gesicht.

»Ja – wir haben uns gut vertragen, und es tut mir sehr leid, daß ich fortgehen muß. Aber ich habe immer versucht vorwärtszukommen. Von der Schulbank in Leeds kam ich an das kleine Kassenpult bei Rooper und von dort zu einer Drogerie, dann zu der großen Rechtsanwaltsfirma –«

»Groß?« unterbrach Lizzy sie ärgerlich. »Du willst den alten Shaddles doch nicht etwa groß nennen? Das Biest hat mir zu Weihnachten nicht einmal das Gehalt um zehn Shilling erhöht, und ich habe doch jetzt fünf Jahre lang die Schreibmaschine bei ihm geklopft! – Aber, mein Liebling, du wirst nun eine gute Partie machen, du wirst jemand aus der Gesellschaft heiraten. Die Gräfin ist sicher ein weiblicher Drache, aber sie ist reich, und du triffst vornehme Leute bei ihr. – Jetzt mußt du aber gehen und dein Bad nehmen; ich mache inzwischen die Setzeier. Werden wir Regen bekommen?«

Lois rieb ihre weißen, wohlgerundeten Arme und fuhr leise mit der Hand über eine kleine, schwach rot schimmernde, sternförmige Narbe kurz über ihrem Ellenbogen. Lizzy glaubte fest daran, daß es Regen gebe, wenn Lois' Narbe sich dunkler färbte.

»Das Ding mußt du dir elektrisch wegmachen lassen«, sagte das frische, derbe Mädchen, aber Lois schüttelte leicht den Kopf. »Du kannst auch lange Ärmel tragen, sie sind in dieser Saison modern.«

Lois hörte während des Bades ihre Freundin in der kleinen Küche herumwirtschaften. Während die Setzeier in der Pfanne brutzelten, pfiff Lizzy die Melodie des letzten Tanzschlagers.

Die beiden hatten zusammen das Obergeschoß eines Hauses in der Charlotte Street gemietet, seitdem Lois nach London gekommen war. Sie war eine Waise, ihr Vater starb, als sie noch klein war, und sie konnte sich auch nur dunkel auf die freundliche, mütterliche Frau besinnen, die sie während ihrer ersten Schulzeit betreut hatte. Später wurde sie von einer weitläufig verwandten Tante erzogen, die sich aber nur um ihre vielen eingebildeten Leiden kümmerte. Sie starb bald, trotz ihrer vielen Medizinflaschen oder vielleicht gerade deshalb, und Lois kam dann zu fremden Leuten.

»Der Gräfin wird deine vornehme Ausdrucksweise gefallen«, sagte Lizzy, als das hübsche Mädchen in die Küche kam.

»Ich wußte nicht, daß ich vornehm spreche«, erwiderte Lois in guter Laune.

Lizzy schwenkte mit einer geschickten Bewegung die Eier aus der Bratpfanne auf den Teller.

»Sicher hat auch ihn das sofort für dich eingenommen«, meinte sie bedeutungsvoll.

Lois errötete.

»Wenn du doch nicht immer von diesem schrecklichen Menschen sprechen wolltest, als ob er ein junger Gott wäre!« erwiderte sie kurz.

Lizzy Smith ließ sich aber nicht im mindesten aus der Fassung bringen. Sie wischte sich die Stirn mit dem Handrücken ab, stellte die Bratpfanne an ihren Platz zurück und setzte sich energisch an den Tisch.

»Hör mal, das ist kein gewöhnlicher Mensch! Er gehört nicht zu diesen Gecken, die einen auf der Straße ansprechen«, sagte Lizzy, in Erinnerung versunken. »Ich bitte dich, der ist doch Klasse. Als er mir dankte, hat er mich wie eine Lady behandelt, und während der ganzen Unterhaltung ist kein Wort gefallen, das nicht auf der ersten Seite einer frommen Sonntagszeitung hätte stehen können. Als ich aber kam und dich nicht mitbrachte, war er furchtbar enttäuscht, und es war wirklich kein Kompliment für mich, daß er ganz verlegen dreinschaute und sagte: ›Ach, ist sie nicht mitgekommen?‹«

»Die Setzeier sind angebrannt«, sagte Lois.

»Er ist wirklich ein feiner Kerl«, fuhr Lizzy fort, »ein Gentleman! Er fährt seinen eigenen Wagen. Er spaziert in der Bedford Row auf und ab, nur um dich einmal kurz von weitem sehen zu können. Solche Anhänglichkeit würde selbst das härteste Herz aus Stein erweichen.«

»Meins ist aber aus Bronze«, erwiderte Lois vergnügt. »Du machst dich lächerlich, Elizabeth!«

»Du bist die erste, die mich seit meiner Taufe Elizabeth genannt hat. Aber das ändert an der Sache gar nichts, soweit ich daran beteiligt bin. Mr. Dorn –«

»Der Tee schmeckt nach ausgelaugtem Holz«, unterbrach sie Lois, und diesmal fühlte Lizzy sich getroffen.

Es entstand eine Pause.

»Hast du den alten Mackenzie in der vergangenen Nacht gehört?« begann Lizzy dann wieder. »Nein? Er hat dieses süße Stück aus Hoffheims Erzählungen – Hoffmanns Erzählungen wollte ich sagen – gespielt. Komisch, daß ein Schotte Violine spielt. Ich dachte, sie wären alle Dudelsackpfeifer.«

»Er spielt wundervoll. Manchmal höre ich seine Musik in meinen Träumen.«

Lizzy murrte.

»Mitten in der Nacht macht man keine Musik«, sagte sie böse. »Wenn er auch unser Hausherr ist, so haben wir doch das Recht auf Schlaf. Er ist eben verrückt, das ist es.«

»Mir gefällt er aber gerade mit seinen Eigenheiten gut, er ist ein netter alter Mann.«

Lizzy rümpfte die Nase.

»Alles zu seiner Zeit«, sagte sie, stand auf und holte eine dritte Tasse aus dem Küchenschrank. Sie stellte sie geräuschvoll auf den Tisch und goß Tee und reichlich Milch ein.

»Heute bist du an der Reihe, ihm den Tee hinunterzutragen. Vielleicht kannst du eine Bemerkung fallen lassen, daß ich am liebsten ›Mondnacht in Italien‹ höre.«

Die Mädchen hatten es sich zur Gewohnheit gemacht, dem alten Mann, der die Etage unter ihnen bewohnte, jeden Morgen eine Tasse Tee zu bringen. Ganz abgesehen von seiner Eigenschaft als Hauswirt, stand der alte Herr mit beiden Mädchen auf gutem Fuß. Die Miete, die sie zahlten, war im Verhältnis zu der zentralen Lage des Hauses und der Beliebtheit dieser Gegend sehr niedrig.

Lois trug die Tasse die Treppe hinunter und klopfte an eine der beiden Türen auf dem unteren Treppenabsatz. Schlürfende Schritte näherten sich auf dem harten Fußboden, die Tür öffnete sich, und Mr. Mackenzie verneigte sich mit einem dankbaren Blick über seine Hornbrille hinweg. Er betrachtete wohlgefällig die hübsche Erscheinung des Mädchens.

»Tausend Dank, Miss Reddle«, sagte er eifrig, als er ihr die Tasse abnahm. »Wollen Sie nicht ein bißchen hereinkommen? Ich habe meine alte Violine zurückbekommen. Habe ich Sie die letzte Nacht gestört?«

»Nein. Leider habe ich Sie nicht gehört«, sagte Lois, als er die Tasse auf die sauber gescheuerte Platte des einfachen Tisches stellte.

Das Zimmer war peinlich sauber und nur mit dem Allernotwendigsten möbliert. Aber es paßte so recht zu diesem kleinen alten Herrn mit den bauschigen Hosen, den feuerroten Pantoffeln und der schwarzen Samtjacke. Runzeln und Falten durchzogen sein glattrasiertes Gesicht, aber die hellen blauen Augen, die unter buschigen Brauen saßen, waren voller Leben und Güte.

Er nahm die Violine, die auf der Kommode lag, behutsam, fast zärtlich in die Hand.

»Musik ist ein hoher Beruf«, sagte er, »wenn man ihr genügend Zeit widmen kann. Aber die Bühne ist etwas Fürchterliches! Gehen Sie niemals zum Theater, mein liebes Fräulein, bleiben Sie hübsch auf der anderen Seite der Rampenlichter. Diese Komödianten sind sonderbare, unaufrichtige Leute.« Er nickte nachdenklich. »Früher saß ich ruhig und geborgen im tiefen Orchester und beobachtete nur, wie ihre kleinen, süßen Füße über die Bühne trippelten ... Sie war ein schönes Mädchen, nicht viel älter als Sie, aber sehr hochmütig, wie die Schauspielerinnen eben sind. Wie ich den Mut fand, sie anzusprechen und zu fragen, ob sie mich heiraten wolle, verstehe ich heute selbst nicht mehr.« Er seufzte schwer. »Ach ja, und doch war es für mich Narren ein Paradies, und das Leben mit ihr war schöner als die Einsamkeit, wenn ich auch betrogen und ausgenützt wurde. Zwei Jahre lang –« Er schüttelte den Kopf. »Sie war ein süßes Geschöpf, aber sie war verbrecherisch veranlagt. Manche jungen Mädchen sind leider so. Sie haben kein Gewissen und fühlen keine Reue, und wenn man kein Gewissen und keine Reue kennt, dann gibt es nichts, was man nicht tun könnte – bis zum Mord.«

Lois hatte ihn schon öfters über diese sonderbare Frau klagen hören, ohne daß sie aus seinen Äußerungen ein klares Bild gewinnen konnte. Aber heute hatte er zum erstenmal ihre verbrecherische Veranlagung erwähnt.

»Frauen sind merkwürdige Geschöpfe, Mr. Mackenzie«, sagte sie scherzend.

Er nickte.

»Ja, das sind sie«, erwiderte er schlicht. »Aber im allgemeinen sind sie den meisten Männern überlegen. Ich danke Ihnen auch schön für den Tee, Miss Reddle.«

Sie stieg die Treppe wieder hinauf. Lizzy zog gerade ihren Mantel an.

»Na, hat er dich wieder vor der Bühne gewarnt?« fragte sie, als sie zu dem kleinen Spiegel trat und sich puderte. »Ich möchte wetten, daß er wieder davon anfing. Gestern habe ich zu ihm gesagt, daß ich auch ein schönes Chormädchen werden wollte. Da hätte er beinahe einen Anfall bekommen!«

»Du mußt den netten alten Herrn nicht so aufziehen!«

»Er müßte doch etwas mehr Verstand haben«, sagte Lizzy verächtlich. »Ich – ein hübsches Chormädchen! Wo hat denn der seine Augen gelassen?«

Kapitel 2

Sie gingen zusammen aus dem Haus und machten sich auf den Weg zum Büro. Nur einmal schaute sich Lois argwöhnisch nach ihrem unwillkommenen Kavalier um, aber er war glücklicherweise nicht in der Nähe.

»Ich weiß einen verhältnismäßig billigen Schönheitssalon in der South Moulton Street«, sagte Lizzy, als sie quer über die Theobald Road gingen, »wo man sich solche Narben entfernen lassen kann, wie du eine am Arm hast. Ich habe auch daran gedacht, mein rotes Gesicht einmal behandeln zu lassen. Denk dir, der Bürovorsteher hat mir das geraten; der Kerl fängt an, frech zu werden – ich muß ihn einmal etwas auf Eis stellen! Und dabei ist er achtundvierzig Jahre alt und hat bereits erwachsene Kinder!«

Zwei Stunden später nahm Mr. Oliver Shaddles einige Schriftstücke vom Tisch, las sie schnell durch, rieb sich nervös das unrasierte Kinn mit den grauen Bartstoppeln und schaute auf die Bedford Row hinaus.

Dann wandte er sich zu der kleinen elektrischen Tischglocke, zögerte einen Augenblick und drückte den Knopf.

»Miss Reddle!«, sagte er kurz zu der Angestellten, die eilig hereinkam.

Er nahm die Urkunden wieder auf und las noch darin, als sich die Tür öffnete und Lois eintrat.

Sie war etwas über mittelgroß, aber ihre Schlankheit ließ sie größer erscheinen, als sie wirklich war. Sie trug das einfache schwarze Bürokleid, das die Firma Shaddles & Soan ihren weiblichen Angestellten vorschrieb. Mr. Shaddles hatte das Alter erreicht, in dem Schönheit keinen Eindruck mehr auf ihn machte. Über Lois Reddle lag eine zarte, ätherische Lieblichkeit. Aber für den Rechtsanwalt war sie nur eine Angestellte, die allwöchentlich fünfunddreißig Shilling erhielt. Davon wurden jedoch noch die Kosten der Unfallversicherung und Krankenkasse abgezogen.

»Sie fahren nach Telsbury.« Shaddles hatte eine rauhe, abgerissene Sprechweise. »Sie sind in anderthalb Stunden dort. Nehmen Sie die beiden eidesstattlichen Erklärungen und bringen Sie die zu Mrs. Desmond. Sie soll sie unterschreiben. Das Auto steht unten –«

»Ich dachte, Mr. Dorling hätte es«, begann sie.

»Der Wagen ist vor der Tür«, sagte er kurz. »Sie werden eine glatte Fahrt haben und müßten eigentlich dankbar sein, daß Sie so viel frische Luft auf dem Weg schnappen können. Hier, vergessen Sie das nicht«, rief er ihr nach, als sie mit den Urkunden weggehen wollte. Er hielt ihr ein kleines Papier entgegen. »Vergessen Sie den Passierschein nicht – seien Sie doch nicht so unaufmerksam! Wie sollen Sie denn sonst ins Gefängnis kommen, Mädchen? Und dann sagen Sie der Desmond – machen Sie jetzt, daß Sie fortkommen!«

Lois verließ den Raum und schloß die Tür leise hinter sich. Die vier blassen Angestellten, die nicht mehr allzu jung waren, saßen an hohen Büropulten und schauten nicht einen Augenblick von ihrer Arbeit auf. Nur das dralle Mädel mit dem runden Gesicht, das die Schreibmaschine bearbeitete, drehte sich nach ihr um.

»Fährst du nach Telsbury – mit seinem sogenannten Auto?« fragte sie. »Ich dachte mir schon, daß er dich damit wegschicken würde. Der alte Teufel ist so niederträchtig geizig, daß er nicht einmal seine Fahrt zum Himmel bezahlen würde!«

Die Firma Shaddles & Soan besaß ein Auto, das vor dem Krieg einmal schön und modern gewesen war. Es stand in einer benachbarten Garage, für die keine Miete gezahlt zu werden brauchte, denn das Grundstück wurde von Mr. Shaddles verwaltet. Den Wagen selbst hatte er für eine verschwindend geringe Summe bei einer

Zwangsversteigerung erworben. Es war ein Fordwagen, und jeder Angestellte mußte ihn fahren können.

Mr. Shaddles benutzte ihn, wenn er zum Gericht mußte, die Angestellten absolvierten damit ihre Botengänge, und die Fahrten wurden auf allen Kostenrechnungen nicht zu gering in Ansatz gebracht. So war das Auto für die Firma obendrein noch eine recht einträgliche Sache.

»Bist du nicht froh, daß du fahren darfst?« fragte Lizzy etwas neidisch. »Großer Gott, wenn ich einmal aus diesem staubigen Loch heraus könnte! Möglich, daß du deinem Schicksal begegnest!«

Lois runzelte die Stirn.

»Was meinst du?«

»Dein Schicksal«, erwiderte Elizabeth, nicht im mindesten eingeschüchtert. »Ich habe ihn schon heute morgen gesehen, als ich durch das Fenster schaute – na, wenn der nicht in dich verliebt ist!«

Lois sah sie kühl und ablehnend an.

»Aber da ist doch nichts dabei«, fuhr Lizzy fort. »Der junge Mann wartete neulich sogar im Regen stundenlang auf mich, nur um nach dir zu fragen. Ich glaube, der ist nicht ganz richtig im Kopf.«

Lois lachte leise, band sich ein grellfarbenes Halstuch um und zog ihre Handschuhe an. Plötzlich wurde sie ernst.

»Ich hasse dieses Telsbury, ich hasse überhaupt alle Gefängnisse – mich schaudert, wenn ich nur daran denke. Ich freue mich, daß ich bald nicht mehr hier in diesem Büro von Mr. Shaddles arbeiten muß.«

»Nenne ihn bloß nicht Mister – dieses Kompliment verdient er nicht!«

Der Tag war schön und warm, es wehte eine laue, milde Luft. Als Lois aus dem lärmenden Treiben Londons herauskam, wichen Niedergeschlagenheit und Unlust von ihr. Bevor sie abgefahren war, hatte sie sich instinktiv nach dem Mann umgesehen, von dem Lizzy vorhin so schmeichelhaft gesprochen hatte und dessen beständige und unerschütterliche Ergebenheit sie sehr in Erstaunen setzte. Aber sie konnte ihn nicht entdecken und vergaß ihn auch bald. Außerhalb Londons bog sie von der Hauptstraße auf eine der gewundenen Landstraßen ab, die parallel zur Chaussee liefen. Von hier aus konnte man die Natur und die ganze Landschaft besser genießen als auf der geraden, langweiligen Chaussee, die obendrein noch von hohen Hecken eingefaßt war.

Sieben Meilen vor Telsbury fuhr sie mit zu hoher Geschwindigkeit wieder auf die asphaltierte Hauptstraße zurück. Als sie eben die hohen Hecken passieren wollte, hörte sie das Hupen eines Autos und bremste. Der kleine Wagen rutschte aber trotzdem weiter auf die Hauptstraße. Zu spät gab sie die Bremsen frei, um Gas zu geben. Plötzlich sah sie das Verdeck eines schwarzen Wagens, der gerade auf sie zukam, und fühlte den Ruf des Fahrers mehr, als sie ihn hörte.

Krach!

Dem Fahrer des großen, eleganten Wagens war es im letzten Augenblick gelungen, sein Auto zum Stehen zu bringen; trotzdem war er noch leicht mit dem alten Ford zusammengestoßen. Das Mädchen hatte die Hände am Steuer ihres Wagens und schaute verzweifelt auf die zerbrochene Windschutzscheibe. Michael Dorn ließ seinen Wagen langsam rückwärtsrollen, so daß das lange Trittbrett seines Wagens aus dem Schutzblech des anderen herauskam, und er bewies dabei eine so höfliche Geduld, daß es ihr noch peinlicher war, als wenn er ihr Vorwürfe gemacht hätte.

»Sagen Sie doch etwas – irgend etwas Heftiges – oder meinetwegen schimpfen Sie! Es ist doch besser, daß man sich die Sache vom Herzen herunterredet, als daß man seinen Groll in sich hineinfrißt.«

Graue Augen, durch dunkle Wimpern gehoben, dachte er. Auch hatte sie eine feingeformte Nase, wie er sie an Frauen so gern hatte. Ihr Kinn gefiel ihm, und da sie es angriffslustig gehoben hatte, konnte er auch ihren Hals sehen, der ihm trotz des seidenen Halstuchs in den schreienden roten und gelben Tönen in der Form vollkommen erschien. Sie war sehr geschmackvoll, wenn auch einfach gekleidet.

»Ich habe ja gar keinen Groll und bin höchstens etwas verwirrt. Aber wenn ich schon etwas aussetzen soll, so muß ich sagen, daß mir Ihr Halstuch durchaus nicht gefällt.«

Sie schaute an dem Tuch herunter, das sein Schönheitsgefühl beleidigte, und runzelte die Stirn.

»Sie haben kein Recht, mich mit Ihrem Wagen anzurennen, weil

Ihnen mein Halstuch nicht gefällt«, sagte sie kühl. »Wollen Sie bitte noch weiter zurückfahren, damit mein Auto freikommt? Hoffentlich sind Sie versichert?«

Er fuhr rückwärts. Sie hörte, wie Blech schrammte und Glassplitter zur Erde fielen, dann war ihr Wagen wieder frei.

»Sie sind mit einer Geschwindigkeit von vierzig Meilen aus der Seitenstraße herausgekommen – Ihr Wagen wäre sicher umgeschlagen, wenn ich Sie nicht angefahren hätte«, sagte er halb entschuldigend. »Ich hoffe jedoch, Sie haben sich nicht verletzt?«

Sie schüttelte den Kopf.

»Ich bin nicht verletzt, aber ich glaube, mein Chef wird sehr böse sein, wenn er den Schaden sieht. Immerhin, Sie haben Ihren Zweck erreicht, Mr. Dorn, Sie haben auf diese Weise meine Bekanntschaft gemacht.«

Er fuhr auf und wurde rot.

»Sie nehmen doch hoffentlich nicht an, daß ich diesen Zusammenstoß absichtlich herbeigeführt hätte, um Ihre Bekanntschaft zu machen?«

Als sie ernst nickte, war er wie vom Donner gerührt und starrte sie groß an.

»Sie folgen mir schon seit Monaten«, sagte Lois ruhig. »Sie machten sich sogar die Mühe, mit einer Stenotypistin in Shaddles' Büro bekannt zu werden, nur um mit mir zusammenzukommen. Ich weiß, daß Sie mich stets auf dem Heimweg verfolgen – einmal nahmen Sie denselben Autobus wie ich, und auf dem einzigen Ball, den ich in diesem Jahr besuchte, waren Sie auch.«

Michael Dorn machte sich am Steuer zu schaffen und war im Augenblick sprachlos. Sie war sehr ernst geworden. Ihre wundervollen Augen sahen ihn mit einem leisen Vorwurf an.

»Nun ja, wirklich –«, begann er zögernd. Dann fehlten ihm die Worte.

Sie wartete, daß er seinen angefangenen Satz beenden würde.

»Also wirklich –?« Ein schwaches Lächeln zuckte um ihre Mundwinkel. »Nun, Mr. Dorn, es ist ja kein Vergehen von einem Mann, ein junges Mädchen treffen zu wollen – das sehe ich ein. Es wäre lächerlich von mir, mich dadurch beleidigt zu fühlen. Aber wie ich schon ihrer Gesandtin, Miss Lizzy Smith, sagte –«

Er schaute rasch auf und wollte etwas erwidern, aber sie fuhr unbeirrt fort.

»Ich wünsche Ihre Bekanntschaft wirklich nicht, und ich bezweifle nicht, daß Lizzy Ihnen das von mir ausrichtete. Deshalb halte ich Ihr Benehmen auch für ein wenig – wie soll ich es gleich nennen?«

»Aufdringlich heißt das Wort, das Sie suchen«, sagte er kühl. »Ich will zugeben, daß es fast so aussieht.«

Er stieg langsam aus, ging an ihren Wagen und stützte seine Arme auf die Oberkante des Schlages.

»Bitte, glauben Sie mir, Miss Reddle, daß mir nichts ferner liegt, als Sie zu belästigen. Wenn ich nicht so ungeschickt gewesen wäre, würden Sie niemals erfahren haben, daß ich Sie –« Es fehlte ihm wieder das richtige Wort. Sie vollendete seinen Satz. Obwohl er so ernst war, mußte er lachen.

»Verfolgen ist ein häßliches Wort, ich wollte es eben etwas liebenswürdiger ausdrücken«, sagte er.

Als sie ihn jetzt ansah, gefiel ihr der treue, fröhliche Blick seiner blauen Augen doch, und hätten sie sich in diesem Augenblick getrennt, ohne noch mehr miteinander zu sprechen, so hätte sie freundlicher von ihm gedacht. Aber er setzte die Unterhaltung fort.

»Wo wollen Sie an diesem schönen Herbstmorgen hin?«

Sie wurde wieder ablehnend und zurückhaltend.

»Wenn Sie mir jetzt folgen, werden Sie einen Schrecken bekommen. Ich bin nämlich auf dem Weg zum Telsbury-Gefängnis.«

Der Eindruck, den diese Worte auf ihn machten, war verblüffend. Er schaute sie entsetzt und verwirrt an.

»Wohin wollen Sie fahren?« fragte er heiser, als ob er seinen Ohren nicht traute.

»Zum Telsbury-Gefängnis – bitte!«

Sie winkte ihm, Platz zu machen, und der Wagen mit der zerbrochenen Windschutzscheibe fuhr die breite Chaussee entlang.

»Großer Gott!« sagte Michael Dorn und starrte hinter ihr her.

Kapitel 3

Der düstere Eingang der Strafanstalt von Telsbury wird gnädig von einer Gruppe dunkler Fichten verborgen. Die roten Wände haben mit der Zeit ihre grelle Farbe verloren, und wenn nicht der hohe Turm in der Mitte emporragte, würde ein Wanderer daran vorübergehen, ohne das Gebäude zu bemerken.

Lois hatte das Gefängnis schon zweimal besucht, um Aufträge ihres Chefs dort zu erledigen. Einer seiner Klienten hatte eine Frau wegen Betrugs angezeigt. Sie war zu fünf Jahren verurteilt worden. Es war nun notwendig, ihre Unterschrift unter gewisse Dokumente zu erhalten, um die Aktien, die betrügerischerweise verschoben worden waren, ihrem rechtmäßigen Eigentümer wieder zustellen zu können.

Sie ließ ihren Wagen an der Seite des hohen Straßentors halten, stieg aus und klingelte. Gleich darauf wurde ein Gitter von einem Fenster zurückgeschoben, und die wachsamen Augen des Pförtners richteten sich auf sie. Obwohl er sie wiedererkannte, mußte sie ihm doch erst ihren Passierschein zeigen. Dann schloß er auf und führte sie in einen mit Steinfliesen gepflasterten Raum. Die Einrichtung war sehr einfach, sie bestand nur aus einem Pult mit einem Schreibsessel, einem einfachen Tisch und zwei Stühlen.

Der Wärter las den Passierschein noch einmal durch und drückte dann auf eine Klingel. Er, die beiden Leute, die ihn ablösten, und der Direktor der Anstalt waren die einzigen Männer, die in diese Mauern kamen. Sein Tätigkeitsfeld beschränkte sich auf den kleinen Raum und den Torweg, der vom Innenhof durch starke, eiserne Gitter getrennt war.

»Ist es Ihnen nicht unangenehm hierherzukommen, mein Fräulein?« fragte er lächelnd.

»Gefängnisse machen mich immer elend und krank«, sagte sie.

Er nickte.

»Hier drinnen leben sechshundert Frauen, die noch viel matter und kränker sind, als Sie, hoffentlich, jemals in Ihrem Leben sein werden«, erwiderte er zuvorkommend. »Nicht daß ich eine von ihnen zu sehen bekomme – ich öffne ihnen nur das Tor zum Gefängnis und dann sehe ich sie, solange sie hier sind, nicht wieder. Nicht einmal, wenn sie entlassen werden.«

Eine Tür wurde aufgeschlossen, und eine junge Wärterin in gutsitzender blauer Uniform trat ein. Sie grüßte Lois mit einem freundlichen Kopfnicken und führte sie durch eine kleine Stahltür über einen großen Hof, der einsam und verlassen dalag. Danach traten sie durch eine andere Tür und gingen einen langen Gang entlang bis zu dem kleinen Büro des Gefängnisdirektors.

»Guten Morgen, Direktor. Ich möchte gern mit Mrs. Desmond sprechen.« Sie entfaltete ihre Dokumente und legte sie dem grauhaarigen Mann auf den Tisch.

»Sie wird jetzt in ihrer Zelle sein«, sagte er. »Kommen Sie mit, Miss Reddle, ich werde Sie persönlich hinbringen.«

Am Ende des Ganges befand sich eine andere Tür, die in eine große Halle führte. Auf beiden Seiten liefen eiserne Verbindungsgänge, die man über eine breite Mitteltreppe erreichen konnte. Lois schaute in die Höhe, sah die Drahtnetze über ihrem Kopf und schauderte. Sie wußte, daß sie angebracht waren, um zu verhindern, daß diese unglücklichen Frauen sich von oben herabstürzten und ihrem Leben so ein Ende machten.

»Wir sind da«, sagte der Direktor und öffnete die Zellentür.

Fünf Minuten mußte sie mit der eigensinnigen, verbitterten Frau verhandeln, die sich mit weinerlicher Stimme über alles beschwerte und allen Vorwürfe machte. Schließlich trat Lois mit einem tiefen Seufzer der Erleichterung wieder zu dem Direktor hinaus.

»Gott sei Dank – ich werde nie wieder hierherkommen!« sagte sie, als er die Zelle verschloß.

»Wollen Sie Ihre Anwaltstätigkeit aufgeben?« fragte er scherzend. »Ich habe schon immer gesagt, daß das kein passender Beruf für eine junge Dame ist.«

»Sie überschätzen mich und meine Stellung. Ich bin nur eine einfache Stenotypistin und weiß von dem Gesetz kaum mehr, als daß Stempelmarken auf gewisse Urkunden gehören und an bestimmten Stellen aufgeklebt werden müssen!«

Sie kehrten nicht auf dem Weg zurück, den sie gekommen waren, sondern gingen durch die große Halle in den Hof. Die Organisation der Anstalt war so vorzüglich, daß sich in der kurzen Zeit, die sie in der Zelle verbrachte, der ganze Hof mit grauen Gefangenen gefüllt hatte, die im Kreis umhergingen.

»Um diese Zeit machen sich die Gefangenen immer Bewegung«, erklärte der Direktor. »Ich dachte, Sie würden es vielleicht gern einmal sehen.«

Lois war von Mitleid erfüllt, und ihr Herz lehnte sich gegen das Gesetz auf, das diese Frauen zu anonymen Nummern erniedrigte. Die einfachen Kattunkleider und die weißen Hauben erschienen ihr häßlich, und dieser Anblick stimmte sie traurig. Kummer und namenlose Furcht packten sie. Jedes Alter war hier vertreten, sie sah junge Mädchen und alte, verstockte Frauen. Auf jedem Gesicht las Lois den unleugbaren Stempel des Ungewöhnlichen. Als sich dieser gespenstische Kreis langsam an ihr vorüberbewegte, sah sie wilde und schlaue, aber auch ermattete und in ihrem Kummer ergreifende Gesichter. Trübe Augen starrten gedankenlos vor sich hin, dunkle Augen blitzten boshaft auf, sorglose Blicke streiften Lois oberflächlich. Die sich vorwärts schiebenden Frauen erschienen ihr unheimlich und unwirklich.

Beinahe der ganze gräßliche Kreis war an ihr vorübergegangen, als sie eine große stattliche Gestalt wahrnahm, die nicht in diese grauenvolle Umgebung zu gehören schien. Die Frau ging aufrecht, mit erhobenem Kopf, und ihre ruhigen Augen sahen geradeaus. Sie mochte zwischen Vierzig und Fünfzig sein. Ihre feingeschnittenen Züge waren nicht gefurcht, aber ihr Haar war weiß. Eine göttliche Ruhe strahlte von ihr aus.

»Was tut denn diese Frau hier?« fragte Lois, bevor sie sich bewußt wurde, daß sie eine Frage gestellt hatte, die kein Besucher an einen Gefängnisbeamten richten darf.

Direktor Stannard antwortete ihr nicht. Er beobachtete die Gestalt auch, als sie näher kam. Einen Augenblick ruhten die Augen der Frau ernst auf dem jungen Mädchen, aber nur eine Sekunde lang, so lange, wie eine Frau von Haltung das Gesicht einer Fremden anschauen würde. Dann war sie vorübergegangen.

»Es tut mir leid, daß ich Sie gefragt habe«, sagte sie, als sie an der Seite des Direktors durch das Gitter in sein Büro ging.

»Schon viele haben dieselbe Frage gestellt«, entgegnete er, »und haben auch keine Antwort erhalten. Es verstößt gegen die Gefängnisregeln, den Namen irgendeiner Gefangenen zu verraten. Das wissen Sie wohl. Aber merkwürdig –«

Er schaute sich um und nahm ein aufgeschlagenes Buch von einem Seitenbrett herunter. Es war ein dicker, in Kalbsleder gebundener Band. Ohne ein Wort zu sagen, reichte er ihr das Buch. Sie las den Titel: »Fawleys Kriminalfälle.«

»Mary Pinder«, sagte er kurz, und sie entdeckte, daß das Buch an der Stelle aufgeschlagen war, wo das Kapitel mit diesem Namen begann. »Es ist doch merkwürdig, daß ich gerade, bevor Sie kamen, den Fall nachgelesen habe. Ich bin alle Einzelheiten durchgegangen, um zu sehen, ob mein Gedächtnis mich nicht im Stich gelassen hat. Ich gestehe Ihnen, daß ich ebenso verwundert über diese Frau bin wie Sie.« Bei den letzten Worten senkte er seine Stimme, als ob er irgendwelche Horcher fürchtete.

Sie schaute wieder auf die Überschrift: »Mary Pinder. Begangenes Verbrechen: Mord.« Sie war sehr erstaunt.

»Eine Mörderin?« fragte sie ungläubig.

Der Direktor nickte.

»Aber das ist doch unmöglich!«

»Lesen Sie den Fall.«

Sie schaute in das Buch:

Mary Pinder – verurteilt wegen Mordes vor dem Schwurgericht zu Hereford. Das Urteil lautete auf Tod, wurde später aber in zwanzigjährige Kerkerstrafe umgewandelt. Hier haben wir den typischen Fall eines Raubmordes. Die Pinder lebte mit einem jungen Mann zusammen, der allem Anschein nach ihr Gatte war. Dieser verschwand einige Zeit vor dem Verbrechen. Man nimmt an, daß er sie ohne Mittel zurückließ. Ihre Wirtin, Mrs. Curtain, war eine reiche Witwe, deren exzentrische Launen beinahe an Geisteskrankheit grenzten. Sie verwahrte große Summen und viel alten Schmuck in ihrem Haus. Nachdem ihr Mann sie verlassen hatte, annoncierte die Pinder um eine Stellung. Eine Frau, die sie in dem Haus aufsuchen wollte, fand die Haustür geöffnet. Nachdem sie verschiedentlich geklopft und keine Antwort erhalten hatte, trat sie ein. Sie bemerkte, daß eine der Zimmertüren offenstand, und als sie in den Raum schaute, sah sie zu ihrem größten Schrecken, daß Mrs. Curtain auf dem Boden lag und anscheinend einen Anfall hatte. Sie eilte sofort zu einem Polizisten, der aber nur feststellen konnte, daß die Frau tot war. Die Schubladen eines alten Sekretärs waren geöffnet und ihr Inhalt auf dem Boden verstreut; auch ein Schmuckstück war darunter. Da man Verdacht hatte, wurde das Zimmer der Mieterin, die das Haus kurz vor der Entdeckung verlassen hatte, in ihrer Abwesenheit durchsucht. Man fand dort in einem verschlossenen Kasten eine Flasche Zyankali und viele Juwelen. Die Verteidigung machte geltend, daß die Verstorbene schon mehrmals versucht hatte, Selbstmord zu verüben, und daß man nicht beweisen konnte, daß die Pinder das Gift gekauft hatte, das in einer Flasche ohne Etikett gefunden wurde. Die Pinder selbst lehnte es ab, über sich und ihren Mann irgendwelche Aussagen zu machen. Ein Trauschein wurde nicht gefunden. Der Richter Darson leitete als Vorsitzender die Verhandlung ihres Falles. Sie wurde verurteilt. Man nimmt an, daß die Pinder, die dringend Geld brauchte, einer plötzlichen Versuchung unterlag, Zyankali in den Tee der Frau goß und darauf deren Schreibtisch plünderte. Der Fall zeigt keine außergewöhnlichen Züge mit Ausnahme der Weigerung der Gefangenen, sich zu verteidigen.

Lois las den Bericht zweimal durch.

»Ich kann es trotzdem nicht glauben – es ist unfaßbar. Sie wurde zu zwanzig Jahren Gefängnis verurteilt – aber sicher wird sie doch begnadigt? Gibt es denn keinen Straferlaß wegen guter Führung?«

»Unglücklicherweise machte sie zwei Versuche auszubrechen, und so wurde ihr die gute Führung von früher gestrichen. Es ist sehr schade, denn sie ist eine wohlhabende Frau. Ihr Onkel, der erst fünf Jahre nach ihrer Verurteilung erfuhr, daß sie im Gefängnis war, hinterließ ihr ein großes Vermögen. Sie hat uns niemals gesagt, wer sie war. Er besuchte sie ein paar Wochen vor seinem Tode hier, und wir wurden davon auch nicht klüger. Wir konnten nur feststellen, daß er einer ihrer Verwandten mütterlicherseits war.«

Lois sah wieder auf das Buch.

»Diese wundervolle Frau soll eine Mörderin sein?«

Er nickte.

»Ja – es ist merkwürdig, aber selbst Leute, die vollkommen unschuldig aussehen, begehen böse Verbrechen. Ich bin seit zwanzig Jahren hier auf meinem Posten – ich habe alle Illusionen verloren.«

»Aber wenn man doch davon überzeugt war, daß sie eine Mörderin sei, warum hat man sie denn nicht –«

Sie konnte es nicht über sich bringen, »aufgehängt« zu sagen.

Der Direktor sah sie an.

»Nun ja – es war da ein Grund, ein sehr wichtiger Grund sogar –«

Lois war einen Augenblick erstaunt, aber plötzlich wurde es ihr klar. Sie verstand.

»Ja, das Baby wurde hier in diesem Gefängnis geboren. Es war das entzückendste kleine Mädchen, das ich jemals gesehen habe – ein wirklich schönes Kind. Es tat mir furchtbar leid, als es aus dem Gefängnis gebracht werden mußte, das arme kleine Ding!«

»Es wußte von nichts, vielleicht weiß es heute noch nicht –« Lois' Augen füllten sich mit Tränen.

»Nein, ich glaube nicht, daß die Kleine es erfahren hat«, fuhr der Direktor fort. »Sie wurde von einer Nachbarin der Mrs. Pinder adoptiert, die stets an ihre Unschuld glaubte. Wenn ich aber vorher sagte, das arme, kleine Mädchen, dann dachte ich an die dumme Kinderpflegerin, durch deren Nachlässigkeit sich das Kind den Arm an einer Flasche mit kochendem Wasser verbrannte. Es hat eine recht ansehnliche Brandnarbe gegeben, ich erinnere mich deutlich daran. Es blieb eine sternförmige Narbe nahe des Ellenbogens zurück – der Knopf der Heißwasserflasche war so geformt.«

Lois Reddle hielt sich krampfhaft an der Tischplatte fest. Ihr Gesicht war schneeweiß geworden. Der Direktor stellte das Buch in das Fach zurück und wandte ihr den Rücken zu. Mit Aufbietung aller Energie riß sie sich zusammen.

»Wissen Sie – können Sie sich an den Namen des Kindes erinnern?« fragte sie leise.

»Ja, denn es war ein ganz ungewöhnlicher Name, ich werde ihn nicht vergessen: Lois Margeritta!«

Kapitel 4

Lois Margeritta! Ihr eigener Name! Und die sternförmige Narbe auf ihrem Arm!

Ihre Gedanken wirbelten durcheinander, und der Raum schien sich um sie zu drehen. Es bedurfte einer ungeheuren Anstrengung, daß sie nicht laut aufschrie.

Aber es stimmte. Diese würdevolle, aufrechte Frau, die so ruhig in dem schrecklichen Kreis einherging, war – ihre Mutter!

Sie folgte einer blinden Eingebung, eilte zur Tür, riß sie auf und war schon halbwegs den Gang entlanggelaufen, als der entsetzte Direktor sie einholte.

»Was ist denn mit Ihnen los?« fragte er sie halb erstaunt und halb ärgerlich. »Haben Sie den Verstand verloren?«

»Lassen Sie mich gehen! Lassen Sie mich gehen!« stieß sie zusammenhanglos hervor. »Ich muß zu ihr!«

Dann besann sie sich plötzlich, wo sie war, und ließ sich ohne Widerspruch von dem Direktor zurückführen.

»Setzen Sie sich – ich werde Ihnen ein leichtes Beruhigungsmittel geben«, sagte er. Er schloß die Tür so energisch, daß der Schall in den leeren Gängen widerhallte. Dann öffnete er eine Hausapotheke und mischte schnell einen Trank. »Nehmen Sie das.«

Lois hob das Glas mit zitternden Fingern an ihre Lippen. Er sah, wie es gegen ihre Zähne schlug.

»Ich glaube, ich war eben von Sinnen«, sagte sie.

»Sie sind ein wenig hysterisch«, meinte der Direktor. »Es war mein Fehler, Ihnen diese Leute zu zeigen. Ich ließ alle Regeln und Vorschriften außer acht, als ich mit Ihnen davon sprach.«

»Es tut mir furchtbar leid«, sagte sie, als sie das Glas auf den Tisch stellte. »Ich – ich – es war so schrecklich!«

»Ja – das war es, und ich war auch ein Dummkopf, daß ich überhaupt davon gesprochen habe.«

»Würden Sie mir bitte noch eins sagen? Was – was wurde aus dem Kind?«

Es war ihm offensichtlich sehr unangenehm, noch ein Wort über die Sache zu verlieren.

»Ich glaube, das Mädchen starb. Es war eine ausgezeichnete Frau, die sie zu sich nahm, aber sie hat sie nicht aufziehen können. Das ist alles, was ich von der Geschichte weiß. Tatsächlich wurde in den Zeitungen berichtet – der Fall erregte nämlich großes Interesse –, daß das Kind im Gefängnis gestorben sei. Aber es war in Wirklichkeit ein sehr gesundes, kräftiges Mädchen, als es von hier fortkam. Und nun, mein liebes Fräulein, muß ich Sie entlassen.«

Er klingelte nach der Wärterin, die Lois wieder in den Raum des Pförtners brachte. Gleich darauf stand das Mädchen draußen vor dem Tor.

Es war unverzeihlich von ihr, sich so verrückt zu benehmen. So viele Fragen waren zu beantworten, so viele Möglichkeiten hätten sich ihr geboten, diese herrliche Frau zu sehen, die ihre – Mutter war. Ihr Herz schlug heftig bei diesem Gedanken. Es war nicht möglich! Die untersetzte, einfache, gutmütige Frau, die Mutterstelle an ihr vertreten hatte, lebte nicht mehr, sie konnte sie nicht mehr fragen, um Gewißheit zu erlangen. Aber nein! Es mußte ein Zufall sein. Sicherlich gab es auf der Welt noch ein anderes Kind, das auf den Namen Lois Margeritta getauft worden war – ebenso war es möglich, daß es in frühester Kindheit eine ähnliche Brandwunde davongetragen hatte.

Doch dann schüttelte sie den Kopf. Es war jenseits der Grenzen des Möglichen und Wahrscheinlichen, daß es zwei Lois Margerittas mit sternförmigen Narben am linken Arm gab.

Sie stieg bedrückt in ihren Wagen. Ihre Knie zitterten, und ihre unsicheren Hände versuchten die verschiedenen Hebel richtig zu bedienen. Der Wagen schwankte, und als sie langsam auf der kleinen Straße hinausfuhr, die von dem Gefängnis auf die Hauptstraße führte, fühlte sie, daß sie eine ungewöhnliche Schwäche befiel. Sie erschrak. Es gelang ihr noch, den Wagen einige Fuß vor dem Straßengraben zum Stehen zu bringen. In diesem Augenblick hörte sie einen schnellen Schritt hinter sich, und als sie sich umwandte, sah sie Mr. Dorn. Schwere Sorge überschattete sein ernstes Gesicht. »Ist etwas nicht in Ordnung?« fragte er rasch.

»Nein – es ist nichts –«

»Sie wären beinahe in die Laterne hineingefahren – fühlen Sie sich nicht wohl?«

»Nein – nicht besonders«, antwortete sie schwach.

Im nächsten Augenblick saß er an ihrer Seite im Wagen. Sie machte ihm den Platz am Steuer frei.

»Ich fahre nur erst zum Lion-Hotel, um jemand herzuschicken, der meinen Wagen holt.«

Es kam ihr dunkel zum Bewußtsein, daß das große, schwarze Auto mit den beschädigten Schutzblechen bei der Gefängnismauer hielt.

»Es geht mir gleich wieder besser –«, versuchte sie zu widersprechen.

»Trotzdem werde ich Sie zur Stadt zurückbringen«, sagte er, und sie erhob keinen Einwand mehr.

Er machte vor dem Lion-Hotel halt und sprach mit einem kleinen Mann, der ihn erwartet zu haben schien. Dann fuhr er auf der Straße nach London zurück. Sie war ihm dankbar, daß er keinen Versuch machte, die günstige Gelegenheit auszunützen und mit ihr zu sprechen. Beide schwiegen, nur von Zeit zu Zeit sah er zu ihr hinüber und entdeckte auch die zerknitterten Papiere, die sie fest in ihrer Hand hielt. Es waren die Urkunden, die Mr. Shaddles' Klient brauchte, die aber jetzt in einem Zustand waren, wie sonst gerichtliche Dokumente nicht zu sein pflegen.

»Bedford Row – stimmt das?« fragte er, als sie durch die belebten Straßen von Holborn fuhren. Sie hatte sich schon wieder so weit erholt, daß sie antworten konnte.

»Das müßten Sie doch eigentlich wissen!«

Er konnte ein Lächeln nicht unterdrücken.

»Ich kenne diese Gegend jetzt allerdings sehr gut!« erwiderte er.

»Sie waren sehr liebenswürdig, Mr. Dorn – ich danke Ihnen herzlich«, sagte Lois, als der Wagen bald darauf hinter einem großen Rolls Royce vor Nr. 179 hielt.

»Was brachte Sie in solche Aufregung?« fragte er teilnehmend. »Ich meine – im Gefängnis?«

»Nichts – es ist nur so furchtbar, wenn man all diese Frauen sieht.«

Er zog die Augenbrauen zusammen.

»Sie haben die Gefangenen gesehen? Ein seltsamer Anblick, nicht wahr?«

Sie zitterte.

»Kennen Sie das Gefängnis?«

»Ja, ich war ein- oder zweimal dort.«

Als Lois zu dem Fenster ihres Büros hinaufschaute, sah sie das Gesicht Lizzys, die mit aufgerissenen Augen neugierig zu ihr heruntersah. Sie mußte lächeln.

»Leben Sie wohl, Mr. Dorn.«

Er nahm ihre Hand, die sie ihm zum Abschied gab.

»Es tut mir leid, daß ich Ihnen so zur Last gefallen bin. Ist es möglich, daß Sie Ihren Wagen holen lassen, oder müssen Sie selbst nach Telsbury?«

»Machen Sie sich wegen meines Autos keine Sorgen – es ist schon da.« Er zeigte mit dem Kopf auf die gegenüberliegende Seite. Zu ihrem größten Erstaunen sah sie den großen, schwarzen Wagen die

Straße entlangkommen und dann halten.

Sie wollte noch etwas sagen, besann sich aber, eilte die Treppe empor und verschwand durch das dunkle Portal. Mr. Dorn blickte ihr nach, bis er nichts mehr von ihr sehen konnte.

Kapitel 5

Die Angestellten waren schon fort, nur Lizzy Smith war noch im Büro. Sie flog Lois zur Begrüßung entgegen.

»Du ganz Durchtriebene! Du hast ihn draußen irgendwo aufgelesen! Wie kannst du es wagen, einfach so öffentlich mit ihm zurückzukommen? Denke doch, der alte Shaddles hätte euch beide zusammen gesehen? Was hast du denn mit dem armen Auto gemacht? Die Schutzbleche sind ja furchtbar verbeult! Lois, die Gräfin ist hier! Sie ist eben bei dem alten Shaddles drin. Ich sage dir, die sticht die Königin von Saba aus! Ich wette, daß ihr Chinchillamantel tausend Pfund kostet – was sage ich, zehntausend! Und wir müssen gefärbte Füchse tragen und noch froh sein, wenn wir sie haben! Nicht, daß ich von Chinchilla so begeistert wäre, es paßt nicht zu meinem Teint – sag mal, ist Mike nicht ein entzückender junger Mann?« – »Mike?« fragte Lois verwundert.

»Hat er dir nicht gesagt, daß sein Vorname Mike ist?« fragte Lizzy ärgerlich. »Er heißt tatsächlich so – Michael Dorn. Du brauchst es mir gegenüber gar nicht erst zu leugnen, daß ihr stundenlang miteinander spazierengefahren seid und du ihn dauernd Mike genannt hast.«

Lois hängte Mantel und Hut auf und setzte sich müde und erschöpft nieder. Lizzy betrachtete sie befremdet.

»Du siehst allerdings nicht sehr glücklich aus, mein Liebling. Was fehlt dir denn?«

»Das Gefängnis hat mich so aufgeregt. Wie lange ist die Gräfin schon hier?«

»Du hast dich doch nicht etwa mit ihm gezankt?«

»Mit ihm? Mit wem? Ach so –«

»Natürlich meine ich Mike Dorn. Mit wem könntest du dich denn sonst herumzanken? Mit dem alten Fordwagen kannst du doch nicht streiten.«

Glücklicherweise brauchte Lois nicht zu antworten, denn in diesem Augenblick ertönte der elektrische Summer. Lizzy verschwand in Shaddles' Büro. Gleich darauf erschien sie wieder in der Tür und winkte Lois.

»Die Gräfin möchte dich sprechen«, flüsterte sie ihr schnell ins Ohr. »Der Mensch, der da bei ihr ist, das ist ihr Sohn – der Graf!«

Lois ging in den Raum und zog die Tür hinter sich zu. Mr. Shaddles schaute verwundert vom Tisch auf, als sie ihm die zerknitterten Urkunden überreichte.

»Was ist denn damit passiert?« fragte er.

»Wir hatten einen Unfall mit dem Wagen«, erklärte Lois ein wenig zusammenhanglos. Sie war nicht sehr geschickt im Lügen.

»Wir – was soll das heißen – wir?«

»Ich meine – ich bin mit einem anderen Wagen zusammengestoßen«, sagte sie verwirrt.

Mr. Shaddles glättete die Papiere, schaute auf die Unterschrift und sagte dann: »Dies ist die junge Dame, Mylady.«

Jetzt erst wurde Lois klar, daß noch eine Dame in dem Raum war. Das Wort »majestätisch« paßte am besten zu der Erscheinung und dem Auftreten der Gräfin von Moron. Ihre große, stattliche Gestalt war von Kopf bis Fuß von einem Chinchillamantel eingehüllt, der vorne ihr reiches Samt- und Brokatkleid sehen ließ. Aber Lois hatte im Augenblick keine Augen für die Perlenketten und Juwelen, die an Ohren und Fingern glitzerten. Es fesselte sie nur das Gesicht, das ihr groß, herrisch, aber doch irgendwie drohend erschien. Die schwarzen Augenbrauen berührten sich über der wundervoll geformten Nase, und ihre mandelförmigen Augen waren von so tiefem Braun, daß sie schwarz erschienen. Die Gräfin betrachtete das Mädchen ruhig mit einem harten, glänzenden Blick. Ihr Mund war groß, die Lippen auffallend dünn, das Kinn voll und kräftig gebildet. Lois versuchte, sich über ihr Alter klar zu werden. Ihr Haar war von tiefschwarzer Farbe und zeigte nicht das leiseste Grau.

»Sie sind Miss Reddle?« fragte die Gräfin. Ihre Stimme war so tief wie die eines Mannes, und sie sprach langsam und wohlartikuliert.

Der Klang dieser Stimme wirkte verwirrend auf Lois.

»Ja, Mylady, ich bin Lois Reddle.«

Einen Augenblick schwieg Lady Moron, dann wandte sie sich zu ihrem Begleiter. »Dies ist Miss Lois Reddle, Selwyn.«

Der schlanke, ein wenig vornübergebeugte junge Mann hatte im Gegensatz zu seiner Mutter weiche Züge und ein kleines Kinn.

»Darf ich Ihnen meinen Sohn, den Grafen von Moron, vorstellen?« sagte die große Dame. Lois verneigte sich leicht.

»Freue mich, Sie kennenzulernen«, murmelte der Graf mechanisch. »Wir haben schönes Wetter, nicht wahr?«

Damit schien sein Vorrat an Unterhaltungsstoff verbraucht zu sein, denn er schwieg während der übrigen Unterhaltung.

Lady Moron wandte jetzt ihre durchdringenden Blicke langsam von Lois ab und schaute den Anwalt an.

»Ich bin vollkommen zufrieden, Shaddles.«

»Miss Reddle ist ein sehr brauchbares, nettes junges Mädchen«, sagte er. »Und absolut vertrauenswürdig.« Dabei sah er verzweifelt auf die zerknüllten Urkunden, die auf seinem Schreibtisch lagen. »Wirklich, man kann ihr in allen Dingen trauen. Ich zweifle nicht, daß Miss Reddle in der Besorgnis, möglichst bald zurückzukommen und Mylady zu sprechen, meinen Wagen leicht beschädigte – das ist eine Kleinigkeit, die zwischen Mylady und mir zu regeln wäre.«

Er hatte nämlich schon aus dem Fenster gesehen und mit der Routine eines Taxators die Höhe des Schadens festgestellt.

»Sie wußte doch gar nicht, daß ich hier war, Shaddles. Außerdem bin ich nicht für den Schaden verantwortlich, der Ihrem Wagen zugestoßen ist.«

Er rutschte unruhig auf seinem Sitz hin und her.

»Ich bezweifle überhaupt«, fuhr die Gräfin fort, »daß dieser Karren noch irgendeinen Wert hat – in meinen Augen jedenfalls nicht. Komm, Selwyn.«

Lois hatte einen Augenblick lang den Eindruck, als ob sich der junge Mann an dem Kleid seiner Mutter festhielte. Sie fühlte den unbändigen Wunsch zu lachen, als die Gräfin aus dem Zimmer rauschte.

Shaddles eilte durch das äußere Büro, öffnete die Tür vor ihnen, ging die Treppe mit ihnen hinab und verabschiedete sich unten am Wagen von der Gräfin. Dann kam er zurück.

»Was haben Sie sich eigentlich dabei gedacht, meinen Wagen so zu ruinieren?« fragte er ärgerlich. »Und dann sehen Sie einmal hierher auf diese Urkunden – kann ich die denn überhaupt noch am Gericht einreichen?«

Bevor sie antworten konnte, sprach er weiter.

»Wie hoch sich auch die Reparaturkosten des Autos belaufen sollten – ich werde Ihnen die Rechnung schicken, denn ich bin sicher, daß Sie auch nach dem Gesetz für den Schaden haften. Sie werden ein anständiges Gehalt bei der Gräfin beziehen, und Sie verdanken Ihre neue Stellung doch nur der Tatsache, daß ich ihr Anwalt bin.«

»Die Reparatur will ich gerne bezahlen«, sagte Lois und war froh, als sie das Büro verlassen konnte.

Zu Lizzys Verdruß war sie nicht sehr mitteilsam, und die ganze Last der Unterhaltung auf dem Heimweg fiel ihr zu. Lois war glücklich, als Lizzy sie verließ, um mit einer Freundin ins Theater zu gehen. Sie wollte allein sein, um über dieses furchtbare Problem, das sie selbst betraf, nachzudenken. Immer neue Fragen drängten sich ihr auf, und plötzlich erinnerte sie sich an den erschrockenen und bestürzten Blick Mike Dorns, als sie ihm mitteilte, daß sie ins Gefängnis gehen wollte. Kannte er das Geheimnis? Warum beobachtete er sie? Bis jetzt hatte sie geglaubt, daß er nur den Wunsch habe, ihre Bekanntschaft zu machen, weil sie sein Interesse erregte. Sie war froh, daß sie jetzt eine neue Stellung antreten konnte. Im Dienste der Lady Moron würde sie mehr freie Zeit haben und auch mit Leuten zusammenkommen, die ihr bei ihren Nachforschungen behilflich sein konnten.

Als sie ohne Appetit vor ihrem Abendessen saß, kam ihr plötzlich ein Gedanke. Sie sprang auf, nahm Hut und Mantel und machte sich auf den Weg zum Zeitungsviertel. Schon früher war sie manchmal für Mr. Shaddles zur Redaktion des ›Daily Megaphone‹ gegangen. Aber die Büros, die dem Publikum gewöhnlich zugänglich sind, waren schon geschlossen. Sie schickte ein kurzes Schreiben von der Loge des Portiers in das Redaktionsbüro, und zu ihrer größten Freude wurde ihr Wunsch erfüllt. Ein Bote brachte sie in das Archiv.

Sie nahm einen der großen, dicken Bände aus dem Regal, öffnete ihn und schlug die Zeitungen nach, die über den Prozeß Pinder berichteten. Der Bote, der sie hergeführt hatte, verließ das Zimmer wieder. Zwei Stunden lang las sie eifrig alle Einzelheiten des Falles nach, den sie sonst als ein trauriges Verbrechen unbeachtet gelassen hätte. Als sie die Berichte ungefähr zur Hälfte durchgelesen hatte, tauchte ein Name auf, der ihr fast den Atem nahm. Es war der Name einer Entlastungszeugin, die von der Verteidigung vorgeladen worden war – Mrs. Amelia Reddle!

Dann stimmte es also. Das war die freundliche Nachbarin, von welcher der Gefängnisdirektor gesprochen hatte. Diese große, schöne Frau, die mit solcher Ruhe über die Steinfliesen des Gefängnishofes schritt, war ihre Mutter! Und Mrs. Reddle hatte sie großgezogen, ohne ihr etwas von ihrer Herkunft zu erzählen.

Die Buchstaben tanzten ihr vor den Augen, ihre Hände zitterten, als ihre Entdeckung so plötzlich bestätigt wurde.

Ihre Mutter war unschuldig. Sie fühlte nicht nur eine natürliche Auflehnung gegen den Gedanken, daß in ihren Adern das Blut einer Mörderin rann – sie hatte die Überzeugung und innere Gewißheit, daß ihre Mutter unschuldig war.

Ruhig und gelassen ging sie nach Hause zurück. Sie hatte den festen Entschluß gefaßt, die Unschuld ihrer Mutter zu beweisen und wollte ihr Leben dieser Aufgabe widmen.

Kapitel 6

Die Charlotte Street lag verlassen da, als sie auf dem Heimweg um die Ecke bog. Sie kam an einem kleinen, geschlossenen Wagen vorüber, der an der Bordschwelle hielt. Als sie die Straße halbwegs gegangen war und sie eben überqueren wollte, stellte sie überrascht fest, daß derselbe Wagen mit höchster Geschwindigkeit auf sie zukam. Sie hielt an, um ihn an sich vorüberzulassen. Sie bemerkte kaum, daß seine Lampen nur düster brannten, denn ihre Gedanken waren mit anderen Dingen beschäftigt. Das Auto kam näher, sein Tempo erhöhte sich von Sekunde zu Sekunde, und als es nur noch einige Meter von ihr entfernt war, fuhr es plötzlich auf sie zu.

Im ersten Augenblick wollte sie rückwärts ausweichen, aber ihr Instinkt trieb sie vorwärts. Wenn es dem Fahrer noch gelungen wäre, in die Kurve zu gehen, wäre sie dem Tode nicht entgangen. Der plötzliche Sprung nach vorn hatte ihr das Leben gerettet. Die äußere Ecke des Schutzblechs streifte ihr Kleid und riß ein großes Stück Stoff so glatt heraus, als ob es mit der Schere abgeschnitten worden wäre. Im nächsten Augenblick raste der Wagen in Richtung Fitzroy Square an ihr vorbei. Die Nummer war nicht zu erkennen.

Eine Sekunde stand Lois atemlos da und zitterte an allen Gliedern. Dann sah sie, wie sich jemand aus dem tiefen Schatten ihrer Haustüre löste und auf sie zukam. Bevor sie das Gesicht sah, wußte sie schon, wer es war.

»Sie haben Glück gehabt – beinahe hätte es Sie gefaßt«, sagte Michael Dorn.

»Was war denn das? Die müssen die Kontrolle über ihren Wagen verloren haben!«

»Ja, das stimmt«, erwiderte er ruhig. »Haben Sie die Nummer erkennen können?«

Sie schüttelte den Kopf. Seine Frage beunruhigte sie.

»Nein, ich habe sie nicht gelesen. Wünschen Sie etwas von mir, Mr. Dorn?«

»Ich wollte nur sehen, wie es Ihnen nach dem aufregenden Erlebnis geht.«

Sie schaute ihn groß an.

»Welches aufregende Erlebnis meinen Sie denn?«

»Ich denke an den kleinen Unfall, für den ich teilweise selbst verantwortlich bin«, sagte er ruhig. »Wenigstens halte ich einen Zusammenstoß auf der Straße für aufregend. Aber möglicherweise haben Sie stärkere Nerven als ich.«

»Das meinen Sie nicht – Ihre Worte beziehen sich auf mein Erlebnis im Gefängnis.«

Er beugte sich zu ihr nieder.

»Was haben Sie denn im Gefängnis erlebt?« fragte er leise.

»Wenn Sie es nicht wissen, kann ich es Ihnen nicht erzählen.« Sie wandte sich schnell von ihm ab, ging ins Haus und schloß die Tür fast vor seiner Nase.

Noch bevor sie ihr Zimmer erreicht hatte, bereute sie ihre Heftigkeit. Aber es war jetzt zu spät, unter keinen Umständen wäre sie zurückgegangen und hätte sich entschuldigt.

Lizzy erwartete sie in heller Aufregung. »Weißt du auch, daß es beinahe zwölf ist? Ich dachte, du wärest früh zu Bett gegangen.«

»Ich war im Zeitungsbüro und habe für Mr. Shaddles noch einen Gerichtsfall nachgelesen. Aber sieh mal mein Kleid – ein Auto hat mich gestreift.«

Lizzy machte ein ungläubiges Gesicht.

»Wenn es wahr ist, daß du für diesen alten Geizhals Überstunden gemacht hast, dann ist es in deinem Kopf nicht mehr ganz richtig, und du mußt dich vom Arzt untersuchen lassen. Aber ich bin fest davon überzeugt, daß das gar nicht stimmt, was du sagst – ich bin eigentlich sehr böse auf dich.«

»Warum denn?« fragte Lois. Sie nahm ihren Hut ab, warf ihn auf das Bett und betrachtete ihr zerrissenes Kleid genauer.

»Nun ja, ich weiß doch, daß du aus warst, um einen gewissen Jemand zu treffen – aber auf der anderen Seite begreife ich nicht, daß er dieses Paket schickte, wenn du mit ihm zusammen warst.«

Auf dem Tisch stand eine wunderschöne Schachtel, die Lizzy schon ausgepackt hatte. Der Seidenüberzug war mit Blumen bemalt.

»Es war ein bißchen dreist von mir, daß ich es aus dem Papier nahm – aber ich habe noch kein einziges Schokoladenplätzchen aufgeknabbert.«

»Schokolade?« fragte Lois und nahm den Deckel ab. Es war eine prachtvolle Bonbonniere mit dem erlesensten Konfekt, das jemals in ihren Besitz gekommen war. Obenauf lag eine Karte mit den Worten: »Von einem Verehrer.«

Sie runzelte die Stirn.

»Von einem Verehrer«, nickte Lizzy bedeutungsvoll. »Kein Name – ich möchte bloß wissen, wer das sein kann?«

Ihr Lächeln war zu sonderbar, um Lois noch einen Zweifel zu lassen.

»Hat er es gebracht?«

»Er? Du meinst Mike? Natürlich hat er das Ding gebracht – wenigstens vermute ich es. Es lag hier, als ich zurückkam. Wieviel andere Verehrer hast du denn noch, Mädchen?«

Lois klappte den Deckel böse zu.

»Ich hasse diesen Mann«, rief sie heftig, »und wenn er mich nicht in Ruhe läßt, werde ich mich bei der Polizei über ihn beschweren. Nicht genug, daß man ihn auf der Türschwelle sitzen findet, wenn man nach Hause kommt –«

»Saß er dort?« fragte Lizzy atemlos.

»Natürlich! Du wußtest doch, daß er hier war«, sagte Lois ungerecht. »Lizzy, du hast ihm immer geholfen und ihm Vorschub geleistet. Ich wünschte, du hättest das gelassen.«

»Ich?« fragte Lizzy gekränkt. »Ich habe ihm Vorschub geleistet? Das fehlte auch noch! Du nimmst ihn mit in deinem Wagen und fährst ihn den ganzen Nachmittag spazieren – und nun soll ich Vorschub geleistet haben! Ich habe ihn einen ganzen Monat lang nicht gesehen und während dieser Zeit kein Wort mit ihm gesprochen!«

»Wo wohnt er?« fragte Lois.

»Wie zum Donnerwetter soll ich das wissen?« brauste Lizzy auf, wurde aber gleich wieder ruhig. »Ja, ich weiß schon: er wohnt in den Hiles Mansions.«

»Dann wird dieses Paket morgen früh nach den Hiles Mansions zurückgehen«, sagte Lois bestimmt. »Und ich schreibe ihm auch noch einen höflichen Brief dazu und bitte ihn, seine Aufmerksamkeiten zu lassen –«

Lizzy zuckte die Achseln.

»Auf wen wartest du denn eigentlich noch?« rief sie verzweifelt. »Er ist ein hübscher junger Mann mit einem prächtigen Auto, ein vollkommener Gentleman!«

»Das mag alles sein, aber ich kann ihn nicht leiden«, erwiderte Lois kurz. Zu ihrem Erstaunen legte die ungeschickte Lizzy ihren Arm um sie, drückte sie liebevoll an sich und lachte.

»Ich will mich mit dir nicht zanken in den paar letzten Nächten, die wir noch zusammen sind. Dann noch eins, Lois. Ich werde niemand anders mehr zu mir nehmen. Dein Raum wartet auf dich, wenn du einmal deiner hochadeligen Umgebung müde wirst.«

Ein großer Raum der Wohnung war durch eine hölzerne Scheidewand geteilt. In der Mitte befand sich eine türlose Öffnung, die die Verbindung zwischen den beiden Zimmern herstellte und mit einem Vorhang bedeckt war. Lois packte die Bonbonniere sorgfältig wieder ein, adressierte sie an ihren ›Verehrer‹, trug das Paket ins Schlafzimmer und legte es auf den Toilettentisch. Sie wollte nicht vergessen, diese Gabe zurückzusenden, obwohl ihr die Auslage des Portos recht unangenehm war.

Sie plauderten noch einige Zeit durch die Trennungswand, aber

Lois schlüpfte bald in ihr Bett, sie fühlte sich todmüde.

»Gute Nacht!« rief sie.

»Horch mal auf den alten Mackenzie!«

Von unten tönten die weichen Töne einer Geige herauf. Leise stieg und fiel die Melodie, und Lois erschienen diese Klänge süß und beruhigend.

»Er war früher Dirigent«, sagte Lizzy. Ich wünschte, er würde seine Mondscheinsonaten für sich behalten, bis ich aus dem Hause bin.«

»Mir gefällt es sehr gut.« Die traurige Melodie ging Lois zu Herzen und stimmte so ganz zu ihrem eigenen Kummer.

»Ich werde verrückt«, brummte Lizzy, als sie ihre Strümpfe wegschleuderte und ihre Zehen betrachtete. »Wenn du schon ausgezogen bist, gehe ich hinunter und frage, ob er nicht endlich seinen mitternächtlichen Unsinn aufgibt.«

»Er hat so wenig Freude im Leben, laß ihn doch«, protestierte Lois.

»Warum geht er denn nicht aus und verschafft sich welche? Aber der alte Trottel verläßt ja seine Bude überhaupt nicht. Er hat viel Geld – außerdem gehört ihm doch dieses Haus.«

Lois lauschte. Der alte Mackenzie spielte das Intermezzo aus ›Cavalleria Rusticana‹. Sooft sie diese Melodie auch gehört hatte, war es ihr doch, als drückte sie jetzt allen Schmerz, alle Furcht und alle Empörung ihrer eigenen Seele aus.

»Musik ist ja sehr schön, wenn sie am Platze ist«, sagte Lizzy wieder. »Wenn er wenigstens noch den neuesten Schlager spielen würde – ich habe vor ein paar Tagen die Noten dazu billig gekauft und ihm geschenkt, aber er hat sie noch nicht einmal gespielt.«

Die Musik verstummte, und auch Lizzy war gleich darauf ruhig. Lois drehte sich zur Seite und fiel in einen unruhigen Schlaf. Im Traum war sie wieder im Gefängnis von Telsbury und ging selbst unter all diesen graugekleideten Frauen in dem trostlosen Kreis herum. An der Seite des Direktors stand jemand und beobachtete sie. Es war eine stattliche Frau mit breitem Gesicht und großer Nase. Ihre harten, schwarzen Augen lächelten verächtlich, als sie vorüberschritt. Und mitten im Kreis stand der alte Mackenzie und fiedelte mit seiner Geige unter dem Kinn den letzten Schlager, den Lizzy immer pfiff.

Plötzlich fuhr sie erschrocken in die Höhe.

Ein Lichtschein war über ihr Gesicht gegangen – es mußte jemand im Zimmer sein. Sie hörte leise Bewegungen und dann ein Papierrascheln. Es war Lizzy – natürlich. Sie kam ja häufig mitten in der Nacht in ihr Zimmer, wenn sie der Husten quälte, um sich die Pastillen zu holen, die Lois in der Schublade ihres Toilettentisches verwahrte. Ohne ein Wort zu verlieren, streckte sie ihre Hand aus und knipste die kleine Taschenlampe an, die vor ihrem Bett lag.

Als sie den Knopf herunterdrückte, erinnerte sie sich dunkel daran, daß die Batterie nahezu ausgebrannt war. Nur ein dünner Strahl weißes Licht erhellte den Raum, verblaßte sofort wieder, wurde dunkelgelb und verschwand dann ganz. Aber in diesem Augenblick hatte sie die Gestalt eines Mannes gesehen, der an ihrem Toilettentisch stand. Sie erkannte Michael Dorn, der ihr ein betroffenes Gesicht zuwandte.

Kapitel 7

Sekundenlang war sie vor Schrecken wie gelähmt, und erst als sie hörte, daß er quer durchs Zimmer ging, schrie sie auf.

Lizzys Bett krachte, gleich darauf stand sie neben Lois.

Lois war auch aus dem Bett gesprungen und drehte mit zitternden Fingern ihre Lampe an. Aber das Zimmer war leer.

»Es war jemand hier – ein Mann«, sagte sie entsetzt.

»Du hast geträumt«

»Ich habe nicht geträumt – höre doch!«

Die Tür wurde unten geschlossen. Lois eilte zum Fenster, zog die Jalousie hoch, lehnte sich hinaus und sah einen Mann schnell die Charlotte Street hinuntergehen.

»Dort ist er! Erkennst du ihn nicht? Es ist Dorn!«

Lizzy beugte sich aus dem Fenster, und als sie sich umwandte, sah Lois ihr erschrockenes Gesicht.

»Ich möchte nicht bestreiten, daß er es war.« Lizzy war vorsichtig. »Glaubst du, daß Dorn hier im Zimmer –«

Lois nickte. Dieser Schrecken, der zu all dem anderen kam, hatte sie völlig aus der Fassung gebracht.

»War er hier? In diesem Raum?« Lizzy war noch nicht überzeugt, aber ein Blick auf das Gesicht der Freundin sagte ihr, daß Lois sich nicht geirrt haben konnte.

Eilig lief sie in die Küche und holte ein Glas Wasser. Lois trank gierig.

»Der ist aber frech wie der Teufel.« Lizzy setzte sich in einen Stuhl und schaute Lois bestürzt an. »Was wollte er denn?«

»Ich weiß nicht – er stand vor dem Toilettentisch. Ich sah ihn nur einen kurzen Augenblick, dann ging diese dumme Lampe wieder aus.«

»Der ist aber frech!« sagte Lizzy noch einmal. »Alles hat doch seine Grenzen! Mitten in der Nacht in das Schlafzimmer einer jungen Dame einzubrechen, erscheint mir eines Gentlemans nicht würdig.«

Lois lächelte schwach.

»Hat er nichts gesagt?«

Sie schüttelte den Kopf.

»Er ist davongelaufen wie ein Hase.«

»Erst schickt er dir mitten in der Nacht Schokolade –«

Lois' Blicke streiften den Toilettentisch. Sie sprang mit einem Schrei auf.

»Sie ist nicht mehr da!«

Lizzy machte ein langes Gesicht.

»Fort? Hattest du sie dorthin gelegt?«

»Ich stellte sie auf den Toilettentisch, um mich morgen früh daran zu erinnern – ich denke doch, daß es so war.«

Sie durchsuchten schnell die Küche und den Raum, aber sie konnten die Bonbonniere nicht finden.

»Vielleicht wußte er, daß du nicht gern süßes Zeug ißt, und wollte sie zurückholen.«

Aber Lois achtete nicht auf Lizzy.

»Ich weiß nicht – ich verstehe es nicht –«

In diesem Augenblick rief eine Stimme von unten herauf. Lizzy öffente die Tür.

»Ist etwas passiert?« Es war der alte Mackenzie.

»Der Mann schläft auch nie, er hätte eigentlich Nachtwächter werden sollen«, flüsterte Lizzy leise. »Nein, es ist alles in Ordnung, Mr. Mackenzie«, rief sie dann laut.

»Ich hörte, daß vor einigen Minuten jemand die Treppe hinunterging und das Haus verließ«, sagte der alte Mann. »Ich dachte, eine von Ihnen wäre krank.«

»Nein, Mr. Mackenzie, das war ich – ich sah nach, ob Miss Reddle die Haustür geschlossen hatte. Gute Nacht.«

Sie kam zurück und schaute nachdenklich auf die Uhr.

»›Um drei Uhr morgens‹ ist ein hübscher neuer Schlager – aber es ist nicht gerade die richtige Zeit für junge Leute, um in den Zimmern junger Damen herumzuschnüffeln. Was wirst du nun machen, Lois? Immerhin hast du nun das Porto für die Bonbonniere gespart. Ich glaube, eine Tasse Tee wäre ganz angebracht.«

Soweit Lizzy in Betracht kam, war jeder Augenblick und jede Gelegenheit recht, um Tee zu trinken. Sie eilte in die Küche und kam zehn Minuten später mit einer Kanne zurück, deren heißer Inhalt ihr und Lois sehr guttat. Ausnahmsweise hatte Lizzy auch genügend Teeblätter genommen.

»Es gibt zwei Wege«, begann Lois. »Erstens könnte ich die Polizei benachrichtigen, zweitens könnte ich persönlich Mr. Dorn aufsuchen und Aufklärung von ihm verlangen. Ich glaube, das zweite tue ich auch. Bitte, gib mir noch einmal seine Adresse.«

»Aber du wirst doch nicht jetzt gleich gehen!« sagte Lizzy erschrocken.

»Nein, ich gehe vor den Bürostunden zu ihm.«

»Da liegt er sicher noch im Bett – es ist ja möglich, daß du ihm die Schokolade wieder wegnehmen kannst, während er schläft«, meinte Lizzy scherzend.

Die Hiles Mansions waren ein stattlicher Häuserblock mit vielen Wohnungen in der Nähe der Albert Hall, aber Mr. Dorns Wohnung war die unscheinbarste von allen. Sie lag im obersten Stockwerk und bestand nur aus zwei Räumen, einem Bad und einer kleinen Eingangshalle. Der Fahrstuhlführer war in Hemdsärmeln und putzte die Messingbeschläge, als Lois zu so früher Morgenstunde ankam. Er war nicht überrascht über ihr Verlangen.

»Er wohnt im obersten Stock, mein Fräulein. Wenn Sie in den Lift treten wollen – entschuldigen Sie bitte meine Hemdsärmel – ich werde Sie nach oben fahren.«

Der Fahrstuhl hielt im sechsten Stock, und der Mann zeigte auf eine der drei einfachen Rosenholztüren, die auf demselben Flur lagen. Sie zögerte einen Augenblick, den Knopf zu drücken, aber dann nahm sie allen Mut zusammen und klingelte. Sie nahm an, daß Sie lange warten müßte, denn wenn Mr. Dorn tatsächlich in der Nacht in ihrer Wohnung gewesen war, würde er jetzt sicher noch schlafen. Aber kaum hatte sie die Hand von dem Knopf zurückgezogen, da öffnete sich zu ihrem großen Erstaunen die Tür, und Michael Dorn stand vor ihr. Er schien schon einige Zeit auf zu sein, denn er war vollständig angekleidet und rasiert. Auch konnte man ihm nicht ansehen, daß er eine schlaflose Nacht hinter sich hatte. »Das ist ein unerwartetes Vergnügen, Miss Reddle«, sagte er. »Kommen Sie bitte herein.«

Das Arbeitszimmer, in das er sie führte, war viel größer, als sie erwartet hatte; die durch die Dachneigung verursachte schiefe Decke gab ihm einen eigentümlichen, aber interessanten Charakter. Auf den ersten Blick sah sie, daß die Einrichtung aus alten, wertvollen Möbeln bestand. Der Schreibtisch, auf dem eine offene Zeitung lag, war zweifellos Boule-Arbeit. Das einzige moderne Stück in dem Raum war der tiefe Sessel vor dem Kamin. Radierungen hingen an den geschmackvoll getönten Wänden. In einer Nische stand ein Bücherschrank.

»Ich komme aus einem sehr ernsten Anlaß, Mr. Dorn.«

»Es tut mir leid, das zu hören«, antwortete er und schob den bequemen Sessel für sie zurecht.

»Ich möchte mich nicht setzen, danke schön. Gestern abend sandten Sie mir eine Bonbonniere mit Schokolade. Ich kann wohl verstehen, daß Sie das in guter Absicht taten, aber ich denke, ich hätte Ihnen klar genug gesagt, daß ich Ihre Bekanntschaft nicht wünsche. Ich danke Ihnen vielmals für alles, was Sie für mich getan haben«, fuhr sie zusammenhanglos fort, »aber –« Sie machte eine Pause.

»Aber?« wiederholte er.

»Sie haben sich mir gegenüber ganz abscheulich betragen!« Sie wurde rot. »Mir Schokolade zu schicken, war schon eine Unverschämtheit, aber in meine Wohnung einzudringen, war ein Verbrechen! Ich bin hierhergekommen, um Ihnen zu sagen, daß ich mich an die Polizei wenden werde, wenn Sie mich jetzt nicht in Ruhe lassen!«

Er lehnte am Tisch und spielte mit einem langen, spitzen Dolch, der offensichtlich als Brieföffner diente.

»Sie sagten eben, daß ich in Ihre Wohnung eingedrungen sei – wie kommen Sie darauf?«

»Ich habe Sie erkannt! Sie kamen, um die Bonbonniere wiederzuholen. Aber die Mühe hätten Sie sich sparen können – ich hätte sie Ihnen heute morgen sowieso zurückgeschickt.«

Zu ihrem Erstaunen leugnete er nicht, daß er in ihrem Zimmer gewesen war, er gab es sogar offen zu.

»Hätte ich das gewußt, dann wäre ich wahrhaftig nicht in der Nacht gekommen«, sagte er mit einer Ruhe, die sie vollständig fassungslos machte. »Mein Verhalten mag in Ihren Augen unentschuldbar sein, aber die Erklärung dafür ist sehr einfach. Bis Viertel nach eins wußte ich nämlich gar nicht, daß Sie die Schokolade erhalten hatten.«

Er ging quer durch das Zimmer, zog eine Schublade auf und nahm die Bonbonniere heraus.

»Das ist sie doch?«

Sie war über seine Kühnheit so verblüfft, daß sie nicht sprechen konnte. Er legte die Bonbonniere in den Schrank zurück.

»Ich habe Ihre Intelligenz unterschätzt, Miss Reddle. Leider habe ich allzu häufig in meinem Leben die Begabung der Frauen zu leicht genommen.«

»Ich kann Sie nicht verstehen«, sagte sie hilflos. »Ich wollte Ihnen doch nur sagen –«

»Sie wollten mir sagen, daß Sie die Polizei benachrichtigen würden, wenn sich so etwas wiederholt«, vollendete er. »Das wäre auch vollständig in Ordnung. Wann werden Sie Ihre neue Stellung antreten?«

»Am Montag.« Sie war über sich selbst verwundert, daß sie ihm das sagte. Aber dann erinnerte sie sich daran, daß der Zweck ihres Herkommens nicht darin bestand, ihm über ihr Tun und Lassen Auskunft zu geben, und sie ging zur Tür. »Sie leugnen also nicht, daß Sie in meiner Wohnung waren?«

»Nein – warum sollte ich das tun? Sie sahen mich doch. Durch den Lichtschein meiner Lampe weckte ich sie auf. Das tut mir sehr leid; wenn ich nicht diesen dummen Fehler gemacht hätte, würden Sie es gar nicht gemerkt haben.«

Sie starrte ihn entsetzt an.

»Sie geben zu, daß Sie bei mir waren?« fragte sie ihn, und ihr Erstaunen wuchs, als sie sich plötzlich darüber klar wurde, wie groß eigentlich sein Vergehen war. »Wie konnten Sie das tun, Mr. Dorn?«

»Es ist viel leichter für mich, einen Fehler zuzugeben, als ihn durch Lügen zu beschönigen«, sagte er kühl. »Selbst Sie werden mir wegen meiner Offenheit Glauben schenken müssen.«

Er begleitete sie zur Treppe und klingelte nach dem Fahrstuhl.

»Sie müssen Ihre Tür zuschließen, Miss Reddle«, sagte er, »ganz gleich, wo Sie sind. Selbst in dem Palais der Gräfin von Moron – Sie müssen Ihre Tür immer verschlossen halten.«

Er schaute den Fahrstuhlschacht hinunter und sah, daß der Lift nicht nach oben kam. Der Mann, der ihn bediente, hatte das Gebäude verlassen und sein Klingelzeichen nicht gehört.

»Wenn ich an Ihrer Stelle wäre, würde ich Ihrer Mutter nicht schreiben. Sie würden falsche Hoffnungen erwecken – sie ist jetzt ruhig und ausgeglichen. Der Gedanke, daß Sie leben und alles wissen, könnte den schwachen Lebensfaden zerreißen, der sie all die Jahre aufrechterhalten hat.«

»Woher wissen Sie das?« fragte sie atemlos und schaute ihn entsetzt an.

Man hörte das leise Geräusch des sich nähernden Fahrstuhls.

»Ich würde an Ihrer Stelle wirklich nicht schreiben«, sagte er mit einem Lächeln und geleitete dann das verstörte Mädchen in die Kabine. Er wartete, bis er unten das Aufschließen der Lifttür hörte, ging dann langsam in seine Wohnung zurück, schloß die Tür hinter sich und ließ sich in dem Sessel vor seinem Schreibtisch nieder. Aber er las die Zeitung nicht weiter.

Eine halbe Stunde lang saß er, das Kinn in die Hand vergraben. Dann erhob er sich und öffnete die Tür zu dem zweiten Zimmer. Ein hagerer, kleiner Mann mit dunklem, melancholischem Gesicht saß geduldig auf einem Stuhl, seitdem die Klingel die Ankunft der jungen Dame gemeldet hatte. Auf einen Wink Dorns kam er in das Arbeitszimmer.

»Spüren Sie Chesney Praye auf und suchen Sie herauszubekommen, was er letzte Nacht tat und wohin er ging. Er hat wahrscheinlich Bakkarat im Limbo-Klub gespielt. Wenn das stimmt, erkunden Sie, wieviel er verloren hat. Das wäre alles für heute.«

Ohne ein Wort zu erwidern, verschwand der kleine Mann durch die Tür. Dorn rief ihn noch einmal zurück.

»Gehen Sie auch nach Scotland Yard und versuchen Sie den Eigentümer eines blauen Buick Dr. XC 2997 festzustellen. Ich weiß schon, wer es ist, aber ich möchte die Sache bestätigt haben.«

Als sich die Tür hinter seinem Angestellten geschlossen hatte, nahm Mike Dorn mehrere Bogen Papier aus einem Fach seines Schreibtisches und schrieb eine halbe Stunde lang eifrig. Als er den Brief beendet hatte, frankierte er ihn und bat den Liftführer, ihn zur Post zu tragen. Dann kehrte er in seine Wohnung zurück, nahm Kragen und Krawatte ab und legte sich nieder, um zu schlafen. Und er brauchte wirklich Schlaf, denn er hatte die letzten sechsunddreißig Stunden kein Auge geschlossen.

Kapitel 8

Lois Reddle konnte sich später nicht mehr an die Vorgänge dieses Morgens erinnern. Wie im Traum tat sie mechanisch ihre Arbeit, und daß sie nicht Fehler über Fehler machte, war ihrer natürlichen Ordnungsliebe zuzuschreiben. Sie ging mit Lizzy zum Mittagessen in ein benachbartes Restaurant. Wie gewöhnlich war das die Hauptmahlzeit des Tages, aber sie konnte nichts essen, und ihre Freundin war sehr besorgt um sie.

»Was fehlt dir denn?« fragte Lizzy ängstlich.

Lois gab sich die größte Mühe, nicht mehr daran zu denken.

»Worüber hast du dich denn so aufgeregt? Ist es die Auseinandersetzung, die du mit ihm hattest?«

Zuerst verstand Lois nicht, wovon Lizzy sprach.

»Ach, du meinst Mr. Dorn – nein, das hat mich nicht im mindesten aufgeregt, es war wirklich eine sehr ruhige Aussprache.«

»Hast du ihm auch gesagt, was das für eine Frechheit von ihm war,«

»Das schien er alles selbst zu wissen«, sagte Lois lächelnd.

»Ich wette, daß er ganz verstört war und um Entschuldigung gebeten hat. Ist er vor dir auf die Knie gefallen?« Sie wollte alles ganz genau wissen, aber Lois schüttelte den Kopf.

»Es ist nichts Aufsehenerregendes passiert. Er hat es ein wenig bereut, aber nur ein wenig. Ich bin erschrocken.«

»Erschrocken?« fragte Lizzy entrüstet. »Weshalb denn? Jetzt werde ich aber einmal hingehen und ihm den Kopf waschen.«

»Nein, das wirst du nicht tun – er wird uns nicht wieder beunruhigen«, sagte Lois schnell.

»Aber was ist denn passiert? Hast du ihn nicht um Aufklärung gebeten?«

»Ja, so etwas Ähnliches habe ich wohl getan.« Lois hätte das Thema gern gewechselt, aber Lizzy blieb hartnäckig dabei.

»Wenn ihr richtig verlobt wärt und du krank wärst und wenn ihr euch außerdem gezankt hättet, dann würde ich ja nichts dabei finden, daß er gekommen ist«, begann Lizzy.

»Wir sind aber nicht verlobt, weder öffentlich noch heimlich, ich bin gesund und habe mich auch nicht mit ihm gezankt – also war es nicht richtig. Aber er wird uns nicht mehr belästigen, Lizzy.«

»Ich versuchte schon den ganzen Morgen, ein Wort mit dir zu sprechen, aber du bist ja ganz verstört und geistesabwesend herumgegangen. Da mußte ich doch annehmen, daß du ihm die Hölle heiß gemacht hast – entschuldige den Ausdruck – und daß es eine fürchterliche Szene gegeben hat. Aber ich dachte, du würdest mir wenigstens alles berichten, wenn wir zum Essen gingen.«

Aber Lois war hart wie Stein, und die Mittagspause ging vorüber, ohne daß Lizzy etwas Genaueres über die Pläne ihrer Freundin erfahren hätte.

Das einzige angenehme Resultat ihrer morgendlichen Unterredung mit Dorn war, daß sie weder an diesem noch am nächsten Tag etwas von ihm oder seinem langen, schwarzen Auto sah. Aber als die Tage vorübergingen, war ihr diese Erleichterung nicht so angenehm, wie sie gedacht hatte, und am Sonnabendnachmittag wünschte sie sogar, daß sie eine Entschuldigung hätte, um ihn wieder zu treffen.

Was wußte er über ihre Mutter? Kannte er die Zusammenhänge schon lange und interessierte er sich deshalb so sehr für sie? Es schien unmöglich, daß er selbst auch nur entfernt an dem Fall beteiligt war. Ihrer Schätzung nach war er ungefähr dreißig Jahre alt, vielleicht auch jünger; er mußte ein Kind gewesen sein, als Mary Pinder vor Gericht stand.

Lois kam plötzlich der Gedanke, daß sie eigentlich auch Pinder heißen müßte, aber das berührte sie kaum.

Am Montagmorgen packte sie ihre beiden Koffer und brachte sie mit Lizzys Hilfe auf die Straße zu dem wartenden Auto. Ihre Freundin war dem Weinen nahe. Der alte Mackenzie hielt sich ängstlich im Hintergrund. Er verließ das Haus nur selten, seit Jahren lebte er hier in freiwilliger Gefangenschaft.

»Warum steckt er seine Nase schon wieder heraus?« fragte Lizzy boshaft. »Wenn du fortgehst, spielt er sicher ›Martha, Martha, du entschwandest‹.«

Aber ihre Prophezeiung erfüllte sich nicht, und Lois kam in das Palais am Chester Square, ohne irgendeinen der Unfälle erlebt zu haben, die Lizzy ihr düster vorausgesagt hatte.

Ein livrierter Portier öffnete ihr die Tür. Man erwartete sie anscheinend, denn er führte sie die breite, mit dicken Läufern belegte Treppe hinauf in einen großen, luftigen Raum. Von hier aus hatte man eine schöne Aussicht auf den Platz.

Lady Moron saß an ihrem kleinen Schreibtisch, als Lois gemeldet wurde. Sie erhob sich in ihrer imponierenden Größe, um sie zu begrüßen. Keine andere Frau hätte das leuchtendgrüne Samtkleid tragen dürfen, das ihre Gestalt so vorteilhaft erscheinen ließ. Auf ihrer vollen Brust glänzte und sprühte ein großer Diamant, der an einer Perlenkette um ihren Hals hing. Ihr Gesicht war weiß gepudert, und ihre schwarzen, hochgeschwungenen Brauen hoben sich scharf davon ab. Lois hatte jetzt Zeit und Gelegenheit, ihre neue Herrin zu betrachten, und sah, daß ihr schwarzes Haar echt war; dagegen waren Augenbrauen und Lider stark nachgezogen.

»Das Mädchen wird Ihnen Ihr Zimmer zeigen, Miss Reddle«, sagte die Gräfin in ihrer ruhigen Art. »Ich hoffe, Sie werden sich bei uns wohl fühlen. Wir leben anspruchslos, und Sie haben keine Pflichten, die eine Dame nicht erfüllen könnte.«

Lois verneigte sich leicht bei diesem Versprechen, und ein paar Minuten später betrachtete sie überrascht ihr neues Schlafzimmer. Es war ein großer Raum im Obergeschoß, der ebenfalls nach dem Platz zu lag. Alle Bequemlichkeiten waren vorhanden, und ohne daß es ihr zum Bewußtsein kam, verglich sie die Möbel Mike Dorns mit diesen. Sie waren ebenso luxuriös.

Sie kleidete sich um und ging dann zum Salon zurück, der gleichzeitig auch Lady Morons ›Arbeitszimmer‹ war. Sie öffnete die Tür und zögerte, denn es waren jetzt noch zwei Herren in dem Raum. Den einen erkannte sie als den jungen, schmächtigen Grafen, der zweite hatte eine gedrungene, untersetzte Gestalt. Sein rotes, volles Gesicht zeugte von seiner Vorliebe für gutes Leben. Wenn er lächelte, was er häufig tat, blitzten seine weißen Zähne auf, die Lois irgendwie an das Gebiß eines Tigers erinnerten, obwohl sicherlich nichts Raubtierartiges an diesem Mann mit dem plumpen Körper und den gelockerten, rötlichen Haaren war. Das einzige Interessante war seine hohe Stirn.

»Mr. Chesney Praye«, stellte ihn die Gräfin vor.

Lois' Finger wurden von einer dicken, großen Hand umschlossen.

»Ich freue mich sehr, Sie kennenzulernen, Miss Reddle.« Seine Stimme klang angenehm, obwohl er etwas heiser sprach. Mit unverhohlener Bewunderung lag sein zudringlicher Blick auf ihr.

»Lord Moron ist Ihnen ja schon bekannt.«

Der junge Graf nickte und murmelte etwas Unverständliches.

»Miss Reddle ist meine neue Sekretärin«, erklärte die Gräfin. Sie sprach die vier Silben des letzten Wortes aus, als ob sie getrennt wären. »Sie werden sie häufig bei mir sehen, Chesney – Mr. Praye ist nämlich mein Berater in finanziellen Angelegenheiten.«

Chesney Praye machte durchaus nicht den Eindruck, als ob er zu dieser Stellung irgendwie befähigt wäre. Er hätte eher einen Rat über den korrekten Schnitt eines Anzugs oder den richtigen Sitz einer Krawatte geben können. Er war tadellos gekleidet. Lois hatte die Redensart ›geschniegelt und gestriegelt‹ oft gelesen, aber jetzt erlebte sie zum erstenmal, was das bedeutete.

»Sie haben hier eine hübsche Stellung, Miss Reddle«, sagte Praye. »Sicher werden Sie mit der Gräfin gut auskommen. Waren Sie schon einmal bei der Bühne?«

»Nein«, sagte sie mit einem schwachen Lächeln, als sie sich an die Warnung des alten Mackenzie erinnerte.

»Schade. Sie müßten sich prächtig auf der Bühne ausnehmen«, plauderte er weiter. »Sie haben die Haltung, die Gestalt, die Stimme und alles, was man sonst noch braucht. Ich bin ein paar Jahre an einem Lustspieltheater gewesen – es ist ein Hundeleben für einen Mann und nicht viel besser für eine Frau.«

Er lachte laut, als ob irgendein Witz in seinen Worten stecke. Lois war erstaunt, daß die Gräfin sein freies und vorlautes Wesen nicht rügte, da es kaum mit seiner Stellung vereinbar schien.

»Ich würde gern zur Bühne gehen.«

Der schweigsame Lord Moron hatte das gesagt, und seine Stimme hatte einen mürrischen Unterton. Es war, als ob ein kleiner Junge nach etwas fragte, das ihm schon versagt worden war.

Die Gräfin wandte ihre dunklen, unfreundlichen Augen ihrem Sohn zu. »Du wirst niemals zur Bühne gehen, Selwyn«, sagte sie bestimmt. »Bitte, schlage dir diesen Unsinn aus dem Kopf.«

Lord Moron spielte mit seiner Uhrkette und bewegte die Füße ungehaglich hin und her. Lois schätzte ihn auf fünfundzwanzig bis dreißig Jahre und vermutete, daß er nicht verheiratet war. Sie hatte den Verdacht, daß er vielleicht an Geistesschwäche litt. Später erfuhr sie, daß er nur ein Mensch mit wenig Energie war, der ganz unter der Herrschaft seiner Mutter stand. Er hatte einen ruhigen, harmlosen und einfachen Charakter.

»Das ist nichts für dich, Junge«, sagte Mr. Chesney Praye und klopfte ihm so stark auf die Schulter, daß Lord Moron stöhnte. »Es gibt eine ganze Menge anderer Beschäftigungen für dich, nicht wahr, Gräfin?«

Sie antwortete ihm nicht. Sie stand an dem großen Schiebefenster und schaute auf den Platz hinunter. Jetzt wandte sie sich um, nahm ihre Lorgnette und hob sie an die Augen. »Wer ist dieser Herr?« fragte sie.

Chesney Praye blickte hinunter, und Lois bemerkte, daß sein Mund zuckte und sein Gesicht blaß wurde.

»Verdammt!« sagte er leise. Die Gräfin wandte sich langsam um und sah ihn forschend an.

»Wer ist es?« fragte sie noch einmal.

»Das ist der geschickteste Mann in London – ich meine Detektiv. Ich würde tausend Pfund geben, wenn ich an seiner Beerdigung teilnehmen könnte. Er hat eine Abneigung gegen mich –«

Er hielt ein, als ob er zuviel gesagt hätte. Lois sah über seine Schulter hinab zu dem Mann, der langsam die Straße entlangging.

Es war Michael Dorn!

Kapitel 9

»Ein Detektiv?« fragte Lady Moron. »Ich wüßte wirklich nicht, warum Sie sich über Detektive zu ärgern brauchten, Chesney. Sie sind hoffentlich kein Verbrecher?«

»Natürlich bin ich das nicht«, erwiderte er schroff, fast grob, »aber ich hasse diesen Burschen. Er heißt Dorn – Michael Dorn. Er ist der einzige Privatdetektiv in England, der etwas taugt. Sie ziehen ihn sogar in Scotland Yard zu Beratungen hinzu, sie halten dort sehr viel von ihm. Er war der Mann, der die Razzia im Limbo-Klub organisierte, und er versuchte mich, als einen der Besitzer, für schuldig zu erklären. Aber da hatte er sich getäuscht.«

Michael Dorn war jetzt außer Sehweite gekommen, und das Mädchen war dankbar, daß sich das Interesse dieser Menschen so auf ihn konzentrierte, daß man sie nicht beachtete, sonst hätte sie ihre Bekanntschaft mit ihm verraten.

Ein Detektiv!

»Dieser Kerl ist frech wie der Teufel«, fuhr Chesney Praye fort und wiederholte dabei unbewußt Lizzys Worte. »Er ist skrupellos und würde seine eigene Tante einbuchten, um sie zu überführen. Er war Polizeikommissar in Indien, gab aber diesen Posten auf und nahm sich eines afrikanischen Millionärs an, der einige Dokumente verloren hatte und ihm für die Wiederbeschaffung ein Vermögen bezahlte – das ist wenigstens das, was ich über ihn weiß.«

Was für ein Mann war Chesney Praye, daß er eine solche Sprache in Gegenwart der vornehmen Gräfin führen durfte? Lois hatte von Männern und Frauen gehört, die eine so gefestigte Stellung im Haushalt des hohen Adels einnahmen, daß sie familiär mit den Leuten sprechen durften, die sie bezahlten. Sie nahm an, daß dies ein solcher Fall war.

Aber Lord Moron protestierte.

»Ich liebe das Wort ›einbuchten‹ nicht«, sagte er aufgeregt. »So gemeine Ausdrücke gebraucht man in Gegenwart einer Dame nicht! Haben Sie verstanden?«

Wieder schüchterten ihn die drohenden Augen seiner Mutter ein.

»Es verletzt mich nicht, Selwyn, und du hast auch keinen Grund, anzunehmen, daß sich meine Sekretärin beleidigt fühlen könnte.«

Er senkte den Blick, murmelte etwas Zusammenhangloses und schlich sich schuldbewußt aus dem Raum. Lois wäre ihm gern gefolgt, aber sie fand keine Entschuldigung. Gleich darauf verabschiedete die Gräfin Chesney Praye.

»Sie müssen jetzt gehen, Chesney. Ich möchte mit Miss Reddle ein wenig sprechen.«

Chesney verneigte sich mit seinem stets bereiten Lächeln formvollendet vor ihr. Er beugte sich nieder, um ihre große, weiße Hand zu küssen, die mit so vielen Juwelen geschmückt war, daß Lois neugierig war, ob er sich nicht die Lippen daran schneiden würde.

»Ich hoffe, Sie bald wiederzusehen, gnädiges Fräulein«, sagte er lebhaft, als er Lois' Hand mit unnötigem Druck schüttelte und seinen strahlenden Blick nicht von ihr wandte. Ich darf ihr London ein wenig zeigen, nicht wahr, Gräfin? Ist sie vom Lande?«

»Miss Reddle lebt schon einige Jahre in der Stadt«, sagte Lady Moron, und ihr tadelnder Ton würde die meisten Menschen entmutigt haben weiterzusprechen. Aber Mr. Chesney gehörte nicht zu ihnen.

»Wahrscheinlich hat sie aber noch nicht die interessanten Dinge gesehen, die ich ihr zeigen werde. Vielleicht erlaubt Mylady, daß Sie einmal abends ausgehen und im Klub speisen. Tanzen Sie?«

»Wenn es mir gestattet ist, mir meine Partner selbst zu wählen, tanze ich sehr gern«, sagte Lois.

»Sie werden mich wählen«, erwiderte er, »ich bin ein ausgezeichneter Tänzer!« Und damit empfahl er sich.

Erst einige Zeit nachdem sie allein waren, sprach Lady Moron. Sie stand noch am Fenster und hatte die Hände auf dem Rücken verschränkt.

Sie blickte auf den Platz hinunter, und Lois dachte, sie hätte ihre Angelegenheiten vergessen.

»Es ist heute nichts für Sie zu tun«, sagte die Gräfin, ohne den Kopf zu wenden. »Ich habe alle meine Briefe schon beantwortet. Wir speisen um halb zwei, und Sie nehmen die Mahlzeiten natürlich mit uns zusammen ein. Um acht Uhr wird zu Abend gegessen. Es ist Ihnen gestattet, jeweils am Nachmittag zwischen fünf und zehn Uhr auszugehen, und die Weekends, die ich auf dem Lande verbringe, gehören Ihnen. Das ist zunächst alles. Ich danke Ihnen.

Miss Reddle.«

Nach dieser Verabschiedung ging Lois in ihr Zimmer. Sie wußte aber nicht, was sie während der kurzen Zeit bis zum Essen noch beginnen sollte.

Als Chesney Praye das Haus am Chester Square verließ, sah er sich nach rechts und links um und entdeckte sofort den Gesuchten. Nachlässig stand er an der Ecke der Straße und wandte ihm den Rücken zu. Chesney zögerte einen Augenblick, dann ging er entschlossen auf den scheinbar nichtsahnenden Michael Dorn zu.

»Sehen Sie mal an, Dorn!«

Der Detektiv wandte sich langsam um

»Guten Morgen«, sagte er und hob die Augenbrauen, als ob Praye der letzte gewesen wäre, den er zu dieser Zeit hier erwartet hätte.

»Warum sind Sie hinter mir her?«

»Hinter Ihnen her? Ach, Sie meinen, daß ich Ihnen folge?«

»Was wollen Sie von mir?« fragte der andere grob.

Dorn schaute ihn nachdenklich an.

»Haben Sie den Eindruck, daß ich hinter Ihnen her bin?«

»Ich habe nicht den Eindruck – ich weiß es!« Chesneys Gesicht färbte sich dunkler. »Ich sah Sie heute morgen ganz genau, als ich aus meiner Wohnung in der St. James' Street kam, und dachte, Sie seien zufällig dort. Einer Ihrer Spürhunde war im Limbo-Klub und hat die Kellner ausgehorcht. Was wollen Sie von mir?«

»Ich bin neugierig«, murmelte Michael, »ich bin nur neugierig. Ich bin dabei, ein Buch über ungewöhnliche Verbrechen zu schreiben, und darin sind natürlich ein paar Seiten für Sie reserviert.«

Chesney Prayes Augen waren nur noch Schlitze, als er Michael an der Weste faßte.

»Ich will Ihnen einen guten Rat geben, Dorn«, sagte er. »Lassen Sie die Finger davon – oder Sie werden sich verbrennen!«

»Ein guter Rat ist des andern wert«, entgegnete der Detektiv. »Nehmen Sie Ihre Hand von meiner Weste, oder Sie bekommen einen Fußtritt!«

Er sagte das in der höflichsten Art, aber der aufgeregte Mann wußte, daß jedes Wort so gemeint war, wie es gesagt wurde, und zog seine Hand zurück. Bevor er sich wieder in der Gewalt hatte, sprach Dorn weiter.

»Sie haben einen guten Posten, Praye – verlieren Sie ihn nicht. Ich weiß, daß Sie eine sehr vornehme Dame in finanziellen Angelegenheiten beraten. Wenn ich zufällig höre, daß Sie ihr raten, Geld in Ihren wilden Unternehmungen anzulegen oder einen der kleinen Spielklubs zu finanzieren, mit denen Sie in der letzten Zeit so einträgliche Geschäfte machen, werde ich Sie von der Polizei verhaften lassen.«

»Sie verdammter Schnüffler!» fuhr der andere heftig auf.

»Ich habe Sie gewarnt«, sagte Dorn.

»Sie sind hier nicht in Indien –« begann Chesney wieder. Zu spät erkannte er seinen Fehler.

»Das stimmt – ich bin nicht in Indien, Sie aber auch nicht.« Michaels Stimme war sanft, fast weich. »Vor sieben Jahren war ich dort – in Delhi –, da gab es auch einen smarten jungen Regierungsbeamten, Finanzberater einiger indischer Fürsten, dessen Abrechnungen recht sonderbar waren. Bei der Nachprüfung fehlten zwanzigtausend Pfund. Man wußte nicht, wo das Geld geblieben war. Allgemein nahm man an, daß der Beamte schwachsinnig sei und keine Straftat vorliege. Er wurde aus dem Staatsdienst entlassen, aber man erhob keine Anklage gegen ihn.«

Chesney Praye wurde unruhig.

»Ich gab damals den Rat, die Anklage und den Prozeß gegen ihn streng durchzuführen«, fuhr Dorn fort. »Denn ich wußte, daß das fehlende Geld in Wirklichkeit bei der Bank in Bombay auf den Namen einer Freundin deponiert war. Die hohen Beamten in Simla fürchteten aber einen Skandal, und so kam es, daß der Dieb« – er machte eine Pause und sah, daß Chesney zusammenzuckte – »sein auf unredliche Weise erworbenes Geld nach Europa verschieben konnte. Jetzt begegne ich demselben Mann hier, und zwar wieder in der Rolle eines Finanzberaters!«

Chesney räusperte sich, er fand seine Stimme wieder.

»Es gibt in England ein Gesetz gegen Beleidigungen –«

»Es gibt auch verschiedene andere Gesetze, vor allem die vorzüglichen Strafgesetze. Und die Bestimmung der Bewährungsfrist erstreckt sich nicht auf schwere Verbrechen. Ein einziger scharfer Artikel in einer unabhängigen Zeitung, und man muß Sie packen, ob die Regierung will oder nicht.«

Chesney Praye sah erst nach der einen, dann nach der anderen Seite, raffte sich dann zusammen und schaute dem Detektiv gerade in die Augen. Sein Gesicht war bleich.

»Ich habe Sie nicht mit diesem Geschäft belästigt«, sagte er. »Ich wußte, daß ich irgendwo im Hintergrund einen Feind hatte. Das waren Sie, nicht wahr?«

Dorn nickte.

»Das war ich. Übrigens – wo ist Ihr liederlicher Freund geblieben, dieser Dr. Tappatt? Ich dachte, er hätte sich zu Tode getrunken, aber wie ich hörte, ist er in London. Vor einem Jahr machten Sie ihn mit der Gräfin bekannt. Haben Sie ihr von seinem merkwürdigen Ruf erzählt? Er ist wahrscheinlich ihr medizinischer Berater geworden? Oder unterhält er vielleicht jetzt eins der berüchtigten nichtangemeldeten Irrenhäuser? Früher oder später kommt dieser Mann an den Galgen.«

Praye gab keine Antwort. Sein Gesicht zuckte nervös. Einen Augenblick lang hatte er den wahnwitzigen Wunsch, auf seinen Quäler loszuschlagen, aber er beherrschte sich.

»Ich sehe nicht ein, warum wir uns über die Vergangenheit streiten«, sagte er ruhig. »Sie irren, wenn Sie glauben, daß ich aus diesem Delhigeschäft Geld gezogen hätte. Tappatt habe ich schon seit Monaten nicht mehr gesehen. Aber ich weiß, daß ich Sie nicht überzeugen kann. Wir wollen das Kriegsbeil begraben.«

Michael Dorn übersah die Hand, die ihm Praye hinhielt.

»Wenn ich das Kriegsbeil mit Ihnen begrabe, Praye, mache ich mir nur die Unkosten, ein neues kaufen zu müssen. Gehen Sie Ihren Weg und machen Sie keine Seitensprünge. Wenn Sie aber mit mir zusammenstoßen, werde ich Sie treffen, und zwar schwer.«

Er sah den flammenden Haß in den Augen des anderen, aber sein Blick blieb fest. Plötzlich drehte sich Praye um und ging fort.

Der Detektiv wartete, bis er außer Sehweite war, dann schlenderte er durch eine Seitenstraße, ging an der Rückseite der Hintergebäude von Chester Square 307 entlang und untersuchte sie sorgfältig. Die Ställe und Garagen auf der anderen Seite der engen Gasse interessierten ihn sehr, und es dauerte einige Zeit, bis er sich dort umgesehen hatte. Er traf dort den schweigsamen Mann, den er auf Erkundigungen geschickt hatte.

»Wills, hier in dieser Gasse ist eine Garage zu vermieten. Ich glaube, daß sie der Gräfin gehört, ihre eigenen Wagen stehen in der Belgrave-Garage. Gehen Sie zu den Agenten und sagen Sie ihnen, daß Sie sie mieten möchten. Bringen Sie den Schlüssel, wenn möglich noch heute abend, aber bestimmt morgen früh.«

Er händigte Wills eine Notiz mit der Adresse der Agenten aus, und der schweigsame Mann entfernte sich ohne ein Wort. Er fragte niemals etwas, und das war in Michael Dorns Augen sein größter Vorzug.

Michael kam von der entgegengesetzten Seite zum Chester Square zurück. Lady Morons großer Rolls Royce stand vor der Einfahrt, und gleich darauf sah er die Gräfin mit ihrem Sohn einsteigen und fortfahren. Sie würde wohl Einkäufe machen und zum Essen zurückkommen, dachte er und schlenderte den Gehsteig entlang. Er verlangsamte seinen Schritt, als er dem Haus gegenüber war. Von Lois war nichts zu sehen, aber Michael Dorn blieb trotzdem in der Nähe. Denn es war nicht Lois, die er zu sehen wünschte. Der Mann, auf den er wartete, kam zehn Minuten nach der Abfahrt der Gräfin aus dem Haus. Er war groß und breitschultrig und hatte ein etwas unangenehmes Gesicht. Michael erkannte den Butler der Lady Moron und folgte ihm in einiger Entfernung, und dies brachte ihm mancherlei Vorteil und Aufklärung.

Kapitel 10

Die Gräfin von Moron hatte, wie Lois entdeckte, eine sonderbare Lieblingsbeschäfigung. Sie liebte Zusammensetzspiele, die besonders für sie hergestellt wurden – Bilder in Grau und Blau mit merkwürdigen Schattierungen, die einen gewöhnlichen Spieler zur Verzweiflung gebracht hätten. Sie konnte Stunden vor dem großen Tisch in der Bibliothek damit zubringen. Das erzählte sie beim Essen, und Lois bemerkte zum erstenmal eine menschliche Seite an ihrer Herrin. Die Unterhaltung wurde hauptsächlich von den beiden Frauen bestritten. Lord Moron war zwar auch zugegen, aber er schien kaum dazuzugehören. Wenn er gelegentlich sprach, ignorierte ihn seine Mutter, oder sie antwortete ihm nur kurz. Anscheinend war er an diese Behandlung gewöhnt und lehnte sich nicht dagegen auf. Der einzige Bedienstete, der während des Essens erschien, war Braime, gegen den Lois sofort einen Widerwillen faßte. Er war ein schweigsamer Mann mit wenig einnehmendem Gesicht, und obwohl er sehr höflich war, flößte ihr irgend etwas an seiner großen, mächtigen Gestalt Unbehagen ein.

»Sie haben den Butler nicht gern, Miss Reddle?« fragte die Gräfin, als der Mann einen Augenblick das Zimmer verlassen hatte.

Lois war erstaunt über das feine Gefühl der Gräfin.

»Ich weiß noch nicht«, antwortete sie lachend, »ob er mir gefällt.«

»Man kann sehr zufrieden mit ihm sein«, erwiderte die Gräfin in ihrer majestätischen Art. »Ich liebe große Diener, und daß sein Gesicht nicht gerade anziehend ist, scheint mir ein Vorteil zu sein. Keiner meiner Gäste wird ihn mir zu nehmen versuchen. Man findet es in unseren Kreisen häufig, daß einem die besten Diener von anderen Leuten wegengagiert werden.«

Und dann erzählte sie von ihrer Vorliebe für Zusammensetzspiele.

»Braime ist sehr hilfreich und ganz geschickt in diesen Dingen – ich habe ihn schon oft zu Hilfe rufen müssen.«

»Ist er schon lange bei Ihnen?«

»Ungefähr sechs Monate. Er wurde mir von jemand empfohlen, der sich um die Besserung von Verbrechern bemüht«, war die verwunderliche Antwort.

Lois sprang beinahe vom Stuhl auf.

»Wollen Sie damit sagen, daß er früher im Gefängnis war?« fragte sie bestürzt.

Lady Moron nickte.

»Ja, ich glaube, er wurde wegen irgendeiner dummen Sache verurteilt – soweit ich mich entsinne, hatte er Silber gestohlen. Ich habe ihm eine neue Exitenzmöglichkeit gegeben – und der Mann ist dankbar.«

Als der Butler zurückkam, betrachtete Lois ihn sorgfältiger und kritischer. Trotz seiner mächtigen Gestalt bewegte er sich mit leisen, fast katzenhaften Schritten, und seine plumpen Hände handhabten das zerbrechliche Chinaporzellan mit erstaunlicher Geschicklichkeit.

Lois war angenehm überrascht, daß ihr ein eigenes Mädchen zugeteilt war – ein frisches, gesundes Landkind, das aus dem Dorf der Gräfin in Berkshire stammte. Die Earls von Moron waren wohlhabende Landbesitzer, und Moron House nahe Newbury war einer der hervorragendsten Herrensitze der Grafschaft.

Das Mädchen besaß die ganze Beredsamkeit ihres Schlages, und Lois war noch nicht lange in ihrem Zimmer, als sie schon erfuhr, daß ihr Mißtrauen gegen den Butler von allen Dienstboten geteilt wurde.

»Er steckt überall seine Nase hinein und spioniert herum«, sagte das Mädchen. »Wie eine große Katze schleicht er daher. Sie können ihn nicht hören, bis er hinter Ihnen steht. Wir anderen sind ihm nicht gut genug – immer hält er sich im Vorzimmer zum Speisesaal auf, und wenn ein neues Mädchen seine Stelle angetreten hat, bewacht er es, als ob es eine Maus wäre. Ich weiß nicht, warum die Gräfin so einem häßlichen, übelgelaunten Mann die Verwaltung ihres Haushalts anvertraut.«

»Ist er übelgelaunt?« fragte Lois.

»Nun ja«, gab das Mädchen zögernd zu, »ich kann es nicht genau sagen. Aber es sieht immer so aus«, sagte sie dann eifrig. »Und man kann einen Menschen immer nach seinem Blick beurteilen. Die Gräfin hat sich aber viel Mühe mit Ihnen gegeben.«

»Mit mir?« fragte Lois erstaunt.

»Sie hat diese Stühle für Sie hereinstellen lassen und hat selbst Ihr Bett ausgewählt und – hallo, was ist das? Gehört das Ihnen?«

Sie hatte eine leere Schublade einer Kommode aufgezogen und hielt jetzt eine große Fotografie in der Hand. Lois nahm sie – es war das Bild eines jungen Mannes, der am Anfang der Zwanzig stehen mochte. Er sah gut aus, und irgend etwas in dem Gesicht kam ihr sonderbar bekannt vor.

»Ich weiß nicht, wie das hierherkommt. Ich habe gestern selbst die Schubladen ausgeräumt. Die Gräfin muß es hierhergelegt haben.«

Obwohl es nur ein Brustbild war, sah Lois, daß der junge Mann die Uniform eines Hochlandregiments trug, und versuchte die Nummer zu erkennen; als Kind hatte sie sich sehr für militärische Abzeichen interessiert.

»Er sieht fesch aus, nicht wahr, Fräulein?«

»Sehr vorteilhaft«, sagte Lois. »Ich bin neugierig, wer das ist.«

»Es gibt eine Menge Fotografien im Haus, und niemand weiß, wen sie darstellen. Die Gräfin sammelt sie«, sagte das Mädchen.

»Ich will sie Lady Moron bringen«, meinte Lois und ging mit dem Bild hinunter. Sie fand die Gräfin vor einem halbvollendeten Legespiel, den Kopf in die Hände gestützt.

»Wo war das? In Ihrem Zimmer?«

Lady Moron nahm die Fotografie aus ihrer Hand, betrachtete sie gleichgültig und ließ sie in die Tischschublade gleiten.

»Es ist ein junger Mann, den ich vor vielen Jahren kannte«, sagte sie und nahm sich nicht die Mühe, Aufklärung darüber zu verlangen, wie die Fotografie in die Kommode gekommen war.

Lois ging in ihr Zimmer zurück. Es war ein sonniger Nachmittag, und die Luft war sehr warm. Die großen Fenster waren geöffnet, eines führte zu einem der vielen Steinbalkone, die die Front des Hauses schmückten. Unterhalb der Fensteröffnung war jedoch ein leichtes Holzgitter, das den Zugang zu dem einladenden Platz versperrte.

»Es ist uns nicht erlaubt, tagsüber auf die Balkone zu gehen«, sagte das Mädchen. »Die Gräfin ist besonders streng in diesem Punkt.«

»Betrifft das auch mich?«

»O ja, Fräulein. Die Gräfin selbst geht auch nur abends hinaus. Niemand darf sie tagsüber betreten.«

Lois war neugierig, welchen Grund die Gräfin haben mochte, diesen angenehmen Erholungsplatz während des Tages zu verbieten.

Die Nachmittagspost brachte eine Anzahl Briefe, die nach der Gewohnheit Lady Morons am selben Tag beantwortet wurden. Lois war bis eine Stunde vor dem Abendessen beschäftigt. Dann machte ihr die Gräfin einen Vorschlag, für den sie sehr dankbar war.

»Wenn Sie eine Freundin haben, die Sie gern zum Tee einladen, können Sie das jeden Nachmittag tun, den ich fort bin. Morgen haben Sie einen freien Abend. Ich werde auswärts speisen.«

An diesem Abend schrieb Lois noch einen langen Brief an Lizzy Smith und brachte ihn selbst zur Post, bevor sie sich in ihr herrliches Bett legte. Die Antwort kam prompt. Das war charakteristisch für die energische Lizzy, die alles gleich erledigte. Als Lois am nächsten Morgen allein frühstückte, meldete ihr ein Bedienter, daß sie am Telefon verlangt werde.

Lizzy rief an.

»Bist du es, Liebling? Ich werde natürlich heute abend zu dir kommen. Schickst du den Wagen, oder nehme ich die alte Nr. 14? Zieh dich nicht extra für mich um, ich bin ein einfaches Mädchen.«

»Sei nicht albern, Lizzy. Ich bin allein und erwarte dich.«

»Was ist es denn für eine Krippe?« fragte Lizzy.

»Es ist wirklich sehr schön«, sagte Lois, jedoch ohne Begeisterung. »Ich habe nur nicht genügend zu tun.«

»›Nur‹ darfst du nicht sagen, sondern ›und‹«, gab Lizzy zurück. – »Was hast du, Lois? Finde eine Stelle für mich ohne Arbeit – hier ist der alte Rattlebones!« Das letzte sagte sie ganz leise, und Lois wußte, daß Lizzy vom Büro aus telefonierte und der erste Clerk angekommen war. Dann hörte sie, wie drüben eingehängt wurde.

Lady Moron und ihr Sohn speisten am Abend auswärts und gingen dann ins Theater. Lois war allein, als Lizzy kam.

»Es ist sehr geräumig hier«, sagte sie langsam, als sie sich in dem herrlichen Speisezimmer umsah. »Ist der lange, große Kerl dort der Butler? Ich kann nicht sagen, daß mir sein Gesicht gefällt, aber er kann nichts dafür. Wieviele Gänge gibt es denn?« fragte sie nach dem dritten. »Mein Arzt sagte mir, ich würde nicht mehr als sechs vertragen.«

Nach dem Essen gingen die Mädchen in Lois' Zimmer, und Lizzy setzte sich staunend nieder, um alles zu bewundern.

»Ich dachte immer, solche Stellungen gäbe es nur in schönen Romanen. Ich meine solche Bücher, wie man sie als Preise in der Sonntagsschule erhält.«

»Es ist zu schön, um wahr zu sein!« lachte Lois.

»Hast du ihn nicht gesehen?«

»Meinst du Mr. Dorn? Doch, den habe ich heute morgen wieder gesehen. Er ging vor dem Haus auf und ab. Er ist ein Detektiv, Lizzy.«

Lizzy schaute erstaunt auf.

»Ein richtiger Detektiv?« fragte sie ehrfurchtsvoll. »Ich dachte, er wäre einer von der anderen Sorte – einer, den die Detektive fangen. Was sagte er denn?«

»Ich sprach ihn nicht, ich sah ihn nur durch das Fenster, Lizzy, ich bin so verwirrt und bedrückt von allem – und er ist ein so sonderbarer Mann! Was hätte er mir alles sagen können, als ich mit seinem Wagen zusammenstieß!«

»Ich weiß nicht, worüber du dich aufregst«, sagte die philosophische Lizzy. »Auch solche Menschen sind verliebt. Es gibt sehr achtbare Leute unter ihnen.« Sie schaute plötzlich auf.

»Was hast du?« fragte Lois.

»Ich dachte, ich hätte draußen Schritte gehört.«

Lois ging zur Tür und stieß sie auf, aber der Gang war leer.

»Glaubtest du, es wäre jemand da?«

Lizzy schüttelte den Kopf.

»Ich weiß nicht«, sagte sie unsicher, »aber ich habe scharfe Ohren, und sicher habe ich eben auf dem Teppich Schritte gehört.«

Lois schloß die Tür wieder und setzte sich auf das Bett.

»Lizzy, ich will dir etwas sagen.«

Das Interesse von Miss Elizabeth Smith erwachte.

»Ach«, sagte sie und holte tief Atem. »Ich wußte, daß du es mir früher oder später gestehen würdest. Ich dachte es mir ja. Er ist einer der nettesten Menschen, denen ich je begegnet –«

»Wovon in aller Welt sprichst du denn?« fragte Lois erschrokken. »Denkst du schon wieder an diesen unglückseligen Mr. Dorn?«

»An wen sollte ich sonst denken?« fragte Lizzy entrüstet.

Lois brach trotz der ernsten Lage, in der sie sich befand, in ein fröhliches Lachen aus.

»Liebe Lizzy, es wird mir schwer, es dir jetzt zu sagen«, begann Lois nach einer Weile. »Du kleine Heiratsvermittlerin! Mr. Dorn ist wahrscheinlich verheiratet und hat eine große Familie. Wir wollen nicht mehr über ihn sprechen.« Plötzlich kam ihr ein anderer Gedanke. »Willst du nicht einmal diese große Stadt bei Nacht sehen, mit all ihren Lichtern? Ich will sie dir zeigen.« Sie ging zu den Schiebefenstern und öffnete sie. »Bei Tag ist es verboten, auf den Balkon zu gehen, aber jetzt ist es wundervoll!«

Sie trat auf den Balkon hinaus und ging zu dem Geländer, legte ihre Hand darauf und schaute auf die Straße hinunter, die wie ein langes Band vorbeilief. Dann fühlte sie plötzlich, wie sich der Balkon langsam unter ihr senkte.

Entsetzt wandte sie sich um und sprang zum Fenster zurück; aber in diesem Augenblick ertönte ein lauter Krach, und der Steinboden unter ihr fiel in die Tiefe.

Kapitel 11

Beim Fallen griff Lois wild nach einem Halt, und ihre Finger faßten einen vorspringenden Stein in der Mauer; der Ruck riß ihr beinahe die Arme aus den Schultergelenken, aber für einen Augenblick hatte sie Halt.

Sie hörte den Schreckensschrei Lizzys.

»Wo bist du? Ach, um Gottes willen, halte dich fest, Lois! Ich hole Hilfe!«

Lois blickte nach oben und sah, wie Lizzy ins Zimmer stürzte. Furchtbare Sekunden vergingen. Sie fühlte einen Schmerz in den Schultern, und in ihrem Kopf begann sich alles zu drehen.

Sie konnte sich nicht länger halten. Kam denn niemand, um sie zu retten? Ihre Sinne wollten schwinden, ihre Finger krampften sich um den Stein, aber er bröckelte ab. Sie verlor den Halt und stürzte ab, aber gerade in dem Augenblick, als ihre Finger losließen, packte sie eine große, feste Faust am Handgelenk – sie fühlte, wie sie hinaufgzogen wurde, eine andere Hand ergriff sie und zog sie ganz ins Zimmer. Sie sah in das abstoßende Gesicht des Butlers.

Er legte sie auf das Bett, ging dann zu dem Fenster, kniete nieder und schaute hinaus. Das abstürzende Mauerwerk hatte eine kleine Menschenmenge angelockt, wie sie sich bei jeder Gelegenheit tags und nachts in London sammelt. Braime sah einen Polizisten kommen, erhob sich, staubte seine Knie sorgfältig ab und schloß das Fenster. Er sagte kein Wort zu dem Mädchen und verließ schweigend das Zimmer.

Lois war dem Zusammenbruch nahe, ihr Gesicht war totenbleich. Aber ihre Angst war nichts gegen das Entsetzen Lizzys, die wie gelähmt von all diesen Ereignissen war, bis das Stöhnen ihrer Freundin sie wieder zu sich brachte.

Lois kam aus halber Bewußtlosigkeit wieder zu sich. Sie hatte das Gefühl, als ob sie ertränkt worden sei, dann sah sie wie durch einen

Nebel die blasse Lizzy mit einem Glas Wasser in der Hand vor sich stehen.

»Du hast Glück gehabt, beinahe –«, stieß sie hervor.

Diese Worte erinnerten Lois an etwas – sie hatte sie schon früher gehört. Dann besann sie sich plötzlich auf das Auto, das sie beinahe überfahren hätte, und an die Worte Mike Dorns. Sie richtete sich auf und fand, daß ihre Vorstellung vom Ertrinken nicht ganz illusorisch war, denn Lizzy war sehr verschwenderisch im Verbrauch von Wasser gewesen.

Sie stand kaum auf ihren Füßen, als es an der Tür klopfte und der Butler mit einem Polizisten hereinkam.

»Der Beamte möchte den Balkon sehen«, sagte Braime und öffnete das Fenster zur Besichtigung.

Mit Hilfe seiner Lampe nahm der Polizist eine kurze Untersuchung vor und kam ins Zimmer zurück. Er sah Lois sonderbar an.

»Sie sind einer großen Gefahr entronnen, Fräulein«, sagte er. »In der Platte, auf die Sie traten, war ein alter Riß. Ich möchte auch die anderen Balkone sehen«, wandte er sich an den Butler und verschwand mit ihm.

Das war das zweite merkwürdige Ereignis in wenigen Tagen – ein Schauder packte Lois. Unter welchen bösen Einflüssen stand sie? Zum erstenmal wünschte sie, daß sie wieder zu ihrem behaglichen kleinen Heim in der Charlotte Street zurückkehren könne, und verabschiedete sich mit aufrichtigem Bedauern von Lizzy. Bald darauf kam die Gräfin nach Hause und ging sofort in Lois' Zimmer, als sie von dem Unfall hörte. Das Mädchen war gerade dabei, sich auszukleiden.

»Ich wußte, daß der Balkon schadhaft war, und sagte dem Butler, daß stets das Schutzgitter festgemacht bleiben solle. Wo ist denn das Gitter?«

»Es war diesen Nachmittag noch da. Als ich zum Essen hinunterging, sah ich es nicht mehr«, antwortete Lois. »Ich dachte, es wäre fortgenommen worden, damit die Fenster geschlossen werden können.«

Die Gräfin sah nachdenklich aus.

»Da steckt mehr dahinter, als ich im Moment zu denken wage. Ich hoffe, Sie können schlafen, Miss Reddle. Ich kann Ihnen nicht sagen, wie leid mir das tut. Wie wurden Sie denn gerettet?«

Lois erzählte es ihr, und Lady Moron nickte.

»Braime? Was hatte er denn um diese Zeit im dritten Stock zu tun?«

Sie blickte das Mädchen forschend an und ging dann in ihre eigenen Räume, ohne noch ein Wort zu sagen.

Erst um zwei Uhr morgens konnte Lois einschlafen; ihre Nervenkraft war zu Ende, und sie schreckte bei dem geringsten Geräusch auf. Etwas hielt sie wach – sie versuchte sich an etwas zu erinnern. Ein Gedanke arbeitete unaufhörlich in ihrem Unterbewußtsein, wollte an die Oberfläche dringen und ließ sie immer wacher werden. Schon zweimal hatte sie sich Wasser vom Waschtisch geholt, als sie jetzt zu ihrem Bett zurückkam, wußte sie es plötzlich.

»Sie müssen Ihre Tür geschlossen halten – selbst in dem Palais der Gräfin von Moron!«

Michael Dorns Warnung! Sie ging zu der Tür und suchte nach dem Schlüssel, aber sie fand keinen. Ebensowenig war ein Riegel vorhanden. Schnell drehte sie das Licht an, nahm einen der kleinen Stühle, trug ihn an die Tür und stellte ihn mit der Lehne gegen den Griff. Dann legte sie sich wieder nieder und schlief in wenigen Sekunden ein.

Als sie am nächsten Morgen erwachte, schien die Sonne in ihr Zimmer. Sie hörte ein leises Klopfen an der Tür, sprang aus dem Bett und zog den Stuhl fort.

»Guten Morgen, Fräulein«, sagte das Mädchen liebenswürdig. Sie hätte gar zu gern den Vorfall der letzten Nacht mit ihr besprochen, aber Lois war nicht dazu aufgelegt.

»Die Gräfin ist sehr aufgeregt und hat die ganze Nacht nicht geschlafen. Sie fragte mich, ob ich Sie wegen des Balkons nicht gewarnt hätte. Ich sagte natürlich, daß ich das getan hätte, aber nur für tagsüber – ich wußte nicht, daß er schadhaft war. Ich bin erst vierzehn Tage hier. Die Gräfin war so lange auf dem Land.«

Sie zog die Vorhänge zurück. Lois ging zum Fenster und schaute hinunter. Die ausgezackte Ecke des zerbrochenen Balkons erinnerte sie wieder daran, wie nahe sie dem Tode gewesen war. Sie schauderte zusammen, als sie sich auf die entsetzlichen Augenblicke besann, in denen sie in der Luft gehangen hatte.

»Es war der Fehler des Butlers«, sagte das Mädchen. »Ich wäre nicht überrascht, wenn er entlassen wird.«

»Wenn er nicht gewesen wäre, Fräulein, wären Sie überhaupt nicht in Gefahr gekommen! Die Gräfin sagte mir, daß ich Sie heute in das Zimmer des jungen Herrn auf dem unteren Flur umquartieren soll.«

»Aber Lord Moron muß doch nicht meinetwegen ausziehen?« fragte Lois erschrocken.

Anscheinend brachten die Bediensteten dem jungen Herrn dieselbe Geringschätzung entgegen, mit der ihn seine Mutter behandelte.

»Ach, der!« sagte das Mädchen mit einem Achselzucken. »Es ist ganz gleich, wo der schläft, der müßte auch mit der Dachstube zufrieden sein. Er will doch nur Schauspieler werden und mit den verrückten elektrischen Apparaten spielen! Ich bin gespannt, ob die Gräfin ihm erlaubt, so kindisch weiterzuleben.«

So war der sonderbare Wunsch des jungen Grafen allgemein bekannt. Abgesehen von der Bestürzung, daß er ihretwegen aus seinem Zimmer ausziehen mußte, war Lois nicht traurig über ihre Umquartierung. Ihre Freude war nach dem Gespräch mit der Gräfin noch größer.

Lady Moron hatte eine Vorliebe für leuchtende Farben. An diesem Morgen trug sie ein hellrotes Kleid. Lois dachte, daß es sie alt mache. Sie erwähnte den Zwischenfall nicht, und während der ersten Stunde nach dem Frühstück waren sie mit Briefeschreiben beschäftigt. Lady Moron hatte viel eigene Korrespondenz, außerdem kamen stets noch die üblichen Bettelbriefe hinzu, die auch erledigt werden mußten. Als Lois ihre Arbeit beendet hatte und der Gräfin den letzten Brief zur Unterschrift brachte, sah sie auf.

»Spüren Sie irgendwelche bösen Folgen nach diesem schrecklichen Unglücksfall?«

»Nein«, lächelte Lois.

»Ich habe dem Mädchen gesagt, daß Sie von jetzt ab das Zimmer meines Sohnes bekommen. Selwyn benützt es fast nie, er hält sich lieber in einem kleinen Studierzimmer oben auf und schläft auch fast immer dort. Sind Sie sehr erschrocken?«

Lois schüttelte den Kopf.

»Oder nervös?«

Das Mädchen zögerte.

»Letzte Nacht war ich etwas nervös.«

»Ich dachte es mir, und ich überlegte, wie ich Sie am besten überreden könnte, doch zu bleiben, Sie gefallen mir, und ich brauche eine Frau im Haus, mit der ich mich einmal vertrauensvoll aussprechen kann.« Sie bewegte sich in ihrem Drehstuhl und sah in Lois' Gesicht. »Ich bin nicht gern allein. Ich fürchte mich, allein zu sein.«

»Sie fürchten sich, Lady Moron?«

Die Gräfin nickte. Aber ihre Stimme verriet nichts von Furcht.

»Ich kann Ihnen nicht erklären, warum ich Angst habe, aber ich habe sie – vor gewissen Leuten. Wenn Sie bei mir bleiben wollen, will ich Ihr Gehalt erhöhen, und ich bin auch einverstanden, wenn Ihre Freundin hier im Haus schläft.«

»Meine Freundin?« fragte Lois überrascht. »Meinen Sie Miss Smith?«

Wieder nickte die Gräfin und wandte ihre dunklen Augen nicht von dem Gesicht des Mädchens.

Lois zögerte. »Das würde doch sehr – lästig für Sie sein –«

Die Gräfin machte eine rasche Handbewegung.

»Ich habe die Sache von allen Seiten überlegt, und wenn es Ihnen und Ihrer Freundin recht ist, werde ich noch ein Bett in Ihr Zimmer stellen lassen. Vielleicht möchten Sie Miss Smith besuchen und ihre Meinung darüber hören? Der Wagen wird in einer Viertelstunde für Sie bereitstehen.«

Lizzy Smith sah über die Spitze des Drahtgitters vor dem Fenster die vornehme Limousine ankommen und vor der Tür halten. Entgegen allen Regeln der Geschäftsordnung rannte sie aus dem Büro und traf auf halber Treppe mit ihrer Freundin zusammen.

In wenigen Minuten erzählte ihr Lois von dem Vorschlag der Gräfin.

»Lieber Gott!« sagte Lizzy verblüfft. »Das ist doch nicht dein Ernst?«

Sie ergriff Lois am Arm und zog sie die Treppe herauf. »Komm schnell ans Telefon und sag Ihrer Königlichen Hoheit, daß ich um sechs erscheinen werde!«

Kapitel 12

Lois betrat das Büro nicht, sondern verließ ihre Freundin an der Schwelle und fuhr zu einer wichtigen Unterredung, die sie sich vorgenommen hatte. Sie ließ das Auto in der Parliament Street warten und ging zu Fuß zum Justizministerium. Sie füllte ein vorgedrucktes Formular aus und wurde in das Wartezimmer geführt.

Sie hatte wenig Hoffnung, daß der mächtige Unterstaatssekretär ihre Bitte um eine Unterredung erfüllen würde, obwohl sie ihrer Anmeldung ein dringendes Schreiben beigelegt hatte. Die Unmöglichkeit wurde ihr immer klarer, und sie schaute verzweifelt schon zum zehntenmal nach der Uhr, als plötzlich ein Diener in der Tür erschien.

»Miss Reddle? Bitte folgen Sie mir.«

Ihr Herz schlug schneller, als sie an der hohen, imposanten Tür klopfte. Dann trat sie ein und nannte ihren Namen. Ein älterer Herr, der am anderen Ende des Zimmers mit dem Rücken nach dem Kamin saß, erhob sich halb von seinem Stuhl. Vor ihm stand ein großer, prachtvoller Schreibtisch.

»Nehmen Sie bitte Platz«, sagte er geschäftsmäßig. »Ich habe Ihren Brief gelesen, und es tut mir leid, daß ich Sie warten lassen mußte, aber ich hatte eben eine wichtige Konferenz.« Dann fuhr er ohne weitere Einleitung fort: »Sie haben mir da geschrieben, daß Mrs. Pinder Ihre Mutter ist?«

»Ja, dessen bin ich ganz sicher.«

Er öffnete das große Aktenstück, das vor ihm lag.

»Ich kenne den Fall persönlich«, sagte der Unterstaatssekretär. »Ich war damals als junger Richter tätig, hatte allerdings selbst nicht direkt mit dem Prozeß zu tun. Ich weiß nicht, was ich für Sie tun kann. Die Strafzeit ist beinahe abgelaufen, und wenn ich an Ihrer Stelle wäre, würde ich warten, bis sie herauskommt, und keine anderen Schritte mehr unternehmen. Auch andere Leute sind an dem Fall stark interessiert, wie Sie vielleicht wissen – ich habe ihnen denselben Rat gegeben.«

»Aber meine Mutter war unschuldig«, sagte Lois.

Er antwortete nur mit einem fast unmerklichen Achselzucken.

»Schuld und Schuldlosigkeit haben das miteinander gemein, daß es nach zwanzig Jahren sehr schwer sein dürfte, das eine oder das andere zu beweisen. Ich habe damals den Fall mit großem Interesse verfolgt. Meiner Meinung nach gab es zwei wesentliche Punkte bei diesem Fall. Der eine bewies eigentlich ihre Schuld über jeden Zweifel hinaus und der andere ihre Unschuld. Aber sie wurden beide bei der Verhandlung nicht erwähnt.«

»Was war das denn?« fragte Lois schnell.

»Erstens war es der Schlüssel zu dem Kasten, in dem die Juwelen und das Zyankali entdeckt wurden. Hätte man diesen Schlüssel im Besitz Ihrer Mutter gefunden, so wäre der Fall restlos aufgeklärt gewesen. Das war auch die Meinung des Richters, der damals den Fall bearbeitete. Der andere Punkt betrifft den Brief, den die ermordete Frau oder die Frau, die man tot auffand, unweigerlich geschrieben hätte, wenn es sich um einen Selbstmord gehandelt hätte. Sie wissen wahrscheinlich auch, daß man einen Federhalter, Tinte und einen Block Schreibpapier, aber keinen Brief auf dem Tisch fand. Der Papierblock war ganz neu, die tote Frau hatte ihn an demselben Morgen gekauft, und es wurde festgestellt, daß ein Blatt abgerissen war. Der Verteidiger nahm den Standpunkt ein, daß die Frau sich auf ihren Selbstmord vorbereitete und einen Brief schrieb, wie die Leute es in solchen Fällen zu tun pflegen. Aber man hat dieses Schreiben nicht gefunden, obwohl man das ganze Haus sorgfältig durchsuchte.«

Dann begann er sie plötzlich über ihr Leben und ihre Persönlichkeit auszufragen. Als sie ihm mitteilte, warum sie glaubte, die Tochter der Mrs. Pinder zu sein, gab er ihr recht.

»Sicherlich stimmt Ihre Annahme«, sagte er.

»Sogar Mr. Dorn glaubt, daß ich recht habe.«

»Dorn?« fragte er schnell. »Sie meinen doch nicht etwa den früheren indischen Polizeioffizier? Kennen Sie ihn?«

»Nicht gerade gut«, gab sie zur Antwort.

Konnte er auch zu den anderen Leuten gehören, die an dem Fall interessiert waren? Aber sie sah sofort die Unmöglichkeit ihrer Vermutung ein. Er schaute sie scharf an.

»Unter welchen Umständen haben Sie Dorn kennengelernt?« fragte er. Lois erzählte ihm ihre Erlebnisse ganz offen.

»Hm – das sieht Dorn ganz ähnlich. Ich meine, er würde nicht hinter einer jungen Dame her sein, wenn nicht noch irgend etwas anderes dabei im Spiel wäre. Er ist ein Mann von größter Ehrenhaftigkeit und Unbescholtenheit«, sagte er sehr bestimmt, und aus irgendeinem Grund war es ihr sehr angenehm, dieses anerkennende Urteil über den Mann zu hören, über den sie sich schon oft geärgert hatte.

Als sich der Unterstaatssekretär erhob und damit das Ende der Unterredung andeutete, drückte er ihr die Hand und sagte noch: »Wenn Ihre Mutter aus dem Gefängnis kommt, wird sie Ihnen sicher noch viel mehr mitteilen können als irgend jemand von uns. Zum Beispiel ist noch eine Frage offen, wer Ihr Vater war, der ein oder zwei Wochen vor dem Verbrechen verschwand und nie wieder gesehen wurde. Was ist ihm zugestoßen? Ich entsinne mich sogar, daß die Staatsanwaltschaft damals überlegte, ob man nicht Ihre Mutter für sein Verschwinden verantwortlich machen solle.«

»Wie schrecklich!« rief Lois empört.

»Ja – es muß schrecklich gewesen sein.«

Aus dem Ton seiner Worte schien Lois herauszuhören, daß er die ganze Angelegenheit nicht nur vom offiziellen Standpunkt aus beurteilte.

»Bei Verbrechen, mein liebes Fräulein, muß die Staatsanwaltschaft die schrecklichsten Dinge annehmen, und leider hat sie gewöhnlich damit recht.«

Lois war durch diese Unterhaltung nicht viel weiter gekommen, aber sie hatte wenigstens die Genugtuung, einen Anfang gemacht zu haben. Merkwürdigerweise hatte sie sich noch nie eingehend mit der Frage nach ihrem Vater oder mit seinem Verschwinden beschäftigt. Das schien ihr so unwesentlich im Vergleich zu den furchtbaren Qualen ihrer Mutter.

Der Brief und der Schlüssel! Das waren die beiden neuen Punkte, von denen sie vorher nichts gewußt hatte. Sie kehrte mit einer gewissen Befriedigung zum Chester Square zurück und kam gerade zurecht, um einen der seltsamsten Vorfälle mitzuerleben, der sich jemals abgespielt hat.

Als sie die Tür zum Wohnzimmer öffnete, hörte sie die schrille, kreischende und ärgerliche Stimme des jungen Grafen und wollte sich zurückziehen. Aber die Gräfin, die sie in der Tür gesehen hatte, rief sie in den Raum.

Selwyn war außer sich vor Wut, sein Gesicht war kreidebleich.

»Das tue ich nicht – das tue ich unter gar keinen Umständen!« brüllte er. »Ich rufe die junge Dame als Zeugin an. Sagen Sie bitte, Fräulein, ist es recht, daß ein Mann in meiner Stellung tun muß, was irgendein verrückter, betrunkener Doktor ihm vorschreibt? Glaube nicht, daß ich mich vor diesem gräßlichen Kerl fürchte – bestimmt nicht! Auch ich kenne das Gesetz, bei Gott!«

»Braime hat nur seine Instruktionen ausgeführt«, sagte die Gräfin mit ihrer dröhnenden Stimme.

Sie stand an ihrem Schreibtisch, spitzte langsam einen Bleistift mit einem kleinen Federmesser und sah von ihrer Beschäftigung nicht auf.

»Es macht mir nichts aus, mein Zimmer einer jungen Dame abzutreten – jeder Gentleman würde das tun. Nebenbei ist auch mein Studierzimmer sehr nett und wohnlich. Aber wenn ich allein ausgehen will, dann will ich allein ausgehen, aber ich will nicht, daß irgendein schrecklicher Verbrecher von einem Butler mich begleitet, selbst wenn alle gräßlichen Ärzte der Welt es vorschreiben. Ich habe schon genug ausgehalten, Mutter!«

Er drohte der Frau mit vor Aufregung zitterndem Finger. Aber sie blieb anscheinend ganz ruhig und spitzte ihren Bleistift weiter.

»Ich habe genug ausgehalten – du magst meinethalben diesen niederträchtigen Chesney Praye heiraten, diesen fürchterlichen, teuflischen Lumpen! Da staunst du – ich weiß das alles, und ich weiß noch viel mehr Dinge, von denen du im Traum nicht ahnst, daß ich sie erfahren habe! Du kannst mein Geld ausgeben, wie es dir gerade paßt, du kannst ihm auch Geld leihen –«

Lois sah, wie Lady Morons Hand sich erhob und liebkosend über das Gesicht ihres Sohnes strich.

»Du bist ein unnützer Junge«, sagte sie lächelnd.

Plötzlich schrie er vor Schmerz auf, taumelte zurück und hielt die Hand auf seine heftig blutende Wange.

Lois wollte ihren Augen nicht trauen, aber sie sah nur allzu deutlich einen langen, geraden Schnitt in seinem Gesicht. Das kleine Messer, mit dem die Gräfin ihren Bleistift gespitzt hatte, war rot von Blut.

Kapitel 13

»Du bist wirklich ein ganz unnützer Junge«, sagte Lady Moron noch einmal, wischte das Messer mit ihrem Taschentuch ab und beschäftigte sich wieder damit, den Bleistift anzuspitzen. »Geh in dein Zimmer und spiel mit deinen elektrischen Batterien.«

Der junge Mann keuchte vor Furcht, drehte sich plötzlich um und rannte aus dem Zimmer. Sein Gesicht war mit Blut besudelt.

Ein tödliches Schweigen folgte, dann schaute die Gräfin auf.

»Sie denken vermutlich, daß ich eben etwas Entsetzliches getan habe, aber Selwyn macht manchmal furchtbare Schwierigkeiten und ist so eigensinnig und trotzig, daß ich ihm gegenüber meinen Willen durchsetzen muß – es ist nur zu seinem eigenen Besten. Er ist nicht mehr verletzt, als wenn er sich mit seinem Rasiermesser gründlich geschnitten hätte.«

Die Kaltblütigkeit, mit der sie dies alles sagte, versetzte Lois in atemlosen Schrecken. Sie konnte kaum glauben, daß dies alles nicht nur ein fürchterlicher Traum war. »Es war sehr – ungewöhnlich«, erwiderte sie nach einer Pause. Das Sprechen fiel ihr schwer.

Wieder trafen sie die dunklen Augen der Gräfin.

»Ungewöhnlich? Ja. Dr. Tappatt wünscht, daß ich ihm gegenüber so ungewöhnlich auftrete und noch härter mit ihm verfahre. – Haben Sie Ihre Freundin gesprochen?«

»Ja«, sagte Lois, die froh war, daß nicht mehr von der Sache gesprochen wurde.

»Wird sie kommen? Wie nett von ihr. Wie ich Ihnen schon heute morgen sagte, Miss Reddle, fürchte ich mich. Ich vermute, daß Sie den Grund nicht ahnen, selbst nachdem Sie Zeugin dieses belustigenden, kindischen Benehmens des jungen Grafen waren.«

Lois hatte wirklich keine Ahnung, was es sein mochte, und schwieg vorsichtig. Die Gräfin erwähnte die Szene auch nicht weiter, und als Lord Moron später zum Mittagessen mit einem großen Verband um sein Gesicht erschien, nahm seine Mutter keine Notiz von ihm und sagte nur am Schluß der Mahlzeit: »Komm doch bitte nicht in solchem Aufzug zum Essen, Selwyn, man könnte sich sonst einbilden, du hättest ein Erdbeben mitgemacht.«

»Jawohl Mutter«, antwortete er bescheiden.

Der Umzug war vorgenommen, und Lois bewohnte nun ein prachtvolles Zimmer, das ein Staatsraum eines königlichen Palastes hätte sein können. Auch das zweite Bett war aufgestellt. Als die Stunde von Lizzys Ankunft herankam, fühlte sich Lois sehr erleichtert, und die bösen Gedanken, die sie bedrückt hatten, verschwanden. Die Gräfin speiste wieder außerhalb, hatte aber strikte Anweisung gegeben, daß ihr Sohn beim Abendessen zugegen sein solle. Bevor sie fortfuhr, ließ sie Lois zu sich rufen.

»Wenn Sie Selwyn unterhalten können, so tun Sie es bitte. Er ist ein ganz guter Gesellschafter, wenn man versteht, sich seiner kindlichen Auffassung anzupassen. Möglicherweise wird es Ihrer Freundin leichter fallen als Ihnen.«

Lois erschrak beinahe über diese Worte.

Lizzy kam pünktlich um sechs und brachte eine vollgepackte schwarze Handtasche mit, die auch ihr ›Hof- und Krönungskleid‹ enthielt, wie sie es nannte. Aber Lois jagte ihr keinen geringen Schrecken ein. »Weißt du auch, daß du heute abend mit Lord Moron speisen wirst?« fragte sie.

Lizzy sank vollständig aufgelöst in einen Stuhl.

»Das kann ich nicht – das will ich nicht!« rief sie energisch. »Ich wußte schon, daß irgend etwas im Hintergrund lauerte!«

Lois beschwichtigte ihre Aufregung und Furcht, und obwohl sie nicht dem Beispiel der Dienstboten folgen und schlecht von dem Grafen sprechen wollte, beruhigte sie ihre Freundin doch so weit, daß sie weder in Ohnmacht fiel noch davonlief, als ihr der junge Graf vorgestellt wurde.

Er stand im Wohnzimmer mit dem Rücken gegen den Kamin und hatte eine Zigarette im Mund, als die beiden Mädchen in das Zimmer traten. Lois zog ihre Freundin mit sich. Selwyn gab ihr leicht die Hand.

»Es freut mich außerordentlich, Sie kennenzulernen. Sehr schönes Wetter heute«, sagte er. Dann wandte er sich liebenswürdig an Lois: »Ist die Gräfin fort? Dieser schreckliche Vagabund Praye hat sie vorhin angerufen.«

Lois erinnerte sich an die Szene, die sie gegen ihren Willen miterlebt hatte. Sie dachte auch an das Verhalten Mr. Chesney Prayes der Gräfin gegenüber, das ihr bis dahin noch unerklärlich erschienen war, das sie jetzt aber verstand. Er war der Gräfin also viel mehr als nur ein Ratgeber in finanziellen Dingen. Offensichtlich hatte er sie auch in Herzensangelegenheiten unterwiesen, obwohl Lois sich nur schwer vorstellen konnte, daß diese herrschsüchtige Frau auch zärtlich sein konnte.

»Ein fürchterlicher Kerl«, sagte der junge Graf energisch. Lois erkannte, daß sein Widerstand noch lange nicht gebrochen war. »Dieser ekelhafte, betrunkene Doktor ist entsetzlich, aber Chesney Praye ist noch viel schlimmer. Ich nenne ihn nur einen Raubvogel – ist das nicht ein ganz guter Witz? Denken Sie, Chesney ist ein Raubvogel!«

Er lachte leise und kam offensichtlich unter dem Einfluß seines eigenen Humors in Stimmung.

Zum zweitenmal wurde dieser merkwürdige Doktor erwähnt. Lois war gespannt, ob sie ihn auch kennenlernen würde.

»Ich bin froh, daß sie mit ihrem Raubvogel fort ist. Wir wollen jetzt ins Speisezimmer gehen und essen.«

Lizzy machte ein erstauntes Gesicht, als sie diese wenig vornehme und auch ihr vertraute Sprache hörte. In diesem Augenblick begann sie, sich für den höheren Adel zu interessieren, und dieser Umstand sollte ihr Leben noch schicksalhaft beeinflussen.

Die Stimmung bei Tisch wurde sehr fröhlich, und Lois erinnerte sich nicht, jemals in so lustiger Gesellschaft gewesen zu sein. Auch für den jungen Grafen war es sicher ein sehr vergnügter Abend, denn er brachte seinen Witz von dem Raubvogel mindestens ein halb dutzendmal an und freute sich jedesmal mehr darüber.

»Zuerst habe ich den Witz gar nicht verstanden«, sagte Lizzy, die Tränen lachte.

»Die Sache ist doch sehr einfach«, erklärte er eifrig. »Er heißt doch Praye, und prey bedeutet doch Raub. Deswegen nenne ich ihn Raubvogel; das ist doch ein guter Witz – finden Sie nicht? Wir wollen Dame spielen – ich bin ein Meister darin.«

Lois ließ sich diese gute Gelegenheit nicht entgehen, ihn besser kennenzulernen, und war klug genug, sich allerhand Informationen von ihm geben zu lassen. Sie erfuhr, daß er zwei Jahre lang die berühmte Public School von Harrow besucht hatte – dann hatte ihn seine Mutter herausgenommen. Er hatte den Aufenthalt in der Schule nicht ertragen können, es war ihm dort zu roh. Und seit der Zeit war er tatsächlich nicht von seiner Mutter fortgekommen. Er war auch Mitglied irgendeines Klubs, aber er wußte nicht, welcher Klub das war, auch war er niemals dort gewesen.

»Sind Sie verheiratet?« fragte Lois kühn.

Die Frage verursachte ihm unheimliches Vergnügen.

»Ich verheiratet? Großer Gott, nein! Wer würde denn so einen alten, verrückten Kerl wie mich heiraten wollen? Nein, meine Liebe – allerdings gab es mal eine junge Dame, die mich heiraten wollte, aber meine Mutter gab unter keinen Umständen ihre Zustimmung.«

Er hatte niemals irgendeine verantwortliche Stellung eingenommen. Seine Mutter verwaltete seine großen Güter mit Hilfe hoher Beamter und Rechtsanwälte. Von Zeit zu Zeit wurden ihm Dokumente vorgelegt, die er unterschreiben mußte. Dann war er auch einmal im Oberhaus gewesen, um den ihm angestammten und ererbten Sitz einzunehmen.

»Aber nie wieder gehe ich dahin – es ist zu verrückt!« sagte er. »Man muß einen roten Samtmantel anlegen und so eine Art Krone aufsetzen!«

Später entdeckte Lois zu ihrem großen Erstaunen, daß er eine Liebhaberei hatte, und plötzlich wurden ihr auch die Sticheleien seiner Mutter über seine elektrischen Batterien verständlich. Er hatte eine Leidenschaft für elektrische Maschinen und Apparate. In seinem Arbeitszimmer standen Modelle von Dynamos, elektrischen Eisenbahnen, Batterien und so weiter.

»Ich habe eine sehr nette Arbeit für die Gräfin in der Bibliothek geleistet – fragen Sie sie nur, sie wird es Ihnen zeigen.« Er machte ein ernstes Gesicht. »Aber besser, Sie fragen nicht«, sagte er dann schnell.

Die Beschäftigung mit elektrischen Dingen war jedoch nicht nur ein Vergnügen und eine Spielerei für ihn. Stolz erzählte er, daß er die Klingelleitung im ganzen Haus selbst angelegt habe. Lois konnte sich später überzeugen, daß seine Angaben stimmten. Lizzy, die zuerst vor seinem hohen Adelstitel in Ehrfurcht erstarb, war bald mit ihm vertraut.

»Ich habe mich noch nie so gut amüsiert, wie heute abend«, sagte der junge Graf. Vorher hatte er schon verschiedene Male nervös nach der Uhr gesehen. »Jetzt werde ich aber losziehen, bevor die Gräfin nach Hause kommt.«

Er verschwand schnell, und die beiden Mädchen gingen in die Halle. Braime stand vor der Haustür und schaute durch die Glasscheiben auf die Straße.

»Gute Nacht, gnädiges Fräulein«, sagte er respektvoll. Dann schaute er wieder aufmerksam nach draußen.

»Ich mag den Mann nicht«, sagte Lizzy, als sie in ihrem Zimmer waren.

»Braime? Ich konnte ihn zuerst auch nicht leiden, aber ich verdanke ihm so viel. Wenn er mir letzte Nacht nicht geholfen hätte –«

»Wie ist er aber dorthin gekommen – das ist die Frage«, meinte Lizzy. »Er muß schon im Zimmer gewesen sein, als der Balkon einstürzte, denn ich fühlte sofort, daß mich jemand beiseite zog.«

»Was hältst du eigentlich von Lord Moron?« fragte Lois, die das Gespräch gern auf einen angenehmeren Gegenstand bringen wollte.

»Oh, er ist sehr nett«, sagte Lizzy verträumt. »Als du mir zuerst von ihm erzähltest, dachte ich, er sei ein wenig dumm. Aber der junge Mann hat doch Verstand!«

Plötzlich klopfte es an die Tür.

Lois lag schon im Bett, und Lizzy, die zu sehr mit ihren Gedanken beschäftigt war, um sich schnell auszuziehen, war gerade so tief im Negligé, daß sie sich nicht zeigen konnte.

»Wer ist da?« fragte Lois.

»Ich bin es, meine Damen. Kann ich hereinkommen?«

Sie erkannten die Stimme des jungen Lord Moron.

Kapitel 14

»Das ist leider unmöglich – wünschen Sie irgend etwas?«

»Ja, ich habe etwas vergessen«, sagte er aufgeregt.

»Kann ich es Ihnen nicht herausreichen?« fragte Lois, die an die Tür gegangen war.

»Nein, ich fürchte, das geht nicht. Es ist – ja, es ist –« Seine Stimme erstarb in einem undeutlichen Murmeln. Dann sprach er wieder: »Also, es tut mir leid, ich vermute nicht – ich wollte nur sagen, lassen Sie sich nicht durch irgend etwas erschrecken. Ich – ich meine, sagen Sie der Gräfin nichts, wenn Ihnen etwas verwunderlich erscheinen sollte –«

Lois schüttelte verständnislos den Kopf.

»Ich verstehe nicht, was Sie meinen. Wenn ich Ihnen irgend etwas herausreichen kann, tue ich es gern.«

Aber es kam keine Antwort mehr, er war anscheinend schon gegangen. Lizzy, die immer praktisch und robust war, meinte, er hätte seine falschen Zähne vergessen. »Und er ist so schüchtern und wohlerzogen, daß er das einer Dame nicht zu sagen wagt.«

Aber Lois war mit dieser Erklärung nicht einverstanden.

Lizzy ließ sich durch die Pracht und den Prunk nicht im mindesten beeinflussen und schlief sofort ein. Aber Lois blieb vollkommen wach. Sie hörte die Uhren im Haus jede Viertelstunde schlagen. Sie änderte ihre Lage und drehte sich auf die andere Seite, sie zählte von eins bis tausend und versuchte alle bekannten Mittel, um einzuschlafen, aber um halb zwei war sie noch immer munter. Ein Auto hielt draußen vor dem Tor – sicher kam Lady Moron jetzt nach Hause.

Lois lag in einem Himmelbett, und vielleicht war es dieser ungewöhnliche Umstand, der sie nicht einschlafen ließ. Sie starrte auf den kaum sichtbaren seidenen Thronhimmel über ihr und überlegte sich, daß sie vielleicht besser schlafen würde, wenn sie sich auf das große Sofa legte, das quer vor dem Bett stand. Das tiefe Atmen Lizzys störte sie auch. Sie richtete sich eben auf, um ihr Kissen zu nehmen, als sie plötzlich jemand sprechen hörte.

»Hat sie die Fotografie erkannt?«

Es war die Stimme Chesney Prayes, und sie kam aus der Seidendraperie des Baldachins! Es klang, als ob sich jemand oben versteckt hätte und von dort aus spräche. Die Worte waren sehr deutlich und klar.

»Nein«, hörte sie plötzlich die tiefe Stimme der Gräfin. »Ich legte sie in die Schublade, bevor sie kam.«

Es entstand eine Pause.

»Das war eigentlich etwas riskant.«

Lady Moron lachte laut.

»Ich habe heute abend sicher mehr riskiert, Chesney.«

»Aber, liebe Leonora, du kannst mir vertrauen.« Die Antwort klang gedrückt.

»Ja, das muß ich wohl«, kam die vorsichtige Stimme der Gräfin von oben her. »Und ich denke, du wirst verständig genug sein, keinen Unsinn zu machen. Selwyn quält mich.«

»Ach was, Selwyn!« sagte er verächtlich.

»Selwyn weiß mehr, als ich für möglich hielt. Woher mag er wohl erfahren haben, daß wir heiraten wollen? In seiner Wut sagte er es heute. Und woher weiß er, daß ich dir Geld geliehen habe?«

»Komm in den Speisesaal.«

Eine Türklinke wurde niedergedrückt, und Lois hörte Braimes Stimme in weiter Entfernung.

»Es ist serviert, Mylady.«

Dann war alles still.

»Was war das? Hat jemand gesprochen?« Lizzy war aufgewacht. »Hast du etwas gesagt, Lois? Ich hörte etwas vom Geldleihen.«

Lois war aufgestanden und hatte die kleine Taschenlampe angedreht, die neben ihrem Bett stand. Erschrocken schaute sie nach dem Thronhimmel, der wie alle solche Draperien einen schweren, vornehmen Eindruck machte. Lois kam plötzlich der Gedanke, daß die Tür aufgestanden habe. Aber es gab nur eine einzige, die auf den Korridor führte, und die war bestimmt zugeschlossen.

Lizzy warf schnell ihren Morgenrock über.

»Sag doch, Lois, was war das?«

»Ich weiß nicht, ich hörte jemand sprechen. Es muß hier im Raum gewesen sein.«

»Ich hörte, daß die Stimme von deinem Bett herkam«, sagte Lizzy. »Großer Gott, das ist ein merkwürdiges Haus. Ich liebe so was nicht, Lois. Da ist mir der alte Mackenzie mit seiner Fiedel noch lieber!«

Lois Reddle hob die Lampe und stieg in ihr Bett. Als sie die Falten der Draperie genauer untersuchte, stieß sie plötzlich einen Ruf des Erstaunens aus. Oben in einer Ecke sah sie ein schwarzes Stück Ebenholz, das die Form einer Glocke hatte und von zwei Drähten gehalten wurde. Zuerst glaubte sie, es sei der Schalltrichter eines Telefons, aber dahinter war ein flacher, runder Kasten mit Drähten in dem Thronhimmel befestigt.

»Von dort kamen die Worte – es ist ein Lautsprecher!«

Als sie weitersuchte, fand sie auch den Draht, der sorgfältig in den Falten verborgen und an einem der Bettpfosten heruntergeleitet war. Dann entdeckte sie an der Wand hinter dem Bett einen Schalter. Das Geheimnis war also aufgeklärt. Jetzt verstand sie die Aufregung Lord Morons und sah, daß seine elektrotechnischen Kenntnisse ernst zu nehmen waren. Auf diese Weise belauschte er wahrscheinlich seine Mutter. Irgendwo im Haus, wahrscheinlich im Salon, hatte er versteckt ein Mikrophon angebracht, und nun war ihm zu spät eingefallen, daß der Apparat nicht abgestellt war. Lady Moron war verwundert, woher ihr Sohn ihre Geheimnisse wissen konnte. Lois hätte sie jetzt aufklären können.

»Was für ein schlauer Kerl!«, sagte Lizzy bewundernd. »Das hat er nun alles selbst angelegt! Ich sagte dir ja schon, der junge Mann hat Verstand. Was hast du denn gehört, Lois?«

Aber Lois war nicht dazu aufgelegt, ihrer Freundin ihre Erlebnisse mitzuteilen. Sie stellte den Apparat ab, ließ Lizzy wieder zu Bett gehen und folgte dann ihrem Beispiel.

Wessen Fotografie mochte man in ihr Zimmer gelegt haben? Was hatte Lady Moron riskiert? Sie erinnerte sich an das Bild des hübschen jungen Offiziers, der für die Gräfin ein junger Mann war, den sie früher einmal gekannt hatte.

Ihre Neugierde war erwacht, und sie wollte mehr hören. Sie stand auf und schaltete den Apparat wieder ein. Es war ihr bewußt, daß sie etwas Ungehöriges tat, aber es war so viel geschehen, das lebenswichtiges Interesse für sie hatte, daß sie sich über diese Anstandsregeln hinwegsetzte. Sie hörte im Augenblick nichts mehr, aber es war ja möglich, daß sie nach dem Essen noch einmal in den Raum zurückkehrten. Vielleicht würde das langweilige Warten ihr den Schlaf bringen, der sie bis jetzt geflohen hatte.

Es schlug drei Uhr, halb vier und schließlich halb fünf. Die erste leichte Dämmerung zeigte sich schon durch die Fenster, und Lois war beinahe eingeschlafen, als sie plötzlich einen schwachen Laut vernahm und sofort aus ihrem Kissen wieder in die Höhe fuhr.

Klick! Klick!

Es war ein Geräusch, als ob jemand das Licht im Salon andrehte. Sie wartete gespannt, ob sie wieder etwas hören würde. Zuerst kam ein unbestimmtes Flüstern, und dann tönten die klaren Worte an ihr Ohr: »Lois Reddle schwebt in großer Gefahr!«

Sie kannte die Stimme und konnte sich auch den Sprecher gut vorstellen. Es war Michael Dorn!

Kapitel 15

Sie hatte ihren Schreck bald überwunden und sprang aus dem Bett. Besser der Gefahr offen ins Auge sehen, als in Ungewißheit schweben. Alle Furcht war von ihr gewichen – sie wollte Dorn gegenübertreten und von ihm die Wahrheit erfahren. Schnell hatte sie sich angezogen, lief zur Tür, drehte den Schlüssel geräuschlos um und eilte die dunkle Treppe hinab.

Als sie auf dem Treppenabsatz stand, lag ihr die Tür des Salons gegenüber. Sie zögerte nicht und öffnete. Das Zimmer lag im Dunkeln. Sie faßte nach dem Schalter und drehte das Licht an. Aber der Raum war leer, nichts rührte sich, nur das musikalische Ticken der französischen Uhr auf dem Kamin unterbrach die Stille. Von Michael Dorn oder seinem unbekannten Begleiter konnte sie keine Spur entdecken. Sie starrte erschrocken um sich, dann hörte sie plötzlich ein Geräusch hinter sich und fuhr herum.

»Was gibt es hier?«

Es war die Stimme der Gräfin, die in demselben Stockwerk wie Lois schlief.

»Drehen Sie doch das Licht an der Treppe an«, sagte sie ruhig.

Lois tat es und erblickte die Gräfin oben an der Treppe, die in einen weiten Hermelinmantel eingehüllt war. Sie schien nicht im mindesten erstaunt zu sein.

»Ich glaubte, unten Stimmen zu hören und ging herunter.«

»Aber es ist niemand hier – Sie müssen sich geirrt haben. Ich fürchte, Sie sind nervös geworden. Ich wachte auf, als Sie Ihre Tür aufmachten. Was für ein Geräuch haben Sie denn gehört? Fenster und Fensterläden sind doch fest verschlossen, und alle Tische und Stühle stehen genauso da wie vorher.«

»Ich hörte jemand sprechen«, sagte Lois.

»Es ist besser, daß Sie jetzt zu Bett gehen, mein Kind.«

Sie klopfte Lois mit ihrer großen Hand beruhigend auf die Schulter, und das Mädchen folgte ihr, ging die Treppe wieder hinauf und verschwand in ihrem Zimmer.

Als sie am nächsten Morgen zum Frühstück herunterging, fühlte sie sich sehr elend. Lizzy war durch ihre Freundin gewarnt und erwähnte bei Tisch nichts von ihrem nächtlichen Erlebnis. Lois geleitete sie zur Haustür und kam in den Speisesaal zurück. Ein Diener räumte eben unter Braimes Aufsicht den Tisch ab.

»Die Gräfin sagte mir, daß Sie in der Nacht jemand sprechen hörten«, erklärte der Butler, als der Diener das Zimmer verlassen hatte.

»Ja – es ist aber auch möglich, daß ich geträumt habe oder mir nur einbildete, die Stimme der Gräfin im Salon gehört zu haben.«

»Lady Moron war vorige Nacht nicht im Salon«, antwortete er zu ihrer größten Überraschung.

Sie starrte ihn groß an.

»Die Gräfin ging zur Bibliothek, also können Sie es von Ihrem Zimmer aus nicht gehört haben.«

Die Bibliothek! Also war das Mikrophon dort angebracht. Während sie auf dem Treppenabsatz mit Lady Moron sprach, war Michael Dorn mit seinem Gehilfen in der Bibliothek gewesen, die im Erdgeschoß auf der Rückseite des Hauses lag. Sie war jetzt dankbar, daß sie ihn nicht getroffen hatte, während diese wachsame Frau im Hause umherging.

»Ich glaubte, Sie zu hören, als Sie Ihre Türe öffneten«, fuhr Braime fort. »Ich wollte gerade nach unten kommen, als ich bemerkte, daß die Gräfin aufstand. Übrigens wird sie nicht vor ein Uhr herunterkommen. Sie hat zwei Freunde zum Mittagessen eingeladen. Lady Moron wünscht, daß Sie die Briefe allein beantworten, die nicht den Vermerk ›Persönlich‹ tragen.«

Lois war mitten in dieser Beschäftigung, als der junge Lord Moron in den Salon kam. Er war sehr nervös und aufgeregt.

»Guten Morgen, Miss Reddle«, sagte er und sah sie scharf an. »Nun, fühlen Sie sich wohl?«

»Nicht besonders«, lächelte Lois.

»Das ist ein merkwürdiges Haus«, murmelte er dann. »Man hört alle möglichen Geräusche – in all diesen alten Häusern spukt es ein bißchen. Sind Sie nicht gestört worden – hat niemand laut auf der Straße gesprochen?«

»Nein, ich bin nicht gestört worden«, sagte sie, und er atmete erleichtert auf.

»Da bin ich sehr froh – Sie haben doch nichts dagegen, wenn ich in Ihr Zimmer gehe und alles mitnehme, was ich noch brauche?

Aber bitte erwähnen Sie es der Gräfin gegenüber nicht, sonst denkt sie wieder, ich sei ein vergeßlicher Mensch, und macht mir eine große Szene deswegen!«

Lois versprach es, und er eilte aus dem Raum. Als sie nach oben ging, um sich für das Mittagessen umzuziehen, schaute sie zu dem Thronhimmel hinauf und sah, daß der Lautsprecher und die Drähte entfernt waren; sie hatte es auch nicht anders erwartet. Sie hätte sich sogar darüber amüsiert, wenn ihr nicht klar gewesen wäre, daß eine schreckliche Gefahr über ihr schwebte. Sie war sich bewußt, daß die Drohung irgendwie mit der Gräfin und ihrem Freund zusammenhing.

»Lois Reddle schwebt in großer Gefahr!« Sie zitterte, als sie sich an diese Worte erinnerte. Zweimal war sie in der letzten Woche mit knapper Not dem Tod entgangen. Die Unglücksfälle hatten sich nicht zufällig ereignet, das stand jetzt fest. Aber wer konnte ihr nur nach dem Leben trachten? Und was hatte die Fotografie des jungen Offiziers mit ihr zu tun?

In einem Punkt war sie schon zu einem Entschluß gekommen und hatte das auch Lizzy am Morgen mitgeteilt, während sie sich ankleideten. Sie wollte dieses Haus verlassen und lieber eine Weile ohne Stellung sein.

Lady Moron erschien kurz vor dem Mittagessen im Salon, sah die Briefe durch und gab ihre Unterschrift, wo es notwendig war.

Dann teilte ihr Lois ihre Absicht mit. Zu ihrer Überraschung war die große Frau nicht im mindesten erstaunt oder empört darüber.

»Als ich Sie heute morgen sah, fürchtete ich schon, daß das kommen würde. Und ich kann es Ihnen auch nicht übelnehmen, Miss Reddle. Sie haben hier Schreckliches erlebt, obgleich ich annehme, daß die Störung, die Sie letzte Nacht hatten, nur in Ihrer Einbildung bestand.«

Lois sagte nichts.

»Wann wollen Sie gehen? Ich nehme an, so bald wie möglich? Nun gut, ich nehme es Ihnen nicht übel. Ich fühle, daß ich zum Teil dafür verantwortlich bin. Ich werde Ihnen ein Monatsgehalt auszahlen, und Sie können mich morgen verlassen.«

Die beiden Gäste waren Chesney Praye und ein anderer Mann, den Lois noch nicht gesehen, von dem sie aber durch den jungen Grafen schon viel gehört hatte. Nach diesem Zusammentreffen fühlte sie den dringenden Wunsch, ihn nicht mehr treffen zu müssen. Er war ein Mann von fünfzig Jahren, hatte einen kahlen Kopf, ein rotes, aufgedunsenes Gesicht, eine blaurote, unförmige Nase und einen immer offenen Mund. Wenn sie ihm auf der Straße und nicht in dieser vornehmen Umgebung begegnet wäre, hätte sie ihn für einen typischen Trinker gehalten. Diese Bezeichnung war auch in jeder Weise gerechtfertigt. Sein Anzug war alt und an den Nähten aufgeschlissen, und die Fingernägel hatte er nur oberflächlich gereinigt.

»Ich möchte Ihnen Dr. Tappatt vorstellen!«

Das war also der berühmte Doktor! Er machte aber wenig Eindruck auf sie.

»Ich freue mich sehr, Sie kennenzulernen, mein liebes Fräulein, ich freue mich wirklich sehr«, sagte er mit erheuchelter Herzlichkeit. Ein schwacher Duft von Whisky und Knoblauch strömte von ihm aus, wenn er sprach. »Sie sind doch die junge Dame, von der Mylady gesprochen hat? Sie hören Stimmen – das ist ein schlechtes Zeichen.« Er lachte. »Wirklich ein sehr schlechtes Zeichen, mein liebes Fräulein. Da haben wir's ja schon, nicht wahr, Chesney?«

Lois sah, wie der Butler das Glas dieses merkwürdigen Menschen mit Wein füllte, und als sie wieder hinsah, war es leer. Offenbar war Braime, wenn er nicht bereits diese Eigenheiten des Gastes kannte, sorgsam darauf eingedrillt, denn er versorgte ihn, ohne zu fragen.

Der junge Lord Moron erschien auch bei Tisch, aber er war in gedrückter Stimmung und schwieg. Sein Gesicht hatte er so wenig wie möglich verbunden.

»Wie, Sie hatten einen Unfall? Waren Sie bei einer Eisenbahnkatastrophe dabei?« fragte der Doktor. »Eure Lordschaft sollten sich etwas mehr in acht nehmen!«

»Ich war bei keinem Eisenbahnunglück!« sagte Selwyn trotzig. Offenbar kannte er den Doktor gut. Lois hatte das Gefühl, daß er sich vor ihm fürchte. Sie sah ihn ein paarmal verstohlen zu dem unsauberen Mann hinüberblicken.

»Da ist ja noch jemand, der Stimmen hört, nicht wahr? Sind Eure Lordschaft nicht von einem Hund verfolgt worden, einem kleinen, netten, schwarzen Hund, der mit dem Schwanz wedelte?«

»Nein«, sagte Lord Moron entschieden. Er wurde erst rot, dann weiß. »So etwas habe ich niemals gesagt. Ich bin vollkommen sicher – ich weiß genau, was ich tue. Lassen Sie mich jetzt in Ruhe, Dr. Tappatt!«

Für Lois Reddle war es eine in jeder Beziehung sehr unangenehme Mahlzeit. Der düstere Widerwille des jungen Moron, die ruhige Gleichgültigkeit seiner Mutter, die rohen Späße Chesney Prayes und die Gegenwart des Arztes, der, wenn er nicht trank, sich mit seinen wunderbaren Kuren rühmte, die er in Indien ausgeführt hatte -- dies alles erweckte in ihr den Eindruck des Gespenstischen und Unwirklichen. Dr. Tappatt sprach sie nur noch einmal an.

»Ich habe gehört, Sie hätten versucht, sich vom Balkon herunterzustürzen. Mein liebes Fräulein, das ist schlimm – das –« Unsicher wandte er ihr sein tierisches Gesicht zu und sah sie mit blutunterlaufenen Augen böse an.

»Reden Sie keinen Unsinn«, sagte Lady Moron. »Der Balkon stürzte unter Miss Reddle ein – es hat doch niemand gesagt, daß sie selbst den Versuch machte, sich auf die Straße zu stürzen.«

»Das war doch auch nur ein Witz«, lachte der Doktor. Er ließ sich durch die Gräfin nicht im mindesten einschüchtern und schob dem aufmerksamen Braime wieder sein Glas hin. »Das ist ein guter Wein, Mylady, ein feiner, voller, kräftiger Wein mit einem großen Bouquet. Vermutlich Romani-Conti?«

»Clos de Vougeot«, verbesserte ihn Lady Moron.

»Der Unterschied zwischen den Weinen von Vougeot und Vosne ist nur gering«, sagte der Weinkenner. »Für gewöhnlich ziehe ich Conti vor, aber Mylady haben mich bekehrt.«

Das Essen dauerte ziemlich lange, und Lois wünschte sehnlichst, daß es vorüber wäre. Endlich erhob sich die Gräfin und trat zu ihrem Sohn.

»Wenn du heute abend zum Essen kommst, dann sei so gut und nimm den letzten Rest dieses lächerlichen Pflasters vom Gesicht. Ich möchte, daß du wie ein Gentleman aussiehst und nicht wie ein Preisboxer.« Sie überlegte sich jedes Wort. »Sonst bin ich vielleicht gezwungen, Dr. Tappatt um Rat zu fragen.«

Lord Moron zuckte bei den letzten Worten zusammen und murmelte eine Entgegnung, die Lois aber nicht verstehen konnte. Sie war froh, als die Gräfin sie aufforderte, in der Bibliothek zu arbeiten. Sie hatte vorher nur einen kurzen Blick in diesen Raum werfen können und war begierig, das Zimmer näher kennenzulernen, in dem die Gräfin so viele Stunden mit ihren Legespielen zubrachte. Aber vor allem wollte sie das versteckte Mikrophon entdecken, das Lord Moron dort angebracht hatte.

Es war ein schöner Raum, nicht allzu hoch, aber langgestreckt. Er reichte von der Wand des Empfangszimmers vorn im Haus bis zu einem kleinen Abstellraum, der den häßlichen Hof auf der Rückseite des Gebäudes verdeckte. Alle Wände waren mit Bücherschränken verstellt, außerdem befand sich noch ungefähr ein Dutzend Aktenschränkchen hier, in denen die Gräfin alle Andenken aufhob, die sie im Laufe ihres langen Lebens gesammelt hatte: Theaterprogramme, Zeitungsausschnitte und Briefe. Die meisten Menschen hätten keinen Wert darauf gelegt, solche Papiere aufzuheben, aber Lady Moron war eine methodische Frau und scheute davor zurück, irgend etwas zu vernichten. Das erzählte sie auch Lois, als sie ihr den Raum zeigte.

Als Lois wieder allein war, untersuchte sie die ganze Bibliothek sorgfältig, ohne jedoch das verborgene Mikrophon oder die Drahtleitung zu entdecken. Sie fand, daß eine Abteilung eines Bücherschranks durch eine mit feinem Drahtgewebe überzogene Sicherheitstür verschlossen war. Sie konnte aber deutlich die Titel der Bücher sehen und war überrascht über diese Vorsichtsmaßregeln, die die Lektüre dieser Bücher verhindern sollten. Die Bücher waren von der unschuldigsten Art, und sie nahm an, daß es vielleicht früher anders gewesen war.

Als sie ihre Arbeit beendet hatte, ging sie an den Schränken entlang, betrachtete die Bücher, nahm eins nach dem anderen heraus und durchblätterte es, um sich zu unterrichten.

Plötzlich kam Braime herein, und sie sah sofort, daß irgend etwas Besonderes vorgefallen war. Sein Gesicht zuckte. Offenbar war er furchtbar erregt, aber es gelang ihm, sich zu fassen.

»Würden Sie bitte in den Speisesaal gehen, Fräulein? Dort ist ein Herr, der Sie sprechen möchte.«

»Ein Herr? Wer ist es denn?«

»Ich kenne seinen Namen nicht. Aber wenn er noch nicht dort sein sollte, so warten Sie bitte auf ihn.«

»Aber wer ist es denn, Braime? Hat er Ihnen seinen Namen nicht genannt?«

»Nein, gnädiges Fräulein.« Seine Hände zitterten, und in seinen Augen lag ein ganz fremder Ausdruck.

»Im Speisesaal?« fragte sie noch einmal, als sie hinausging.

»Jawohl, Fräulein.«

Sie schaute sich noch einmal um und war erstaunt, daß er ihr nicht folgte. Der Speisesaal war leer, sie fand dort nur ihre Zofe. Das Mädchen staubte ab und wunderte sich, daß Lois hereinkam.

»Braime sagte, daß mich ein Herr sprechen wolle.«

Das Mädchen schüttelte den Kopf.

»Ich weiß nichts von einem Herrn, Fräulein. Aber ich weiß etwas anderes«, sagte sie böse. »Braime ist kein anständiger Mensch. Ich habe ihn gerade dabei ertappt, wie er aus dem Schlafzimmer der Gräfin kam, und ich will es ihr nachher sagen. Er ist ein hinterlistiger Schnüffler –«

»Bitte, sehen Sie nach, wer mich sprechen möchte. Vielleicht wartet der Herr in der Halle.«

Die Zofe ging hinaus und kam bald wieder zurück.

»Es ist niemand da, Fräulein. Der Diener sagte, daß kein Besuch gekommen ist, seit Dr. Tappatt fortging. Mr. Praye ist mit der Gräfin im Salon.«

Was sollte das bedeuten? Lois runzelte die Stirn. Braime hatte sie nur aus dem Raum entfernen wollen! Sie eilte zur Bibliothek zurück und öffnete die geschlossene Tür.

»Braime –«, begann sie und hielt plötzlich entsetzt ein.

Der Butler lag still und bewegungslos in der Mitte des Fußbodens auf dem Rücken. Sein kreidebleiches Gesicht war verzerrt und seine Lippen verkrampft.

Kapitel 16

Zuerst wollte sie fortrennen, aber dann siegte das Mitleid in ihr. Sie kniete an Braimes Seite nieder und löste seinen Kragen. War er tot? Sie bemerkte kein Lebenszeichen an ihm, er atmete nicht. Seine Hände waren erhoben, als ob er einen unsichtbaren Feind fassen wollte, aber sie waren steif und bewegungslos.

Lois lief zur Tür hinaus und rief das Mädchen.

»Telefonieren Sie sofort nach einem Arzt! Braime ist schwer krank«, sagte sie atemlos und eilte die Treppe hinauf.

Lady Moron war mitten in der Unterhaltung mit ihrem Besuch begriffen, aber als sie das Mädchen sah, kam sie eilig durch das Zimmer.

»Was ist geschehen?« fragte sie mit leiser Stimme.

»Braime«, sagte Lois atemlos. »Ich fürchte, er ist tot.«

Die Gräfin folgte ihr schnell die Treppe hinunter. Einen Augenblick stand sie in der Tür und sah den Butler ausgestreckt daliegen.

»Das ist kein Anblick für Sie«, sagte sie dann liebenswürdig, schob das Mädchen auf den Gang zurück und schloß die Tür.

Gleich darauf kam sie wieder heraus.

»Ich glaube auch, daß er tot ist. Erzählen Sie mir doch, was sich zutrug. Aber besser läuten Sie erst Dr. Tappatt im Limbo-Klub an.«

Lois sagte, daß sie schon Auftrag gegeben habe, einen Arzt zu rufen. Die Zofe hatte das Virgina-Krankenhaus angeläutet, das nur hundert Meter vom Chester Square entfernt lag, und als sie sich noch im Gang unterhielten, fuhr schon ein Krankenauto vor. Der Diener eilte hinaus und öffnete. Ein junger Arzt untersuchte kurz die ausgestreckte Gestalt und war anscheinend sehr verwundert.

»Hat dieser Mann schon öfter Anfälle gehabt?« fragte er.

»Ich habe nichts davon bemerkt. Solange er in meinen Diensten stand, war er vollständig gesund.«

Lois war wieder in die Bibliothek mitgekommen und schaute ängstlich auf die reglose Gestalt.

»Ich kann keine Wunde an ihm entdecken«, sagte der Arzt. »Ich werde die Krankenwärter rufen, daß sie ihn ins Krankenhaus bringen.«

Er ging zur Eingangshalle zurück und gab den Leuten ein Zeichen. Eine Tragbahre wurde aus dem Krankenwagen gehoben und in die Bibliothek gebracht. Als sie Braime gerade aufheben wollten, hörte man plötzlich eilige Schritte in der Eingangshalle. Ein Mann bahnte sich rasch einen Weg in die Bibliothek. Er war erhitzt und ohne Hut, stand schwer atmend im Türeingang und schaute von einem zum anderen, bis sein Blick auf Lois fiel.

»Gott sei Dank«, sagte er leise.

Dann war er mit zwei großen Schritten an der Seite Braimes, der noch immer steif auf dem Boden lag.

»Sind Sie Arzt?« begann Lady Moron.

»Mein Name ist Michael Dorn – vielleicht haben Mylady meinen Namen noch nicht gehört«, sagte er schroff. Seine scharfen Augen suchten den Raum ab. Er ergriff eine chinesische Porzellanvase, in der Rosen standen, riß den Blumenstrauß heraus, warf ihn auf den Boden und schüttete das Wasser in das Gesicht des Butlers. Dann kniete er an seiner Seite nieder, zog die steifen Arme des Mannes hoch und drückte sie wieder gegen den Körper. Lois beobachtete ihn bestürzt. Er wandte die Wiederbelebungsmethoden an, mit denen man Ertrunkene ins Leben zurückzurufen sucht.

»Sind Sie Arzt?« fragte der junge Mediziner ein wenig gereizt.

»Nein«, sagte Michael, ohne sich stören zu lassen.

»Darf ich Sie dann fragen, warum Sie so mit diesem Mann umgehen?«

»Ich rette ihm das Leben«, erwiderte er kurz.

Lady Moron drehte sich in diesem Augenblick um. Sie hatte die Stimme ihres Sohnes in der Eingangshalle gehört und eilte aus dem Raum, um ihn draußen aufzuhalten.

»Was willst du, Selwyn?« fragte sie kalt.

»Es ist etwas in der Bibliothek geschehen; sie sagten, der alte Braime hätte einen Anfall bekommen oder so etwas – ich dachte, ich könnte helfen.«

»Geh bitte in dein Arbeitszimmer zurück, ich wünsche nicht, daß du dich über solche Sachen aufregst.«

»Verdammt noch einmal«, begann der Graf. Aber ein Blick seiner Mutter brachte ihn zum Schweigen, und er entfernte sich wieder.

Die Gräfin wartete, bis er außer Sicht war, und ging dann zu der kleinen Gruppe zurück, die Michael Dorn und seine anscheinend nutzlosen Bemühungen beobachtete. Nach einigen Minuten sagte der Arzt: »Dieser Mann muß ins Krankenhaus gebracht werden – Mr. Dorn.«

Lady Morons Besuch war nun auch herbeigekommen. Chesney Praye hatte gesehen, daß der Detektiv im Haus war, aber in Gegenwart der Gräfin hatte er Mut.

»Sie werden den Mann wahrscheinlich töten, Dorn. Lassen Sie ihn doch ins Krankenhaus bringen, wo man sich seiner richtig annehmen kann.«

Michael antwortete nicht. Der Schweiß lief ihm von der Stirn. Er hielt einen Augenblick inne, zog eilig sein Jackett aus und nahm die Arbeit wieder auf.

»Ich will nur hoffen, daß Sie ein besserer Arzt als Detektiv sind«, sagte Chesney ärgerlich.

»Im Augenblick bin ich ein ebenso guter Arzt wie Sie ein Gauner«, sagte Dorn, ohne sich nach ihm umzudrehen. »Und auf jeden Fall bin ich ein besserer Detektiv, als Sie ein Verbrecher sind. Er kommt wieder zu sich.«

Zu Lois' größtem Erstaunen bewegten sich Braimes Augenlider. Sie sah, wie sich seine Brust hob und senkte, ohne daß Dorn half.

»Ich hoffe, daß er sich wieder erholt«, sagte Dorn, stand auf und wischte sich die Stirn.

»Sind Sie Detektiv?« fragte der junge Arzt.

»So etwas Ähnliches«, sagte Michael lächelnd. »Es ist gut, wenn Sie ihn jetzt so schnell wie möglich ins Krankenhaus bringen. Verzeihen Sie mir, daß ich Ihnen vorgegriffen habe, aber ich habe früher schon einmal einen solchen Fall erlebt.«

»Was ist es denn?« fragte der erstaunte Arzt, als der Butler auf die Bahre gehoben und aus der Bibliothek getragen wurde. »Ich dachte, er hätte einen Schlag bekommen.«

»Ja, es war ein Schlag, aber ein sehr böser«, entgegnete Michael grimmig.

Er folgte den Krankenträgern nicht, sondern zog sein Jackett an, ging in dem Raum umher und schaute sich überall um. Er betrachtete die Decke, den Fußboden und ließ seine Blicke über den Bibliothekstisch schweifen.

»Er fiel etwa zwei Meter vom Tisch entfernt hin«, sagte er. Dabei zeigte er auf einen Wasserflecken im Teppich. »Soll ich Ihnen einmal sagen, wo seine Füße lagen? Man hatte ihn nämlich schon von dort weggeholt, als ich kam.«

»Lady Moron wird es vorziehen, die Sache mit der Polizei zu besprechen, wenn die Beamten kommen«, sagte Chesney Praye gehässig. »Sie haben kein Recht, sich hier aufzuhalten – das wissen Sie doch, Dorn?«

»Will mir nicht jemand sagen, wo seine Füße lagen?«

Lois zeigte es ihm.

»Er lag quer im Raum.«

»Ja, das stimmt.« Dorn strich sich verwundert über das Kinn. »Sie waren doch nicht hier, als es passierte, Miss Reddle?«

»Ich verbiete Ihnen, irgendwelche Fragen zu beantworten«, sagte die Gräfin zu ihrer Sekretärin. »Ich stimme Mr. Praye vollständig bei, daß diese Angelegenheit Außenstehende nichts angeht. Meinen Sie, daß man einen Angriff auf den Mann machte?«

»Ich habe nichts Derartiges gesagt«, entgegnete Dorn, und seine Blicke suchten wieder Lois' Augen. »Sie haben ja eine Menge Unglücksfälle hier erlebt, Miss Reddle?« fragte er höflich. »Wenn ich an Ihrer Stelle wäre, würde ich in die Charlotte Street zurückgehen, dort wohnen Sie sicherer. Als ich sah, wie der Krankenwagen vor der Tür hielt, hätte ich beinahe einen Herzschlag bekommen, denn ich dachte, Sie wären das Opfer.«

Die Gräfin ging zur Tür und öffnete sie etwas weiter.

»Wollen Sie jetzt bitte gehen, Mr. Dorn – Ihre Gegenwart ist nicht erwünscht, und Ihre Andeutung, daß eine Person in meinem Haus sich in der geringsten Gefahr befindet, beleidigt mich –« Sie schaute Mr. Praye an. »Und auch meinen Freund.«

»Dann wäre es besser, wenn Mylady sich einen anderen Freund aussuchten«, sagte Dorn in guter Laune. »Und damit Sie nicht denken, daß ich den feinfühligen Mr. Chesney Praye durch meine Vermutungen verletze, will ich Ihr Gemüt erleichtern. Es gibt nämlich zwei Dinge, die Chesney übelnimmt – erstens möchte er nicht gern Geld verlieren, und zweitens möchte er nicht daran gehindert werden, sich Geld anzueignen, das ihm nicht gehört. Kann ich Sie einmal allein sprechen, Miss Reddle?«

»Ich verbiete –«, begann die Gräfin.

»Kann ich Sie sprechen?«

Lois zögerte, nickte dann und ging vor ihm aus dem Raum. In der Halle sagte er ihr seine Ansicht.

»Ich erwartete nicht, daß die Unglücksfälle so dicht aufeinanderfolgen würden, seitdem Sie in dieses Haus gekommen sind«, sagte er. »Ich habe nur meine Einwilligung gegeben, daß Sie hierherkamen, weil ich dachte, daß –«

»Sie haben Ihre Einwilligung gegeben?« Sie machte große Augen und wurde plötzlich rot vor Ärger. »Bilden Sie sich etwa ein, Mr. Dorn, daß ich Ihre Zustimmung brauche?«

»Es tut mir leid«, sagte er bescheiden. »Ich habe mich falsch ausgedrückt. Aber meine Nerven sind etwas in Unordnung geraten. Aber nachdem Sie diese vergiftete Schokolade zugesandt erhielten, mußte ich Ihnen sagen –«

»Sie wurde blaß.

»Vergiftet?« flüsterte sie.

Er nickte.

»Ja – sie war mit Blausäure vergiftet. Ich bin nur deshalb nachts in ihr Zimmer gekommen, um sie wegzunehmen. Als ich vor ein paar Minuten hier ankam, war ich starr vor Schrecken, denn ich erwartete, Sie tot aufzufinden.«

»Warum interessieren Sie sich für mich?« fragte sie.

Er wich ihrer Frage aus.

»Wollen Sie nicht dieses Haus sofort verlassen und in die Charlotte Street zurückkehren?«

»Ich kann nicht vor morgen weggehen – ich habe Lady Moron versprochen, daß ich bei ihr bleiben werde, und ich bin sicher, Mr. Dorn, daß Sie sich irren. Wer hätte mir denn vergiftete Schokolade schicken sollen?«

»Wer hätte versuchen sollen, Sie mit einem Auto zu überfahren?« fragte er dagegen. »Sehen Sie dies –« Er nahm einen kleinen Stoffstreifen aus seiner Westentasche. »Erkennen Sie das wieder?«

Sie war sehr erstaunt.

»Das wurde aus meinem Kleid gerissen, als das Auto –«

»Ja, ich fand es noch an dem Wagen hängen. Die Leute, die ihn einstellten, waren in solcher Eile, daß sie nicht einmal den Versuch machten, ihren Wagen zu betrachten oder ihn zu reinigen.«

»Aber wer – wer ist denn mein Feind?« fragte sie leise.

»Eines Tages werde ich Ihnen seinen Namen nennen – ich fürchte, ich habe Ihnen schon zuviel erzählt und habe mich selbst schon etwas verdächtig gemacht. Ich kann nur hoffen, daß Sie sich in acht nehmen, wenn Sie wissen, daß ich auf dem Posten bin. Am besten verlassen Sie dieses Haus sofort, spätestens heute abend.«

»Nein, das ist unmöglich.«

Er nickte.

»Nun gut.« Er schaute sich um und betrachtete Lady Moron, die in der Tür der Bibliothek stand und sich lebhaft mit Chesney Praye unterhielt. Plötzlich sah er, wie der Mann mit dem roten Gesicht ihn anschaute. »Ich wünsche Sie zu sprechen, Praye.«

Dorn ging aus dem Haus und wartete auf dem Gehsteig auf ihn.

»Sehen Sie einmal –«, begann der andere mit lauter Stimme.

»Wollen Sie wohl leiser sprechen – ich bin nicht taub. Es ist jetzt überhaupt nicht an Ihnen, zu reden. Haben Sie mich verstanden? Heute morgen war ich im Indian Office und habe den Staatssekretär gesprochen. Es wird keine Schwierigkeiten machen, wegen der Delhi-Affäre einen Haftbefehl gegen Sie auszufertigen, wenn ich den Antrag stelle. Also merken sie sich erstens diese Tatsache. Zweitens: Wenn Lois Reddle nur das geringste Leid geschieht und ich entdecke, daß Sie Ihre Hand im Spiel gehabt haben, dann verfolge ich Sie, und sollte es durch neun Höllen sein – und ich kriege Sie! Überlegen Sie sich das!«

Er nickte kurz, drehte sich um und ging fort. Chesney Praye blieb sprachlos vor Wut und Furcht stehen.

Kapitel 17

Lois empfand es als eine Liebenswürdigkeit der Gräfin, daß sie ihr den Nachmittag und den Abend freigab.

»Meine Liebe, ich werde froh sein, wenn ich Sie los bin«, sagte Lady Moron ganz offen. »Dieser niederträchtige Dorn hat mich wirklich aufgeregt. Aber ich will meine Empörung nicht auf Sie übertragen. Gehen Sie aus und vergessen Sie, daß es dieses Haus gibt. Wenn Sie heute abend gerne noch ins Theater gehen wollen, dann tun Sie es ruhig; ich werde dem Bediensteten, der Nachtdienst hat, den Auftrag geben, auf Sie zu warten. Ich habe eben vom Krankenhaus gehört, daß Braime das Bewußtsein wiedererlangt hat – vielleicht wird uns sein Bericht den sonderbaren Vorfall aufklären. Ich habe die Bibliothek durchsuchen lassen, aber man fand nicht das geringste, was in Zusammenhang mit dem Unglücksfall stehen könnte. Ich bezweifle, daß selbst der kluge Mr. Dorn erfolgreicher gewesen wäre«, sagte sie, und ihre Worte hatten einen spöttischen Unterton.

Lois freute sich, daß sie gehen konnte, und ihr erster Gedanke war, ihre Freundin aufzusuchen und ihr all ihre Erlebnisse mitzuteilen. Sie machte sich auf den Weg zum Büro in der Bedford Row, und als sie den ihr so vertrauten Hauseingang erreichte, sah sie den alten Fordwagen vor der Tür. Daneben stand Mr. Shaddles, der sich eben die Handschuhe anzog und fortfahren wollte.

Er wohnte in Hampstead und benützte jeden Tag als erster und als letzter den ausgedienten Wagen. Er schaute sie unfreundlich an, als sie die Treppe hochkam.

»Nun?« fragte er. »Kommen Sie zu uns zurück? Sind Sie mit Ihrer Stellung nicht mehr zufrieden? Ich dachte mir schon, daß Sie sich zur Privatsekretärin nicht recht eignen würden.«

»Ich bin nicht unzufrieden mit meiner Beschäftigung, aber ich gehe trotzdem wieder fort«, sagte sie lächelnd.

»Junge Leute müssen immer Veränderung haben«, erwiderte Mr. Shaddles vorwurfsvoll. »Das ist nun einmal die unruhige Jugend. Wie lange waren Sie bei mir?«

»Ein paar Jahre, Mr. Shaddles.«

»Zwei Jahre, neun Monate und sieben Tage«, entgegnete er schnell. »Das scheint Ihnen vermutlich wie eine Ewigkeit, mein kleines Fräulein? Für mich ist es aber«, er schnippte mit den Fingern, »als ob Sie gestern zu mir gekommen wären. Ich habe Sie von Leith geholt – einer meiner Klienten erzählte mir von Ihnen –, und ich gab Ihnen die Möglichkeit, vorwärtszukommen. Wie?«

»Das ist richtig«, sagte sie und wunderte sich, warum er sich plötzlich an all das erinnerte.

»Ach ja!« Er schaute zum Himmel, als ob er irgendwelche Inspiration oder Zustimmung von dort erwartete. »Also Sie möchten gern wieder Ihre alte Stellung bei mir haben?« Ohne auf ihre Antwort zu warten, fuhr er fort: »Nun gut, Sie können wieder kommen. Ich werde Ihnen drei Pfund wöchentlich geben. Morgen früh um halb neun fangen Sie wieder an.«

Er legte auf die letzten Worte besonderen Nachdruck.

»Aber Mr. Shaddles«, sagte das verwirrte Mädchen, »es ist sehr liebenswürdig von Ihnen – äußerst liebenswürdig –, ich würde ja gar zu gern wieder bei Ihnen eintreten, aber morgen früh geht es noch nicht.«

»Um halb neun Uhr morgen früh sind Sie hier. Halten Sie mich jetzt nicht auf, ich habe es eilig.«

Er stieg in den Wagen, und sie sah ihm nach, bis er in dem starken

Verkehr der Theobald Street verschwand.

Sie war von der Großzügigkeit ihres Chefs so verblüfft, daß sie Lizzy zuerst das erzählte.

»In den beiden letzten Tagen benimmt er sich ganz merkwürdig«, erwiderte Lizzy. »Wenn er nur nicht an Gehirnerweichung leidet. Hat er nicht auch etwas davon gesagt, daß er mein Gehalt erhöhen will? Aber ich würde mich an deiner Stelle nicht soviel darum kümmern. Morgen hat er wahrscheinlich die ganze Sache vergessen. Drei Pfund wöchentlich – der Mann ist ja verrückt. Ich wette, morgen kommt er im Pyjama ins Büro, spielt Trompete und hält sich für Julius Cäsar.«

Die männlichen Angestellten waren gegangen, nur Lizzy war noch im Büro. Sie war zurückgeblieben, um einen unendlich langen Vertragsentwurf zu schreiben. Aber nachdem sie Lois' Erzählung gehört hatte, schrieb sie ihn an diesem Tage nicht mehr fertig.

»Ich denke, Mike hat recht«, sagte sie und bekräftigte ihre Worte mit einem energischen Kopfnicken. »Das ganze Haus steckt voller Tricks. Ich kann mich an den Gedanken, Selwyn zu verlassen, nicht gewöhnen –«

»Meinst du Lord Moron?«

»Für mich ist er nur Selwyn«, erwiderte Lizzy ruhig. »Ich gehe morgen abend mit ihm ins Kino. Er ist doch ein zu netter Junge. Weißt du, was ihm am meisten fehlt? Die liebende Sorge seiner Mutter. Er hat so etwas nie kennengelernt.«

»Ach so – und du willst seine Mutter sein?« Lois mußte lachen, aber dann sagte sie ernst: »Ich kann nicht gleich fort. Du kannst ja tun, was du willst, aber ich versprach Lady Moron, daß ich noch diese Nacht bleiben würde.«

Lizzy war unangenehm überrascht.

»Ich lasse dich nicht im Stich, aber ich sage dir gerade ins Gesicht, daß ich lieber auf dem Dach einer Leichenhalle in einem Friedhof schlafe, als heute abend am Chester Square. Ich werde mit dir hingehen, aber ich tue es nur deinetwegen – merke es dir genau. Wenn mir jemand anders die Geschichte mit den drei Pfund wöchentlich erzählt hätte, wüßte ich, daß er mich angelogen hätte. Was sagst du dazu, daß wir nun wieder in die Charlotte Street zurückkommen und wieder arme Kirchenmäuse sind?«

Lois war sehr froh, daß sie den Abend wieder in ihrer alten Wohnung verbringen konnte. Nichts hätte sie mehr gefreut. Das alte Zimmer mit den einfachen, ja ärmlichen Möbeln, den verblichenen Kattunbezügen, war ihre Heimat, und selbst das laute Geschrei der auf der Straße spielenden Kinder klang Lois heute angenehm. Früher hatte sie das alles nicht bemerkt. Und dann wurde sie auch noch ganz besonders willkommen geheißen. Der alte Mackenzie sah sie ins Haus gehen und kam sofort heraus, um sie zu begrüßen. Er war ganz empört, als er hörte, daß die Mädchen die Nacht nicht im Haus bleiben wollten. Aber er beruhigte sich wieder, als Lizzy ihm ihre weiteren Pläne auseinandersetzte.

»Wir wollen ihn zum Abendessen einladen«, sagte Lois, als sie auf dem Küchentisch saß und zusah, wie ihre Freundin mit der Bratpfanne hantierte.

Lizzy nickte nur. Sie war mit ihren Gedanken nicht recht bei der Sache.

»Wenn ich es mir nur eher überlegt hätte, dann hätte ich Selwyn eingeladen, der wäre sicher gekommen – er hat eine ganz demokratische Gesinnung, er ist absolut nicht hochmütig. Als du gestern abend hinausgingst, um dir ein Taschentuch zu holen, gestand er mir, daß er sich in meiner Gesellschaft sehr wohl fühle und daß ich das erste Mädchen sei, das ihm gefalle. Da gehört doch was dazu, wenn ein wirklicher Lord so etwas sagt. Und dabei weiß er ganz genau, daß ich ein einfaches Schreibmädel mit fünfunddreißig Shilling wöchentlich bin!«

Ihre Stimme zitterte ein wenig, und Lois betrachtete sie plötzlich mit ganz anderen Augen. Sie kannte Lizzy doch schon seit einigen Jahren, aber sie war bisher noch nie gefühlvoll gewesen.

»Der arme Junge hat noch nie erfahren, wie wohl die Fürsorge einer Mutter tut«, sagte sie wieder bewegt.

Lois erwiderte nichts, obgleich dieser arme Junge mindestens achtundzwanzig Jahre zählte.

»Dieses Weib hat nicht mehr Mitgefühl mit Selwyn als ich mit ihr. Sie muß ein Herz von Stein haben, sie ist –«

»Mr. Mackenzie wird allerdings nur ein schlechter Ersatz für deinen Selwyn sein – aber wollen wir ihn einladen?« fragte Lois wieder.

»Ruf ihn herauf«, war die bündige Antwort.

Mr. Mackenzie war aber doch ein viel unterhaltsamerer Gast, als

Lizzy jemals erwartet hätte. Er lauschte gespannt ihrem Bericht über das Haus der Gräfin Moron und das Leben, das sich dort abspielte. Lizzy erzählte alles aus eigener Erfahrung, nur manchmal mußte Lois ihre Worte bestätigen.

»Seidene Vorhänge – wirklich?« fragte der alte Mann.

»Und Portieren aus Atlas! Überall Silberbeschläge! In den Badezimmern sind die Wände aus rotem Marmor – ist es nicht so, Lois? Und ein silbernes Gitter steht vor dem Kamin in dem Salon.«

Mr. Mackenzie seufzte.

»Es muß ein großartiges Leben sein in solcher Umgebung. Aber ich will niemand beneiden. Ist die Gräfin eine liebenswürdige Dame?«

»So würde ich sie nicht nennen«, meinte Lizzy. »Sie ist soweit ganz nett bis auf – sie ist nämlich eine schlechte Mutter, aber eine gute Aufpasserin und Spionin. Verstehen Sie, was ich damit sagen will?«

»Hat sie kleine Kinder?« fragte Mackenzie interessiert.

»Ihr Sohn ist nicht gerade ganz jung«, erklärte ihm Lizzy eingehend, »aber man könnte sagen, daß er in der ersten Jugend steht. Nein, er geht nicht mehr zur Schule«, antwortete sie fast beleidigt auf seine Frage. »Ein ganz wundervoller Mensch! Selwyn möchte zu gern zum Theater gehen, und ich wundere mich, daß seine Mutter es nicht zuläßt.«

»Es ist kein schönes Leben auf der Bühne, das habe ich Ihnen doch schon früher erzählt. Mein Kummer und meine Sorgen kommen nur davon, daß ich früher einmal beim Theater war.« Dann sagte er plötzlich zusammenhanglos: »Sie war ein so schönes Mädchen, und sie hatte ein Gesicht wie eine – wie eine –« »Engel«, schlug Lizzy vor und sah ihn erwartungsvoll mit der aufgerichteten Gabel in der Hand an.

»Ich wollte sagen ›Madonna‹. Für mich ist es immer noch ein großes Wunder, daß sie mich überhaupt angesehen hat. Nehmen Sie doch einmal meine einfache Kleidung. Allerdings lebte ich damals in sehr guten Verhältnissen. Einige meiner Operetten wurden aufgeführt, und ich verfügte über beträchtliche Summen. Glücklicherweise hatte ich mein Geld in Häusern festgelegt. Das war gut, denn sie war ein wenig – extravagant. Aber vielleicht war es auch mein Fehler.«

Ein langes Schweigen trat ein. Er hing seinen Gedanken nach, hatte den Kopf auf die Brust geneigt und seinen Blick auf das Tischtuch gesenkt.

»Ach ja, es ist mein Fehler. Ich sagte es meinem guten Freund Shaddles, als er mir riet, mich scheiden zu lassen.«

Lizzy schaute ihn verwundert an.

»Shaddles ist doch mein Anwalt – so sind Sie doch überhaupt erst meine Mieter geworden. Sie besinnen sich doch sicher darauf, daß Mr. Shaddles Ihnen die Zimmer in meinem Haus empfahl?«

»Shaddles – großer Gott!« sagte Lizzy und schob ihren Teller zurück. »Wenn ich das gewußt hätte, würde ich wahrscheinlich niemals hier in meinem Bett geschlafen haben!«

»Er ist ein guter Mensch und ein treuer Freund«, sagte Mr. Mackenzie.

»Aber auch ein böser, alter Geizhals.« Lizzy übersah die warnenden Blicke Lois'.

»Er ist ein bißchen sparsam«, gab Mr. Mackenzie zu. »Aber das scheint der Beruf mit sich zu bringen. Ich kenne mehrere Anwälte, die diese Eigenschaften haben. Sein Vater war ebenso.«

»Was, Sie kannten auch seinen Vater?« fragte Lizzy. »Hat er denn jemals einen Vater gehabt?«

»Sein Vater und sein Großvater waren auch sparsam. Aber die Shaddles' sind tüchtige Rechtsanwälte und haben große Vermögen verwaltet. Seit Hunderten von Jahren sind sie die Anwälte der Familie Moron.«

»Kennen Sie die Familie Moron?« fragte Lois.

Er zögerte.

»Ich will nicht behaupten, daß ich sie kenne, aber ich weiß einiges von ihr. Den alten Earl von Moron, den Vater des jetzigen Lord Moron, habe ich einmal gesehen – er lebte lange Jahre im Ausland. Ich will nicht gerade sagen, daß er einen schlechten Charakter hatte, aber er führte ein vergnügtes Leben. Er war ein Lebemann, von dem so manche Skandalgeschichte mit Recht oder Unrecht erzählt wurde. Sein Sohn Willy war ein feiner Junge, aber der starb leider. Selwyn, der Sohn seiner zweiten Frau, ist wohl der, von dem Sie mir erzählt haben.«

Selbst auf Lizzy machte seine genaue Kenntnis der Familienverhältnisse der Morons einen gewaltigen Eindruck.

»Es ist für die Familie von großem Wert, daß ein so guter Sohn wie Selwyn da ist. Wenn die Gräfin nur eine Tochter hätte, würde diese den Titel erben, denn die Morons gehören zu den wenigen Familien, bei denen die Tochter den Titel erhält, wenn direkte männliche Erben fehlen.«

Als der Tisch abgeräumt war, holte er seine Violine herauf und spielte ihnen vor. Lizzys Musikverständnis war anscheinend größer geworden, denn sie ertrug sein Spiel mit bewunderungswürdiger Ruhe, ohne etwas zu sagen.

Der Abend ging nur zu schnell vorüber. Um zehn Uhr sah Lois auf ihre Uhr und schaute ihre Freundin an. Lizzy erhob sich mit einem Frösteln.

»Also zurück zu dem Haus des Schicksals«, sagte sie mit Pathos. »Gott sei Dank, es ist die letzte Nacht, die wir dort schlafen!«

Aber weder sie noch Lois Reddle ahnten, daß sie dieses Haus des Schicksals nicht wieder betreten würden.

Kapitel 18

Um fünf Uhr nachmittags drehten sich die Schlüssel in den Schlössern, die Türen dröhnten im Gefängnis von Telsbury, die Stunde der Abendmahlzeit war vorüber, und die Wärterin hatte ihre letzte Runde beendet. Die Waschhäuser, die großen Küchen und die Arbeitssäle waren von den verantwortlichen Beamtinnen verschlossen worden, die fünf großen Hallen, die sternförmig von einem Mittelpunkt ausstrahlten, lagen verlassen da. Nur die Wärterin vom Dienst saß an ihrem Pult und las die Post durch, die den Gefangenen am nächsten Morgen ausgehändigt werden sollte. Sie arbeitete mit der Sicherheit jahrelanger Erfahrung. Während sie damit beschäftigt war, hörte sie plötzlich das Klingeln einer Glocke. Sie schaute sich um und sah, daß eine der vielen Klappen an der Tafel heruntergefallen war. Sie legte ihren Blaustift hin, ging die Halle entlang und machte vor einer Zelle halt. Sie schloß auf und öffnete die Tür.

Die Frau, die sich von ihrem Bett erhob, trug keine Gefangenenkleidung. Sie hatte ein dunkelblaues Kostüm an, auf dem Bett lagen

Hut und Mantel und ein Paar neue Handschuhe. In einer Ecke der Zelle standen eine kleine Handtasche und ein Schirm.

»Es tut mir leid, daß ich Sie belästigt habe«, sagte die Gefangene nervös, »aber ich dachte, man hätte mich vergessen –« Ihre Stimme versagte, und es wurde ihr schwer, weiterzusprechen.

»Sie sind nicht vergessen worden, Mrs. Pinder«, erwiderte die Wärterin ruhig. »Man hätte Ihre Zelle nicht zuschließen sollen.« Sie öffnete die Tür weit. »Wenn Sie sich allein fühlen, kommen Sie nur zu mir heraus.«

»Das ist sehr lieb von Ihnen«, sagte die Frau dankbar, und die Beamtin sah, daß ihr die Tränen nahe waren. »Wissen Sie, es ist nur deswegen – der Direktor sagte mir, daß er meinen Freunden telegrafiert hat. Ist noch keine Antwort gekommen?«

»Es wird auch wahrscheinlich keine Antwort eintreffen«, sagte die Wärterin taktvoll. »Ihre Freunde werden bald hierherkommen. Möglicherweise denken sie auch, daß Sie noch bis morgen warten wollen.« Sie lächelte. »Gewöhnlich werden Gefangene ja auch des Morgens entlassen. Aber das Justizministerium hat dem Direktor die Erlaubnis gegeben, Sie schon heute nacht in Freiheit zu setzen. Ich würde mich nicht aufregen, Mrs. Pinder.«

Sie wartete an der Tür.

»Kommen Sie doch heraus, wenn Sie mögen«, meinte sie gutmütig. »Sie können in der ganzen Halle umhergehen. Die anderen Frauen sehen Sie nicht, es ist schon alles abgeschlossen.«

Mary Pinder ging langsam in die weite Halle und blickte auf die ihr so vertrauten schmalen, schwarzen Türen, als sie an den langen Reihen vorbeikam. Schließlich trat sie an das große Fenster am Ende des Ganges. Das rosige Licht der untergehenden Sonne schien herein. Zum erstenmal seit zwanzig Jahren waren die Beschränkungen für sie gefallen, durfte sie unbeobachtet umhergehen, und bald würde sie durch die schwere, eiserne Gittertür wieder in Gottes freie Welt hinaustreten.

Sie unterdrückte einen traurigen Seufzer, legte die Hände zusammen und stand versunken und nachdenklich da. Ihre Gedanken wanderten. Sie wagte nicht, die Geschichte zu glauben, die man ihr erzählt hatte, und sie durfte noch nicht an das Glück denken, das jenseits der eisernen Tür auf sie wartete.

Die Wärterin war zu ihrem Pult und zu ihrer Beschäftigung zurückgekehrt. Mrs. Pinder betrachtete sie gedankenvoll. Die Frau kam täglich mit der Außenwelt in Berührung – vielleicht war sie verheiratet und hatte Kinder, die außerhalb dieser roten Mauern aufwuchsen. Mary Pinder war vom Leben und der menschlichen Gesellschaft nun schon zwanzig Jahre lang abgeschnitten. Draußen war die Welt ihren alten Gang weitergegangen. Neue Männer waren zur Macht gekommen und wieder von anderen ersetzt worden, nationale Erhebungen waren vorübergerauscht, Kriege hatten sich ausgetobt, aber hier in diesem düsteren Schatten blieb das Leben grau und ohne Trost, und selbst der Schmerz wurde monoton.

Sie ging furchtsam auf die Beamtin zu und setzte sich auf einen Stuhl in ihrer Nähe. Die Wärterin hielt in ihrer Arbeit inne und schaute sie mit einem ermutigenden Lächeln an. Nach einer Weile legte sie ihren blauen Stift wieder hin.

»Hoffentlich vergessen Sie diesen Ort bald ganz, Mrs. Pinder.«

Die schüttelte den Kopf.

»Ich glaube, es ist unmöglich – das zu vergessen. Das war mein Leben – der größte Teil meines Lebens, auf den ich mich besinnen kann. Ich war achtzehn Jahre alt, als ich zuerst hierherkam, und dreiundzwanzig, als man mich in das Gefängnis in Aylesbury brachte, und dreißig, als ich wieder hierher zurückkam. Ich kann mich nicht an viel mehr erinnern«, sagte sie schlicht.

Die Wärterin sah sie interessiert an.

»Sie sind die einzige Gefangene, zu der ich Zutrauen hatte und an die ich in gewisser Weise glaubte, Mrs. Pinder!«

Mary Pinder neigte sich eifrig zu ihr.

»Waren Sie von meiner Unschuld überzeugt?«

Die Wärterin nickte.

»Ich danke Ihnen. Ich – wünschte, ich hätte früher gewußt, daß jemand an mich glaubte.«

»Dann wollte ich, daß ich es Ihnen eher gesagt hätte«, erwiderte die Beamtin kurz. »Hier kommt noch jemand, der auch von Ihrer Unschuld überzeugt ist.« Die Wärterin ging dem Gefängnisdirektor entgegen.

»Haben Sie sich schon angezogen und sind Sie fertig?« fragte er liebenswürdig. »Sie sind eine glückliche Frau! Ich muß hier an diesem schrecklichen Platz aushalten. Auch ich bin eine Art Gefangener, aber ich muß hier auf meinem Posten bleiben, bis ich sterbe!«

Das war eine stehende Redensart von ihm, und Mrs. Pinder lächelte, als er mit ihr die Halle entlangging.

»Ihre Freunde werden nicht vor zehn Uhr kommen – eben traf ein Telegramm ein. Sie glaubten, daß Sie erst nach Einbruch der Dunkelheit das Gefängnis verlassen wollten. Wissen Sie, wo Sie von hier aus hingehen?«

»Ich habe keine Ahnung«, sagte sie. Dann änderte sich ihr Ton. »Es ist wie ein Traum, was Sie mir erzählten über – über –«

»Über das junge Mädchen, das Sie gesehen hat? Es ist doch ein merkwürdiger Zufall. Ich hätte es eigentlich merken müssen, als ich sah, wie die Erwähnung der Brandwunde am Arm sie aufregte.«

»Meine Tochter!« sagte sie atemlos. »Ach Gott, wie wundervoll!«

»Man hat es Ihnen nicht mitgeteilt – Ihre Freunde glaubten, die freudige Überraschung würde zu groß sein. Sie ist ein hübsches Mädchen geworden.«

»Ja, ist sie schön? Weiß sie es schon?«

Er nickte.

»Sie erfuhr es, als sie damals in meinem Zimmer war und als ich ihr den Namen Lois Margeritta nannte. Wenn noch irgendein Zweifel darüber bestehen könnte, so ist der Brief, den ich vom Unterstaatssekretär erhielt, der beste Gegenbeweis. Sie hat ihn aufgesucht, um noch mehr Einzelheiten über die Gerichtsverhandlung und das Verbrechen zu erfahren, dessen man Sie beschuldigt hatte. Mrs. Pinder, wollen Sie mir eine Frage beantworten?« Er ließ ihren Arm los und sah sie an. »Ich bin ein alter Mann und habe nicht mehr lange zu leben. Ich habe fast allen Glauben an die Menschheit verloren – waren Sie unschuldig?« Er machte eine Pause. »Waren Sie unschuldig oder schuldig?«

»Ich war unschuldig.« Sie schaute ihm furchtlos in die Augen. »Ich sage Ihnen die reine Wahrheit. Ich bin damals nur aus dem Haus gegangen, um mir Arbeit zu suchen, und als ich zurückkam, wurde ich verhaftet.«

»Aber wer war denn Ihr Mann, und wo war er?«

»Er war tot«, sagte sie schlicht. »Ich wußte es damals nicht – aber ich habe es inzwischen erfahren. Glauben Sie mir?«

Er nickte schweigend.

»Sie haben mich stets so gut behandelt«, sagte sie. »Ich wünchte, ich könnte Ihnen für Ihre Güte danken.«

»Das können Sie«, erwiderte er in seiner rauhen Art. »Wenn Sie wieder in die Welt kommen und andere Frauen treffen, die Ihnen raten, Ihr Haar rot zu färben – dann tun Sie es bitte nicht!«

Er war froh, daß er sie nicht zum Lachen gebracht hatte.

»Und nun kommen Sie mit und essen Sie mit mir und meiner Frau zu Abend.«

Fünf Minuten nach zehn hielt ein kleines, elegantes Auto vor den Toren des Gefängnisses. Der Chauffeur stieg aus und klingelte. Der Pförtner fragte durch das Schiebefenster nach seinem Wunsch.

»Ich bin hergekommen, um Mrs. Pinder abzuholen«, sagte er.

»Bitte, kommen Sie herein und sprechen Sie selbst mit dem Direktor.«

»Ich bleibe lieber hier.«

Der Chauffeur zündete sich eine Zigarette an und ging auf und ab, um sich die Zeit zu vertreiben, aber er brauchte nicht lange zu warten. Einige Minuten später sprang eine kleine Tür auf, und eine Frau trat heraus.

»Sind Sie Mrs. Pinder?« fragte der Mann leise, fast flüsternd.

»Ja.«

»Geben Sie mir Ihr Gepäck.«

Er öffnete die Tür, stellte den kleinen Koffer hinein und half ihr beim Einsteigen. Dann setzte er sich ans Steuer und fuhr in der Richtung nach London davon. Im Schatten des Gefängnistores beobachtete der Direktor die Abfahrt, dann ging er mit einem Seufzer in sein Büro zurück.

Das Gefängnis hatte in dem Augenblick für ihn an Interesse verloren, als die Frau es verließ, die in allen Zeitungen als die Hereford-Mörderin geschildert worden war.

Kapitel 19

Lois Reddle war nicht gerade froh gestimmt, als sie an die Rückkehr in das Palais am Chester Square dachte. Aber noch weniger wollte sie ihr Wort brechen, das sie der Gräfin gegeben hatte, obwohl sie diese Frau jetzt zu hassen begann. Sie unterhielt sich darüber mit Lizzy, als sie vor ihrer Haustür in der Charlotte Street standen.

»Wir wollen lieber hier bleiben«, drängte Lizzy. »Auf keinen Fall gehen wir jetzt schon zurück. Selwyn bekommen wir doch nicht zu sehen – und dann denke doch an das, was Mike dir sagte.«

»Was Mr. Dorn sagt, ist mir gleichgültig«, erwiderte Lois ruhig. »Wir müssen zurückgehen, Lizzy – ich habe es versprochen.«

Lizzy murrte.

»Ach, du mit deiner Ehrbarkeit und deinem Worthalten – ich bekomme Kopfschmerzen davon! Aber wir wollen doch wenigstens jetzt noch nicht gehen. Die Frau hat dir doch ausdrücklich gesagt, daß du ausbleiben und sogar ins Theater gehen könntest. Warum beeilst du dich denn so?

Lois zögerte.

»Wir gehen jetzt zurück«, sagte sie dann bestimmt.

Sie schaute über die Straße. Ein Müßiggänger stand mit dem Rücken gegen ein Schaufenstergitter gelehnt, aber sie sah sofort, daß es nicht Dorn sein konnte. Sobald sie der Oxford Street zugingen, kam Leben in den Mann. Er folgte den beiden langsam im Schatten der Häuser, und als Lois sich umsah, entdeckte sie, daß er hinter ihnen herkam.

»Wir wollen auf die rechte Seite hinübergehen«, sagte sie. »Ich glaube, wir werden beobachtet.«

»Wir wollen uns lieber an die Hauptstraße halten«, meinte die kluge Lizzy. »Wenn schon jemand hinter uns herkommt, ist es besser, daß wir dort gehen.«

Sie kamen zur Oxford Street und gingen quer über die Straße, aber der Schatten folgte ihnen in gewisser Entfernung.

»Wir versuchen es in der Regent's Street«, schlug Lizzy vor. »Wenn wir ein Stück entlanggegangen sind, kreuzen wir die Straße und gehen wieder auf die andere Seite. Wenn er uns dann noch folgt, wissen wir sicher, daß er es auf uns abgesehen hat.«

Als sie ihren Plan durchgeführt hatten, stand es außer jedem Zweifel, daß man ihnen folgte. Sie stiegen deshalb in einen Autobus, der nach dem Westen fuhr. Lois sah, daß der Mann eine Taxe anrief, die neben dem Autobus herfuhr.

»Wenn ich wüßte, daß es Mike ist, würde ich zurückgehen und

ihm einmal ganz gehörig die Meinung sagen«, grollte Lizzy.

»Er ist es gewiß nicht«, beschwichtigte sie Lois. »Mr. Dorn ist nicht so groß und sieht auch besser aus.«

Sie verließen den Autobus in der Nähe der Victoria Street, und als sie über die Straße eilten, sahen sie, daß auch das Mietauto anhielt und der Mann ausstieg. Er machte nie den Versuch, sie zu überholen, und zeigte auch nicht die leiseste Neigung, sich ihnen zu nähern. Wenn sie langsam gingen, tat er dasselbe, wenn sie sich beeilten, beschleunigte er ebenfalls seine Schritte.

Plötzlich sah Lois Michael Dorn vor sich. Er stand mitten auf dem Gehsteig, und es war unmöglich, an ihm vorüberzugehen.

»Ich muß mit Ihnen sprechen, Miss Reddle. Sie gehen doch nicht zu Lady Moron zurück?«

»Ich bin eben dabei, das zu tun«, sagte Lois ruhig.

»Sie werden es nicht tun«, erwiderte er entschieden. »Miss Reddle, ich habe Ihnen so manchen Dienst erwiesen, ich würde es gern sehen, wenn Sie auch einmal etwas für mich täten.« Er schien um Worte verlegen zu sein. »Ich habe ein persönliches Interesse daran. Ich vermute zwar, daß Sie mich nicht leiden können – aber immerhin, ich habe Sie gern.«

»Danke schön«, entgegnete sie kurz.

»Sie können ruhig sarkastisch sein – ich kümmere mich nicht darum. Ich sage Ihnen einfach die nackte Wahrheit. Ich verehre Sie, wie nur irgendein anständiger Mann ein Mädchen von Ihrem Charakter und Ihrer –«

»Schönheit«, ergänzte Lizzy, die interessiert zuhörte.

»Anmut – das ist das richtige Wort«, sagte Dorn und lächelte schwach.

»Und gerade weil ich mich persönlich so für Sie interessiere und Sie gern habe – ich fühle, daß meine Ausdrücke nicht richtig sind und meine Worte Sie nicht überzeugen, aber ich bin Damen gegenüber immer verlegen –, jedenfalls will ich, daß Sie in die Charlotte Street zurückgehen.«

Lois schüttelte den Kopf.

»Wohin ich gehe, kann Ihnen sehr gleichgültig sein!«

»Ich habe das größte Interesse daran, daß Sie in Ihre Wohnung in die Charlotte Street zurückkehren!«

»Obwohl oder gerade weil Sie es gesagt haben, werde ich diese

Nacht im Haus der Lady Moron bleiben. Morgen werden Miss Smith und ich wieder in die Charlotte Street gehen.«

»Sie gehen heute abend noch zurück!« sagte er fast schroff.

Sie reckte sich empört auf.

»Was wollen Sie damit sagen?« fragte sie kühl.

»Ich meine genau das, was ich eben gesagt habe. Ich will nicht, daß Sie noch eine Nacht in diesem schrecklichen Haus zubringen. Lassen Sie sich doch davon überzeugen, Miss Reddle«, fuhr er sanfter fort. »Sie müssen sich nicht einbilden, daß es eine Laune von mir wäre oder daß ich irgendein ungerechtes Vorurteil gegen Lady Moron oder ihren Sohn hätte. Ich bitte Sie nur, heute abend nicht zum Chester Square zu gehen.«

»Können Sie mir irgendeinen Grund dafür angeben?«

Er schüttelte den Kopf.

»Sie müssen mir vertrauen und glauben, daß ich sehr triftige Gründe habe, wenn ich sie Ihnen im Augenblick auch nicht sagen kann. Sehen Sie denn das nicht selbst ein?«

»Nein«, erwiderte sie. »Es sind mehrere Unglücksfälle vorgekommen – meinen Sie etwa, daß Lady Moron daran schuld ist?«

»Ich meine gar nichts.«

»Dann gute Nacht.« Sie wollte weitergehen, aber er vertrat ihr den Weg. Er mußte der dunklen Gestalt im Hintergrund ein Zeichen gegeben haben, denn plötzlich kam der große Mann auf sie zu.

»Dies ist Sergeant Lighton von der Kriminalpolizei«, sagte er kurz. Dann zeigte er auf das Mädchen. »Dies ist Lois Reddle – ich beschuldige sie des versuchten Mordes an John Braime!«

Das Mädchen hörte die Worte und war wie vom Donner getroffen.

»Wessen beschuldigen Sie mich?« fragte sie erschrocken. »Aber Mr. Dorn –«

Der Detektiv winkte stumm, und der große Mann nahm Lois höflich am Arm. Eine halbe Stunde nachdem sich das Gefängnistor vor Mrs. Pinder geöffnet hatte, schloß sich die Tür einer Polizeizelle hinter ihrer Tochter.

Kapitel 20

»Das wäre also erledigt«, sagte Michael traurig, als er die Polizeistation mit dem Sergeanten wieder verließ. »Ich fasse jetzt einen richtigen Dieb, Lighton, wenn meine Schlußfolgerungen richtig sind. Ich ließ mir einen Brief vom Justizministerium schicken, der heute nachmittag an meine Adresse aufgegeben wurde.«

»Glauben Sie, daß man Ihren Briefkasten beraubt?« fragte Lighton.

Der Detektiv antwortete erst, als sie in einem Auto saßen.

»Wir wollen nicht Briefdiebstahl, sondern Briefverzögerung sagen. Ich kam nämlich dahinter, daß alle Briefe meines Nachrichtenagenten und meines Freundes bei der Regierung stets ohne jeden Grund mit Verspätung ankamen. Ich beschäftigte mich mit der Sache und merkte, daß ich von beiden Stellen Briefe in blauen Umschlägen erhielt.«

»Wie geht es Braime?« fragte der Sergeant.

»Besser«, war die kurze Antwort. »Ich habe ihn heute abend gesprochen – das wird er sein Leben lang nicht vergessen.« Er lachte leise vor sich hin, obwohl sein Herz schmerzte, als er an das bestürzte und empörte Mädchen dachte, das zu dieser Stunde in der großen und luftigen Frauenzelle einer Polizeistation saß.

Der Wagen hielt vor den Hiles Mansions, und der Fahrstuhlführer brachte sie zu Dorns hübscher Wohnung. Zwei oder drei Briefe lagen in seinem Briefkasten. Er nahm sie heraus, prüfte sie, ging dann wieder auf den Treppenflur hinaus und klingelte nach dem Fahrstuhl.

»Haben Sie die Briefe heraufgebracht?« fragte er.

»Ja, Sir!«

»Wann kamen sie an?«

»Um halb zehn.«

»Heute nachmittag um halb vier wurde ein Brief in einem blauen Umschlag an mich abgesandt – er befindet sich nicht unter meiner Post. Wie kommt das?«

Der Fahrstuhlführer schaute beiseite.

»Ich weiß es nicht.« Er vermied Michaels Blick ängstlich. »Ich bringe die Briefe herauf, sobald sie kommen, und werfe sie dann in den Kasten.«

»Sie haben von neun Uhr abends bis neun Uhr morgens Dienst, das stimmt doch?«

»Jawohl, Sir!«

»Sie haben also die Morgen- und Abendpost zu besorgen. Wie kommt es, daß alle Briefe, die blaue Umschläge haben, mich stets vierundzwanzig Stunden später erreichen, als sie es eigentlich sollten?«

»Ich kann es Ihnen nicht sagen.«

»Dann sagen Sie es wenigstens diesem Herrn hier – er ist ein Detektiv von Scotland Yard –, und sagen Sie es ihm schnell und ohne alle Umschweife, sonst werden Sie diese Nacht nicht sehr bequem schlafen.«

Eine Zeitlang wehrte sich der Mann noch und widersprach, aber plötzlich wurde er klein.

»Ich habe eine Frau und vier Kinder«, jammerte er. »Und meine Militärpension werde ich auch verlieren –«

»Sie werden nichts verlieren, wenn Sie jetzt die Wahrheit sagen. Wer hat Ihnen den Auftrag gegeben, meine Briefe aufzuhalten?«

»Ein Herr – ich kenne nicht einmal seinen Namen. Und wenn ich diesen Augenblick sterben soll, kann ich Ihnen den Namen nicht sagen. Er gibt mir zwei Pfund die Woche, damit ich alle Briefe in blauen Umschlägen aufhalte, auch alle amtlichen Schreiben, die an Sie kommen. Ich habe sie niemals gestohlen, ich habe sie immer wieder in Ihren Briefkasten gelegt –«

»Das weiß ich«, unterbrach ihn Dorn kurz. »Sie verschwenden nur Ihre Lunge, wenn Sie mir das alles erzählen. Wer hat Ihnen diesen Auftrag gegeben?«

»Ich schwöre Ihnen, daß ich ihn nicht kenne, Sir. Ich traf ihn eines Abends in einer Wirtschaft. Er beschwatzte mich, bis ich auf die Sache einging. Ich wünschte, ich hätte ihn nie gesehen.«

»Kommt er wegen der Briefe hierher?«

»Ja, er kam auch heute morgen, nachdem die Post hier war. Aber ich habe ihm den blauen Brief nicht gegeben, weil ich ihn noch nicht hatte. Der Postbeamte mußte ihn übersehen haben, er kam eine Viertelstunde später nochmals zurück und gab ihn mir.«

»Den blauen Brief? Welchen blauen Brief?« fragte Michael schnell.

»Er liegt unten«, winselte der unzuverlässige Portier der Hiles Mansions.

»Ich werde jetzt mit Ihnen hinunterfahren und ihn holen.«

In den Eingangsflur war ein kleiner Raum eingebaut, der dem Portier als Büro diente. Unter einer Schreibunterlage zog er zwei blaue Briefe heraus.

Den ersten erkannte Michael als den Brief wieder, den er selbst geschrieben hatte, den zweiten öffnete er schnell und las. Lighton sah, wie sich seine Gesichtszüge veränderten. Er steckte den Brief rasch in seine Tasche und wandte sich zu dem erschrockenen Portier.

»Was ist sonst noch gekommen? Heraus damit, schnell!«

Ohne ein Wort langte der Mann in die Tasche eines Rockes, der an der Wand hing, und nahm ein Telegramm heraus, das allem Anschein nach geöfnet und wieder geschlossen worden war. Michael las es wuterfüllt.

»Zum Teufel mit diesem Kerl«, sagte er, rannte aus der Halle und sprang in die nächste leere Taxe, die er sah.

Zehn Minuten später war er bei seiner Garage, und gleich darauf fuhr ein großer, schwarzer Wagen mit Blitzgeschwindigkeit aus London hinaus.

Es schlug Mitternacht von der Dorfkirche von Telsbury, als das Auto vor dem Gefängnis hielt. Michael Dorn sprang heraus und drückte auf die Klingel.

»Der Direktor schläft schon, Sir.«

»Ich muß ihn sofort sprechen. Es geht um Leben und Tod. Geben sie ihm meine Karte.« Er steckte sie durch das Gitter und wartete ungeduldig, bis er eingelassen und zum Haus des Direktors geführt wurde, der ihn im Pyjama und Schlafrock in seinem kleinen Arbeitszimmer erwartete.

»Mrs. Pinder ist um zehn Uhr fortgefahren. Hatten Sie denn nicht den Wagen geschickt?«

»Nein, ich wußte gar nichts von ihrer Entlassung. Der Brief vom Justizministerium, der mich davon unterrichten sollte, ist aufgehalten worden. Zehn Uhr? Wer holte sie ab?«

»Ich weiß es nicht, ich dachte, Sie wären es. Ich sah den Wagen und kümmerte mich nicht weiter darum.«

»Wissen Sie, welchen Weg er nahm?«

»Sie fuhren in der Richtung nach London. Es war ein kleiner Wagen – ein Buick, denke ich. Ist sie nicht angekommen?«

Michael schüttelte den Kopf. »Nein, sie ist nicht in London.«

Es war keine Zeit zu verlieren. Er stieg wieder in sein Auto und fuhr in höchster Eile die London Road entlang. Am Telsbury-Kreuzweg befand sich eine Tankstelle, und er wußte, daß dort jemand im Rückgebäude schlief. Es dauerte einige Zeit, bis er auf sein Klopfen eine Antwort erhielt, aber dann bekam er eine wertvolle Information.

»Ich sah den Wagen vorbeifahren. Er fuhr nach Süden, auf Letchford zu.«

»Nicht auf der London Road?«

»Nein, er wendete hier um. Kurz bevor ich mich schlafen legte, sah ich das Schlußlicht vor dem Hügel.«

Michael Dorn stieg wieder ein und legte die fünfzehn Meilen von Telsbury nach Letchford in genau fünfzehn Minuten zurück. Hier hatte er wieder Glück. Ein Polizist hatte den Wagen gesehen, der westwärts gefahren war. Aber dann kam er an einen Punkt, an dem sich vier Straßen kreuzten, und er konnte nicht herausfinden, welche Richtung der unbekannte Chauffeur eingeschlagen hatte. Auf keinen Fall waren sie nach London gefahren. Er fuhr erfolglos die eine Straße entlang, nahm dann seinen Weg über das Feld, um die zweite abzuschneiden, aber er traf niemand, der ihm die geringste Auskunft geben konnte.

Um vier Uhr morgens hielt er wieder vor dem Polizeirevier von Chelsea und stieg langsam die Stufen zu dem Dienstzimmer hinauf.

»Hallo, Mr. Dorn!« sagte der Sergeant. »Der Inspektor hat die ganze Nacht nach Ihnen gefragt wegen dieses Falles.«

»Was gibt es denn?« fragte Michael müde.

»Das geht mit dem Teufel zu! Die Gräfin gibt an, das Mädchen sei nicht in dem Zimmer gewesen, als Braime verletzt wurde. Wir haben eine vollständige schriftliche Aussage von ihr, und der Inspektor sagte, daß er Ihnen etwas sagen wird, was Sie nicht so schnell vergessen werden!«

Dorns Lippen zogen sich wütend zusammen.

»Wenn er sich untersteht, irgend etwas Nennenswertes zu sagen, werde ich den Dienst quittieren! Aber immerhin, Sie können sie jetzt freilassen. Ich möchte mich bei ihr entschuldigen.«

»Sie freilassen!« lachte der Sergeant. »Da kommen Sie ein bißchen spät! Sie ist schon um zwei Uhr morgens wieder entlassen worden.«

Der Detektiv fuhr zusammen.

»Um zwei Uhr morgens?« wiederholte er leise. »Ging sie allein weg?«

»Nein, ein Herr holte sie mit einem blauen Buickwagen ab.«

Michael wankte einen Schritt rückwärts, sein Gesicht war erschöpft und verstört, und er schien plötzlich gealtert zu sein.

»Der Mann, der das Mädchen befreite, hat wahrscheinlich Beihilfe an einem Mord geleistet!« sagte er. »Erzählen Sie das dem Inspektor, wenn Sie ihn sehen!«

Dann wandte er sich um und verließ den Raum.

Das Büro des Staatsanwalts wurde erst morgens um zehn Uhr geöffnet, und Michael Dorn wartete dort. Er war verstaubt, unrasiert, und sein Gesicht sah grimmig aus.

»Hallo, Dorn – was ist Ihnen denn passiert?« fragte der Beamte.

In wenigen Worten erklärte der Detektiv die Lage.

Der Staatsanwalt schüttelte den Kopf.

»Wir können nichts tun. Wir haben nicht den Beweis, den wir brauchen, und können infolgedessen keine Anklage erheben. Wir haben Ihnen in Anbetracht der seltsamen Umstände dieses Falles freie Hand gelassen, aber ich kann keinen Haftbefehl ausstellen, bevor Sie mir nicht den positiven und unumstößlichen Beweis beibringen.«

Dorn biß sich auf die Lippen.

»Wenn man in früheren Zeiten einen Mann nicht dazu bringen konnte, die Wahrheit zu sagen – was tat man da, Sir Charles?«

»Nun ja, man goß ein wenig kochendes Öl auf ihn! Damals war die Untersuchung von Verbrechen etwas leichter als heute!«

»Sie war nicht leichter.« Michael schüttelte den Kopf. »Ich werde die Wahrheit erfahren. Ich bringe heraus, wohin sie diese beiden Frauen gebracht haben! Und die Streckfolter und die Daumenschrauben sollen ein Kinderspiel sein im Vergeich zu den Mitteln, die ich gegen sie anwenden werde! Ich erfahre die Wahrheit – und wenn ich Chesney Praye Glied um Glied ausreißen müßte!«

Kapitel 21

Als die Zellentür geöffnet wurde, erwachte Lois aus einem lähmenden Schlaf; sie erhob sich unsicher und wußte kaum, was sie tat, als sie der Wärterin ins Büro folgte. Sie war müde und abgestumpft von der Anklage, die man gegen sie erhoben hatte. Der Sergeant sagte irgend etwas, und sie hörte auch den Namen der Gräfin. Dann gab ihr jemand die Hand – sie dachte, es sei der Sergeant. Ein junger Mann, den sie nur mit halbem Bewußtsein bemerkt hatte, nahm ihren Arm und führte sie langsam auf die dunkle Straße. Er öffnete den Schlag eines Wagens, und bevor sie wußte, was geschah, hatte sich das Auto schon in Bewegung gesetzt. Sie fühlte eine grenzenlose Abgespanntheit – und schlief wieder ein.

Sie erwachte davon, daß ihr Kopf gegen den Führersitz stieß. Die Dämmerung war schon nahe.

»Wo sind wir?« fragte sie.

Es interessierte sie nicht, wer der Chauffeur war, aber als er sich umwandte, erkannte sie das Gesicht Chesney Prayes.

»Es ist schon alles in Ordnung, Miss Reddle«, sagte er mit einem Grinsen, das seine Zähne zeigte. »Ich fahre Sie aufs Land.«

Sie zog die Stirn kraus und versuchte sich über die Ereignisse der letzten Nacht klarzuwerden. Als sie sich an ihre Verhaftung erinnerte, wurde sie plötzlich wieder ganz wach. Aber bevor sie weiterfragen konnte, gab er ihr über die Schulter hinweg schon eine Erklärung.

»Lady Moron dachte, es sei besser, wenn Sie diesem Bluthund einmal ein oder zwei Tage aus dem Gesicht kämen. Er hat eine Abneigung gegen Sie, und er ist ein rachsüchtiger Kerl.«

»Mr. Dorn?« fragte sie. »Warum ließ er mich festnehmen? Ich weiß doch gar nicht, wie Braime verletzt wurde.«

»Natürlich wissen Sie es nicht«, sagte er beruhigend. »Aber er hat sich nun eben auf diese Weise gerächt.«

An wem er sich auf diese Weise gerächt hatte, erklärte Chesney nicht, und selbst Lois schien es in ihrem abgespannten Zustand doch etwas unlogisch, daß Michael Dorn sie hatte festnehmen lassen, um sich an Praye oder an der Gräfin zu rächen.

Der Wagen fuhr einen Hügel hinab. Unten sah sie das glitzernde

Wasser eines Flusses, der sich in vielen Windungen durch die Gegend schlängelte, den grauen Rauch, der von den kleinen Häusern im Tal aufstieg. Die Straße war schmal und uneben, kaum mehr als ein Feldweg. Sie wunderte sich, warum sie hier entlangfuhren, denn sie erblickte nicht weit entfernt eine breite Chaussee, die fast genau mit ihrer Fahrtrichtung parallel lief.

»Wir sind gleich da.«

Sie erreichten den Ausgang eines Tales. Ihr Weg führte unerwartet in eine dichtbestandene Baumpflanzung, wandte sich dann in rechtem Winkel, kreuzte einen gewöhnlichen Feldweg, und fünf Minuten später sah sie eine lange, graue Mauer, die ein breitgelagertes, mit einem niedrigen Dach gedecktes Gebäude umschloß.

An der anderen Seite des Hauses lief eine Straße entlang, und sie wunderte sich aufs neue, daß sie ihr Ziel nicht auf einem besseren Weg erreicht hatten. Offensichtlich erwartete man sie, denn das unansehnliche Tor wurde aufgestoßen, und sie fuhren in einen schmutzigen Bauernhof ein. Ein halbes Dutzend Hühner gackerte durcheinander, und aus einem zerfallenen Stall hörte man das Grunzen eines Schweines.

»Wir sind angekommen«, sagte er, brachte den Wagen zum Stehen und sprang heraus. Das Mädchen schaute sich erstaunt um und sah ein langes, heruntergekommenes Bauernhaus. Von den Fenstern, die man von hier sehen konnte, waren nur zwei gesäubert, die anderen starrten von jahrealtem Schmutz. Links erhob sich eine niedrige, höhlenartige, düstere Scheune, deren Tore halb zerbrochen in den rostigen Angeln hingen und sich wahrscheinlich überhaupt nicht mehr bewegen ließen. Sie war leer, nur ein alter, verrosteter Pflug und das Gestell eines zerbrochenen Bauernwagens ohne Räder standen auf der Tenne. Überall sah man schlimmsten Verfall, und obwohl sie das Gebäude nur oberflächlich betrachtete, bemerkte sie, daß das eine Ende des Daches fast keine Ziegel mehr trug.

»Dies ist doch nicht etwa der Landsitz von Lady Moron?« fragte sie.

»Nein, es ist ein kleines Besitztum, das einem unserer Freunde – ich meine einem ihrer Freunde gehört. Sie haben doch Dr. Tappatt bei ihr getroffen?«

»Dr. Tappatt?« Sie runzelte die Stirn. Das war der merkwürdige, unsaubere Arzt mit der großen Nase, der im Palais am Chester Square am Essen teilgenommen hatte.

»Ist er hier?« fragte sie, unangenehm berührt. Der letzte, mit dem sie einen Tag zusammen verbringen wollte, war dieser Mann.

»Ja – er ist hier. Er ist kein schlechter Mensch – ich kenne ihn von Indien her, und ich glaube, daß er Ihnen auch ganz gut gefallen wird.«

Offensichtlich waren sie von der Rückseite zu dem Gehöft gekommen, denn das einzig sichtbare Tor, das ins Haus führte, war verschlossen und verriegelt.

Er klopfte einige Male, bis eine Frau mit einer häßlichen, harten Stimme fragte, wer da sei. Kurz darauf wurden die verrosteten Riegel zurückgeschoben, und eine große, hagere Frau erschien in der Türöffnung. Sie trug ein verblichenes Kattunkleid, ihr Gesicht war bleich und abstoßend. »Kommen Sie herein, Sir«, sagte sie und trat in den dunklen Korridor.

In dem Haus roch es muffig und schlecht. Der alte Teppich auf dem Boden war so dünn, daß ihre Schritte hohl klangen.

»Der Doktor ist hier.« Die Frau wischte sich die Hände mechanisch an ihrer schwarzen Schürze ab und führte sie in einen Raum, der an den Vorplatz stieß.

Das Zimmer war so schmutzig wie das ganze Haus. Auf einem Sofa schlief zusammengekauert ein Mann, der in einen alten Schlafrock gehüllt war. Ein übler Geruch von Rauch und Whisky lag über dem Raum und schreckte Lois zurück.

Chesney ging hinter ihr her und rüttelte den Schlafenden auf.

»Wach auf!« sagte er barsch. »Es ist jemand gekommen, der dich sprechen will.«

Tappatt fuhr in die Höhe. Wenn er schon am hellen Tag am Chester Square unleidlich war, so war er jetzt unausstehlich.

»Was ist los?« brummte er. Er stand langsam auf und reckte sich. »Ich bin müde; ich sagte dir doch, daß ich schlafen will. Du hast mir versprochen, eher zu kommen. Sie schläft, und ich wette, daß sie diese Nacht ein besseres Bett hatte als in den letzten zwanzig Jahren.«

»Halt den Mund, verdammter Kerl!« sagte Chesney leise zu ihm. »Miss Reddle ist hier.«

Der Doktor blinzelte, dann erkannte er das Mädchen.

»Hallo – freue mich, Sie zu sehen, Fräulein. Schade, daß Sie mich so überraschen, aber ich war schon die ganze Nacht auf – war beschäftigt mit einem Patienten –« Er sprach das letzte Wort besonders laut aus, als ob er ihm durch die Betonung mehr Überzeugungskraft geben könnte.

»Nun hör mal zu, Tappatt. Es ist ein Haftbefehl gegen die Dame erlassen worden, aber es ist uns gelungen, sie aus dem Polizeirevier zu befreien. Sie soll ein paar Tage hierbleiben, bis Lady Moron die Sache in Ordnung bringen kann.«

Lois erschrak.

»Was – ein Haftbefehl gegen mich?« fragte sie entsetzt. »Sie sagten mir doch, daß Dorn kein Recht hatte, mich festzunehmen?«

Er lächelte und gab ihr ein Zeichen, sich ruhig zu verhalten.

»Hat die Frau das Zimmer für Miss Reddle fertiggemacht? Sie ist sehr müde und möchte gern schlafen.«

»Sicher, sicher!« murmelte der Doktor. Er versuchte, aus einer Flasche einzuschenken, aber zu seiner unangenehmen Überraschung war die Flasche fast leer, es kamen nur noch ein paar Tropfen heraus. »Ich muß etwas trinken«, brummte er. »Das Fieber hat mich wieder gepackt.«

»Mr. Praye, mir ist die Lage nicht ganz klar. Warum bin ich hier? Wo liegt dieses Gehöft?« fragte Lois.

»In der Nähe von Nottingham«, antwortete Chesney. »Und um Himmels willen, verlassen Sie das Haus bloß nicht! Das könnte Ihnen teuer zu stehen kommen. Aber es ist ja alles in Ordnung – Sie brauchen nur ein paar Tage hier zu bleiben; ich versichere Ihnen, daß kein Grund zur Beunruhigung vorhanden ist.«

Er sah nach der Uhr und wurde ungeduldig.

»Ist das Zimmer für Miss Reddle fertig?« fragte er jetzt scharf.

Der Doktor ging hinaus, den Gang entlang und stieg eine schmale Treppe empor. Oben auf dem Absatz schloß er eine Tür auf.

»Hier ist das Zimmer.«

»Aber ich bin nicht müde, Mr. Praye – tatsächlich, ich war noch niemals so wach. Ich würde lieber aufbleiben. Könnte ich vielleicht etwas Tee bekommen?«

»Sie können alles bekommen, was Sie wünschen, mein Kind«, sagte der Doktor höflich. »Wo steckt denn bloß diese Frau? He, Sie!« Er brüllte die Treppe hinunter. »Bringen Sie dieser Dame etwas Tee – und zwar schnell, so schnell wie möglich!«

Lois ging in das Schlafzimmer. Es war nur ärmlich, aber sauber möbliert, und sie hatte den Eindruck, daß alle Einrichtungsgegenstände erst in letzter Minute dorthin gekommen waren.

»Dieses Zimmer hatten wir eigentlich für die andere fertiggemacht«, sagte Tappatt, »aber als ich hörte, daß die junge Dame kommen würde –«

Chesney Praye sah ihn scharf an, und er schwieg.

Die andere – schon zweimal hatte er eine Person erwähnt, die bereits hier sein sollte.

»Die andere Tür führt zu einem Badezimmer«, erklärte der Doktor. »Es ist der netteste kleine Landsitz, den Sie finden können.«

Er schloß die Tür hinter ihr und drehte leise den Schlüssel um. Die beiden Männer gingen zusammen die Treppe hinunter. Als sie allein in dem Zimmer des Doktors waren, fragte Chesney Praye: »Wo ist Mrs. Pinder?«

»Die ist gut aufgehoben«, sagte der andere nachlässig.

»Sie ist aber doch nicht hier in der Nähe des Mädchens?«

»Nein, im anderen Flügel – mit der kann man leicht umgehen. Zwanzig Jahre Gefängnisdisziplin brechen den Eigenwillen. Die wird keine großen Schwierigkeiten machen!«

»Was hast du ihr denn gesagt?«

»Die Geschichte, die du mir erzähltest, daß jemand hinter ihr her ist und sie sich hier ein oder zwei Tage aufhalten soll. Meine Haushälterin wird schon nach ihr sehen, sie hat früher eine meiner Anstalten in Indien betreut.«

Chesney sah wieder auf die Uhr.

»Es sind vier Meilen bis zum Whitcomb-Flugplatz – du kannst mich dorthin fahren.«

»Warum nimmst du denn nicht das Auto?«

»Weil ich nicht will, daß der Wagen gesehen wird, du Dummkopf! Beeile dich gefälligst!«

Fünf Minuten später war ein starkknochiges Pony an einen alten Dogcart angeschirrt. Das blaue Auto brachten sie in einen Schuppen und schlossen die Tür zu. Dann fuhren sie die Straße nach Whitcomb entlang, so schnell das alte Tier nur laufen konnte. Eine Viertelstunde vor dem Flugplatz stieg Chesney ab.

»Die beiden Frauen dürfen einander nicht begegnen –«

»Das werden sie auch nicht«, unterbrach ihn der andere.

»Es ist besser, du bleibst im Haus und siehst nach dem Rechten.«

»Wie steht es denn mit Geld?« fragte der Doktor.

Chesney nahm ein paar Banknoten aus der Tasche und gab ihm zwei davon.

»Versuche, wenigstens die nächste Woche nicht zu trinken – du hast Aussicht, viel zu verdienen, Tappatt. Aber es ist auch möglich, daß du gefaßt wirst. Wenn Dorn auch nur entfernt auf unsere Spur kommt, kannst du sicher sein, daß er dich faßt, bevor du es ahnst.«

Tappatt grinste.

»Weshalb soll man etwas gegen mich haben?« fragte er. »Sie kamen doch beide freiwillig zu mir – ich behaupte ja gar nicht, daß man schon ein Gutachten über sie abgegeben hat.«

»Aber es könnte doch sein, daß die beiden auch freiwillig wieder gehen wollten«, sagte Praye bedeutungsvoll.

Dann ging er schnell durch die großen Tore des Flugplatzes und eilte quer über den Rasen zu einem zweisitzigen Sportflugzeug, bei dem drei Leute standen.

»Guten Morgen – ich bin Mr. Stone«, sagte er. »Ist das mein Flugzeug?«

»Ja, Sir. Sie haben einen selten klaren Morgen für Ihre Reise.«

Praye schaute zweifelnd auf die leichte, zerbrechliche Maschine.

»Können Sie mit dem Ding ohne Zwischenlandung nach Paris fliegen?«

Der Kommandant des Flugplatzes nickte.

»Sie sind in zwei Stunden fünfzig Minuten dort – vielleicht auch schneller, Sie haben Rückenwind.«

Er half dem Passagier in einen schweren Lederrock. Der Pilot hatte seinen Platz schon eingenommen. Praye legte noch warme Handschuhe an, und man gab ihm letzte Instruktionen. Der Propeller surrte, das Flugzeug rollte leicht über den Rasen, erhob sich dann in den blauen Himmel und verschwand als kleiner weißer Punkt über dem östlichen Horizont.

Kapitel 22

Als Michael Dorn die Polizeistation verließ, eilte er in seinem Wagen nach der Charlotte Street. Um diese frühe Morgenstunde war die Straße völlig leer. Er war auf ein langes Warten gefaßt, aber wenn er die Gewohnheiten des alten Mackenzie gekannt hätte, wäre er nicht erstaunt gewesen, daß er ihm sofort öffnete.

Der alte Mann war im Schlafrock und hatte sich erst vor einer halben Stunde zur Ruhe gelegt. Er schaute den Besucher ein wenig argwöhnisch an, und sein Verdacht verstärkte sich noch, als er erfuhr, weshalb er kam.

»Ja, Sir. Miss Smith ist zu Hause – kommen sie von der Polizei?«

»Ja«, erwiderte Dorn, ohne damit die Wahrheit zu verletzen, »kann ich Miss Smith sprechen?«

»Sie ist erst sehr spät nach Hause gekommen und war sehr aufgeregt. Soviel ich weiß, hat die gute Gräfin versprochen, alles zu tun, was in ihrer Macht steht, um Miss Reddle wieder zu befreien. Es ist wirklich schrecklich, was da passiert ist. Wollen Sie bitte eintreten, Sir.«

Michael folgte ihm die Treppe hinauf zu seinem kleinen Zimmer und setzte sich nieder, während der alte Mann die Treppe hinaufstieg, um Lizzy zu wecken. Sie hatte aber das Klopfen an der Haustür auch gehört und wartete an der offenen Tür ihres Zimmers, als Mackenzie heraufkam.

»Ist Dorn unten?« fragte sie böse. »Dann komme ich gleich hinunter und rede einmal einen Ton mit ihm. Er wird ganz klein sein, wenn ich zu Ende bin!« Sie kam wutentbrannt herunter.

»Na, das ist aber eine Dreistigkeit, noch hierher zu kommen, nachdem Sie die arme Lois so heimtückisch verraten haben –«

»Ist sie nicht hier?« unterbrach er sie barsch.

»Hier? Natürlich ist sie nicht hier! Sie ist doch auf dem Polizeirevier. Wie konnten Sie bloß –«

»Sie ist nicht mehr auf dem Polizeirevier – sie ist freigelassen worden, und ich muß den Mann finden, der ihre Entlassung durchgesetzt hat.«

Sein Auftreten und seine Stimme schüchterten Lizzy vollständig ein.

»Ist sie denn nicht bei Lady Moron?«

»Ich fahre jetzt sofort zum Chester Square – aber ich erwarte nicht, Miss Reddle dort zu finden. Ich habe sie einsperren lassen, um ihr Leben zu retten – hoffentlich begreifen Sie das nun endlich! Man hat schon drei Versuche gemacht, sie zu töten, und nach meinen Ermittlungen war ein vierter Anschlag geplant, der mehr Erfolg versprach. Ich wußte, daß ihre Mutter jetzt aus dem Gefängnis entlassen werden sollte, und sie ist auch tatsächlich gestern abend herausgekommen – es ist jetzt dringend notwendig, daß ich Lois Reddle unter meiner Aufsicht habe.«

Lizzy sank in einen Stuhl.

»Ihre Mutter ist aus dem Gefängnis entlassen? Was sagen Sie da? Ihre Mutter ist doch tot! Man versucht, Lois umzubringen – wer will denn Lois ermorden? Das Unglück mit dem Balkon war doch ein Zufall.«

»Es war kein Zufall«, erwiderte Michael ruhig. »Der Balkon war schon seit Jahresfrist baufällig, und die Baupolizei hatte angeordnet, daß er repariert werden sollte. Bis Miss Reddle das Zimmer dort oben am Chester Square bezog, wurden die großen Fenster, die auf den Balkon führten, auch stets geschlossen gehalten.«

Lizzy atmete schwer. »Aber die Dienstboten –«

»Die Dienstboten waren alle neu engagiert. Keiner war länger als vierzehn Tage im Haus. Sergeant Braime kam von Newbury, und selbst er wußte nichts.«

»Sergeant Braime?« wiederholte sie und schaute ihn groß an.

»Braime ist ein Beamter der Staatsanwaltschaft, der seit sechs Monaten im Haushalt der Gräfin angestellt war«, lautete die überraschende Antwort. »Niemand durfte auf den Balkon hinausgehen. Es war auch ein Holzgitter dort angebracht, das die Dienerschaft davon abhalten sollte – aber als Lois an jenem Abend in ihr Zimmer kam, war es vorher entfernt worden.«

»Wer hat das getan?« fragte Lizzy.

Michael zuckte die Achseln.

»Ich weiß es nicht – aber ich werde es noch entdecken.«

»Aber wo ist Lois denn?«

»Das will ich ja gerade herausbringen. Ich fahre jetzt direkt zum Chester Square. Wollen Sie mich begleiten?«

Sie verschwand im Augenblick aus dem Zimmer.

»Aber, Mr. Dorn, es ist doch fürchterlich, daß sich alle Leute gegen dieses unschuldige Mädchen verschwören«, sagte der alte Mackenzie, von Schrecken gepackt. »Sicherlich werden Sie Miss Reddle im Haus der guten Gräfin finden.«

»Ich hoffe es, aber ich bin nicht davon überzeugt«, entgegnete er.

Die Lippen des alten Mannes zitterten.

»Kann ich Ihnen irgendwie behilflich sein? Ich gehe ja niemals aus dem Haus, aber ich würde selbst das tun –«

Michael schüttelte den Kopf.

»Ich fürchte, Sie können nichts helfen, höchstens wenn das Unvorhergesehene eintreten sollte, daß Miss Reddle hierher zurückkommt. Dann sorgen Sie bitte dafür, daß sie nicht wieder weggeht, und daß sie unter keinen Umständen irgendwelchen Besuch empfängt. Aber ich bezweifle stark«, fügte er mit einem schwachen Lächeln hinzu, »daß Ihre Hilfe nötig sein wird.«

Lizzy erschien in Mantel und Hut, und während sie zum Chester Square fuhren, erzählte sie Dorn, was sie inzwischen unternommen hatte, um Lois Reddle zu befreien.

»Ich ging los, um die Gräfin zu suchen, und fand sie in dem Haus eines Freundes. Ich teilte ihr alles mit, was mit Lois geschehen war. Sie war furchtbar aufgeregt – ich hatte früher noch nicht mit ihr gesprochen, aber sie war sehr liebenswürdig zu mir.«

»War sie in Begleitung? Kennen Sie Chesney Praye?«

Lizzy schüttelte den Kopf. »Nein, persönlich nicht. Lois hat mir nur von ihm erzählt. Aber ich habe ihn noch nie zu sehen bekommen.«

Michal beschrieb ihr den Mann genau, aber sie schüttelte wieder den Kopf.

»Nein, das war er nicht.«

»Was tat die Gräfin?«

»Sie telefonierte mit jemand und sagte, sie würde dem Polizeioffizier vom Dienst einen Brief schicken. Dann bat sie mich, wieder in die Charlotte Street zu gehen und ruhig zu warten, bis Lois käme.«

Dorn nickte.

»Da hätten Sie lange warten können – die Gräfin wußte ganz genau, daß Lois nicht in ihr Haus zurückkehren würde«, sagte er grimmig. »Und wenn sie sich nicht am Chester Square eingefunden hätte und Sie hätten sie dort erwartet, dann hätten Sie wissen wollen, wo man sie hingebracht hat.«

Der Wagen fuhr vor dem Haus Nr. 307 vor. Dorn stieg aus und drückte auf die Klingel. Aber es meldete sich niemand. Er läutete noch einmal und klopfte dann – aber es kam immer noch keine Antwort. Als er wieder aus der Vorhalle heraustrat und zu den Fenstern hinaufsah, wurde ein Schiebefenster in die Höhe gezogen, und ein zerzauster Kopf zeigte sich oben. Es war Lord Moron, der anscheinend in dem Geschoß schlief, das sonst dem Dienstpersonal überlassen war.

»Hallo – was gibt es?«

»Wollen Sie herunterkommen?« rief Michael.

Sie warteten lange, bevor sich die Tür öffnete, aber dann war eine weitere Erklärung für die Verzögerung nicht mehr notwendig, denn neben Selwyn stand die Gräfin in der Halle. Sie war in einen Mantel gehüllt, und ihre majestätische Erscheinung bot ein imposantes Bild.

Kapitel 23

»Was soll das bedeuten?« fragte sie.

»Ich komme wegen Miss Reddle«, erwiderte Dorn kurz.

»Sie ist nicht hier, sie ist außerhalb des Bereichs Ihrer Rachsucht.«

»Wo ist sie?«

»Darüber gebe ich Ihnen keine Auskunft, nachdem Sie sich letzte Nacht so nichtswürdig betragen haben und das arme unschuldige Kind festnehmen ließen.«

»Sie können sich Ihre Worte schenken, Lady Moron«, sagte Michael wild. »Niemand weiß besser als Sie, warum sie festgenommen wurde. Wo ist sie?«

»Ich habe sie zu einem Freund geschickt.«

»Die Adresse?«

»Sie sind ein sehr draufgängerischer junger Mann«, sagte die Gräfin beinahe vergnügt. »Wollen Sie in die Bibliothek kommen?

Ich kann in dieser zugigen Halle nicht mit Ihnen sprechen. Sie haben Miss Smith mitgebracht? Sie soll auch hereinkommen.«

»Sie ist draußen in größerer Sicherheit«, sagte er kühl und ging durch die Halle.

Während dieser ganzen Zeit hatte Selwyn nichts gesagt, aber jetzt wandte er sich an seine Mutter.

»Wo ist Miss Reddle? Vielleicht sagst du es mir?«

»Ich werde dir nichts sagen«, antwortete sie eisig. »Du gehst jetzt in dein Zimmer zurück.«

»Ich will mich schlagen lassen, wenn ich jetzt in mein Zimmer zurückgehe«, protestierte Lord Moron. »Hier geht irgend etwas Verdächtiges vor, und ich wünsche zu wissen, was hier gespielt wird.«

Es war eine heldenhafte Rede für Selwyn, und Michael fühlte eine leise Bewunderung für ihn, denn er wußte, wieviel Mut dazu gehörte, dieser Frau zu trotzen. Sogar die Gräfin war bestürzt.

»Selwyn«, sagte sie milder, »in diesem Ton verkehrt man nicht mit seiner Mutter.«

»Das kümmert mich sehr wenig«, gab er trotzig zurück. »Es ist irgend etwas verdächtig hier – ich habe immer gesagt, daß irgend etwas nicht in Ordnung ist. Was ist mit Miss Reddle?«

»Sie ist bei Freunden auf dem Lande«, sagte Lady Moron.

Die Antwort schien seinen Widerstand zu brechen.

»Nun gut«, meinte er freundlicher. Er schaute durch die offene Tür auf Lizzy, lächelte und winkte ihr mit der Hand, sah dann zurück auf seine Mutter, nahm all seinen Mut zusammen und ging in seinem Pyjama und seinem Schlafrock die Treppe hinab, um mit dem Mädchen zu sprechen.

»Sind Sie zufrieden, Mr. Dorn?«

»Ich bin weit davon entfernt, zufrieden zu sein, Lady Moron«, erwiderte Michael, während er ihr in die Bibliothek folgte.

Er bemerkte den Flecken auf dem Teppich, wo das Wasser auf Braime geschüttet worden war, und sah, daß auch ihre Augen an dieser Stelle hafteten.

»Es gibt keinen Grund, warum wir uns streiten sollten, Mr. Dorn«, sagte sie fast liebenswürdig. »Was haben Sie mit Miss Reddle vor? Das arme Mädchen war ganz außer sich in der letzten Nacht. Ich habe sie aus Mitleid aufs Land geschickt.«

»Wer hat sie fortgebracht?«

»Mein Chauffeur.« Sein scharfer Blick ruhte auf ihr, aber sie hielt ihm stand.

»War es nicht Mr. Chesney Praye?«

»Mr. Praye ist seit einigen Tagen in Paris. Sie glaubten etwas Außerordentliches entdeckt zu haben, aber hinter den Unglücksfällen, die sich hier ereignet haben, steckt wirklich kein Geheimnis. Ich habe Miss Reddle doch nur engagiert, weil ich den Wunsch hatte, ein nettes, liebes Mädchen um mich zu haben.« Dann fuhr sie fort: »Geht es Braime besser?«

»Sergeant Braime hat sich gut erholt«, erwiderte Michael und sah, daß er sie mit dieser Bemerkung schwer getroffen hatte. Sie zuckte wie vom Blitz getroffen zusammen, und ihre Stimme verlor alle Selbstsicherheit.

»Sergeant Braime?« stotterte sie. »Ich sprach von meinem Butler.«

»Und ich spreche von Sergeant Braime von der Kriminalpolizei, der sechs Monate lang in Ihren Diensten stand.«

»Aber – er wurde mir doch empfohlen von –«

»Von einer Gesellschaft zur Unterstützung früherer Gefangener. Damit wollte man Sie sicher machen. Er hatte größere Aussicht, von Mylady angestellt zu werden, wenn er schon ein Verbrechen begangen hatte.«

Im nächsten Augenblick war sie wieder gefaßt.

»Warum bringt man einen Detektiv in mein Haus? Das ist eine Beleidigung, ich werde die Sache sofort der Polizei anzeigen.«

Er schaute sich in dem Raum um, und seine Blicke streiften den Bücherschrank, der durch die Sicherheitstür verschlossen war.

»Sie haben dort ein Buch, das ich gern sehen möchte. Ich beabsichtigte schon gestern abend zu kommen, aber ich wurde leider abgehalten.«

»Ein Buch?«

»Ein Buch, das den Titel trägt: ›Das Leben Washingtons‹. Das ist doch ein ganz unschuldiger Titel, nicht?«

Sie ging zu dem Bücherschrank, nahm einen Schlüssel aus der Schublade ihres Pults und öffnete die mit einem starken Drahtnetz gesicherte Tür.

»Bitte – lesen Sie es zu Ihrer Beruhigung.«

Sie ging zur Tür, wandte sich um und beobachtete ihn. Aber er tat etwas Außergewöhnliches. Er nahm einen dicken, roten Handschuh aus seiner Tasche, zog ihn über die rechte Hand und riß dann das Buch aus dem Schrank heraus. Es knackte verdächtig, und ein hell leuchtender, blendender Funke sprang heraus. Weiter ereignete sich nichts. Er legte das Buch auf den Tisch.

»Eine gute Imitation«, sagte er ruhig. »Es ist ein Stahlkasten, und jeder, der ihn herauszunehmen versucht, kommt automatisch mit einem starken elektrischen Strom in Verbindung. Wo ist der Schalter?«

Sie gab keine Antwort. Ihr Gesicht sah plötzlich eingesunken und alt aus. Michael ging zur Tür, suchte einen Augenblick, beugte sich nieder und drehte an einem großen Schalter.

»Haben Sie den Schlüssel zu dem Stahlkasten?«

»Er ist nicht verschlossen«, sagte sie. Sie trat zu ihm und drückte auf eine Feder. Der Deckel sprang auf.

Das ›Buch‹ war, wie er vermutete, innen vollständig leer.

»Gibt es etwa ein Gesetz, das verbietet, sich eine Sparbüchse in Gestalt eines Buches anfertigen zu lassen?« fragte sie sanft. »Kann man in Ungelegenheiten kommen, weil man sein Eigentum vor diebischen Butlern und – Spürhunden von Detektiven schützt?«

»Es gibt ein Gesetz gegen Mord«, erwiderte Dorn kurz. »Wenn ich das Buch ohne Gummihandschuhe angefaßt hätte, wäre ich jetzt tot. Braime ist mit knapper Not davongekommen, weil er eine Konstitution wie ein Riese hat.«

»Ich habe Sie ja gar nicht darum gebeten, das Buch herauszuziehen.«

»Aber Sie haben mich auch nicht gewarnt«, sagte Michael mit grimmigem Lächeln. »Leer ist es auch – natürlich! Sie hatten einen Verdacht auf Braime und ließen ein kleines Notizbuch in Ihrem Schlafzimmer herumliegen, in dem Sie verschiedene Bemerkungen über das ›Leben Washingtons‹ machten. Braime las sie und ging in die Falle. Er wäre ein toter Mann, wenn ich nicht die Erste Hilfe geleistet hätte.«

Es entstand eine lange Pause.

»Ist das alles, was Sie zu sagen haben?« fragte Lady Moron.

»Nein, nicht alles – ich will wissen, wo Miss Reddle ist.«

»Ich fürchte, das kann ich Ihnen nicht sagen. Als sie heute früh entlassen wurde, wollte sie weder hierher noch in ihre Wohnung zurückkehren. Sie erklärte, daß sie einige Tage aufs Land gehen wollte, um sich zu erholen –«

»Drückte auch Mrs. Pinder den Wunsch aus, aufs Land zu gehen?« fragte er und fixierte sie mit eisigem Blick.

»Mrs. Pinder? Ich weiß nicht, wer das ist.«

»Wünschte Mrs. Pinder auch aufs Land zu gehen?« fragte er drohend. »Lady Moron, Sie stürzen sich und die Leute, die Ihnen verbündet sind, in fürchterliche Gefahr.«

Sie zuckte die breiten Schultern.

»Wenn diese Gefahr in nichts anderem als in dem Besuch eines theatralischen Detektivs am frühen Morgen besteht, dann sehe ich allem, was kommt, mit Gleichmut entgegen«, sagte sie und ging in die Halle hinaus. Michael Dorn folgte ihr.

Als sie zur Seite trat, um ihn zur Haustür zu lassen, sah sie Selwyn, der an der Seite des Autos stand und sich über die Tür lehnte. Er schien sich eifrig zu unterhalten – sie schaute ihn mit einem verächtlichen Lächeln an.

»Mein Sohn hat jemanden gefunden, dessen Intelligenz der seinen gleicht«, sagte sie, dann rief sie ihn beim Namen.

Zu Michaels Verwundeung drehte sich der junge Mann nur kurz um und sprach dann mit dem jungen Mädchen weiter.

»Selwyn!« Er nahm sich immer noch Zeit.

»Also leben Sie wohl, liebes Fräulein, und vergessen Sie nicht« – das flüsterte er ihr zu – »Schweinswürstchen, kein Rindfleisch – das mag ich nicht.« Dann winkte er ihr zum Abschied und ging zu seiner Mutter zurück. Ihr Gesicht war von Wut und Zorn entstellt.

»Es klang ja beinahe so, als ob Sie mit dem jungen Mann ein Stelldichein verabredet hätten«, sagte Michael, als sie abfuhren.

»Er kommt zum Abendessen«, erwiderte Lizzy. »Ist Lois dort?«

»Nein, das vermutete ich ja auch nicht.«

Aber selbst die Aussicht auf ein gemeinsames Essen mit einem Mitglied des hohen Adels war kein Ausgleich für die beunruhigende Nachricht.

»Wo mag sie bloß sein, Mr. Dorn?«

»Irgendwo auf dem Land. Ich nehme an, daß ihr in den nächsten beiden Tagen kein Unglück zustößt.«

Lizzy schaute ihn ruhig an.

»Glauben Sie das wirklich?«

»Ja.«

Sie betrachtete ihn immer noch.

»Sie sehen aber totenbleich aus«, sagte sie dann. »Sie haben Lois furchtbar gern, nicht wahr?«

Er war über diese Frage sehr betroffen.

»Lois gern haben? Warum fragen Sie mich? Ja, ich liebe sie.«

Er brachte Lizzy Smith zur Charlotte Street, lehnte aber ihre Einladung ab, mit hinaufzukommen. Dann fuhr er heim, ließ seinen Wagen im Hof der Hiles Mansions stehen und schleppte sich todmüde in seine Wohnung.

Er lag angezogen auf seinem Bett und schlief, als Wills schweigend mit einem Telegramm hereinkam. Dorn fuhr aufgeregt in die Höhe, nahm es, riß es auf und las. Es war um acht Uhr in Paris aufgegeben und lautete:

›Würden Sie mir bitte angeben, wer Distriktskommissar von Karrili war, als Sie im Pandschab weilten? Chesney Praye, Grand Hotel.‹

»Das tat er nur des Alibis wegen«, sagte Michael und gab Wills das Telegramm zurück. »Er will beweisen, daß er in diesem Augenblick in Paris weilt. Telefonieren sie an alle Flugstationen im Umkreis von hundert Meilen, die Flugzeuge an Privatleute vermieten. Suchen Sie herauszubringen, ob heute in den frühen Morgenstunden jemand nach Paris geflogen ist.«

Wills nickte und verließ das Zimmer.

»Solch einen dummen Bluff zu versuchen!« sagte Michael böse, als sich die Tür hinter dem Mann schloß.

Kapitel 24

Es war bereits drei Uhr nachmittags, als Lois Reddle aus tiefem Schlaf erwachte und entsetzlichen Hunger fühlte. Schnell sprang sie aus dem Bett, zog ihre Schuhe an und ging zum Fenster. Die Aussicht, die sie von hier aus hatte, war wirklich wenig reizvoll. Sie schaute auf den Wirtschaftshof hinunter, in den sie heute früh eingefahren waren. In der schlampigen Frau, die die Hühner fütterte, erkannte sie die Pförtnerin wieder, die ihnen das Tor geöffnet hatte. Hinter der grauen Mauer senkte sich ein kahler Abhang, auf dem nicht ein einziger Baum oder Strauch stand. Als sie ihr Gesicht dicht an die Scheibe drückte und seitwärts blickte, konnte sie nichts anderes als eine Talsenkung zwischen den Hügeln erblicken, die von dunklem Gebüsch überragt war.

Nachdem sie sich Gesicht und Hände mit kaltem Wasser gewaschen hatte, fühlte sie sich erfrischt, aber ihr Hunger hatte sich noch gesteigert. Sie ging zur Tür und versuchte sie zu öffnen, aber sie rührte sich nicht. Sie war verschlossen. Auch die Fensterflügel öffneten sich nur ein wenig, wie sie jetzt feststellte. Aber sie konnte wenigstens die Frau auf dem Hof anrufen, und es gelang ihr auch, sie auf sich aufmerksam zu machen. Die Alte winkte aber nur ungeduldig mit der Hand und fütterte die Hühner weiter. Nach ein paar Minuten ging sie seitwärts in den Hof, so daß Lois sie aus dem Gesichtskreis verlor. Es dauerte noch einige Zeit, bis sie ihren schweren Tritt auf der Treppe hörte. Sicherlich war die Tür nicht nur zufällig verschlossen worden, denn als die Frau mit einem Tablett hereinkam, sah sie den Schlüssel an ihrem Gürtel hängen.

»Bitte schließen Sie die Tür nicht wieder ab«, sagte Lois, während sie erfreut auf das einfache Essen sah.

»Essen Sie nur ruhig und kümmern Sie sich nicht um die Tür«, war die unerwartete Antwort.

Lois war sich nicht im Zweifel darüber, daß diese Frau ihr feindlich gesinnt war, und sie besaß Klugheit genug, nicht weiter mit ihr zu streiten. Die Alte entfernte sich und schloß den Raum wieder zu. Lois eilte bestürzt zur Tür und schlug heftig dagegen.

»Schließen Sie die Tür sofort wieder auf«, rief sie. Aber sie erhielt keine Antwort. Nur die harten Tritte der Frau klangen von der Treppe zu ihr herauf. Lois ging langsam zum Tisch zurück, auf dem das Essen noch stand. Sie fand sich vor einem neuen Problem.

Aber der gesunde Hunger der Jugend siegte, und als sie ihre Mahlzeit beendet hatte, kehrte ihr Selbstbewußtsein bis zu einem gewissen Grad zurück. Es war doch unmöglich, daß man sie hier gefangenhielt. Dieser Gedanke schien ihr lächerlich. Wahrscheinlich hatte die Frau die Tür nur in ihrem Übereifer geschlossen, um sie – vor wem? – zu schützen. Sie schüttelte den Kopf. Doch nicht etwa vor Michael Dorn? Was die Gräfin auch immer von ihm denken und so unverzeihlich sein Betragen auch gewesen sein mochte, sie trug ihm nichts nach. Er würde sie nicht verfolgen, um sich zu rächen. Das war ausgeschlossen.

Sie versuchte noch einmal vorsichtig, die Tür zu öffnen. Aber sie war fest verschlossen. Als sie sich zu dem Fenster wandte, entdeckte sie, daß zwei starke Hölzer mit großen Schrauben von außen angebracht waren, so daß man nur ein paar Zentimeter weit öffnen konnte. Das andere Fenster war in ähnlicher Weise gesichert. Da sah sie den Doktor unten im Hof. Er trug einen zerschlissenen Anzug und hatte keinen Kragen an. Eine alte Golfkappe bedeckte seinen Kopf.

Mit unsicheren Schritten ging er zu dem Tor, durch das sie heute morgen gekommen waren. Es stand weit auf, und er hatte Mühe, es zu schließen. Es bedurfte keiner eingehenden Kenntnis menschlicher Schwächen, um an seinem schwankenden Gang zu sehen, daß er mehr getrunken hatte, als er vertragen konnte. Als er sich umwandte und zum Haus zurückging, sah er sie und rief ihr mit schriller Stimme einen Gruß zu.

»Haben Sie gut geschlafen, junge Freundin?« brüllte er hinauf. »Hat Ihnen die alte Hexe auch das Mittagessen gebracht?«

»Doktor –«, sie sprach durch den engen Fensterspalt zu ihm, »kann ich nicht nach unten kommen? Sie hat mich eingeschlossen.«

»Sie eingeschlossen?« Diese Feststellung schien ihm Vergnügen zu bereiten, denn er schüttelte sich vor Lachen. »Sie hat Sie sicherlich zum Spaß eingeschlossen, sie muß Angst vor Ihnen gehabt haben, meine Liebe! Das ist schon alles in Ordnung. Ich werde nach Ihnen sehen. Haben Sie wieder Stimmen gehört? Haben Sie jemand gesehen, der Ihnen folgte, als Sie umhergingen? In ein paar Tagen geht es Ihnen wieder besser.«

Diese Worte beunruhigten sie. Er hatte schon bei ihrer ersten Begegnung von geheimnisvollen Stimmen gesprochen und von Leuten, die ihr folgten. Glaubte er denn, daß sie verrückt sei? Bei diesem Gedanken lief es ihr kalt den Rücken hinunter. Sie ging zur Tür und wartete, daß er die Treppe heraufkommen sollte, aber sie vernahm nur ein weiches Tappen, und gleich darauf schnüffelte etwas an der Tür. Dann hörte sie ein leises, unterdrücktes Knurren und die harte Stimme der Frau.

»Bati, Bati hiserao! Komm herunter, du schwarze Bestie!«

Das Tier rannte die Treppe hinunter, und Lois hörte noch einen Hieb und ein scharfes Bellen. Später sah sie zwei schwarze Hunde auf dem Hof, die viel größer und stärker als Alaskahunde waren, aber viel plumper aussahen. Sie liefen umher und durchwühlten den Stallmist. Eines der Tiere knurrte mit gesträubten Haaren und zeigte ein starkes Gebiß. Sie trat schnell vom Fenster zurück. Dann klopfte sie wieder an die Tür und stampfte auf den Fußboden, aber niemand kümmerte sich um sie, und obwohl sie die Stimme des Doktors hörte und nach ihm rief, meldete er sich nicht. Ihre Lage war gefährlich, und es begann ihr langsam klarzuwerden, warum Dorn jene ungeheuerlich erscheinende Maßnahme ergriffen hatte.

Sie wußte nicht, in welcher Gegend sie sich befand, denn die Landschaft zeigte, soweit sie sehen konnte, keine besonderen Merkmale. Sie konnte nur feststellen, daß ihre Fenster nach Norden gingen, sonst war sie unfähig, die Lage des Gehöftes näher zu bestimmen.

Am Nachmittag brachte ihr die Frau Tee, aber er war schlecht zubereitet. Lizzys Tee war dagegen ein wahrer Göttertrank.

»Ich bestehe darauf, daß Sie die Tür offenlassen«, sagte Lois.

»Die Hunde würden Sie in Stücke reißen, wenn ich das täte«, erwiderte die Frau. »Man kann sie nicht halten, wenn Fremde hier sind. Horchen Sie, wie Bati jetzt bellt!«

Von der Tür kam ein Schnüffeln und Knurren.

»Willst du wohl fort, Juldi!« rief sie mit kreischender Stimme in ihrem komischen Gemisch von Englisch und Hindostani.

Lois sah sie fest an. »Ich fürchte mich nicht vor Hunden«, sagte sie bestimmt und ging zur Tür.

Aber die Frau überholte sie, faßte sie am Arm und riß sie herum.

»Sie bleiben hier und tun das, was man Ihnen sagt, oder es geht Ihnen schlecht«, rief sie drohend.

» Wo ist der Doktor? Ich muß ihn sprechen!«

»Er ist nicht da – er ist ins Dorf gegangen, um seinen Whisky zu trinken.«

Sie stieß den Hund, der durch die halboffene Tür hereinkommen wollte, mit einem Tritt zurück und schloß wieder ab.

Eine halbe Stunde saß Lois vor ihrem Essen, ohne es anzurühren, und versuchte nachzudenken. Es begann bereits zu dunkeln, als sie den zweiten dramatischen Auftritt erlebte. Sie stand am Fenster, schaute in den trostlosen Hof hinunter und dachte an Michael Dorn. Neue Hoffnung regte sich in ihr. Er würde sie finden, er würde ihr überallhin folgen, wo sie auch sein mochte. Woher ihr dieser Gedanke kam, war ihr selbst nicht ganz klar. Es war ein Geheimnis für sich, daß er ihrem Schutz seine ganze Kraft und Zeit widmete. Aber er beschäfigte sich mit ihr und er tat es sicherlich auch jetzt. Dieser Gedanke beruhigte sie, und sie vergaß die Furcht.

Plötzlich tönte vom Hof die schrille Stimme der alten Frau herauf.

»Ich sagte Ihnen doch, daß Sie diese Schüsseln waschen sollten – haben Sie das nicht getan? Wenn ich Ihnen einen Auftrag gebe, dann haben Sie ihn auszuführen! Sie alte Zuchthäuslerin!«

»Warum hält man mich hier fest?« hörte Lois eine sanfte Stimme und zitterte. »Er sagte mir doch, daß –«

»Ganz gleich, was er Ihnen sagte – waschen Sie die Schüsseln, und danach können Sie den Fußboden schrubben; wenn die Arbeit nicht in einer halben Stunde getan ist, sperre ich Sie in den Keller zu den Ratten, oder ich lasse die Hunde auf Sie los – die werden Sie in Stücke reißen. He, Bati, Mali!«

Die Hunde bellten heiser und rasselten mit ihren Ketten.

»Das tue ich nicht – das tue ich nicht!«

Da hörte Lois ein unheimliches Klatschen.

»Wenn Sie mir nicht gehorchen, werde ich Sie bis aufs Blut peitschen!«

Die beiden mußten wohl miteinander ringen. Lois blickte entsetzt hinunter. Sie sah, wie eine schwache Frau schwankte und zu Boden fiel und wie die Alte mit der Peitsche auf sie einschlug.

»Halten Sie ein!« schrie Lois heiser. Im selben Augenblick beugte sich die alte Hexe über die am Boden liegende Frau und zog sie beiseite. Lois Reddle taumelte und fiel ohnmächtig zu Boden.

Kapitel 25

Lois lag mindestens eine halbe Stunde auf dem Boden, bevor sie sich wieder rühren konnte und zu sich kam. Krank, schwach und zitternd schleppte sie sich mühsam zum Bett.

Sie fühlte sich elend und barg ihr Gesicht in den Händen, um den entsetzlichen Anblick der niedersausenden Peitsche zu vergessen und eine vernünftige Erklärung für diese Vorgänge zu finden. Immer wieder kehrten ihre Gedanken zu Michael Dorn zurück. Wer war diese andere Gefangene? Welche Rolle spielte die Gräfin bei dieser ganzen Sache? Waren die Unfälle, die sie erlebt hatte, wirklich wohlüberlegte Versuche, sie zu töten, wie Michael Dorn ihr erzählt hatte?

Als die Frau ihr das Abendessen brachte, war Lois äußerlich wieder ganz ruhig. Sie hatte eingesehen, daß es nutzlos war, die Alte zu fragen. Als sie später abräumte, brachte sie eine kleine Petroleumlampe mit und zündete sie an. Dann zog sie die zerrissenen Vorhänge vor den Fenstern zusammen. An der Tür blieb sie stehen und wünschte ihr gute Nacht.

»Wenn Sie irgend etwas wollen, stampfen Sie auf den Fußboden. Und wenn ich Ihnen einen Rat geben darf, so fragen Sie nicht nach dem Doktor, er ist schwer betrunken. Kümmern Sie sich auch nicht um die Frau da unten – die ist verrückt!«

Das waren keine beruhigenden Mitteilungen. Aber es war jedenfalls sicher, daß man sie in der Nacht nicht mehr stören würde. Sie wollte jetzt den Plan ausführen, den sie sich überlegt hatte.

In ihrer Handtasche befand sich eine kleine Nagelfeile. Die Holzbalken, die die Fenster verschlossen, waren mit Schrauben an den Fensterrahmen befestigt, und Lois vermutete, daß sie das Instrument als Schraubenzieher benutzen könnte, wenn sie die Spitze abbräche. Es fiel ihr leicht, das zu tun; als sie aber die Feile in die Kerbe der ersten Schraube einsetzte, merkte sie, daß weder das kleine Werkzeug noch ihre Kraft ausreichten, die Schraube zu bewegen. Sie versuchte es noch an einer anderen Stelle, hatte aber ebensowenig Erfolg und gab schließlich in größter Verzweiflung ihr Vorhaben auf. Sie hätte das Glas eindrücken können, aber die einzelnen Scheiben waren kaum einen Fuß breit. Und dann sah sie unten die Hunde. Sie waren durch das Geräusch, das sie machte, angelockt worden und knurrten und heulten nun vor dem Fenster.

Sie wußte nicht, was sie anfangen sollte – sie hatte nichts zu lesen bei sich. Ihre Armbanduhr war stehengeblieben, sie konnte die Zeit nur nach dem Himmel schätzen. Sie ging in dem Zimmer auf und ab, um sich nicht von Furcht übermannen zu lassen. Immer wieder wollte sie die Angst packen, und sie war versucht, laut zu schreien. Aber dann dachte sie nach. Was mochte Lizzy jetzt tun? Wo war Michael Dorn?

»Ob ich mich wohl in ihn verliebt habe?« sagte sie laut und lächelte bei dem Gedanken. Sie hätte niemals geglaubt, daß sie sich gerade in ihn verlieben würde. Lizzy nahm natürlich fest an, daß sie ihn schon immer gern gehabt habe.

Er würde sie hier finden, dessen war sie sicher. Aber wenn es ihm doch nicht gelänge? Sie seufzte schwer, schraubte die Lampe herunter, stützte die Ellbogen auf das Fensterbrett und starrte in die Dunkelheit hinaus. Irgendwo auf der anderen Seite des Hauses mußte der Mond aufgegangen sein. Sie sah das weiße, gespenstische Licht, das immer heller wurde und die düsteren Gegenstände mit seinem Silberlicht überstrahlte. Plötzlich hörte sie eilige Schritte in der Halle unten, ging schnell zum Tisch zurück und drehte die Lampe wieder hoch. Es wurde aufgeschlossen, und der Doktor kam herein. Aber er war nicht betrunken, sein Gesicht war eingefallen, und er zitterte.

»Kommen Sie hier heraus«, rief er und zog sie aus dem Zimmer und die Treppe hinunter in die Halle. »Gehen Sie schnell hinauf und machen Sie das Licht aus«, sagte er zu jemand in der Dunkelheit. Die Frau erschien aus irgendeiner Ecke und eilte hinauf.

»Was ist los, Doktor? Ist etwas –«

»Wollen Sie wohl ruhig sein!« zischte er. »Haben Sie das Licht ausgemacht?«

»Ja«, erwiderte eine verdrießliche Stimme von der Treppe her. »Warum sollten wir uns denn fürchten? Sie waren betrunken und haben geträumt.«

»Ich schlage Ihnen den Schädel ein, wenn Sie noch mal so reden«, sagte er ohne Erregung. »Ich sah ein Auto über den Hügel herüberkommen. Es hielt direkt vor dem Haus. Denken Sie denn, ich bin blind? Gehen Sie in mein Zimmer hinauf, da können Sie die Scheinwerfer sehen. Es stieg einer aus und ging die Mauer entlang. Dann konnte ich ihn nicht mehr entdecken.«

Lois' Herz schlug so wild, daß sie beinahe erstickte.

»Wo ist er jetzt?« fragte die Frau.

»Mund halten!«

Es folgte ein schreckliches, langes Schweigen, das nur von dem entfernten Heulen der Hunde unterbrochen wurde.

»Jetzt ist er hinten!«

Der Doktor hielt noch immer Lois' Arm fest und schüttelte sie leicht.

»Wenn Sie brüllen oder sonst etwas tun, schneide ich Ihnen die Kehle durch! Ich tue auch, was ich sage – haben Sie verstanden?«

»Warum haben Sie sie denn nicht oben gelassen?« brummte die Frau.

»Weil ich sie hier bei mir haben will. Holen Sie mein seidenes Taschentuch, es liegt in meinem Studierzimmer. Bringen Sie mir auch die Eisen – ich will sicher sein.«

Die Frau verließ das Zimmer und kam bald wieder zurück. Plötzlich fühlte Lois, wie er ihr einen Knoten des Taschentuchs in den Mund steckte und es hinter ihrem Kopf festband.

»Wehren Sie sich nicht, es geschieht Ihnen nichts – nur wenn Sie schreien. Geben Sie mir die Eisen.«

»Hier sind sie«, sagte die Frau.

Er ergriff ihre Handgelenke und drehte sie auf den Rücken. Im nächsten Augenblick war sie gefesselt.

»Setzen Sie sich hierher!« Er stieß sie auf einen Stuhl. Dann fühlte er, ob der Knebel richtig saß, und brummte zufrieden.

»Hören Sie! Es klopft.«

Tap, tap, tap, tap!

Geräuschlos gingen die beiden auf den dunklen Hof.

»Wer ist da?« rief die Frau.

Dann hörte Lois eine Stimme, die sie auffahren ließ.

»Ich möchte den Hausherrn sprechen«, sagte Michael Dorn.

Kapitel
26

Es war ein unglückliches Zusammentreffen, daß Michael Dorn gleich von zwei privaten Flugstationen in der Nähe Londons die Nachricht erhielt, daß am frühen Morgen Flugzeuge aufgestiegen waren. Noch schlimmer war es aber, daß er zuerst der Mitteilung aus Cambridgeshire nachging. Durch das Telefon konnte er keine ausreichende Aufklärung erhalten. Erst als er in Morland ankam, erfuhr er, daß der Passagier ein Student aus Cambridge war, der telegrafisch nach Hause gerufen worden war, weil seine Schwester schwer krank lag. Er war nach Cornwall geflogen.

»Ich war leider nicht im Büro, als Sie anriefen«, sagte der Kommandant des Flugplatzes. »Sonst hätte ich Ihnen das alles schon vorher gesagt.«

»Schade«, entgegnete Michael, »aber daran läßt sich nichts mehr ändern.«

Er ging zu seinem Wagen zurück und studierte die Karte. Von Whitcomb war er hundertsieben Meilen entfernt, und die Straßen, die er benutzen mußte, waren nicht die besten. Außerdem hatte er während der ersten zwanzig Meilen zwei Defekte an der Bereifung. Bis der Schaden repariert war, hatte er beinahe eine Stunde Tageslicht verloren. Der schlechteste Teil des Weges lag noch vor ihm, und es war durchaus nicht sicher, daß er der Auffindung der Gesuchten auch nur um einen Schritt näher kam, selbst wenn er sein Ziel noch erreichte.

Während er in Market Silby auf den Wechsel des Reifens wartete, studierte er die kleine Zeittafel, die er sich zusammengestellt hatte. Lois war um zwei Uhr morgens aus dem Polizeirevier entführt worden, wie er festgestellt hatte. Um acht Uhr – sechs Stunden später – hatte Chesney Praye von Paris aus telegrafiert. Wenn er mit einem Privatflugzeug in der Nähe Londons aufgestiegen war, so dauerte es mindestens zwei Stunden, bis er die französische Hauptstadt erreichte. Er mußte etwa gegen fünf Uhr abgeflogen sein. Zwischen zwei und fünf Uhr morgens lag also die unbekannte Fahrt. Lois mußte an einen Ort gebracht worden sein, der anderthalb bis zwei Stunden von der Hauptstadt entfernt war. Wenn seine Annahme wegen des Flugzeuges richtig war, wurde sie an einem Platz zurückgehalten, der vom Flugplatz nicht mehr als zwanzig Meilen entfernt lag, wenn Chesney Praye ein Auto benutzt hatte, dagegen sechs oder sieben Meilen, wenn er den Weg in einem Pferdewagen zurückgelegt hatte oder zu Fuß gegangen war.

Der Flugplatz in Cambridge hätte seinen Voraussetzungen am besten entsprochen, aber auch Whitcomb an der Grenze von Somerset war denkbar. Er erreichte den Flugplatz gegen Abend, gerade als der Kommandant nach Hause gehen wollte. Michael Dorn gab sich zu erkennen, und seine Befugnisse hatten doch mehr amtlichen Charakter, als Lady Moron annahm. Dann ging er mit dem Kommandanten in das Büro.

»Der Herr, der heute früh abflog, hieß Stone. Gestern abend spät hat er von London aus angerufen, daß wir eine Maschine für ihn bereithalten sollten, die ihn nach Paris brächte. Heute morgen kam er zeitig hier an.«

Er beschrieb den Reisenden so genau, daß Michael glaubte, Chesney Praye leibhaftig vor sich zu sehen.

»Das wäre die Persönlichkeit«, sagte er. »Wie kam er hierher? Hatte er ein Auto?«

»Nein – er kam in einem kleinen Wagen bis zur Abgrenzung des Platzes und ging den Rest zu Fuß.«

»Kam er in einem Pferdewagen? Wer hat das Gefährt gelenkt?«

»Das kann ich Ihnen nicht sagen. Die Entfernung war zu groß, als daß ich jemand hätte sehen können. Auch kenne ich nur wenig Leute hier in der Umgebung.«

Dorn überlegte einen Augenblick.

»Aber vielleicht können Sie mir die Stelle zeigen, wo er den Wagen verließ.« Plötzlich kam ihm ein Gedanke. »Haben Sie eine Generalstabskarte von dieser Gegend?«

Der Kommandant konnte ihm eine solche Karte zeigen und ihm sogar genau die Stelle angeben, wo der Passagier aus dem Wagen gestiegen war. Michael fuhr den Weg mit dem Finger nach und begann dann nach einem Gehöft zu suchen.

»Das ist der Wohnsitz Lord Kelvers' -- zufälligerweise kenne ich ihn, ich war schon dort. Dies ist das Haus eines Rechtsanwalts.« Michael deutete auf eine andere Stelle. »Hier geht die Straße nach Ilfey Village, da liegt ein Gasthaus, der ›Rote Löwe‹. Von dorther hätte er kommen können.« Aber Michael lehnte die Möglichkeit ab, daß Chesney sich so dicht in der Nähe aufgehalten hätte.

»Was ist hier?« Er zeigte mit dem Finger auf einen Punkt der Karte, aber der Kommandant schüttelte den Kopf. »Ich kann mich auf den Namen nicht besinnen, vielleicht weiß einer von den Mechanikern, wie der Platz heißt.«

Er ging hinaus und kam mit einem Werkmeister zurück, der sich über die Karte beugte.

»Das ist Gallows Farm«, sagte er gleich. »Ein ganz altes Gehöft. Steht schon seit Jahrhunderten dort. Ich kann nicht sagen, wie der Besitzer jetzt heißt, aber es ist kein Landwirt – wenigstens habe ich noch niemals gesehen, daß Vieh ausgetrieben wurde.«

Michael rief das nächste Polizeirevier an, gab sich zu erkennen und fragte nach dem Besitzer von Gallows Farm. Er mußte einige Zeit warten, bis man die nötigen Unterlagen herausfand.

»Das Gehöft wurde vor zwölf Monaten an einen Mr. – verpachtet.« Er hörte einen Namen, den er nicht kannte. »Außer diesem Herrn und seiner Haushälterin wohnt niemand dort.«

Das war gerade keine glänzende Auskunft, aber Michael ließ sich nicht verblüffen. Wieder studierte er die Karte, und nach einiger Überlegung kam er zu dem Schluß, daß Gallows Farm das einzige Anwesen in der Nachbarschaft sein konnte, das irgendwie in Betracht kam. Er aß schnell etwas in dem Restaurant des Flughafens. Es wurde schon dunkel, als er den Platz überquerte und die Straße entlangfuhr, die Chesneys Wagen gekommen war. Als er über die Kuppe des Hügels fuhr, tauchten die Umrisse des Gehöftes undeutlich in dem Licht seiner hellen Scheinwerfer auf, er konnte aber kein Licht oder irgendein Anzeichen von Leben in dem Haus erkennen. Die graue, häßliche Mauer war oben mit Glassplittern bedeckt, und das Tor, das zur Straße lag, war fest verriegelt.

Er ging zu seinem Wagen zurück, holte seine elektrische Taschenlampe und setzte seine Nachforschungen fort. Das Gehöft lag an dem Abhang des Hügels, und er mußte weiter hinuntersteigen, um auf die Rückseite zu kommen. Hier war eine größere und leicht verschlossene Tür zu sehen. Als er zu öffnen versuchte, hörte er drinnen wütendes Bellen und Kettenrasseln. Er horchte gespannt auf. Das Hundegebell kam ihm bekannt vor. Es war nicht das tiefe Bellen von Bulldoggen oder das helle Gekläff eines Terriers, sondern das Geheul, das er in früheren, längst vergangenen Nächten in indischen Dörfern gehört hatte.

»Wenn das keine indischen Paria sind, habe ich nie welche gehört«, sagte er vor sich hin und setzte seinen Weg fort.

Von dem Abhang auf der Rückseite des Hauses konnte er die oberen Fenster des niedrigen Gebäudes sehen. Dann ging er wieder nach vorn und klopfte an das dicke, schwarze Holztor.

Das Heulen der Hunde mußte jemanden aufgeweckt haben, denn gleich darauf hörte er die scharfe Stimme einer Frau: »Wer ist da?«

»Ich möchte den Hausherrn sprechen«, sagte er.

»Sie können ihn jetzt nicht sprechen – er ist schon zu Bett gegangen.«

»Dann will ich Sie sprechen. Öffnen Sie das Tor.«

Ein Schweigen folgte, dann sagte die Frau plötzlich: »Machen Sie, daß sie fortkommen, oder ich rufe die Polizei an.«

Die Pause verriet dem scharfsinnigen Detektiv, daß noch jemand anders zugegen war, der mit der Frau im Flüsterton sprach.

»Wollen Sie bitte Ihrem Herrn sagen, der schon zu Bett liegt, aber vermutlich noch nicht schläft, daß ich über die Mauer klettere, wenn Sie nicht öffnen?«

Diesmal schien die Frau auf keine Anweisung zu warten.

»Wenn Sie sich unterstehen, das zu tun, werde ich die Hunde auf Sie hetzen!« schrie sie.

Sie lief über das holprige Pflaster des Hofes, und gleich darauf ertönte das Geheul der Hunde, die vor ihr herstürmten.

»Werden Sie nun endlich machen, daß Sie fortkommen? Wenn ich das Tor öffne, werden sie Ihnen das Herz aus dem Leibe reißen, ek dum!«

Michael Dorn stieß unwillkürlich einen Ruf aus. Ek dum? Das war ein indischer Ausdruck. Wer konnte ihn gebrauchen?

»Ich denke, es ist besser, daß du mich einläßt, meine Schwester«, sagte er in Hindostani.

Es kam nicht sofort eine Erwiderung, aber Michael hörte deutlich, daß jemand energisch und eindringlich flüsterte.

»Ich weiß nicht, was Sie mit Ihrem fremden Kauderwelsch wollen«, antwortete die Frau dann heiser. »Gehen Sie endlich fort, sonst werden Sie es noch bereuen.«

Michael leuchtete mit seiner Lampe den oberen Rand des Tores ab und sah eine Reihe von rostigen Eisenspitzen. Sollte er es wagen? Aber es konnten ja redliche Leute sein. Es war nichts Außergewöhnliches, daß eine Frau ein paar indische Worte gebrauchte. Ihr Mann mochte ein Soldat gewesen sein, der früher in Indien gedient hatte, und sie hatte einige Redensarten von ihm aufgeschnappt.

»Seien Sie doch nicht so argwöhnisch und lassen Sie mich herein. Ich möchte nur ein paar Fragen an Sie stellen.« Es kam ihm ein guter Gedanke. »Ich komme nämlich von Chesney Praye.«

Es folgte ein langes, tiefes Schweigen, so daß er dachte, die Leute seien fortgegangen. Aber plötzlich sprach die Frau wieder.

»Wir kennen keinen Chesney Praye.«

»Wir? Wer ist denn Ihr Freund?« fragte Michael, aber er erhielt keine Antwort mehr.

Die Haustür wurde laut zugeworfen. Hinter dem Tor heulten und bellten die Hunde, und als er seine Fußspitzen vorsichtig zwischen den Boden und die Tür schob, hörte er das böse Schnappen und lächelte im Dunkeln.

Gleich darauf vernahmen sie drinnen im Haus von dem oberen Fenster aus das Geräusch des abfahrenden Autos. Der helle Schein der beiden Lampen zeigte ihnen, daß er sich in der Richtung nach London entfernte.

Lois Reddle packte Verzweiflung, und sie warf sich schluchzend auf ihr Bett.

Kapitel 27

Zwei Stunden waren nach Michael Dorns Abfahrt vergangen. Dr. Tappatt saß in seinem Wohnzimmer, hatte die Ellbogen auf die Knie gestützt und sein dickes Gesicht in die Hände vergraben. Neben ihm stand ein halbgefülltes Whiskyglas. Er starrte düster ins Feuer, das Sommer und Winter für ihn brannte, seitdem er aus Indien zurückgekommen war. Früher hatte er einen berühmten Namen in der medizinischen Welt besessen, aber ein unglücklicher Vorfall trieb ihn von Edinburgh fort, wo er, obwohl er noch jung war, eine glänzende Praxis gehabt hatte. So war er nach Indien gekommen, aber auch dort hatte er einen schweren Stand. Ihm war nichts als seine sicherlich großen wissenschaftlichen Kenntnisse, seine geringen Ersparnisse und seine Vorliebe für guten Wein geblieben. Eine Zeitlang war er der Leibarzt eines indischen Fürsten, dann gründete er in einem bösen Augenblick ein Sanatorium für geisteskranke, reiche Inder.

Wenn nicht seine immer mehr zunehmende Trunksucht gewesen wäre, hätte er sich nach einigen Jahren angestrengter Tätigkeit mit einem Vermögen zurückziehen können, von dessen Zinsen er für den Rest seines Lebens sorglos hätte leben können. Aber Dr. Tappatt hatte böse Einfälle, die sich leider auch bei der Führung der Anstalt bemerkbar machten. Er mußte die Nordwestprovinzen in größter Eile verlassen und ließ sich in Bengalen nieder, wo er eine neue Anstalt gründete. Aber bald passierten auch hier merkwürdige Geschichten. Die Verwandten der Patienten zeigten ihn bei Gericht an, daß er Angehörige in der Anstalt festhielt oder verschwinden ließ, weil andere Leute daran interessiert waren. Schließlich wurde die Anstalt geschlossen, und er zog nach dem Pandschab.

Sein glänzender Verstand war durch den Konflikt mit den Behörden nur noch schärfer geworden; denn Strategie ist die Kunst, die Absichten seines Feindes genau zu erkennen.

Während er in die Flammen schaute, dachte er über die Charaktereigentümlichkeiten Michael Dorns nach, und er kam zu ganz bestimmten Schlüssen. Die Haushälterin war schon lange zu Bett gegangen und lag in festem Schlaf, als er den Gang entlangschlürfte und an ihre Tür klopfte.

»Kommen Sie heraus, ich will mit Ihnen sprechen.«

Er hörte sie schimpfen und ging zu seinem Studierzimmer zurück. Während er wartete, blickte er aufs Telefon und war versucht, die Hand nach dem Hörer auszustrecken. Aber er wußte, daß er die Person, die er anrufen wollte, nicht gut noch einmal stören durfte. Er hatte bereits seinen Bericht durchgegeben. Sein Plan war gut, und wenn er sich in der Beurteilung Michael Dorns auch täuschen sollte, konnte die Sache doch nicht weiter schlimm werden.

Als die Frau blinzelnd eintrat und ihr Kleid zuknöpfte, ließ er sie in einem Stuhl Platz nehmen und sprach ungefähr eine halbe Stunde mit ihr.

Sie war ärgerlich und machte viele Einwendungen, aber er beachtete sie nicht.

»Ich habe die letzten beiden Nächte kaum geschlafen«, beklagte sie sich, »und ich sehe gar nicht ein, warum –«

»Sollen Sie denn überhaupt etwas einsehen?« fuhr er sie an. »Sie haben zuzuhören – verstanden?«

Fast zwanzig Jahre lang diente sie ihm und fürchtete nur ihn. Nachdem sie vergeblich gemurrt hatte, fing sie an zu weinen. Da schickte er sie unwillig aus dem Zimmer.

Um sieben Uhr morgens hüllte sich Dr. Tappatt in einen dicken, wollenen Mantel, denn er fröstelte in der kühlen Morgenluft. Dann zog er die Jalousien hoch und öffnete die Fenster des Wohnzimmers. Nachdem er auf einem Rundgang das Haus noch einmal inspiziert hatte, legte er Holzklötze aufs Feuer, nahm zwei große Stücke Fleisch und trug sie den Hunden hinaus, die ihn mit heiserem Gebell empfingen. Er ließ sich Zeit und hatte eine teuflische Freude daran, sie möglichst lange warten zu lassen. Als er sich umgesehen hatte, ging er zu der Vordertür des Gehöftes, drehte den Schlüssel um, schob die Riegel zurück und öffnete. Gerade im Eingang ihm gegenüber stand ein Mann. Der Doktor war verblüfft.

»Guten Morgen, Dr. Tappatt«, sagte Michael Dorn. »Ich dachte mir schon, daß ich Sie sehen würde, wenn ich nur früh genug zur Stelle wäre.«

»Großer Gott!« rief Tappatt. »Das ist ja ein unerwartetes Vergnügen, Mr. Dorn!«

»Ich freue mich, daß Sie so denken – hat Miss Reddle gut geschlafen?«

Der Doktor runzelte die Stirn.

»Miss Reddle? Wer ist denn das? Ach so – das war doch die nette, junge Dame, die ich im Haus der Gräfin von Moron traf – was fragen Sie mich da für sonderbares Zeug!«

»Sie haben mich nicht einmal hereingebeten – Sie haben wohl die alte anglo-indische Gastfreundschaft vollständig vergessen?« sagte Michael spöttisch.

Tappatt stand mit vorgebeugtem, rot aufgedunsenem Gesicht in der Tür und hatte die Hände in den Taschen vergraben.

»Ich kann mich nicht besinnen, Dorn, daß wir gerade sehr gute Freunde waren. Wir hatten doch im Gegenteil verschiedene recht unangenehme Auseinandersetzungen!«

»Trotzdem – entweder laden Sie mich ein oder –«

»Oder?« wiederholte der Doktor.

»Oder ich lade mich selbst ein. Ich habe so einen ganz besonderen Wunsch, mich einmal in Ihrem kleinen Haus umzusehen.«

Ein Grinsen ging über das häßliche Gesicht Dr. Tappatts.

»Kommen Sie mit oder ohne Erlaubnisschein von der Polizei, mein Haus zu durchsuchen?« fragte er höflich.

»Im Augenblick habe ich noch keinen, aber Sie und ich sind doch zwei alte Gesetzesübertreter, Tappatt, wir haben uns beide nie viel Sorgen um Formalitäten gemacht.«

Inzwischen war er durch das Tor gegangen, aber merkwürdigerweise schien er sich nicht um die Hunde zu kümmern. Tappatt sah es, und es kam eine plötzliche Bewegung in ihn.

Er hatte früher, als Dorn noch ein höherer Polizeibeamter war, öfter böse Zusammenstöße mit ihm gehabt und dabei fast immer den kürzeren gezogen.

»Ich kann Ihnen nicht widerstehen«, sagte er und öffnete die Haustür. »Treten Sie ein.«

Er brauchte Michael nicht zweimal einzuladen. Sorglos ging er in das Haus und wandte sich gleich dem Studierzimmer zu, als ob er schon früher hier gewesen wäre. Der Doktor folgte ihm.

»Nun, was wünschen Sie denn?«

»Ich möchte das Grundstück durchsuchen. Ich bin nämlich auf der Spur der Mrs. Pinder und ihrer Tochter, Lois Margeritta Reddle, und ich vermute, daß sie gewaltsam hier zurückgehalten werden.«

Tappatt schüttelte den Kopf.

»Ich fürchte nur, Sie sind auf einer ganz falschen Fährte. Keine von diesen beiden Damen bewohnt mein Haus. Im Augenblick habe ich keine Patienten.«

»Sie haben ja auch gar nicht die Erlaubnis dazu«, sagte Michael. »Ich habe mir die Mühe genommen, die Akten durchzulesen. Man kann sie sogar mitten in der Nacht bekommen – ich fürchtete schon, daß eine Behörde mit zu kurzem Gedächtnis Ihre verschiedenen schweren Vergehen übersehen und vergessen hätte, und ich freute mich, daß Ihre Akten auch hier vollständig vorhanden sind.«

»Ich habe noch kein Gesuch eingereicht«, erwiderte Tappatt kurz. Jede Frage nach seinem Beruf berührte bei ihm einen wunden

Punkt. »Ich sehe nicht ein, warum ich Ihnen erlauben sollte, mein Haus zu durchsuchen«, fuhr er fort. »Sie haben ebensowenig amtliche Autorität als Detektiv, wie ich die Erlaubnis habe, eine Anstalt für Geisteskranke zu führen. – Sie können ja meinethalben hier anfangen – sehen Sie doch unter den Tisch oder unter das Sofa.« Er wurde sarkastisch. »Es ist ja möglich, daß ich irgendeinen Unglücklichen verborgen habe!«

Dorn verließ das Zimmer, ging den Gang entlang, blieb vor einer Tür stehen, die gleich neben der Treppe lag und drückte die Klinke herunter.

»Das ist das Zimmer meiner Haushälterin.«

»Wo ist sie jetzt?« fragte Michael.

»Sie ist in der Küche.«

Michael trat in das Zimmer, zog die Vorhänge auf und sah sich um. Seine Gemütsverfassung war nicht zu erkennen. Die Willfährigkeit aber, mit der Dr. Tappatt ihm die Erlaubnis gab, das Haus zu untersuchen, schien ihm verdächtig. Die Sache entwickelte sich anders, als er erwartet hatte.

»Oben sind noch zwei Räume – wollen Sie die vielleicht auch sehen?«

Dorn nickte und folgte dem Doktor auf dem Fuße.

»Diesen Raum würde ich als Krankenzimmer benützen, wenn ich das Glück hätte, Patienten zu bekommen.«

Er stieß die Tür zu dem Zimmer auf, in dem Lois sich aufgehalten hatte. Es war leer, die Bettbezüge waren von den Betten abgenommen und die Bettücher sorgfältig am Fußende zusammengelegt. Michael ging in den Raum, sah sich auch in dem Badezimmer um, untersuchte die Fenster und kam wieder heraus, ohne ein Wort zu sagen. Die meisten Frauen haben ein bestimmtes Parfüm, das sie stets gebrauchen. Er wußte, daß Lois stets ein wenig Lavendel nahm – hier hatte er, allerdings nur ganz schwach, denselben Duft wahrgenommen.

Das Zimmer gegenüber war weniger bequem eingerichtet und stand auch leer. Er wußte, daß zwischen der Decke und dem Dach nur wenig Platz war und daß man dort nur jemand unterbringen konnte, der selbst ein Interesse daran hatte, nicht aufgefunden zu werden.

Er begnügte sich deshalb mit einer ganz kurzen Untersuchung.

Der andere Flügel des Hauses war kaum bewohnbar. An manchen Stellen schaute der Himmel durch große Lücken im Dach, und die Balkenlage des oberen Geschoßes war durch Regenwasser und Feuchtigkeit vollkommen verfault. Der Verfall war schon so weit fortgeschritten, daß nicht einmal ein Kind ohne Gefahr den Fußboden hätte betreten können.

»Wohin kommt man da?« fragte Michael, als er auch das Untergeschoß des zerfallenen Teiles besichtigt hatte. Er zeigte auf eine Treppe, die nach unten führte.

»Das ist eine Art Keller – Sie können hineingehen«, sagte Tappatt gleichgültig.

Michael stieß die Tür auf und trat in einen kleinen Raum. Ein wenig Luft und Licht wurde durch ein Gitter in der Wand eingelassen, sonst war kein Fenster oder irgendeine Öffnung vorhanden. Nur in der Tür bemerkte er ein Guckloch. Mit seiner Taschenlampe leuchtete er den Raum ab und entdeckte in der einen Ecke eine alte Bettstelle und einen einfachen Waschtisch. Er trat an das Lager, drehte die zusammengefalteten Bettücher um und kam dann wieder nach oben an das Tageslicht. »Ein luftiger Raum!« sagte er trocken. »Ist das auch ein Krankenzimmer?«

»Mancher arme Kerl, der draußen kampieren muß, wäre froh, wenn er einen solchen Raum hätte«, entgegnete Dr. Tappatt.

Michael zeigte seine Zähne und lächelte grimmig.

»Sind Sie jemals im Gefängnis gewesen, Tappatt? Vermutlich nicht«, sagte er, als er die Treppe wieder hinaufstieg.

Niemand wußte besser als Dorn, daß der Doktor mehrere Male der Verurteilung nur mit knapper Not entgangen war. Aber er wollte ihm auf diese Weise eine Warnung geben.

»Ich hatte nicht diesen Vorzug.«

»Noch nicht«, sagte Dorn. »Die Zellen in Dartmoor sind bedeutend gesünder als dieses schwarze Loch hier im Keller – wie Sie sich überzeugen können. Viel frische Luft und viel Licht, und das Essen ist auch gut.«

Tappatt schluckte ärgerlich, aber er sagte nichts.

»Was ist hier drin?« Dorn blieb vor einem verschlossenen Schuppen stehen.

»Ein Auto, das einem meiner Freunde gehört – wollen Sie es sehen?«

»Ach, das ist der blaue Buick!«

»Ja, es ist ein Buick.«

»Der ist gestern abend hier eingestellt worden?«

Tappatt lächelte und schüttelte den Kopf.

»Er ist schon eine ganze Woche hier. Manchmal sind Sie auch etwas zu schlau.«

»Kann ich ihn sehen?« fragte Dorn.

Der Doktor ging zum Haus zurück, um den Schlüssel zu holen, während Michael schnell die übrigen Gebäude besichtigte. Die beiden Hunde bellten furchtbar, als er in ihre Nähe kam, rissen an ihren Ketten, so daß es schien, als ob sie sich erwürgen wollten. Als der Doktor zurückkam, untersuchte Dorn gerade das hintere Tor und seine nähere Umgebung. Der Boden war hart, und er konnte keine Fußspuren entdecken; selbst das Auto hatte keine Eindrücke hinterlassen.

»Hier ist der Schlüssel.«

»Ich glaube nicht, daß der Wagen mich noch interessiert«, sagte Dorn langsam. »Ich kenne ihn ja sehr gut und den Eigentümer noch besser.« Er schaute sich wieder um. »Aber ich sehe die Haushälterin nirgends.«

»Sie wird ins Dorf gegangen sein, um für die Küche einzukaufen.«

Michael zog langsam ein goldenes Etui aus seiner Tasche, nahm eine Zigarette heraus, zündete sie an und warf das noch brennende Streichholz den Hunden zu. Hierdurch wurde ihre Wut aufs neue angestachelt.

»Nehmen Sie sich bloß vor den Tieren in acht«, warnte ihn der Doktor. »Man darf nicht mit ihnen spaßen oder sie zu sehr ärgern. Ich wüßte nicht, was sie mit Ihnen machen würden, wenn sie sich losrissen – selbst wenn ich dabeistünde.«

»Die Hunde müßten sich im Gegenteil vor mir sehr in acht nehmen«, sagte Dorn. »Ich habe während meiner Dienstzeit in Indien mehr Pariahunde getötet als irgendein anderer Polizeioffizier.«

»Die hätten sie eher geschnappt, als Sie nur den Finger rühren könnten«, erwiderte Tappatt ärgerlich.

Dorn lächelte und streckte seine Hand gerade aus.

»Sehen Sie das?« fragte er. »Passen Sie mal auf.«

Wie es kam, konnte Tappatt nicht sehen oder sich auch nur im mindesten erklären, aber obwohl Dorn die Hand nicht bewegt hatte, hielt er plötzlich eine kurze, schwerkalibrige Browningpistole in der Hand.

»Wie haben Sie das bloß gemacht?« staunte er. »Sie hatten sie schon immer in der Hand –«

»Nein – die Pistole kam aus meiner Tasche«, lachte Michael. Er liebte es, durch seine Taschenspielerkunststückchen anderen Furcht einzujagen.

»Ich möchte schwören, daß sie nicht in Ihrer Tasche war!«

»Passen Sie auf!«

Wieder streckte er die Hand mit der Pistole aus. Eine unauffällige Bewegung – ob nach oben oder nach rückwärts, konnte Tappatt nicht sagen –, und die Pistole war wieder verschwunden.

»Da ist eben ein Trick dabei«, sagte Dorn gleichgültig. »Und wenn Sie die Hundesprache sprechen können, dann erklären Sie Ihren Bestien, daß sie mich besser in Ruhe lassen. Aber ich erinnere mich – Hundehetzen ist doch immer Ihre Spezialität gewesen? War nicht in Bengalen einmal ein großer Skandal wegen eines Patienten, der von den Hunden zerrissen wurde?«

Der Doktor schaute zur Seite.

»Warum liegen eigentlich die Hunde jetzt an der Kette?«

»Ich habe sie meistens angeschlossen.«

»Aber letzte Nacht waren sie doch frei – Sie wissen ja, daß ich mich in der Nähe aufgehalten habe. Dagegen waren sie heute morgen um vier Uhr wieder festgemacht, und das scheint doch nicht die richtige Zeit zu sein, sie an die Kette zu legen. Warum haben Sie das getan?«

Tappatt schwieg. Dorn war um vier Uhr morgens zurückgekommen! Er hatte also die Menschen nicht mehr gesehen, die Gallows Farm verließen und querfeldein gingen.

»Soll ich Ihnen sagen, warum?« fragte Dorn wieder.

»Sie haben ja ein außerordentliches Bedürfnis, mir Mitteilungen zu machen«, knurrte der Doktor.

»Sie haben die Hunde an die Kette gelegt, weil Sie die beiden Frauen in der vergangenen Nacht aus dem Haus geschafft haben. Sie mußten über den Hof gehen, und das konnte nur geschehen, wenn die Hunde nicht frei umherliefen. Bitte sagen Sie es, wenn ich nicht recht habe. Sie sind hier auf diesem Weg hinausgegangen, und auf diesem Weg werden sie auch zurückkommen.«

Dr. Tappatts Gesicht wurde lang. Das war eine Entwicklung zu seinen Ungunsten. Er hatte erwartet, daß Dorn sich mit der Durchsuchung zufriedengeben und dann das Gehöft wieder verlassen würde. Sein Plan klappte nicht so, wie er gedacht hatte.

»Sie können mich zum Frühstück einladen – ich bleibe so lange, bis die beiden Frauen zurückkommen.«

»Ich schwöre Ihnen, daß ich nichts von den Frauen weiß, von denen Sie da fabeln«, protestierte Tappatt heftig. »Sie irren sich, Dorn, außerdem haben Sie überhaupt kein Recht hier zu sein – das weiß ich!«

»Ich irre mich niemals«, sagte Dorn herausfordernd, »und ich habe volle Berechtigung, hier zu sein und zu bleiben. Es ist die erste Pflicht eines Staatsbürgers, Verbrechen zu vereiteln, und die erste Pflicht eines Gastgebers ist es, seinen Gast einzuladen, wenn er hungrig ist. Nun laden Sie mich eben zum Frühstück ein und während des netten Essens will ich Ihnen dann noch verschiedenes erzählen, was Sie sehr interessieren und belustigen wird.«

Tappatt schaute verwirrt zur Seite. Jetzt saß er in der Falle. Seine List hatte nicht nur versagt, sondern sich sogar gegen ihn selbst gekehrt. Dorn beobachtete ihn unauffällig von der Seite und bemerkte, daß er schwer atmete. Mit Befriedigung sah er, daß er ihm einen Schrecken eingejagt hatte.

»Sie können nicht hier bleiben. Ich kann Sie nicht gebrauchen«, rief Tappatt ärgerlich. »Diese wahnsinnige Geschichte, daß zwei Frauen in meinem Haus sein sollen, ist irgendeine Mondscheinphantasie von Ihnen. Das wissen Sie auch ganz genau. Ich gebe Ihnen eine Minute Zeit, das Gehöft zu verlassen! Denken Sie doch ja nicht, daß ich mich von Ihnen bluffen lasse!«

Michael lachte leise.

»Nun, was wird denn passieren, wenn ich nicht fortgehe? Wollen Sie zur Polizei schicken? Damit wäre doch der Polizei die Möglichkeit gegeben, einmal die ganze Gegend gründlich abzusuchen und Sie zu überführen. Denken Sie doch nur an den scharfen Polizeikommissar, der damals Ihre Anstalt in den Nordwestprovinzen in Indien schloß. Sie wären damals fünf Jahre ins Delhi-Gefängnis gesperrt worden, wenn sich die Regierung etwas schneller entschlossen hätte. Holen Sie nur die Polizei, mein Lieber, das wird ja für Sie eine große Reklame werden.«

Tappatt hatte wirklich nicht die Absicht, das zu tun. Für ihn war die Polizeitruppe keine öffentliche Einrichtung, die er brauchen konnte. Da er selbst einen scharfen Verstand besaß, glaubte er sich über die Polizei lustig machen zu können.

»Na ja«, brummte er endlich, »kommen Sie herein. Aber Sie werden ja sehen, daß Sie sich bei der Geschichte mit den Frauen geirrt haben.«

»Wir wollen auch nicht weiter darüber reden«, sagte Michael mit einer freundlichen Handbewegung.

Kapitel 28

Michael Dorn konnte wirklich zufrieden sein mit diesem Teilerfolg. Aber er war ein nüchterner Kopf, der Eier nicht als Hühner rechnete. Auch unterschätzte er nicht die Schlauheit dieses ränkevollen Mannes, mit dem er hier zu tun hatte.

Die Gedanken des Doktors arbeiteten schnell, und ein volles Glas Whisky half ihm. Er hatte seine volle Denkkraft und Leistungsfähigkeit immer erst erreicht, wenn er ein Anregungsmittel zu sich genommen hatte. Dorn wollte also vorläufig in seinem Haus bleiben. Es kamen ihm allerhand Gedanken, wie er sich dieses unliebsamen Besuchers entledigen könnte, aber er verwarf sie alle wieder.

»Sagen Sie mir, wo der Kaffee steht, und ich werde ihn selbst kochen«, sagte Dorn. »Seien Sie nicht böse, wenn ich ein wenig argwöhnisch bin, aber die Ärzte haben eine unheimliche Kenntnis gewisser Drogen und Gifte, und ich würde nicht gern aus dem einen oder anderen Grund hier einschlafen, nur weil Sie die Möglichkeit hatten, mir etwas in mein Getränk zu gießen.«

Er ging in die Küche, machte Feuer und setzte den Wasserkessel auf. In einer Schublade des Schranks fand er eine Schachtel Keks und eine Büchse Kondensmilch – die Zutaten zum Frühstück hatte er schon beisammen. Er kannte den Doktor nur zu gut. Er hatte durch seine Bemerkung Tappatts Gedanken in bestimmter Richtung in Bewegung gesetzt. Würde er wohl den ihm angedeuteten

Schritt tun oder würde er anders handeln, als der Detektiv vermutete?

Im Arbeitszimmer lag der Doktor zusammengerollt in seinem Sessel vor dem Feuer und schmiedete Pläne. Merkwürdigerweise hatte er nicht an ein Betäubungsmittel gedacht, bis Dorn die Bemerkung machte. Er hörte, wie Michael draußen vor sich hinpfiff, erhob sich leise, ging zu seinem Pult und suchte unter den Medizinflaschen, die in verschiedenen Schubladen untergebracht waren. Er fand auch sofort, was er suchte.

Aus einer Glashülse nahm er eine kleine, graue Pille, ließ sie in seine flache Hand gleiten und stellte das kleine Fläschchen wieder an seinen Platz. Dann zog er die Jalousie wieder vorsichtig über den Schreibtisch und schloß ihn ab. Es war möglich, daß er keine Gelegenheit finden würde, das Betäubungsmittel zu gebrauchen. Aber selbst ein Mann wie Dorn, der so sehr auf seine eigene Sicherheit bedacht war, hatte manchmal seine schwachen Momente, in denen er die nötige Vorsicht außer acht ließ. Er klemmte die Pille zwischen den zweiten und dritten Finger seiner linken Hand und setzte sich wieder an den Kamin. Michael Dorn fand ihn dort, als er mit dem fertigen Kaffee hereinkam. Tassen, Teller und alles nötige Zubehör trug er auf einem Tablett, die Schachtel mit Keks hatte er unter dem Arm.

»Es ist am besten, wenn Sie mir gleich die Zeit mitteilen, in der Sie unsere Freundinnen zurückerwarten, oder wenn Sie das nicht wollen, sagen Sie mir wenigstens, welches Signal Sie verabredet haben, um ihnen anzudeuten, daß die Luft wieder rein ist?«

»Sie sind doch verrückt, wenn Sie so etwas sagen«, entgegnete Tappatt böse. »Ich dachte, Sie wollten nicht mehr über die Frauen reden. Glauben Sie mir doch, sie sind wirklich nicht hier.«

»Also habe ich doch schon wieder von der Sache reden müssen«, murmelte Michael entschuldigend. »Wollen Sie nicht etwas Kaffee nehmen? Er ist unvergleichlich besser und bekömmlicher als der gelbe Whisky, den Sie da auf dem Kamin stehen haben, auch kostet Kaffee nur den zwanzigsten Teil!«

Er goß eine Tasse ein und schob sie dem andern hin, aber der Doktor schaute sich nicht einmal danach um.

Dorn schlürfte mit größtem Wohlbehagen das heiße, belebende Getränk und beobachtete dabei Tappatts mürrisches Gesicht.

Plötzlich hob der Doktor den Kopf, als ob er irgend etwas gehört hätte.

»Es kommt jemand«, sagte er.

Der Detektiv ging zur Tür und horchte. Als er sich wieder umdrehte, saß der Doktor in seiner alten Stellung am Kamin.

»Es war eine Einbildung – scheint vom Whisky zu kommen, alter Freund!« sagte Dorn.

Er goß sich wieder ein, nahm reichlich Milch und rührte seine Tasse um.

»Sie sagten doch vorhin, daß Sie mir etwas Interessantes erzählen wollten«, erinnerte Tappatt, der noch immer ins Feuer starrte, seinen unwillkommenen Gast.

»Ja, es betrifft Sie. Man beabsichtigt, Sie wegen der indischen Geschichte vor das ärztliche Ehrengericht zu stellen – und es ist ja klar, daß Ihnen dann Ihr Titel und Ihre Approbation als Arzt genommen werden.«

Das war selbst Tappatt ganz neu. Er sprang erregt auf.

»Das ist eine Lüge«, rief er laut.

Plötzlich neigte Michael seinen Kopf zur Seite.

»Was war das?« fragte er.

Tappatt schaute sich um.

»Ich habe nichts gehört.«

Aber der Detektiv brachte ihn durch einen Wink zum Schweigen. Er stand auf, nahm seine Tasse Kaffee mit und ging wieder an die Tür, um zu lauschen.

»Bleiben Sie hier«, sagte er leise und ging hinaus.

Eine Minute später kam er wieder zurück, blieb aber an der Tür stehen und trank seine Tasse aus. Der Doktor wandte sich zur Seite, um sein Grinsen zu verbergen.

»Sie sind nervös, mein Lieber«, sagte er. »Wenn Sie mir genug Vertrauen geschenkt und Ihre Tasse hiergelassen hätten, dann hätte ich Ihnen etwas gegeben, um Sie zu heilen!«

»Das glaube ich auch!« sagte Michael und setzte die leere Tasse auf den Tisch. »Ich bin meinem Gastgeber gegenüber nicht gern unhöflich, aber ich habe den Grundsatz, in solchen Fällen stets meinen Trunk auszugießen, wenn ich in zweifelhafter Gesellschaft bin.«

Der Doktor schaute in Dorns Tasse und war befriedigt, als er sah, daß er sie ganz ausgetrunken hatte. Es war diesmal leichtgefallen, ihn zu überlisten, aber immerhin war die Gefahr keineswegs vorüber.

»Wissen Sie, Dorn, was ich an Ihnen schätze? Sie sind ein Gentleman – ich will Ihnen damit kein Kompliment machen, ich konstatiere nur eine Tatsache. Ich habe schon mit Polizeibeamten zu tun gehabt, die der Abschaum der Gesellschaft waren, und es ist doch sehr angenehm, wenn man auch einmal das Gegenteil kennenlernt. Sie wollten mich doch nur zum besten haben, als Sie mir eben erzählten, daß mir meine Approbation als Arzt aberkannt werden soll?«

»Ich habe Sie nicht zum besten gehabt – im Gegenteil, ich bin ja gerade derjenige, der bei der Sitzung des Ehrengerichts persönlich den Antrag stellen will, und Sie können sicher sein, daß ich in der Lage bin, genügend Material über Sie zu liefern, so daß Ihre Stellung in England unhaltbar wird.«

Tappatt lächelte gezwungen.

»In diesem Fall ist es besser, daß ich alles tue, um mich mit Ihnen gut zu stellen.« Er erhob sich. »Wenn Sie mit mir kommen, werde ich Ihnen etwas zeigen, was Sie übersehen haben.«

Er lächelte Dorn an, und dieser folgte ihm auf den Hof.

»Sie haben sich sehr ungünstig über die Lüftung dieser kleinen, netten Gefängniszelle ausgesprochen«, sagte der Doktor. Er stand am Eingang der Treppe, die zu dem Kellerraum führte. »Es ist Ihnen anscheinend entgangen, daß das Gelaß doch mehr Luftzufuhr hat, als Sie dachten. Kommen Sie mit.«

Er eilte die Treppe hinunter, stieß die schwere Tür auf und ging hinein.

»Haben Sie nicht die Falltür in der Ecke des Raumes gesehen?«

Michael folgte ihm und ging quer über den mit Ziegelsteinen ausgelegten Fußboden, aber kaum hatte er drei Schritte getan, als die Tür zuschlug. Der Schlüssel drehte sich im Schloß, und er hörte Tappatts hämisches Lachen ...

»Das ist mein Trick – und zeigen Sie mir noch mal Ihren mit der Pistole«, lachte der Doktor.

Ein scharfer Schuß ertönte, und Holzsplitter flogen von der Tür. Tappatt stieg die Treppe hinauf und lachte hysterisch.

Er ging zum Wohnzimmer zurück. Michaels Tasse stand noch

auf dem Tisch. Er schüttete etwas lauwarmen Kaffee hinein ud probierte vorsichtig den Geschmack.

»Geist gegen Geist! Verstand gegen Verstand! Ich denke, daß ich in diesem Kampf den Schlußpunkt gesetzt habe«, sagte er dann befriedigt. Die Überrumpelung war einfach gewesen. Er machte sich keine Sorge um das, was jetzt noch geschehen konnte.

Für Dr. Tappatt war das Spiel im Prinzip schon beendet. Seine Auftraggeberin war mehr als freigebig gewesen – eine bedeutende Summe war ihm für seine letzten Dienste versprochen worden, und dann lag die ganze Welt offen vor ihm. Zwei Jahre lang hatte er nun der Gräfin treu und gut gedient. Es war eine ziemlich langweilige Arbeit, aber was von ihm verlangt wurde, hielt sich immer noch innerhalb der Grenzen des Gesetzes. Der Doktor war sich aber über die Konsequenzen seiner letzten Handlungen durchaus klar. Er wußte, daß dieses Abenteuer ihn in eine sehr böse Lage bringen konnte. Er wollte es unter keinen Umständen zu einer Aburteilung kommen lassen. Daß er Michael Dorn eingesperrt hatte, gab ihm eine Atempause, einen Aufschub. Bevor die schwerfällige Gesetzesmaschine in Gang kam, würde es noch einige Zeit dauern. Und heute konnte ein Mann, der kurz entschlossen und umsichtig handelte, in vierundzwanzig Stunden von einem Ende Europas zum anderen kommen.

Eine halbe Stunde verging, eine ganze halbe Stunde – er schaute wohl schon zum zwanzigstenmal auf seine Uhr. Endlich erhob er sich und zog eine Schublade in seinem Schreibtisch heraus. Er nahm ein Paar Handschellen heraus und summte vergnügt eine Melodie vor sich hin, als er sie aufschloß.

Dann klopfte er laut an die Tür des Kellerraums und rief den Gefangenen beim Namen. Als er keine Antwort erhielt, schloß er auf und schaute vorsichtig hinein. Er öffnete einen schmalen Schlitz, so daß er auf das Bett schauen konnte. Michael Dorn lag bewegungslos mit dem Gesicht nach unten und hatte seinen Kopf auf den Arm gelegt.

Ohne Zögern ging Tappatt hinein, drehte die steife Gestalt um und durchsuchte schnell die Taschen. In der Hüfttasche fand er die Pistole nicht, sie stak in einer besonderen Tasche innerhalb seines Rocks. Als er den Detektiv durchsuchte, blinzelte dieser und murmelte etwas Unverständliches.

»Das viele kluge Reden ist Ihnen jetzt vergangen, alter Freund«, meinte der Doktor vergnügt.

Er nahm einige Papiere aus der Tasche Dorns und steckte sie in seine eigene. Uhr und Kette ließ er zurück, aber alles, was Michael irgendwie als Waffe hätte brauchen können, sogar das kleine Taschenmesser, nahm er an sich. Als er damit fertig war, legte er seinem Gefangenen die Handschellen an und schaute dann befriedigt lächelnd auf sein Werk. Darauf ging er zum Haus zurück, nahm die Keksschachtel, füllte einen Krug mit Wasser, brachte beides in den Kellerraum und stellte es neben das Bett.

»Sie haben sich leicht übertölpeln lassen«, sagte er, zu dem Bewußtlosen gewandt, »und die Sache ist noch viel einfacher, weil Sie keine offizielle Stellung einnehmen und nur ein paar Freunde haben, die sich um Sie kümmern oder die Polizei von Ihrem Verschwinden verständigen könnten. Und wenn die Polizei auch wirklich alarmiert wird – wo sollte die mit Nachforschungen beginnen?«

Er verschloß die Tür wieder, ging durch das vordere Tor der Umfassungsmauer und sah sich um. Dorn mußte seinen Wagen irgendwo hier in der Nähe gelassen haben, und ein Auto, das im Freien steht, konnte die Aufmerksamkeit der Polizei auf sich ziehen. Es war auch möglich, daß er nicht allein gekommen war. Aber obwohl der Doktor eine Meile im Umkreis alles absuchte, konnte er nichts entdecken und kehrte müde zu dem Haus zurück.

Die Gewißheit hatte er freilich: nie wieder würde der Gedanke an Michael Dorn wie ein drohendes Gespenst seine angenehmen Zukunftsträume stören.

Er triumphierte.

Kapitel 29

Meine liebe Miss Smith,
ich habe versucht, meinen Assistenten John Wills zu benachrichtigen. Vielleicht hat er auch meinen Brief bekommen, aber es wäre möglich, daß ihn meine Botschaft durch irgendeinen unglücklichen Umstand nicht erreicht hat. Ich wäre Ihnen nun zu großem Dank verpflichtet, wenn Sie ihn aufsuchen und ihm den

eingeschlossenen Brief übergeben wollten, der eine genaue Abschrift aller Instruktionen enthält, die ich bereits an ihn absandte. Ich hoffe, daß ich den Aufenthaltsort Miss Reddles gefunden habe und Ihnen morgen weitere Nachrichten senden kann. Aber ich habe es hier mit einem Mann von außerordentlicher Verschlagenheit und Schlauheit zu tun. Miss Reddle ist in Gallows Farm in der Nähe von Whitecomb in Somerset. Wenn Sie im Lauf des nächsten Tages kein Telegramm von mir erhalten, so sitze ich vielleicht – aber gegen meinen Willen – gefangen. Ich habe alle Möglichkeiten überdacht, aber trotzdem könnte es sein, daß ich etwas vergessen hätte, oder es könnten unvorhergesehene Ereignisse eintreten. Würden Sie mir daher den Gefallen tun, den ganzen Tag über in Ihrer Wohnung in der Charlotte Street zu bleiben? Es wäre das beste, wenn Sie Mr. Shaddles bäten, Ihnen den Tag freizugeben. Zeigen Sie ihm, wenn nötig, diesen Brief. Er wird meinen Namen kennen, ich habe vor einigen Jahren seine Bekanntschaft gemacht.

Mit bestem Gruß
Michael Dorn

Die Worte »Zeigen Sie ihm, wenn nötig, diesen Brief« waren dick unterstrichen.

Ein Eilbote hatte ihr den Brief gebracht. Der Poststempel zeigte den Namen einer Stadt in Somerset. Lizzy Smith las ihn dreimal. Zuerst mußte sie die Worte entziffern, dann verstand sie den Inhalt, und das drittemal las sie ihn mit persönlicher Genugtuung, denn sie fühlte sich plötzlich zu einer wichtigen Persönlichkeit gestempelt. Heimlich mußte sie darüber lachen, daß Michael sich einbildete, ihr alter, geiziger Chef würde ihr Urlaub geben, nur weil er früher einmal Mr. Dorn flüchtig kennengelernt hatte. Der Alte würde ihn wahrscheinlich längst wieder vergessen haben und ihr unter keinen Umständen gestatten, von ihrer Arbeit fernzubleiben.

Die Neuigkeit war viel zu interessant, als daß Lizzy sie lange für sich allein behalten konnte. Sie nahm den Brief und ging zu Mr. Mackenzie hinunter. Als sie bei ihm eintrat, war er gerade damit beschäftigt, eine neue Saite auf seine Violine zu ziehen.

»Letzte Nacht habe ich es ausgehalten«, sagte sie nicht unhöflich. »Ich hörte Sie in einem fort Ihre Geige stimmen.«

»Ich habe doch meine Geige nicht dauernd gestimmt«, erwiderte der alte Mackenzie überrascht. »Ach so – ich habe klassische Musik gespielt, und da ist es möglich, daß Sie es für Stimmen hielten, weil Sie nicht daran gewöhnt sind. Es war die Arie aus ›Samson und Delila‹, es ist ein wundervolles Stück.«

Er zog die Brille, die er auf die Stirn geschoben hatte, wieder herunter, und nahm den Brief aus ihrer Hand.

»Soll ich das lesen?« fragte er, und als sie nickte, entzifferte er die kleine merkwürdige Schrift Dorns Zeile für Zeile.

»Das scheint ja eine sehr gute Nachricht zu sein. Wird Miss Reddle heute abend wieder zurückkommen?«

Lizzy seufzte ungeduldig.

»Wie soll ich wissen, ob sie schon heute abend zurückkommt?« Sie war empört darüber, daß der Brief auf ihn nicht denselben Eindruck machte wie auf sie. »Es ist möglich, daß sie überhaupt nicht wiederkommt! Verstehen Sie denn gar nichts anderes, als was Sie auf der Violine spielen können, Mr. Mackenzie? Sie ist doch in der Gewalt dieses fürchterlichen Menschen in Gallows Farm! Die ganze Sache hängt jetzt nur von mir ab. Mike versteht nur zu gut die menschlichen Naturen, und wenn er irgendwie in eine schwierige Lage gerät, dann nimmt er seine Zuflucht zu Elizabeth Smith. Der Mann hat Menschenkenntnis.«

»Natürlich«, murmelte Mr. Mackenzie.

»Nun ist die Frage«, überlegte Lizzy und zog ihre Stirn in nachdenkliche Falten, »soll ich zuerst versuchen, diesen Wills aufzusuchen, oder soll ich zunächst ins Büro gehen?«

»Ich würde an Ihrer Stelle in Mr. Dorns Wohnung anrufen«, sagte der alte Mann ...

Auf Ihrem Weg zum Büro machte sie bei der ersten öffentlichen Telefonzelle halt und rief Michaels Nummer an, aber es meldete sich niemand. Die Nachrichten, die sie heute morgen erhalten hatte, schmeichelten ihr außerordentlich, und die Verantwortung gab ihr das angenehme Gefühl, daß sie persönlich mit großen Ereignissen in Zusammenhang stand. Trotzdem sah sie mit Besorgnis der Unterhaltung mit dem alten Shaddles entgegen. Daß er ihr den Tag freigeben würde, war eine völlig aussichtslose Hoffnung. Viel wahrscheinlicher war es, daß er mit seinem knöchernen Finger auf die Tür zeigen und sie aus seinem Büro verweisen würde. Aber auch wenn sie ihre Lebensstellung dabei opfern sollte – sie war entschlossen, bei der Hand zu sein, wenn man ihre Hilfe brauchte. Was sie aber tun sollte oder auf welche Weise sie Michael zu Hilfe kommen konnte, darüber machte sie sich weiter keine Sorgen.

Als sie ins Büro kam, hatte sie sich bereits drei verschiedene Entschuldigungsgründe zurechtgelegt, aber leider standen sie in keinerlei Beziehung zueinander. Glücklicherweise brauchte sie später nur zwei davon vorzubringen.

Mr. Shaddles war schon im Büro. Unweigerlich kam er als erster und ging als letzter. Ohne ihren Hut abzunehmen, klopfte sie an die Glastür und als sie sein unfreundliches Herein hörte, hätte sie beinahe ihre Absicht aufgegeben, ihn um Urlaub zu bitten. Er sah sie von der Seite an, als sie hereinkam, und bemerkte auch gleich, daß sie Hut und Mantel noch nicht abgelegt hatte.

»Nun, was gibt's? Warum sind Sie nicht an der Arbeit? Es ist bereits fünf Minuten nach Beginn!«

Lizzy legte ihre Hand leicht auf den Tisch und begann in ihrer süßesten und höflichsten Art zu sprechen.

»Mr. Shaddles, es tut mir furchtbar leid, daß ich Sie störe, aber infolge eines Todesfalles in der Familie möchte ich Sie bitten, mir den Tag freizugeben.«

»Wer ist gestorben?« brummte er.

»Eine Tante«, sagte sie kleinlaut und fügte noch hinzu: »Mütterlicherseits.«

»Tanten sind keine nahen Verwandten«, entgegnete der alte Mann und winkte ihr zur Tür. »Onkel haben auch nicht viel zu sagen. Ich kann Sie heute nicht entbehren. Wozu müssen Sie denn auch immer zu Begräbnissen laufen?«

»Nun ja – der wirkliche Grund ist dieser Brief«, sagte Lizzy, die ganz außer Fassung geraten war, und zeigte ihm Dorns Schreiben. »Ich erhielt ihn heute morgen.«

Er nahm den Bogen mit offenbarem Widerwillen, las ihn aber trotzdem sorgfältig durch. Dann saß er lange und schwieg. Sie dachte, er überlege sich, welche Grobheiten er ihr wieder an den Kopf werfen könnte, denn das war eine seiner nichtswürdigen Angewohnheiten.

»In dem Brief steht ja gar nichts von einer Tante«, fuhr er sie plötzlich an.

»Aber Mr. Dorn ist mir mehr als eine Tante – ich habe ihm den kleinen Spitznamen ›Tante‹ gegeben –, und wenn er auch nicht tot ist, so könnte er bei diesem gefahrvollen Unternehmen doch leicht sterben.«

Er schaute aus dem Fenster, strich ärgerlich über sein unrasiertes Kinn und sah sie dann wieder an.

»Also Sie können den Tag freihaben«, sagte er dann.

Lizzy wäre vor Schrecken beinahe umgefallen. Sie flüsterte ein paar zusammenhanglose Dankesworte, dann schwebte sie aus der Tür.

»Warten Sie!«

Er steckte die Hand in die Tasche, legte seine Brieftasche auf den Tisch und nahm drei Banknoten heraus.

»Es ist möglich, daß Sie Geld brauchen, es ist zwar nicht gewiß, aber es könnte sein. Sie müssen mir aber eine genaue Abrechnung darüber geben, wenn Sie irgendwelche Ausgaben machen. Wenn Sie ein Auto benützen müssen, mieten Sie eins von der Blue Light Company, die Leute sind meine Klienten, und ich bekomme dort Rabatt.«

Wie im Traum verließ Lizzy das Büro. Shaddles hatte ihr drei Zwanzigpfundnoten gegeben. Sie hatte keine Ahnung, daß soviel Geld auf der Welt existierte.

Sie grüßte den Clerk nicht, der auf der Treppe an ihr vorüberkam, und hatte ihre Fassung noch nicht ganz wiedererlangt, als sie nach Hiles Mansions kam. Der Fahrstuhlführer sagte ihr, daß Mr. Dorn nicht im Hause sei. Auch Mr. Wills war seit gestern nicht wiedergekommen. Lizzy ging zur Brompton Road, rief großartig ein Auto an und fuhr nach Hause. Sie hatte gerade noch genug Kleingeld, um die Taxe bezahlen zu können.

Die Ereignisse überstürzten sich, und sofort mußte sie Mr. Makkenzie alles mitteilen.

»Shaddles ist ein großzügiger Mann«, sagte Mackenzie schlicht, »ein wirklich weitherziger Mensch!«

Lizzy schüttelte den Kopf.

»Ich weiß nicht, ob ich nicht mit der Polizei in Konflikt komme, weil ich das Geld von dem armen, alten Mann angenommen habe. In der letzten Zeit ist er mir schon so sonderbar vorgekommen. Ich habe schon die ganzen letzten Tage vorausgesehen, daß sich irgend etwas ereignen würde. Als er das Gehalt von Lois Reddle auf drei Pfund wöchentlich erhöhte, wußte ich, daß es nicht mehr richtig bei ihm ist.« Sie schaute mit ehrfürchtiger Scheu auf die drei Banknoten. »Wenn die Männer erst neunzig Jahre alt sind, dann werden sie kindisch«, sagte sie. Plötzlich kam ihr ein guter Gedanke – er war so tollkühn und so ungeheuer, daß sie selbst darüber erschrak.

Sie borgte sich etwas Kleingeld von Mr. Mackenzie, eilte zu der nächsten Telefonzelle und rief Lady Morons Nummer an. Der Diener, der an den Apparat kam, sagte ihr, daß die Gräfin noch zu Bett liege.

»Ach bitte, bemühen Sie sich nicht«, sagte Lizzy von oben herunter. »Würden Sie vielleicht Seine Lordschaft den jungen Grafen bitten, einmal herzuspringen?«

»Wie bitte, gnädige Frau?«

»Ich möchte ihn sprechen«, verbesserte sich Lizzy.

»Welchen Namen darf ich nennen?«

»Sagen Sie ihm nur, Lady Elizabeth sei am Telefon«, erklärte Lizzy und tat so müde und distinguiert, als ob sie selbst von allerhöchstem Adel sei.

Sie mußte aber noch lange warten, bis Lord Moron, der zu dieser Stunde noch fest schlief, vom Diener aufgeweckt werden konnte und das nötige Interesse an der Dame zeigte, um sich zum Telefon zu begeben.

»Hallo?« fragte er schwach. »Guten Morgen – tut mir sehr leid, daß ich Ihren Namen nicht verstanden habe.«

»Hier ist Miss Smith«, sagte Lizzy heiter. Sie hörte, wie Selwyn aufatmete.

»Ach so, Sie sind es! Hier war ein furchtbarer Trubel – das ist immer so zwischen sechs und sieben morgens. Dieser schreckliche Vagabund, der Chesney Praye – Sie erinnern sich doch an den Kerl – der Raubvogel – wie? (Lizzy konnte so früh am Morgen nicht darüber lachen.) Er ist mit der Gräfin in der Bibliothek.«

»Hören Sie, Selwyn«, sie mußte all ihren Mut zusammennehmen, um ihn so familiär anzusprechen, »können Sie mich besuchen? Sie wissen, wo ich wohne – Sie wollten ja sowieso zum Abendessen bei mir sein. Aber es wäre mir lieb, wenn Sie früher kämen. Ich muß über eine wichtige Angelegenheit mit Ihnen sprechen, ich kann es Ihnen am Telefon nicht sagen.«

»Ich werde jetzt gleich kommen. Ich wollte eigentlich zum South Kensington Museum gehen, um einige Modelle zu studieren, aber – schon gut, Oberst, ich danke Ihnen sehr für Ihren Anruf!«

Die letzten Worte hatte er in einem lauten und offiziellen Ton gesprochen. Lizzy, der diese unschuldigen, kleinen Täuschungen auch geläufig waren, vermutete, daß der Diener oder die Mutter in den Salon gekommen war.

Sie ging in gehobener Stimmung nach Hause. Es war ihr nicht nur gelungen, sich die Hilfe eines Mitgliedes der höchsten Aristokratie zu sichern, sondern sie hatte dieses Mitglied auch kühn beim Vornamen angeredet, und das war doch ein großer Erfolg. Sie erzählte Mr. Mackenzie mit gleichgültiger Miene, daß sie gleich den Besuch Lord Morons erwarte. Diesmal machte ihre Mitteilung auf ihn wirklich den gewünschten Eindruck.

»Ich sagte ihm, er möchte doch kommen – ich kenne ihn ja sehr gut.« Lizzy wischte dabei in einer vornehmen Haltung den Staub von ihrem Kleid.

»So, so«, sagte er und schaute sie bewundernd an. »Ich hätte niemals gedacht, daß einer der Morons mein Haus betreten würde. Sie sind eine sehr alte Familie, ich erinnere mich noch an den alten Earl – er kam sehr häufig ins Theater, allerdings meist nicht in der besten Verfassung.«

Lizzy Smith interessierte sich nicht für den alten Lord, sie kümmerte sich nur um den jungen, und das allerdings in hohem Maße. Als das Taxi Selwyns am Bürgersteig hielt, stand sie schon an der Tür, um ihn hereinzulassen.

»Was für eine nette, alte Küche«, sagte er, als er sich in dem Raum umschaute, auf den nicht einmal Lizzy stolz war.

»Ich hätte Eure Lordschaft nicht hierher gebeten –«

»Ach, bitte, fangen Sie nun nicht mit ›Eurer Lordschaft‹ und dergleichen an – für meine Freunde heiße ich Selwyn«, bat er. »Da hängt ja eine wundervolle Bratpfanne – haben Sie die selbst angefertigt?«

Lizzy verneinte. Er schien seine eigenen Ansichten über Kochgeräte zu haben und hatte selbst schon eine elektrische Heizplatte erfunden. Er trug sich mit dem Plan, einen neuen elektrischen Kochherd zu konstruieren.

»Ich habe schon immer beabsichtigt, von der ganzen verrückten

Lordschaft und dem ganzen verrückten Kram wegzulaufen und praktisch zu arbeiten. Ich habe nämlich auch etwas eigenes Geld, von dem die Gräfin nichts weiß. Es ist so gut und sicher angelegt, daß weder sie noch der alte Raubvogel ihre Krallen danach ausstrecken können!«

Er war in bester Stimmung und unterhielt sich ausgezeichnet mit Lizzy, die nur so viel von Elektrizität wußte, daß eine Lampe brennt, wenn man den Schalter andreht. Sie hätte ihm stundenlang zuhören können, als er ihr von seinen Plänen erzählte. Selbst ein Ingenieur hätte sich dafür interessieren können, so tief war er in die Materie eingedrungen. Aber dann erinnerte sie ihn daran, daß sie den Brief mit ihm besprechen wollte.

Als sie ihm das Schreiben gab, las er es durch. Bei jeder Zeile hielt er an und bat um Erklärung, aber schließlich verstand er den Sinn. Sie hatte schon vorher beobachtet, daß Selwyn bei wirklich wichtigen Dingen ganz vernünftige Meinungen äußerte. Daß er nicht schwachsinnig war, erfuhr sie später, als er ihr erzählte, wie er die verräterische Absicht seiner Mutter durchkreuzt hatte, die ihn für verrückt erklären lassen wollte, um sein ganzes Vermögen in die Hand zu bekommen. Da er ihre Hinterlist durchschaute, konsultierte er drei hervorragende Spezialisten in der Harley Street und brachte von ihnen drei glänzende Zeugnisse über seine Zurechnungsfähigkeit bei.

»Ich kenne die Zusammenhänge nicht alle«, sagte er, als er den Brief zurückgab. Er begegnete ihrem bekümmerten Blick. »Ja, ich verstehe den Brief schon ganz gut, aber ich meine all diese Unfälle, daß der alte Braime in der Bibliothek wie tot umfiel und dergleichen. Die Gräfin ist meine Mutter, und ich sollte sie eigentlich nicht erzürnen. Aber sie ist ein fürchterlicher Teufel, Miss Smith, ein ganz entsetzlicher Teufel!«

Er strich über die lange, schmale, rote Narbe auf seiner Wange.

»Sie können niemals wissen, was sie im Schilde führt. Seit dieser Schuft, dieser Praye, und der betrunkene Doktor im Hause verkehren, ist sie schlimmer als jemals. Wissen Sie, was sie mir einmal zurief? Sie sagte, daß ich morgen tot sei, wenn das ihrer Meinung nach besser für sie wäre – das sind ihre eigenen Worte! Denken Sie, morgen tot, meine liebe Lizzy – ist das nicht schrecklich?«

»Was für eine Frau!« sagte Lizzy.

»Aber haben Sie niemals etwas davon gehört – ich meine Gallows Farm?«

Er schüttelte den Kopf.

»Sie redet niemals in meiner Gegenwart, aber sicher hat sich etwas ereignet, das ist gewiß. Dieser Chesney war schon seit heute morgen um acht Uhr bei der Gräfin. Man sagte Ihnen, daß sie noch zu Bett liege – das war gar nicht wahr, sie war in der Bibliothek. Das Telefon scheint die ganze Nacht geläutet zu haben. Was halten Sie eigentlich von diesem Detektiv, der das junge Mädchen ins Gefängnis gesteckt hat? Das ist doch ein starkes Stück, nicht?«

»Er tat es aus einem sehr guten Grund«, sagte Lizzy geheimnisvoll. »Ich kann Ihnen nicht alles sagen, Selwyn. Eines Tages werden Sie die ganze Wahrheit erfahren.«

»Es scheint, daß mir niemand etwas sagen darf«, bemerkte er mißmutig. »Aber was hat der Brief zu bedeuten? Jemand hat sie in dem Gehöft mit dem schrecklichen Namen eingesperrt.« Er schlug sich vor die Stirn. »Tappatt, der Kerl, der den Wein immer so hinuntergießt – Sie kennen ihn doch, den fürchterlichen Doktor? Ich wette, daß er bei der ganzen Sache eine schurkische Rolle spielt. In den letzten Tagen ist er nicht hier gewesen – vorher hat er häufig hier herumspioniert.« Er schlug sich aufs Knie. »Gestern abend kam doch tatsächlich ein Fernruf vom Lande! Ich war in der Halle, als das Telefon klingelte, und ich bin sicher, daß es dieser Tappatt war. Er wollte die Gräfin sprechen. Gallows Farm! Das ist doch der Ort, wo er lebt.«

Plötzlich sprang er auf, und Lizzy sah die Erregung in seinen Augen.

»Sie ist dort, ich will jede Summe wetten – Gallows Farm in Somerset!« Dann fuhr er sich mit der Hand über die Stirn. »Ich habe doch irgendein Schriftstück, eine Kaufurkunde unterschrieben, darauf möchte ich schwören. Es gehört zu den Ländereien, die die Gräfin vor zwei oder drei Jahren gekauft hat. Auch möglich, daß es einer ihrer Anwälte für sie tat. Sie kauft immer alte Besitzungen auf und veräußert sie wieder mit Gewinn. Und ich weiß auch, daß dieser alte Doktor irgendwo eine Anstalt hat – denn die Gräfin hat mir schon öfters gesagt, sie würde mich dorthin schicken, wenn ich mich nicht in acht nehme. Dieser Kerl mit der roten Nase hat sicher Miss Reddle bei sich eingesperrt.«

»Selwyn, Sie sind ja wie ein Detektiv!« rief Lizzy atemlos vor Bewunderung.

Er drehte an seinem dünnen Schnurrbart und war beglückt.

»In manchen Dingen bin ich sehr klug«, sagte er. »Wie wäre es, wenn wir sie befreiten?« fragte er impulsiv.

»Was wollen Sie?« Lizzys Herz schlug schneller.

»Ich meine, wenn wir sie befreiten?« nickte er. »Wir könnten doch nach Somerset fahren, den alten Doktor besuchen und ihm sagen: Sehen Sie, alter Kerl, solche Dinge können in der zivilisierten Gesellschaft nicht geduldet werden, lassen Sie die Hand von Miss Reddle, oder es geht Ihnen schlecht.«

Lizzys Begeisterung war schnell verschwunden.

»Ich glaube nicht, daß das großen Eindruck auf ihn machen würde«, meinte sie. »Auch wäre es unnötig, Selwyn, denn wenn Michael Dorn dort ist, wird sie heute nachmittag noch befreit.«

Selwyn war etwas verletzt.

»Außerdem – was würde denn die Gräfin sagen, wenn wir den ganzen Tag wegblieben?« fuhr Lizzy fort.

»Auf die gebe ich gerade noch so viel.« Er schnippte mit den Fingern. »Ich habe genug von ihr, wirklich genug! Ich habe mir überlegt, daß ich jetzt mit Chester Square Schluß machen werde. Ich habe mich schon umgesehen, da ist eine ganz nette kleine Wohnung in Knightsbridge. Es ist an der Zeit, daß ich mich selbständig mache. Ich habe die Absicht, demnächst inkognito zu leben, und ich werde mich dann Mr. Smith nennen.«

»Tatsächlich?« fragte Lizzy kühl.

»Das ist doch ein ganz hübscher Name – Brown ist allerdings ebensogut.« Und er erzählte ihr noch mehr von seinen Plänen.

»Wie wär's, wollen wir nicht zusammen Mittag essen?«

Eine Stunde später betrat Lizzy den großen Speisesaal des Ritz-Carlton, und Lady Moron, die auch mit einem Herrn an einem der Tische saß, schaute sie durch ihre Lorgnette an und zuckte nur die Achseln.

»Selwyn macht seine Seitensprünge im Leben ziemlich spät«, sagte sie, und Chesney Praye, der an diesem Morgen von Paris zurückgekommen war, lächelte.

Kapitel 30

Obgleich Lois Reddle schon viele recht unangenehme Tage in ihrem Leben durchgemacht hatte, konnte sie sich doch auf keine Zeit besinnen, die so schrecklich gewesen wäre wie die letzten zwanzig Stunden nach ihrem Fortgang von Gallows Farm. Sie war von der Haushälterin mitten in der Nacht aufgeweckt worden. Die Frau hatte ihr gesagt, daß sie sich anziehen und herunterkommen solle. Die erste Aufforderung war leicht zu erfüllen, denn sie hatte sich angekleidet aufs Bett gelegt. Als sie in den Gang hinunterkam, fand sie den Doktor, der auf sie wartete. Er trug seinen dicksten Mantel, hatte einen starken Stock in der Hand und prüfte eine Taschenlampe, als sie zu ihm trat.

»Wo bringen Sie mich denn jetzt hin?« fragte sie, als er sie quer über den Hof führte, während die Hunde an ihren Ketten fürchterlich bellten.

»Das werden Sie noch rechtzeitig erfahren«, war die unbefriedigende Antwort. »Ich wünsche nicht, daß Sie sprechen oder Fragen stellen. Bis Sie dieses Haus verlassen haben, müssen Sie ruhig sein – verstehen Sie mich?«

Sie stiegen den sanften Abhang des Hügels hinan und gingen auf der anderen Seite wieder in ein Tal hinab. Obgleich der Mond nicht schien, war es doch genügend hell, daß sie den Weg über den Sturzacker finden konnte und seinen Arm ablehnte, den er ihr bot. Sie machten einen weiten Umweg, um einer sumpfigen Stelle aus dem Wege zu gehen. Einmal mußte er ihr doch helfen, als sie über eine Weißdornhecke kletterten. Dann lag eine dunkle Baumreihe vor ihnen, die noch zu der Farm gehörte. Er sagte ihr, daß das ganze Gut zwölfhundert Morgen groß sei. Nur ein kleiner Teil war in Pacht gegeben, und keines der Felder war bestellt.

»Es ist nur magerer Boden wie all dieses Land in den Niederungen – da drüben ist Gallows Wood.« Er zeigte auf ein Gehölz. »Die Farm hat ihren Namen von dem Wald – vor langen Jahren stand ein Galgen auf der Spitze des Hügels. Fürchten Sie sich nicht?«

Er lachte, als sie verneinte.

Nach einiger Zeit kamen sie auf einen schlechten Pfad, der sie mitten in das Gehölz führte. Jetzt benützte er zum erstenmal die

Taschenlampe, denn der Weg war überwachsen, und es war sehr schwierig, ihm zu folgen. Obwohl ihre Stimme fest und ihre Haltung zuversichtlich schien, war ihr doch bang zumute. Es war eine schlechte Vorbedeutung, daß sie das Gehöft verlassen mußte. Vermutlich brachte sie der Doktor zu einer anderen Stelle, weil er die Rückkehr Michael Dorns erwartete. Sie fürchtete nur das eine, daß Michael während ihrer Abwesenheit das Haus durchsuchen und sich damit zufrieden geben könnte, daß sie nicht dort war. Nachdem sie zehn Minuten weitergegangen waren, hielt er an, und sie glaubte, er hätte den Weg verloren. Aber dann sah sie bei dem Licht seiner Lampe ein kleines Steinhäuschen, das seitwärts von dem Pfad stand und ganz von Bäumen und Sträuchern verborgen war. Das war also ihr neues Gefängnis!

»Halten Sie die Lampe!« befahl er ihr, und sie gehorchte, während er von seinem Bund einen Schlüssel nach dem anderen probierte, um aufzuschließen. Nach einiger Zeit sprang die Tür auf, und er ging hinein, schaute sich aber um, ob sie ihm folgte. Auf dem Fußboden lag dick der Staub, und ein alter Stuhl mit abgebrochener Lehne war das einzige Mobiliar des Raumes, in den er sie brachte. An einer Wand hing ein alter Abreißkalender. Anscheinend war das Haus seit dieser Zeit nicht mehr bewohnt worden.

»Sie bleiben hier und verhalten sich vollständig ruhig. In einigen Stunden wird es hell. Wenn Sie etwas brauchen, dann fragen Sie Mrs. Rooks – sie wird gleich hier sein.«

Er ging hinaus, schloß aber die Tür nicht zu. Später entdeckte Lois, daß das Schloß nicht in Ordnung war. Sie wartete eine halbe Stunde, dann hörte sie Schritte und Stimmen in dem Vorraum. Irgend etwas fiel polternd zu Boden. Einen Augenblick erschrak sie furchtbar, aber wahrscheinlich hatte Mrs. Rooks, die bleiche Wirtschafterin, nur eine schwere Last abgeworfen. Sie hörte, wie die Frau darüber schimpfte. Sie hatte wohl alle möglichen Dinge mitgebracht, die für diesen Umzug notwendig waren. Es schien ziemlich viel Vorrat zu sein. Tappatt hatte sie darauf vorbereitet, daß ihr Aufenthalt hier länger dauern sollte.

»Es hätte mir beinahe das Kreuz eingedrückt«, knurrte Mrs. Rooks. »Warum konnte sie es denn nicht tragen, Doktor?«

Lois schlich sich näher an die Tür und horchte. Sie hoffte zu hören, daß sie nur hier versteckt wurde, weil Tappatt die Rückkehr

Dorns erwartete.

»Holen Sie einen Stuhl aus dem anderen Zimmer«, hörte sie ihn brummen. »Warum machen Sie denn all diesen Lärm? Es ist für Sie doch nicht schlimmer als für mich. Es ist doch nicht das erstemal, daß Sie eine Nacht wachen müssen!«

»Ich sehe bloß nicht ein, warum Sie soviel Umstände machen«, brummte die Frau. »Er wird nicht wiederkommen, und wenn er wirklich kommt – wie wollen Sie ihn denn daran hindern, auch hierher zu gehen?«

»Er wird bestimmt zurückkommen – darüber gibt es gar keinen Zweifel. Ich kenne diesen Mann. Aber Sie brauchen sich keine Sorge zu machen, daß er sie finden wird. Er kann doch nicht jedes Gehölz in der Umgegend absuchen.«

Ein paar Minuten später schlug er die Haustür zu, als er fortging, und Lois hörte die Frau noch mit sich selbst reden. Sie saß dicht neben der Tür und konnte jedes Geräusch und jede Bewegung in dem leeren Raum verfolgen. Vielleicht hätte man auch das Fenster öffnen können, aber es war unmöglich, das zu tun, ohne daß es die Frau gehört hätte.

Kurz nach Tagesanbruch nahm Mrs. Rooks das Mädchen mit in die Küche. Sie kamen an dem Raum vorbei, in dem die zweite Gefangene untergebracht sein mußte. Lois sah, daß ein Schlüssel in der Tür steckte, und wenn die Lage in dem Zimmer ebenso war, so konnte die unbekannte Frau unmöglich entfliehen. Wer mochte sie sein? Irgendeine arme Person, die von ihren Freunden oder ihrer Familie der Pflege Dr. Tappatts übergeben worden war? Sie empfand schmerzliches Mitleid mit ihr.

Während des langen, unangenehmen Tages, der nun folgte, sah sie außer der Haushälterin kein einziges menschliches Wesen. Der Wald gehörte zu einem Privatgrundstück, und der zugewachsene Weg sagte ihr, daß nicht einmal die Leute, die dort wohnten, ihn häufig gingen. Vom Fenster aus konnte sie nur die Stämme von Buchen und das grüne Laubdach der Bäume sehen. Die fürchterliche Einsamkeit bedrückte selbst Mrs. Rooks, die sonst so unzugänglich war. Sie war wahrscheinlich nicht an ein einsames Leben gewöhnt. Am Nachmittag kam sie in das Zimmer, und Lois benützte die Gelegenheit, sie näher zu betrachten. Sie mochte ungefähr fünfzig Jahre zählen, schaute rauh und böse drein und schien mit der Welt und den Menschen zerfallen zu sein.

»Es ist so verteufelt ruhig hier, daß man den Verstand verlieren könnte«, klagte sie.

Lois war neugierig, ob sie die Frau zum Sprechen bringen und in eine Unterhaltung verwickeln könnte.

»Sind Sie schon lange in England?« fragte Lois.

Mrs. Rooks mußte erst ihren natürlichen Widerwillen überwinden, bevor sie antwortete.

»Erst zwei Jahre – vorher waren wir in Indien. Aber ich weiß gar nicht, was das mit Ihnen zu tun hat.«

»Ich hörte, wie Sie die Hunde mit indischen Namen riefen. Mali heißt doch Geld, nicht wahr?«

»Stellen Sie keine Fragen«, sagte die Frau. »Verhalten Sie sich nur ruhig, Sie werden nicht schlecht behandelt. Aber wenn Sie sich närrisch aufführen, dann wird man Ihnen –« Sie nickte bedeutungsvoll. »Natürlich heißt Mali Geld.« Dann sagte sie noch einige hindostanische Worte.

Lois schüttelte lächelnd den Kopf. Sie vermutete, daß die Frau sie fragte, ob sie Hindostani spräche oder verstände.

»Warum werde ich hier gefangengehalten? Können Sie das nicht sagen?«

»Weil Sie nicht richtig im Kopf sind.«

Diese Antwort hätte Lois wütend gemacht, wenn ihr die Vermutung nicht schon selbst gekommen wäre, daß man dies als Vorwand benützte, um sie gefangenzuhalten.

»Sie haben Dinge gehört und gesehen, die nicht existieren, und solche Leute sind immer verrückt.«

Lois lachte. »Sie wissen ganz genau, daß ich nicht verrückt bin.«

»Keiner von diesen Menschen weiß, daß er verrückt ist«, sagte Mrs. Rooks zur größten Beruhigung von Lois. »Das ist doch eines der Symptome. Sobald jemand glaubt, daß er vernünftig ist, ist er verrückt! Der Doktor weiß das, er ist der klügste Mann in der Welt!«

Sie schaute durch die offene Tür. Lois hörte von dort dauernd Schritte, als ob jemand auf und ab ginge.

»Wer ist in dem anderen Zimmer?« fragte sie, aber sie erwartete keine befriedigende Antwort.

»Eine Frau – die ist auch verrückt.«

»Habe ich sie nicht neulich abends gesehen?« fragte das Mädchen und bemühte sich, so gleichgültig wie möglich zu sein. »Haben Sie nicht mit ihr im Hof – gesprochen?«

Die Frau musterte sie von oben bis unten.

»Sie haben gesehen, wie ich sie mit der Peitsche beruhigte – manchmal wird sie nämlich ein wenig frech, aber daran bin ich schon gewöhnt. Die meisten sind so. Bei Ihnen kommt das auch noch.«

Lois schauderte vor dieser furchtbaren Prophezeiung.

»Da ist doch nichts dabei – ein paar Schläge – Mondsüchtige sind eben keine Menschen mehr, sie sind wie Tiere, sagt der Doktor. Und man muß sie eben auch wie Tiere behandeln. Das ist die einzige Methode, die sie verstehen.«

Lois versuchte ihren Schrecken und ihren Abscheu zu verbergen, aber es gelang ihr nicht ganz.

»Ich hoffe, Sie werden mich nicht wie ein Tier behandeln«, sagte sie.

Mrs. Rooks rümpfte die Nase.

»Wenn Sie sich ordentlich betragen, werden Sie auch gut behandelt. Alle verrückten Leute haben eine gute Zeit bei uns, wenn sie nicht frech und aufsässig sind. So hält es der Doktor immer.«

Es war Lois klar, daß diese brutale Frau ohne zu fragen jede Diagnose annahm, die der Doktor stellte. Für Mrs. Rooks war sie eben verrückt, genau wie die andere unglückliche Frau. Und wenn sie widerspenstig wurde, sollte sie in derselben Weise behandelt werden.

»Warum haben Sie sie denn eine Zuchthäuslerin genannt?«

Wieder traf sie ein argwöhnischer Blick.

»Ich habe eine Menge Schimpfnamen für sie«, sagte Mrs. Rooks kühl. »Wenn Sie nicht spioniert hätten, wüßten Sie nichts davon. Aber Schimpfnamen verletzen niemanden, sie sind immer noch viel besser als die Peitsche. Kennen Sie den Mann, der gestern abend kam?«

»Mr. Dorn?«

»Ja – wer ist das?«

»Ein Polizeibeamter.«

Lois hatte nicht erwartet, daß diese Worte solchen Eindruck auf die Frau machen würden. Das Gesicht der Haushälterin wurde plötzlich blaß.

»Ein Detektiv?«

Lois nickte, aber Mrs. Rooks' Gesicht hellte sich wieder auf.

»Das ist ein Teil Ihrer verrückten Ideen«, sagte sie ruhig. »Er ist ein Mann, dem der Doktor Geld schuldet, ich weiß es, weil er es mir selbst erzählt hat. Der Doktor ist in Geldnot, aber deswegen hat er noch lange keine Unannehmlichkeiten mit der Polizei. Man hat viele Lügen über ihn in Indien verbreitet, aber er ist ein guter Mensch, der beste Mann, den es auf der Welt gibt.«

Plötzlich kam Lois ein Gedanke.

»An welchem Irrwahn leide ich denn?« fragte sie.

Mrs. Rooks sah das Mädchen mit einem schlauen Blick an.

»Ich bin erstaunt, daß Sie das fragen. Sie haben wirklich die verrückte Idee, zu glauben, daß Sie jemand anders sind als in Wirklichkeit!«

Lois runzelte die Stirn.

»Wollen Sie damit sagen, daß ich unter dem Eindruck stehe, eine hohe Persönlichkeit zu sein?

Mrs. Rooks nickte.

»Ja – Sie denken, daß Sie die Gräfin von Moron sind!«

Kapitel 31

Lois wollte ihren Ohren nicht trauen.

»Ich bilde mir ein, daß ich die Gräfin von Moron bin?« fragte sie verwirrt. »Das ist doch ganz unmöglich – ich bilde mir wirklich nichts Derartiges ein!«

»Doch, das tun Sie – der Doktor sagt, Sie glauben, daß Sie die Gräfin sind. Sie versuchten, Lady Moron umzubringen, weil Sie ihren Titel haben wollten!«

Diese Unterstellung war so absurd, daß Lois lachen mußte.

»Aber das ist doch vollkommener Unsinn! Ein solcher Gedanke ist mir niemals gekommen! Lady Moron! Ich bin doch eine Stenotypistin. Wer hat Ihnen denn das gesagt?«

»Der Doktor – er sagt immer die Wahrheit. Nur die Leute belügt er, denen er Geld schuldig ist. Und das ist doch sehr natürlich!«

Die alte Frau erhob sich und ging aus dem Zimmer. Sie blieb eine halbe Stunde fort und versorgte anscheinend in dieser Zeit die andere Gefangene, denn als sie zurückkam, brummte sie etwas von unzufriedenem Volk.

»Sie hat alles, was sie braucht – zu essen und zu trinken –, und doch ist sie unzufrieden, das zeigt, daß sie verrückt ist. Ich habe noch nie eine verrückte Frau gesehen, die zufrieden war.«

Lois dachte, daß sich diese Schwäche nicht nur auf verrückte Leute beschränkte.

»Wann gehen wir wieder von hier fort?«

»Ich weiß es nicht – wahrscheinlich heute abend. Der Doktor wird dann herkommen und mich ablösen, damit ich schlafen kann. Ich bin nahezu tot.«

Mrs. Rooks war nicht geneigt, die Unterhaltung fortzusetzen, und mit jeder Stunde wurde sie schweigsamer und gereizter. Als die Dunkelheit hereinbrach, hielt sie sich außerhalb des Hauses auf. Lois hörte ihre Schritte vor dem Fenster. Sie saß auf ihrem Stuhl und war halb eingeschlafen, als sie plötzlich die Stimme des Doktors hörte und sofort wieder wach wurde.

»Nehmen Sie die andere – ich gehe mit dem Mädchen hinterher. Lassen Sie alle Ihre Sachen hier, es ist möglich, daß wir zurückkommen. Ich glaube zwar nicht, daß es nötig sein wird, aber immerhin müssen wir damit rechnen.«

Das Zimmer wurde dunkel, als er eintrat. Er drehte seine Taschenlampe an und ließ den Lichtschein über sie hingleiten.

»Sie hatten einen schlechten Tag, aber dafür müssen Sie Ihren Freund tadeln«, sagte er. »Heute abend werden Sie wieder in Ihrem Bett schlafen, und Sie werden es besser haben als er!«

Sie erwiderte nichts, denn sie konnte seine geheimnisvolle Anspielung auf Michael nicht verstehen.

»Ein schlauer Kerl, dieser Dorn – wie? Ein tüchtiger Detektiv! Hat viel Witz und Verstand.«

Aber sie gab ihm wieder keine Antwort.

»Er ist wirklich schlau«, sagte Tappatt.

Er war in so heiterer, ausgelassener Stimmung, daß sie annahm, Michael Dorn sei zurückgekommen und von ihm überlistet worden. Ihr Mut sank.

»Sehen Sie einmal her.« Er beleuchtete mit seiner Lampe eine automatische Pistole von schwerem Kaliber. Sie erschrak.

»Seien Sie nicht bange, ich werde Sie nicht töten. Wir bringen die Leute nicht um, wir heilen sie. Deswegen sind Sie doch auch hier, daß Sie geheilt werden.« Als er ihr auf die Schulter klopfte, schauderte sie vor ihm zurück.

»Ich wollte Ihnen das Ding nur zeigen, weil es Dorn gehörte – ich nahm es ihm weg, und das war so leicht, als wenn man einem Kind Geld wegnimmt. Ich zog es aus der Tasche, und er sagte nicht einmal etwas dazu – obwohl er so schlau ist.«

»Ist er denn tot?« fragte sie, und ihre Frage reizte ihn aufs neue.

»Nein, er ist nicht tot«, sagte er redselig. »Nichts so Dramatisches – ich bringe die Leute nicht um, das habe ich Ihnen doch schon gesagt. Ich heile sie. Aber der ist endgültig geheilt. Die Manie, überall herumzuschnüffeln, ist ihm vollständig genommen.«

Mrs. Rooks und ihre Gefangene hatten das Haus schon verlassen. Lois hörte, wie sie durch das Unterholz gingen, und sie sah einen Augenblick lang das Aufblitzen der Taschenlampe, mit der die alte Frau den Weg suchte.

»Wir lassen sie vorausgehen«, sagte der Doktor, »und dann folgen wir ihnen – die Rooks ist langsam, sie wird alt.«

»Wer ist denn die andere Frau?«

»Eine meiner Patientinnen«, erwidete er gleichgültig. Sie leidet unter einer ganz außergewöhnlichen Einbildung.«

»Warum haben Sie Mrs. Rooks erzählt, daß ich verrückt sei?«

»Weil das stimmt«, war die ruhige Antwort. »Ich habe Ihnen die Diagnose gestellt, daß Sie an Wahnvorstellungen leiden und Neigung zum Selbstmord haben. Und wenn ich eine Diagnose gestellt habe, ist sie noch nie bezweifelt worden. Und nun, wenn Sie fertig sind –«

»Warum sagen Sie denn, daß ich mir einbildete, ich sei die Gräfin von Moron?«

»Weil Sie das tun! Ich habe es in die Krankheitsgeschichte eingetragen, und Krankheitsrapporte sind beweiskräftig vor Gericht!« Und er schüttelte sich vor Lachen, als ob er einen guten Witz gemacht hätte.

Sie kehrten zu dem anderen Haus zurück, und selbst in ihrer Müdigkeit und Traurigkeit war ihr der Weg durch die Felder angenehm, denn ihre Beine waren von dem langen Sitzen ganz steif geworden, und alle Glieder schmerzten sie. Als sie den letzten Hügel emporstiegen, tauchte die lange graue Mauer von Gallows Farm vor ihnen auf. Das Tor stand offen, sie gingen hindurch. Halbwegs auf dem Hof faßte er ihren Arm, und sie blieb stehen. Sie hörte das Rasseln der angeketteten Hunde und war gespannt, ob er sie wieder vor den Gefahren warnen wollte, die ein Fluchtversuch mit sich brachte.

»Da unten ist ein netter kleiner Raum«, sagte er und zeigte auf die kleine Gefängniszelle. »Jemand hat gesagt, daß sie nicht luftig sei, obgleich sie nur ein ganz klein wenig unterhalb des Erdbodens liegt. Ich werde sie Ihnen eines Tages einmal zeigen – sie hat eine interessante Geschichte.«

»Wollen Sie mich da hineinsperren?« fragte sie. All ihr Mut verließ sie.

»Sie, meine Teure? Sie sind die letzte Person in der Welt, die ich dort unterbringen würde.« Wieder fühlte sie das Streicheln seiner verhaßten Hand. »Gehen Sie nur ruhig vorwärts – Ihr schönes Zimmer wartet auf Sie.« Er nahm die Lampe, die im Gang auf einem Stuhl stand, und leuchtete ihr die Treppe hinauf. Sie schaute auf den Raum gegenüber und sah, daß ein neues Schloß an der Tür angebracht worden war. Wahrscheinlich würde die andere Frau jetzt ihre Nachbarin werden. Tappatt folgte der Richtung ihres Blicks.

»Sie bekamen Gesellschaft«, sagte er. »Diese alte Anstalt füllt sich schnell. Alles, was man zur Gründung eines Heims für Geisteskranke braucht, ist vorhanden, und zufriedene Patienten sind die beste Reklame!«

»Wo ist Mr. Dorn?« fragte sie, als er den Raum verließ.

»Er ist nach London zurück. Ich habe ihm einen Floh ins Ohr gesetzt – der Kerl wird mich nicht so bald wieder belästigen.«

»Sprechen Sie wohl jemals die Wahrheit?«

Aus irgendeinem Grund wurde er wütend über diese Frage und änderte plötzlich sein Verhalten ihr gegenüber.

»Ich werde Ihnen an einem dieser Tage die Wahrheit sagen, mein junges Fräulein, und es wird Ihnen sehr unangenehm sein, sie zu hören!« fuhr er sie böse an.

Dann schlug er die Tür hinter sich zu und schloß ab.

Kapitel

32

An demselben Tag wollte auch Mr. Chesney Praye die Wahrheit ergründen. Für gewöhnlich konnte er sie nicht brauchen, aber wie er der Gräfin während des Essens erklärte, wollte er jetzt genau erfahren, woran er sei. Er wußte viel mehr, als sie vermutete, denn er war ein schlauer Mann, der einen ausgesprochenen Instinkt dafür hatte, verborgene Dinge herauszubringen. Er handelte jederzeit nur nach Zweckmäßigkeitsgründen und holte aus jeder Lage stets das Beste für sich heraus.

»Du willst mich heiraten, Leonora, sobald diese Angelegenheit geklärt ist. Aber bevor wir weitergehen, mußt du mir deine Karten aufdecken. Zunächst will ich wissen, was ich getan habe. Blinder Gehorsam ziemt einem Soldaten, aber ich bin kein Soldat. Ich habe mir die Hände mit dieser Sache schon böse beschmutzt, und ich kann fünf Jahre im Gefängnis sitzen, wenn Dorn mir jemals auf die Spur kommt. Es gibt so viele Dinge, die du mir noch nicht erzählt hast – und ich möchte jetzt vor allen Dingen Klarheit haben.«

Die Gräfin nahm die Zigarette aus dem Mund, blies eine Rauchwolke von sich und verfolgte sie mit den Augen, bis sie sich auflöste. Dann drückte sie die Zigarette langsam in dem Aschenbecher aus und erzählte ihm alles. Chesney Praye hörte ihr eine halbe Stunde lang zu, ohne sie zu unterbrechen. Und er beschloß, alles was er erfuhr, zu seinem eigenen Vorteil auszunützen.

Nur einmal machte sie eine Pause, als sie ihren Sohn mit Lizzy in dem Palmenhof sah.

»Sie ist hübscher, als ich dachte. Wenn sie auch nur das nette Aussehen einer Choristin hat – immerhin –«

»Das ist aber jetzt ganz gleichgültig«, sagte Chesney ungeduldig. »Was passierte dann?«

Die Gräfin sprach weiter und verheimlichte ihm nichts. Als sie geendet hatte, saß er mit heißem Kopf auf seinem Stuhl.

»Bei Gott«, sagte er atemlos, »du bist einfach eine wundervolle Frau – jetzt verstehe ich auch das ganze Geheimnis von Gallows Farm. Ich muß wirklich sagen, ich bin starr vor Staunen.«

»Ja – das ist das ganze Geheimnis von Gallows Farm«, sagte Lady Moron.

Chesney Praye verließ das Hotel allein. Die Gräfin wollte auf ihr Landgut gehen und lud ihn ein, sie zu begleiten. Aber er schützte rasch eine Verabredung vor, die er im Moment ersonnen hatte. Er war ein schneller Denker und verdankte es dieser Eigenschaft, daß er damals in Indien einer Verurteilung entgangen war.

Er schaute nach einer Uhr in der Straße. Es war höchste Zeit, daß er einen Teil seiner Absicht ausführte. Wenn sein Plan auch noch nicht in allen Einzelheiten festlag, als er in ein Auto stieg, so war er doch schon in allen Details durchdacht, als er den St. Pauls-Kirchhof erreichte.

Lord Moron und seine Begleiterin saßen in einem gewöhnlichen Autobus, als sein Wagen an ihnen vorbeifuhr.

»Mein Stiefvater«, brummte der Graf. »Sie können sich doch auch nicht denken, daß ein so schrecklicher Verbrecher eine Frau wie die Gräfin anziehen kann, Elizabeth?«

Aber Lizzy preßte die Lippen zusammen und sagte nur die nichtssagenden Worte: »Gleich und gleich gesellt sich gern«, die man auf die verschiedenste Weise deuten konnte. Als sie nach der Charlotte Street kamen, fanden Sie kein Telegramm vor.

»Es wird auch keins kommen«, sagte Lord Moron mit Genugtuung. »Ich will um jede Summe mit Ihnen wetten, daß dieser Doktor es beiseite geschafft hat. Passen Sie auf, Elizabeth! Ich habe Gelegenheit gehabt, ihn aus nächster Nähe kennenzulernen, und was Sie auch immer von mir sagen mögen, Charaktere kann ich gut beurteilen.«

»Ich glaube, daß Sie klug sind«, gab Lizzy zu.« Das habe ich immer behauptet. Was wird Ihre Mutter sagen, daß wir in einem so teuren Restaurant Mittag gegessen haben?«

Lord Moron antwortete, daß das sehr gleichgültig sei.

»Von heute an bin ich mein eigener Herr – man kann nicht früh genug damit anfangen. Die Gräfin macht sich nichts daraus, wenn sie sich in der Öffentlichkeit mit diesem völlig unmöglichen Chesney zeigt, diesem Raubvogel, wie ich ihn manchmal nenne!« Er wartete, daß sie ihm zustimmte, aber sie schaute ihn nur freundlich lächelnd an. »Und wenn sie dabei nichts findet, dann sehe ich auch nicht ein, was sie dagegen haben könnte, daß ich mit einer – ganz gleich, mit einem hübschen Mädchen zum Essen gehe«, fügte er etwas verwirrt hinzu. Und Elizabeth hob ihre Augen in der Art, wie sie es in den Filmen gesehen hatte.

Um acht Uhr wurden die Postämter geschlossen. Selwyn ging zu dem nächsten und fragte nach einem Telegramm, aber es war nichts angekommen. Es gelang ihnen auch nicht, in Verbindung mit Mr. Wills zu kommen. Auf dem Rückweg telefonierte er gemäß der Instruktion, die Lizzy von ihrem Chef erhalten hatte, die Blue-Light-Company an, und sie fuhren gerade die breite Great West Road entlang, als ein schneller Wagen sie überholte. Selwyn setzte sich unwillkürlich tiefer in den Sitz zurück.

»Wer war das?« fragte Lizzy.

Lord Moron hob seinen Finger an die Lippen, obgleich keine Möglichkeit vorhanden war, sie zu belauschen. Erst als das Auto in der Ferne zu einem kleinen Punkt zusammengeschrumpft war, drehte er sich zu ihr um.

»Chesney – Chesney Praye! Er fährt auch dorthin! Ich wußte doch, daß er daran beteiligt ist!«

»Hat er uns gesehen?«

»Nein, er saß am Steuer. Aber er grinste wie ein Affe – und das hat sicher etwas zu bedeuten!«

In Maidenhead sahen sie sein Auto vor einem Hotel stehen.

»Es ist hier«, sagte Selwyn aufgeregt. »Wir müssen uns sehr vorsehen, daß er uns nicht erkennt, sollte er noch einmal vorbeifahren.«

Er überlegte, ob sie sich hinter einer Zeitung verstecken sollten, falls Chesneys Wagen wieder vorbeifahren würde. Aber jegliche Sorge war überflüssig, denn es war bereits dunkel, als seine tiefe Hupe ertönte und er gleich darauf in höchster Geschwindigkeit vorübersauste.

Zehn Meilen von Gallows Farm entfernt mußten sie Erkundigungen einziehen. Es war schwer, die genaue Lage des Gehöftes festzustellen. Erst als sie Whitcomb Village erreichten, wußten sie, daß sie auf der richtigen Straße waren. Aber es gab noch andere Schwierigkeiten zu überwinden.

»Es hat keinen Zweck, daß wir direkt nach Gallows Farm fahren und dort einfach fragen: Wo ist sie?« erklärte der Lord vollkommen richtig. »Wenn irgend etwas Verdächtiges dabei ist – und ich bin sicher, daß jedes Ding faul ist, an dem sich Chesney beteiligt –, dann werden wir überhaupt keine Antwort bekommen. Auf der anderen Seite würden wir in eine unangenehme Lage kommen, wenn wir hineinplatzen, und es ist nichts –«

»Böses an der Sache«, vollendete Lizzy, um ihm zu helfen.

Zwei Meilen von Whitcomb entfernt hielten sie Kriegsrat und entschieden sich dafür, den Wagen zur Hauptstraße zurückzuschicken und zu Fuß weiterzugehen. Es war ein Vorschlag des jungen Grafen.

»Die Lage erfordert einen gewissen Takt, und wenn jemand taktvoller ist als ich, dann möchte ich ihn sehen.«

Sie wanderten mühsam auf der staubigen Straße vorwärts und schauten gespannt nach Chesneys Auto aus. Es war vollständig dunkel geworden, und sie hatten nur Streichhölzer bei sich, von denen Lord Moron von Zeit zu Zeit eines anzündete. Als sie das Gehöft endlich sahen, waren sie gänzlich erschöpft.

»Das ist kein hübscher Ort«, sagte Selwyn. Seine Unternehmungslust war ziemlich verflogen. »Ein schreckliches Loch! Ich wäre nicht im mindesten erstaunt, wenn hier irgendwo in der Nähe ein wirklicher Galgen stände. Ich glaube, es war ein Fehler, daß wir den Wagen fortgeschickt haben.«

»Jetzt ist es zu spät, über Fehler zu sprechen«, sagte Lizzy resolut und ging voraus. »Wir haben die Stelle gefunden – das ist doch immerhin schon etwas. Es sieht allerdings nicht gerade sehr einladend aus.«

Schließlich kamen sie an die häßliche Mauer und an das schwarze Tor.

»Sollen wir klingeln oder klopfen?« fragte Selwyn. »Da drinnen ist ein Wagen – hören Sie ihn?«

Lizzy stieß mit dem Fuß gegen die Tür, als plötzlich aus dem Haus der Schrei einer Frau kam. Er klang durchdringend und angstvoll, daß Selwyns Blut zu Eis erstarrte.

Gleich darauf flogen die Türflügel krachend nach außen auf, so daß die beiden zurückprallten. Das Vorderteil eines Autos wurde sichtbar.

»Eine Frau sitzt in dem Wagen«, schrie Lizzy, aber das Motorengeräusch übertönte ihre Stimme.

Kapitel 33

Mr. Chesney Praye war ein angenehmer Besuch. Er hatte sein Auto in dem Vorhof stehengelassen und saß nun vor dem kleinen Holzfeuer am Kamin. Er wärmte sich die erstarrten Hände, denn die Nacht war ungewöhnlich kalt gewesen, und er war in höchster Eile gegen den Wind und durch die Niederungen gefahren.

»Brr, so was nennt man in England Sommer! Ich würde gern wieder nach Indien zurückgehen.«

»Hast du das vor?«

»Möglich – alles hängt davon ab –«

»Du hast Glück, daß du mich antriffst«, sagte der Doktor und stellte sein Glas auf den Tisch.

»Warum?« fragte Chesney erstaunt. »Ich dachte, du würdest diesen friedlichen Wohnsitz nicht verlassen, auf keinen Fall jetzt.«

Der Doktor erzählte ihm kurz, warum er in der Nacht die beiden Frauen fortgebracht hatte. Chesney machte ein ernstes Gesicht.

»Ist es möglich, daß Dorn zurückkommt?«

Tappatts Lustigkeit beruhigte ihn aber wieder.

»Er ist schon zurück – er befindet sich augenblicklich auch hier!«

»Was zum Teufel, meinst du?« fragte er barsch.

»Setz dich nur wieder hin, du brauchst dich nicht zu fürchten. Er liegt hinter einer zwei Zoll dicken Tür, hat Handschellen an den Gelenken und Kopfschmerzen –, er wird sich kaum rühren können. Ich hätte das telefonisch durchgesagt, aber ich traue dem Amt nicht.« Und dann erzählte er ihm sein Erlebnis mit Dorn.

»Es war die Frage, wer weiter voraussehen konnte. Es war verteufelt schwer, sich mit einem solchen Mann zu messen, immer zu überlegen, was er unter den gegebenen Umständen tun würde, seine Pläne zu durchkreuzen und seine Gegenmaßnahmen zuschanden zu machen. Einer von uns beiden mußte gewinnen – er oder ich. Aber er hat eine der einfachsten Vorsichtsmaßregeln außer acht gelassen – der blutigste Laie hätte wissen müssen, daß ich ihm ein Betäubungsmittel in den Kaffee schütten würde, wenn er nur einen Augenblick seine Aufmerksamkeit ablenken ließ. Die Sache war ein Kinderspiel und ist gerade kein großes Verdienst – er hat es mir wirklich leichtgemacht.«

Chesney war trotzdem nicht sehr behaglich zumute.

»Hat er sich von seiner Betäubung wieder erholt?«

»O ja, ich hatte schon eine interessante Unterhaltung mit ihm durch die Tür. Es ist nämlich ein kleines Guckloch darin, durch das man leicht angenehme Scherze austauschen kann. Michael Dorn ist in diesem Augenblick ein kranker Mann.«

Chesney Praye ging im Zimmer auf und ab.

»Vielleicht ist es besser, daß ich Miss Reddle heute nacht mit fortnehme.«

»Die Gräfin wollte nicht –«, begann der Doktor.

»Du brauchst dich nicht um die Gräfin zu kümmern – sie hätte telefonische Anweisung gegeben, aber sie hatte auch Bedenken wegen des Amtes. Das Mädchen und Mrs. Pinder müssen fortgeschafft werden. Das Risiko, sie hier zu behalten, ist zu groß. Dorn hat auch noch Leute, die mit ihm zusammenarbeiten, und eines Morgens wirst du hier aufwachen und bist von der Polizei umstellt.«

»Wohin willst du denn gehen?«

»Ich werde außer Landes gehen und sie mitnehmen.«

»Und die alte Frau?«

»Es ist möglich, daß ich sie – später auch brauche«, sagte Chesney.

»Dann werde ich Miss Reddle herunterbringen«, sagte der Doktor und ging zur Tür. Aber Praye holte ihn zurück.

»Das hat gar keine Eile«, sagte er. Er wollte ihm anscheinend noch etwas mitteilen, das er bis jetzt verschwiegen hatte.

»Was hast du für Pläne für die Zukunft, Tappatt?«

»Ich? Ich muß schleunigst machen, daß ich fortkomme. Sie werden mich aus der Liste der Ärzte streichen – wenigstens hat Dorn mir das gesagt.«

»Was willst du denn mit ihm anfangen?«

Ein häßliches Grinsen zeigte sich auf dem Gesicht des Doktors.

»Ich weiß noch nicht. Er wird mir nachgerade sehr lästig – ich habe das gleich von Anfang an gesehen. Ich könnte ihn einfach hier lassen. Das werde ich wahrscheinlich auch tun. Niemand wird herkommen, vielleicht monatelang nicht, vielleicht sogar in einem Jahr noch nicht –«

Chesney Prayes Gesicht wurde aschfahl.

»Du willst ihn hier verhungern lassen?«

»Warum nicht?« fragte der andere kühl. »Wer wird es denn herausbringen? Ich werde am besten nach Australien gehen. Meine Haushälterin nehme ich mit – sie wird denken, ich habe Dorn freigelassen. Auf keinen Fall stellt sie überflüssige Fragen. Das Anwesen ist Lady Morons Eigentum. Wer soll denn hierherkommen, wenn ich fortgehe? Es ist möglich, daß es jahrelang leersteht.«

Chesney fühlte ein Würgen in der Kehle, und seine Hand zitterte.

»Ich weiß nicht – es ist doch zu schrecklich, einen Menschen einfach verhungern zu lassen –«

»Aber was habe ich denn davon, wenn er mir auf den Fersen ist?« fragte der Doktor und stocherte mit dem Eisen im Feuer, das beinahe ausgegangen war. »Dann müßte ich meine Mahlzeiten im Gefängnis zu regelmäßig einnehmen. Er hat mir ja gesagt, daß das Essen in Dartmoor ganz gut sein soll, und ich glaube das gern. Ich brauche dazu keine persönliche Erfahrung. Für einen Arzt gibt es ja immer noch einen Ausweg. Ich verdanke Dorn so verschiedenes. Er hat mich von Indien fortgejagt. Dein besonderer Freund ist er doch auch nicht gerade, Chesney?«

»Nein, aber –«

»Aber was? Du hast soviel Mut wie ein altes Huhn! Denke daran, was uns passiert, wenn die Geschichte herauskommt!« Er zeigte auf die Decke. »Das würde die meiste Zeit deines Lebens kosten und mehr Jahre, als ich noch zu leben habe. Nein, ich kenne das Risiko sehr gut und habe mir ganz genau überlegt, was das in Zukunft mit sich bringen kann. – Du wolltest doch das Mädchen hier unten haben – vermutlich willst du sie allein sprechen?«

Chesney nickte. Tappatt verließ das Zimmer und blieb lange Zeit fort. Als sich die Tür endlich wieder öffnete, kam Lois Reddle in den Raum. Als sie Praye sah, blieb sie stehen.

»Sie sind hier?« fragte sie verwundert.

»Guten Abend, Miss Reddle. Wollen Sie nicht Platz nehmen?«

Chesney war die Höflichkeit selbst, und sein Benehmen war tadellos.

»Ich fürchte, Sie haben sehr schlechte Erfahrungen gemacht. Ich habe erst heute nachmittag davon erfahren und kam sofort hierher, um alles zu tun, was in meinen Kräften steht, um Ihnen zu helfen.

Der Doktor erzählte mir eben, daß Sie amtlicherseits für verrückt erklärt worden sind.«

»Das ist eine Lüge«, sagte sie erregt. »Ich kenne die Gesetze sehr wenig, aber ich bin doch zu lange in Mr. Shaddles' Büro gewesen, um nicht zu wissen, daß eine Person nicht auf die Untersuchung eines einzigen Arztes hin für verrückt erklärt wird. Wollen Sie mich von hier fortbringen?«

Er nickte.

»Und die andere unglückliche Frau?«

»Die kann auch fortgehen«, sagte er langsam. »Unter gewissen Bedingungen.«

Sie sah ihm fest ins Gesicht.

»Ich verstehe Sie nicht ganz, Mr. Praye.«

Er lud sie wieder ein, Platz zu nehmen, aber sie rührte sich nicht.

»Hören Sie mich bitte an, Miss Reddle. Ich nehme Ihretwegen ein großes Wagnis auf mich. Ich brauche es Ihnen nicht im einzelnen auseinanderzusetzen, aber wenn ich heute abend keinen Erfolg habe, dann ist meine Zukunft und wahrscheinlich« – er zögerte zu sagen: meine Freiheit – »meine Zukunft ernstlich gefährdet. Ich habe diese Fahrt ohne das Wissen einer bestimmten Persönlichkeit unternommen, deren Namen ich im Augenblick nicht nennen will. Ich täusche das Vertrauen, das sie in mich setzt. Sie wird es mir nicht verzeihen.«

»Sprechen Sie von der Gräfin Moron?« fragte sie ruhig.

»Es hat keinen Zweck, wie die Katze um den heißen Brei zu gehen – ja, ich meine die Gräfin Moron.«

»Bin ich auf ihre Anordnung hier?«

Er nickte.

»Aber warum? Was habe ich ihr getan, daß sie auch nur den Wunsch haben könnte, mir irgend etwas zuleide zu tun?«

»Das werden Sie in einigen Tagen erfahren«, sagte er ungeduldig. »Das gehört jetzt nicht hierher. Ich kann Sie und ihre Mutter retten.«

Sie prallte zurück.

»Meine Mutter?« fragte sie atemlos. »Diese Frau« – sie zeigte mit zitternden Fingern auf die Tür – »ist meine Mutter?«

Er nickte.

»Hier – o mein Gott, was hat das alles zu bedeuten?«

»Sie ist aus demselben Grunde hier wie Sie«, war seine kühle Antwort. »Miss Reddle, Sie sind eine intelligente junge Dame – ich hoffe, Sie sind vernünftig und sehen ein, welche Opfer ich für Sie bringe. Nehmen Sie die Bedingungen an, die ich stellen muß, wenn ich Ihre Mutter befreie?«

»Was sind Ihre Bedingungen?« fragte sie langsam.

»Die erste ist, daß Sie mich heiraten«, sagte Chesney Praye.

Kapitel 34

Sie sah ihn entsetzt an.

»Daß ich Sie heirate?«

»Daß Sie mich morgen heiraten! Ich habe schon alle Vorbereitungen getroffen und mir einen besonderen Erlaubnisschein erwirkt, damit ich morgen früh heiraten kann. Ich hatte große Schwierigkeiten deshalb, aber hier ist er.« Er zeigte auf seine Brusttasche. »Bevor ich London verließ, telegrafierte ich dem Pfarrer von Leitworth – das Dorf liegt ungefähr dreißig Meilen von hier entfernt – und bat ihn, die Zeremonie morgen früh um zehn Uhr zu vollziehen.«

Sein Gesicht war bleich geworden, offenbar kämpfte er mit einer starken Erregung. Dann sprach er leise weiter.

»Ich will Sie zu einer reichen Frau machen, Miss Reddle. Sie und Ihre Mutter sollen im Überfluß leben. Ich werde Ihnen eine Stellung in der Welt geben, von der Sie sich niemals haben träumen lassen. Ich will noch mehr tun –« Er trat näher zu ihr, und bevor sie wußte, was er beabsichtigte, ergriff er sie an den Schultern. »Ich werde den Namen Ihrer Mutter reinwaschen – ich kann ihr die Jahre zurückgeben, die sie im Gefängnis verbringen mußte.«

»Nein«, sagte sie. »Es tut mir leid, das kann ich nicht. Es mag ja alles richtig sein, was Sie mir da sagen, aber ich kann Sie nicht heiraten, Mr. Praye. Und ich glaube Ihnen nicht. Meine Mutter ist im Gefängnis.«

»Ihre Mutter ist in diesem Haus.«

Er ging zur Tür, riß sie auf und rief Tappatt.

»Bring Mrs. Pinder hierher«, sagte er.

Lois stand in der äußersten Ecke des Zimmers, hatte die Hände gefaltet und wartete. Sie hoffte und wagte doch nicht zu hoffen. Dann hörte sie einen leichten Schritt auf der Treppe, die Tür öffnete sich wieder, und eine Frau trat herein.

Ein Blick auf ihr gelassenes Gesicht genügte Lois. Im nächsten Augenblick umarmten sie einander, und Lois weinte an der Brust ihrer Mutter.

Minutenlang herrschte Schweigen im Raum, und es waren nur die Kosenamen zu hören, die die Mutter ihrer Tochter gab. Dann löste sie sich von ihr, legte ihr die Hände auf die Schultern und sah in das tränenüberströmte Gesicht ihres Kindes.

»Meine kleine Lois«, sagte sie sanft. »Es scheint mir fast unmöglich!«

Lois versuchte zu sprechen.

»Bist du gekommen, um mich zu befreien – mich von hier fortzuholen?«

Chesney sah das Mädchen gespannt an. Sie nickte, und seine Hoffnung wuchs, als er sich jetzt Mrs. Pinder selbst vorstellte.

»Mein Name ist Chesney Praye«, sagte er ehrerbietig. »Ein Freund von Miss Reddle.«

»Reddle? Dann gab dir also Mrs. Reddle ihren Namen!« Sie schaute Chesney an. »Wann werden wir aufbrechen?« fragte sie.

»Sobald gewisse Bedingungen erfüllt sind. Würden Sie uns allein lassen, Mrs. Pinder?«

Die Frau schaute das Mädchen wieder an, schloß sie in ihre Arme und küßte sie zärtlich. Chesney riß sie in seiner Angst beinahe auseinander, drängte sie zur Tür und kam zu Lois zurück.

»Nun? Habe ich Ihnen die Wahrheit gesagt?«

Sie nickte.

»Wollen Sie meine Bedingungen erfüllen?«

»Sie heiraten?« Sie schüttelte den Kopf.

»Aber Sie haben Ihrer Mutter doch eben mitgeteilt, daß Sie es tun«, sagte er wütend. »Sie wissen doch, was es heißt, wenn Sie mein Anerbieten zurückstoßen?«

»Das kann ich nicht! Wie kann ich Sie heiraten, Mr. Praye? Sie sind mit der Gräfin von Moron verlobt.«

»Lassen Sie die Gräfin jetzt aus dem Spiel! Sie wissen, was ich für Sie zu tun bereit bin. Ich rette Ihr Leben, ich gebe ihnen Ihre

Mutter wieder –«

»Ich kann es nicht!« wiederholte sie hilflos. »Wie können Sie mich zu einer solchen Entscheidung treiben! Ich – ich kenne Sie doch gar nicht. Sie müssen mir Zeit lassen.«

»Ich kann Ihnen nur so viel Zeit lassen, wie Sie dazu brauchen, dieses Schriftstück zu unterzeichnen.«

Er zog einen Aktenbogen aus seiner Tasche und legte ihn auf den Tisch.

»Was ist das?« fragte sie.

»Ein Vertrag. Sie brauchen sich nicht die Mühe zu machen, ihn zu lesen – Sie haben nur zu unterzeichnen. Ich will den Doktor hereinrufen, daß er seine Unterschrift als Zeuge gibt.«

»Aber was bedeutet denn dieses Dokument?« fragte sie und versuchte es umzudrehen, so daß sie die erste Seite sehen konnte. Jedoch er hinderte sie daran.

Das Zusammentreffen mit ihrer Mutter hatte sie sehr erschüttert, aber nun kam allmählich ihre kühle Besinnung zurück, und ihre Haltung wurde eisig und ablehnend. Ein böser Argwohn schlich sich in ihr Herz, und sie glaubte nicht, daß er auch die Macht habe, seine Versprechungen zu erfüllen: Ihr Gefühl sagte ihr, daß das Wort dieses Mannes wertlos sei.

»Ich kann mich nicht entscheiden, bevor ich nicht Mr. Dorn gesehen habe.«

Sie wußte selbst nicht, warum sie den Namen des Detektivs in diesem Augenblick erwähnte. Sie wollte Zeit gewinnen und nahm den ersten Namen, der ihr ins Gedächtnis kam. Sie hätte sich ebensogut auf Mr. Shaddles berufen können.

»Dorn! Da liegt also der Hase im Pfeffer? Wie? Michael Dorn ist der Auserwählte? Nun, ganz gleich, Dorn oder nicht Dorn, Sie werden mich morgen früh um zehn Uhr heiraten – ich bin zu weit gegangen, um noch zurück zu können. Außerdem ist Dorn – tot.«

»Tot?« schrie sie entsetzt auf.

»Er kam heute morgen hierher, um nach Ihnen zu sehen, und –«

Die Tür öffnete sich langsam.

»Ich brauche dich jetzt nicht, Tappatt, mach die Tür zu!«

Aber sie öffnete sich allmählich immer weiter, und dann erschien langsam die schwarze Mündung einer Pistole, dann ein Arm und zuletzt das lächelnde Gesicht Michael Dorns.

»Hände hoch, Praye!« rief er. »Ich will Sie mitnehmen!«

Als sich die Tür öffnete und die Hand sich hereinstreckte, griff Chesney blitzschnell nach einem Ebenholzlineal, und als er in das ihm so verhaßte Gesicht Michael Dorns sah, schlug er mit einem Hieb die Petroleumlampe vom Tisch. Man hörte ein Splittern von Glas. Lois schrie wild auf.

Praye stürzte auf sie los. Sie hörte, wie die Tür zugeschlagen wurde und wie jemand stöhnte. In der nächsten Sekunde waren die beiden Männer handgemein. Sie wich weiter und weiter in die Ecke des Raumes zurück, je mehr die Tische und Stühle in den Kampf hineingezogen wurden. Chesney brüllte und rief laut nach dem Doktor. »Doktor – Hilfe! Faß dieses Schwein!«

Plötzlich wurde die Tür aufgerissen, und Lois hörte forteilende Schritte. Chesney schien sich entfernt zu haben.

»Bleiben Sie stehen, wo Sie sind!« Das Zimmer roch nach Petroleum. »Stecken Sie kein Streichholz an«, rief Michael, aber kaum hatte er die Worte ausgesprochen, als schon eine helle Flamme aus dem Kamin herausfuhr. Das aus der Petroleumlampe ausgelaufene Öl war mit der rotglühenden Asche in Berührung gekommen, und im nächsten Augenblick stand der ganze Fußboden in Flammen.

Lois war starr vor Schrecken, aber bevor sie sich rühren konnte, hatte Dorn sie gepackt und trug sie auf den Gang.

»Gehen Sie schnell nach hinten – die Hunde tun Ihnen nichts«, sagte er. Dann eilte er die Treppe hinauf und drang in das Gefängnis von Mrs Pinder ein.

Aber der Raum war leer, und es war weder etwas von Tappatt noch von der Frau zu entdecken. Er eilte wieder hinunter in die Halle und lief zur Haustür. Als er ins Freie trat, sah er, wie Chesneys großer Wagen eben in voller Fahrt gegen das geschlossene Tor anrannte. Krachend sprang es auf, und die Schlußlichter des Wagens verschwanden.

Der vordere Raum brannte jetzt lichterloh. Er durchsuchte das Zimmer der Haushälterin, aber es war auch leer. Es hatte keinen Zweck, noch weiter nachzuforschen. Dr. Tappatt war fort und mit ihm auch die unglückliche Mutter von Lois. Er ging wieder zu dem Mädchen, und sie erzählte ihm, was sich ereignet hatte, bevor er in das Zimmer kam.

»Das war also Chesneys Absicht«, sagte Dorn bitter. »Tappatt hat sicher an der Tür gehorcht und dachte, daß man ihn im Stich lassen wollte – da entschied er sich dafür, zu fliehen. Als Praye Ihre Mutter aus dem Zimmer schickte, muß sie der Doktor in den Wagen gebracht haben, und als er den Kampf hörte, machte er sich zur Abfahrt fertig.«

»Wo wird er sie hinbringen? Was wird geschehen?« fragte sie angsterfüllt. Sie hängte sich wie ein erschrockenes Kind an ihn.

Als er die bebende Gestalt in seinen Atmen hielt, dachte er nicht mehr an die Welt und ihre traurigen Schrecken und lebte für einen Augenblick in einem Himmel von Glück.

»Liebes Kind!« Seine Hände zitterten, als er ihre Wange streichelte. »Ihre Mutter ist nicht in Gefahr – sie wagen es nicht, etwas gegen sie zu unternehmen.«

»Es war zuviel für mich«, sagte sie schluchzend, während sie ihr Gesicht an seine Brust legte. »Michael, ich fürchte mich so sehr – was wird mit meiner Mutter geschehen?«

»Nichts – niemand wird ihr etwas tun.«

Das Feuer hatte sich ausgebreitet, und Flammen schlugen aus dem Dach.

»Es wird wie Zunder brennen – es tut mir leid.«

»Es tut Ihnen leid?« fragte sie überrascht.

»Ich bin traurig, daß Eigentum zerstört wird – ich werde den Buickwagen aus dem Schuppen holen, bevor das Feuer auch dorthin kommt.«

Sie gingen quer über den Hof. Er führte sie an seinem Arm.

Als sie niederschaute, sah sie einen der Hunde ausgestreckt auf dem Boden liegen.

»Ich mußte sie erschießen«, sagte er. »Ich benützte einen Schalldämpfer, weil es der Doktor sonst gehört hätte.«

»Man sagte mir, daß Sie tot seien –«

»Ich werde Ihnen später alles erklären«, antwortete er kurz und widmete seine ganze Aufmerksamkeit dem Aufbrechen des Schlosses. Gleich darauf holte er den Wagen heraus und prüfte den Inhalt des Benzintanks.

»Es ist noch genug Brennstoff vorhanden, um damit zum nächsten Dorf zu kommen«, sagte er. »Der Reservetank ist auch noch gefüllt.«

Er fuhr den Wagen vor das Haus und warf noch einen Blick auf die wütenden Flammen, als schon der erste Polizist auf einem Motorrad aus der Richtung von Whitcomb ankam.

»Es ist außer mir niemand verletzt«, beantwortete Michael seine Frage. »Und bei mir handelt es sich darum, ob ich einen Antrag auf Verfolgung stelle. Haben Sie nicht ein Auto auf Ihrem Weg hierher gesehen?«

»Ja – es fuhren zwei Wagen an mir vorbei. Zuerst ein großes Auto mit drei oder vier Leuten und gleich darauf ein kleiner Wagen.«

»Welche Richtung nahmen sie?«

»Sie fuhren die Newbury Street entlang.«

»Dann werden wir das gleiche tun«, sagte Michael.

Und auf der Rückfahrt nach London erzählte er Lois sein Abenteuer.

»Ich war mir darüber klar, daß er Sie über Nacht aus dem Haus bringen würde, aber ich wußte auch, daß es nicht weit sein konnte. Leider war es mir unmöglich, alle Seiten des Hauses zu bewachen, und außerdem konnte ich zu Fuß nicht zeitig genug zurückkommen, um ihn zu ertappen. Wie ich erwartet hatte, war das Haus leer, als ich es durchsuchte. Ich überlegte mir nun einen verhältnismäßig einfachen Plan. Als er mir den Kellerraum zeigte, legte ich eine Pistole und einen kleinen Beutel mit allerhand Werkzeugen in das Bett, denn ich vermutete schon, daß er mich dort einsperren wollte, wenn es ihm gelingen würde, mich zu fangen. Offen gestanden glaube ich nicht, daß er schon daran dachte, mich zu betäuben, bis ich es ihm selbst suggerierte. Und dann tat er es in der gröbsten Weise. Er gab vor, draußen jemand zu hören, um meine Aufmerksamkeit abzulenken, und ich ließ mich natürlich auch ablenken. Als er dann das Betäubungsmittel in den Kaffee geschüttet hatte, führte ich ihn hinters Licht. Ich fand einen Vorwand, auf den Hof hinauszugehen, und goß den Kaffee dort aus. Als ich zurückkam, blieb ich in der Tür stehen und tat so, als ob ich den Kaffee austränke. Er ließ sich auch tatsächlich täuschen. Ich stand, und er saß, und so konnte er nicht sehen, ob meine Tasse gefüllt war oder nicht. Er war so befriedigt, daß er genauso handelte, wie ich es vorausgesehen hatte. Er lockte mich in den Kellerraum, und ich ließ mich hineinführen. Ich ahnte, daß er Sie in dem Augenblick zurückbringen würde, in dem er mich hinter Schloß und Riegel wußte. Ich versteckte meine Pistole und meine Werkzeuge, und als er später zu mir kam, fand er mich bewußtlos. Er machte sich nicht die Mühe, den Raum noch einmal zu untersuchen, und wenn er es noch einmal getan hätte, würde er sehr wahrscheinlich sehr erschrocken gewesen sein, wenn er von der hilflosen Gestalt auf dem Bett einen unvorhergesehenen Schlag erhalten hätte!«

»Aber wie sind Sie denn herausgekommen?«

»Das war leicht – fast jeder Schlüssel hätte das altmodische Schloß geöffnet, und ich hatte einen ganzen Bund Dietriche bei mir. Ich wartete den ganzen Tag, weil ich sicher war, daß er Sie nicht vor Einbruch der Nacht zurückbringen würde. Die Handschellen waren das Schwierigste, denn ich hatte keinen Schlüssel, um sie aufzuschließen. Zwei Stunden mußte ich schwer arbeiten, und einer meiner Daumen ist fast ausgerenkt.«

Sie hielten bei der Tankstelle und ließen ihre Benzinbehälter auffüllen. Lois blieb im Wagen sitzen und hörte, wie Michael von der kleinen Station aus telefonierte. Dann setzten sie ihren Weg nach London fort.

»Ich weiß jemand, der heute abend sehr glücklich sein wird«, sagte Michael, als der Wagen durch die Bayswater Road fuhr. »Ich bin neugierig, wie sie den Tag verbracht hat.«

»Wen meinen Sie denn?« fragte Lois.

»Miss Elizabeth Smith.«

»Mr. Dorn, glauben Sie wirklich, daß keine Gefahr für meine Mutter besteht?« Sie mußte immer wieder daran denken.

Der Wagen hielt vor dem Haus in der Charlotte Street, und Mr. Mackenzie meldete sich auf das Klopfen an der Haustür.

»Ist Miss Smith bei Ihnen?« fragte der alte Mann, nachdem er Lois bewillkommnet hatte.

»Lizzy?« fragte Lois überrascht. »Sie ist nicht bei uns – ich habe sie nicht gesehen. Warum fragen Sie?«

»Sie ist mit Seiner Lordschaft nach Gallows Farm gefahren.«

»Meinen Sie Lord Moron?« fragte Michael überrascht.

»Sie fuhren um acht Uhr zusammen in einem Taxi fort.«

Michael und Lois standen in Mackenzies Zimmer, als er ihnen diese Informationen gab, und sie sahen sich erstaunt an. Das war eine unvorgesehene Entwicklung.

»Ich habe keinen Wagen gesehen, weder ein Taxi noch sonst etwas«, sagte Michael. »Graf Moron!« Er pfiff leise vor sich hin.

»Vielleicht haben sie sich verirrt«, meinte Lois, und er war nicht abgeneigt, sich ihrer Vermutung anzuschließen.

»Wenn Sie nichts dagegen haben, Miss Reddle, möchte ich hier warten, bis sie zurückkommen«, sagte er. »Sie haben doch nicht die Absicht, die Gräfin Moron anzurufen?« fragte er dann.

Lois schauderte. »Nein, nein – diese schreckliche Frau!«

»So wissen Sie – oder vermuten Sie –«

»Ich weiß nichts – mir ist alles noch ein Rätsel. Es ist so widerspruchsvoll und irreführend, daß ich verrückt werden könnte. Aber ich bin so dankbar, daß ich nun hier bin.« Sie lächelte und streckte ihm die Hand entgegen. »Ich wußte, daß Sie mir helfen würden. Und ebenso weiß ich, daß Sie es sein werden, der mir meine Mutter wiederbringt.«

Er nahm ihre Hand und hielt sie fest und suchte ihre Augen.

»Ich möchte Ihnen etwas gestehen«, sagte er leise. Sie waren allein in dem kleinen Zimmer, und das Herz des Mädchens schlug heftig. »Ich dürfte eigentlich nichts sagen, weil ich nicht das Recht dazu habe, aber ich fühle, daß ich keine Gelegenheit mehr haben werde, es Ihnen zu sagen, wenn ich es jetzt nicht tue.«

Sie sah ihm voll in die Augen.

»Ich liebe Sie«, sagte er schlicht. »Ich kann Sie nicht heiraten, kann Sie nicht bitten, mich zu heiraten – dies macht meinen Schmerz nur um so größer. Aber ich möchte Ihnen nur sagen, daß es das größte Glück für mich ist, etwas für Sie getan zu haben.«

»Ich werde Ihnen immer dankbar sein.«

Dann nahm sie ihre Hand aus der seinen und lächelte ihn an.

»Zwei Liebeserklärungen in einer Nacht sind mehr, als ein vernünftiges Mädchen erwarten kann«, sagte er halb scherzend.

»Eine Liebeserklärung«, entgegnete sie leise, »und ein Heiratsantrag – das ist ein großer Unterschied. Meinen Sie nicht?«

»Ich bin keine Autorität in diesen Dingen«, sagte er und schaute auf die tickende Uhr. Dabei kam ihm zu Bewußtsein, wie spät es war.

»Ich bin beunruhigt wegen der beiden. Wo mögen sie wohl geblieben sein? Fürchten Sie sich davor, hier allein zu schlafen?«

Sie schüttelte den Kopf.

»Aber ich mache mir Sorgen über Lizzy – und den armen Lord Moron! Ich möchte nur wissen, was seine Mutter dazu sagt, wenn sie das erfährt!«

»Wahrscheinlich weiß sie es«, sagte Michael.

In diesem Augenblick hörten sie Lizzys Stimme unten auf dem Gang und gleich darauf Schritte auf der Treppe.

Lois lief auf den Vorplatz hinaus und schaute hinunter.

»Michael!« rief sie erregt. Er war sofort an ihrer Seite. »Sehen Sie – dort –«, sagte sie mit heiserer Stimme. Michael Dorn schaute hinunter –

Kapitel 35

Als das Tor so heftig aufgestoßen wurde und das Auto auf die Straße hinausfuhr, zog Lizzy den jungen Grafen in den Schatten der Mauer zurück. Im nächsten Augenblick lief ein Mann durch das offene Tor und sprang auf den fahrenden Wagen. Das Auto verlangsamte seine Fahrt

»Er ist drin«, flüsterte Lizzy. »Schnell auf den Gepäckträger!«

Sie lief schon hinter dem Wagen her, griff in die vorstehenden Eisenschienen und sprang hinauf. Der Wagen begann eben wieder schneller zu fahren, als auch Selwyn vorwärtstaumelte. Er erfaßte mit einer Hand den Rand des Gepäckträgers, hielt sich fest, und seine Beine bewegten sich schneller, als sie sich je bewegt hatten. Lizzy beugte sich vor, packte ihn fest bei der Hand und zog ihn an ihre Seite. Sie war völlig erschöpft.

»Festhalten!« zischte sie ihm ins Ohr. Diese Vorsicht war auch in höchstem Maße geboten, denn der Wagen stieß und polterte von einer Seite zur anderen, als er auf der unebenen Straße dahinraste.

»Tausend Meilen die Stunde!« rief sie ihm in ihrer naiven Art ins Ohr.

Jetzt bogen sie in die Chaussee ein. Der Wagen lief nun ruhiger, aber immer schneller. Lizzy hielt sich fest, so gut sie konnte, und ergab sich widerstandslos in ihr Schicksal. Einmal schaute sich ein Motorradfahrer um, der ihnen begegnete. Sie konnte gerade noch etwas von seiner Uniform sehen – es war ein Polizist. Aber bis sie sich darüber klar wurde, war er längst außer Sicht.

Selwyn wollte ihr etwas ins Ohr flüstern. Er hatte sich wieder von dem Schrecken erholt und fühlte sich Lizzy gegenüber zu Dank verpflichtet.

»Was soll denn nun aber aus unserem Wagen werden? Wir haben ihn doch stundenweise gemietet«, sagte er heiser.

»Shaddles zahlt alles«, erwiderte sie vergnügt.

Etwas später hielt das Auto an, und die beiden blinden Passagiere machten sich bereit, abzuspringen. Lizzy lugte heimlich um die Rückwand des Wagens herum und stellte die Ursache des Aufenthaltes fest. Sie waren vor einem kleinen Häuschen angekommen. Jemand stieg aus dem Wagen und ging zur Tür. Sie wußte, daß es eine Tankstelle war, in der sich auch ein Telefon befand. Sie hörte eine murmelnde Stimme. Dann kam der Mann, der telefoniert hatte, wieder heraus.

»Alles in Ordnung«, sagte er, stieg wieder ein, und der Wagen setzte sich aufs neue in Bewegung.

Sie waren keine zwanzig Meilen weitergefahren, als das Auto zu ihrem Erstaunen seine Geschwindigkeit wieder verlangsamte. Sie fuhren durch ein altes Tor, das vor ihnen geöffnet wurde. Lizzy fühlte die Erregung Selwyns, als er sich zu ihr beugte.

»Altes Familiengut!« flüsterte er. »Landsitz und all so was. Hab's gleich erkannt, als ich die Tore sah.«

»Wessen Landsitz?« fragte sie vorsichtig.

»Meiner«, war die überraschende Antwort. »Der meiner Mutter natürlich«, fügte er dann hinzu. »Schreckliches Haus! Hab's niemals gemocht. Moron Court, Newbury – ein verrückter Ort.«

Sie kamen durch eine lange Ulmenallee, und der Wagen fuhr langsamer und langsamer. Selwyn klopfte Lizzy auf die Schulter und sprang ab.

Da sie einsah, daß er recht hatte, folgte sie seinem Beispiel, und sie verbargen sich gerade noch rechtzeitig im Schatten eines Baumes, denn der Wagen hielt gleich darauf an, und sie hörten die Stimme der Gräfin Moron. Selwyn überlief es kalt, als er sie hörte.

»Fahren Sie zum Westeingang – dort ist niemand. Was haben Sie denn in Somerset zu tun gehabt, Chesney?«

»Ich werde Ihnen später alles erklären«, sagte er kurz.

Der Wagen fuhr langsam weiter, und die beiden sahen aus ihrem Versteck, wie die Gräfin ihm langsam nachging.

Woher wußte sie, daß das Auto kam? Aber plötzlich erinnerte

sich Lizzy an das Telefonhäuschen, bei dem sie gehalten hatten.

»Ein merkwürdiger alter Stall«, flüsterte ihr Moron zu. »Sehen Sie dort die Erhebung im Dach? Das ist die Alarmglocke – vom Musikzimmer aus kann sie in Bewegung gesetzt werden, wenn etwas passiert.«

Sie warteten, bis die Gräfin Moron außer Sicht war, und folgten ihr vorsichtig. Vor dem Westeingang lag eine glasgedeckte Vorhalle. Die Tür wurde eben geschlossen, als sie ankamen, aber Moron lächelte Lizzy selbstzufrieden an und nahm etwas aus seiner Tasche. »Hausschlüssel«, flüsterte er ihr so laut zu, daß jeder in der Nähe es hätte hören müssen.

Er schloß vorsichtig auf und gab ihr ein Zeichen, ihm zu folgen. Ein langer Korridor, der mit dicken roten Teppichen belegt war, dehnte sich vor ihnen aus. Es brannte nur am Ende des Ganges ein Deckenlicht.

Sie schlichen sich mit größter Vorsicht den Gang entlang. Plötzlich stand Selwyn still und hob warnend den Finger. Er zeigte energisch auf eine Tür und winkte ihr, dahinterzutreten. Etwas weiter entfernt lag eine breite Marmortreppe. Er stieg mit Lizzy hinauf.

Sie sahen schreckenerregend aus. Von Kopf bis Fuß waren sie mit einer Schicht von weißgrauem Kalk bedeckt.

Am Ende der Treppe begann ein anderer Gang, der genauso wenig beleuchtet war wie der untere. »Hier ist die Galerie des Musikzimmers.« Er zeigte auf eine schmale Tür. »Machen Sie, bitte, keinen Lärm.«

Die Tür selbst lag im Schatten eines breiten Balkons. Unten im Saal brannten die Lichter, und sie hörten Stimmen, als sie eintraten. Sie hielten sich dicht an der Mauer und gingen vorwärts, bis es gefährlich wurde, weiter vorzutreten. Dann hätte Selwyn beinahe Veranlassung gegeben, daß sie entdeckt worden wären. Er wandte sich um.

»Sie ist nicht hier – ich meine Miss Reddle. Es ist eine ältere Frau mit weißem Haar.«

»Also Sie haben Ihre Tochter gesehen, Mrs. Pinder?« tönte es herauf.

»Ja, ich habe Lois gesehen.«

Lois! Lizzy hielt sich mit der Hand den Mund zu. Lois Reddles Mutter! Ihr Name war also Pinder.

»Ein sehr hübsches Mädchen!« sagte Lady Moron sanft.

»Ein liebes, süßes Mädchen! Ich bin sehr stolz, was mir auch immer geschehen sollte.«

»Was sollte Ihnen denn zustoßen?«

»Ich weiß es nicht – aber ich bin auf alles gefaßt.«

Lizzy schaute ihren Begleiter an, der in den großen Saal hinunterstarrte.

»Sie ist ein zu anmutiges Kind, als daß Sie es verlieren möchten, Mrs. Pinder, ich machen Ihnen ein Angebot. Gehen Sie mit Ihrer Tochter nach Südamerika – ich werde Ihnen eine jährliche Summe zahlen, viel mehr, als Sie zum Leben brauchen. Wenn sie hiermit einverstanden sind, werden Sie nie mehr belästigt werden.«

Mary Pinder lächelte und schüttelte den Kopf.

»Ihr Angebot kommt zu spät. Hätten Sie es mir gemacht, als ich noch im Gefängnis saß, und hätten Sie sich bemüht, mich von dieser grausamen Strafe zu befreien, so wäre ich vor Ihnen niedergekniet und hätte Ihnen gedankt und Sie gesegnet, aber jetzt weiß ich zuviel.«

»Was wissen Sie?« fragte Gräfin Moron.

Mrs. Pinder begann zu sprechen, und während sie erzählte, ergriff Lizzy die Hand des jungen Mannes, der neben ihr stand, und lehnte ihr Gesicht an seinen Arm. Er drehte sich einmal mit verklärtem Gesicht zu ihr um und lächelte sie an, als ob er aus ihrer Haltung alles schließen könnte, was ihr Herz bewegte. Niemand unterbrach Mrs. Pinder, bis sie geendet hatte.

»Sie wissen ein wenig zuviel, und das ist für meine Ruhe gefährlich«, sagte die Gräfin dann. »Auch die Sicherheit meiner Freunde wird durch Sie aufs Spiel gesetzt.«

»Das verstehe ich vollkommen«, sagte Mary Pinder ernst.

»Ich wiederhole mein Angebot. Ich rate Ihnen, es sich gut zu überlegen, bevor Sie die Chance, ein gesichertes Leben zu führen, zurückweisen.«

»Sehen Sie, Leonora –«, begann Chesney Praye.

»Schweigen Sie!« fuhr ihn die Gräfin an. »Ich habe diese Nacht einen Freund entdeckt, dem ich trauen kann – und das sind nicht Sie, Chesney. Tappatt hat mir alles erzählt, was sich zugetragen hat. Sie wollten mich hinter meinem Rücken betrügen und mir zuvorkommen. Heute abend werden Sie das tun, was ich Ihnen sage.

Nun, Mrs. Pinder, nehmen Sie mein Angebot an?« – »Nein.«

Gräfin Moron wandte sich an den Doktor mit dem roten Gesicht.

»Mrs. Pinder«, sagte er in jovialem Ton und mit freundlicher Miene, während er auf sie zuging, »warum wollen Sie denn nicht vernünftig sein? Tun Sie doch, was die Gräfin von Ihnen verlangt.«

»Ich will nicht –«

Er war ganz nahe an sie herangetreten. Plötzlich streckte er seine Hand aus und erwürgte den Schrei in ihrer Kehle. Sie wand sich verzweifelt und wie wahnsinnig, aber niemand hinderte diese grausamen Hände. Chesney Praye machte einen halben Schritt vorwärts, aber Gräfin Morons Arm hielt ihn zurück.

Doch plötzlich sprang ein wild aussehender, staubbedeckter Mann, den niemand kannte, vom Balkon herunter und packte den Doktor von hinten an den Schultern. Als Tappatt zurücktaumelte und sein Opfer losließ, eilte Selwyn zu dem langen roten Seil, das an der einen Seite der Wand hing, und zog daran. Von oben kam ein betäubender Klang. Und wieder zog er an der Schnur.

»Du verrückter Kerl! Bist du toll?« Seine Mutter kam auf ihn zu, aber er stieß sie weg. Dann hörte er auf zu läuten.

»Das ist die Alarmglocke«, rief Selwyn. »In einer Minute werden wir das ganze Haus und das halbe Dorf hier versammelt finden, und ich will nicht in Gegenwart der Leute sagen, was ich jetzt zu sagen habe. Du denkst, ich bin ein Narr, und vielleicht hast du recht – aber ich bin kein schlechter Mensch, und ich werde dich und deine gräßlichen Freunde vor den Richter bringen!«

»Fort mit ihm!« schrie die Gräfin, als man schon das Laufen auf dem Korridor hörte. »Ich werde sagen, daß es ein unglücklicher Zufall war.«

»Rührt ihn nicht an!« rief eine Stimme vom Balkon.

Eine Vogelscheuche, ähnlich Selwyn, lehnte sich über das Geländer.

»Sie können ihnen erzählen was Sie wollen, aber sie werden Ihnen nicht glauben, nachdem sie mich gehört haben!« rief Lizzy mit drohender Stimme.

Die Tür wurde in diesem Augenblick aufgestoßen, und ein mangelhaft bekleideter Mann stürzte herein. Er stand atemlos und staunend still und starrte auf das Bild. Gleich darauf füllte sich die

Türöffnung mit Männern und Frauen, die sich schnell und notdürftig bekleidet hatten.

»Ist ein Unglück geschehen, Mylady?«

»Es ist nichts passiert«, sagte sie scharf. »Warten Sie draußen!«

»Nein, gehen Sie nicht fort«, rief Selwyn mit erhobener Stimme.

Noch einmal gelang es der Gräfin, sich Ruhe zu verschaffen. Sie schaute zu dem Mädchen auf der Galerie empor.

»Reden Sie meinem Sohn das dumme Zeug aus. Das ist das Beste, was Sie tun können. Die Sache wird morgen in Ordnung gebracht.«

Immer mehr Leute kamen in den Saal.

Selwyn war zu Mrs. Pinder getreten, die auf einem Stuhl saß und am ganzen Körper zitterte. Er stützte sie und führte sie hinaus. Die Leute machten ihnen Platz. Im nächsten Augenblick war Lizzy Smith bei ihnen.

Die Gräfin von Moron ging in ihrem Ankleideraum auf und ab. Sie hatte die Hände auf den Rücken gelegt. Die ruhige, kühle Frau war nervös und erregt. Chesney Praye und Tappatt hatte sie im Musikzimmer zurückgelassen. Vor wenigen Minuten war der Wagen abgefahren, der Mary Pinder dem Glück und der Freiheit entgegenbrachte.

Die Gräfin fühlte einen heftigen Zorn gegen ihren eigenen Sohn, den sie seit seiner Geburt gehaßt hatte, am meisten aber gegen Chesney. Sie hatte keine Hoffnung mehr, daß sich das Glück noch einmal zu ihren Gunsten wenden könnte. Alles, wofür sie gekämpft hatte, alles, was sie gewonnen hatte, zerrann nun in nichts! Die Stunde der Vergeltung war gekommen.

Sie suchte den Fehler zu entdecken, den sie in ihrem Plan gemacht hatte. Irgendeine Kraft hatte gegen sie gearbeitet – Dorn war doch nur das Werkzeug. Welche unbekannte, heimliche Macht stand hinter ihm? Sie bewunderte ihn jetzt doch in seiner Art.

Langsam öffnete sie einen kleinen Geheimschrank in der Mauer, der durch ein silbernes Barometer verdeckt wurde, zog einen kleinen Kasten heraus und schüttete den Inhalt auf den Tisch. Es war ein gefaltetes Stück Briefpapier und ein Schlüssel. Dann holte sie aus dem hinteren Teil des Schrankes noch eine kleine automatische Pistole hervor, nahm sie aus dem Lederetui und überzeugte sich, daß sie geladen war.

Kapitel 36

Der alte Mackenzie ging in Lizzys Küche, um mehr Kaffee zu kochen. Da hörte er draußen ein Klopfen.

»Es ist jemand an der Tür, Fräulein«, rief er Lizzy zu, »seien Sie doch so gut und öffnen Sie für mich.«

Lizzy hatte sich inzwischen frischgemacht und sah wieder schmuck und niedlich aus. Sie eilte die Treppe hinunter, nahm immer zwei Stufen auf einmal und riß die Tür auf. Zuerst erkannte sie den Herrn nicht, der vor ihr stand; aber dann war sie vor Schreck fast sprachlos.

»Ich möchte Miss Reddle sprechen«, sagte Mr. Shaddles.

Lizzy trat verwirrt zur Seite und folgte dem Anwalt die Treppe hinauf. Die Tür zu Mackenzies Wohnung stand offen, und als sie in das Zimmer traten, wurde es plötzlich still. Mr. Shaddles schaute von einem zum anderen und lächelte.

Lois, die neben ihrer Mutter an dem Tisch saß, stand erstaunt auf.

»Mr. Shaddles –«

Er nickte. Auf einmal wurde ihr klar, daß er zu den Leuten gehören mußte, die der Unterstaatssekretär damals erwähnt hatte.

»Sie waren es also –«

»Ja, gnädiges Fräulein, ich war es. Wir sind seit Jahrhunderten die Advokaten der Morons, und so habe auch ich mich bemüht, die Interessen der Familie wahrzunehmen. Niemand kennt bis jetzt die Zusammenhänge – bis jetzt. Aber es ist keine lange Geschichte, die ich zu erzählen habe – gestatten Sie?« Er wandte sich an Mrs. Pinder. Sie nickte.

»Der verstorbene Graf von Moron heiratete zweimal«, begann Shaddles. »Aus erster Ehe stammte sein Sohn William. Selwyn, der heute abend hier weilt, ist der Sohn der zweiten Frau. William war ein hochbegabter, ehrenhafter junger Mann, der in einem Hochländerregiment diente. Er war etwas romantisch veranlagt, und als er Mary Pinder traf, war es natürlich –«

»Mary Pinder?« rief Lois. Aber Shaddles überhörte die Unterbrechung. »– daß er sich in sie verliebte. Mary Pinder war damals ein schönes Mädchen von siebzehn oder achtzehn Jahren. Er liebte es, Fußtouren zu machen, und kam auch durch Hereford, und zwar nicht unter seinem eigenen Namen Viscount Craman, sondern als Mr. Pinder. Dies war der Mädchenname seiner Mutter. Er traf Mary mehrere Male, ohne ihr zu sagen, wer er war, und heiratete sie mit besonderer Erlaubnis unter dem Namen Pinder. Er wollte ihr seinen Stand und seine Würde erst nach der Hochzeit enthüllen.

Sie hatten etwa einen Monat zusammengelebt, als er unerwartet nach Hause gerufen wurde, weil sein Vater schwer erkrankt war. Als er in Schottland ankam, fand er den Grafen sterbend. Er erlag einem schweren Scharlachfieber. Es war ein grausames Schicksal, daß William angesteckt wurde und zwei Tage nach seinem Vater starb. Er hinterließ eine Witwe, die nicht wußte, wer er in Wirklichkeit war und wo er sich aufhielt.

Auf dem Sterbebett erzählte er seiner Stiefmutter, der jetzigen Gräfin Moron, daß er sich verheiratet hatte, und bat sie, nach seiner Frau zu schicken. Sie tat es nicht, besonders als sie erfuhr, daß seine Frau nicht wußte, wer er war und wo er wohnte. Erst einige Zeit später ging die Gräfin nach Hereford, um die Witwe ausfindig zu machen. Mrs. Pinder lebte bei einer exzentrischen Frau, die etwas verrückt war. Sie hatte schon oft gedroht, Selbstmord zu verüben, und es traf sich, daß sie gerade an dem Morgen, an dem Lady Moron in Hereford ankam, Gift nahm. Die Gräfin ging in das Haus, um ihre Neugierde nach der Frau ihres Stiefsohnes zu befriedigen. Als sie in das Zimmer trat, fand sie die tote Frau. Auf dem Tisch lag ein Brief, der die Gründe des Selbstmordes erklärte.

Lady Moron war eine Frau von raschem Entschluß. Hier fand sie eine günstige Gelegenheit, einen möglichen Anspruch auf die Familiengüter der Morons für immer zu beseitigen. Auf dem Tisch lagen auch Juwelen und Geld verstreut. Sie nahm alles an sich und ging damit in das Zimmer der jungen Frau. Sie vermutete wenigstens, daß es ihr Zimmer war, da sie Williams Fotografie auf dem Kamin stehen sah. Es ist übrigens diesselbe Fotografie, die später in Lois' Zimmer geschmuggelt wurde, um festzustellen, ob sie ihren Vater kannte. Gräfin Moron legte die Juwelen und das Gift in einen kleinen Kasten, verschloß ihn und nahm nicht nur den Schlüssel, sondern auch den Brief mit sich, der Mrs. Pinders Unschuld und die Schuld der Gräfin Moron bewiesen hätte, wenn ihre Handlungsweise bekannt geworden wäre.

Wie Sie wissen, wurde Mary Pinder angeklagt, zum Tode verurteilt und dann zu einer zwanzigjährigen Haftstrafe begnadigt. Im Gefängnis kam ihre kleine Tochter zur Welt, und eine befreundete Nachbarin nahm sich des Kindes an. Aber aus irgendeinem Grund wurde in den Zeitungen verbreitet, daß das Kind der Hereford-Mörderin gestorben sei. Dieser Umstand beruhigte die Gräfin. Sie machte keine Anstrengungen mehr, die Wahrheit der Geschichte nachzuprüfen, bis sie eines Tages zufällig erfuhr, daß Lois Reddle das Kind der Mrs. Pinder sei. Wie sie zu dieser Kenntnis kam, habe ich nicht herausfinden können.

Vor vielen Jahren erhielt ich die überzeugende Mitteilung, daß William verheiratet gewesen war und auf dem Totenbett nach seiner Frau geschickt hatte. Ich sah ihn gleich nach seinem Tod und entdeckte einen goldenen Trauring an seinem kleinen Finger, der aber bei der Beerdigung bereits entfernt worden war. Ich war davon überzeugt, daß das Mädchen, die Erbin seines Titels, am Leben sein müsse, und suchte nach ihr. Schließlich fand ich heraus, daß sie in Leith tätig war, und brachte sie nach London in meine Kanzlei, so daß ich sie stets bewachen konnte. Für alle Fälle engagierte ich aber noch den tüchtigsten Detektiv zu ihrem Schutz.

Gelegentlich entdeckte ich, daß die Gräfin irgendeine dunkle Ahnung hatte, wer sie war, und ich muß bekennen, daß ich zögerte, meine Einwilligung zu geben, als sie das Mädchen in ihrem Haus als Sekretärin anstellen wollte. Ich beriet mich erst lange mit Mr. Dorn, bevor ich meine Zustimmung gab. Ich teilte meinen Verdacht den Gerichten mit, und es wurde ein besonders befähigter Polizeibeamter, Sergeant Braime, als Diener in den Haushalt der Gräfin geschmuggelt, um herauszufinden, ob sie töricht genug war, den Brief der Selbstmörderin aufzubewahren.«

Er machte eine Pause und sprach erst nach einiger Zeit weiter.

»Als mir Miss Smith Mr. Dorns Brief zeigte, wurde Mr. Wills von mir nach Gallows Farm gesandt. Er rief mich heute abend an, daß er den Wagen verfolgt habe, in dem Mrs. Pinder von Gallows Farm entführt wurde, und daß Mrs. Pinder, Mr. Chesney Praye und Dr. Tappatt in Morons Estate angekommen seien. Daraufhin benachrichtigte ich Scotland Yard. Bevor ich hierherkam, erfuhr ich noch, daß Praye und Tappatt verhaftet wurden, als sie vor dem Portal von Morons Estate in ein Auto steigen wollten, um damit zu fliehen.

Die Gräfin Moron hat man nicht mehr verhaften können. Sie erschoß sich in dem Augenblick, als die Polizeibeamten in ihr Zimmer drangen. Auf dem Tisch fanden sie den Brief der Selbstmörderin von Hereford und einen Schlüssel –«

»Ich bin in einer unglücklichen Lage, meine liebe Lizzy«, sagte Selwyn traurig. »Ich bin kein Lord, aber ich vermute, daß ich noch eine Art von Moron bin. Sie könnten mich auch einen unnützen Moron nennen.«

»Seien Sie nicht albern, Selwyn. Natürlich ist es ein großer Unterschied«, sagte Lizzy. »Aber wenn Sie mich gefragt hätten, als Sie noch ein wirklicher Lord waren und ich eine Stenotypistin – ich bin jetzt auch noch eine –, so hätte ich doch nicht zugeben können, daß Sie Ihre Karriere ruinierten. Aber wie die Dinge jetzt liegen –«

Sie gingen zusammen auf einem ruhigen Seitenweg durch den Park.

»Wir wollen hier gehen«, schlug Lizzy vor. »Hier führt ein schöner Weg durch die Rhododendronsträucher, und es kommt niemand vorbei. Ich weiß auch eine idyllische, versteckte Bank. Um diese Zeit des Morgens ist kein Mensch dort. Wir können uns hinsetzen und plaudern –«

»Das ist das Sonderbarste an dem Fall«, sagte Michael, der an demselben Morgen auch einen Spaziergang mit einer jungen Dame im Park machte.

»Glauben Sie«, meinte Lois, Gräfin von Moron. »Ich kenne viele Dinge, die merkwürdiger sind. Heute morgen erhielt ich zum Beispiel eine Rechnung von Mr. Shaddles über ein Pfund und sechs Schilling für die Reparatur seines alten Fordwagens.«

»Hat er Ihnen denn keine andere Rechnung geschickt?« fragte Michael erstaunt. »Was für ein Mann! Die ganze Sache hat mindestens zehntausend Pfund gekostet; den größten Teil davon hat er an mich bezahlt.«

»Finden Sie, daß Ihre Dienste richtig belohnt wurden?«

»Ich fühle mich belohnt genug, wenn Sie, Comtesse, mir freundlichst danken.«

»Habe ich Ihnen noch nicht gedankt?« fragte sie mit schelmischer Verwunderung. »Und bitte, sagen Sie doch nicht Comtesse zu mir – das vertrage ich nicht. Ich werde meinen Dank – nein, jetzt noch nicht.«

Sie schwiegen, bis sie an das Ende eines schmalen Weges gekommen waren.

»Wir wollen hier entlanggehen«, sagte Lois dann. »Ich erinnere mich an eine schöne Partie in diesem Teil des Parks. Es steht eine lauschige Bank dort, und um diese Zeit des Morgens ...«

EDGAR
WALLACE

DIE TOTEN AUGEN VON LONDON

Roman

Aus dem Englischen
von Gregor Müller

I

Larry Holt saß vor dem Café de la Paix und beobachtete den Menschenstrom auf dem Boulevard des Italiens. Ein Frühlingsgeruch hing in der Luft, die Bäume bekamen kleine, grüne Knospen, weiße Wölkchen bauschten sich am blauen Himmel, und die Zeitungskioske glänzten in der grellen Sonne in allen Farben. Überfüllte Autobusse rumpelten vorbei, kleine Taxis drängelten und flitzten davon, Fußgänger sprangen zurück.

An der Ecke stand ein Polizist, eine Hand auf dem Rücken, und schaute untätig vor sich hin. Auf dem Trottoir schlenderten junge Mädchen, Männer, Soldaten, Händler blieben vor den Kaffeehaustischchen stehen, Araber boten Decken und Tücher an, abgerissen aussehende Männer handelten mit Postkarten und brachten bei der geringsten Ermunterung Fotografien zum Vorschein, die eigentlich nicht für die Öffentlichkeit bestimmt waren.

Larry Holt liebte dieses Treiben, Hasten, Gedränge. Seit vier Jahren arbeitete er in Frankreich und Deutschland, jetzt war er von Berlin hierhergekommen. Er verspürte ein richtiges Feriengefühl, das sogar ein vielbeschäftigter Detektiv manchmal empfinden kann.

Die dienstliche Stellung Larry Holts war den meisten Beamten von Scotland Yard etwas schleierhaft. Dem Rang nach Inspektor, übte er mehr die Funktionen eines Kommissars aus. Man nahm darum allgemein an, daß er für den ersten freiwerdenden Posten eines assistierenden Kommissars vorgemerkt war. Im Augenblick aber interessierten alle Fragen nach Rang und Beförderung Larry Holt nicht.

Er bezahlte seinen Kaffee und stand auf. Die Hände in den Taschen, eine lange, schwarze Zigarettenspitze zwischen den Zähnen, schlenderte er behaglich um die Ecke zu seinem Hotel.

Er ging an beflissenen Pagen vorbei durch die überfüllte Halle zum Fahrstuhl, als er durch die Glastür, die zum Gästesalon führte, einen eleganten Herrn bemerkte, der bequem in einem Klubsessel saß und bedächtig seine Zigarre rauchte.

Larry grinste und zögerte einen Augenblick. Diesen Mann mit den scharfen Gesichtszügen, der so elegant angezogen war, an dessen Fingern und Krawatte Brillanten blitzten, kannte er doch. In einer Anwandlung mutwilliger Bosheit stieß er die Glastür auf.

»Seh' ich richtig – mein alter Freund Fred?«

Flimmer-Fred, internationaler Hochstapler und Falschspieler, schoß auf, erschrocken starrte er auf Larry.

»Hallo, Mr Holt!« stammelte er. »Sie sind wirklich der letzte, den hier zu treffen ich erwartet . . .«

»Oder besser – den zu treffen Sie gewünscht hätten, nicht wahr?« unterbrach Larry »Was für ein Glanz! Donnerwetter, Fred, Sie sind ja herausgeputzt wie ein Weihnachtsbaum!«

Flimmer-Fred feixte unbehaglich, gab sich aber große Mühe, vollkommene Gleichgültigkeit zu zeigen.

»Das alte Leben ist jetzt abgetan für mich, Mr. Holt«, erklärte er.

»Fred, Fred!« Bewundernd betrachtete Larry Freds Äußeres, die große Brillantnadel in seiner Krawatte, die goldene Kette auf der Weste, die Wildlederschuhe, das tadellos gebürstete Haar. »Was für eine neue Sache haben Sie jetzt vor? Ich nehme natürlich nicht an, daß Sie es mir erzählen, aber ich zweifle nicht, daß es ziemlich aussichtsreich ist.«

»Ich bin jetzt in einem Geschäft.« Der Mann fuhr sich mit der Zunge über die trockenen Lippen.

»In wessen Geschäft denn?« fragte Larry interessiert. »Und wie sind Sie da hineingekommen? Mit dem Brecheisen – oder mit einer Dynamitpatrone? Das wäre ja ein ganz neuer Beruf für Sie, Fred! Bis jetzt haben Sie sich doch darauf beschränkt, Unerfahrenen das Geld abzuknöpfen und –«, er machte eine bedeutungsvolle Pause, »die Taschen von gerade Gestorbenen zu plündern.«

Freds Gesicht rötete sich.

»Sie glauben doch nicht, daß ich irgend etwas mit dem Mord in Montpellier zu tun hatte?«

»Ich nehme nicht an, daß Sie den bedauernswerten jungen Mann erschossen haben«, räumte Larry ein, »aber Sie sind beobachtet worden, wie Sie sich über den Toten beugten und seine Taschen durchsuchten.«

»Ich wollte doch bloß sehen, wer er war«, protestierte Fred.

»Sie sind gleichfalls gesehen worden, wie Sie sich mit dem Täter unterhielten. Eine alte Dame, eine gewisse Madame Prideaux, sah von ihrem Schlafzimmerfenster aus, daß Sie den Mann erst festhielten und dann laufenließen. Ich nehme an, er hat Sie geschmiert.«

Fred antwortete nicht gleich. Es verstimmte ihn, wenn sogenannte feine Herren sich so gewöhnlicher Ausdrücke bedienten.

»Das ist nun schon zwei Jahre her, Mr. Holt«, entgegnete er, »und ich begreife nicht, warum Sie diesen alten Kohl wieder aufwärmen. Der Untersuchungsrichter hat mich doch in jeder Beziehung freigesprochen.«

Larry lachte und klopfte ihm auf die Schulter.

»Schon gut, ich bin jetzt auch gar nicht im Dienst, Fred! Ich gehe auf eine Erholungs- und Vergnügungsreise.«

»Sie fahren also nicht nach London?«

»Nein.« Larry kam es so vor, als ob Flimmer-Fred erleichtert aufatmete. »Fahren Sie vielleicht nach London? Schade, daß ich Ihnen nicht Gesellschaft leisten kann, aber ich reise in entgegengesetzter Richtung. Auf Wiedersehen.«

»Viel Vergnügen!« rief ihm Fred nach.

Larry ging auf sein Zimmer, wo er seinen Diener beim Reinigen und Ordnen der Garderobe antraf. Patrick Sunny, den er nun schon seit zwei Jahren als Diener ertrug, war ein ernsthafter junger Mann mit Glotzaugen und rundem Gesicht. Beim Eintritt Holts entwickelte er eine energische Tätigkeit. Er pfiff dabei durch die Zähne. Früher war er Kavallerist gewesen.

Larry trat zum Fenster und blickte auf die belebte Place de l'Opéra hinab.

»Sunny, Sie brauchen meine Anzüge nicht weiter zu beschädigen – packen Sie sie ein!«

»Ja, Sir.«

»Ich reise mit dem Nachtzug nach Monte Carlo.«

»Ja, Sir.« Genau das gleiche hätte Sunny gesagt, wenn ihm die Sahara oder der Nordpol in Aussicht gestellt worden wären.

»Nach Monte Carlo, Sunny!« wiederholte Larry vergnügt. Auf sechs freie, vergnügte und kostspielige Wochen – los, pakken Sie sofort!«

Er nahm den Telefonhörer auf.

»Besorgen Sie mir einen Schlafwagenplatz und ein Billet erster Klasse für heute nacht nach Monte Carlo – nein, nicht Calais, nach Monte Carlo. Ich habe nicht die geringste Lust, nach Calais zu fahren. Danke!«

Er legte auf und betrachtete seinen Diener.

»Hören Sie, Sunny ... Was wollte ich Ihnen überhaupt sagen? Wissen Sie, Ihren Namen kann ich nicht ausstehen. Von wem haben Sie ihn eigentlich?«

»Von meinen Eltern natürlich «

»Tatsächlich? Jedenfalls ist es ausgeschlossen, daß jemand weniger sonnig aussieht als Sie! Macht auch nichts, wir fahren jetzt nach dem Süden, an die Côte d'Azur – essen Sie gern Orangen, Sunny?«

»Ich mache mir gar nichts aus Früchten, ich ziehe Walnüsse vor, Sir «

Larry kicherte und setzte sich auf den Bettrand; er holte eine frühe Abendausgabe aus der Tasche und überflog die Spalten. Verschiedene Überschriften erinnerten ihn an seinen Beruf – ein großer Bankeinbruch in Lyon, bewaffneter Überfall auf einen Postwagen in Belgien, und schließlich stieß er auf diese Meldung:

›Der Mann, den man am Themseufer tot auffand, ist als ein Mr Gordon Stuart, ein reicher Kanadier, identifiziert worden. Man nimmt an, daß es sich um einen Selbstmord handelt. Mr. Stuart hatte den Abend mit einigen Freunden im Theater verbracht, er verschwand jedoch im Zwischenakt und wurde nicht mehr gesehen, bis sein Leichnam gefunden wurde. Der gerichtsmedizinische Befund liegt noch nicht vor ‹

Er las den Bericht zweimal.

»Normalerweise geht man nicht während der Pause aus dem Theater und begeht Selbstmord – das Stück müßte schon ausnehmend schlecht gewesen sein!« sagte er eigentlich mehr zu sich selbst.

Sunny aber antwortete gehorsam: »Nein, Sir.«

Larry warf die Zeitung weg.

»Sunny, Sie nehmen schlechte Gewohnheiten an – wie legen Sie eigentlich meine Hosen zusammen? Legen Sie sie mal ordentlich in die Falten!«

Den restlichen Nachmittag nahmen die Vorbereitungen für die Abreise in Anspruch. Um halb sieben stand Holt im Hotelbüro, um die Rechnung zu bezahlen, hinter ihm warteten Sunny, die Mäntel über dem Arm, und der Gepäckträger mit den Koffern, als ein Page auf ihn zukam.

»Monsieur Holt?«

Larry sah argwöhnisch auf das Kuvert in der Hand des Pagen.

»Ein Telegramm? – Ich will's nicht sehen!«

Trotzdem nahm er es und las:

›Sehr dringend. Spezial-Polizeidienst. Alle Linien frei machen. Larry Holt, Grand Hotel, Paris. Fall Stuart sehr verwikkelt. Persönliche Bitte, sofort zurückkommen und Fall übernehmen.‹

Unterzeichnet hatte das Telegramm der Oberkommissar, der nicht nur Vorgesetzter, sondern auch ein persönlicher Freund Larrys war.

Mit einem tiefen Seufzer steckte er die Depesche in die Tasche.

»Wann kommen wir in Monte Carlo an?« fragte Sunny.

»Ungefähr heute in zwölf Monaten!«

»Wirklich, Sir? Das muß ja ziemlich weit weg sein.«

2

Flimmer-Fred, der eigentlich Grogan hieß, hatte berechtigten Grund, empört zu sein. Ein angesehener Kriminalbeamter hatte ihm feierlich versichert, daß er nicht die Absicht habe, nach London zu fahren, sondern in den Süden. Und nun mußte er ihn in diesem Zug wiederfinden. Er verschluckte seinen Ärger und tat sein möglichstes, dem ungelegenen Passagier aus dem Weg zu gehen.

Fred verließ den Viktoria-Bahnhof in außerordentlicher Eile. Er war gar nicht sicher, ob des Inspektors Geschäfte in London nicht vielleicht mit seinen eigenen Geschäften zusammenhingen

Larry sah den Hochstapler gerade noch in der Menge verschwinden und lächelte zum erstenmal seit seiner Abreise von Paris.

Er schickte Sunny mit dem Gepäck nach Hause.

»Ich fahre direkt nach Scotland Yard.«

»Soll ich den Gesellschaftsanzug bereitlegen?« fragte Sunny. Für ihn bestand der Tag aus drei Varianten – Straßenanzug, Gesellschaftsanzug und Pyjama.

»Nein – oder doch – ach, machen Sie, was Sie wollen!«

Larry fuhr sofort zum Polizeipräsidium und begab sich ins Büro von Sir John Hason, der ihm sogleich mit ausgestreckter Hand entgegenkam. Sie waren alte Freunde und Schulkameraden.

»Mein Lieber – zu nett von dir, auf deine Ferien zu verzichten! Ich habe auch keinen Moment an deinem Kommen gezweifelt und Zimmer 47 für dich einrichten lassen. Außerdem bekommst du den exklusivsten Sekretär, den ich je im Präsidium zu vergeben hatte.«

Larry legte den Mantel ab.

»Nummer 47 kenne ich nicht, und was euren Mustersekretär betrifft – ich werde mich freuen, seine Bekanntschaft zu machen. Wie heißt er denn?«

»Es ist eine Sie – Miss Diana Ward. Sie hat sechs Monate bei mir gearbeitet und ist das geschickteste und vertrauenswürdigste Mädchen, das ich bisher in meinem Büro gehabt habe.«

»Allmächtiger! Ein Frauenzimmer! Schön, wenn du es schon so angeordnet hast, John! Ich will mir die vorbildliche Dame ansehen. Wie alt ist sie denn?«

»Ihr Äußeres ist nicht so besonders einnehmend.« Sir John hüstelte verlegen. »Aber das ist schließlich auch nicht die Hauptsache. Nun setz dich, alter Freund, ich habe viel mit dir zu besprechen. Es handelt sich um den Fall Stuart . . .« Er hielt Larry sein Zigarettenetui hin. »Erst gestern haben wir herausgefunden, daß Stuart ein sehr reicher Mann war Seit neun Monaten hielt er sich in London auf und wohnte während dieser ganzen Zeit in der Pension Marlybone am Nottingham Place. Er muß ein rätselhafter Mensch gewesen sein, ging nirgendshin, hatte fast keine Freunde und war außerordentlich zurückhaltend. Nur seine Londoner Bankiers wußten über seine Vermögensverhältnisse Bescheid, jedenfalls stammen von ihnen die Informationen, die wir bis jetzt erhalten konnten.«

»Was meinst du damit – er ging nirgendshin? Er blieb doch nicht die ganze Zeit in seinem Pensionszimmer?«

»Darauf komme ich jetzt«, erwiderte John Hason. »Er ging aus, aber kein Mensch weiß, warum. Jeden Nachmittag ohne Ausnahme machte er eine Autofahrt, immer mit dem gleichen Ziel – ein kleines Dorf in Kent, ungefähr vierzig Kilometer von hier. Er ließ den Wagen am Dorfeingang warten und verschwand in dem Kaff. Unsere Nachforschungen ergaben, daß er sich lange Zeit in der Kirche aufhielt, ein altes Gebäude aus der Zeit der Saxonen, dessen Fundamente vor etwa tausend Jahren gelegt wurden. Genau nach zwei Stunden, pünktlich wie eine Uhr, kam er zurück, stieg in den Wagen, es war ein Taxi, und fuhr nach Nottingham Place zurück.«

»Wie heißt das Dorf?«

»Beverley Manor. Also weiter – am Mittwoch abend nahm er, entgegen seinen sonstigen Gewohnheiten, die Einladung eines gewissen Doktor Stephen Judd zur Uraufführung einer neuen Revue im Macready-Theater an. Doktor Judd ist leitender Direktor der Greenwich-Versicherungsgesellschaft und genießt in der City einen guten Ruf. Er ist Kunstliebhaber und Besitzer eines schönen Hauses in Chelsea. Judd hatte für die Aufführung eine Loge bestellt, und zwar Loge A. Nebenbei bemerkt, nach den Zeitungen zu urteilen muß das Stück fürchterlich schlecht sein. Stuart kam also, war jedoch, wie Judd aussagte, auffallend unruhig. In der Pause zwischen dem zweiten und dritten Akt verschwand er unbemerkt aus dem Theater und kam nicht mehr zurück. Gegen Morgen fand man die Leiche an der Themse.«

»Wie war das Wetter in der Nacht?« fragte Larry.

»Anfangs klar, dann aber dunstig mit Nebelbildung. Der Wachtmeister des zuständigen Reviers hat in seinem Bericht erwähnt, daß zwischen halb vier und halb fünf sehr dichter Nebel war.«

»Besteht vielleicht die Möglichkeit, daß er im Nebel den Weg verfehlt hat und in den Fluß gefallen ist?«

»Gänzlich ausgeschlossen«, versicherte Sir John entschieden. »Bis halb drei Uhr morgens war der Kai nebelfrei, eine klare Nacht, er hätte gesehen werden müssen. Es kommt aber noch ein merkwürdiger Umstand hinzu. Als er gefunden wurde, lag er auf den Stufen, nur die Füße hingen im Wasser – und die Flut war noch im Steigen.«

Larry sah ihn erstaunt an.

»Willst du damit sagen, daß er überhaupt nicht angeschwemmt worden ist? Natürlich, wie sollte er auch bei Ebbe auf die Stufen gekommen sein, nur mit den Füßen im Wasser, noch dazu, wenn die Flut erst wieder zu steigen begann?«

»Das sage ich ja auch. Er müßte unmittelbar nach Verlassen des Theaters ertrunken sein, als die Flut am höchsten stand, denn nachher, als sie fiel, bis zum Tagesanbruch, als er gefunden wurde, konnte er, wie du sagst, schwerlich auf den Stufen angeschwemmt worden sein.«

Larry rieb sich nachdenklich das Kinn.

»Besteht kein Zweifel, daß er ertrunken ist?«

»Nicht der geringste.« Der Kommissar zog ein Schubfach auf und nahm eine kleine Schale heraus, in der verschiedene Gegenstände lagen. »Das haben wir in seinen Taschen gefunden, Uhr und Kette, ein Zigarettenetui und diesen Streifen Papier.«

Larry nahm das braune, zusammengerollte Papier auf, es war etwa drei Zentimeter lang und noch feucht.

»Es steht nichts drauf«, sagte Sir John. »Als man mir die Sachen brachte, habe ich das Papier aufgewickelt, aber für die genauere Untersuchung gleich wieder zusammengerollt.«

Larry betrachtete die Uhr, eine einfache, goldene Uhr mit Sprungdeckel.

»Nichts.« Er schnappte den Deckel wieder zu. »Ausgenommen, daß sie zwanzig Minuten nach zwölf stehengeblieben ist – höchstwahrscheinlich die Stunde des Todes. Die Kette ist Gold und Platin, und am Ende – was ist das?« Am Ende der Kette hing ein ungefähr vier Zentimeter langes Röhrchen. »Aha, die Hülse für einen goldenen Bleistift. Hat man den dazugehörigen Bleistift nicht gefunden?«

»Nein, das ist alles, was gefunden wurde. Ich lasse die Sachen in dein Büro schicken. Du übernimmst doch den Fall?«

»Was ist eigentlich an dem Fall so Besonderes?« fragte Larry. »Nun ja, es ist merkwürdig ...« Er betrachtete von neuem die Uhr. »Ich kann doch die Sachen gleich in mein Büro mitnehmen?«

»Selbstverständlich«, erwiderte der Kommissar. »Willst du dir zuerst den Toten ansehen?«

»Nein, ich werde erst einmal Doktor Judd aufsuchen. Kannst du mir seine Adresse geben?«

John Hason blickte nach der Uhr auf dem Kaminsims.

»Du wirst ihn vermutlich noch in seinem Büro antreffen. Er gehört zu den Unermüdlichen, die bis spät in die Nacht hinein arbeiten. Nummer 17, Bloomsbury Pavement – du kannst das Haus nicht verfehlen.«

Larry nahm die Schale und ging zur Tür.

»So – und jetzt wollen wir uns erst einmal deiner Wundersekretärin zuwenden!«

Sir John lächelte.

3

Zimmer 47 lag eine Etage höher als das Büro von Sir John Hason. Larry trug in der einen Hand die Schale, mit der anderen öffnete er die Tür und stand auf der Schwelle eines behaglichen, kleinen Büros.

»Hallo!« rief er überrascht. »Bin ich hier falsch?«

Das junge Mädchen, das sich vom Schreibtisch erhob, war jung, schlank und außergewöhnlich hübsch. Dunkelblondes, dichtes Haar fiel ihr in die Stirn. Klare, graue Augen blickten verwundert auf den Eintretenden.

»Das ist das Büro von Inspektor Holt«, sagte sie.

»Allmächtiger!« Larry schloß die Tür hinter sich, ging langsam zum zweiten Schreibtisch und setzte die Schale nieder.

»Das ist Inspektor Holts Büro«, wiederholte das Mädchen. »Sind die Sachen für ihn?«

»Ja.« Nachdenklich musterte er die neue Umgebung und zeigte auf ein weiß gedecktes Tischchen, auf dem ein Glas und eine Kanne standen. »Was ist das?«

»Das? Das ist für Inspektor Holt«, antwortete sie.

Larry schaute in die Kanne.

»Milch?« fragte er verblüfft.

»Ja – wissen Sie, Inspektor Holt ist ein alter Herr, er kommt von einer langen Reise, hat vielleicht eine Erfrischung nötig, und da hat mir der Kommissar vorgeschlagen, Milch . . .«

Sie hielt inne und starrte Larry an, der in schallendes Gelächter ausbrach.

»Ich bin Inspektor Holt!« Er trocknete seine Augen.

»Sie?« stammelte sie.

»Ja, ja – John, der Kommissar, hat Ihnen einen Streich gespielt, Miss... Sind Sie etwa gar Miss Ward?«

»Ja, ich bin Miss Ward.«

Er streckte vergnügt die Hand aus.

»Miss Ward, dann sind wir Leidensgenossen! Wir beide sind Opfer eines niederträchtigen Polizeikommissars geworden. Ich bin außerordentlich erfreut, Ihre Bekanntschaft zu machen – und erleichtert.«

»Ich bin auch etwas erleichtert.« Sie lächelte liebenswürdig. »Sir John sagte mir, Sie wären sechzig Jahre alt und asthmatisch. Er empfahl mir, darauf zu achten, daß es im Büro nicht zieht. Ich habe heute nachmittag extra Filze an den Fenstern anbringen lassen.«

Larry setzte sich an seinen Schreibtisch.

»Vielleicht ist es ganz gut, daß ich nicht nach Monte Carlo gefahren bin! Nun wollen wir uns gleich an die Arbeit machen, meinen Sie nicht auch?«

Sie nahm ihren Stenogrammblock, und Larry untersuchte die Gegenstände, die in der Schale lagen.

»Schreiben Sie bitte: Uhr von Gildman, Toronto, goldene Kapseluhr, Nr. A 778 432. Keine Kratzer auf Innendeckel.« Er ließ den Deckel zuschnappen und zog die Uhr auf. »War ungefähr sechs Stunden, bevor sie stehenblieb, aufgezogen worden.«

»Handelt es ich um den Fall Stuart?« fragte Miss Ward.

»Ja, ist Ihnen etwas darüber bekannt?«

»Nur, was mir der Kommissar erzählt hat. Es ist traurig, nicht wahr? Aber ich habe mich schon so an die Schrecken hier gewöhnt, daß ich beinah abgehärtet bin. Und das übrige tut das Medizinstudium. Außerdem bin ich zwei Jahre Krankenschwester in einer Blindenanstalt gewesen.«

Larry überschlug, wie jung sie gewesen sein mußte, als sie anfing, für ihren Lebensunterhalt zu arbeiten. Er schätzte sie auf einundzwanzig, glaubte aber, damit reichlich hoch gegriffen zu haben.

»Gefällt Ihnen die Arbeit hier?«

»Sehr gut. Aber ich halte Sie vom Diktat ab, Mr. Holt! Wir sind bei der Uhr stehengeblieben.«

Er kicherte und nahm seine Untersuchung wieder auf.

»Kette aus Platin und Gold, achtunzwanzig Zentimeter lang, Sperring an einem Ende mit goldener Bleistifthülse – ich nehme wenigstens an, es ist Gold. Der Bleistift ist nicht gefunden worden?«

»Nein. Ich habe den Sergeanten, der die Sachen gebracht hat, noch extra danach gefragt.«

»Haben Sie denn das bemerkt?«

»Natürlich ist es mir aufgefallen. Und das Messer ist ja auch nicht mehr da.«

»Was für ein Messer?« fragte er ziemlich perplex.

»Ich nahm wenigstens an, daß es ein Messer gewesen sein könnte. Es sind ja zwei Ringe am Kettenende, ein größerer und ein kleiner. Am größeren ist die Hülse befestigt, am kleinen könnte ein goldenes Taschenmesserchen gehangen haben, wie ältere Herren es manchmal an der Uhrkette haben. Der kleine Ring ist übrigens gebrochen, ich habe ihn nur etwas zusammengebogen. Es sah aus, als ob sie das Messerchen, wenn es eines war, mit Gewalt abgezwängt hätten.«

»Wer ›sie‹?«

»Wer immer Stuart ermordet hat«, antwortete sie ruhig.

Er nahm die Uhrkette wieder auf. Jetzt erst sah er den zweiten, kleineren Ring und wunderte sich, daß er ihn nicht selbst entdeckt hatte.

»Ich glaube, Sie haben recht. Man sieht auch deutlich Kratzer an den Kettengliedern, da wo das Messer vermutlich abgedreht wurde. Hm!« Er legte die Kette in die Schale zurück und blickte auf seine eigene Uhr. »Haben Sie die anderen Gegenstände auch untersucht?«

»Nur die Uhr und die Kette.«

»Wir wollen die Untersuchung unterbrechen, bis ich zurückkomme. Ich muß noch jemand aufsuchen.« Er zeigte auf einen Wandschrank. »Ist der leer?«

Er schloß die Schale in den Schrank und übergab den Schlüssel Miss Ward.

4

Flimmer-Fred hatte den Bahnhof zwar als erster und in großer Eile verlassen – draußen jedoch blieb er stehen und wartete, bis er Larrys Taxi vorbeifahren sah.

Es lag ihm daran, gerade an diesem Abend unbehelligt zu bleiben. Außerdem hatte er tiefen Respekt vor dem Scharfsinn Larry Holts. Wo immer in Europa Hochstapler sich trafen, waren sie sich mindestens in einem Punkt einig, daß sie nämlich Larry Holt am liebsten am jenseitigen Ufer des Styx gesehen hätten. Sie sprachen dann allerdings nicht vom ›Ufer des Styx‹, sondern schlichter und direkter von der – Hölle. Die unerschütterliche Beharrlichkeit dieses Mannes, wenn er eine Spur aufnahm, war allgemein bekannt und gefürchtet. Und Fred hatte mehr als jeder andere Veranlassung, vor ihm auf der Hut zu sein.

Nach Larrys Abfahrt wartete er noch zehn Minuten, gab seinen Handkoffer bei der Gepäckaufbewahrung ab und verließ den Bahnhof durch einen Nebenausgang. Er nahm das erste dort wartende Taxi und gelangte zehn Minuten später auf einen der ruhigsten Plätze in Bloomsbury, an dem sich eine Reihe von Anwaltsbüros befand. Vor einem schmalen, hohen Gebäude stieg er aus. Als er in die Halle trat, sah ihn der Portier skeptisch an.

»Die Büros sind schon seit Stunden geschlossen, Sir. Sie werden erst morgen früh um neun Uhr wieder geöffnet.«

»Ist Doktor Judd noch da?« fragte Flimmer-Fred und schob seine Zigarre von einem Mundwinkel in den anderen.

Der Portier zögerte einen Augenblick.

»Mr. Judd arbeitet noch, aber ich glaube nicht, daß er gestört werden möchte.«

»So, Sie glauben das nicht? Sagen Sie dem Herrn, daß Mr. Walter Smith ihn zu sprechen wünscht. Merken Sie sich – Smith, ein ungewöhnlicher Name!« schloß er jovial.

»Ich werde bloß Unannehmlichkeiten haben«, brummte der Portier und griff nach dem Telefonhörer. Nach einem kurzen Gespräch legte er wieder auf. »Er will Sie empfangen, Sir. Ich fahre Sie gleich nach oben.«

»Sie sollten mich allmählich kennen«, sagte Fred im Lift. »In den letzten Jahren bin ich regelmäßig hierhergekommen.«

»Vielleicht hatte ich gerade keinen Dienst. Wir sind zu zweit hier. Waren Sie vielleicht ein Freund von Mr. David, Sir?«

Fred verzog keine Miene. Langsam stieg der Aufzug.

»Nein, ich habe Mr. David nicht gekannt.«

»Ja, das war eine traurige Geschichte. Er ist vor vier Jahren plötzlich gestorben.«

Fred wußte dies sehr gut. Der Tod Mr. Davids hätte ihn beinahe einer Einkommensquelle beraubt, einer ›rechtmäßigen‹, wie er es nannte, während ihm dieses Einkommen jetzt nur noch als ›Gunst‹ zufloß. Er konnte es jeden Augenblick verlieren und dafür einige Jahre Gefängnis gewinnen, falls Mr. Judd einmal die Geduld verlor und sich nicht mehr erpressen lassen wollte.

Der Aufzug hielt. Der Portier klopfte an eine Tür. Eine laute Stimme forderte sie zum Eintreten auf. Flimmer-Fred stolzierte in das elegant eingerichtete Büro, als wäre er zu Hause.

Dr. Judd war aufgestanden. Er warf dem Portier eine Silbermünze zu, die dieser geschickt auffing.

»Holen Sie mir bitte ein paar Zigaretten!«

Stephen Judd war ein großer, kräftiger Mann mit blühendem Gesicht, hoher Stirn und tiefliegenden Augen. Er strahlte eine robuste Behaglichkeit aus.

»Na, Doktor«, sagte Fred, »da bin ich wieder!« Als er sah, wie Judd krampfhaft seine Taschen durchwühlte, fragte er: »Was suchen Sie – Zigaretten?« Er hielt ihm sein Etui hin.

»Danke bestens, Mr. Grogan, ich rauche nie Zigaretten, die mir Herren Ihres Standes anbieten!«

»Was heißt das? Glauben Sie, ich will Sie betäuben?«

Dr. Judd antwortete darauf nicht. Er setzte sich.

»Ich habe Sie erwartet. Wenn ich mich recht erinnere, haben Sie eine außerordentlich starke Abneigung gegen Schecks.«

Flimmer-Fred grinste.

»Stimmt – eine Schwäche von mir.«

Judd zog einen Schlüsselbund aus der Tasche und ging zum Geldschrank. Über die Schulter blickend rief er:

»Sie brauchen nicht so genau aufzupassen, alter Freund! Ich habe nie Geld in meinem Schrank, außer wenn ich Erpresser erwarte.«

Fred machte eine Grimasse.

»Scharfe Worte haben mich noch nie umgebracht.«

Dr. Judd nahm einen Umschlag heraus, schlug die Tür zu und verschloß den Schrank. Langsam kam er zum Schreibtisch zurück, nahm ein Notizbuch aus dem Schubfach und blätterte darin.

»Sie sind drei Tage zu früh gekommen.«

Fred nickte bewundernd.

»Einen Kopf für Zahlen haben Sie, Doktor! Phantastisch! Es stimmt, ich bin drei Tage früher gekommen, weil ich sehr schnell wieder nach Nizza abreisen muß.«

Judd warf ihm den Umschlag über den Tisch hinweg zu.

»Es sind zwölfhundert Pfund in dem Kuvert, Sie brauchen es nicht nachzuzählen, es stimmt genau.« Er lehnte sich im Stuhl zurück und zog einen goldenen Zahnstocher aus der Westentasche. »Ich bin selbstverständlich ein Narr, daß ich eine solch schändliche Erpressung ertrage! Ich tue es nur, um das Andenken an meinen Bruder von Verleumdung freizuhalten.«

»Wenn Ihr Bruder sich damit amüsiert, in Montpellier einen Mann niederzuschießen, und wenn ich zufällig dazukomme und ihm helfe zu entwischen – ich kann beweisen, daß ich das getan habe –, dann darf ich wohl Anspruch auf eine kleine Entschädigung erheben!«

»Sie sind ein unglaublicher Schuft«, erwiderte Dr. Judd beinah freundlich, »und Sie amüsieren mich. Nehmen Sie an, ich wäre nicht so, wie ich nun einmal bin! Nehmen Sie an, ich wäre verzweifelt und könnte das Geld nicht auftreiben! Was dann? Ich könnte Sie ...«

»Sie meinen ... Das würde nicht viel ändern – für Sie. Ich habe den ganzen Vorfall niedergeschrieben, die Schießerei, wie ich dem Mann half zu fliehen, wie ich nach London zurückkam und ihn dort als Mr. David Judd wiedererkannte – mein Rechtsverdreher hat die ganze Geschichte in Händen.«

»Ihr Anwalt?«

»Selbstverständlich mein Anwalt.« Fred beugte sich über den Tisch. »Wissen Sie, zuerst glaubte ich überhaupt nicht, daß Ihr Bruder gestorben ist. Ich dachte, die ganze Sache wäre bloß ein Schwindel, um mich übers Ohr zu hauen, und ich würde es auch nicht geglaubt haben, wenn ich es nicht in den Zeitungen gelesen hätte und nicht selbst beim Begräbnis gewesen wäre.«

Dr. Judd steckte den Zahnstocher in die Tasche und stand auf.

»Daß ein Mensch wie Sie einen Namen wie den seinen mit Schmutz bewerfen durfte!« sagte er mit drohender Stimme.

Er ging um den Tisch herum und blickte finster auf Flimmer-Fred, der jedoch, an solche Szenen gewöhnt, nur lächelte. Schließlich war es nicht seine erste Erpressung.

»Der beste Mensch, der je gelebt hat, der intelligenteste, wunderbarste – einer der größten Männer überhaupt...« Dr. Judds Stimme schwankte in höchster Erregung, sein Gesicht war weiß geworden. »Und durch einen Menschen wie Sie...« Bevor Fred begriff, was vorging, hatte Judd ihn am Kragen gepackt und emporgerissen.

»Was fällt Ihnen ein?« schrie Fred und versuchte loszukommen.

»Nicht das Geld...« stieß Judd hervor. »Das läßt mich kalt. Aber einen Mann mit Schmutz zu bewerfen, einen Mann...« Seine Stimme überschlug sich, die freie Hand fuhr hoch.

Ein Schrei wie von einem wilden Tier! Fred warf sich mit aller Macht zurück, um diesen Fäusten zu entkommen. Plötzlich, wie herbeigezaubert, lag in seiner Hand ein Revolver.

»Hände hoch und keine Bewegung! Verdammt noch mal!«

Und dann fragte eine Stimme sanft und liebenswürdig:

»Kann ich hier irgendwie behilflich sein?«

Fred fuhr herum und erstarrte zu einem Bild komischer Bestürzung. Seine Augen traten aus den Höhlen.

Auf der Türschwelle stand, freundlich lächelnd, Larry Holt.

Dr. Judd hatte sich erstaunlich rasch gefaßt.

»Sie kennen unsern Freund Grogan? Er ist Mitglied unseres dramatischen Vereins. Wir haben gerade eine Szene aus den ›Korsischen Brüdern‹ geprobt. Ich glaube, es sah ganz echt aus?«

»Ich dachte, es wäre aus ›Julius Cäsar‹.« Larry kam gemächlich näher.

Dr. Judd blickte von Flimmer-Fred zu Larry.

»Mit wem habe ich eigentlich das Vergnügen?« fragte er. Er war immer noch blaß, doch seine Stimme hatte wieder ihren gutmütigen Klang.

»Inspektor Holt von Scotland Yard«, stellte sich Larry vor. »Aber nun ernsthaft gesprochen! Erheben Sie irgendeine Anklage gegen diesen Mann?«

Judd wehrte lachend ab.

»Nein, nein, wirklich, es war weiter nichts als eine harmlose Dummheit.«

Nun war es Larrys Blick, der von einem zum andern wanderte. Die Vorstellung, daß ein Versicherungsdirektor mit einem notorischen Verbrecher harmlose Dummheiten machte, fand er ein wenig ausgefallen.

»Ich nehme an, Sie kennen diesen Mann?«

»Ich habe ihn schon einige Male getroffen«, erwiderte Judd ruhig.

»Sie wissen natürlich auch, daß er ein Verbrecher und unter dem Namen Flimmer-Fred bekannt ist und daß er hier und in Frankreich mehrere Jahre im Gefängnis gesessen hat?«

»So etwas dachte ich mir«, sagte der Doktor nach einer Weile. »Begreiflicherweise muß Ihnen meine Verbindung mit diesem Mann sehr eigenartig vorkommen – aber ich bin leider nicht in der Lage, eine Erklärung geben zu können.«

Flimmer-Fred schwebte in tödlicher Angst und Sorge, daß der Doktor den eigentlichen Grund seines Besuches mitteilen könnte. Aber jede derartige Absicht lag Dr. Judd fern.

»Sie können jetzt gehen!« sagte er nur kurz.

Flimmer-Fred gab sich Mühe, etwas von seiner Unverfrorenheit zurückzugewinnen. Er steckte sich mit zitternden Händen eine Zigarre an.

Larry beobachtete ihn dabei.

»Sie sollten unbedingt etwas für Ihre Nerven kaufen, Fred! Die Apotheke an der Ecke links ist noch offen!« Er kicherte leise.

Flimmer-Fred machte einen kläglichen Versuch, vollkommene Gleichgültigkeit zur Schau zu tragen, und verschwand.

Larry wartete, bis sich die Tür hinter ihm geschlossen hatte, und wandte sich dann an den Doktor.

»Es tut mir leid, daß ich gerade in einem so unpassenden Augenblick kommen mußte. Ich glaube nicht, daß Sie in Gefahr waren. Freds dramatische Effekte liegen mehr im Drohen – er schießt nicht!«

»Das glaube ich auch.« Dr. Judd lachte. »Nehmen Sie Platz, Mr. Holt! Ich arbeite abends gewöhnlich sehr lange. Natürlich konnte ich nicht annehmen, daß Sie . . .«

»Es war niemand unten, als ich kam«, entschuldigte sich Larry, »sonst wäre ich nicht unangemeldet eingedrungen.«

»Ja, ich hatte den Portier weggeschickt, um Zigaretten zu besorgen – da ist er ja auch schon!«

Tatsächlich klopfte es an der Tür, ein livrierter Mann kam herein und legte ein Päckchen auf den Tisch.

Dr. Judd zündete sich eine Zigarette an.

»Nun, Mr. Holt – was führt Sie zu mir? Ich nehme an, wieder der Fall Stuart. Ich habe heute schon einmal mit einem Ihrer Beamten gesprochen.«

»Ja, Stuart – man hat mir den Fall heute abend erst übertragen, ich habe die Fundgegenstände flüchtig angesehen und bin gleich hierhergekommen, weil ich Sie noch anzutreffen hoffte.«

»Mir ist sehr wenig bekannt«, berichtete Dr. Judd. »Vorgestern abend ging Stuart mit mir ins Theater. Er war ein eigenartiger, sehr ruhiger und außerordentlich reservierter Mann, dessen Bekanntschaft ich ganz zufällig gemacht habe. Mein Wagen stieß mit seinem Taxi zusammen, ich wurde unbedeutend verletzt, und Mr. Stuart erkundigte sich nach meinem Befinden. So begann unsere Freundschaft – wenn man überhaupt von Freundschaft sprechen kann.«

»Könnten Sie mir die Einzelheiten des bewußten Abends erzählen?« bat Larry.

»Wir trafen uns Viertel vor acht am Theatereingang und gingen sofort in die Loge A, die letzte auf der linken Seite. Die Logen liegen auf Straßenniveau, während sich Parkett und Stehplätze unterhalb des Niveaus befinden. Kurz vor Schluß des zweiten Aktes stand Stuart auf, entschuldigte sich kurz und verließ die Loge. Von da an habe ich ihn nicht mehr gesehen.«

»Und von den Logenschließern hat ihn niemand bemerkt?«

»Nein. Aber das ist auch nicht verwunderlich, Sie wissen ja, daß Premiere war. Das Personal will natürlich das Stück auch sehen und steht dann in den verschiedenen Saaleingängen.«

»War Ihnen bekannt, daß Stuart sehr reich, ein halber Millionär war?«

»Nein, ich hatte keine Ahnung davon. Außer daß er von Kanada kam, wußte ich gar nichts von ihm.«

»Ich hatte gehofft, eine ganze Menge Informationen von Ihnen erhalten zu können«, meinte Larry enttäuscht. »Niemand scheint mit Stuart bekannt gewesen zu sein.«

»Auch sein Bankier wußte nichts Näheres über ihn. Heute morgen erfuhr ich zufällig vom Direktor der London & Chatam Bank, daß er dort Kunde war.«

5

Wenige Minuten später überholte Larry auf dem Bloomsbury Pavement einen Mann, der langsam an den Häusern entlang ging und regelmäßig die Metallspitze seines Stocks auf das Pflaster stieß. Larry sah ihn noch einmal, als er weiter vorn auf ein freies Taxi warten mußte.

Ein Blinder, stellte er ganz nebenbei fest, denn in Gedanken beschäftigte er sich noch immer mit Flimmer-Fred. Was hatte Fred in Dr. Judds Büro zu tun? Was bedeuteten der Revolver und das schneeweiße Gesicht des Doktors?

Er stieg in ein Taxi und fuhr nach Westminster, wo eine grausige Pflicht auf ihn wartete. In der Leichenhalle von Westminster fand er zwei Beamte von Scotland Yard vor.

Die Untersuchung des Leichnams dauerte nicht lange. Außer einer Abschürfung am linken Knöchel gab es nichts Auffallendes. Die Kleider des Toten lagen im Nebenzimmer.

»Da, das Hemd, Sir –«, sagte der eine Beamte, »ich kann mir die blauen Flecken auf der Brust nicht erklären.«

Larry breitete das zusammengewickelte Hemd unter der Lampe auseinander. Ein Frackhemd, kaum getrocknet, auf der Brust, deutlich sichtbar, blaurote Flecken.

»Tintenstiftflecken.« Der verschwundene Bleistift fiel ihm ein. Was sollten aber diese drei unregelmäßigen Reihen von Krähenfüßen und Haken bedeuten?

Da kam ihm eine Idee. Rasch drehte er das Hemd um. Auf die hintere Innenseite des Hemdes waren drei Zeilen geschrieben worden – mit Tintenstift. Die Schrift hatte auf die Vorderseite des nassen Hemdes abgefärbt und die Flecken verursacht.

Die Buchstaben waren etwas verlaufen, aber man konnte noch deutlich lesen:

›Den Tod vor Augen vermache ich, Gordon Stuart aus Calgary, Merryhill Ranch, mein ganzes Vermögen meiner Tochter Clarissa und bitte die Gerichte, dies als meinen letzten Willen und mein Testament anerkennen zu wollen. – Gordon Stuart.‹

Darunter stand noch eine fast unleserliche, abgebrochene Zeile:

›O... hat mich in eine Falle...‹

»Das ist das merkwürdigste Testament, das mir je unter die Augen gekommen ist.«

Larry legte das Hemd weg, ging in die Leichenkammer zurück und untersuchte den Toten noch einmal. Eine Hand war zusammengekrampft, was die Ärzte offenbar übersehen hatten. Als er mit größter Anstrengung die Finger auseinanderbog, fiel mit leichtem Klingen etwas auf den Steinfußboden. Er bückte sich danach, es war ein zerbrochener Manschettenknopf mit eigenartigem Muster – ein Kranz kleiner Diamanten auf schwarzem Emaillegrund. Er suchte noch einmal gründlich, ohne jedoch etwas Neues finden zu können.

Mit gerunzelter Stirn überlegte er krampfhaft. Welche Verbindung hatten alle die Einzelheiten miteinander? Ein Zusammenhang bestand, das wußte er – das Zusammentreffen Flimmer-Freds mit Dr. Judd, das Testament auf dem Frackhemd, und jetzt – der Manschettenknopf.

Mord! Er wußte, fühlte es – Mord!

6

Als er in sein Büro kam, setzte Miss Ward auf dem elektrischen Kocher Wasser für den Tee auf. Er stutzte.

»Hallo! Ich hatte Sie tatsächlich vergessen. Sagen Sie – hat Stuart keine Manschettenknöpfe getragen?«

Sie nahm ein kleines Päckchen vom Tisch.

»Sie wurden gebracht, als Sie eben gegangen waren. Der Kommissar hatte sie vorher vergessen.«

Er öffnete das Papier und fand zwei einfache, goldene Knöpfe ohne Muster oder Monogramm. Larry holte den halben Manschettenknopf aus seiner Tasche und hielt ihn daneben.

»Was ist das?« fragte Diana. »Haben Sie das in seiner . . .« Sie zögerte.

»Ja – in seiner Hand.«

»Sie glauben also, es ist Mord?«

»Ich bin davon überzeugt.«

Er nahm die Schale aus dem Wandschrank und legte die beiden goldenen Manschettenknöpfe und den halben zu dem übrigen. Es fiel ihm ein, daß er die braune Papierrolle noch nicht näher untersucht hatte. Er wickelte sie auseinander und legte das Papier flach auf den Tisch. Miss Ward schaute ihm zu, wie er den ungefähr zehn Zentimeter langen und kaum halb so breiten Papierstreifen glättete.

»Nichts. Rein gar nichts.« Er drehte das Papier um. »Auf dieser Seite auch nichts. Ich lasse es morgen fotografieren «

»Einen Augenblick, bitte –« Diana nahm ihm das Papier aus der Hand und fuhr mit den Fingerspitzen über die Oberfläche. »Ich habe es mir gedacht«, murmelte sie, »ich war ziemlich sicher, als ich die Erhöhungen sah.«

»Was meinen Sie?«

»Es ist Braille – einige Worte in Blindenschrift.«

Sie ließ die Fingerspitzen langsam auf dem Papier hin und her gleiten.

»Ich habe es in der Blindenanstalt gelernt. Einiges ist beschädigt, wahrscheinlich durch das Wasser. Wollen Sie aufschreiben, was ich entziffern kann?«

Er riß ein Blatt vom Notizblock, nahm einen Bleistift und wartete. Vertauschte Rollen – er der Sekretär, sie der Detektiv!

»Das erste Wort heißt ›gemordet‹, dann kommt ein unleserlicher Zwischenraum, danach ›dear‹ und wieder ein Zwischenraum, und zum Schluß steht das Wort ›see‹. Das ist alles.«

Was verbarg sich hinter der verstümmelten Botschaft?

Diana Ward blickte ihren Chef an.

»Braille – Blindenschrift«, murmelte er.

»Ja. Es ist eine Art Punktierschrift. Im Verhältnis der Punkte zueinander bilden sich die Buchstaben. Wenn Blinde schreiben, gebrauchen sie ein kleines Instrument, das wie ein Griffel aussieht. Dies hier ist in großer Eile geschrieben worden. Nicht nur das Wasser, auch das schlechte Schreiben hat einiges unleserlich gemacht.«

Er hielt den Papierstreifen gegen das Licht.

»Könnte Stuart das mit seinem Bleistift gemacht haben?«

»Nein. Haben Sie ihn gefunden?«

»Den Bleistift nicht, aber ich habe entdeckt, wozu er ihn gebraucht hat.«

Er öffnete das Paket, das er mitgebracht hatte, und zeigte ihr das Hemd mit dem seltsamen Testament.

»Warum hat er innen im Hemd geschrieben?« fragte sie fröstelnd.

»Hätte er auf die Außenseite geschrieben, wäre es entdeckt und wahrscheinlich beseitigt worden.«

»Dahinter verbirgt sich etwas Schreckliches, meinen Sie nicht auch? Er muß ja in der Gewalt von jemandem und in Todesangst gewesen sein, sonst hätte er nicht auf diese Weise geschrieben. Daß er es tun und auch verbergen konnte, ich meine, daß er überhaupt noch Zeit dazu hatte . . .«

Sie stockte und errötete, als sie Larrys Blick begegnete.

»Ich muß mich sehr in acht nehmen, daß ich meinen Posten nicht verliere!« meinte er lachend. »Nun, Miss Ward, wir wollen gemeinsam an diese Arbeit gehen. Für heute aber ist es höchste Zeit, daß Sie nach Hause gehen.« Er sah auf seine Uhr. »Ich will ein Taxi bestellen – wohnen Sie weit von hier?«

»Nein, nicht besonders. Charing Cross Road.«

»Ich werde Sie nach Hause bringen. Es ist ja beinahe ein Uhr.« Larry nahm ein Telegrammformular und füllte es eilig aus. »Wenn wir das hier sofort aufgeben, wird es noch gestern zur Teezeit beim Polizeichef in Calgary ankommen!«

»Gestern? Wieso gestern? Ach, natürlich, in Kanada sind sie ja um neun Stunden gegenüber der Greenwicher Zeit zurück.«

Sie gingen zusammen weg. Es stellte sich heraus, daß ihre Wohnung auf Larrys Weg nach Richmond Park lag.

Zu Hause wartete Sunny auf ihn, von Zeit zu Zeit am Pyjama zupfend, den er schon lange bereitgelegt hatte.

7

Als er am nächsten Morgen um halb acht nach Scotland Yard kam, war zu seiner Überraschung auch Diana Ward schon im Büro. Sie hatte die umfangreiche Post, die täglich bei jedem Abteilungschef im Polizeipräsidium einläuft, sortiert und auf seinen Schreibtisch gelegt.

»Auch ein Telegramm ist dabei«, sagte sie, »aber ich habe es nicht geöffnet. Sie müssen mir überhaupt sagen, was ich mit Telegrammen und Briefen machen soll.«

»Alle aufmachen! Ich bekomme keine Privatpost ins Büro, und sollte doch einmal ein parfürmiertes Briefchen eintreffen, dürfen Sie's auch lesen.« Er riß das Telegramm auf. »Calgary! Das ist ja riesig schnell ... Ach! Erster Reinfall – Stuart hatte kein Kind. War unverheiratet.«

Er reichte das Telegramm Diana hinüber.

Sie sah nach, wann es aufgegeben worden war.

»Es muß sofort nach Eingang beantwortet worden sein. Niemand hat sich die Mühe gemacht, gründlicher nachzuforschen. Jemand im Büro hat festgestellt, daß Stuart Junggeselle war, und daraus geschlossen, daß er auch keine Tochter habe.«

»Möglich. Nehmen wir also an, daß er weder in Calgary noch sonstwo in Kanada verheiratet war. Heimliche Trauung gibt es vielleicht in einer großen Stadt, aber nicht in kleinen Orten. Stuart lebte auf einer Farm, er hätte dort eine Heirat nicht geheimhalten können. Dadurch wird die ohnehin unklare Situation noch verwickelter. Stuart wurde offensichtlich ermordet. Wenige Augenblicke vor seinem Tod schrieb er unbemerkt sein Testament auf die Innenseite seines Hemdes. Es ist leicht möglich, daß er dies in Gegenwart seiner Mörder getan hat, ohne daß diese es bemerkten. In dem ungewöhnlichen Testament vermachte er sein gesamtes Vermögen seiner Tochter. Wir haben keine Veranlassung anzunehmen, daß Stuart in einer so verhängnisvollen und unwiderruflichen Situation einfach eine Tochter erfunden hat. Folglich muß der Polizeichef in Calgary unrecht haben.«

»Und könnte er nicht doch verheiratet gewesen sein?« fragte Diana zaghaft. »Heimlich getraut, es könnte ja in – in . . .«

»Selbstverständlich in London«, bekräftigte Larry. »Kabeln Sie an den Polizeichef in Calgary, verlangen Sie Einzelheiten über Stuarts Reisen, vor allem das Datum seiner vorletzten Reise nach London.«

Während sie das Telegramm aufsetzte, holte Larry die Schale aus dem Schrank, um die einzelnen Gegenstände noch einmal bei Tageslicht zu untersuchen. Er kam auch zu der braunen Papierrolle. Jetzt konnte man die Schriftzeichen deutlich sehen, weil das Papier an einigen Stellen trocken war.

»Ist Ihnen an diesem Papier etwas Besonderes aufgefallen, Miss Ward?«

»Ja, gestern schon, und ich habe es mir heute morgen nochmals angesehen, bevor Sie kamen. Sie haben doch nichts dagegen?«

»Sie können alles prüfen, ausgenommen mein Gewissen!«

»Gestern bemerkte ich, daß das eine Ende trockener war als das andere, und die trockenen, nicht aufgeweichten Stellen konnte ich auch leichter entziffern. So war zum Beispiel das Wort ›gemordet‹ fast nicht vom Wasser angegriffen.« Diana öffnete ihre Schreibtischschublade und holte etwas heraus. »Dies hier habe ich mitgebracht. Ich habe eine Seite aus einem Braillelesebuch genommen, Streifen gemacht und damit Versuche in meiner Waschschüssel angestellt. Hier das Resultat.« Sie nahm eine kleine Rolle, eine weiche, formlose Masse, die sofort zerriß, als sie den Versuch machte, sie auseinanderzuwickeln.

Dieser praktische Versuch bestätigte eine Schlußfolgerung, zu der Larry Holt auf ganz anderem Wege gekommen war. Die Papierrolle mußte in Gordon Stuarts Tasche gesteckt worden sein, als sein Körper nicht mehr im Wasser lag, mit andern Worten, Stuart war ertränkt worden, und erst danach wurde die Botschaft in seine Tasche gesteckt. Sie stammte entweder von einem Blinden oder von jemandem, der annahm ...

»Donnerwetter!« Larry starrte Miss Ward an.

»Was wollten Sie sagen?« fragte sie.

Nein, es war absurd. Diana Ward hatte keine amtliche Stellung im Yard. Daß sie Larry Holt als Sekretärin zugeteilt wurde, war ein Zufall, der von niemandem vorausgesehen werden konnte. Ein eiliger Anruf beim Personalchef im Präsidium ergab, daß Scotland Yard im Moment über keinen Braille-Experten verfügte. Der einzige Mann, dem die Blindenschrift geläufig war, hatte Krankheitsurlaub.

8

»Wir machen jetzt eine Spazierfahrt«, sagte Larry zu Diana.

Vor dem Eingang des Präsidiums erwartete sie ein Auto.

»Wir fahren nach Beverley Manor. Das ist das kleine Nest, das Stuart regelmäßig aufsuchte. Ich möchte herausfinden, ob die alte Saxonenkirche eine solche Anziehungskraft auf ihn ausübte.«

Beverley Manor war ein kleines, ländliches Dörfchen am Fuße des Kentish Rag, und außer der alten Kirche gab es für Fremde keine Anziehungspunkte hier.

Sie fuhren zum Gasthof und machten sich von da aus zu Fuß auf den Weg zur Kirche, die etwas abseits lag. Der Kirchturm war niedrig und finster. Verschiedene Generationen hatten versucht, die ursprünglich einfachen Linien des Gebäudes zu verschönern. Entstanden aber war ein architektonischer Mischmasch.

Das Portal der Kirche stand offen, niemand war zu sehen. So anstößig auch das Äußere des Gebäudes sein mochte, das schlichte Innere der Kirche atmete Ruhe und Frieden.

Larry hatte gehofft, an den Wänden Erinnerungstafeln zu finden, die ihm irgendeinen Fingerzeig über den Anlaß von Stuarts Besuchen geben würden. Doch er wurde enttäuscht.

Er begann daher, die Gräber auf dem Kirchhof abzusuchen.

Schließlich gelangten sie ans Ende der wenigen Grabreihen und standen vor der Ausgangspforte, als ein paar Arbeiter einen in Sackleinwand verpackten Grabstein von einem Karren luden und in den Kirchhof schleppten. Larry und seine Begleiterin traten zur Seite, um die Arbeiter vorbeizulassen, die den Stein auf einem neueren, gepflegten Grabe niederließen.

»Ich fürchte, wir haben unsere Reise umsonst gemacht. Vielleicht können wir im Dorf noch etwas erfahren.« Larry wandte sich schon zum Gehen, als einer der Männer anfing, die Leinwand von dem neuen Grabstein zu entfernen.

»Schauen wir uns den doch auch gleich an«, schlug Larry vor und trat näher hinzu. Die Arbeiter machten ihm Platz. Zu seinem größten Erstaunen las er:

Zur Erinnerung
an

MARGARET STUART
Ehefrau von Gordon Stuart (Calgary, Kan.)
Gest. 4. Mai 1899

und an ihre einzige Tochter

JEANE
Geb. 10. Juni 1898
Gest. 1. Mai 1899

Diana Ward stand jetzt neben ihm. Beide starrten auf den Grabstein. »Seine einzige Tochter!« rief Larry. »Wer ist dann aber Clarissa?«

9

Ein Besuch beim Amtsvorsteher ergab kein befriedigendes Resultat. Margaret Stuart war auf einem Gut außerhalb von Beverley Manor gestorben, und seit ihrem Tod hatte das Gut zweimal den Besitzer gewechselt.

»Vor zwanzig Jahren?« fragte der Gutsbesitzer, den sie aufsuchten. »Vor zwanzig Jahren war das Haus hier so eine Art Genesungsheim. Es wurde von einer Frau geleitet, die kranke Leute aufnahm.«

Wo die Frau geblieben war, konnte er nicht sagen. Aus dem Dorf war sie nicht gewesen, und er glaubte gehört zu haben, sie wäre gestorben.

»Ich habe mir schon den Kopf zerbrochen«, fuhr er fort, »um auf ihren Namen zu kommen. Erst gestern sagte ich einem Herrn, daß er sich am besten in Somerset House erkundigen und ...«

»Ein Herr?« unterbrach Larry. »Hat sich denn schon jemand nach ihr erkundigt?«

»Ja, Sir, ein Herr aus London. Er kam im Auto und bot mir fünfzig Pfund an, wenn ich ihm den Namen der Frau verschaffen könnte, die das Genesungsheim hier geleitet hat. Ja, er versprach mir sogar hundert Pfund, wenn ich ihm irgend etwas über eine Dame mitzuteilen wüßte, die hier vor zweiundzwanzig Jahren gestorben wäre. Stuart war, glaube ich, ihr Name.«

»Wirklich?« Larry wußte ganz genau, daß niemand vom Präsidium hier Erkundigungen eingezogen haben konnte. »Wie sah dieser Herr aus?«

»Er war ziemlich groß. Aufgefallen ist mir, daß ihm der kleine Finger der linken Hand fehlte.«

Den Rückweg nach London legten sie schweigend zurück. Erst als der Wagen schon mitten durch den lebhaften Verkehr auf der Westminster Bridge Road fuhr, kam Larry auf die Angelegenheit zurück.

»Wer hat es so eilig, Informationen über die Stuarts zu erhalten, daß er sogar fünfzig Pfund dafür bezahlen will? -- Wer ist die Tochter Clarissa, wie kann er überhaupt eine Tochter

Clarissa haben, wenn seine einzige Tochter in Beverley Manor begraben liegt?«

»Sie waren doch vorhin noch beim Steinmetzmeister, bevor wir zurückfuhren. Was für eine Auskunft haben Sie von ihm erhalten?«

»Der Gedenkstein ist von Stuart bestellt worden. Er saß jedesmal lange am Grab, und er ist ja täglich hierhergekommen. Den Stein hatte er vor zwei Monaten bestellt, und letzte Woche noch war er in der Werkstatt, um ihn vor dem Aufstellen zu besichtigen. In der kurzen Zeit zwischen seinem letzten Besuch in Beverley Manor und der Nacht seines Todes muß er entdeckt haben, daß er noch ein zweites Kind hatte. Aber so etwas gibt's doch heutzutage nicht mehr – jedenfalls nicht im wirklichen Leben!«

Larry hielt sich zehn Minuten beim Kommissar auf und fuhr dann in die Stadt. Diana Ward sah ihn bis sieben Uhr abends nicht mehr. Er hatte ihr zwar gesagt, daß sie nicht warten sollte – es war Samstag und die Büros schlossen um ein Uhr. Trotzdem traf Larry sie, als er zurückkam, lesend an ihrem Schreibtisch an. Er war so erfreut darüber, daß er sogar vergaß, ihr Vorwürfe zu machen.

»Ich hab's!« rief er frohlockend.

»Was? Den Mörder?«

»Nein, nein – Stuarts Geschichte! Ist schon eine Antwort auf das Telegramm gekommen? Nein? Macht nichts – ich habe die Eintragung seiner Trauung gefunden! Sie fand im August 1897 in einer Kirche in Highgate statt. Und wissen Sie, was dann passiert ist?«

»Keine Ahnung. Was denn?«

»Sie sollen es gleich hören. Gordon Stuart, zu der Zeit noch ein junger Mann, kam besuchsweise nach England. Ich konnte feststellen, daß er vom Juni bis August im ›Cecil‹ wohnte. Der Name seiner Braut war Margaret Wilson. Er heiratete sie im August, im März 1898 kam er nochmals ins ›Cecil‹, aber allein. Im Hotel erfuhr ich, daß er zwei Tage später nach Kanada abreiste. Man führt dort nämlich ein Buch, in dem die Adressen der Besucher eingetragen werden, damit ihnen die noch eintreffende Post nachgeschickt werden kann. So gab es nicht die geringste Schwierigkeit, sein Reiseziel festzustellen. Im übrigen habe ich den Vikar der Kirche, in der er getraut wurde, aufgesucht – und dort habe ich die interessanteste Entdeckung gemacht. – Aber ich möchte nur wissen, wer der große Mann ist, dem an der linken Hand der kleine Finger fehlt!«

»Wieso?«

»Er ist einen Tag vor mir beim Vikar gewesen«, brummte Larry verstimmt. »Aber nun zur Geschichte, wie sie der Vikar erlebt und wie Stuart selbst sie ihm erzählt hat! Der Vikar erinnert sich noch deutlich an die Trauung und die näheren Umstände. Er fand, Stuart wäre ein nervöser und etwas eingebildeter Mensch gewesen, der in ständiger Furcht vor seinem Vater, einem reichen Landbesitzer in Kanada, lebte. Bei einer Tasse Tee im ›Cecil‹ vertraute Stuart dem Vikar an, daß er seine Frau zurückließe und nach Kanada führe, um seinem Vater die Neuigkeit der Heirat beizubringen. Er war in großer Sorge, was sein Vater dazu sagen würde, oder vielmehr, er bezweifelte nicht im geringsten, daß er außer sich geraten würde. Der langen Rede kurzer Sinn also war, daß er tags darauf London verlassen und bei der ersten passenden Gelegenheit seinem Vater reinen Wein einschenken wollte, um dann zurückzukommen und seine Frau zu holen. – Ich persönlich zweifle nicht im geringsten daran, daß Stuart seinem Vater gar nichts gestanden hat, daß er das Geheimnis seiner Heirat vielmehr ängstlich hütete und schließlich in der Sorge, daß man trotzdem dahinterkomme, jede Verbindung mit seiner Frau abgebrochen hat.«

»Man soll Toten nichts Böses nachsagen«, meinte Diana enttäuscht, »aber anständig hat er nicht gehandelt.«

»Es war feige«, bekräftigte Larry. »Doch muß er seiner Frau eine beträchtliche Summe zur Verfügung gestellt haben, denn als der Vikar sie wieder traf, lebte sie in guten Verhältnissen. Drei Monate später, im Juni 1898, wurde sein Kind geboren – das Kind, das er nie sehen sollte, von dem er wahrscheinlich nicht einmal etwas hörte, bis ihn, vielleicht nach Jahren, Gewissensbisse nach England trieben, um Weib und Kind aufzufinden. Vermutlich hat er sich an ein Auskunftsbüro gewandt. Das Resultat war die Entdeckung auf dem Kirchhof in Beverley Manor – das Grab seiner Frau und seiner Tochter.«

»Wer aber ist Clarissa?« fragte Diana.

Larry zuckte die Schultern.

Das junge Mädchen schwieg eine Zeitlang, plötzlich legte sie den Federhalter, an dem sie gekaut hatte, weg und blickte triumphierend über den Tisch.

»Sie haben es gefunden?« fragte Larry neugierig. »Sie haben das Rätsel der Tochter Clarissa gelöst?«

»Ich glaube, das war kein allzu schwieriges Problem. Haben Sie den Geburtsschein?«

»Noch nicht. Wir wollen morgen versuchen, ihn aufzutreiben.«

»Clarissa ist die andere Zwillingstochter!«

»Zwillinge!« stammelte Larry.

Diana lachte ihn an.

»Das liegt doch auf der Hand. Die arme Mrs. Stuart hatte Zwillinge, einer von ihnen starb, und der andere ist Clarissa, von deren Existenz Stuart vielleicht erst einige Stunden vor seinem Tod erfuhr.«

Larry starrte sie ehrfürchtig an.

»Wenn Sie Chefkommissarin der städtischen Polizei sind, vergessen Sie doch bitte nicht, mich als Sekretär anzustellen!«

10

Flimmer-Fred hatte London nicht verlassen und auch gar nicht die Absicht gehabt, wieder wegzufahren.

Mr. Grogan lebte gern auf großem Fuß, besaß eine elegante Wohnung in der Jermyn Street, seine Unkosten waren nicht gering, seine Einkünfte allerdings auch nicht. Er hatte immer verschiedene Eisen im Feuer, und in der Regel verbrannte er sich die Finger nicht daran.

Am Abend des Tages, an dem Larry Holt und Diana Ward die ersten Rätsel im Fall Stuart zu lösen vermochten, saß Flimmer-Fred allein und mißmutig in seinem prächtigen Wohnzimmer. Menschen seines Schlags, mit stets unsicheren Zukunftsaussichten, leiden an chronischer Unzufriedenheit. Hundert Pfund monatlich, zahlbar jährlich, ist sicher ein hübsches Einkommen. Aber nichts verabscheuen solche Leute mehr als Konstanz, Regelmäßigkeit und System – vielleicht weil diese Eigenschaften gerade für Vorbestrafte in enger Beziehung zum Gefängnisleben und darum in besonders unangenehmem Geruch stehen.

Zwölfhundert Pfund jährlich ergeben in fünf Jahren die respektable Summe von sechstausend Pfund. Aber fünf Jahre sind eine lange Zeit im abenteuerlichen Leben eines Mannes wie Flimmer-Fred. Zwölfhundert Pfund gestatten nur zweimal das Maximum beim Trente-et-quarante und können in weniger als drei Minuten verloren werden.

Dr. Judd war Sammler. Fred hatte erfahren, daß sein Haus in Chelsea eine wahre Schatzkammer von Gemälden und antiken Schmuckgegenständen war. In einer Zeitung hatte Fred gelesen, daß Dr. Judd Besitzer historischer Juwelen war, deren Wert fünfzigtausend Pfund überschritt. Nicht, daß sich Fred für Antiquitäten interessiert hätte, sein Verhältnis zu Steinen war rein arithmetischer Art. Wenn er sich mit Kostbarkeiten im Werte von – er wollte bescheiden sein – zehntausend Pfund aus dem Staube machen könnte, hätte er nicht nur sein Einkommen für acht bis neun Jahre im voraus, er müßte dann auch nicht alle zwölf Monate nach London kommen, um sich sein ›Gehalt‹ auszahlen zu lassen. Was konnte nicht alles in zwölf Monaten passieren!

Es würde natürlich nicht leicht sein, diese Kostbarkeiten in die Hände zu bekommen. Die gewöhnlichen Methoden, sich gewaltsam Zutritt zum Haus des Doktors zu verschaffen, waren mit Freds professionellen Grundsätzen unvereinbar. Ein Brecheisen war ein Instrument, das er verabscheute, nicht zuletzt, weil seine Handhabung Mühe und Arbeit bedeutete. Es gab andere Wege. Ob der Doktor wagen würde, ihn anzuzeigen?

Anderntags schlenderte Fred über den Piccadilly Circus, als ihm ein großer, starker Mann begegnete, der sich nach einem kurzen Blick an ihm vorbeizudrücken versuchte. Aber Fred packte ihn am Arm und hielt ihn fest.

»Ist das nicht die liebe, alte Nummer 278? Wie geht's denn, Strauß?«

Das Gesicht von Mr. Strauß zuckte.

»Ich glaube, Sie irren sich, Sir.«

»Laß den Blödsinn!« Fred zog ihn in die Lower Regent Street hinein.

»Entschuldigen Sie, daß ich Sie nicht gleich erkannt habe. Ich dachte, sie wären ein – Spitzel.«

»Noch nicht«, sagte Flimmer-Fred. »Na, wie geht's? Erinnerst du dich an den Stollen G in Portland? Und Block B?«

Strauß war wenig beglückt, an seine Gefängniszeit erinnert zu werden. Wieder zuckte es in seinem Gesicht.

»Und wie geht's Ihnen?« fragte er.

Fred war heute ohne seinen Schmuck ausgegangen, kein Brillant blitzte an seiner Krawatte.

»Schlecht«, schwindelte er. Kein richtiger Hochstapler gibt je zu, daß es ihm gutgeht. »Warum aber dachtest du, ich wäre ein Spitzel?«

»Ach, ich dachte bloß so.«

»Immer noch im alten Geschäft?« fragte Fred und bemerkte den unruhigen Blick des andern. Strauß sah sich um, als ob er eine Möglichkeit zum Entwischen suchte.

»Nein, nein, damit ist's aus. Ich arbeite jetzt.«

»Na ja!« Fred mußte an die recht ähnliche Unterhaltung mit Larry Holt vor ein paar Tagen in Paris denken. »Ich wette, du bist auf dem Weg zum nächsten Hehler! Was hast du da in der Tasche? Zeig her!«

»Ach, nichts – nur kleiner Dreckkram. Hab' ich bekommen, wird nicht weiter vermißt.«

»Dann zeig schon!«

Widerwillig griff Strauß in die Tasche, brachte die gefüllte Hand wieder zum Vorschein und hielt sie, wie ein Gefäß gewölbt, vorsichtig in Brusthöhe.

Fred reckte den Hals und nahm sich etwas heraus.

»Da, schau mal, was für niedliche, seltene Dinger – die wirst du mir abtreten, Freund! Im Moment geht's mir dreckig, du kriegst das Geld dafür – gelegentlich.«

Mr. Strauß fluchte.

»Nein, wirklich, das ist nicht anständig von Ihnen, Mr. Grogan, und Sie sehen gar nicht so aus, als ob's Ihnen schlecht ginge!«

»Der Schein trügt. So – und nun stoßen wir darauf an!« schlug Fred vergnügt vor und ging voran in die nächste Bar. »Was bist du jetzt eigentlich? Kammerdiener oder Haushofmeister?«

»Haushofmeister«, antwortete Strauß. »Das ist gar nicht so schlecht, Mr. Grogan.«

»Sag doch Fred, Mensch!«

»Wenn du nichts dagegen hast. Nein, wirklich, ich habe eine Stellung bei einem sehr feinen Herrn.«

»Reich?«

»Mächtig. Aber kommt nicht in Frage. Er weiß, daß ich gesessen habe, und behandelt mich sehr anständig.«

Fred sah ihn interessiert an.

»Immer noch das verfluchte Gift?«

Strauß wurde rot.

»Ja – ab und zu ein bißchen Koks.«

»Wer ist nun aber dein Herr?«

»Du wirst ihn doch nicht kennen – Geschäftsmann in der City, Direktor von einer Versicherungsgesellschaft.«

»Dr. – Judd?« fragte Fred schnell.

»Stimmt. Doch woher weißt du das?«

11

Auf dem Nachhauseweg beschäftigten sich Diana Wards Gedanken unablässig mit den Problemen, die der Fall Stuart aufgeworfen hatte. Sie wohnte in der Charing Cross Road im Hause eines Zigarrengeschäftes.

Sie schlug die Haustür hinter sich zu und stieg langsam die dunkle, enge Treppe hinauf. Sie bewohnte die oberste und billigste der drei kleinen Etagenwohnungen, die über dem Zigarrenladen lagen. Die Mieter der anderen Wohnungen waren übers Wochenende aufs Land gefahren. Im ersten Stock wohnte ein lediger Regierungsbeamter, der gelegentlich laute Partys gab, im zweiten ein Künstler mit seiner Frau.

Diana war schon in der zweiten Etage angelangt und eben dabei, die beiden letzten Treppen in Angriff zu nehmen, als sie stehenblieb. Sie glaubte, ein Geräusch gehört zu haben, ein leises Knacken, das sie mehr gefühlt als gehört hatte. Sie wartete einige Augenblicke, aber dann sagte sie sich, daß es ja oft leise knackte in dem alten Haus, und schalt sich wegen ihrer Nervosität. Trotzdem ging sie sehr langsam weiter und erreichte den obersten Treppenabsatz. Nur noch wenige Schritte trennten sie von ihrer Wohnungstür. Der Treppenabsatz war breit, und mit einer gewissen Herausforderung streckte sie eine Hand ins Dunkel aus, als ob sie einen verborgenen Eindringling packen wollte.

Sie erstarrte vor Schrecken. Ihre Hand hatte einen Mantel berührt! Gellend schrie sie auf, doch im gleichen Augenblick preßte sich eine riesige, rauhe Hand auf ihren Mund, ihr Gesicht, und drückte sie langsam nach hinten. Sie sträubte und wehrte sich mit allen Kräften, aber der Mann, der sie gepackt hielt, umklammerte sie derart hart, daß sie jeden Widerstand aufgeben mußte, um überhaupt noch atmen zu können. Da lokkerte sich der Druck des einen Armes, eine Hand tastete über ihr Gesicht, und auch der andere Arm, der sie noch umschloß, gab ein wenig nach.

Mit einem plötzlichen Ruck riß sie sich los, flog die paar Schritte zur Tür, stieß sie auf und warf sie fast im gleichen Augenblick hinter sich wieder zu. Der Schlüssel steckte auf der Innenseite. Blitzschnell drehte sie ihn herum – gewaltig erleichtert darüber, daß sie ihre Tür nie von außen verschloß, wenn sie wegging. Sie rannte durchs Zimmer, schaltete das Licht ein, riß ein Schubfach auf und nahm einen kleinen Revolver heraus. Sie lief, wenn auch mit klopfendem Herzen, zur Tür zurück und – öffnete. Auf der Türschwelle blieb sie stehen, rührte sich nicht und lauschte. Dann hörte sie einen leisen Schritt auf der Treppe und drückte ab. Ein Angstschrei – hastige Tritte polterten die Stufen hinunter. Sie zögerte eine Sekunde, dann eilte sie hinterher. Das Poltern war jetzt auf dem untersten Treppenstück, die Tür schlug an die Wand. Als sie atemlos unten ankam, stand die Tür offen, niemand war zu sehen.

Sie verbarg den Revolver in der Manteltasche und trat auf die Charing Cross Road hinaus. Um diese Zeit kamen selten Fußgänger vorbei. Vergeblich spähte sie nach ihrem Angreifer. Das kleine Lieferauto einer Wäscherei fuhr die Straße entlang. Die einzige Person weit und breit war ein alter, blinder Mann. Mühsam schlurfte er auf der anderen Straßenseite davon. Monoton stieß die Metallspitze seines Stocks auf das Pflaster: Tap – tap – tap ...

12

»Wünschen Sie vielleicht einen Whisky-Soda, Sir?« fragte Sunny.

Larry trug bequeme Hauskleidung – Schlafrock, alte Hosen, weiches Hemd – und stopfte die geliebte Pfeife mit einem Gefühl des Wohlbehagens.

»Glauben Sie, Sunny, es gibt schlechtere Dinge als London an einem schönen Frühlingstag, wenn das Herz ...« Es klingelte. »So spät noch Besuch?« wunderte sich Larry. Von Scotland Yard konnte es niemand sein, die Herren dort bedienten sich des Telefons.

»Ich glaube, es ist jemand an der Tür«, stellte Sunny fest.

»Großartig, wie Sie das herausgefunden haben! Los, machen Sie schon auf!«

Er wartete, hörte draußen reden – eine Frau, doch bevor er irgendwelche Vermutungen anstellen konnte, stand Diana Ward im Zimmer. An ihrem Gesicht sah er, daß etwas vorgefallen sein mußte.

»Was ist passiert?« fragte er rasch. »Setzen Sie sich doch, bitte. Ich wollte gerade Kaffee trinken – darf ich Ihnen eine Tasse anbieten? Sunny, bringen Sie zwei Tassen!«

»Ja, Sir. – Wünschen Sie, daß ich ins Kino gehe?«

»Idiot!« murmelte Larry und ärgerte sich, daß er rot wurde. »Bringen Sie den Kaffee, Sie – Sie ...« Wütend gab er es auf, nach dem treffenden Wort zu suchen, und wandte sich Diana zu.

»Was ist geschehen?«

Ohne Umschweife erzählte sie, was ihr zugestoßen war.

»Glauben Sie, daß es ein Einbrecher war, den Sie durch Ihr unerwartetes Eintreffen gestört haben?«

»Nein, das glaube ich nicht. Ich bin überzeugt, daß es ein sehr ernstgemeinter Angriff war. Als ich in meine Wohnung zurückkam, habe ich alles durchsucht. Im Wohnzimmer stand ein großer Wäschekorb.«

»Ein Wäschekorb?«

»Er ist mit einer dicken Polsterung ausgeschlagen, auch der Deckel ist gefüttert. Das hier habe ich im Korb gefunden.«

Sie legte etwas Rundes auf den Tisch, das wie eine Pilotenkappe aussah, aber keine Öffnung für den Mund hatte. Larry nahm das Ding und roch daran, was überflüssig war, denn der eigenartig süßliche Geruch war ihm schon vorher aufgefallen.

»Mit Chloroform getränkt! Es würde Sie nicht völlig besinnungslos gemacht, aber sicher für kurze Zeit betäubt haben.« Larry ging im Zimmer auf und ab. »Haben Sie noch etwas anderes bemerkt?«

»Als ich auf die Straße kam, fuhr gerade der Lieferwagen einer Wäscherei vorbei. Besonders aufgefallen daran ist mir, daß die Aufschrift ›Wäscherei‹ dilettantisch aufgemalt und zudem fehlerhaft geschrieben war.«

»Unverständlich ist mir, wie der Kerl Sie allein hätte wegbringen können. Es muß noch jemand im Haus gewesen sein.«

»Dieser Mensch hatte aber eine unglaubliche Kraft. Es wäre ein leichtes für ihn gewesen, den Korb die Stufen hinuntergleiten zu lassen, und unten hätte ihm der Chauffeur geholfen, den Korb in den Lieferwagen zu heben.«

»Warum aber hat man es auf Sie abgesehen?« fragte er verwirrt.

»Vielleicht bin ich durch Zufall, ohne es selbst zu wissen, in etwas hineingeraten? Sicher handelt es sich um den Fall Stuart. Vielleicht weiß oder besitze ich etwas, das für die Täter gefährlich ist und das sie beseitigen möchten.«

»Warten Sie bitte einen Augenblick, ich will mich umziehen.« Larry verschwand im Nebenzimmer.

Sunny erschien mit einem Tablett.

»Nehmen Sie Zucker, Miss?« fragte er feierlich. »Es gibt nämlich Damen, die keinen Zucker mögen, weil er dick macht.«

Auf der Fahrt nach ihrer Wohnung fragte Diana amüsiert, ob Sunny immer mit allem übereinstimme, was sein Herr sage.

»Mit allem, ohne Ausnahme«, bestätigte Larry. »Er treibt mich manchmal zur Verzweiflung. Das muß ich erst noch herausfinden, worüber Sunny eine eigene, unabhängige Meinung hat!«

Worüber Sunny eine eigene, ganz bestimmte Ansicht besaß, sollte er eines Tages herausfinden – doch dies lag noch in weiter Ferne.

Als sie das Haus in der Charing Cross Road erreichten, leuchtete Larry mit der Taschenlampe das ganze Treppenhaus ab, ohne etwas Besonderes festzustellen. In der Wohnung untersuchte er den Wäschekorb, den Diana schon beschrieben hatte.

»Auch nichts. Sehen Sie doch einmal nach, ob Ihnen etwas fehlt.«

Sie schaute in alle Kästen und Schubladen. Plötzlich machte sie ein verdutztes Gesicht und rief:

»Mein grüner Mantel und ein Hut sind verschwunden!«

»Ist der Hut auffallend?« fragte er.

»Wie meinen Sie das?«

»Ob er besonders ins Auge fällt?«

»Ich glaube schon. Er ist goldgelb, ich trage ihn zum grünen Mantel.«

»Haben Sie ihn in Scotland Yard schon einmal aufgehabt?«

»Schon oft«, erwiderte sie, ohne zu begreifen.

»Dann ist mir alles klar. Kommen Sie mit, ich möchte Sie nicht gern allein hierlassen.«

Sie begaben sich gemeinsam zur nächsten öffentlichen Telefonzelle. Larry rief das Präsidium an und ließ sich mit dem diensttuenden Pförtner verbinden.

»Hier Inspektor Holt. War Miss Ward heute abend im Büro?«

»Jawohl – sie ist gerade wieder weggegangen.«

Larry stöhnte.

»Ich bin doch gar nicht im Präsidium gewesen!« protestierte Diana.

»Aber jemand, der Sie sehr gut nachgeahmt haben muß!«

Wenige Minuten später betraten sie schon das düstere Gebäude am Themseufer. An der Tür von Zimmer 47 fanden sie nichts Auffälliges. Er öffnete und schaltete das Licht ein.

»Da haben wir's!« stieß er leise hervor.

Das Schloß des Wandschranks, in dem er die Schale mit den Fundsachen im Fall Stuart aufbewahrte, war aufgebrochen. Die Türen standen weit offen.

Er nahm die Schale heraus. Mit einem Blick überflog er den Inhalt. Die Brailleschrift fehlte.

Er ging zum Telefon.

»Schicken Sie die ersten beiden Beamten, die Sie im Hause erreichen, und einen Boten hierher. Bitte schnell!«

Miss Ward beobachtete ihn mit Interesse. Jetzt lernte sie zum erstenmal den wirklichen Larry Holt kennen, den Mann, der ›nicht einmal im Schlaf die Spur verliert‹, wie der Kommissar sich ausgedrückt hatte. Er hob die Schale vorsichtig hoch. Vermutlich waren Handschuhe getragen worden, und Larry nahm an, falls sie überhaupt ausgezogen wurden, dann konnte es nur beim Hantieren mit der Schale und ihrem Inhalt geschehen sein. Jemand, der nicht gewöhnt ist, mit Handschuhen zu arbeiten, wird sie ablegen, wenn er so kleine Gegenstände prüfen muß. Diese Annahme war richtig. Als er auf die polierte Rückfläche der goldenen Uhr hauchte, wurde ein Fingerabdruck deutlich sichtbar.

Inzwischen waren die zwei angeforderten Beamten eingetroffen.

»Ist in der daktyloskopischen Abteilung jemand im Dienst?« fragte Larry.

»Jawohl.«

»Bringen Sie die Uhr hin. Halten Sie sie an der Krone. Kann man den Abdruck nicht mit Puder sichtbar machen, muß er sofort fotografiert werden.«

Der oder vielmehr – die Einbrecherin hatte noch einen anderen Fehler gemacht. Larry zog den Papierkorb unter dem

Tisch hervor. Obenauf lagen drei zusammengeknüllte Stückchen Papier. Zwei davon enthielten Briefnotizen in Dianas Handschrift, das dritte dagegen zeigte einen Plan des Zimmers, von fachmännischer Hand mit Tinte gezeichnet, auf dem sogar die Position der Schreibtische eingezeichnet war.

»Der Zeichner hat angenommen, daß es hier drei Wandschränke gibt«, sagte Larry und zeigte auf die Skizze. »Einer soll links vom Kamin sein.« Er blickte auf und zog die Brauen überrascht in die Höhe. »Weiß der Himmel, das stimmt auch! Und einer hinter der Tür.« Er sah hin und nickte. »Die kennen das Zimmer besser als ich! Ich glaube, Miss Ward, wir sollten uns einen Panzerschrank und eine Leibwache zulegen.«

Auch der Pförtner, den Larry kommen ließ, konnte keine zufriedenstellende Auskunft geben. Er hatte angenommen, es wäre Miss Ward, die an seiner Loge vorbeiging. Es war üblich im Yard, daß die Beamten beim Passieren der Portiersloge ihre Zimmernummer angaben. Und auch diese Besucherin hatte ›47‹ angegeben und war ohne weiteres eingelassen worden.

Es war noch keine Stunde vergangen, als der Mann von der daktyloskopischen Abteilung hereinkam. Er strahlte, sichtlich mit dem Erfolg seiner Arbeit zufrieden, übers ganze Gesicht.

»Gleich beim ersten Griff gefunden, Sir!« verkündete er. »Fanny Weldon, Coram Street 280. Hier sind die Personalien.« Er übergab Larry eine Karte.

Der Beamte, der die Uhr weggebracht hatte, kannte die Frau und berichtete:

»Ihre Spezialität ist, andere Leute zu imitieren. Der dicke Joe Jacket hat sie engagiert, damit sie die bekannte Schauspielerin Lottie Holm darstellte. Das war vor etwa zwei Jahren. Später hat sie im Hotel Victor Hugo eine Bardame gespielt, der Besitzer war abwesend, und die Mannic-Bande hat bei der Gelegenheit dreitausend Pfund erwischt.«

Larry saß hinter seinem Schreibtisch, das Kinn in die Hand gestützt.

»Es ist ganz klar«, resümierte er, »diese Leute wissen nicht nur sehr genau Bescheid, sie kennen auch alle ›Spezialisten‹ von London. Fanny Weldon haben sie zweifellos eingespannt, um . . .

Wie war doch die Adresse – Coram Street 280? Versuchen Sie gleich, die Frau herzubekommen!«

Fannys Bekanntschaft machte er jedoch erst gegen Morgen. Sie war recht hübsch.

»Was soll ich eigentlich getan haben?« fragte sie.

»Heiligtumsschändung!« erwiderte Larry feierlich.

»Wieso Heiligtumsschändung? Was wollen Sie damit sagen? Einbruch in eine Kirche oder so ähnlich?«

»Einbruch in Scotland Yard!«

Sie seufzte tief.

»Dann liege ich schief!«

»Das glaube ich auch.«

Schon bei ihrem Eintreffen in Scotland Yard war Fanny einer kurzen Kontrolle unterzogen worden. Man hatte in ihrer Handtasche einhundertfünfzig Pfund in Banknoten gefunden. Inzwischen schien sie sich vom ersten Schrecken erholt zu haben. Anzüglich verlangte sie jetzt, daß das Geld genau gezählt und notiert würde.

»Mir ist schon verschiedenes auf Polizeibüros abhanden gekommen.«

»Darauf kommen wir noch zurück«, winkte Larry ab. »Zuerst haben wir eine andere Rechnung miteinander. Sie haben eine Chance, und ich rede absolut offen mit Ihnen. Es liegt Scotland Yard nichts daran, wenn alle Welt erfährt, daß ein weiblicher Einbrecher dem Präsidium einen Besuch abgestattet und unter den Augen der Polizei Beweisstücke entwendet hat. Und darum werden Sie mir jetzt ganz genau sagen, was ich von Ihnen wissen will! Wer hat Sie angeworben?«

»Von mir erfahren Sie nichts.«

»Sie werden mir außerdem sagen, wer der Mann war, dem Sie die gestohlenen Sachen ausgehändigt haben – und wo dies geschehen ist.«

»Es hat gar keinen Zweck, so viel zu fragen, ich antworte ja doch nicht. Sparen Sie sich die Mühe – Sie können mich ja einsperren!«

»Ich werde Sie auch einsperren lassen, sobald ich Ihnen die gegen Sie vorliegende Anklage mitgeteilt habe.«

Sie fuhr hoch und blickte ihn mißtrauisch an.

»Was meinen Sie? Was für eine Anklage? Sie sagten ja schon – Einbruch . . .«

»Nein. Wenn ich keine befriedigenden Antworten auf meine Fragen erhalte, lasse ich Anklage gegen Sie erheben wegen Beihilfe zum Mord an Gordon Stuart in der Nacht des dreiundzwanzigsten April.«

»Mord?« wiederholte sie entsetzt. »Mord? Mein Gott, Sie glauben doch nicht im Ernst, daß ich . . .«

»Sie sind in einer fatalen Lage«, versicherte Larry. »Sie helfen Mördern, sich dem Zugriff zu entziehen. Sie haben sich verleiten lassen, ein wichtiges Beweisstück zu stehlen, das in den Händen der Polizei war und vielleicht die Mörder überführt hätte – all das macht Sie außerordentlich verdächtig.«

»Ist das wirklich Ihr Ernst?« fragte Fanny.

»Vollkommen. Glauben Sie ja nicht, daß ich Sie zum besten halten will. Ich habe keinen Grund, nicht ehrlich mit Ihnen zu sein.«

»Wer sind Sie eigentlich?«

»Ich bin Inspektor Holt.«

»Allmächtiger! Sie sind . . .« stammelte sie. »Ich dachte, Sie wären im Ausland. Nein, nein, dann ist es sinnlos, Mr. Holt, ich erzähle Ihnen lieber gleich, was ich weiß. Ich habe genug von Ihnen gehört. Man sagt auch, daß Sie ein faires Spiel spielen. Also gut – von der ganzen Geschichte habe ich bis gestern nachmittag keine Ahnung gehabt, und dann wurde ich angerufen. Ich sollte mich mit dem großen Jake oder dem blinden Jake, wie er auch genannt wird, treffen.«

»Blinder Jake?« wiederholte Larry. Er kannte den Namen nicht. Doch jetzt fiel ihm eine Episode ein, die sich gestern abgespielt hatte. Vor dem Gebäude trieb sich ein blinder Streichholzhändler am Themseufer herum. Larry, der gern einmal das Instrument gesehen hätte, das Blinde für die Brailleschrift benutzten, bat Diana, den Mann heraufzuholen. Dieser blinde Händler war im Büro gewesen. Sollte er –?

»Die Polizei weiß genau Bescheid über ihn, Mr. Holt«, sagte Fanny zögernd. »Er ist ein schlechter Mensch. Das klingt komisch, aber vielleicht verstehen Sie, was ich meine – er ist schlecht, grundschlecht. Ich habe eine Heidenangst vor ihm; es gibt keinen Strolch in London, dem es nicht genauso geht. Er hat zweimal gesessen. Gewöhnlich arbeitete er mit zwei Komplicen, beide Gauner und blind wie er. Wir nannten sie ›die toten Augen von London‹, weil sie sich schneller bewegen konnten als jeder Sehende und der dickste Nebel nichts bedeutete für sie. Jake der Blinde war immer der Boß. Einer von ihnen verschwand, ich hörte, er wäre tot, und dann vernahmen wir fast ein Jahr nichts mehr von ihnen, bis auf einmal der blinde Jake wieder auftauchte. Er hat Geld wie Heu ...«

»Gut. Sie haben also den blinden Jake getroffen?«

»Ja. Er gab mir den Plan ...«

»Aber der war doch nicht von ihm«, unterbrach sie Larry. »Er konnte ihn doch nicht zeichnen.«

»Der sicher nicht«, sagte sie verächtlich. »Nein, er hatte den Plan eben bei sich. Ich muß ihn irgendwo haben. Vielleicht in der Handtasche, die Sie mir abgenommen haben.«

»Zerbrechen Sie sich darüber nicht den Kopf. Ich habe ihn im Büro gefunden.«

»Der blinde Jake also sagte mir, was ich zu tun hätte, daß er mir den Mantel und Hut geben würde, den die junge Dame hier immer trug, wenn sie ins Präsidium kam, daß ich beim Pförtner ›Nummer 47‹ sagen und dann schnell nach oben gehen müßte.«

»Was sollten Sie holen?«

»Eine kleine, braune Papierrolle. Er hat mir genau beschrieben, wie sie aussieht und daß sie in einer Schale liegt.« Sie zuckte die Schultern. »Ich möchte wissen, wie er das herausgefunden hat.«

»Wo kann ich den blinden Jake finden?« fragte Larry.

»Den können Sie nirgends finden, und am Tage läßt er sich überhaupt nicht blicken.«

»Wie sieht er aus?«

»Er ist riesengroß und stark wie ein Ochse.«

Also nicht der Streichholzhändler – der war sehr klein gewesen. Aber der Mann auf der Treppe? Groß und riesenstark – so hatte Diana ihn beschrieben.

»Wann haben Sie die Papierrolle weitergegeben?«

»Heute morgen gegen zwei Uhr. Um diese Zeit sollte ich ihn am unteren Ende der Arundel Street, nahe beim Kai, treffen.«

»Wissen Sie, wo er wohnt?«

»Nein. Vor Jahren wohnten sie in Todds Heim. Das ist eine Blindenanstalt in Lissom Lane, Paddington, wo blinde Straßenhändler unterkommen können. Aber ich glaube nicht, daß er noch dort ist.«

Er führte Fanny Weldon in die Wachstube zurück.

»Sie können sie freilassen – auf meine Verantwortung«, sagte er zum diensttuenden Beamten. »Sie, Fanny, melden sich morgen vormittag zehn Uhr hier bei mir.«

»Ja, Sir«, erwiderte sie, »aber was ist mit meinem Geld?«

Larry überlegte einen Augenblick.

»Das können Sie mitnehmen.«

Fanny zählte die Scheine sorgfältig nach.

»Wenn mir noch mal einer erzählen will, daß die Polizei nicht ehrlich ist . . .«

13

Zu viert verließen sie am frühen Morgen das Präsidium – Larry, Diana und die zwei Beamten, die bei der Aufklärung des Einbruchs in dieser Nacht mitgewirkt hatten.

»Höchste Zeit, Miss Ward, daß Sie nach Hause und ins Bett kommen! Sie sehen abgespannt aus. – Da, die Vorsehung schickt uns gerade ein Taxi!« Er winkte den Wagen herbei.

Diana fühlte sich zum Umfallen müde, versuchte aber trotzdem zu protestieren. Doch Larry blieb unerbittlich und hielt die Wagentür für sie offen.

»Sergeant Harvey bringt Sie nach Hause«, rief er ihr zu und zog den Beamten beiseite. »Sie gehen nach oben in Miss Wards Zimmer, durchsuchen die Räume sorgfältig und bleiben auf dem unteren Treppenabsatz, bis Sie abgelöst werden. – Und nun will ich mir einmal Todds Heim ansehen«, wandte er sich an Sergeant Reed.

Es dauerte eine Weile, bis sie ein zweites Taxi fanden. Es schlug sechs Uhr von den Kirchtürmen, als der Wagen vor Todds Heim hielt. Ein trauriges, wenig einladendes Haus – die Fenster waren mit blauer Farbe gestrichen, auf einer langen Tafel über dem Eingang stand in verblichenen Buchstaben: ›Todds Heim für bedürftige Blinde‹.

Larry hatte kaum geklopft, als die Tür von einem kleinen Mann geöffnet wurde.

»Das ist nicht Toby, nicht Harry, auch nicht der alte Joe ... Wer ist es?«

Sie sahen, daß er blind war.

»Ich möchte den Vorsteher sprechen.«

»Ja, Herr«, sagte der Mann respektvoll. »Warten Sie bitte hier.«

Er verschwand in dem langen, dunklen Hausgang. Bald hörten sie ihn zurückkommen. Ein großer, schlanker Mann mit weißem Priesterkragen folgte ihm, dessen eine Hand leicht der Wand entlangstrich. Er trug eine Brille mit dunklen, blauen Gläsern. Sein Gesicht zeigte einen außergewöhnlich strengen Ausdruck.

»Treten Sie bitte ein! Ich bin John Dearborn – Reverend John Dearborn«, stellte er sich vor. »Wir haben selten Besuch hier. Todds Heim hat wenig Anziehungskraft.« Er machte keine Anspielung auf die frühe Stunde des Besuchs. »Kommen Sie, wir müssen ein Stück den Gang entlang, meine Herren – ich höre, daß Sie zwei Personen sind. – Vorsicht, hier ist eine Stufe!«

Er stieß eine Tür auf, sie traten ein. Das Zimmer war behaglich möbliert. Das erste, was Larry auffiel, waren die kahlen Wände, bis ihm einfiel, daß Bilder für Blinde keinen Wert haben.

Auf dem Tisch in der Mitte des Zimmers stand ein modernes Diktiergerät, das eingeschaltet war, als sie hereinkamen. Der Vorsteher ging geradewegs auf den Apparat zu und drückte auf einen Knopf – ein leichtes Schnappen, die Spule stand still.

»Das ist mein Diktaphon«, erklärte er, als er sich ihnen wieder zuwandte. »Ich bin literarisch tätig und diktiere in den Apparat, von dem meine Worte dann abgehört und mit der Schreibmaschine geschrieben werden können. Doch nehmen Sie Platz, meine Herren!« Er setzte sich gleichfalls. »Was verschafft mir das Vergnügen Ihres Besuchs?«

»Ich bin Beamter von Scotland Yard. Mein Name ist Holt.«

Reverend Dearborn verbeugte sich leicht.

»Ich hoffe, keiner meiner Schutzbefohlenen ist in Unannehmlichkeiten geraten?«

»Ich weiß es selbst noch nicht«, erwiderte Larry. »Im Augenblick suche ich einen Mann namens Jake – den ›blinden Jake‹.«

»Blinder Jake? Ich glaube nicht, daß wir so jemand in unserem Heim gehabt haben, wenigstens nicht, solange ich die Leitung habe. Und ich bin jetzt vier Jahre hier. Vor meiner Zeit wurde das Heim von einem Mann geleitet – und noch dazu sehr schlecht –, der die schlimmste Sorte von Blinden, die es in ganz London gab, hier zusammenbrachte. Sie wissen, Blinde sind in ihrer Art großartig, tapfer und geduldig, aber leider gibt es auch andere, verkommen, vertiert, der Abschaum der Erde. Wahrscheinlich haben Sie von den ›toten Augen‹ gehört?«

»Heute morgen zum erstenmal«, antwortete Larry.

»Wir sind diese Menschen losgeworden und haben jetzt nur anständige, alte Hausierer hier, für die alles mögliche getan wird. Wollen Sie sich vielleicht das Heim ansehen?«

»Sie kennen also den blinden Jake nicht?«

»Ich habe nie von ihm gehört«, sagte Reverend John Dearborn, »aber wenn Sie bitte mitkommen wollen, können wir uns erkundigen.«

Das Heim bestand aus vier Schlafsälen und einem gemeinsamen Wohnraum, in dem es nach kaltem Tabakrauch stank. Ein paar Blinde hockten herum.

»Einen Augenblick bitte!« Der Reverend wandte sich um, als sie bereits wieder im Gang standen, und ging noch einmal ins Zimmer, kam aber bald zurück. »Niemand kennt den blinden Jake persönlich, nur einer hat überhaupt etwas von ihm gehört.«

Sie stiegen eine Treppe hinauf und kamen durch den ersten Schlafsaal.

»Ich bezweifle, daß Sie noch mehr zu sehen wünschen.« Dearborn blieb stehen.

Larry hob den Kopf und lauschte.

»Es kam mir so vor, als ob ich jemand stöhnen hörte.«

»Ja, das ist ein trauriger Fall. Oben sind kleine Zimmer für Leute, die ein wenig mehr als ihre Leidensgenossen ausgeben können. In einem davon wohnt ein Mann, der, wie ich befürchte, geistig nicht ganz normal ist. Ich habe darüber schon an die zuständige Behörde berichten müssen.«

»Können wir nach oben gehen?« fragte Larry.

Der Reverend zögerte einen Moment.

»Selbstverständlich.« Er ging voraus. »Ich fürchte nur, die Ausdrucksweise des Mannes wird Sie schockieren.«

In dem kleinen Raum lag ein abgemagerter alter Mann in den Sechzigern, der sich ruhelos im Bett hin und her warf. Er stammelte unaufhörlich etwas und schien mit einer unsichtbaren Person zu sprechen. Larry hörte ihm erstaunt zu.

»Du Biest! Du Feigling! Gehenkt wirst du – denk an meine Worte! Gehenkt wirst du dafür!«

»Es ist schrecklich«, sagte der Reverend Dearborn und wandte sich ab. »Bitte, kommen Sie, meine Herren!«

Doch Larry rührte sich nicht vom Fleck und konzentrierte sich auf das Gestammel.

»Gut, Jake, aber du wirst dafür bezahlen, denk an meine Worte – wird dir teuer zu stehen kommen! Die sollen ihre drekkige Arbeit allein machen! Ich habe das Papier nicht in seine Tasche gesteckt, das kann ich dir sagen ...«

Larry trat ganz ins Zimmer, beugte sich über den Mann und ergriff seinen Arm.

»Wachen Sie auf, ich möchte Sie sprechen!«

Larry schüttelte ihn. Aber er schwatzte weiter.

»Lassen Sie mich in Ruhe, ich will nicht noch mehr Unannehmlichkeiten haben!«

»Wie heißen Sie?«

»Ich will keine Unannehmlichkeiten mehr ...« wiederholte der Alte.

»Er phantasiert«, warf Dearborn ein. »Er bildet sich ein, daß man ihn beschuldigt, einem seiner Freunde unten einen Streich gespielt zu haben.«

»Sprach er nicht von ›Jake‹?«

»Ja, natürlich, wir haben einen Jake unten – Jake Horley. Ein harmloser, amüsanter kleiner Kerl – möchten Sie ihn sprechen?«

Ohne zu antworten machte Larry kehrt und ging die Treppe hinunter. Hinter sich hörte er Reverend Dearborn sagen:

»Ich habe mich über Ihren Besuch gefreut. Ich wünschte nur, wir würden auch sonst auf mehr Interesse stoßen. Sie haben nun einen kleinen Einblick in unsere Arbeit tun können und selbst gesehen, mit welchen Schwierigkeiten wir zu kämpfen haben.« Unten, bevor sie sich verabschiedeten, fragte er noch hastig: »Sagen Sie – warum suchen Sie diesen blinden Jake? Ich meine – es ist wegen meiner Leute, sie werden umkommen vor Neugierde über diesen polizeilichen Besuch.«

»Gegen den blinden Jake liegt eine Anzeige vor. Eine Frau hat ihn ...«

Reed, der begleitende Sergeant, starrte Larry verblüfft an. Es war gegen jede polizeiliche Gepflogenheit, den Angeber zu verraten.

Die Hand auf der Türklinke, blieb Larry Holt noch einen Augenblick stehen.

»Entschuldigen Sie die Frage, Mr. Dearborn, sind Sie selbst auch –?«

»O ja, ich bin vollständig blind. Die Gläser trage ich nur aus Eitelkeit. Ich bilde mir ein, daß ich mit der Brille besser aussehe.« Er kicherte leise.

»Auf Wiedersehen!« Larry schüttelte ihm die Hand. Dann zog er die Tür auf und stand Flimmer-Fred gegenüber.

Wie vom Donner gerührt starrte Fred ihn an und ging – nicht ohne Risiko für sich selbst – die wenigen Stufen rückwärts hinunter. Larry betrachtete ihn mit dem Ausdruck eines Huhnes, das eine neue Art Wurm vor sich sieht.

»Wer von uns beiden läuft eigentlich wem nach? Sie mir oder ich Ihnen? Und warum so früh auf, Fred? Haben Ihre – hm – Geschäfte Sie die ganze Nacht in Anspruch genommen?«

Fred fand keine Worte. Er war den ganzen langen Weg von der Jermyn Street bis Paddington zu Fuß gegangen, hatte alle erdenkliche Vorsicht angewandt, um ja nicht verfolgt zu werden, und nun ... Endlich fand er seine Stimme wieder.

»Also eine Falle«, stellte er bitter fest. »Das hätte ich mir denken können. Aber gegen mich liegt nichts vor, Mr. Holt!«

»Doch, eine ganze Menge«, scherzte Larry, während er mechanisch die Haustür zuzog, bis sie ins Schloß schnappte. »Doch, Fred – ich kann Ihr Gesicht nicht leiden, ich kann Ihre Schmucksachen nicht mehr sehen, und Ihre Personalakten sind mir ekelhaft! Wohinein stecken Sie schon wieder Ihre Nase, Fred? Kommen Sie so früh, um den armen Blinden einen freiwilligen Beitrag zu spenden? Haben Sie endlich Gewissensbisse bekommen?«

»Lassen Sie doch den Unsinn, Mr. Holt!« Zu Larrys Überraschung wich Fred nicht von ihrer Seite.

»Wollten Sie nicht in das Heim gehen?«

»Nein«, antwortete Fred kurz und bissig.

Schweigend gingen sie ihres Weges, ein sehr nachdenklicher Fred zwischen den beiden Polizeibeamten.

»Ich habe keine Ahnung, warum Sie mich mitgenommen haben«, bemerkte Fred, als sie schon die breite Edgware Road erreicht hatten. »Sie können mich doch für eine alte Geschichte nicht nochmals fassen?«

»Was ist eigentlich mit Ihnen los? Ich habe keine Ahnung, warum Sie uns nachlaufen. Sie haben uns ja Ihre werte Begleitung förmlich aufgedrängt. Doch da jetzt noch niemand unterwegs ist, der sehen könnte, in welch respektabler Gesellschaft wir uns befinden, können wir es gut noch eine Weile in Kauf nehmen.«

»Wollen Sie damit sagen, daß ich nicht geschnappt bin?« stieß Fred ungläubig hervor und blieb stehen.

»Nicht, daß ich wüßte. Wie kommen Sie darauf?«

»Da soll einer sich noch auskennen«, stotterte Fred verdutzt. »Was soll das nun bedeuten?«

»Kennen Sie jemand in dem Heim?«

»Ich kenne das Heim so wenig wie 'nen Kuhstall. Ich habe einen Milchmann nach dem Weg fragen müssen.«

»Sie hätten sich an einen Schutzmann wenden sollen. Es gibt eine ganze Menge davon.«

»Für meinen Geschmack zuviel. Hören Sie, Mr. Holt«, sagte Fred plötzlich ernsthaft, »Sie sind ein anständiger Mensch, ich bin sicher, Sie legen mich nicht herein.«

Larry überging das Kompliment mit Stillschweigen.

»Nun?« fragte er.

Fred langte in eine seiner Innentaschen und zog einen Brief hervor.

»Was halten Sie davon?«

Larry zog den Brief, der an Fred Grogan adressiert war, heraus und las:

›Man wird Sie morgen verhaften. Larry Holt hat den Haftbefehl. Kommen Sie morgen früh halb sieben nach Todds Heim, Lissom Lane, und fragen Sie nach Lew. Er wird Ihnen sagen, wie Sie entwischen können. Passen Sie auf, daß man Ihnen nicht folgt. Erzählen Sie niemandem, wohin Sie gehen.‹

Der Brief war nicht unterzeichnet. Larry wollte ihn schon zurückgeben, aber dann fragte er:

»Haben Sie etwas dagegen, wenn ich den Brief behalte?«

»Nein, behalten Sie ihn ruhig. Nur, Mr. Holt«, fragte Fred unruhig, »wollen Sie mir nicht sagen, ob da irgend etwas Wahres dran ist, daß ich gefaßt werden soll?«

»Soviel mir bekannt ist, sind Sie nicht auf der Liste, und ganz sicher habe ich keinen Haftbefehl gegen Sie.«

14

Coram Street 280, wo Mrs. Fanny Weldon wohnte, war eine Pension. Das ganze Haus bestand aus möblierten Zimmern. Mrs. Weldon war eine geschätzte Mieterin, sie bezahlte gut und machte keine Umstände. Die Wirtin tat alles mögliche, um ihr gefällig zu sein.

Nach der unruhigen Nacht, die Fanny hinter sich hatte, schlief sie den ganzen Vormittag. Um drei Uhr nachmittags stand sie auf und beschäftigte sich mit diesem und jenem. Da war ein Hut zu bürsten, eine Bluse zu glätten, etwas auszubessern.

»Sie sind heute nacht spät nach Haus gekommen, Mrs. Weldon«, sagte die Wirtin, als sie eigenhändig den Tee brachte.

»Genaugenommen bin ich heute nacht überhaupt nicht ins Bett gekommen. Wie spät ist es jetzt?«

»Sechs Uhr. Ich dachte, Sie schliefen noch, und da Sie nicht klingelten, wollte ich Sie nicht stören.«

Fanny gähnte.

»Heute abend gehe ich aber früh zu Bett. Gibt's was Neues?«

»Nicht viel, liebes Kind. Im Zimmer nebenan wohnt jetzt ein junger Mann, ein Herr aus Manchester, sehr ruhig. Mrs. Hooper hat sich wieder einmal über das Essen beklagt ...« Und sie begann den täglichen Pensionsklatsch herzusagen.

»Schicken Sie mir irgend was Kaltes nach oben«, bat Fanny. »Ich will heute wirklich früh schlafen gehen. Morgen habe ich eine wichtige Verabredung.«

Sie dachte mit gemischten Gefühlen daran, daß sie Larry Holt aufsuchen mußte.

Um halb acht ging sie zu Bett. Sie war todmüde und schlief sofort ein. Aber sie hatte schreckliche Träume von drohenden Ungeheuern, von hohen Gebäuden, auf deren äußerstem Dachrand sie saß, von Männern, die sie mit langen, blitzenden Messern verfolgten. Ruhelos warf sie sich im Bett hin und her. Sie träumte, sie hätte einen Mord begangen, sie hätte Gordon Stuart ermordet. Nie vorher hatte sie diesen Namen gehört, bis Inspektor Holt ihn erwähnte. Sie stellte sich Gordon Stuart als einen weichlichen jungen Mann vor.

Und jetzt war der Tag der Hinrichtung gekommen, träumte sie; man schleppte sie aus ihrer Zelle, die Hände auf dem Rükken gefesselt, ein weißgekleideter Priester schritt an ihrer Seite. Sie kamen in einen kahlen Raum, der Henker erschien, er hatte das höhnische Gesicht des blinden Jake. Sie fühlte den Strick um ihren Hals, versuchte zu schreien, er zog sich enger und enger zusammen, würgte, erstickte sie. Sie wachte jäh auf.

Zwei Hände lagen um ihren Hals. Im Widerschein einer

Straßenlaterne blickte sie entsetzt in die ausdruckslosen Augen des blinden Jake. Es war kein Traum – es war Wirklichkeit. Sie versuchte, sich zu bewegen, aber seine großen Hände drückten sie nieder, und ein Knie preßte sich auf ihren Körper. In zischendem Flüsterton sprach er auf sie ein:

»Du hast mich verraten! Hast mich verraten, du Biest! Ich weiß alles. Ein guter Freund bei Todd hat mir alles erzählt. Jetzt bist du geliefert, Kleine!«

Sie rang nach Atem, sie konnte keinen Schrei, kein Wort hervorbringen, sie spürte das Blut in den Schläfen hämmern, immer stärker preßten die Hände ihren Hals. Plötzlich flammte das Licht auf.

Der ›junge Mann aus Manchester‹, der das Zimmer nebenan gemietet und geduldig die ganze Nacht auf die leisen Schritte des blinden Jake gewartet hatte, weil er wußte, daß er kommen würde, um sich an der Verräterin zu rächen – Larry Holt also stand in der Tür und richtete seinen langläufigen Browning auf den Würger.

»Hände hoch, Jake!«

Mit dem Fauchen eines gestellten Raubtiers drehte sich Jake herum.

Einen Augenblick standen sie sich regungslos gegenüber, dann streckte Jake langsam seine Hände in die Höhe.

»Kommen Sie hierher – keine Dummheiten!« befahl Larry.

Geschickt jedem Hindernis ausweichend kam der große, schwere Mann mit hochgehaltenen Händen langsam auf ihn zu. Seine eine Hand kam mit der Hängelampe in Berührung, und bevor Larry verstand, was vorging, schloß sich die Hand um die elektrische Birne, die unter dem Druck klirrend zersprang. Das Zimmer lag in Dunkelheit. Schießen konnte er nicht, ohne das Mädchen zu gefährden. Larry stellte einen Fuß vor, spannte jeden Muskel, um den Anprall des Körpers, der sich jetzt auf ihn stürzen würde, aufzufangen. Und dann war er auch schon in den Griffen des blinden Jake. Diana hatte nicht übertrieben, als sie von seiner Riesenkraft sprach – sie war unheimlich, erschreckend. Larry, selbst ein handfester Mann und Amateur-Mittelgewichts-Meister, fühlte seine Kräfte schwinden.

Er wagte auch später nie sich auszudenken, was bei diesem Kampf herausgekommen wäre, wenn ihn nicht das Geräusch einer zufallenden Tür und die Stimme eines Mannes auf der Treppe unterbrochen hätte. Jake hob den Inspektor wie ein Bündel in die Höhe und schleuderte ihn in eine Ecke. Dort landete er keuchend und halb betäubt auf einer Porzellanetagere.

Jake aber riß die Tür auf und flog die Treppe hinunter, schneller als ein Sehender es je gewagt hätte.

Larry kam mühsam auf die Füße, nahm seine Taschenlampe und fand die Pistole, die ihm entfallen war. Er lief zum Fenster, öffnete es hastig und blickte hinaus. Doch Jake war bereits um die Straßenecke verschwunden.

Jemand brachte eine andere Glühbirne, und Larry kümmerte sich um das Mädchen. Sie war immer noch bewußtlos und hatte blutrote Flecken am Hals.

»Wir müssen unbedingt einen Arzt kommen lassen«, sagte Larry.

Die Wirtin sah ihn mißtrauisch an.

»Was hatten Sie hier im Zimmer eigentlich zu suchen?« fragte sie.

Die Polizeiwache befand sich ganz in der Nähe, und der Polizeiarzt war glücklicherweise anwesend. Nach wenigen Minuten traf er ein.

In der Zwischenzeit erwachte Fanny aus der Bewußtlosigkeit, doch bekam sie sogleich einen hysterischen Anfall, der für alle Anwesenden sehr peinlich war.

»Es wäre besser, Doktor, wenn wir sie in ein Spital bringen ließen«, schlug Larry vor, und der Arzt pflichtete bei.

Eine halbe Stunde später war jede Polizeistation Londons im Besitz einer Personenbeschreibung des blinden Jake. Die Jagd begann.

Larry ging auf die Straße hinunter. Er fühlte sich schwindlig und am ganzen Körper zerschlagen. Die frische Luft tat ihm gut. Um drei Uhr morgens betrat er seine Wohnung und fand Sunny friedlich schlafend in einem Stuhl. Er ging an ihm vorbei zum Kamin. Die Hände in den Hosentaschen stand er eine Weile in Gedanken versunken und starrte auf den Teppich. Dann klopfte er seinem Diener, der zusammenzuckte und zu blinzeln begann, auf die Schulter.

»He, Sunny, wach auf! Was mir heute passiert ist – er packte mich beim Genick und warf mich quer durchs Zimmer ...«

»Wirklich, Sir? Wann wünschen Sie morgen früh Ihren Tee?«

Larry zuckte die Schultern, schlüpfte aus den Schuhen, legte Jacke und Krawatte ab, warf sich so aufs Bett und zog mit einem Ruck die Bettdecke über sich. Er tat es nicht nur, weil er sehr müde war, sondern auch, weil er wußte, daß Sunny sich darüber ärgerte.

15

In St. George, Hannover Square, fand eine vornehme Hochzeit statt. Lange Reihen eleganter Autos säumten beide Straßenseiten. Unter den Gästen befand sich auch Mr. Fred Grogan. Nicht daß er eingeladen worden wäre, das Brautpaar kannte ihn überhaupt nicht, und selbst wenn irgend jemand hier das zweifelhafte Vergnügen gehabt hätte, ihn zu kennen, man würde ihn trotzdem nicht eingeladen haben. Aber eine solche Kleinigkeit wie eine Einladungskarte machte Fred kein Kopfzerbrechen. Er erschien in St. George mit glänzendem Zylinder, weißen Glacéhandschuhen und wunderbar gebügelten Beinkleidern. Als er durchs Kirchenportal in den breiten Mittelgang trat, hielt man ihn versehentlich sogar für den Bräutigam.

Gekommen war er nicht etwa, um Eingang in die gute Gesellschaft zu finden, sondern um dem Schauspiel beizuwohnen, wenn die verzweigten Familien von Braut und Bräutigam sich gegenseitig mit Zurückhaltung und ausgesprochener Mißbilligung betrachteten. Er wußte, daß an Hochzeiten ganze Scharen von Basen und Vettern aus der Vergessenheit auftauchten, sich in seltener Vollzähligkeit auf einem Haufen zusammenfanden und daß die Damen sich mit ihren kostbarsten Juwelen behängten.

Die Feierlichkeit dauerte sehr lange und langweilte ihn maßlos. Er bedauerte, einen derart auffälligen Platz eingenommen zu haben, der es ihm unmöglich machte, sich heimlich zu empfehlen oder wenigstens die Anwesenden zu beobachten. Endlich war die Zeremonie beendet, die Orgel rauschte triumphierend auf, Braut und Bräutigam schritten als erste feierlich durch den Mittelgang hinaus.

Fred schloß sich der Prozession an. Er überlegte, ob es ratsam wäre, an dem nun folgenden Empfang teilzunehmen – wo er stattfand, hatte er längst ausfindig gemacht –, da berührte jemand seinen Arm. Fred fuhr herum.

»Hallo, Doktor Judd«, rief er erleichtert, »ich dachte schon, es wäre wieder der verfluchte Holt!«

Dr. Judd, eine imposante Figur in seiner zeremoniellen Aufmachung, sah ihn streng an.

»Sie haben mir doch erzählt, daß Sie nach Nizza fahren?«

»Ich habe den Zug verpaßt«, erzählte Fred fließend, »und mein Freund mußte ohne mich abfahren. Nun will ich mich noch ein paar Tage in London umsehen, bevor ich abreise.«

Dr. Judd machte eine auffordernde Handbewegung.

»Kommen Sie ein paar Schritte mit – ich möchte einiges mit Ihnen besprechen.«

Sie gingen über den Hannover Square und bogen in die Bond Street ein.

»Sie fallen mir auf die Nerven, Mr. Grogan«, begann Dr. Judd. »Bis jetzt konnte mich wenigstens der Gedanke etwas beruhigen, daß Sie auf dem Kontinent Kopf und Kragen riskieren. Doch nun treiben Sie sich in London herum!«

»Wußten Sie, daß ich noch hier bin?«

»Ich hörte es. Passen Sie jetzt auf, Mr. Grogan. Halten Sie es nicht auch für besser, wenn wir zu einem Schluß kommen, uns irgendwie einigen?«

Fred war ganz Ohr.

»In welcher Weise?« fragte er vorsichtig.

»Nehmen wir an«, sagte Dr. Judd, »ich zahle Ihnen eine Pauschalsumme unter der Bedingung, daß Sie mich nicht weiter belästigen.«

Nichts konnte besser zu Freds Plänen passen. Angenommen, die Summe wäre wirklich beträchtlich, dann könnte er sich Unannehmlichkeiten und neue Schwindeleien ersparen.

»Einverstanden«, erwiderte er nach längerer diplomatischer Pause.

Dr. Judd sah ihn an.

»Aber Sie müssen Ihr Wort halten. Ich habe nicht die Absicht, zwölftausend Pfund loszuwerden ...«

»Zwölftausend Pfund!« unterbrach Fred. »Warum nicht, das ist eine hübsche, runde Summe.«

»Doch merken Sie sich eines – ich habe nicht die geringste Lust, eine derartige Summe zu zahlen, wenn ich nicht die absolute Sicherheit habe, von Ihnen nie wieder belästigt zu werden. Wollen Sie morgen abend acht Uhr bei mir in Chelsea essen? Es werden noch einige andere Gäste dasein, doch niemand kennt sie. Ich muß Sie allerdings bitten, keine der Bekanntschaften, die Sie morgen abend machen werden, für zukünftige Fischzüge vorzumerken.«

Fred verwahrte sich entrüstet gegen solche Unterstellungen, doch der Doktor verabschiedete sich kurz und ließ ihn an der Ecke Bond Street stehen.

Zwölftausend Pfund! Fred wandelte wie auf Wolken, als er die Bond Street in Richtung Picadilly hinunterschlenderte.

Auf der anderen Straßenseite ging ein hübsches Mädchen, das es ihm antat. Er beschleunigte seine Schritte, kreuzte die Straße und blieb dicht hinter ihr. Sein eleganter Aufzug kam ihm zustatten. Siegesgewiß überholte er die junge Dame, lüftete lächelnd den Zylinder, bemerkte ihren interessierten, fragenden Blick – doch nun beging er den Fehler, die abgedroschene Phrase von sich zu geben:

»Sind wir uns nicht schon irgendwo begegnet?«

Sie sah ostentativ weg.

»Kleines Fräulein, ich muß Sie unbedingt näher kennenlernen.« Diese Phrase hatte oft schon gute Dienste geleistet.

»Dann müssen Sie mich besuchen«, erwiderte sie, was Fred ein wenig aus der Fassung brachte.

Sie öffnete die Handtasche, nahm eine Karte heraus und kritzelte ihren Namen darauf.

»Verbindlichsten Dank«, sagte er kavaliergemäß, »darf ich Ihnen hier meine Karte geben. Ja – und nun, wie denken Sie über ein kleines Dinner, Miss ...« Er hob die Karte und las die beiden obersten handschriftlichen Zeilen: »Diana Ward – ein wundervoller Name – Diana! Zimmer 47 ...« Dann änderte sich sein Gesichtsausdruck. Es kamen zwei gedruckte Zeilen: Inspektor Holt – Scotland Yard.

Fred schluckte leer.

»Wenn zufällig einmal nicht er – dann also Sie ...« stotterte er.

16

»Das ist Flimmer-Fred!« kicherte Larry, als sie ihm das Erlebnis am Nachmittag erzählte. »Der arme Kerl hat Pech – andauernd tanzt er mir vor der Nase herum.«

»Ich muß Ihnen aber noch von einer anderen Begegnung berichten«, fuhr Diana fort, »ich habe einen früheren Arbeitgeber getroffen, bei dem ich einige Monate ...«

»Sagen Sie, Miss Ward«, unterbrach Larry, »was mich schon lange beschäftigt – Sie müssen schrecklich früh zu arbeiten begonnen haben?«

»Ja. Meine Tante, die mich erzogen hat, war sehr arm.«

»Und Ihre Eltern?«

»Das ist keine erbauliche Geschichte. Ich habe meine Eltern nicht gekannt. Aber ich würde mich nicht wundern, wenn der Name meines Vaters eines Tages in den Berichten von Scotland Yard auftauchte, falls er überhaupt noch am Leben ist. Mrs. Ward hat fast nie von ihm gesprochen oder nur in wenig schmeichelhaften Ausdrücken. Ja, ich mußte schon sehr früh für meinen Lebensunterhalt sorgen. Doch nun zum Wichtigsten – dieser Arbeitgeber, den ich getroffen habe, ist Versicherungsfachmann, er erzählte, daß er in letzter Zeit empfindliche Rückschläge gehabt hätte, zuerst den Verlust eines Schiffes im Baltischen Meer, und dann mußte er eine große Versicherungssumme für den Tod eines Mannes namens Stuart auszahlen.«

»Stuart?« fragte Larry. »Doch nicht unser Stuart? Übrigens, das Gutachten lautete: ›Ertrunken aufgefunden‹. Uns lag natürlich nichts daran, Einspruch zu erheben oder irgendeine Behauptung aufzustellen, die die Mörder aufmerksam gemacht hätte. – Also Stuart?«

»Ja – und es ist unser Stuart.«

Larry pfiff leise.

»Wie ist das zugegangen?«

»Ich habe mir einige Notizen gemacht.« Sie holte ein Blatt Papier aus ihrer Handtasche. »Mr. Gray, so heißt mein einstiger Chef, ist Inhaber einer Versicherungsagentur. Wenn jemand sein Leben sehr hoch versichert, trägt die Gesellschaft, die die Police ausstellt, das Risiko nicht allein, sondern überträgt anderen Versicherungsgesellschaften Anteile an ihrer Haftpflicht. In diesem Fall hatte die Firma von Mr. Gray eine solche Rückversicherung im Werte von dreitausend Pfund übernommen.«

»Dreitausend Pfund?« wiederholte Larry. »Wie hoch war Stuart überhaupt versichert?«

»Danach habe ich mich auch gleich erkundigt.« Sie zeigte auf ihr Notizblatt. »In der Police, die Mr. Gray mit unterzeichnete, war eine Summe von fünfzigtausend Pfund angegeben, aber Mr. Gray erzählte mir, daß gleichzeitig noch eine zweite Police über den gleichen Betrag ausgestellt wurde.«

»Das also ist die geschäftliche Seite von Stuarts Tod? Versichert für hunderttausend Pfund ... Hat Mr. Gray bezahlt?«

»Natürlich hat er in dem Augenblick bezahlen müssen, als die ausstellende Firma ihre Rückversicherungsansprüche geltend machte, und obwohl er ohnehin schon Schwierigkeiten hatte, blieb ihm nichts anderes übrig, als das Geld aufzutreiben.«

»Wie heißt die ausstellende Firma?«

»Greenwich-Versicherungsgesellschaft.«

Larry sprang auf.

»Doktor Judd!« rief er.

17

Larry hatte noch einige Briefe diktiert und war dann weggegangen.

Mit jeder neuen Entdeckung wurde der Fall Stuart rätselhafter und verwickelter. Überall stieß man an Mauern, geriet in Sackgassen. Nicht einmal die Annahme, daß Stuart ermordet wurde, konnte als erwiesen gelten. Es war nur eine Theorie, die sich auf die ungewöhnlichen Umstände stützte, unter denen der Tote bei steigender Flut auf den Stufen der Ufertreppe aufgefunden wurde, und auf ein Stück Papier in Brailleschrift, das nicht mehr vorhanden war.

Mitten in der Northumberland Avenue blieb Larry stehen, zog sein Notizbuch heraus und las noch einmal die rätselhafte, verstümmelte Botschaft: ›Gemordet . . . dear . . . see . . .‹

Warum ›dear‹? überlegte er. Ein Mann, der sich die Mühe machte, die Namen seiner Mörder anzugeben, würde wohl kaum ›dear Sir‹ geschrieben haben.

›Dear, dear, dear . . .‹ wiederholte er im stillen ständig, als er weiterschlenderte, bis ihm auf einmal eine Gedankenverbindung kam. Dearborn! Er lachte vor sich hin. Dearborn, ein weltfremder Geistlicher – eine schwierige Aufgabe, dieses Heim . . . Nein, es mußte noch andere Assoziationen geben.

Es ist eine eigenartige Sache, passiert aber oft: Hört oder sieht man zum erstenmal einen ganz ungewöhnlichen Namen, so stößt man innerhalb von vierundzwanzig Stunden gleich noch ein zweites Mal auf ihn. In der Shaftesbury Avenue, als er an einem Theater vorbeikam, begegnete Larry dem Namen wieder. Er blieb stehen.

›John Dearborn‹, las er auf der Theateraffiche.

Dearborn war offensichtlich der Verfasser des Stückes, das hier aufgeführt wurde. Was für ein Theater war das eigentlich? Er trat ein paar Schritte zurück und las die Lichtschrift über dem Eingang: ›Macready-Theater‹. Aus dem Macready-Theater war Gordon Stuart verschwunden!

Ohne Zögern betrat er das enge Vestibül und ging zur Kasse. Auf dem Sitzplan, der vor dem Kassierer ausgebreitet lag, zeigten wenige blaue Striche die Plätze an, die für den Abend verkauft worden waren.

»Können Sie mir bitte sagen, wo ich Mr. Dearborn finden kann?« fragte Larry.

»Sind Sie vielleicht ein Freund der Direktion?«

»Durchaus nicht.«

»Aber zufällig ein Freund Mr. Dearborns?« fragte der Kassierer wieder und sah Larry eindringlich an, der den Kopf schüttelte. »Sehen Sie, dann kann ich Ihnen ja meine Meinung sagen. Ich wollte Sie nur nicht kränken. Ich habe keine Ahnung, wo Mr. Dearborn zu finden ist. Es wäre zu wünschen, daß es die Direktion auch nicht wüßte! Ende dieser Woche höre ich hier auf, da macht es nicht mehr viel aus, was ich sage. Dearborn ist so ungefähr der schlechteste Theaterschriftsteller, den die Welt je erlebt hat. Hoffentlich schrecke ich Sie damit nicht ab, falls Sie eine Karte kaufen wollten?«

»Keineswegs.«

»Wissen Sie, ich möchte Ihnen auch nicht zureden, eine zu kaufen. In der Sonntagvorstellung hatten wir ganze fünf Zuschauer, und es sieht so aus, als ob wir heute abend nicht auf mehr als drei kommen würden. Die einzigen, die ein gewisses Interesse an unserem Stück haben, sind die Nervenärzte, die hierherkommen, um die Reaktionen des Publikums zu beobachten; und wenn irgendwo ein Irrer ausbricht, werden die Wärter zuerst in unser Theater geschickt, um ihn hier zu suchen.«

»Haben Sie gar keinen Anhaltspunkt, wo der Verfasser dieses unglückseligen Stückes zu finden sein könnte?«

»Er ist Vorsteher einer Mission für – ich weiß nicht was, im Westend. Armer Teufel, er ist blind, ich sollte eigentlich nicht so über ihn reden. Aber er schreibt furchtbare Stücke.«

»Schreibt er schon lange?«

»Schon lange? Er schreibt ununterbrochen.«

»Und alle seine Stücke werden aufgeführt?«

»Ja.«

»Und alle fallen durch?«

»Natürlich.«

»Wie ist so etwas möglich? Keine Theaterdirektion wird immer weiter Stücke von einem Verfasser bringen, wenn sie regelmäßig durchfallen.«

»Unsere tut es«, meinte der Kassierer resigniert. »Darum ist ja auch der Name ›Macready‹ gleichbedeutend mit . . .«

»Und Sie wissen nicht, wie lange John Dearborn das schon so treibt?«

»Ungefähr zehn Jahre. Es gibt gelegentlich sogar Stellen, die nicht einmal so schlecht sind – mehr verrückt.«

»Kommt er manchmal hierher?«

»Nie. Auch nicht zu den Proben. Ich weiß nicht, warum «

»Noch eine Frage – wem gehört das Theater?«

»Einer Gesellschaft. Darf ich wissen, warum Sie diese Auskünfte wünschen?«

»Aus keinem besonderen Grund.« Larry dankte und verließ das Theater.

Das Ganze war unbegreiflich. Aber noch unsinniger wäre es, das Wortbruchstück ›dear‹ mit dem Verfasser der schlechten Theaterstücke, also mit Mr. Dearborn, in Verbindung bringen zu wollen. Als er vor dem Theater stand, kam ihm ein Gedanke, und er kehrte noch einmal um.

»Würden Sie mir einen großen persönlichen Gefallen erweisen«, fragte er, »und mir das Theater zeigen?«

Der Kassierer machte erst Einwendungen, dann aber winkte er dem Theaterportier, der soeben seinen Dienst antrat.

Larry folgte dem Portier in den ersten Rang, von wo aus er das kleine Theater überblicken konnte. Der Raum lag im Halbdunkel, der Vorhang war geschlossen, über die Sitze spannten sich weiße Überzüge

»Wo ist Loge A?« fragte Larry.

Durch eine schwere Portiere gelangten sie in den schmalen Gang hinter den Logen. Die letzte Tür führte in die Loge A. Larry trat ein, es war völlig dunkel, er nahm seine Taschenlampe. Auf dem kostbaren Teppich standen drei wundervoll geschnitzte antike Sessel. Sonst gab es hier nichts Ungewöhnliches.

»Sind die anderen Logen auch so kostbar ausgestattet?«

»Nein, Sir, nur Loge A.«

Larry drehte sich um, ging auf den Gang zurück. Genau in

seinem Blickfeld hing an der gegenüberliegenden Gangwand ein großer, roter Teppich. Er schob ihn etwas zur Seite und fand darunter eine eiserne Tür, auf der in roter Schrift ›Notausgang‹ stand.

»Wohin führt diese Tür?«

»In eine Seitenstraße, Sir. Es ist keine richtige Straße, nur ein Privatweg, der zum Theater gehört.«

Larry gab dem Mann ein Trinkgeld und verließ das Theater.

18

Larry Holt erwartete an diesem Abend noch einen Anruf Harveys, den er weggeschickt hatte, damit er verschiedene Erkundigungen einzog. Als das Telefon läutete, war es aber nicht Sergeant Harvey, sondern der Inspektor von der Polizeiwache in Oxford Lane.

»Ist dort Inspektor Holt?«

»Am Apparat.«

»Sie haben die Beschreibung eines schwarz emaillierten Manschettenknopfes mit Brillanten veröffentlicht!«

»Ja, natürlich. Und?«

»Ein Mr. Emden, von der Firma Emden & Smith, Pfandleihe, meldete ein Paar Manschettenknöpfe, die mit der Beschreibung in der amtlichen Diebstahlsliste übereinstimmen.«

»Haben Sie sie dort?« fragte Larry eifrig.

»Nein, Sir. Aber Mr. Emden ist hier im Büro, falls Sie ihn sprechen wollen. Er kann Ihnen die Knöpfe morgen früh zeigen. Heute abend las er die amtliche Liste und stieß auf die Beschreibung. Er ist dann sofort hierhergekommen, da er ganz in der Nähe wohnt.«

»Gut. Erwarten Sie mich, ich komme jetzt gleich vorbei.«

»Was gibt es?« fragte Diana. »Sind die Manschettenknöpfe gefunden worden?«

»Man hat ein Paar Manschettenknöpfe entdeckt, die mit der Beschreibung übereinstimmen. Aber ich weiß nicht – es ist ein Paar, während es doch ein halber Knopf sein müßte oder anderthalb . . . Kommen Sie, Miss Ward, ich werde Sie bei dieser Gelegenheit zu Hause absetzen.« Larry nahm den Hörer und meldete der Telefonzentrale: »Wenn Sergeant Harvey anruft, sagen Sie ihm, er möchte es noch einmal versuchen oder im Präsidium auf mich warten.«

Vor Miss Wards Haustür lungerte ein Mensch herum, der Larry grüßte.

»Lassen Sie mich etwa bewachen?« fragte Diana überrascht. »Ich glaube, das ist wirklich nicht nötig, Mr. Holt.«

»Meine persönlichen Erfahrungen haben mich überzeugt, daß es sehr nötig ist. Dem freundlichen Herrn, der mich in den Porzellanhaufen geschmissen hat, ist alles zuzutrauen. – Gibt es noch einen anderen Eingang ins Haus?« fragte er den Detektiv.

»Nein, Sir, ich habe genau nachgesehen und auch die Wohnung untersucht.«

»Wie ist das möglich?« fragte Diana verdutzt. »Seit dem Zwischenfall schließe ich die Wohnung immer ab.«

»Ich habe mir einen Nachschlüssel machen lassen«, erklärte Larry. »Hoffentlich sind Sie mir deshalb nicht böse. Und da wir gerade von Schlüsseln sprechen – das Rätsel, wie der blinde Jake in Fanny Weldons Zimmer gelangen konnte, hat sich auch aufgeklärt. Sie hatte ihm für den Fall, daß sie ihn in der Samstagnacht mit der Beute verpassen sollte, ihren Hausschlüssel gegeben. Er sollte dann einfach nach oben kommen. Das Zimmer kannte er offenbar. Sie hatte eine solche Angst vor ihm, daß sie nicht wagte, ihm den Schlüssel zu verweigern. Sie mußte das aber völlig vergessen haben, sonst hätte sie sich wohl kaum so vertrauensvoll schlafen gelegt.«

Larry wünschte Diana gute Nacht und fuhr weiter nach Oxford Lane.

Mr. Emden war ein kleiner, freundlicher Mann, der einen Kneifer trug.

»Ja, ich las die amtliche Diebstahlsliste und stieß auf Ihre Beschreibung der Knöpfe, Mr. Holt.«

»Sie haben ein Paar, sagten Sie?«

»Ja, Sir. Heute morgen sind sie bei mir versetzt worden. Ich habe sie selbst in Empfang genommen, einer meiner Angestellten mußte etwas besorgen, und so habe ich den Kunden abgefertigt. Ich gab ihm vier Pfund dafür.«

»Es ist ein recht ungewöhnliches Muster, nicht?«

»Ganz und gar«, pflichtete der Pfandleiher bei, »ich erinnere mich nicht, je Manschettenknöpfe wie diese gesehen zu haben. Vermutlich ist es französische Arbeit. Einer war etwas beschädigt, drei Diamanten fehlten. Sonst hätte ich auch viel mehr als vier Pfund dafür gegeben.«

»Kennen Sie den Mann, der die Knöpfe versetzt hat?« erkundigte sich Larry.

»Nein Sir. Es war ein sehr eleganter Herr, der mir erzählte, er hätte sich an den Dingern sattgesehen. Aber meiner Meinung nach . . .«

»Nun?« fragte Larry.

»Ja – so ganz traute ich seiner Eleganz nicht. Im Westend treiben sich viele von der Art herum. Ich glaube, daß er die Knöpfe nicht versetzte, weil er das Geld brauchte oder sie satt hatte, sondern weil er sie los sein wollte.«

»Elegant angezogen, sagen Sie?« Larry überlegte. »Trug er irgendwelchen Schmuck? Brillanten?«

»Ja«, bestätigte der Pfandleiher. »Darum nahm ich auch an, daß es ihm nicht ums Geld ging. Vier Pfund sind ja nicht viel, und er verlor kein Wort darüber.«

»Was für einen Namen hat er angegeben?«

»Mr. Frederick und, wie ich annehme, eine x-beliebige Adresse.«

»Flimmer-Fred!« rief Larry, »Liegt die Jermyn Street in Ihrem Bezirk?« fragte er den Inspektor.

»Ja, Sir.«

»Nehmen Sie ein paar Leute mit, heben Sie Flimmer-Fred aus! Bringen Sie ihn hierher, falls nötig, nehme ich ihn dann nach Cannon Row mit.«

»Soll er verhaftet werden?«

»Nein, erst einmal vernommen. Vielleicht kann er eine Erklärung geben. Allerdings muß er es sehr geschickt anstellen, wenn er sich hier herausreden will. – Mr. Emden«, wandte er sich an den Pfandleiher, »ich kann leider nicht bis morgen früh warten und muß Sie bitten, mich in Ihr Geschäft zu begleiten, damit Sie mir die Knöpfe aushändigen können.«

»Mit Vergnügen. Ich habe so etwas gedacht und gleich die Schlüssel mitgebracht. Mein Laden ist nur fünf Minuten von hier entfernt.«

Ein Beamter in Zivil begleitete sie. Als Mr. Emden den Schlüssel ins Schloß steckte und umdrehen wollte, gab die Tür nach.

»Nanu, die Tür ist ja offen!« rief er erschrocken und eilte in den Vorraum hinein. Es war überflüssig, einen weiteren Schlüssel zu suchen, denn die Tür zum eigentlichen Ladenraum stand halb offen. Beim Schein seiner Taschenlampe konstatierte Larry Spuren eines Brecheisens. Mr. Emden schaltete alle Lichter ein.

Auf dem Ladentisch lag, aufgeschlagen bei den Eintragungen vom letzten Tag, das Kassabuch.

»Wo haben Sie die Knöpfe aufbewahrt?«

»Im Geldschrank in meinem Privatbüro. Sehen Sie hier, die Eintragung und Nummer!« Mr. Emden zeigte auf das Buch.

»Und dahinter steht ›Geldschrank‹«, ergänzte Larry lakonisch. »Ich habe so das Gefühl, daß Sie Ihren Geldschrank nicht ganz unberührt vorfinden werden «

Das Gefühl trog ihn nicht. Der große, ›diebessichere‹ Geldschrank befand sich in kläglicher Verfassung. Ein Loch war in den Stahlmantel gebrannt, das Schloß fehlte. Von Wertgegenständen keine Spur mehr, nicht ein einziges Päckchen befand sich noch im Schrank.

»Die Knöpfe brauchen wir nicht mehr zu suchen«, stellte Larry verbissen fest.

19

Nach der Entdeckung des Einbruchs in das Pfandleihgeschäft ging Larry auf die Polizeiwache zurück, wo ihn noch eine Neuigkeit erwartete. Flimmer-Fred war verschwunden.

»Ich wünschte, Sie würden mitkommen und sich seine Wohnung ansehen, Sir«, sagte der Beamte, der Fred hätte vorführen sollen. »Da muß allerhand vorgefallen sein.«

Flimmer-Fred wohnte im Modley House, Jermyn Street. Der Portier des großen Mietshauses erzählte eine sonderbare Geschichte.

»Mr. Grogan kam gegen elf Uhr heute nacht nach Hause und fuhr direkt nach oben. Ich brachte ihm noch einen Siphon Sodawasser, den er bestellt hatte, und wünschte ihm gute Nacht. Anschließend machte ich gleich noch meine Runde, um nachzusehen, ob die Nebeneingänge verschlossen und die Lampen ausgeschaltet waren, und ging dann in meine Loge zurück, wo ich eine Kleinigkeit aß und in die Abendzeitung blickte.«

Die ›Loge‹ war ein unter der Treppe befindlicher und als Büro eingerichteter Raum, wo die Mieter ihre Schlüssel abgaben.

»So gegen halb zwölf«, berichtete der Portier weiter, »glaubte ich so etwas wie einen Schuß und laute Männerstimmen zu hören. Ich ging in die Halle, lauschte und stieg in die zweite Etage hinauf, von wo der Lärm kam. Nur in Mr. Grogans Wohnung brannte Licht, das konnte ich am Oberfenster über der Tür sehen. Ich klopfte an, nach einer Weile öffnete Mr. Grogan, und ich sage Ihnen, er jagte mir einen riesigen Schreck ein, so wild sah er aus. In der Hand hatte er ein großes Messer, der Anzug war blutbeschmiert. ›Ach, Sie sind's‹, sagte er, ›kommen Sie herein!‹ Ich trat hinter ihm ins Wohnzimmer – Sie machen sich keinen Begriff, wie es da aussah. Die Stühle umgestürzt am Boden, der Tisch umgeworfen, zerbrochene Gläser und Flaschen durch das ganze Zimmer verstreut. Das Fenster stand offen. Vor Mr. Grogans Fenster läuft die Feuerleiter vorbei. ›Was ist passiert, Sir?‹ fragte ich. ›Nichts Besonderes‹, sagte er, ›nur ein Einbrecher! Das ist alles! Holen Sie mir erst mal einen Whisky!‹ Er zitterte am ganzen Körper und war furchtbar aufgeregt. Immerzu sprach er mit sich selbst, aber ich konnte nicht verstehen, was er sagte. Als ich mit dem Whisky kam, hatte er das Messer sauber gemacht und war etwas ruhiger geworden. Er stand am offenen Fenster und blickte die Feuerleiter entlang in den Hof hinunter. Nun bemerkte ich auch, daß das Glas eines Wandbildes durch eine Kugel zerschmettert worden war. Ich sah sofort, daß es ein Schuß gewesen sein mußte, denn ich war einige Jahre bei der Londoner Polizei und kenne mich in solchen Dingen aus Ich sagte ihm, daß das ernsthafte Unannehmlichkeiten geben könne, aber er meinte, ich solle mir darüber nicht den Kopf zerbrechen, gab mir fünfzig Pfund für Miete und Unkosten und bat, die Wohnung in Ordnung zu halten, bis er zurückkehre – er werde ins Ausland verreisen.«

»Und dann?« fragte Larry.

»Dann kam er mit einem Handkoffer herunter, Sir, stieg in ein Taxi und fuhr weg. Das war das letzte, was ich von ihm gesehen habe «

Larry untersuchte das Zimmer und fand die Angaben des Portiers bestätigt. Der Raum wurde durch eine Hängelampe mit drei Birnen erleuchtet. Der Schirm mit den drei Fassungen hing in der Mitte des Zimmers von der Decke herab. Eine der Birnen war zersplittert. Larry machte den Portier darauf aufmerksam.

»Ja, Sir. Die Lampe hat drei Stufen, sogenannte Hotelschaltung. Man kann nach Wunsch eine, zwei oder alle drei Birnen einschalten Gewöhnlich hat Mr. Grogan nur eine brennen lassen «

Larry konnte sich die Szene nur zu gut vorstellen: Der Eindringling, der durchs Fenster gekommen war – Fred, der ihn mit seinem Revolver in Schach hielt, während der große Mann sich langsam der Zimmermitte näherte, bis seine erhobenen Hände mit der Hängelampe in Berührung kamen und seine riesenhafte Tatze die heiße Glühbirne zerdrückte. Dann hatte Fred gefeuert, und der Mann hatte sich auf ihn gestürzt. Aber Fred war glatt wie ein Aal. Flimmer-Fred war gerissener als Larry Holt. Er verließ sich weniger auf den Revolver als auf sein Messer. Zur größten Überraschung des blinden Jake – denn es mußte der blinde Jake gewesen sein – hatte Grogan den Ansturm und die erstickende Umklammerung dieses Tiermenschen mit blankem Stahl pariert. Jake mußte ihn losgelassen haben und durch das offene Fenster entflohen sein.

In diesem Augenblick fühlte Larry so etwas wie Sympathie für den Hochstapler Also auch Fred war, sei es durch Zufall oder absichtlich, auf den Mörder Stuarts gestoßen! Was für eine Spur konnte das sein? Er mußte Flimmer-Fred finden, sofort finden, denn in seinen Händen lag vielleicht die Lösung des Rätsels.

Er fuhr nach Hause, rief Scotland Yard an, wo er erfuhr, daß Harveys Nachforschungen ergebnislos geblieben waren, nahm ein heißes Bad und legte sich zu Bett. Er schlief genau vier Stunden. Sunny brachte ihm Tee und einige Schnitten Toast mit Butter.

»Wie spät ist es?« fragte ihn Larry.

»Neun Uhr, Sir. Der Briefträger ist schon dagewesen, und die Morgenzeitungen sind gekommen.«

»Geben Sie mir meine Briefe!« Larry sprang aus dem Bett. Während er den Tee trank, durchflog er die Post. Ein Brief war ohne Marke und Poststempel, mußte also von privater Hand in den Kasten gesteckt worden sein. Er riß den Umschlag auf. Das Schreiben begann ohne Anrede:

›Es ist besser, wenn Sie sich mit einem anderen Fall beschäftigen, Mr. Holt! Sie ziehen sich ernsthafte Unannehmlichkeiten zu, wenn Sie diese Warnung nicht beherzigen.‹

»Sunny, bringen Sie mir meine Jacke!«

Larry suchte in der inneren Brusttasche den Brief, den Flimmer-Fred erhalten hatte, und legte ihn neben den Drohbrief. Beide Schreiben wiesen die gleiche Handschrift auf.

20

Diana Ward unterbrach ihre Arbeit, ließ ihre Finger auf den Tasten der Schreibmaschine liegen und sah zu Larry Holt hinüber, der sich in seinem Stuhl zurückgelehnt hatte und im Begriff war, den Fall Stuart zu resümieren.

»Wir sehen am besten, wo wir stehen, wenn wir uns die Ereignisse in ihrer Reihenfolge nochmals ins Gedächtnis zurückrufen.« Er unterstrich die einzelnen Punkte, indem er sie an den Fingern mitzählte. »Wir haben da zuerst einen reichen Kanadier, der in der Absicht nach London kommt, Frau und Kind zu suchen, die er vor Jahrzehnten verlassen hatte, jedoch nur noch ihr Grab findet. Nach einem Besuch im Macready-Theater wird er ermordet. Der Autor des Stückes ist John Dearborn, der, wie allgemein bekannt ist, den größten Blödsinn schreibt, den je eine Bühne aufgeführt hat. Darum braucht er aber noch lange kein Mörder zu sein. Außerdem ist er ein angesehener Geistlicher, der sich der Aufgabe verschrieben hat, Blinde zu betreuen. Der ermordete Stuart hinterläßt ein Testament, geschrieben auf die Innenseite seines Oberhemdes, worin er sein gesamtes Vermögen einer Tochter vermacht, über deren Existenz wir bisher keinerlei Anhaltspunkte haben. Verschiedene Beweisstücke werden gefunden – ein Stück Papier mit einigen Worten in Brailleschrift und in der Hand des Toten die Hälfte eines Manschettenknopfes. Die Brailleschrift wird aus dem Präsidium gestohlen. Ein Paar gleiche Manschettenknöpfe kommen in den Besitz Flimmer-Freds, der sie aus Sicherheitsgründen versetzt. Diese Knöpfe scheinen aber für eine oder mehrere unbekannte Personen derartig wichtig zu sein, daß ein Einbruch in das Pfandhaus verübt wird, offensichtlich nur zu dem Zweck, die Knöpfe wieder in die Hände zu bekommen. Mehr noch – ein Helfershelfer versucht, zuerst Sie, Miss Ward, zu entführen und dann Fanny Weldon, die in unser Büro eingedrungen war, zu ermorden. Schließlich sollte auch noch Flimmer-Fred aus dem Wege geräumt werden ...«

Es schauderte Diana bei dieser Aufzählung.

»Hat man überhaupt keine Spur von ihm – ich meine von diesem blinden Jake? Die Nacht auf der Treppe werde ich nie vergessen.«

»Absolut nichts. Er ist in seiner Höhle verschwunden.«

»Halten Sie das Heim unter Beobachtung?«

»Das Heim?« wiederholte Larry überrascht. »Nein, ich denke nicht, daß es notwendig ist. Der Vorsteher ist etwas überspannt, aber ich habe mit dem Polizeiinspektor des Viertels gesprochen, er meinte, alle Insassen seien als ehrlich bekannt, und er könne für sie garantieren, mit Ausnahme des Mannes Lew. Wissen Sie, Lew ist der Blinde, den ich im oberen Stock im Einzelzimmer gesehen und von dem ich Ihnen erzählt habe.«

»Darf ich Sie um eine Gefälligkeit bitten?« fragte Diana. »Dürfte ich das Heim aufsuchen? Würden Sie mich morgen dorthin begleiten?«

»Ja-a«, antwortete er zögernd, »aber ...«

»Wollen Sie es tun?«

»Sicher, wenn es sein muß, aber ich glaube nicht, daß Sie dort irgend etwas finden, das uns weiterbringen könnte.«

»Wer weiß?«

»Im weiteren«, fuhr Larry in seinem Resümee fort, »sind unsere Nachforschungen nach der Geburtsurkunde, die Ihre Annahme hätte bestätigen sollen, daß Mrs. Stuart Zwillingstöchter gehabt habe, erfolglos geblieben. Obwohl die Register in Somerset House mit größter Sorgfalt geprüft wurden, fand sich keine Eintragung über die Geburt der Kinder.«

»Trotzdem finde ich es merkwürdig«, wandte Diana ein, »daß eine Dame wie Mrs. Stuart es versäumt haben sollte, die Geburt ihrer Kinder anzumelden.«

»Was meinen Sie damit?«

»Ach, ich mußte nur an meine Tante denken – Mrs. Ward, deren Namen ich führe, haßte nämlich die Behörden und hielt nicht viel von Anmelden, Impfen und ähnlichem.«

»Was ist aus Ihrer Tante geworden? Ist sie gestorben?«

»Nein – sie ist nicht tot.« Sie sagte das etwas sonderbar, stockte und wurde rot. »Ich weiß, man sollte nicht über etwas zu sprechen anfangen, wenn man nicht zu Ende reden will. Ich sagte Ihnen schon, daß ich aus wenig erbaulichen Verhältnissen komme. Meine Tante hat ihren Chef bestohlen; sie muß es ausgiebig getan haben, denn eines Tages, ich war gerade zwölf Jahre alt, ging sie für lange Zeit fort, und ich habe sie nie wieder gesehen.«

Larry ging auf sie zu und legte ihr die Hand auf die Schulter.

»Sie haben es geschafft, sich von all dem freizumachen und mit dem Leben fertigzuwerden. Sie können stolz sein auf sich.«

Als sie zu ihm aufblickte, hatte sie Tränen in den Augen.

»Ich glaube, sie trank. Wenn ich sie sehr nötig hatte, war sie wirklich gut zu mir. Ich würde gern wissen, was aus ihr geworden ist, aber ich wage gar nicht, mich zu erkundigen.«

»Ist sie ins Gefängnis gekommen?«

»Ich glaube, in eine Trinkerheilanstalt. – Aber ich unterbreche Sie andauernd . . .«

Diana Ward ließ sich an diesem Abend von Larry zum Dinner einladen. Es wurde eine angeregte, vergnügte Mahlzeit. Sie schwatzten viel und zusammenhanglos von allem möglichen.

»Nachzutragen wäre schließlich noch«, kam Larry auf sein Resümee vom Nachmittag zurück, »daß Stuart bei der Greenwich-Versicherungsgesellschaft außerordentlich hoch versichert war. Leiter der Gesellschaft ist Doktor Judd, der übrigens kein Hehl daraus macht, daß diese Versicherung abgeschlossen wurde.«

»Haben Sie Doktor Judd gesehen?« fragte sie interessiert.

»Ich habe mit ihm telefoniert. Morgen will ich ihn aufsuchen. Vielleicht begleiten Sie mich – wir können den Besuch in Todds Heim ja bis zum Nachmittag aufschieben.«

21

Dr. Judd hatte den Inspektor allein erwartet und war überrascht, als er in Damenbegleitung das Direktionsbüro betrat.

»Doktor Judd – Miss Ward, meine Sekretärin«, stellte Larry Holt vor »Miss Ward hat ein ausgezeichnetes Gedächtnis, und vielleicht sind auch ein paar stenografische Notizen nötig.«

»Sehr angenehm«, sagte Dr. Judd, schien sich aber doch nicht ganz behaglich zu fühlen. »Es freut mich, daß Sie gekommen sind. Ja, und worüber ich bei dieser Gelegenheit gern noch mit Ihnen gesprochen hätte – der Mann, den Sie letztesmal bei mir vorfanden . . . Ich muß befürchten, daß Sie einen ganz falschen Eindruck gewonnen haben, und kann es Ihnen nicht einmal verdenken. Haben Sie den Burschen kürzlich wiedergesehen?«

»Nein, seither habe ich ihn nicht mehr zu sehen bekommen und auch nichts von ihm gehört«, log Larry zu Dianas Überraschung.

»Nun gut«, meinte der Doktor, »wir können uns darüber auch ein andermal unterhalten. Stört es Sie, wenn ich rauche, Miss Ward? Ich bin nämlich leidenschaftlicher Zigarettenraucher. Seit mehr als fünfundzwanzig Jahren rauche ich täglich durchschnittlich fünfzig Zigaretten.« Er lachte herzhaft und ansteckend, zündete eine Zigarette an und nahm eine Mappe aus seinem Schreibtisch. »Hier sind die Policen. Sie werden bemerken, daß die Summen an eine Person zu zahlen sind, die später genannt wird. Ich erhielt die diesbezügliche Anweisung an dem Tag, an dem Stuart starb, und ich werde sie Ihnen sofort zeigen. Kürzlich wurden wir aufgefordert, die Versicherungssumme auszuzahlen. Gleichzeitig wurde uns auch der Totenschein Stuarts vorgelegt, respektive eine beglaubigte Kopie davon.«

»Die man für fünf Shilling erhalten kann«, unterbrach Larry

»Ja, natürlich, und das genügt ja auch vollständig. Jedenfalls hatten wir keinen Grund, die Zahlung zu verweigern – sie wurde geleistet.«

»Wie ist ausbezahlt worden? Bar oder Scheck?«

»Auf Wunsch der betreffenden Dame in bar.«

»Der Dame?« fragten Larry und Diana gleichzeitig.

»Sie haben eine sehr interessierte Sekretärin«, kicherte Dr. Judd und rieb sich vergnügt die Hände.

»Aber wer war die Dame?« fragte Larry.

Der Doktor nahm zwei schmale Bogen aus seiner Mappe und legte den einen vor den Inspektor.

»Hier die Empfangsbestätigung – wie Sie sehen, lautet sie auf einhunderttausend Pfund.«

Larry überflog die Quittung. Die Unterschrift lautete: Clarissa Stuart

Er traute seinen Augen nicht und hielt die Quittung Diana hin, die aber schon über seine Schulter weg mitgelesen hatte.

»Clarissa Stuart?« fragte er ungläubig. »Kennen Sie die Dame?«

»Ich habe nie vorher von ihr gehört«, erwiderte der Doktor eifrig »Doch sie war bevollmächtigt, die Versicherungssumme in Empfang zu nehmen.«

»Wie sieht sie aus?«

Dr. Judd steckte sich an der zu Ende gehenden Zigarette eine neue an, bevor er antwortete:

»Jung, hübsch, elegant angezogen.«

»Machte sie einen niedergeschlagenen Eindruck?«

»Durchaus nicht, sie war im Gegenteil sehr vergnügt.«

Diana Ward und Larry Holt warfen sich einen Blick zu.

»Hat die junge Dame eine Adresse hinterlassen?«

»Nein. Das war auch nicht nötig. Ich gab ihr einen Barscheck, aber sie sagte, sie wollte keinen Scheck haben. Ich schickte daher jemand zur Bank und ließ das Geld holen.«

»Es war also alles Bargeld?«

»Die ganze Summe ist in bar ausgehändigt worden.«

»Und Sie haben sie nie vorher gesehen?« fragte Larry noch einmal.

»Nein. Aber sie war Stuarts Tochter, jedenfalls hatte ich keine Veranlassung, daran zu zweifeln.«

Sie waren schon wieder auf der Straße bei ihrem Wagen, als Larry hervorstieß:

»Es ist unglaublich!« Dem Chauffeur befahl er: »Nottingham Place 304.«

»Wohin fahren wir jetzt?« fragte Diana.

»Zu Stuarts Pension. Vielleicht hat Harvey, als er dort recherchierte, doch etwas übersehen. Wenn Stuart erst am Tag seines Todes auf seine zweite Tochter gestoßen ist, muß er doch irgendeinen Besuch gehabt haben.«

»Glauben Sie, daß das Mädchen, ich meine Clarissa, bei ihm war?«

»Das ist möglich. Wir müssen versuchen, es herauszufinden.«

Nottingham Place 304 war ein großes, vornehm aussehendes Gebäude. Larry und seine Begleiterin wurden in einen eleganten Salon geführt. Wenige Augenblicke später erschien eine kleine, alte Dame mit weißem Haar.

»Mrs. Portland, nicht wahr? Mein Name ist Holt. Inspektor Holt von Scotland Yard.«

Ihr Gesicht drückte peinliche Bestürzung aus.

»Du meine Güte, schon wieder! Ich hatte gehofft, die Polizei wäre nun endlich fertig bei mir. Mein Haus kommt durch solche Besuche in schlechten Ruf, und ich habe schon Unannehmlichkeiten genug gehabt. Der arme Herr hat Selbstmord begangen, nicht wahr? Warum er das nur getan hat? Ich kann es nicht begreifen. In der ganzen Zeit, seit er hier wohnte, habe ich ihn nie so vergnügt gesehen wie an dem Abend, als er ins Theater ging. Sonst war er immer so finster und niedergeschlagen, daß es mich bedrückte, wenn ich ihn sah.«

»Er war vergnügt, ungewöhnlich vergnügt, bevor er ins Theater ging? Hat er am Nachmittag irgendeinen Besuch gehabt?«

»Nein, Sir, es ist niemand bei ihm gewesen. Ich habe dem Detektiv, den Sie hierherschickten, schon erzählt, daß Mr. Stuart nie Besuch hatte. Er war an dem Nachmittag wie immer ausgegangen und kam etwas früher als gewöhnlich zurück Ich hatte eine Reinmachefrau hier, und sie arbeitete gerade in seinem Zimmer Ich merkte das aber überhaupt erst, als ich an seinem Zimmer vorbeikam und ihn mit jemand sprechen hörte. Das war so ungewöhnlich, daß ich sogar mein Zimmermädchen darauf aufmerksam machte.«

»Wer war nun aber wirklich bei ihm?« fragte Larry.

»Eben, die Reinmachefrau – eine Frau, die ich ab und zu für Extraarbeit nahm. Und aufgefallen ist es mir so besonders, weil er sonst überhaupt mit niemandem sprach.«

»Wie lange war die Frau in seinem Zimmer?«

»Fast eine Stunde.«

»Eine Stunde? Was hatte er eine ganze Stunde lang mit einer Aufwartefrau zu verhandeln?«

»Ich habe keine Ahnung, aber die Sache hat mich noch einige Zeit beschäftigt, weil die Frau weggegangen ist, ohne sich ihren Lohn auszahlen zu lassen. Sie muß direkt von Mr. Stuart aus fortgegangen sein – und sie hat sich nie wieder sehen lassen.«

»Das scheint mir sehr wichtig zu sein«, murmelte Larry. »Haben Sie mit Sergeant Harvey darüber gesprochen?«

»Nein, Sir. Er fragte mich, ob Mr. Stuart Besuch gehabt habe, und darauf antwortete ich ihm wahrheitsgemäß, daß niemand dagewesen war.«

»Wie hieß die Aufwartefrau?«

»Das weiß ich auch nicht. Wir haben sie immer Emma genannt. Es wundert mich eigentlich, daß sie nicht zurückgekommen ist, denn sie hat ihren Trauring hier liegenlassen. Sie zog ihn immer ab, bevor sie zu arbeiten anfing. Ein eigenartiger Ring, halb Gold, halb Platin, ungewöhnlich bei einer Frau ... Mein Gott, halten Sie die junge Dame, Sir!« rief die Wirtin plötzlich.

Larry fuhr herum und fing die ohnmächtig werdende Miss Ward auf. Er legte sie aufs Sofa, doch schon nach kurzer Zeit kam Diana wieder zu sich und wollte sich aufrichten. Larry hielt sie zurück.

»Sie müssen noch einen Augenblick liegenbleiben. Was hatten Sie?«

»Ich bin ein schrecklicher Idiot! Ich glaube, die Luft im Zimmer ist etwas drückend.«

Das Zimmer war wirklich überheizt und schlecht gelüftet. Die Wirtin entschuldigte sich und öffnete das Fenster.

»Ich sage den Mädchen immer, daß sie das Zimmer lüften sollen, und nie tun sie's. Es ist wirklich wie in einem Ofen, entschuldigen Sie!«

Diana erhob sich langsam. Die Tasse Tee, die ihr die Wirtin brachte, war ihr äußerst willkommen.

»Es ist besser, Sie fahren jetzt direkt nach Hause«, schlug Larry vor.

»Ich denke gar nicht daran, nach Hause zu gehen«, widersprach sie heftig. »Ich fahre mit Ihnen zu Todds Heim, Sie haben es mir versprochen. Sobald ich an die frische Luft komme, bin ich wieder völlig munter – ja, fahren wir doch durch den Regents Park, er ist ganz in der Nähe.«

Langsam bekamen ihre Wangen wieder Farbe.

»Ich bin nicht so sicher«, meinte Larry, »ob Todds Heim jetzt das Richtige ist. Es riecht dort nicht sehr gut, und was man zu sehen bekommt, ist auch nicht gerade angenehm.«

»Das macht nichts, bitte, lassen Sie uns heute nachmittag hingehen!«

Sie fuhren nach Piccadilly zurück und aßen etwas. Larry fiel ein, daß er in der Aufregung vergessen hatte, sich den Trauring der Aufwartefrau zeigen zu lassen und noch einige weitere wichtige Fragen zu stellen. Vom Restaurant aus telefonierte er mit Harvey und trug ihm das Versäumte auf, worauf der Sergeant

Mrs. Portland durch seinen Besuch in erneute Verzweiflung stürzte.

Am Nachmittag erschien Harvey im Büro 47 und meldete: »Ich habe Emmas Spur gefunden. Sie wohnt oder vielmehr wohnte in Camden Town bei einem pensionierten Soldaten und seiner Frau.«

»Haben Sie sie gesehen?«

»Nein, Sir, sie ist seit der Nacht von Stuarts Ermordung nicht mehr nach Hause gekommen.«

»Hat sie ihre Sachen mitgenommen?«

»Nein, nichts, und das ist das Merkwürdige – sie hat mit keinem Wort erwähnt, daß sie fortgehen wollte.«

»Setzen Sie sie sofort auf die Liste, benachrichtigen Sie sämtliche Polizeistationen! Nichts Neues vom blinden Jake?«

»Nein, nichts.«

»Auch nicht von Fred?«

»Nein, Sir.«

»Die Wachsamkeit der städtischen Polizei ist ja schon strapaziert genug, aber trotzdem müssen wir ihr auch noch den Namen Clarissa Stuart empfehlen. Jung, hübsch, elegant angezogen, wohnt wahrscheinlich in einem erstklassigen Hotel. Lassen Sie überall nachfragen, wo eine reiche junge Frau sich aller Wahrscheinlichkeit nach aufhalten könnte.«

Harvey grüßte und ging hinaus. Larry stand an seinem Schreibtisch und blickte eine Zeitlang mißmutig darauf.

»Ich begreife nicht, warum man mir eigentlich einen Schreibtisch in mein Büro gestellt hat. Ich sitze ja nie daran.« Trotzdem ließ er sich in den Sessel fallen. »Nun können wir zu allen übrigen Rätseln ein neues hinzufügen, Miss Ward. Emma ist genauso plötzlich verschwunden wie Flimmer-Fred, und der Mann, der das bewerkstelligt hat, ist höchstwahrscheinlich der gleiche, der beinahe Fanny Weldon ermordet hätte.«

»Der blinde Jake?« fragte Diana.

»Eine schreckliche Figur in diesem Drama. Wenn ich an ihn denke, läuft es mir kalt über den Rücken. Er muß übrigens verwundet sein. Flimmer-Fred konnte schon früher sehr gut mit Messern umgehen.«

»Glauben Sie, sie haben ihn gefangen?«

»Fred? Nein, der hält sich still. Er ist verschwunden, weil er fürchtet, daß sie ihn doch noch fassen.«

»Dann gehört er also nicht zu der Bande.«

Larry lachte.

»Ausgeschlossen. Fred ist ein Wolf, der nicht mit dem Rudel läuft. Er jagt allein. Darauf ist er vor allem stolz, daß er nie irgendeiner Bande angehört hat.«

Larry arbeitete über eine Stunde. Er schien Dianas Anwesenheit völlig vergessen zu haben und ihre Blicke nicht zu bemerken, die ihn an den geplanten Besuch in Todds Heim erinnern sollten. Bogen um Bogen schrieb er voll. Er hatte die Gewohnheit, seine Fälle ausführlich zu Papier zu bringen. In diesen Berichten wimmelte es von Randbemerkungen und Korrekturen zwischen den Zeilen.

Endlich war er mit seiner Arbeit fertig und verstaute die vollbeschriebenen Bogen in einer Schublade. Er stand auf, streckte sich, ging ans Fenster und sah hinaus. Es war spät am Nachmittag. Vor ihm lag die Themse. Blaue Brücken spannten sich über den bleifarbenen Strom. Im rosa Dunst der untergehenden Sonne tauchten schlanke Türme auf.

»Wenn Sie wirklich noch in Todds Heim wollen ...« Er kratzte sich höchst unromantisch die Nase.

22

Ein Wagen brachte sie bis Lissom Grove. Sie bogen in die Sackgasse Lissom Lane ein. Zwei Beamte in Zivil erwarteten sie. Gemeinsam gingen sie weiter bis zum Heim.

»Was ist das nebenan für ein Haus?« fragte Larry und deutete auf ein schmutziges Haus mit geschlossenen Fensterläden.

»Das war früher eine Wäscherei«, sagte der eine Polizist. »Hinter dem Haus ist ein Hof und ein Schuppen.«

»Wäscherei?« wiederholte Diana. »Erinnern Sie sich, an dem Abend, als man mich entführen wollte, stand ein Wäschereiauto vor meiner Tür.«

»Die Wäscherei liegt aber schon seit zwölf Monaten still«, berichtete der Beamte weiter. »Sie machte bankrott. Jemand hat sie aufgekauft, scheint jedoch nichts damit anzufangen.«

»Das Tor da, nehme ich an, führt auf den Hof?«

»Ja, Sir. Aber einen Lieferwagen habe ich noch nicht herauskommen sehen, ich weiß nicht einmal, ob überhaupt einer da ist.«

Larry ging die Stufen zum Heim hinauf und klopfte. Der gleiche kleine, alte Mann wie letztesmal öffnete.

»Vier Personen!« kreischte er. »Und lauter Fremde! Was wollen Sie?«

»Ich möchte Mr. Dearborn sprechen.«

»Ach ja, Sir, Sie sind der Herr, der Sonntag früh um sechs Uhr hier war!« Der kleine Mann trippelte voraus durch den langen Gang. »Kommen Sie nur alle mit! – Vier Mann zu Besuch, Sir ...«

Reverend John Dearborn kam ihnen aus seinem Büro entgegen und bat sie einzutreten.

»Mr. Holt? Ich glaubte doch, Ihre Stimme zu erkennen.« Das Diktaphon war eingestellt. Auf dem Tisch lag ein dickes Manuskript in Maschinenschrift. »Jeden Abend kommt ein Herr, der mir daraus vorliest«, bemerkte Dearborn und strich liebevoll darüber. »Und was ist der Anlaß Ihres heutigen Abendbesuchs? Haben Sie Ihren blinden Jake gefunden?«

»Getroffen habe ich ihn, aber leider nicht gefunden«, erwiderte Larry. »Ich möchte gern noch einmal das Haus sehen, ich habe eine Dame bei mir.«

John Dearborn erhob sich. Miss Ward streckte die Hand aus, und er ergriff sie.

»Es wird mir ein Vergnügen sein, Sie herumzuführen. – Sie haben noch mehr Begleiter bei sich?«

Larry stellte sie vor, und Dearborn führte die kleine Gesellschaft die Treppe hinauf.

»Wir wollen diesmal gleich oben beginnen«, sagte er, auf den letzten Besuch anspielend.

»Wie geht's dem alten Mann im Einzelzimmer?« fragte Larry.

»Er ist sehr schwach. Ich bringe es nicht über mich, ihn in ein Hospital zu schicken. Früher oder später, fürchte ich, muß ich es aber doch tun.«

Larry wartete auf dem Treppenabsatz und fragte Diana leise:

»Wollen Sie den alten Mann sehen? Er ist nicht gerade ...«

»Ja, ich möchte ihn gern einen Augenblick sehen. Vergessen Sie nicht, daß ich Blindenpflegerin gewesen bin.«

Dearborn führte sie in den kleinen Raum. Lew lag mit gefalteten Händen still auf seinem Bett. Er redete nicht mehr wirr vor sich hin und wälzte sich nicht unruhig wie letztes Mal.

»Wie geht es Ihnen heute?« fragte ihn Larry.

Der Mann gab keine Antwort. Diana legte ihm die Hand auf die Schulter – jetzt fuhr er herum.

»Geht es Ihnen besser?« fragte sie.

»Wer ist da? Bist du's, Jim? Bringst du mein Essen?«

»Geht es Ihnen besser?« fragte Diana noch einmal.

»Bring mir auch 'nen Topf Tee«, sagte Lew und legte sich wieder auf den Rücken. Der gleiche Ausdruck von Ergebenheit, den sie schon beim Eintreten bemerkt hatten, trat auf sein Gesicht.

Diana beugte sich zu ihm nieder und betrachtete ihn genauer. Er spürte ihre Gegenwart, streckte eine Hand aus und berührte ihr Gesicht.

»Das ist ja eine Dame«, stellte er fest.

John Dearborn trat dazwischen und nahm die Hand des Alten zwischen seine beiden Hände.

»Geht es Ihnen besser, Lew?« fragte er, und Lew zwinkerte.

»Ist schon richtig, Sir. Es geht mir gut. Danke schön.«

Diana verließ den Raum. Sie blickte Larry besorgt an, als er zu ihr trat.

»Was gibt es?« fragte er sie leise.

»Es ist bestialisch grausam!« flüsterte sie gequält.

»Ich verstehe nicht, was meinen Sie, Diana?«

»Haben Sie es nicht bemerkt? Haben Sie die kleinen schwarzen Punkte an seinen Ohren nicht gesehen? Es sind Pulverflekken. Der Mann ist taub gemacht worden.«

»Taub?« wiederholte er, ohne noch die ganze Bedeutung dieser Entdeckung fassen zu können.

Hastig, im Flüsterton sprach Diana weiter:

»Sie haben mir erzählt, was der Mann am Sonntag redete, als Sie bei ihm waren. Und jetzt verstehe ich, was vorgegangen ist. Ein Schuß ist ganz dicht bei seinen Ohren abgefeuert worden. Nun ist er taub. Sie müssen es sich klarmachen – blind und taub ... Es ist Lew, der die Brailleschrift geschrieben hat, die in Stuarts Tasche gefunden wurde. Jemand, der aus persönlichen Gründen sein Leben schonen will, hat es dem Bedauernswerten unmöglich gemacht, Zeugnis abzulegen.«

War dies alles Vermutung? Reine Schlußfolgerung? Oder Wissen? – Diese drei Fragen schossen Larry durch den Kopf, aber bevor er antworten konnte, kam John Dearborn aus Lews Zimmer und tastete sich die Treppe hinab.

Auf dem nächsten Treppenabsatz öffnete er die Tür zum Schlafsaal, den Larry schon einmal gesehen hatte. Die beiden Detektive folgten nach und postierten sich weisungsgemäß vor der Tür, der eine ein paar Stufen weiter unten, der andere auf dem oberen Treppenstück, das zu den kleinen Zimmern hinaufführte.

»Ist es noch hell?« fragte Dearborn, als er in den Schlafraum voranging.

»Noch ziemlich hell«, antwortete Larry.

»Man hat mir gesagt, daß die Aussicht von dem Fenster dort sehr hübsch sei.« Der Vorsteher zeigte genau auf ein bestimmtes Fenster.

Der Ausblick war alles andere als imposant – sechs Hausdächer und unzählige Schornsteine. Doch Larry widersprach nicht, er wollte die Gefühle des Hausherrn nicht verletzen.

»Ich glaube, das Fenster ist geschlossen?« fragte der Reverend. »Würden Sie es bitte öffnen?«

Larry schob die untere Fensterhälfte geräuschvoll in die Höhe. Ein Strom frischer Luft drang in den dumpfigen Raum.

»Besten Dank«, sagte Dearborn. »Vielleicht sieht sich die junge Dame ...«

Larry drehte sich um. Diana war nirgends zu sehen Er ging

rasch zur Tür. Der Beamte, der auf den oberen Treppenstufen saß, erhob sich.

»Wo ist Miss Ward hingegangen?«

»Sie ist gar nicht herausgekommen, Sir. Sie ist doch mit Ihnen hineingegangen.«

»Nicht herausgekommen?« Larry starrte ihn an. »Sind Sie sicher?«

»Absolut sicher. Ich habe die ganze Zeit hindurch die Tür beobachtet.«

Larry eilte in den Schlafsaal zurück. Nichts – nur einfache, eiserne Bettstellen und ein Wandschrank, nirgends ein Platz, wo man sich verstecken könnte. Ein panischer Schrecken überfiel ihn. Er riß die Schranktür auf. Ein paar alte Kleidungsstücke hingen an Haken, sonst war er leer. Er warf die Kleider heraus und schlug gegen die hintere Schrankwand, doch sie war fest und unbeweglich.

»Haben Sie die junge Dame gefunden?« fragte jetzt John Dearborn.

»Zum Teufel, nein!« Larry war schneeweiß und zitterte vor Aufregung. Er rief die beiden Beamten zu sich.

»Sie bleiben hier im Zimmer, bis Sie abgelöst werden«, befahl er dem einen, und dem andern: »Sie rufen in meinem Namen Scotland Yard an und lassen zwanzig Mann hierherkommen. An der Ecke von Lissom Grove steht ein Schutzmann auf Posten. Holen Sie ihn – er soll sich vor der Haustür aufstellen.«

»Was ist denn vorgefallen?« fragte John Dearborn ängstlich.

»Es ist besser, Sie gehen jetzt in Ihr Büro«, sagte Larry. »Ich fürchte, hier ist unter unseren Augen ein Verbrechen begangen worden.«

Aber wie konnte es geschehen sein? Nicht einen Laut hatte er vernommen. Er wußte ganz genau, daß sie mit ihm ins Zimmer gekommen war, sie ging ja vor ihm her. Und er erinnerte sich ebenso deutlich, daß sie sich nach links wandte, während er zum Fenster ging, um es zu öffnen – in diesem Augenblick mußte es passiert sein.

Das Aufschieben des Fensters war sehr geräuschvoll gewesen und mußte jeden andern Laut erstickt haben. Fest stand, daß sie das Zimmer nicht verlassen hatte. Systematisch klopfte er die Wände ab, suchte nach verborgenen Türen. Die Kokosmatte auf dem Fußboden wurde aufgerollt – nichts. Diana Ward war spurlos verschwunden.

Larry lief im Schlafsaal auf und ab, krank vor Aufregung und Sorge wie nie zuvor in seinem Leben. Vom Keller bis zum Giebel wurde das ganze Haus durchsucht – umsonst. Innerhalb einer halben Stunde wurde ein Kordon von Beamten in Zivil um das Gebäude gelegt.

»Gibt es eine Verbindung zum Nachbarhaus?« fragte Larry.

»Keine«, antwortete der Reverend ohne Zögern. »Früher hatten wir unter dem Lärm der Wäscherei sehr zu leiden. Jetzt wird dort nicht mehr gearbeitet. Die Firma machte Konkurs, und eine Lebensmittelfirma übernahm das Grundstück. Soviel ich weiß, beabsichtigen die jetzigen Besitzer, die Räume der Wäscherei als Lager für ihre Waren zu benützen.«

Larry ging mit dem ebenfalls eingetroffenen Harvey zum Tor in der Umzäunung vor dem leerstehenden Gebäude.

»Die Tür ist bestimmt seit langer Zeit nicht geöffnet worden«, äußerte Sergeant Harvey überzeugt.

Über den Zaun hinweg, der einen kleinen Vorplatz abschloß, konnten sie in einen verwahrlosten, schmutzigen Raum blikken, in dem nicht ein einziges Möbelstück zu bemerken war.

Larrys Sorge wuchs von Minute zu Minute. Sollte der blinde Jake – ? Es war unausdenkbar, zum Wahnsinnigwerden, er durfte nicht mehr über diese gräßlichen Möglichkeiten nachdenken, mußte sich zusammenreißen. Entschlossen kletterte er über den Holzzaun, ging um das Gebäude herum und durchforschte den Hof der Wäscherei. Hier fand er Reifenspuren, und zwar ziemlich frische. Sie stammten von einem Auto, möglicherweise von zweien. Er blickte sich in dem unordentlichen Hof um. Ein großes, schwarzes Tor konnte der Eingang zu einer Garage sein.

Sergeant Harvey war nachgefolgt und versuchte jetzt, mit einem Dietrich das Schloß zu öffnen. Nach einiger Mühe gelang es ihm, und die beiden Flügel, die auf Rollen liefen, ließen sich leicht und geräuschlos aufschieben.

»Ist erst kürzlich geölt und geschmiert worden!« sagte Larry.

In der Garage standen zwei Wagen, eine Limousine mit langer Motorhaube und ein kleines Lieferauto.

»Da, schauen Sie sich das an!« rief Larry und zeigte auf den Lieferwagen. Er war frisch lackiert, und unter der neuen Farbe konnte man noch Spuren einer früheren Aufschrift feststellen – das Wort ›Wäscherei‹, ungeschickt von Laienhand aufgemalt.

»Erinnern Sie sich, Harvey, Miss Ward hat an dem Abend, als man sie entführen wollte, ein Wäschereiauto vor ihrem Haus gesehen.«

Miss Ward! Wenn sie nur hier wäre ...

Die Limousine war erst kürzlich gereinigt worden. Larry schrieb sich beide Nummern auf. Es konnte natürlich sein, daß beide Wagen rechtmäßiges Eigentum des neuen Besitzers waren und wirklich nur zu geschäftlichen Zwecken benutzt wurden, und ebensogut konnte es Zufall sein, daß in jener Nacht ein Wäschereiauto durch die Charing Cross Road fuhr.

»Geben Sie die Nummern ans Präsidium weiter, und lassen Sie in der Verkehrskontrolle feststellen, auf wen sie ausgestellt sind.«

Nachdem er die Garagentore wieder zugeschoben und Harvey sie kunstgerecht verschlossen hatte, blieb Larry allein im Hof zurück. Er untersuchte nochmals die Reifenspuren. Sie waren an diesem Morgen entstanden und um so deutlicher, da es in der Nacht geregnet hatte. Er ging am Hinterhaus, dem eigentlichen Wäschereigebäude, entlang, einem neueren Backsteinbau mit Mattglasfenstern. Vor dem Eingang fand er eine Fußspur. Er bückte sich rasch und beugte das Gesicht dicht über die Spur am Boden, um sie ganz deutlich zu sehen.

›Ploff!‹ Ein Ton wie das Knallen eines Champagnerpfropfens, nur ein wenig lauter und härter, erschreckte ihn. Gleichzeitig fielen Holzsplitter auf seinen Nacken. Mit einem Satz sprang er zur Seite. Die Türfüllung war zersplittert, eine Kugel – wenn er sich nicht so unvermutet gebückt hätte ...

Blitzschnell überblickte Larry die Umgebung. Den Ton hatte er sogleich erkannt, es war keine richtige Detonation gewesen. Man hatte mit einem Gewehr oder einer Pistole, die mit einem Schalldämpfer versehen war, auf ihn geschossen. Er suchte die Hauswand von Todds Heim ab, ob er an einem der Fenster Zeichen von Pulverrauch entdecken könnte, der sich aber bereits verflüchtigt haben mußte, falls der Schuß überhaupt von dort gekommen war. Dagegen erkannte er jetzt das Fenster des Schlafsaals, aus dem Diana verschwunden war und von dem aus man den Hof überblicken konnte. Das Fenster stand offen. Kein weiterer Schuß fiel. Langsam zog Larry sich über den Hof zurück, ohne die Rückseite von Todds Heim und das Wäschereigebäude aus den Augen zu lassen, bereit, sich beim ersten Aufblitzen eines Schusses zu Boden zu werfen.

Larry ging sofort ins Heim zurück, wo die blinden Straßenhändler, die dort ihre Unterkunft hatten, langsam einzutreffen begannen. Sie kamen allein oder zu zweien, tappend, die eisenbeschlagenen Stöcke auf den Boden stoßend, und suchten den gemeinsamen Wohnraum auf. Ein Beamter des zuständigen Polizeireviers stellte die Personalien eines jeden fest.

Larry suchte den Schlafsaal auf, von dem aus seiner Meinung nach der Schuß auf ihn abgegeben worden war. Der Beamte, der drinnen hätte Posten stehen müssen, stand jetzt vor dem Schlafsaal. Die Tür war verschlossen.

»Was soll das bedeuten?« fragte Larry streng.

»Der Vorsteher ließ mir ausrichten, Sie wünschten mich zu sprechen«, entschuldigte sich der Detektiv, »doch als ich nach unten kam, stellte sich heraus, daß er gar nicht nach mir geschickt hatte. Als ich hierher zurückkam, war die Tür verschlossen.«

»Von innen?«

»Scheint so, Sir. Es steckt kein Schlüssel im Schlüsselloch.«

»Wer hat Ihnen die Mitteilung gebracht?«

»Der kleine Kerl, der immer die Haustür öffnet.«

»Und was für eine Erklärung hat er nachher gegeben?«

»Er hat gesagt, jemand mit einer Stimme wie der Vorsteher hätte ihm aufgetragen, mit der Bestellung für mich nach oben zu gehen.«

»Machen Sie Platz!« Larry stieß mit einem kräftigen Fußtritt die Tür auf.

Das Zimmer war leer. Larry schnüffelte.

»Hier ist ein Schuß abgefeuert worden. Offenbar, als Sie nach unten gingen. Merken Sie sich, Sie verlassen das Zimmer nicht mehr, wenn ich Sie nicht persönlich ablöse!«

»Zu Befehl, Sir.«

Es bestand nicht der geringste Zweifel, daß der Schuß aus diesem Zimmer abgegeben wurde. Der Pulvergeruch war unverkennbar. Eine Patronenhülse unter einem Bett in der Nähe des Fensters lieferte den endgültigen Beweis. Larry ging nach unten ins Büro des Vorstehers, der unruhig auf ihn wartete.

»Beabsichtigen Sie Ihre Leute noch lange hierzulassen, Mr. Holt?« fragte der Reverend. »Meine Schutzbefohlenen möchten den Schlafsaal aufsuchen, sie sind müde.«

»Meine Leute bleiben so lange hier, bis ich die absolute Gewißheit habe, daß Miss Ward sich nicht mehr hier befinden kann – und bis ich den Herrn gefunden habe, der liebenswürdigerweise vom Schlafsaal aus auf mich geschossen hat.«

»Auf Sie geschossen?« wiederholte der Vorsteher entsetzt.

»Ja, geschossen! Während Sie mit dem Detektiv sprachen, der durch eine List nach unten gelockt wurde, ist vom Zimmer aus auf mich geschossen worden.«

»Das ist ja kaum glaublich!« rief der Reverend fassungslos. »Diese Aufregung – für Sie, und auch für mich . . .«

»Aufregung!« Larry lachte sarkastisch. »Sie sollten das in einem Ihrer Stücke verwenden, Mr. Dearborn!«

»Das ist ein guter Gedanke«, erwiderte der Vorsteher völlig ernst, »ich bin Ihnen wirklich dankbar dafür. Haben Sie schon einige meiner Stücke gesehen?«

»Nein, bis jetzt noch nicht, aber bei der ersten passenden Gelegenheit werde ich das Macready-Theater besuchen.«

»Manchmal befürchte ich, daß meine Stücke doch nicht so gut sind, wie einige meiner Bekannten annehmen. Es tut mir leid, daß Sie noch keines gesehen haben. Aber sie werden doch immer wieder angenommen und aufgeführt, und das bringt Geld für unser Heim.«

»Wer bestreitet eigentlich die Aufführungskosten?«

»Ein Herr, der sich für meine Arbeit mit den Blinden interessiert. Ich bin nie mit ihm zusammengetroffen.«

Ein Telefon schnarrte, der Vorsteher nahm ab.

»Ja, ich glaube, es ist besser, Sie machen das so«, sagte er und legte wieder auf. »Eine Haushaltsfrage aus der Küche«, erklärte er. »Ich habe ein Haustelefon einrichten lassen, die Laufereien durchs ganze Haus waren zu umständlich.«

Eine Abordnung vom allgemeinen Aufenthaltsraum erschien in diesem Augenblick und beklagte sich, die Insassen vom ersten Schlafsaal wollten zu Bett gehen. Viele waren gewöhnt, ihre zwölf Stunden zu schlafen, und alle, ob sie nun schlafen wollten oder nicht, bestanden auf ihrem Recht, den Schlafraum aufsuchen zu können.

»Da sehen Sie es selbst«, sagte Dearborn, »ich komme in eine sehr unangenehme Lage.«

»Sie können meinetwegen die Betten herausholen und in einen andern Raum stellen lassen. Aber solange Miss Ward nicht gefunden ist, hat sich niemand in diesem Saal aufzuhalten!«

Larry Holt stand auf, trat in den Gang hinaus und suchte den allgemeinen Wohnraum auf. Diese Menschen hatten Anrecht auf eine Erklärung, und er gab sie ihnen, indem er ihnen den Fall genau und einfach auseinandersetzte. Auch die, die sich am lautesten beschwert hatten, stimmten ihm bei.

Nach dieser Ansprache lehnte Larry einen Moment an der Wand des Korridors, um sich zu sammeln, als er eine Treppe höher Lärm und einen Schrei hörte. Mit wenigen Sätzen flog er die Treppe hinauf, aber noch bevor er den ersten Treppenabsatz erreichte, blieb er sprachlos stehen.

Langsam, Stufe für Stufe, kam Diana Ward auf ihn zu. Ihre Bluse hing in Fetzen, und in einer Hand hielt sie einen schweren Smith-Wesson-Revolver. Auf ihrem blassen Gesicht lag ein triumphierendes Lächeln.

Einen kurzen Augenblick lang starrte Larry sie an, dann sprang er ihr entgegen und riß sie in seine Arme.

»Diana! Gott sei Dank, daß Sie wieder da sind!«

23

Diana war in den hinteren Teil des Schlafsaales geschlendert, an ein Bett getreten und hatte die rauhen Laken zwischen ihren Fingern geprüft. Sie hörte noch, wie der Vorsteher Larry bat, das Fenster zu öffnen, und schaute mechanisch dorthin.

Währenddem hatte sich die Schranktür an der Wand hinter ihr geräuschlos geöffnet – ein barfüßiger Mann stieg heraus und schlich leise näher.

Das erste, was Diana spürte, war, daß etwas Feuchtes, Weiches sich über ihr Gesicht legte, und daß sie aufgehoben wurde. Der Schreck raubte ihr einen Augenblick lang die Besinnung, und in diesem gleichen Augenblick wurde sie in den Schrank hineingetragen und durch die dahinterliegende Maueröffnung gezogen. Die Rückseite des Schrankes wies nämlich, wie Larry zuerst angenommen hatte, eine Geheimtür auf, aber sie bestand aus eingefügten Steinen und war durch bloßes Beklopfen nicht festzustellen.

Als Diana zu sich kam, riß sie das nasse Fensterleder von ihrem Gesicht und schrie. Eine Hand, groß genug, um ihr ganzes Gesicht zu bedecken, legte sich auf ihren Mund. Sie wurde weiter durch die Dunkelheit gezerrt, wieder öffnete sich eine Tür, man stieß sie vorwärts, elektrisches Licht wurde eingeschaltet – zum erstenmal erblickte sie ihren Entführer, und sie wich vor ihm in die äußerste Zimmerecke zurück.

Er war außergewöhnlich groß, mindestens zwei Meter, wie sie annahm, und von entsprechender Breite. Seine Kleidung bestand nur aus Hemd und Hose, die Füße und Arme waren nackt, die behaarten, muskulösen Oberarme verrieten enorme Kraft. Das rote, runde Gesicht war eigenartig nichtssagend, und die wasserblauen Augen blieben bewegungslos, wenn er sprach. Eine graue Mähne fiel unordentlich nach hinten über seinen Kopf, ein struppiger Bart umrahmte den dicklippigen, großen Mund, die riesigen Ohren standen beinah im rechten Winkel vom Kopf ab – entsetzt starrte sie diese schreckliche Kreatur an.

»Sieh mich nur gut an, Kleine, daß du mich auch wiedererkennst! Warum schießt du denn nicht auf den ollen Jake?«

Ihre Augen durchsuchten den Raum nach irgendeiner Waffe, aber die getünchten Wände waren kahl, und nicht ein einziges Möbelstück befand sich in dem Zimmer. Das einzige Fenster war nur ein langer, schmaler Streifen in Deckennähe, an dessen beiden Enden sich Ventilatoren befanden. Sie durchsuchte ihre Handtasche, fand aber auch dort nichts.

»Du suchst wohl was, womit du mich umbringen kannst, was? Ich höre doch, was du machst!«

Zu ihrer Erleichterung machte er jedoch keine Anstalten, sich ihr zu nähern.

»Du sollst ganz hübsch sein.« Er kicherte. »Ich kann dich nicht sehen, mir macht's nichts aus, ob du hübsch bist. Und wenn du auch ein Gesicht hättest wie die da oben . . .« Er zeigte mit dem Daumen zur Decke.

Sie machte sich klar, daß es besser war, sich unerschrocken zu zeigen.

»Sie kommen nicht mehr aus diesem Haus heraus, das ganze Gebäude ist umzingelt.«

»Es gibt hier mehr als zehn Ausgänge«, antwortete er verächtlich. »Darum haben – die andern es ja gekauft. Unten im Keller gibt's 'ne Höhle, da kannst du meilenlang laufen, kein Mensch hält dich auf, bloß Ratten gibt's. Aber Ratten haben eine lausige Angst vor Blinden.«

»Früher oder später wird man Sie trotzdem fassen.« In einer plötzlichen Eingebung setzte sie hinzu: »Lew ist schon festgenommen worden.«

»Lew!« brüllte er mit verzerrtem Gesicht. Eine Zeitlang blieb er still, bis er in dröhnendes Gelächter ausbrach. »Lew wird euch was erzählen können! Wie könnt ihr Lew was fragen, wenn Lew nicht weiß, wo er ist und mit wem er spricht? Sie würden ihn ja kaltgemacht haben für den gemeinen Streich, den er ihnen gespielt hat. Das Luder hat doch das Stück Papier in die Tasche von dem Kerl gesteckt, den sie um die Ecke gebracht haben.«

»Das wissen wir sehr gut«, sagte sie furchtlos, und es schien Jake zu beeindrucken.

»Das habt ihr also 'rausgefunden? Aber nicht durch Lew. Der

würde schon längst kalt und steif sein, bloß – sie wollten keine toten Kerls 'rumliegen haben. Ich und Lew haben den andern die Stufen 'runtergeschleppt bis ans Wasser. Ich kann dir das ruhig erzählen, old Jake kennt das Gesetz – 'ne Frau kann nicht gegen ihren Mann aussagen!« Er grinste boshaft. »Mrs. Jake Bradford! Ja, Kleine, Bradford heiß' ich, und Ehrwürden wird uns gut und richtig verheiraten.« Er schob seinen unförmigen Kopf vor, seine Stimme wurde leiser, bis sie nur noch ein heiseres Flüstern war. »Es gibt Schlimmeres als mich, und vielleicht wirst du nichts mehr gegen mich haben, wenn du mich nicht mehr sehen kannst – bist vielleicht blind wie ich und doof wie Lew.«

Sie wich zurück, sank halb ohnmächtig an die Wand. In plötzlicher Wut brüllte er: »Es gibt nichts, was ich nicht tue, wenn...«

Sie hörte, wie die Tür ging, der Schlüssel herumgedreht, ein Riegel vorgeschoben wurde, und sah auf. Er war gegangen. Sie senkte den Kopf, bis sie allmählich das Blut zurückströmen fühlte. Aber trotz aller Willensanstrengung gelang es ihr nicht, das Zittern der Hände zu bezwingen. Mehr als zehn Minuten lief sie auf und ab, bis sie sich ein wenig beruhigte.

Sie untersuchte die Tür, obschon sie wußte, daß es aussichtslos war. Einen Stuhl hatte sie nicht, um das Fenster zu erreichen. Es gab nichts in dem kahlen Raum, nichts als das elektrische Licht. Larrys Schilderung kam ihr in den Sinn, wie dieser Mensch, mit erhobenen Händen auf ihn zukommend, die Glühbirne zerdrückt hatte. Sie schaute zur Lampe hinauf. Die Beleuchtung hier war unordentlich und nur notdürftig installiert. Ein langer Draht lief, lose an der Decke befestigt, quer durchs Zimmer bis zur Mitte, wo er über einen Haken gezogen herabhing und mit einem einfachen Metallampenschirm über der Glühbirne endete. Sie schwang den Draht mit der Lampe solange hin und her, bis er aus dem Haken an der Decke heraussprang und die ganze Leitung nun frei ins Zimmer hinabhing. Die Lampe in der Hand haltend, ging Diana zum Schalter an der Tür und löschte das Licht. Sie setzte einen Fuß auf die Leitungsschnur dicht beim Lampenschirm und zerrte aus Leibeskräften, bis Schnur und Drähte aus den Ösen der Lampenfassung herausgerissen und befreit waren.

Sie stand im Dunkeln, aber mit geschickten Fingern zupfte sie die Isolation auseinander und kratzte mit den Nägeln die Gummiumhüllung ab, bis sie die vielen haarfeinen Kupferdrähte freigelegt hatte. Bald hielt sie etwas in den Händen, das sich wie ein kleiner, struppiger Pinsel anfühlte. Sie war mit ihrem Werk zufrieden. Jetzt glaubte sie ein Geräusch im Gang zu hören, eilte an die Tür und schaltete den Strom ein. In dem Halbdunkel suchte sie nach ihrer Handtasche, nahm ihre Lederhandschuhe heraus, zog umständlich einen nach dem andern an, ständig darauf achtend, mit dem Leitungsende nicht in Berührung zu kommen. Den Lampenschirm am Boden schob sie mit dem Fuß beiseite. Den Drahtpinsel vor sich hinhaltend, wartete sie ängstlich in der Mitte des Zimmers. Dann ging die Tür auf.

»Da bin ich wieder, Puppe!«

Sie atmete stoßweise vor Gespanntheit. Er wußte nicht, daß das Licht nicht brannte, für ihn war es ja ohnehin dunkel. Eine Zeitlang machte er keinen Versuch, sich ihr zu nähern. Undeutlich zeichneten sich die Umrisse seiner riesigen Gestalt ab.

»Tony hat danebengeschossen«, teilte er mit. »Danebengeschossen!« wiederholte er verächtlich. »Wenn ich sehen könnte, hätte ich den Hund bestimmt erwischt!« Seine Stimme wurde leiser. »Komm her, Puppchen!« Er kicherte und kam langsam mit ausgebreiteten Armen auf sie zu.

Dann sprang er flink wie eine Katze vor und packte sie an der Schulter. Sie warf sich zurück. Seine andere Hand griff nach ihr und berührte die ausgefransten Drahtenden. Mit einem Schrei, halb Kreischen, halb Gebrüll, sprang er zurück.

»Was tust du?« schrie er wild. »Verfluchte Hexe, was hast du getan? Willst mich wohl stechen wie das Schwein neulich?«

Er befühlte sich selbst, um nach einer Verletzung zu suchen, und dann sprang er von neuem auf sie los. Jetzt trafen die Polenden sein Gesicht. Wie ein Holzklotz stürzte er zu Boden.

Sie hörte, wie er sich bewegte.

»Was ist denn das? Was ist das bloß?« flüsterte er. »'nen blinden Mann so zu behandeln! Du verfluchte . . .«

Seine Hand packte sie am Fußgelenk und riß sie zu Boden. Aber wieder berührten die elektrischen Drähte sein Gesicht. Er kreischte wie ein wildes Tier und wälzte sich auf dem Boden. Er war jetzt wahnsinnig vor Wut und Angst – ein wimmernder Verrückter. Immer wieder fiel er sie an, immer wieder kamen seine Hand, sein Gesicht, sein Hals mit dem Strom in Berührung. Dann brach er zusammen, blieb regungslos liegen.

Mit zitternden Fingern durchsuchte sie seine Taschen. Sie fand den Schlüssel und einen Revolver. Sie tastete nach dem Schlüsselloch, die Tür ging auf, sie befand sich in einem Gang, der nach rechts und in ein helleres Zimmer mit zwei Fenstern führte. Immer noch war sie in Todesangst – jetzt hatte sie ihr bestes Verteidigungsmittel verloren.

Der Durchgang in der Wand war leicht zu finden. Wie geschickt die Geheimtür von der Schlafsaalseite aus auch getarnt war – hier jedenfalls lag sie sichtbar vor Augen. Diana zog an einem Handgriff, das eingefaßte, schwere Steinstück ließ sich zurückziehen und wie ein Türflügel ausschwingen. Sie schlüpfte durch die Öffnung. Der Detektiv, der in der Mitte des Schlafsaals stand, fuhr herum, den Revolver in der Hand, als sie aus dem Wandschrank trat.

»Mein Gott! Miss Ward!« rief er. »Wo kommen Sie her?«

24

Die wenigen Worte, die Diana Ward hervorstieß, brachten ein halbes Dutzend Detektive auf die Beine. Sie stürzten in den Schlafsaal, verschwanden im Wandschrank und kletterten durch die steinerne Geheimtür, die noch halb offenstand.

Larry übergab das Mädchen Harveys Obhut und eilte hinterher. Das Zimmer, das Diana beschrieben hatte, war leer Larry hielt sich nur einen Augenblick darin auf, schaltete den Strom aus und folgte den anderen Es bestand kein Zweifel, daß dieser ganze Gebäudeteil, der einen so unbewohnten Eindruck machte, regelmäßig benutzt wurde. Sie fanden hier Zimmer, die durch dünne Wände in fensterlose Räume abgeteilt worden waren, in denen man sich nachts bei Licht aufhalten konnte, ohne daß der geringste Lichtschein nach außen drang.

Der blinde Jake hatte die reine Wahrheit gesagt, als er die vielen Ausgänge des Hauses erwähnte. Einen fanden sie im Keller, der in einen alten Abzugskanal für Regenwasser mündete Ein zweiter führte direkt in den Hof, wo Larry die Garage gefunden hatte, und ein dritter endete in der Küche von Todds Heim.

Larry mußte sich klarmachen, daß das Wild entwischt war, und begab sich in den Trakt des Blindenheims zurück, um Diana zu suchen. Er fand sie im Büro des Vorstehers neben Harvey, der mit einer Handfessel ihr Handgelenk an das seine geschlossen hatte – er wollte kein neues Risiko mehr eingehen. Lachend hob sie die gefesselte Hand hoch.

»Außerordentlich vernünftig«, meinte Larry und schloß die Handschelle auf. »Und jetzt, Mr. Dearborn, möchte ich von Ihnen einige Erklärungen über die merkwürdigen Vorkommnisse in Ihrem Hause haben.«

»Ich kann nicht finden, daß sich in diesem Hause etwas Merkwürdiges ereignet hat«, entgegnete Mr. Dearborn. »Sie können mich doch nicht für Dinge verantwortlich machen, die sich im Nebenhaus ereignen. Man hat mir soeben erzählt, daß Verbindungstüren zwischen den beiden Gebäuden bestehen, aber davon hatte ich nicht die geringste Ahnung. Wenn wirklich jemand im Nebenhaus gewohnt . . .«

»Sechs Menschen hausten nebenan«, unterbrach ihn Larry. »Wir haben ihre Betten und einige Kleidungsstücke gefunden. Und die Tatsache, daß wir auch Bücher fanden, beweist, daß die Bewohner nicht blind waren.«

Mr. Dearborn zuckte die Schultern.

»Was kann ich da machen? In unserem Zustand sind wir ganz von der Zuverlässigkeit unserer Umwelt abhängig. Auch wenn wir im allgemeinen die Anwesenheit eines Fremden am ungewohnten Schritt, an der Stimme oder einem Husten erkennen können, ist es natürlich nicht ausgeschlossen, daß man sich dieses Hauses bedient hat, um verbrecherische Pläne auszuführen, ohne daß wir das geringste bemerkten.«

Das klang logisch, und Larry mochte dem auch nicht widersprechen.

»Ich will diese Möglichkeit nicht ausschließen«, räumte er ein. »Es ist natürlich sehr bedauerlich für Sie – und auch für uns. Die Sache hätte noch viel fataler ausgehen können.«

Er fühlte sich maßlos erleichtert und war versöhnlich gestimmt. Diana war überhaupt nichts anzumerken, mit jedem Augenblick wurde sie ruhiger. Sie zog ihren Regenmantel an.

An der Ecke Edgware Road hielten sie an, weil sich Diana eine neue Bluse kaufen wollte. Sie bestand darauf, gleich nach dem Präsidium zu fahren, um dort ihre Aussagen zu Protokoll zu geben.

»Was halten Sie von John Dearborn?« fragte Larry.

Sie sah ihn an und fragte ihrerseits:

»Haben Sie bemerkt, wie er meine Hand ergriffen und sie geschüttelt hat?«

»Da ist doch nichts dabei.« Er lehnte sich im Taxi zurück, immer noch benommen und glücklich über den guten Ausgang dieser schrecklichen und aufregenden Geschichte. »Ja, was ich vergessen habe, Sie zu fragen – wo haben Sie eigentlich die mörderische Waffe aufgetrieben, die Sie in der Hand hielten, als Sie die Treppe herabkamen?«

»In der Tasche des blinden Jake! Es war fürchterlich ...«

Im Yard zog sie sich zuerst einmal zurück, um ihre zerrissene Bluse mit der neuen zu vertauschen. Als sie das Büro 47 betrat, lief Larry angeregt im Zimmer auf und ab.

»Wir wissen jetzt wenigstens, daß der blinde Jake und der Mann namens Lew ...«

»Haben Sie ihn im Heim gelassen?« unterbrach Diana rasch.

»Ich habe in dieser ganzen Sache schon so viele Fehler begangen, daß ich mir diesen nicht auch noch leisten konnte. Nein, ich habe ihn in ein anderes Heim bringen lassen, wo er gepflegt wird. Lew und Jake hatten mit Stuart zu tun, vielleicht schon vor seiner Ermordung, ganz sicher aber nachher. Warum Lew das braune Papier mit der Brailleschrift in die Tasche des Opfers gesteckt hat, wissen wir noch nicht. Vielleicht wollte er einfach loskommen, sich seiner Auftraggeber entledigen.«

»Aber die wichtigste unserer Entdeckungen haben Sie noch mit keinem Wort erwähnt«, wandte Diana ein.

»Und die wäre?«

»Ich meine die Frau ›oben‹.«

»Was für eine Frau ›oben‹?« fragte er verständnislos.

»Erinnern Sie sich nicht? Ich erzählte Ihnen doch, daß Jake mit dem Daumen nach der Zimmerdecke zeigte und sagte, auch wenn ich ein Gesicht hätte wie die da oben ...« Sie schwieg verlegen.

»Entschuldigen Sie«, erwiderte er sanft, »ich bin ein gedankenloser Idiot. Es hat sich so viel ereignet heute, und der Fall Stuart war weiß Gott nicht mehr das wichtigste ... Ja, und das erinnert mich daran, daß ich telefonieren muß!«

Er ließ sich mit dem Trafalgar Hospital verbinden.

»Bitte, das Büro der Oberschwester – danke ... Ja? Schwester Oberin? – Hier Inspektor Holt. Wie geht es Ihnen? – Sagen Sie, haben Ihre Außenschwestern viel zu tun? – Ich meine, sind nicht alle besetzt? – Das trifft sich ja ausgezeichnet. Ich möchte Sie bitten, mir eine nette, mütterliche Schwester in meine Wohnung nach Regent's Gate Gardens zu schicken. – Ob ich krank bin? Nein, ganz und gar nicht, aber es wohnt jemand bei mir, der nicht ganz – jawohl, eine Dame. – Besten Dank, Schwester ...«

Larry sah den erstaunten Blick Dianas.

»Haben Sie eine Dame bei sich wohnen?« fragte sie verblüfft.

»Nein, noch nicht, aber sehr bald. – Sie gehen jetzt nur noch in Ihre Wohnung in der Charing Cross Road, um sich alle Sachen zusammenzusuchen, die Sie brauchen. Und dann kommen Sie in meine Wohnung, wo Sie bis auf weiteres unter der Obhut einer netten Schwester bleiben werden.«

»Aber das kann ich nicht, das ist ganz ausgeschlossen«, protestierte sie mit feuerrotem Gesicht.

»Doch, Sie können sehr gut, und Sie werden es jetzt genauso machen, wie ich es Ihnen sage «

Endlich stimmte sie zu. Sie gingen zusammen essen, und nachher führte er sie ins Macready-Theater, wo sie sich das Stück Dearborns ansahen. Nach dem zweiten Akt verließen sie völlig enerviert das Theater.

»Wie ist es möglich, daß jemand einen so schrecklichen Unsinn auf die Bühne bringen kann?« fragte Diana auf dem Heimweg.

»Es ist unbegreiflich.« Larry lachte auf einmal vor sich hin.

»Sie scheinen heute zum Lachen aufgelegt zu sein?«

»Ich bin nur froh und erleichtert. Und gerade mußte ich daran denken, was Sunny wohl zur Schwester sagte, als sie ankam.«

»Was, glauben Sie, hat er ihr gesagt?«

»Ja, das ist nicht so einfach. Wenn die Schwester darauf besteht, daß eine kranke Dame in der Wohnung ist, wird er ›Jawohl, Schwester!‹ sagen und sich die größte Mühe geben, eine aufzutreiben!«

Es war schon nach elf, als sie seine Wohnung erreichten. Die Fahrstühle waren nur bis halb elf in Betrieb, und so mußten sie die Treppen hinaufsteigen.

»Achten Sie auf die Stufen, die Treppenbeleuchtung ist miserabel.« Larry ging voraus. Im zweiten Stock blieb er stehen. »Allmächtiger! Wer kann das sein?«

Zusammengebrochen und reglos lag ein Mann vor seiner Wohnungstür. Larry beugte sich über ihn hinweg und klingelte. Gleich darauf öffnete Sunny die Tür. Im Lichtschein, der von der Diele herausfiel, erkannte Larry den Mann. Sein Atem ging schwer und röchelnd, Gesicht und Kopf waren blutverklebt.

»Sunny, ist die Krankenschwester gekommen?«

»Jawohl, Sir.« Er blickte auf den Verwundeten.

»Dann wird sie uns sehr nützlich sein.«

»Wer ist es?« fragte Diana.

»Flimmer-Fred«, antwortete Larry leise.

25

Sie trugen den Verwundeten ins Wohnzimmer und legten ihn auf den Diwan. Eine Etage höher wohnte ein Arzt, der glücklicherweise noch nicht zu Bett gegangen war.

»Sehr schwer verwundet«, stellte er fest. »Zwei tiefe Messerstiche, und die Kopfwunde sieht nach Schädelbruch aus.«

»Er muß vor meiner Wohnungstür angegriffen worden sein, oder glauben Sie, daß er in diesem Zustand noch hierherkommen konnte?«

»Unmöglich«, bestätigte der Arzt. »Vielleicht hätte er sich noch zwei oder drei Meter schleppen können, aber meiner Meinung nach ist er dort angefallen worden, wo Sie ihn gefunden haben. Kennen Sie den Mann?«

»O ja. Er ist ein alter Bekannter von mir. Schwebt er in Lebensgefahr?«

»In sehr großer. Lassen Sie ihn sofort in ein Spital bringen, wo er genau untersucht und, wenn nötig, gleich operiert werden kann.«

Der Krankenwagen kam und fuhr wieder weg. Nur einige dunkle Flecken vor der Wohnungstür erinnerten noch an Flimmer-Fred.

Die Schwester erfüllte in jeder Beziehung die Anforderungen, die Larry gestellt hatte. Sie war wohlbeleibt, gemütlich und sehr mütterlich. In den ersten freien Minuten machte Larry sie mit den Gründen bekannt, die ihre Anwesenheit in seiner Wohnung verlangten.

»Nach den schrecklichen Erlebnissen, die Miss Ward heute durchmachen mußte, war es selbstverständlich ausgeschlossen, sie in ihre Wohnung in der Charing Cross Road zurückkehren zu lassen.«

Schwester James, ganz und gar nicht unzufrieden, einen so leichten Fall erhalten zu haben, stimmte ihm gerne bei. Sie bewies auch sogleich ihre Autorität, indem sie Diana ins Bett schickte.

Doch an Schlaf war für sie nicht zu denken. Um zwei Uhr morgens hörte Larry, der an seinem Schreibtisch arbeitete, eine Tür knarren, und als er aufblickte, stand Diana im Türrahmen. Sie war im Morgenrock.

»Ich kann nicht schlafen«, sagte sie nervös, fast schroff.

Larry zog einen bequemen Sessel für sie heran.

»Was bedrückt Sie, Diana?«

Sie saß still mit gefalteten Händen im Sessel. Kein Laut war zu hören, nur das Ticken der Uhr auf dem Kaminsims und das Knarren von Larrys Stuhl

»Die Frau ›oben‹ läßt mir keine Ruhe «

»Die Frau ›oben‹? Ach ja, Sie meinen die Frau, von der Jake

gesprochen hat. Aber Diana, ein ›oben‹ gab es ja gar nicht, Sie waren doch schon in der obersten Etage. Das Haus ist ein Stockwerk niedriger als Todds Heim.«

Zu Larrys Schrecken fing sie leise zu weinen an.

»Der Gedanke an sie läßt mir keine Ruhe. Sie werden sie festhalten, sie können sie ja gar nicht freilassen!«

»Wollen Sie damit sagen, daß die Frau Clarissa Stuart ist?«

»Clarissa Stuart? Nein ...«

»Wer kann es sonst sein? Wer, denken Sie, ist sie?«

»Ich denke es nicht – ich weiß es sicher.« Sie hob das tränennasse Gesicht. »Die Frau ist Emma. Die Aufwartefrau Emma aus der Pension.«

Larry sprang auf.

»Die Aufwartefrau! Sie haben recht!«

Wieder hörte man als einziges Geräusch im Zimmer das leise Ticken der Uhr.

»Ich kann den Zusammenhang jetzt erkennen«, begann sie wieder. »Einen einzigen Menschen konnte ich bisher nicht unterbringen.«

»Und wer ist das?«

»Flimmer-Fred. Er ist zufällig in die Sache mit hineingezogen worden. Aber die anderen? Und Dearborn, für den Sie so viel Nachsicht haben – was John Dearborn betrifft ...« Sie lachte böse auf.

»Liebe Diana, Sie haben jetzt das Stadium erreicht, in dem man allem und jedem mißtraut.«

»Ich gab Dearborn die Hand, als wir dorthin kamen – und ich gab ihm die Hand, als wir weggingen«, sagte sie bedeutungsvoll.

»Das macht ihn aber doch noch nicht verdächtig!«

»Als ich meine Hand hinhielt, ergriff er sie. Denken Sie bitte daran, daß ich zwei Jahre Schwester in einem Blindenheim war. Als ich meine Hand hinhielt, ergriff er sie!«

»Ja, warum nicht?« fragte Larry, ohne zu begreifen.

»Weil er sie nicht sehen könnte, wenn er blind wäre. John Dearborn ist ebensowenig blind wie Sie oder ich.«

»Sagen Sie das bitte noch einmal! Sie hielten die Hand hin, und er ergriff sie?«

»Wußten Sie nicht, daß man immer die Hand eines Blinden ergreift, wenn man ihn begrüßen will, weil er ja die ausgestreckte Hand nicht sehen kann? Aber Dearborn erhob seine Hand im gleichen Augenblick, in dem ich ihm meine entgegenhielt.«

Larry starrte sie fassungslos an.

»Wenn er nicht blind ist, warum ist er dann überhaupt in dem Heim? Auf jeden Fall ist er aber ein Geistlicher.«

»Es gibt keinen John Dearborn in der Liste der Geistlichen«, erklärte Diana unerschüttert. »Ich habe die ganze Liste genau durchgesehen. Sein Name findet sich auch nicht auf den Listen der Independenten, Baptisten und Wesleyaner.«

»Haben Sie auch daran gedacht, daß er von Australien gekommen sein kann?«

»Auch die australischen Listen kann man hier erhalten. Der einzige John Dearborn ist ein sehr alter Herr, der in Totooma lebt und sicher nicht mit diesem hier identisch ist. Unser Dearborn ist weder blind noch Geistlicher, und dann kommt noch ein Drittes hinzu – seine Stücke werden trotz des ständigen Mißerfolgs immer wieder angenommen. Wollen Sie sich nicht einmal über das Direktorium des Macready-Theaters informieren? Man müßte herausfinden, aus welchen Personen es sich zusammensetzt und wer das Geld für die Inszenierungen dieser Stücke bewilligt oder aufbringt. Ich kann einfach nicht vergessen, daß Mr. Stuart von diesem Theater aus verschwunden ist.«

»Ich auch nicht. Aber John Dearborn –?«

»Jetzt werde ich müde.« Diana erhob sich. »Ich habe mein Herz erleichtert. – Lassen Sie – entschuldigen Sie, daß ich solche Fragen stelle –, lassen Sie die Wäscherei beobachten?«

»Ich habe dort ständig zwei Mann auf Posten, die jeden eintreffenden oder wegfahrenden Wagen anzuhalten und sich zu vergewissern haben, wer der Fahrer ist und was der Wagen enthält.«

»Dann kann ich mich ja beruhigt schlafen legen. Für einige Zeit noch ist Emma nicht in direkter Lebensgefahr – solange sie nicht von der Wäscherei weggebracht wird . . .«

»Sie können völlig beruhigt sein«, versicherte Larry, worauf sich Diana zurückzog.

26

Der nächste Tag brachte keine neuen Entwicklungen. Ein Polizeiaufgebot hatte noch einmal das Wäschereigebäude durchsucht und tatsächlich einen Raum entdeckt, der oberhalb des Zimmers lag, in dem Diana eingeschlossen gewesen war, eine winzig kleine Kammer im Dachgeschoß, die Spuren von Benutzung zeigte, jedoch leer angetroffen wurde.

Larry machte sich jetzt Vorwürfe, daß er gestern das Nebenhaus nicht sorgfältiger durchsucht hatte. Zwei Menschen wünschte er vor allem zu finden. Erstens den Mann, dem der kleine Finger der linken Hand fehlte und der sich einen Tag vor ihm in Beverley Manor nach Mrs. Stuart erkundigt hatte – und zweitens Emma, die rätselhafte Aufwartefrau.

»Die Aussichten für Flimmer-Fred sind nicht schlecht«, teilte Larry Diana mit. »Der Arzt sagt, daß kein Schädelbruch vorliegt.«

»Wo liegt er?«

»Im St.-Mary-Hospital. Ich habe ihn in ein Privatzimmer legen lassen mit einem Mann als Wache – natürlich nicht, weil er entwischen könnte. Es wäre keine schlechte Idee, wenn wir hinfahren und uns an Ort und Stelle erkundigen würden, wie es ihm geht. Wollen Sie mitkommen?«

Als sie sich vor ihrem kleinen Handspiegel zurechtmachte, fragte sie, ohne den Kopf nach ihm zu drehen:

»Was beabsichtigen Sie mit Dearborn zu machen?«

Er strich sich nachdenklich über das Kinn.

»Im Augenblick weiß ich wirklich nicht, was ich machen soll. Es ist schließlich kein Verbrechen, wenn ein Mann behauptet, er sei blind, und ist es nicht. Möglicherweise hat er auch noch einen Schimmer von Sehkraft, um eine Hand, die sich ihm entgegenstreckt, wahrzunehmen. Es könnte auch sein, daß er seine Hand ganz mechanisch, instinktiv erhoben hat.«

»Es ist möglich«, räumte sie ein. »Aber er lächelte doch auch, als ich ihm zulächelte . . .«

Im Spitalbüro von St. Mary trafen sie den Arzt, der Fred betreute.

»Er ist wieder bei Bewußtsein. Wollen Sie ihn sehen?« fragte er.

»Darf er sprechen?«

»Ich denke schon – es ist wohl sehr dringend? Er ist natürlich noch sehr schwach, und unter gewöhnlichen Umständen würde ich es nicht empfehlen. Aber kommen Sie!«

Er führte sie zum Krankenzimmer. Vor der Tür zögerte Diana.

»Soll ich mitkommen?«

»Ihre Anwesenheit ist sogar sehr nötig«, erwiderte Larry. »Haben Sie Ihr Stenogrammheft bei sich?«

Sie betraten das Zimmer, in dem Fred Grogan lag. Sein Kopf war ganz verbunden, nur das Gesicht schaute blaß und verzerrt aus dem Verband hervor. Als er Larry erblickte, leuchteten seine Augen auf.

»Ich hätte es nie für möglich gehalten, daß ich mich einmal auf Ihren Besuch freuen würde«, scherzte er, wurde aber gleich wieder ernst. »Vor allen Dingen, Inspektor, müssen Sie die Frau aus dem Kesselhaus herausholen.«

»Die Frau im Kesselhaus?« fragte Larry. »Wie kommen Sie darauf?«

»Nun ja, das Kindermädchen oder die Amme, was weiß ich, von Clarissa. Wer allerdings Clarissa ist, mag der Teufel wissen! Also gut, ich werde Ihnen jetzt zur Abwechslung einmal die reine Wahrheit erzählen, Mr. Holt. Am besten ist es, ich fange ganz von vorne an, und wenn ich mich dabei in ein schlechtes Licht setzen muß, dann sollten Sie eben eine ganze Menge von dem, was ich Ihnen hier erzähle, wieder vergessen.«

»Der Gedanke, daß eine schlechte Meinung über Sie aufkommen könnte, wäre mir selbstverständlich unerträglich«, versicherte Larry ernsthaft, »oder formulieren wir es vielleicht so – ich verspreche Ihnen, daß sämtliche Einzelheiten, die sich nicht direkt auf den Mord an Gordon Stuart beziehen, in diskreter Weise übergangen werden.«

»Ausgezeichnet!« Fred atmete erleichtert auf. »Dann los! Die Geschichte begann vor vier oder fünf Jahren in Montpellier. Kennen Sie Montpellier?«

»Sehr gut. Ich kenne die Stadt vom Coq d'Or bis zum Palais.«

»Ich war gerade in Montpellier«, begann Fred, »sah mir die Gegend an und amüsierte mich ein bißchen, bis ich so langsam in einen Spielklub hineinkam, der still und leise von einem Mann namens Floquart geleitet wurde. Gespielt wurde Bakkarat. Ich habe meistens Glück beim Bakkarat. Diesmal aber bekam ich drei Tage lang kein anderes Geld als mein eigenes in die Hände, und mit jedem Tag sah ich weniger davon. In der dritten Nacht haben sie mich dann so gründlich ausgenommen, daß ich gerade noch zu Fuß nach Hause gehen konnte. Ich bog aus der Rue Narbonne, als ich einen Schuß hörte. Auf der anderen Seite des Platzes sah ich einen Mann auf dem Pflaster liegen – und einen zweiten, der sich auffallend rasch entfernte. Die polizeilichen Einrichtungen in dem Städtchen waren damals nicht ganz auf der Höhe, und nur selten ließ sich ein Gendarm blicken. Der Kerl, der so rasch verduften wollte, mochte sich schon in Sicherheit wiegen, als ich plötzlich auf ihn zukam. Es dämmerte, der Morgen war schon hell genug, daß ich sein Gesicht sehen konnte. Er sah sehr gut aus. Ich glaube, er erschrak zu Tode, als ich so unvermutet auftauchte und ihn mit Beschlag belegte. Natürlich gingen mich seine Privatangelegenheiten im Grunde nichts an, aber Sie dürfen nicht vergessen, daß ich – hm ja . . . Er erzählte mir eine lange Geschichte, daß der Mann, den er erschossen habe, ihm eine große Gemeinheit zugefügt hätte. Schließlich steckte er mir ungefähr sechzehntausend Francs in die Hände, und ich ließ ihn seiner Wege gehen – man ist ja auch nicht völlig gefühllos!« Fred grinste. »Gut, weiter – als sich nirgends ein Gendarm zeigte, überquerte ich den Platz, um mir den Erschossenen aus der Nähe anzusehen, obwohl ich mir bewußt war, was für ein Risiko ich einging, wenn ich bei einer halben oder ganzen Leiche angetroffen würde. Man behauptete später, der Schuß hätte ihn sofort getötet, was aber nicht stimmt. Der arme Teufel lebte noch, als ich hinkam und mich zu ihm niederbückte, um zu sehen, ob ich noch etwas für ihn tun könne Ich fragte ihn, wer auf ihn geschossen habe, und tatsächlich war er noch imstande, den Namen anzugeben.« Fred machte eine wirkungsvolle Pause. »David Judd!«

»David Judd?« Larry zog erstaunt die Augenbrauen hoch »Ist er mit unserem Doktor Judd verwandt?«

»Sein Bruder«, erklärte Fred. »Den Doktor habe ich durch diese Geschichte dann kennengelernt. Ich verschwieg ihm, daß der arme Teufel in Montpellier mir den Namen verraten hatte, und behauptete, ich hätte das Gesicht seines Bruders David erkannt. Nun gut, an jenem Morgen auf dem Platz in Montpellier versuchte ich, aus dem Verwundeten herauszubekommen, warum auf ihn geschossen worden war, als er unter meinen Händen starb. Wie gesagt, ich wollte nicht bei einem Ermordeten überrascht werden; zwar hatte ich glücklicherweise keinen Revolver bei mir und konnte auch nachweisen, wo ich gewesen war. Aus einer Nebenstraße hörte ich den schweren Schritt eines Polizisten und machte, daß ich so schnell als möglich fortkam; doch der Kerl hatte mich schon gesehen, ich mußte vor dem Untersuchungsrichter erscheinen und nachweisen, daß mich der Mord gar nichts anging und daß ich mich auf der Suche nach einem Arzt befand, als ich gesehen wurde. Ich hatte nämlich wirklich den vernünftigen Einfall gehabt, nach einem Arzt zu laufen.« Er schwieg eine ganze Weile, um sich für den heikleren Teil seiner Erzählung zu sammeln. »Als ich nach London zurückkehrte, hielt ich es für meine Pflicht, Mr. David Judd aufzusuchen. Er hatte damals ein Privatbüro bei der Greenwich-Versicherungsgesellschaft. Aber ich traf ihn dort nicht an und sprach mit seinem Bruder.«

»Sie wollten natürlich herausbekommen, wieviel er zahlen würde, wenn Sie Ihren Mund hielten?«

»Stimmt ganz genau, Mr. Holt. Unheimlich, was für ein Einfühlungsvermögen Sie haben! Er war furchtbar aufgeregt, Doktor Judd meine ich, und machte geltend, er müsse erst mit seinem Bruder sprechen, sobald dieser von einer Reise zurückkäme. Doch dann passierte etwas, das anfänglich so aussah, als würde es alle meine schönen Aussichten ruinieren. David Judd starb. Auf seiner Rückreise von Schottland erkältete er sich und starb innerhalb weniger Stunden. Ich bin bei seinem Begräbnis gewesen – als Leidtragender. Ich wette, keiner hat mehr Kummer gehabt als ich. Trotzdem muß ich sagen, daß Doktor Judd sich mir gegenüber als Gentleman gezeigt hat. Nach dem Begräbnis ließ er mich zu sich kommen und erklärte, daß er das Andenken seines Bruders von jeder schlechten Nachrede freihalten wolle; er bot mir eine regelmäßige jährliche Summe an, falls ich den Mund halten würde.«

»Der Mann, der erschossen wurde, war doch ein Büroangestellter?«

»Und zwar ein Angestellter der Greenwich-Versicherungsgesellschaft, der versucht hatte, David Judd zu erpressen.«

Larry stieß einen leisen Pfiff aus.

»Greenwich-Versicherung – Erpressungen –«, wiederholte er. »Was hatte David denn auf dem Kerbholz?«

»Das weiß ich nicht, Mr. Holt. Wenn ich es wüßte, würde ich es Ihnen sofort sagen. Aber es muß eine ziemlich faule Sache gewesen sein. Doktor Judd behauptete, daß jener Angestellte eine Menge Geld unterschlagen hätte, und da muß auch was Wahres dran gewesen sein, denn ich erinnere mich, daß er bei Floquart viel und hoch gespielt hat. – Also, um die Geschichte kurz zu machen, ich habe dann vier Jahre lang ein gutes Einkommen von Doktor Judd bezogen. Ich will da gar nichts beschönigen und mich nicht in ein besseres Licht stellen. Das würde Sie ja auch nicht interessieren. Vor ein paar Tagen traf ich den Doktor bei einer Hochzeit. Er war eingeladen, ich natürlich nicht, aber das ist ja das wenigste – jedenfalls ging ich hin. Bei der Gelegenheit lud er mich ein, gestern abend in seinem Haus in Chelsea mit ihm zu essen. Wie Sie vielleicht wissen, hat er ein piekfeines Haus, bis oben voll mit Gemälden und Schmucksachen. Und weil er mir eine schöne runde Summe angeboten hatte, um mich ein für allemal loszuwerden, entschloß ich mich, hinzugehen. Es kam mir auch sonst gelegen. Doktor Judd hat da einen Mann eingestellt, als Kammerdiener oder so, nun ja, er ist ein alter Sträfling und hat in Portland in der Zelle neben mir gesessen.«

»Er heißt Strauß«, warf Larry ein, »hat eine Vorliebe für Koks und ist dreimal vorbestraft.«

»Ach, das wissen Sie auch schon? Ich traf ihn also neulich ganz zufällig am Piccadilly. Er wollte gerade ein paar Kleinigkeiten unterbringen, die er seinem Herrn gemaust hatte, und da habe ich mir auch gleich ein Andenken ausgesucht – ein paar Manschettenknöpfe ...«

»Daher kamen sie also?« fuhr Larry auf. »Sie gehörten Doktor Judd?«

»Ich bin nicht ganz sicher, ob sie wirklich Doktor Judd gehörten. Strauß erzählte nämlich, daß oft Wochenendgäste dort waren, vielleicht hat er die Knöpfe auch einem von diesen geklaut. Ja, und ich kam dann auf die Idee, mir etwas von den Kunstschätzen des Hauses anzueignen, bevor ich abreiste. Darum hatte ich mit Strauß vereinbart, daß ich mir nächstens mal das Haus ansehen wollte, um einige Kleinigkeiten auszusuchen. Als ich nun zum Essen eingeladen wurde, griff ich natürlich mit beiden Händen zu. Damit will ich nicht gesagt haben, daß ich je im Sinn hatte, ganz allein zu einem solchen Dinner zu gehen – so gut stand ich mit dem Doktor nun doch wieder nicht. Aber er erzählte mir, es würden noch andere Gäste kommen. Eingeladen war ich eigentlich für acht Uhr, aber da es um diese Zeit schon stockdunkel ist, ging ich bereits um sieben, und zwar nicht direkt zum Haus, sondern postierte mich gegenüber auf der anderen Straßenseite. Ich wollte lieber erst einmal Doktor Judds Gäste ankommen sehen, bevor ich auf der Bildfläche erschien. Ich wartete bis acht Uhr. Niemand kam. Ich wartete bis halb neun, und dann sah ich den Doktor herauskommen und die Straße hinabblicken. Mittlerweile war ich so hungrig geworden, daß ich beinah zu ihm hinübergegangen wäre, aber ich konnte mir beim besten Willen nicht vorstellen, daß ich ganz allein mit ihm speisen sollte, mit einem Menschen, den ich ... verstehen Sie? So wartete ich weiter, wartete und wartete, bis auf einmal ein Auto ankam und direkt auf das Einfahrtstor seitlich vom Haus losfuhr. Ich dachte schon, das Auto würde das Tor eindrücken, aber im Augenblick, als die Scheinwerfer es zu berühren schienen, öffnete es sich von selbst. Merkwürdig, sagte ich mir und ging über die Straße, um mir die Sache etwas näher anzusehen. Das bedeutete zwar ein bißchen Klettern für mich, aber es ging ganz leicht und geräuschlos. Und wissen Sie, was ich sah? Der erste, der aus dem Wagen stieg, war das dicke Riesenvieh, das in der Jermyn Street versucht hatte, mir die Luft abzudrehen.«

»Der blinde Jake?«

»Ich bin ihm nie vorgestellt worden. Jedenfalls sah ich ihn deutlich, als er vor den Scheinwerfern vorbeiging. Dann wurden die Lichter gelöscht, und ich konnte nichts mehr sehen. Um zehn Uhr öffneten sich die Tore wieder – wie durch Zauberei, niemand war zu sehen –, und der Wagen rollte heraus. Als er langsam an mir vorbeifuhr, rannte ich hinterher und ließ mich auf den Gepäckträger fallen, der heruntergeklappt und einladend leer war. In der King's Road in Chelsea sprang ich wieder ab, weil es da zu hell war und ich von einem Polizisten hätte gesehen werden können. Aber es gab genug Taxis, ich zeigte dem Chauffeur den Wagen, dem er nachfahren sollte. Ich mußte herausbekommen, wo der blinde Jake – so nannten Sie ihn doch? – wohnte, und es gelang ohne große Schwierigkeiten, dem Wagen zu folgen. Wir fuhren am Viktoria-Bahnhof vorbei, dann über Grosvenor Place der Park Lane zu. Ich befürchtete, das Auto würde in den Park einbiegen, dann hätte ich es verloren, denn die Parkwege sind ja nur für Privatwagen offen, aber nicht für Taxis. Glücklicherweise – oder leider, wie man's nehmen will – fuhr der Wagen nicht durch den Park, sondern durch die Edgware Road, wo der Tyburn Tree gestanden hat, an dem man in alten Zeiten die Leute aufhing. Ich habe das mal in einem Buch gelesen, als ich mich – hm, erholte ...«

»Wollen wir nicht lieber die Erinnerungen an Alt-London beiseite lassen?« schlug Larry vor.

»Ich fuhr also dicht hinter ihnen. Unerwartet bogen sie in eine Seitengasse ein. Ich riskierte es, meinen Chauffeur zu bezahlen und ihnen zu Fuß zu folgen, weil ich dieses Viertel sehr gut kenne, und ich brauchte auch keine zehn Minuten zu suchen, bis ich den Wagen vor einer Toreinfahrt stehen sah. Kurz vor mir traf noch ein zweites Auto ein, mit dem der Doktor gekommen sein mußte.«

»Doktor Judd? War der auch da?«

Fred wollte nicken, bedauerte aber im gleichen Augenblick, seinen schmerzenden Kopf überhaupt bewegt zu haben.

»Wenn ich meinen dämlichen Schädel nicht still halte, dann dusele ich nochmals hinüber. – Ja, der Doktor war auch da. Ich stand ganz in der Nähe und sah diesen blinden Jake, den Doktor und noch einen, den ich nicht kannte, der eine Tasche in der Hand hielt und schlechter Laune zu sein schien. ›Ich protestiere, zu so später Stunde auf solche Weise geholt zu werden‹, sagte er. Der Doktor entgegnete leise etwas, das ich nicht verstehen konnte. ›Warum haben Sie nicht einen andern Arzt geholt? Ich mache Sie darauf aufmerksam, daß Sie mich gezwungen haben, hierherzukommen, und ich komme nur unter Protest. Wo ist die Frau?‹ Als der blinde Jake antwortete: ›Im Kesselhaus!‹ und lachte, fuhr ihn Doktor Judd mit einem Fluch an und sagte, er sollte das Maul halten. Alle drei verschwanden dann durch das Tor des Grundstücks, während der eine Wagen wendete, was aber auf der schmalen Straße nicht auf Anhieb gelang. Es war ein frisch gestrichener Lieferwagen, und auf einer Seitentür konnte ich unter der neuen Farbe das Wort ›Wäscherei‹ erkennen.«

»Haben Sie sich den Namen der Straße gemerkt?« fragte Larry.

»Reville Street«, erwiderte Fred.

»Das ist ja die Parallelstraße zur Lissom Lane. Na – weiter, Fred!«

»Ich mußte schleunigst verduften, weil man mich sonst gesehen hätte. Ich ging also um den Häuserblock herum und tauchte gerade wieder auf, als sie aus dem Tor herauskamen. Doch waren es jetzt nur noch zwei Personen; das dicke Mistvieh war verschwunden. Was sie sich erzählten, konnte ich nicht hören, endlich rief Doktor Judd: ›Gute Nacht!‹, und der Wagen fuhr mit ihm davon. Der andere schaute ihm nach. Mir blieb nichts anderes übrig, als an ihm vorbeizuschlendern, als ob ich die Straße dahergekommen wäre. Wenn es eine schlechte Angewohnheit gibt, dann ist es die, im Wachen oder Schlafen Selbstgespräche zu führen. Es gibt Leute, die können nichts dagegen machen. Ich hatte einen guten Freund in Barcelona – doch das gehört nicht hierher, Mr. Holt. Also, der Kerl, der da dem Wagen nachschaute, gehörte zu der Sorte. So eine Art Grübler. Und wie ich gerade an ihm vorüberkam – er stand bewegungslos, die Hände auf dem Rücken, und sah dem verschwindenden Schlußlicht des Autos nach –, hörte ich ihn etwas murmeln. Es waren, ich erinnere mich genau, nur zwei Worte: ›Clarissas Amme ...‹ Er hat es gleich zweimal gesagt. Ich ging meiner Wege und dachte nicht im Traum daran, daß ich ihnen verdächtig vorgekommen sein könnte, vielmehr nahm ich mir vor, sofort Sie aufzusuchen, Mr. Holt, und Ihnen die Geschichte zu erzählen. Ich war nur noch ein paar hundert Meter von Ihrem Haus entfernt, da hatte ich so ein unangenehmes Gefühl, als ob man mir folgte. Sehen konnte ich niemand, trotzdem wurde ich die ekelhafte Empfindung nicht los, die man hat, wenn einem die Polente auf den Fersen ist, und man kann sie nicht mehr abschütteln. Ich hatte Ihre Straße erreicht, suchte das Haus, aber ich war schon zu weit gegangen und kehrte wieder um. Vermutlich sind die Kerle, die mir folgten, ins Haus geschlichen und haben oben auf mich gewartet. Ich erinnere mich noch, daß ich vor Ihrer Wohnungstür die Hand zum Klingelknopf hob – dann weiß ich nichts mehr.«

Diana hatte eifrig mitgeschrieben und klappte nun ihren Block zu.

»Ich glaube, das ist so ziemlich alles«, schloß Fred mit schwacher Stimme. »Ich möchte gern etwas trinken.«

27

Zehn Minuten später sausten zwei Autos mit Polizisten in Zivil nach dem Westen, und die Bewohner der kleinen Reville Street wurden Zeugen dieser neuerlichen Razzia.

»Was ist das für eine Mauer?« fragte Larry.

»Die Mauer der eigentlichen Wäscherei«, antwortete Sergeant Harvey. »Ich habe sie schon abgesucht, doch nichts gefunden.«

»Haben Sie das Kesselhaus gesehen?«

»Jawohl, Sir, es ist ein ganz gewöhnlicher Kellerraum mit einem großen Dampfkessel.«

»Lassen Sie das Tor öffnen«, befahl Harry. »Sie haben doch noch Leute in der Lissom Lane, die den andern Ausgang bewachen?«

»Ja, Sir.« Der Sergeant manipulierte am Schloß herum. In wenigen Augenblicken war das Tor offen.

Der Raum, in den sie direkt von der Straße aus kamen, lag in tiefer Finsternis. Als die Beleuchtung eingeschaltet wurde, sah man eine lange Halle mit rohen Backsteinwänden und Zementfußboden. Durch den mittleren Teil liefen vier Reihen Tischgestelle, an denen früher die Wäschereiangestellten gearbeitet hatten. Hinten im Raum führten einige Stufen nach unten. Allen voran stieg Larry ins Kesselhaus hinab.

In einer Ecke des Kellergewölbes befand sich der große, verrostete Kessel, der einst der Wäscherei Dampf und Energie geliefert hatte. Larry versuchte vergeblich, die dicke, eiserne Kesseltür, die in das Feuerungshaus führte, zu öffnen. Er zog und zerrte, doch alle Mühe war umsonst.

»Da kann doch niemand drin sein – was meinen Sie, Harvey?«

»In dem Kessel würde man ersticken«, erwiderte der Sergeant.

Diana beobachtete enttäuscht die beiden Männer.

»Gibt es gar kein Versteck, wo sie sein könnte? Ich habe so gehofft, daß wir . . .« Sie brach ab.

»Nein, Miss«, beteuerte Harvey, »wir haben das ganze Haus durchsucht. – Sollen wir die Tür aufbrechen?« fragte er Larry.

»Ich glaube, es ist sinnlos. Ich bin Ihrer Meinung, kein Mensch würde es in dem Kessel aushalten, falls überhaupt Platz genug für einen Menschen darin ist, was ich bezweifle.«

Als sie unverrichteter Dinge wieder aufbrachen, trennten sie sich – Diana Ward ging mit Harvey ins Präsidium zurück, während Larry nochmals ins Spital fuhr, um Flimmer-Fred einige zusätzliche Fragen zu stellen.

»Der Himmel weiß, daß ich in meinem ganzen Leben noch nie einem Polizisten vertraut habe«, erklärte Fred geschwollen. »Aber bei Ihnen, Mr. Holt, ist es anders, Sie machen einem die schönsten Grundsätze zuschanden, und ich habe nun mal Vertrauen zu Ihnen. Also – meine Garderobe hat das Spital in Verwahrung genommen, in einer meiner Taschen aber ist der Schlüssel meines Bankfachs, holen Sie ihn sich da 'raus. Es handelt sich um die Bank in der Chancery Lane. In meinem Fach liegen verschiedene Dinge, die niemand was angehen. Sie werden die Schlüssel schon finden, ohne zuviel kramen zu müssen – da gibt's zum Beispiel ein Paket Kriegsanleihe, die ich mir im Schweiße meines Angesichts erworben habe ...«

»Daß jemand dabei geschwitzt hat, möchte ich wetten«, grinste Larry. »Doch Sie brauchen sich keine Sorgen zu machen, Fred, daß ich hinter Ihre Geheimnisse kommen oder etwas, das ich vielleicht finde, gegen Sie verwenden will.«

Fred fühlte sich trotzdem ziemlich unbehaglich.

»Wenn ich gesund und munter wäre, ließe es sich ja viel leichter erledigen, dann könnte ich Ihnen einfach die Schlüssel übergeben.«

»Von was für Schlüsseln reden Sie eigentlich die ganze Zeit?«

»Nachschlüssel – von Judds Haus. Ich habe sie mir machen lassen, weil ich doch der Kunstsammlung ungestört einen Besuch abstatten wollte. Strauß bekam die Schlüssel in die Hände, als der Doktor schlief, und machte die Abdrücke. Strauß ist gar nicht so übel, das schlimmste ist, daß er kokst. Ich habe für so schlechte Gewohnheiten nie etwas übrig gehabt. Man muß ein waches Auge und einen klaren Kopf haben, um im Leben vorwärtszukommen, nicht wahr, Mr. Holt?«

»Und acht geschickte Finger plus zwei flinke Daumen! Stimmt's, Fred?«

Eine halbe Stunde später verließ Larry die Bank in der Chancery Lane. In seiner Tasche klimperten Freds unrechtmäßige Nachschlüssel.

28

Nach langem Zureden hatte Diana eingewilligt, weiterhin Larrys Schutzaufsicht in Anspruch zu nehmen. Auch die mütterliche Pflegerin war zu einer festen Einrichtung in Regents Gate Gardens geworden, was jedoch Mr. Patrick Sunny äußerst mißfiel, da es ihn zwang, sich in der Küche ein Feldbett aufzuschlagen.

»Es tut mir leid, Sunny«, hatte Larry am ersten Abend erklärt, »Ihnen diese Unbequemlichkeit verursachen zu müssen. Wie ich annehme, ist es nicht sehr angenehm für Sie.«

»Nein, Sir, es ist nicht angenehm für mich.«

»Aber doch schließlich zu ertragen, hoffe ich?«

»Ja, Sir, es ist zu ertragen.«

»Denken Sie daran, daß die Dame in großer Gefahr schwebt und nicht allein in ihrer Wohnung sich selbst überlassen werden durfte.«

Sunny wußte dies sehr gut, denn die Angelegenheit war freimütig in seiner Gegenwart besprochen worden.

»Nein, Sir, das war ausgeschlossen. – Was für einen Kragen wünschen Sie morgen?«

»Irgendeinen. – Jedenfalls ist die Dame jetzt in Sicherheit.«

»Nein, Sir«, erwiderte Sunny.

Larry starrte ihn sprachlos vor Überraschung an. Zum erstenmal widersprach ihm Sunny.

»Nein?« vergewisserte er sich. »Haben Sie nicht verstanden, was ich gesagt habe? Die Dame sei hier sicher aufgehoben.«

»Nein, Sir«, wiederholte Sunny. »Verzeihen Sie, wenn ich anderer Meinung bin.«

»Sie meinen wirklich? Warum sollte sie hier nicht sicher sein?«

»Weil Sie selbst nicht sicher sind, Sir«, erklärte Sunny überzeugt, »und solange Sie es nicht sind, ist es die junge Dame auch nicht.«

»Gut, gut«, lachte Larry. »Glauben Sie, was Sie wollen! Ja, noch etwas, Sunny – schließen Sie heute nacht die Küchentür. Sie schlafen sehr unruhig, wie ich gehört habe, und wecken mir sonst noch die ganze Wohnung auf.«

»Ja, Sir, ich werde die Küchentür schließen.«

Die Küchentür schloß Sunny wirklich, aber er tat noch mehr. Als Larry zu Bett gegangen war und die Wohnung in tiefem Schweigen lag, schleppte er sein schmales Feldbett in die Diele hinaus, stellte es mit dem Fußende ungefähr vierzig Zentimeter von der Wohnungstür entfernt auf, klemmte ein Besenstilende an der Tür fest und ließ den Stiel an der Bettkante aufliegen.

Gegen zwei Uhr morgens wurde geräuschlos ein Schlüssel ins Schloß gesteckt, die Wohnungstür öffnete sich langsam einige Zentimeter. Unbarmherzig fiel der Besen auf Sunnys Kopf.

Larry hörte drei schnell aufeinanderfolgende Schüsse, sprang aus dem Bett und lief, den Revolver in der Hand, in den Gang. Er sah ein leeres Feldbett, die offene Wohnungstür, flog die Treppe hinunter und begegnete auf halber Höhe dem würdigen Sunny, der einen kleinen Kerl mit schmerzhaft verzogenem Gesicht am Kragen gepackt hielt und vor sich her schob.

»Bringen Sie ihn herein!« befahl Larry und verschloß die Tür.

»Ich bitte um Entschuldigung, Sir«, stotterte Sunny, »daß ich mir einen Ihrer Revolver ausgeliehen habe. Und was mein Bett in der Diele betrifft, außerdem die Störung, die ich Ihnen verursachen mußte . . .«

»Kein Wort mehr darüber!« Larry warf einen dankbaren Blick auf seinen Diener. »Davon sprechen wir später.« Er wandte sich dem Gefangenen zu. »Und Sie? Was haben Sie zu Ihrer Entschuldigung anzuführen?«

»Er hat kein Recht, Schußwaffen zu gebrauchen«, antwortete der Fremde heiser. »Ich bin verwundet.«

Der Mann war etwa Mitte Dreißig, hatte hohle Wangen und tiefliegende Augen. Larry befühlte seine Taschen und zog ein Messer mit langer Klinge heraus, die scharf wie ein Rasiermesser war.

»Zeigen Sie Ihre Hände!« befahl Larry. »Schon vorbestraft?«

»Nein«, antwortete der Mann mürrisch.

»Wer hat Sie hierhergeschickt?«

»Finden Sie es selbst 'raus! Von mir erfahren Sie nichts.«

Als zehn Minuten später Polizeibeamte den Mann abführten, wußte Larry trotzdem, was er wissen wollte. Daraufhin nahm er noch Sunny zu einer kurzen Aussprache beiseite, mit dem Resultat, daß dieser für den Rest der Woche mit stolz geschwollenem Kamm herumstolzierte.

29

Ein dünner, weißer Nebel hing über dem Park und verhüllte den einsamen Reitweg von Rotten Row. Die auftauchenden und wieder verschwimmenden Umrisse der wenigen Reiter, die zu dieser frühen Morgenstunde ihren gewohnten Spazierritt unternahmen, verstärkten noch den Eindruck der Verlassenheit.

Chefkommissar Sir John Hason, der jeden Morgen vor dem Frühstück einen kleinen Ausritt absolvierte, war einer dieser Reiter. Weder erwartete noch wünschte er irgendwelche Gesellschaft. Um so größer war daher seine Überraschung und auch sein Verdruß, als ihn ein Reiter einholte und das Pferd an seiner Seite in Schritt fallen ließ.

»Hallo, Larry!« rief er dann aus. »Woher kommst du auf einmal? Ich dachte schon, du wärst ein Geist.«

»Das werde ich auch bald sein! Lange wird's nicht mehr dauern, wenn ich nicht sehr aufpasse. Ich wußte, daß ich dich hier finden würde, und habe mir im Tattersall einen Gaul gemietet. Außerdem kann mir ein bißchen frische Luft auch nicht schaden.«

»Gibt's was Neues?«

»Ein kleiner Mordversuch heute nacht – aber das ist so etwas Gewöhnliches, daß es mir widerstrebt, es als Neuigkeit zu rapportieren.« Larry berichtete von dem nächtlichen Besucher. »Doch was mich viel mehr beschäftigt – Du kennst ja die Londoner Verhältnisse besser als ich –, wer ist eigentlich Judd?«

»Judd!« lachte der Kommissar. »Ich glaube nicht, daß du dir seinetwegen den Kopf zu zerbrechen brauchst. Er ist in der Geschäftswelt ganz gut angesehen. Sein Bruder soll sehr leichtsinnig gewesen sein, wie ich gehört habe. Beinahe sämtliche Aktien der Greenwich-Versicherungsgesellschaft sind Familienbesitz. Die Brüder haben die Aktien von ihrem Vater geerbt und brachten das Geschäft, das damals als wenig sicher angesehen wurde, auf die jetzige Höhe. Es ist auch heute keine bedeutende Gesellschaft, doch hat sie der Gefahr, von den großen Versicherungskonzernen aufgeschluckt zu werden, zu widerstehen vermocht. Das beweist Charakter und Standfestigkeit, die ich bewundern muß.«

»Ich habe heute nacht die Aufsichtsratsliste durchgesehen«, erwiderte Larry. »Sie ist im Börsenjahrbuch publiziert. Ich habe mir lange den Kopf darüber zerbrochen. Weißt du, daß John Dearborn auch Direktor der Gesellschaft ist?«

»Dearborn, der Theaterschriftsteller? Nein, das wußte ich nicht. Selbstverständlich werden die Direktoren der Gesellschaft von Judd bestimmt und eingesetzt. Man erzählt, daß er eine Reihe von wohltätigen Stiftungen unterstützt, und das Heim, in dem Dearborn Vorsteher ist, unterhält er ja offensichtlich ganz allein. Vielleicht ist dieser Direktorposten einfach eine interne Verrechnungssache.«

»Das habe ich mir auch überlegt. Wer ist jedoch Walters?«

»Kenne ich nicht.«

»Ebenfalls ein Direktor der Gesellschaft – auch so ein bezahlter Ehrenposten, wie ich annehme. Und Cremley? Ernest John Cremley aus Wimbledon.«

»Der ist ganz sicher nur eine dekorative Figur«, lachte Sir Hason. »Ich kenne ihn oberflächlich. Ein Mann mit sehr wenig Kopf, dafür um so versessener auf Karten.«

»Diese beiden sind außerdem Direktoren des Macready-Theaters.«

»Und was schließt du aus alldem?« fragte der Kommissar.

»Was ich daraus schließe? Daß Judd das Theater, in dem Dearborns Stücke aufgeführt werden, unter seiner Kontrolle hat, daß also zwischen Judd und dem Leiter des Blindenheims in Paddington eine enge Verbindung besteht.«

Sir Hason überlegte lange, bevor er antwortete.

»Ich kann dabei noch nichts Ungewöhnliches finden. Dearborn ist durch die Umtriebe des blinden Jake doch selbst in Mitleidenschaft gezogen, und Judd, der den Namen seines Bruders rein halten wollte, hat nach deinen Rapporten, und wenn wir Flimmer-Fred einmal aus dem Spiel lassen ... Teufel noch mal, was –!«

Der konsternierte Ausruf des Kommissars war sehr berechtigt, denn Larry hatte plötzlich sein Pferd herumgerissen und sprengte jetzt in scharfem Galopp quer durch den Park, ohne auf das gefährliche Gelände zu achten.

Der Mann im Gebüsch hörte den Galopp der Hufe und jagte in

wilder Flucht zum Parktor und auf die Straße hinaus. Das Tor war an dieser Stelle so schmal, daß Larry nicht hindurchreiten konnte. Er sprang ab, überließ das Pferd seinem Schicksal und eilte auf die Straße. Doch sah er weiter nichts als ein Auto, das sich rasch nach Westen entfernte. Vergeblich hielt er nach einem Taxi Ausschau, zuckte die Achseln, fand sein Pferd wieder und trabte langsam zu John Hason zurück.

»Was, zum Teufel, ist in dich gefahren?« fragte der Kommissar.

»Schade, daß ich keinen Revolver gehabt habe! Der blinde Jake auf seinem morgendlichen Gesundheitsspaziergang, während sein Wagen wartete, um ihn, wie es sich für eine solche Persönlichkeit gehört, wieder nach Hause zu fahren.«

30

Als er nach Hause zurückkam, saß Diana bereits am Frühstückstisch. Er erzählte ihr von seiner Jagd im Park.

»Muß man daraus nicht schließen«, fragte sie, »daß er sich nicht mehr im Heim oder in der Wäscherei verborgen hält? Das Haus wird doch immer noch bewacht?«

»Auf beiden Seiten, aber es gibt sicher noch eine Reihe von Ausgängen. Tatsache ist, daß er einen Morgenspaziergang machen kann, den seine Auftraggeber überdies für so wichtig halten, daß sie ihm ein Auto zur Verfügung stellen. Dies deutet doch darauf hin, daß er tagsüber eingeschlossen sein muß.«

Sie waren allein, da die Pflegerin und Anstandsdame ihre Toilette noch nicht beendet hatte.

»Ich weiß wirklich nicht, wie dieser Fall einmal erledigt wird, Diana«, begann Larry nach einer kurzen Pause, »und es ist jetzt vielleicht nicht der richtige Augenblick, um Ihnen zu sagen, was ich – hm, was ich gerne sagen möchte, aber – aber, Diana, wenn der Fall wirklich einmal abgeschlossen ist, möchte ich nicht, daß Sie weiter im Präsidium bleiben.«

»Wollen Sie damit sagen, daß Sie mit mir nicht zufrieden sind? Als Sekretärin?«

»Ich schätze Sie sehr, als Sekretärin – und als Mensch. Aber –«, er gab sich die größte Mühe, ruhig zu bleiben, »es gefällt mir gar nicht, daß Sie – dort arbeiten.«

Beide schwiegen. Endlich erwiderte sie:

»Ich glaube nicht, daß ich nach Erledigung des Falles Stuart weiterarbeiten werde. Ich habe selbst schon daran gedacht, meine Stellung aufzugeben.«

Diese Antwort hatte er nicht erwartet.

»Sie werden doch nicht weggehen?« rief er erschrocken.

Diana brach in helles Gelächter aus.

»Sie sind der inkonsequenteste Mensch, der mir je begegnet ist! Sie entlassen mich, und im nächsten Augenblick hoffen Sie, daß ich nicht weggehe . . .« Sie brach ab, denn sie war sich der verfänglichen Situation völlig bewußt.

»Nein, lassen Sie mich ausreden – ich wollte Ihnen ja eine ganz andere Stelle vorschlagen!«

»Ich – verstehe Sie nicht«, stammelte sie.

»Ich möchte Sie heiraten – scheren Sie sich zum Teufel!«

Sie ließ das Stückchen Toast, das sie in der Hand hielt, fallen, blickte mit offenem Mund auf und sah gerade noch, wie sich die Tür hinter dem schwergekränkten Sunny schloß.

»Entschuldigen Sie, bitte – es tut mir furchtbar leid«, stotterte Larry. »Ich habe nicht Sie gemeint – ich meinte . . .«

»Ich weiß, was Sie meinen.« Sie legte ihre Hand auf die seine und schwieg. Als ihr Blick auf ihr verzerrtes Spiegelbild in der silbernen Kaffeekanne fiel, lachte sie auf.

Larry zog seine Hand brüsk zurück.

»Ich fürchte, ich mache mich lächerlich«, sagte er beleidigt.

Diana rührte sich nicht.

»Legen Sie Ihre Hand zurück«, flüsterte sie, und Larry gehorchte. »Ich mußte über mein Spiegelbild in der Kaffeekanne lachen. Da sehe ich wirklich nicht aus wie jemand, dem man um halb neun Uhr morgens einen Heiratsantrag machen könnte.«

»Sie haben also verstanden, daß es ein Antrag war? Und – wollen Sie wirklich?«

»Wollen? Was – einen Antrag erhalten?« fragte sie vergnügt. »Ob ich will! Es gefällt mir sogar sehr, Larry . . .«

Sunny kam herein – sie sahen ihn nicht. Leise schlich er wieder hinaus, verließ die Wohnung und drückte im Treppenhaus auf den Knopf des Fahrstuhls. Er war mit dem jungen Mädchen, das tagsüber den Aufzug bediente, gut befreundet.

»Louie«, sagte er noch feierlicher als gewöhnlich, »können Sie mir sagen, ob ich hier in der Nähe ein möbliertes Zimmer finden kann? Ich glaube, ich werde bald woanders schlafen müssen.«

»Woanders schlafen, Pat?« fragte Louie, der er gnädigst gestattet hatte, ihn mit dem Vornamen anzureden, verwundert. »Will Ihr Herr eine Haushälterin nehmen?«

»Ich nehme es an«, erwiderte Sunny mit Grabesstimme.

31

Auf dem Weg ins Büro sagte Larry zu Diana:

»Es ist wundervoll! Ich fühle mich wie im Himmel.«

»Dann will ich dich ein wenig auf die Erde zurückholen. Ich möchte, daß du mir etwas versprichst.«

»Ich verspreche dir alles, was es auch sein mag«, versicherte er eifrig.

»Ich möchte nur ... Willst du mir versprechen, daß du mich unter keinen Umständen bitten wirst, unsere Verlobung aufzuheben?«

Er drehte sich ihr zu und blieb stehen.

»Nichts sonst? Wie kommst du auf den Gedanken, daß ich den Wunsch haben könnte, diese wundervolle Verlobung ...«

»Ich weiß, ich weiß«, unterbrach sie ihn. »Es ist genauso wundervoll für mich. Trotzdem mußt du mir versprechen, daß du diese Verlobung nie aufheben wirst, was auch vorfallen und wie immer der Fall Stuart ausgehen mag. Willst du?«

»Ich verspreche es dir«, versicherte er bestimmt.

Im Korridor vor dem Büro 47 fanden sie zwei Männer vor, die auf sie warteten. Der eine war ein Kriminalbeamter in Zivil, der andere ein kleiner, verschrumpelter Mann, der mit gefalteten Händen blicklos auf den Boden starrte.

»Was soll das bedeuten?« fragte Larry.

»Bitte, sei nicht böse, ich hätte es dir sagen müssen – ich habe ihn holen lassen.«

»Das ist – Lew!« entfuhr es ihm.

»Du hast mir doch erlaubt, Zeugen kommen zu lassen.«

»Selbstverständlich kannst du das.« Er betrachtete den alten Mann, der nach außen teilnahmslos in einer dunklen, schweigenden Welt seinen Gedanken nachhing. »Wie willst du ihn zum Sprechen bringen, wie ihm verständlich machen, was wir von ihm wollen?«

»Ich muß sehen, ob ich noch nicht alles vergessen habe, was ich im Blindenheim gelernt habe. Er hat natürlich keine Ahnung, wo er ist, vielleicht glaubt er, immer noch in dem fürchterlichen Heim zu sein, wo er so grausam mißhandelt wurde. Ja, was ich unbedingt brauche – einen Revolver und einen Polizisten in Uniform!«

Lew wurde ins Büro geführt. Diana nahm seine beiden Handgelenke und hob seine Hände an ihr Gesicht.

»Eine Frau –.« Und als sie die kleine Vase, die auf ihrem Schreibtisch stand, unter seine Nase hielt, fragte er: »Rosen, nicht wahr? Das ist wohl ein Spital.«

Sie winkte den soeben eintretenden Polizisten heran, hob von neuem die Hände des Alten hoch, führte sie über den Uniformkragen, die Knöpfe am Rock, und ließ sie schließlich den Helm berühren.

»Ein Grüner!« sagte Lew und zuckte zurück.

Wieder ließ sie ihn an den Rosen riechen und führte seine Hand über ihre Wange.

»Ich bin in 'nem Hospital, und 'n Schutzmann paßt auf mich auf. Sucht man mich für irgend was?«

Larry beobachtete die beiden gespannt.

Diana nahm Lews Kopf in ihre Hände und drehte ihn hin und her.

»Also nicht«, brummte er erleichtert. »Bin ich hier vor den Schweinen sicher?«

Wieder nahm sie seinen Kopf und bewegte ihn auf und ab. Das gleiche tat sie, als er fragte:

»Ich soll wohl aussagen?«

Man gab ihr nun den Revolver, den sie verlangt hatte, und sie ließ Lew Griff und Lauf der Waffe berühren. Er schauderte.

»Ja, das haben sie mit mir gemacht. Es war furchtbar gemein. Sie wollen sie wohl fassen, nicht wahr? Warum kneifen Sie mich in die linke Hand?«

Sie ließ ihn nicken. Dann zwickte sie ihn in die rechte Hand, und ohne auf eine Frage zu warten, bewegte sie seinen Kopf hin und her.

»Ja, ich hab's begriffen«, stimmte er eifrig zu, »die rechte Hand bedeutet nein, die linke ja. Ist einer hier – ein hohes Tier?«

Sie signalisierte ihm ›ja‹.

»Wollen Sie, daß ich aussage?«

Sie gab ihm das Zeichen, und Lew begann zu erzählen.

Er und der blinde Jake waren immer schon Schicksalsgenossen gewesen, aber Lew war beinah von Jugend an der Sklave des riesigen Kerls gewesen und hatte unter seiner Herrschaft ein Leben voller Verbrechen und ständiger Schrecken geführt.

»Er hat Dinger gedreht und Sachen angestellt, an die ich nicht gern denke – oft kann ich nachts nicht schlafen.«

Vor fünf oder sechs Jahren war Lews Bruder Jim zu ihnen gestoßen.

»Ein großer, starker Kerl war er«, sagte Lew stolz, »hatte einen Vollbart, und sehen konnte er auch! Er lief immer auf den Jahrmärkten als Blinder herum, aber er konnte sehen wie ein Luchs, sogar Zeitungen und Bücher konnte er lesen. Ja, Jim war ein mächtiger Kerl, aber skrupellos.«

Später gerieten sie unter den Einfluß fremder Auftraggeber, denen der blinde Jake in respektvoller Abhängigkeit diente. Man trug ihnen gelegentlich und unter anderem auf, Tote aus einem Haus fortzuschaffen. Sie alle drei, Jake, Lew und Jim, beteiligten sich daran. Lew wußte nicht, ob es sich um Ermordete handelte, aber er vermutete es.

»Und dann verschwand Jim. Ich weiß nicht, was ihm passiert ist. Eines Tages ging er, und wir haben ihn nie wieder gesehen. Das war, wenn ich mich recht erinnere, im Mai vor vier Jahren.«

Nach dem unerklärlichen Verschwinden seines Bruders wurde Lew ängstlich, witterte Gefahr für sich selbst und lebte in ständigem Schrecken vor Jake und seinen Drohungen. Bis er jedoch etwas zu unternehmen wagte, verstrich noch viel Zeit.

Er selbst konnte Brailleschrift nicht schreiben, aber er stand gut mit einem Mann in Todds Heim, der ihm die Mitteilung verfertigte, die Lew dem nächsten Opfer in die Tasche stecken wollte. Möglicherweise hatte er von Jake gehört, daß es nächstens ›Arbeit‹ geben würde.

»Ich glaube, es ist besser, ich gehe hinaus«, sagte Diana, die auf einmal blaß geworden war.

Larry füllte ihr ein Glas mit Wasser und führte sie in den Gang hinaus.

»Es geht schon besser.« Sie lächelte schwach. »Bleib nur und hör es dir an!«

Als Lew seine Erzählung beendete, wußte Larry alles Wissenswerte über den Mord an Gordon Stuart.

32

Am nächsten Morgen beim Frühstück kündigte Larry an, daß er eine kleine Exkursion vorhabe.

»Kann ich nicht mitkommen?« fragte Diana.

»Nein, leider nicht, ich muß es wirklich allein erledigen, nur eine kleine Spur, der ich nachgehen möchte – es wäre zu kompliziert . . .«

»Kurz, du willst mir nicht sagen, um was es sich handelt.«

»Das hast du aber schnell herausgefunden!«

»Wo führt dich diese Fährte eigentlich hin? Ich möchte es gerne wissen, falls . . .«

»Nach Hampstead.«

Sie seufzte erleichtert auf.

»Ich hatte große Angst, sie würde woanders hinführen.«

Obwohl ihn ihre Besorgnis stutzig machte, wollte er doch nicht weiter über dieses Thema sprechen, denn er hatte sie belogen.

Eine halbe Stunde nach seinem Eintreffen im Präsidium verließen zwei nicht zu sauber aussehende Männer in abgetragenen Uniformen der städtischen Gasgesellschaft Scotland Yard durch den Ausgang nach Whitehall und kletterten auf einen Autobus. Der eine trug eine Werkzeugtasche. Etwa fünfhundert Meter vor ihrem Ziel stiegen sie aus und gingen langsam zu Fuß weiter, bis sie stehenblieben und das Haus betrachteten, in dem nach Larrys Meinung die Aufklärung von Gordon Stuarts Tod zu finden war.

Ein Haus von ganz ungewöhnlichem Aussehen – kahl und finster, mit wenigen, stark vergitterten Fenstern.

»Der Mann, der dieses Haus entworfen hat, muß geglaubt haben, daß es ein Gefängnis werden soll«, meinte Harvey.

»Vielleicht hat er das sogar wirklich gedacht«, erwiderte Larry. »Sind Sie sich bewußt, Harvey, daß dies die letzte Station unserer Jagd ist – vorausgesetzt, daß alles stimmt, was uns Lew erzählt hat?«

»Aber es soll doch nur eine gewöhnliche Durchsuchung werden? Weiß Miss Ward ...« fragte Harvey unsicher und brach ab.

»Es ist das einzige, das sie nicht weiß.«

Sie überschritten die Straße, stiegen die wenigen Stufen zur Haustür empor und läuteten. Ein Diener, der sich beim Anblick von Larry Holt grünweiß verfärbte, öffnete. Nach einem kurzen, scharfen Befehl ließ er sie eintreten.

»Unser Besuch bleibt absolut geheim, verstanden?«

»Sie können sich auf mich verlassen, Mr. Holt«, antwortete Strauß unterwürfig.

Die geräumige Vorhalle war hoch und vom Marmorfußboden bis zur Decke hinauf in Eiche getäfelt. Nirgends war eine Lampe zu sehen; offenbar wurde die Halle indirekt beleuchtet. Tageslicht fiel nur durch ein langes, schmales Mattglasfenster herein, vor dem die Umrisse eines schmiedeeisernen Gitters zu erkennen waren. Nirgends eine Treppe – doch lag dem Haupteingang gegenüber eine Tür, hinter der Larry das Treppenhaus vermutete. Die einzige weitere Türe, die es noch gab, befand sich seitlich. Er öffnete sie und befand sich in einem großen, wundervoll ausgestatteten Salon. Die Wände verschwanden unter Gemälden und Gobelins, und den Parkettboden bedeckten ein halbes Dutzend Perserteppiche. Der Raum hatte sechs Fenster mit Glasmalerei, jedes einzelne ein Meisterwerk. Schwere Samtvorhänge umrahmten die Fenster, und in der Mitte des Zimmers hing ein silberner Kronleuchter.

Auf einem kleinen Tischchen neben dem großen, luxuriösen Kamin sah Larry zwei geöffnete Briefe liegen. Er überflog sie, sie waren ohne Wichtigkeit. Vom Salon aus führte eine Tür zu einer Treppe und ins obere Stockwerk, wo er einige Schlafzimmer, einen kleinen Salon und ein geräumiges Studierzimmer vorfand. Er untersuchte die obere Etage nur oberflächlich. Überzeugt, daß das, was er zu finden hoffte, unten sein mußte, begab er sich wieder in den Salon hinunter. Dort traf er den Diener an und wies ihn hinaus. Mit großer Sorgfalt untersuchte er die Wandtäfelung, Zentimeter um Zentimeter, und es verging geraume Zeit, bis er eine verborgene Tür fand, die sich an einer ganz unvermuteten Stelle neben einem der farbigen Fenster befand. Nun erinnerte er sich, daß er von außen eine halbrunde Ausbuchtung in der Hausmauer bemerkt hatte.

»Da – schauen Sie!« rief er Harvey triumphierend zu und zog an einem kleinen, aufklappbaren Viereck inmitten der geschnitzten Wandverzierungen. Darunter verbarg sich ein winziges Schlüsselloch. Er holte Flimmer-Freds Schlüsselbund aus der Tasche und versuchte einen Schlüssel nach dem andern. Beim vierten knackte es leise, und die als Täfelung getarnte Tür öffnete sich nach innen in ein knappes, trichterförmiges Gewölbe. Von einer schmalen Plattform führten betonierte Stufen nach unten. Ein Lichtschalter – der untere Treppenabsatz wurde hell.

Sie stiegen hinunter, kamen vor eine Türe, Larry probierte wieder seine Schlüssel aus, bis sie aufging, und machte Licht. Sie traten in einen niedrigen, zementierten Raum, kaum zwei Meter hoch und vielleicht drei Meter lang.

»Sieht nach einer elektrischen Anlage aus«, sagte Harvey.

»Nein«, erwiderte Larry. »Ich verstehe zwar wenig von Maschinen, aber ich glaube, es ist eine Pumpe.«

»Natürlich, eine von der Art, wie sie auf Schiffen gebraucht werden, um die Wassertanks zu reinigen.«

Ein dickes Kabel lief über Isolatoren weg der Wand entlang.

»Kraftstrom«, murmelte Larry. »Dort das Schaltbrett – hier die Ventilationsanlage. Sehen Sie, da ist der Exhaustor für verbrauchte Luft.«

Sie entdeckten ein neues, steiles Treppenstück, das noch weiter hinunterführte. Wieder standen sie vor einer Tür, die aus Eisenbeton hergestellt war und in massiven Scharnieren hing. Bronzescharniere – Larry hatte es nicht anders erwartet. Seine Befürchtung, daß die Tür mit Riegeln versehen wäre und sich von innen nicht öffnen ließe, erwies sich als grundlos. Er schob den Schutzdeckel über dem Schlüsselloch beiseite und öffnete die mächtige Tür, die langsam aufschwang.

»Zehn Zentimeter dick«, kommentierte Larry, während er das unmittelbar dahinterliegende Stahltor aufschloß.

Lange mußte er mit der Taschenlampe den hoch an der Wand, knapp unter der Decke und weit vom Eingang entfernten Schalter suchen. Dann lag der Raum in heller Beleuchtung vor ihnen.

»Sehen Sie sich das genau an, Harvey – hier starb Gordon Stuart!«

Zuerst sahen sie nichts weiter als ungefähr in der Mitte eine Messingbettstelle, ohne Matratze und Bettzeug. Wände und Decke des Raumes waren zementiert. Keinerlei Fenster – was Larry allerdings auch nicht erwartet hatte. Dumpfe, verbrauchte Luft hing in dem Gewölbe. Die beiden Ventilatoren unter der Decke waren offenbar schon lange nicht mehr betätigt worden. In einigem Abstand von der Bettstelle lag, in den Fußboden eingepaßt, ein würfelförmiger Granitblock, beinahe ein Meter im Durchmesser, an dessen einer Seite ein großer Stahlhaken eingemauert war. Am Haken hing eine lange, dünne Kette, gleichfalls aus Stahl, die in Abständen von je einem Meter durch drei Bleigewichte beschwert wurde. Larry schätzte jedes Gewicht auf gut zehn Pfund. Die Kette endete mit einer Fußschelle.

»Ja – so ist es«, murmelte er und nahm den Fußring auf. Ein aufgeschraubtes Schutzplättchen verdeckte ein sehr kleines Schlüsselloch. Er probierte die in Frage kommenden Schlüssel und atmete auf, als der Ring auseinandersprang. »Gott sei Dank!

Ich befürchtete schon, daß ich den richtigen Schlüssel nicht hätte«, sagte er erleichtert.

»Was bedeutet dies alles, Mr. Holt?« fragte Harvey.

Larry suchte die Wände und den Boden vergeblich nach einem Platz ab, an dem er den wasserdichten Beutel, den er in der Tasche hatte, verstecken konnte. Die Wände waren glatt, der Boden eben, aber dann fiel sein Blick wieder auf den Granitblock. Mit aller Kraft stemmte er sich dagegen. Der Stein war nicht einzementiert und gab ein wenig nach.

»Helfen Sie mir mal, ihn umzulegen, Harvey!«

Gemeinsam kippten sie den Block, der in einer Vertiefung von kaum zwei Zentimetern stand, auf die Seite. Wie vermutet war das vertiefte Viereck tatsächlich uneben und der Zement nicht glattgestrichen worden, so daß sich Unregelmäßigkeiten und Wölbungen ergaben, die für Larrys Zwecke gerade genügten. Er nahm den wasserdichten Sack, der kaum größer als ein Toilettenbeutel war, aus seiner Tasche und steckte verschiedene Gegenstände hinein.

»Nun noch einen Handschellenschlüssel, Harvey! Hoffentlich haben Sie einen bei sich, ich habe meinen im Büro vergessen.«

Harvey zog einen aus der Westentasche.

Larry kramte nochmals in seinen Taschen, dann schloß er den Beutel, machte ihn möglichst flach und legte ihn in eine gewölbte Vertiefung, die er gerade ausfüllte. Jetzt kippte er, diesmal allein, den Steinblock an die ursprüngliche Stelle zurück.

»Darf ich fragen, was dies alles bedeutet?« erkundigte sich Harvey gespannt und beunruhigt.

Larry lachte, doch in diesem gräßlichen Raum klang es hohl und unheimlich.

»Ist der Diener in die Geschichte verwickelt?« fragte Harvey.

»Sicher nicht. Diese Herren würden kein solches Risiko eingehen. Ich vermute überhaupt, daß das Personal in einem völlig abgesonderten Hausteil untergebracht ist und mit der Herrschaft kaum in Berührung kommt. Das Haus ist ja äußerst raffiniert entworfen und auf die Zwecke der Hausherren abgestimmt worden. Haben Sie zum Beispiel vorhin im Pumpenraum die Tür bemerkt? Nein? Es ist gar nicht so leicht, sie zu entdecken, denn sie ist kaum von der Wand zu unterscheiden, der sie sich in jeder Weise anpaßt. In Wirklichkeit aber ist es eine geschickt getarnte Eisentür, die zum Hof hinausgeht, von dem aus man direkt in die Garage gelangt.«

Harvey nahm seine Werkzeugtasche wieder auf.

»Das ist ein entsetzliches Haus, Mr. Holt! In meinen fünfunddreißig Dienstjahren habe ich nichts derart Ungeheuerliches erlebt. Glauben Sie, daß hier Menschen umgebracht worden sind?«

»Davon bin ich überzeugt. In diesem teuflisch ausgeklügelten Verlies starb Gordon Stuart.«

Sie gingen in die Vorhalle zurück. Neben der Haustür befand sich ein schmales Fenster. Harvey schob den seidenen Vorhang zur Seite.

»Da steht ein Taxi!« rief er aus. »Es ist gerade vorgefahren.«

Mit einem Satz war Larry beim Fenster.

Ein Mann stieg aus dem Wagen und bezahlte den Chauffeur.

»Reverend John Dearborn – außerordentlich interessant!«

Dearborn kam auf das Haus zu, seine Hand lag schon auf der Klinke, als er plötzlich den Kopf senkte wie jemand, dem etwas einfällt. Er drehte sich nach dem Wagen um und hob die Hand.

»Hören Sie mich?« rief er. »Ich kann Sie nicht sehen – sind Sie noch da?«

»Ja, Sir«, erwiderte der Chauffeur.

»Eben ist mir eingefallen, daß ich noch zum Postamt fahren muß. Wollen Sie mich hinbringen?«

Er machte ein paar Schritte und streckte die Hand aus. Der Chauffeur ergriff sie und öffnete die Wagentür. Das Taxi wendete und fuhr rasch davon.

»Wir leben in einer Zeit der Zeichen und Wunder«, bemerkte Larry mehr für sich. »Blinde werden sehen wie John Dearborn, und David Judd, tot und begraben, fährt in London spazieren.«

»David Judd?« wiederholte Harvey verständnislos.

»Ja – kommen Sie, Harvey, wir haben nicht so bald wieder Gelegenheit, dieses komplizierte Haus zu studieren. Vor allem die Seitentür unten interessiert mich noch.«

Larry ging voraus zur Geheimtür im Salon, die er wieder zuzog, bevor sie zum Pumpenraum hinabstiegen.

Der Lichtstrahl der Taschenlampe suchte die Wand ab, von der Larry gesprochen hatte.

»Da, sehen Sie, der Ausgang zum Hof!«

Das Schlüsselloch der Geheimtür war nicht leicht zu finden, es befand sich ganz unten rechts, dicht über dem Fußboden. Wie erwartet gelangten sie direkt in den Hof hinaus. Larry betrachtete von außen das Mauerstück, durch das sie soeben hinausgetreten waren. Nichts ließ auf eine Öffnung schließen, vielmehr lenkte ein Mattglasfenster in halber Höhe von der Möglichkeit einer Tür überhaupt ab.

»Verdammt geschickt gemacht!« knurrte Larry beeindruckt.

Vom Hof aus führte ein überdachter Weg zum großen Tor nach der Straße hin. Larry untersuchte diese Ausfahrt genau. Als er damit zu Ende war, teilte er Harvey mit:

»Das Rätsel des automatischen Gittertors wäre auch gelöst! Wie ich vermutete, ist es möglich, in den Hof und ins Haus zu kommen, ohne daß die Dienerschaft das geringste bemerkt. Die Funktion der beiden Löcher draußen am Tor ist mir jetzt auch klar. Ich bemerkte sie schon, als ich mir nach Flimmer-Freds Beichte das Haus erst einmal von außen angesehen hatte. Die Löcher befinden sich zu beiden Seiten des Tors nahe über dem Boden. Ist Ihnen beim Wagen, den wir in der Wäscherei fanden, etwas aufgefallen? Ich meine die Stangen, die unterhalb der Scheinwerfer recht ungewöhnlich vorstanden. Erst dachte ich, es wäre irgendeine neue Konstruktionstorheit, aber nun weiß ich, wozu sie dienen. Sobald die Stangen in die Löcher am Tor eindringen, wozu der Wagen einfach ganz dicht auffährt, wird ein Mechanismus im Schloß ausgelöst, das Tor öffnet sich und schließt sich hinter dem Wagen wieder automatisch. Diese Einrichtung hat nicht nur den Vorteil, daß sich alles sehr rasch abwickelt, sondern auch, wie gesagt, daß das Personal nichts bemerkt. So – nun werfen wir noch einen Blick in die Garage und verschwinden dann schleunigst.«

Die breite Garagentür befand sich gegenüber der Toreinfahrt. Larry fand auch dazu den passenden Schlüssel. Als er ihn im Schloß umdrehte, hörte er, wie sich in der Garage etwas bewegte.

»Haben Sie gehört?« flüsterte er.

Harvey hielt seinen Gummiknüppel bereit. Larry riß beide Torflügel auf. Sie sahen einen Wagen, dessen Reifen noch naß waren, doch schien sich niemand in der Garage zu befinden. Während sie noch standen und einen Moment zögerten, gellte ihnen ein hoher, schriller Schrei entgegen. Larry riß eine Tür der Limousine auf. Bevor er irgend etwas sehen konnte, warf sich ihm eine gigantische Masse entgegen, eine unförmige Gestalt, die mit ihrem Gewicht beide Männer zu Boden drückte. Als sie sich halb betäubt wieder auf die Füße arbeiteten, hörten sie die Garagentür zuschlagen und das Schloß einschnappen. Vergeblich warfen sie sich gegen das Tor, das keinen Millimeter nachgab.

»Die Frau!« rief Harvey und zeigte auf das Auto.

Auf dem Boden des Wagens lag zusammengebrochen der regungslose Körper einer Frau. Larry hob sie auf und trug sie unter die einzige schmale Fensterluke, durch die ein wenig Licht einfiel.

Die Frau war etwa fünfzig Jahre alt, grauhaarig, unvorstellbar schmutzig, das Gesicht beinah schwarz, auf dem mageren Hals konnte man die Würgespuren erkennen. Der blinde Jake ...

»Schnell etwas Wasser, Harvey! Der Wasserhahn ist in der Ecke. – Sie lebt noch – es ist die Aufwärterin!«

Während er sich um die Unglückliche bemühte, durchsuchte Harvey die Garage und fand ein Beil. In wenigen Minuten war das Schloß zertrümmert und die Tür offen.

»Da – nehmen Sie meinen Revolver, Harvey! Bis jetzt hat er mir nicht viel geholfen. Wenn Sie das dicke Scheusal zu Gesicht bekommen – schießen Sie! Schießen Sie sofort, ohne sich mit ihm in irgend was einzulassen. Denken Sie bloß nicht, daß Sie mit Ihrem Knüppel etwas ausrichten könnten!«

Aber der blinde Jake war verschwunden.

Die Frau begann jetzt allmählich einige Lebenszeichen von sich zu geben. Larry hatte sie an die frische Luft geschleppt und netzte ihr Hals und Nacken mit Wasser. Ihre Augenlider zuckten, öffneten sich, mit einem Schrei fuhr sie hoch.

»Wo ist Miss Clarissa?« rief sie heiser

»Das wollte ich Sie fragen«, antwortete Larry.

Harvey telefonierte nach einem Taxi, dann trugen sie die

Frau durch den geheimen Eingang in den Pumpenraum und von da aus die enge Treppe hinauf in den Prunksalon. Dort legten sie sie auf einen der Teppiche, die ein Vermögen wert waren. Das Schicksal dieser Frau, die ins Räderwerk dieser schmutzigen Mordaffäre geraten war, nur weil sie Stuart gekannt hatte, ging Larry nahe.

Strauß, der Exsträfling und Haushofmeister, wartete nervös in der Vorhalle.

»Sie sind doch nicht an der Geschichte hier beteiligt?« fragte ihn Larry.

»Nein, Sir«, antwortete er zitternd. »Als Sie kamen, dachte ich, mein Herr hätte nach Ihnen geschickt, weil – weil ich verschiedene Kleinigkeiten . . .«

»Manschettenknöpfe, schwarz emailliert mit Diamanten, nicht wahr? Wieviel Paar solcher Knöpfe hat er eigentlich gehabt?«

»Zwei Paar, Sir. Er fragte mich damals gleich, was ich damit angefangen habe, und ich mußte es ihm erzählen. Ich hatte sie ja gar nicht gestohlen – er hat sie mir sozusagen geschenkt, weil drei Diamanten fehlten.«

»Zerbrechen Sie sich darüber nicht den Kopf, Strauß«, entgegnete Larry. »Er hat sie ja längst wieder.«

Eine Menge Neugieriger sammelte sich auf dem Gehsteig vor dem Haus an, um dem Schauspiel beizuwohnen, wie zwei Männer, offensichtlich Angestellte der Gasgesellschaft, eine zerlumpte, schmutzstarrende Frau die Stufen hinab ins Taxi trugen.

Unterwegs kam sie wieder ganz zu sich. Heftig zitternd blickte sie von einem Begleiter zum andern.

»Sie sind jetzt in Sicherheit, Emma«, sagte Larry freundlich.

»Emma? Kennen Sie mich, Sir?«

»Ja, ich kenne Sie schon recht gut.«

»Bin ich wirklich in Sicherheit? Oh, Gott sei Dank! Sie haben keine Ahnung, was ich alles habe durchmachen müssen. Keine Ahnung . . .«

»Ich kann es mir denken.«

»Wohin wollen Sie sie bringen?« fragte Harvey leise. »Ich habe nicht gehört, was Sie dem Chauffeur sagten.«

Zu Harveys sichtlicher Überraschung antwortete Larry:

»Ich nehme sie in meine Wohnung. Ich kann ja nicht alle Spitäler mit den Zeugen des Falles Stuart anfüllen. Übrigens ist die Frau nicht krank, sie ist nur todmüde und halb verhungert.«

»Das stimmt«, fiel Emma eifrig ein. »Ich weiß, ich muß furchtbar aussehen, aber in dieser ganzen Zeit konnte ich mich überhaupt nie waschen. Sie haben mich in einem dunklen Rohr im Keller eingesperrt, das voll Steinen und Dreck war, in dem man nur kriechen konnte, und ich bin fast umgekommen, einmal mußten sie einen Doktor holen. Ich hab' dem fürchterlichen Blinden immerzu gesagt, sie sollten mich zu Mr. Stuart bringen, er würde ihnen viel Geld geben. Als ich heiratete, schenkte er mir einen wunderschönen Trauring. Ich hatte doch seine arme Frau und seine Kinder gepflegt. Und als ich ihn auf einmal wiedersah, wäre ich beinah umgefallen vor Überraschung. Er versprach mir tausend Pfund – vorher hatte er ja nicht gewußt, daß es Zwillinge waren, und geglaubt, sein einziges Kind wäre gestorben. Ich bin nicht immer Aufwartefrau gewesen, ich habe die kleine Clarissa großgezogen, wie eine feine Dame erzogen –«

»Clarissa Stuart?«

»Ja, Sir. Ich nannte sie ... Wenn ich sie doch noch einmal sehen könnte!«

»Wie nannten Sie sie? War Clarissa nicht ihr richtiger Name?«

»Doch, Sir. Clarissa Diana – aber ich sagte immer Diana «

Larry zuckte zurück, als hätte er einen elektrischen Schlag bekommen.

»Wie heißen Sie?«

»Emma Ward, Sir. Ich habe das Mädchen Diana Ward genannt, aber ihr wirklicher Name ist Clarissa Diana Stuart, und ihr Vater ist jetzt in London.«

»Clarissa Diana Stuart!« wiederholte Larry. »Dann also ist Diana die Erbin, der Stuart sein Vermögen vermacht hat. Diana ist Clarissa – meine Diana!«

33

Noch bevor der Wagen die Wohnung erreichte, hatte Emma Ward so ziemlich alles, was es zu berichten gab, erzählt.

Sie war es gewesen, die versäumte, die Geburt von Diana und ihrer Zwillingsschwester eintragen zu lassen. Merkwürdig genug, daß diese Unterlassung ihr das Leben gerettet hatte. Von Stuart selbst noch erfuhren die Mörder, daß er seiner Tochter ein bedeutendes Vermögen hinterlassen würde, und sie zögerten keinen Augenblick, sich des einzigen Zeugen zu bemächtigen, der die Umstände und Rechtmäßigkeit von Dianas Geburt beweisen konnte.

Noch nie hatte sich Larry für einen guten Einfall so beglückwünscht wie jetzt dafür, eine Anstandsdame für Diana engagiert zu haben. Schon einmal war die Pflegerin sehr nützlich gewesen, und auch jetzt nahm sie die unglückliche Frau in ihre Obhut, die Larry Holt, zum Mißfallen der Nachbarschaft, in die Wohnung brachte. Eine Stunde später – Wasser, Seife und frische Handtücher hatten Wunder bewirkt – betrat eine einfach und sauber gekleidete Frau, die sich überall sehen lassen konnte, das Wohnzimmer.

»Ich gehe jetzt, um Miss – Miss Stuart zu holen«, kündigte Larry, über den neuen Namen stolpernd, an.

»Wissen Sie, wo sie ist?« fuhr Emma Ward auf.

»O ja, sehr gut. Sie arbeitet mit mir seit ...« Beinah hätte er ›seit Jahren‹ gesagt, als ihm einfiel, daß ›Wochen‹ hier angepaßter war. Noch dazu sehr wenige Wochen ...

Erst hatte er daran gedacht, ihr die Neuigkeit telefonisch mitzuteilen, aber aus einem Gefühl der Scheu und der Rücksichtnahme zog er den längeren Weg vor. Und dann gab es noch viele andere Dinge, die er ihr sagen mußte. Auf dem Weg zum Präsidium überdachte er noch einmal alles. Der Fall Stuart stand vor dem Abschluß. Lob, Auszeichnung, die fällige Rangerhöhung standen bevor. Wieviel von diesen Erfolgen verdankte er in Wirklichkeit Diana! Nur diese letzte Entdeckung nahm er eifersüchtig für sich in Anspruch, um wenigstens mit einem Pluspunkt seine männliche Eitelkeit zu beschwichtigen.

Das Ende des Falles Stuart! Das Ende seiner Hoffnungen? Er stand vor der Tür des Zimmers 47 und wagte nicht, die Klinke niederzudrücken. Als er eintrat, lachte Diana ihn an.

»Ich habe über eine Stunde auf dich gewartet!«

»Allmächtiger – wir wollten ja zusammen essen!«

»Ja. Was hast du?«

»Ich bin der größte Egoist, den man sich denken kann. Ich habe die beste Nachricht für dich und bin trotzdem furchtbar enttäuscht.«

»Du hast Emma gefunden!« Sie sprang auf.

»Ja. Ich habe Emma Ward gefunden. Und – Clarissa Stuart.«

Sie sah ihn prüfend an.

»Larry, ich weiß alles – schon seit dem Tag, als ich in der Pension am Nottingham Palace ohnmächtig wurde. Erinnerst du dich?«

»Natürlich erinnere ich mich, aber wieso ...«

»Wieso! Ich wußte doch, daß es Tante Emmas Ring war. Ich habe immer ›Tante‹ zu ihr gesagt, obwohl sie nicht meine Tante ist. Und da wurde mir klar, wer Gordon Stuart wirklich war. Der Trauring – um nichts in der Welt hätte sie ihn freiwillig aufgegeben. Mein Vater hatte ihn ihr gegeben. Oft hat sie mir erzählt, wie sie sich verheiratete, als sie noch in den Diensten meiner Mutter war, und daß er ihr bei dieser Gelegenheit den ungewöhnlichen Ring als Anerkennung schenkte.«

»Du wußtest das?« wunderte er sich. »Aber warum hast du mir davon nie etwas gesagt?«

»Du hast mir auch kein Wort davon gesagt, daß du nicht nach Hampstead, sondern nach Chelsea gegangen bist!«

»Das weißt du auch? Blieb bei diesem verdamm..., hm – verwünschten Fall nicht etwas übrig, das ich allein geschafft habe?«

»Du hast doch mich bekommen. Ist das nichts?« fragte sie spöttisch.

»Diana, ich muß ernsthaft mit dir sprechen. Es handelt sich ...«

»Ich weiß schon, was du sagen willst«, unterbrach sie ihn. »Du kannst keine reiche Frau heiraten, weil du fürchtest, sie könnte es später bereuen oder es dich fühlen lassen. Viel lieber würdest du ein armes Mädchen heiraten, das du mit deinem Geld beglücken und ernähren kannst und so weiter.«

»Aber du mußt doch zugeben, daß es ein Unterschied ist?«

»Nicht für mich, Larry. Außerdem ist es auch ganz gleichgültig.« Sie ging hinter ihren Schreibtisch zurück. »Du hast es mir ja versprochen.«

»Was habe ich versprochen?«

»Da hört doch alles auf! Du hast mir feierlich versprochen, daß nichts, was auch immer passieren mag, daß nichts, hörst du, unsere Heirat verhindern kann.«

»Wußtest du es da schon? Hast du mir darum das Versprechen abgenommen?«

»Natürlich wußte ich es. Ich fühle mich schon einige Zeit als reiche Frau und muß mich immer zusammennehmen, um nicht jedesmal ein Taxi zu nehmen, wenn ich eins sehe.«

»Diana –«, begann er, »oder heißt es nun Clarissa?«

»Wie du willst.«

34

Der Mann, der sich selbst Reverend John Dearborn nannte, saß hinter verschlossenen Türen in seinem Arbeitszimmer und verbrannte planmäßig Papiere aller Art. Er hatte seine blaue Brille abgenommen und überflog mit scharfen, lebhaften Augen Manuskripte, alte Briefe, Quittungen und Notizen; er verbrannte und sortierte so lange, bis nur noch ein schmales Päckchen übrigblieb, das er bequem in seiner Tasche unterbringen konnte. Er streifte ein Gummiband darüber und legte es beiseite. Dann griff er nach einem anderen, bereitliegenden Manuskriptbündel und packte es in eine Handtasche, die neben dem Schreibtisch stand. Leise eine Melodie pfeifend zog er aus einem Schubfach noch ein gebundenes Manuskript, durchblätterte es und vertiefte sich da und dort.

»Ausgezeichnet, wirklich ausgezeichnet«, murmelte er einige Male.

Endlich, widerstrebend, klappte er den Manuskriptband zu und legte ihn mit besonderer Sorgfalt in die Tasche.

Mit Ausnahme des alten Portiers und der Köchin, die träumend in der Küche saß, war das Haus leer. Die Hausierer hatten ihr Tagwerk noch nicht beendet.

Als Dearborn mit Aufräumen und Packen fertig war, holte er aus seiner Rocktasche eine kurze, handschriftliche Mitteilung von Inspektor Holt, die ihm dieser einen Tag nach dem ersten Besuch in Todds Heim hatte zugehen lassen. Er nahm die Feder und malte einzelne Worte nach, die in dem Brief vorkamen. Danach verglich er Imitation und Original genau, entnahm der Schreibmappe auf dem Tisch einen Briefbogen mit Aufdruck und begann langsam, mühselig zu schreiben. Die ganze Zeit pfiff er leise weiter vor sich hin. Endlich war er mit dem Brief fertig, nahm einen Briefumschlag, adressierte ihn, löschte ab und verschloß ihn. Er steckte den Brief in die Rocktasche und stellte die Schreibmappe auf den Boden neben die Handtasche. Aus dem Wandschrank holte er verschiedene Kleidungsstücke und hängte sie über die Stuhllehne.

Nun begann er sich umzuziehen, löste die weiße Halsbinde, legte die priesterliche Verkleidung ab. Ganz mechanisch vollzog sich die Verwandlung. In dem eleganten Anzug sah er jetzt aus wie ein gutsituierter, verwöhnter Gentleman. Er hängte die Priesterkleidung in den Wandschrank, schloß ihn ab und setzte sich wieder vor den Schreibtisch. Den Kopf in die Hände gestützt versank er in tiefes Grübeln.

Vergeblich kämpfte er gegen ein Gefühl der Unzufriedenheit an. Alle Ausgänge wurden bewacht – die Geheimtür im Schlafsaal, der Weg über das Dach, der Kesselraum . . .

»Ich bin ja wahnsinnig«, sagte er aufstehend.

Bedauernd blickte er auf die Handtasche und die Schreibmappe am Boden, legte langsam den Rock ab und begann sich wieder auszuziehen. Diesmal ging er nicht zum Wandschrank, sondern zu einer langen, schwarzen Truhe unter dem Fenster und entnahm ihr verschiedene Sachen, die er mit offensichtlichem Mißfallen betrachtete. »Ein jämmerlicher Clown!« sagte er verachtungsvoll zu sich selbst.

Aber es blieb ihm nichts anderes übrig. Der blinde Jake, ja, der konnte durch den Kanal kriechen, mit den geschärften Instinkten des Blinden schlich er wie eine Katze an den Posten vorbei und zwängte sich durch enge Höhlungen.

Dearborn zog sich wieder an, verwandelte sich von neuem, nahm einen Leinwandsack aus der Truhe und legte ihn auf den Tisch. Er schüttelte den Inhalt der ledernen Handtasche in den Sack und ging ins vordere Zimmer. Vorsichtig blickte er auf die Straße hinaus. Zwei Polizisten bewachten, wie er genau wußte, den Zugang zu dieser Sackgasse. Außer ihm benutzte niemand dieses Vorderzimmer, in dem er alte Möbel, Rechnungsbücher und allerlei Gerümpel aufbewahrte. Der große Vorteil dieses Zimmers war, daß es eine Fenstertür besaß. Dearborn legte den Sack neben diese Tür und ging in sein Arbeitszimmer zurück.

Zehn Minuten vielleicht waren vergangen, als es leise an der Tür klopfte. Geräuschlos öffnete Dearborn, um den Besucher einzulassen. Es war der blinde Jake. Sein Gesicht war verzerrt, aufgeschwollen, dicke, blaue Adern zogen sich über seine breite Stirn.

»Ich komme gerade – Herr . . .« keuchte er atemlos.

»Was machst du hier? Ich habe dir befohlen, die Frau unter keinen Umständen allein zu lassen, bis ich komme!«

»Ja, aber Sie sind nicht gekommen, Herr«, erwiderte der Koloß flehentlich, Angst schüttelte ihn, Schweiß floß über sein Gesicht, die dicken Lippen standen halb offen. »Ist irgend was nicht in Ordnung, Herr?«

»Wo ist die Frau?« fragte Dearborn hart.

Jakes Hände zuckten unruhig über seinen großen Bauch

»Ich mußte sie zurücklassen. Ich konnte nicht . . .«

»Du hast sie zurückgelassen!« Nach einer unheilvollen Pause fragte Dearborn sanft: »Und sie haben sie gefunden, wie?«

»Ja, Herr, sie haben sie gefunden. Was sollte ich machen? Alles tu' ich doch für Sie – hab' ich nicht getan, was ich konnte, Herr? Es gibt keinen, der so stark ist wie der olle Jake, keinen, der gerissener ist. Hab' ich nicht gearbeitet für Sie, Herr? Hab' ich nicht alle weggebracht?«

»Du hast Holt entwischen lassen«, sagte Dearborn, gefühllos

wie ein Richter, der das Urteil verkündet. »Die Frau ist dir entkommen und das Mädchen auch. Und jetzt kommst du hierher und erzählst mir, was du alles für mich getan hast!«

»Ich habe getan, was ich konnte.«

»Man wird dich fassen. Und – du kannst sprechen.«

»Wenn sie mir die Zunge herausreißen – kein Wort sage ich gegen Sie, Herr!« rief der blinde Jake wild und schlug seine riesige Pranke krachend auf den Tisch. »Sie wissen, daß ich für Sie sterbe, Herr!«

»Ja«, sagte Dearborn. Seine linke Hand, an der der kleine Finger fehlte, tastete sich langsam in die Hüfttasche und zog einen kurzen, großkalibrigen Revolver hervor. »Und ob du schwatzen wirst! Du hast ja keine andere Möglichkeit.«

Mit krampfhaft zuckendem Gesicht beugte sich Jake ihm zu.

Reverend John Dearborn hob den Revolver, zielte – drei Schüsse hintereinander, die fast wie einer klangen, der riesige Berg von Muskeln, die ganze mächtige Gestalt schwankte vorwärts, rückwärts, und brach neben dem Schreibtisch zusammen.

Dearborn steckte den Revolver in die Tasche, schloß die Tür auf und trat hinaus. Der kleine, alte Pförtner stand mit offenem Mund im Gang. Ängstlich kam er näher.

»Was ist passiert? Wer hat geschossen?«

»Schnell, hole die Polizei«, befahl Dearborn. »Hier ist jemand erschossen worden.«

»Großer Gott!« flüsterte der Mann.

»Am Eingang zur Straße stehen zwei Schutzleute, schnell!«

Dearborn wartete, bis sich die Schritte entfernt hatten, und ging durch sein Büro ins vordere Zimmer, lauschte, verließ das Haus durch die Fenstertür. Der schrille Pfiff der Polizeipfeife gellte durch die Lissom Lane, Neugierige trieb es vor die Türen, die eiligen Schritte der beiden Polizisten widerhallten zwischen den Häusern, kamen näher.

»Was ist hier vorgefallen?« fragte Dearborn.

»Machen Sie, daß Sie weiterkommen und Ihre Briefe loswerden!« rief ihm der eine Beamte zu und eilte weiter.

Dearborn warf sich den Sack über die Schulter. Er hatte die Uniform eines Briefträgers gewählt.

Wenig später traf Larry Holt ein, sah die Ansammlung vor dem Haus und wurde ins Arbeitszimmer vor den massigen Körper Jakes geführt.

»Der Mörder muß hier im Hause stecken, Sir«, meinte der Beamte. »Der kleine Pförtner hat die Schüsse gehört, danach hat ihn der Vorsteher weggeschickt, um uns zu holen. Wir sind beide zusammen hierhergekommen, mein Kollege und ich.«

»Und der Eingang ist ohne Bewachung geblieben?« erkundigte sich Larry.

»Nur eine Minute, Sir – als wir zusammen ins Haus ...«

»Diese Minute genügte. Es ist zwecklos, weiterzusuchen.«

Larry fuhr ins Präsidium, um mit dem Chefkommissar zu sprechen und Diana aufzusuchen.

»Ich habe die Neuigkeit schon gehört«, berichtete sie. »Sergeant Harvey war gerade hier. Glaubst du, daß Dearborn ihn getötet hat?«

»Dearborn ist David Judd.«

»Doktor Judds Bruder? Aber der ist doch schon lange tot.«

»Das großartige Begräbnis damals war tadellos inszeniert, und ich bin fest davon überzeugt, daß David sogar soweit gegangen ist, den notwendigen Körper für den Sarg zu beschaffen. Erinnerst du dich, wie Lew uns erzählte, daß sein Bruder Jim, ein stattlich aussehender und geschickter Bursche, eines Tages spurlos verschwunden war? Das ist der Mann, den wir in David Judds Grab finden werden.«

»Ist Doktor Judd auch –?« Aber sie wußte ohnehin, daß diese Frage überflüssig war.

»Doktor Judd steckt bis über den Hals mit drin. Die Dearborn-Geschichte ist rasch erzählt. Er war Teilhaber Judds, irgend etwas muß im Büro vorgefallen sein – ein Verbrechen, ein Mord vielleicht, den David veranlaßte, um die Versicherungssumme zu erhalten, was weiß ich –, und ein Angestellter kam dahinter. Der Mann unterschlug daraufhin eine größere Summe, flüchtete nach Montpellier und begann von dort aus, David zu erpressen. David fuhr hinterher und erschoß ihn, wurde dabei von Flimmer-Fred überrascht, dem es auch gelang, vom Opfer gerade noch den Namen des Mörders zu erfahren. Das bedeutete für einen Mann vom Schlage Flimmer-Freds ein Lebenseinkommen. Bei der ersten Gelegenheit reiste er nach London zurück, suchte Judd auf und teilte ihm die Bedingungen mit, unter denen er seinen Mund halten würde. Nun kamen die Brüder überein, daß es das beste wäre, David pro forma sterben zu lassen. David, du erinnerst dich, war ein gutaussehender Mann mit Vollbart. Unter all ihren Bekannten und Helfershelfern aber war Lews Bruder der einzige, der in seinem Äußeren am meisten David glich, und so wurde er ohne viel Federlesens ermordet und als David Judd begraben. Bei dieser Gelegenheit bezogen die beiden noch eine bedeutende Summe aus den Rückversicherungen für Davids hohe Lebensversicherung. Den Plan mußten sie schon seit einiger Zeit erwogen haben, denn bereits einen Monat vor Davids offiziellem Tod hatte Doktor Judd den Kauf von Todds Heim abgeschlossen. Es war nichts weniger als ein wohltätiges Unternehmen, sondern im Gegenteil eine rein strategische Angelegenheit. Nach außen eine Bettlerherberge, war Todds Heim in Wirklichkeit ein Nest krimineller Blinder, das Hauptquartier der berüchtigten ›toten Augen‹. Das Heim wurde also gekauft, und einen Tag nach dem ›Tode‹ Davids erschien Reverend John Dearborn auf der Bildfläche. Fest steht, daß er die kriminellen Elemente aus dem Hause verbannte und einige Änderungen in der Organisation vornahm. Natürlich tat er dies nur, um dem Heim wieder einen passablen Namen zu verschaffen, so daß er das Haus ohne Gefahr als sein eigenes Hauptquartier benutzen konnte. Als die Wäscherei Konkurs machte, kaufte Doktor Judd dieses Grundstück dazu. David führte mit seiner Bande die speziellen baulichen Veränderungen aus. Ich muß noch erwähnen, daß David Architekt ist und das Haus, in dem sein Bruder lebt, gebaut hat. Er beschäftigte dabei ausländische Arbeiter und konzipierte das gesamte Haus selbstverständlich für die ganz speziellen Zwecke, die sich die Brüder ausgeheckt hatten. Als dann auch die Wäscherei in ihren Besitz kam, kehrten die ›toten Augen‹ in ihr Quartier in der Lissom Lane zurück und wurden mehr oder weniger abgesondert in der Wäscherei einquartiert.«

»Was hast du nun mit Doktor Judd im Sinn?« fragte Diana.

»Ich werde ihn verhaften, und zwar am gleichen Ort, von dem aus dein Vater verschwand – in der berühmten Loge A im Macready-Theater.«

»Ist er denn dort?«

»Beinahe jeden Abend.«

»Aber warum verhaftest du ihn nicht gleich?«

»Weil das Geheimnis um Loge A noch nicht aufgeklärt ist.«

35

Am gleichen Abend um acht Uhr betrat Larry das Vestibül des Macready-Theaters.

»Doktor Judd, Sir?« wiederholte der Logenschließer. »Ja, er ist in Loge A. Erwartet er Sie?«

Sergeant Harvey wollte ihn begleiten, aber Larry verabschiedete ihn und ging schnell den Gang entlang. Vor der Loge A wartete er einen Moment, drehte den Türknopf herum und trat ein. Er blieb stehen.

Dr. Judd blickte auf die Bühne. Larry wollte ihn ansprechen, als etwas Weiches, Warmes über seinen Kopf gestülpt wurde, das sich wie ein wollig gefütterter Sack ausnahm und mit etwas Betäubendem getränkt sein mußte, das ihm den Atem nahm und einen Augenblick völlig lähmte. Er spürte, wie sich ein Strick um seinen Hals legte, riß den Revolver heraus, aber bevor er abdrücken konnte, traf ein scharfer Schlag seine Hand. Mit einem Schmerzensschrei, den die Haube über Kopf und Gesicht erstickte, ließ er die Waffe fallen. Jeder Atemzug erstickte ihn fast, er schlug wild um sich, seine Arme wurden von hinten ergriffen, man warf ihn zu Boden. Undeutlich hörte er die Stimme Dearborns:

»Den Zerstäuber, Stephen!«

Ein Röhrchen wurde an seinem Kinn vorbei in den Sack geschoben, und etwas scharf Riechendes zerstob unter seiner Nase. Er versuchte noch einmal, sich aus den umklammernden Griffen zu befreien, aber ein Knie preßte sich in seinen Rücken. Er verlor das Bewußtsein.

»Sieh nach, Stephen, und mach die Tür auf!« sagte David.

Der Gang war leer. Dr. Judd schob den Vorhang gegenüber der Logentür beiseite und öffnete den Notausgang zur privaten Zufahrtsstraße, wo ein Wagen wartete. Ein frischer Luftzug flutete herein. David hob den Inspektor auf, mit einer Leichtigkeit, als ob er ein Kind auf den Arm nähme, trug ihn hinaus und legte ihn in den Fond der Limousine. Er selbst nahm am Steuer Platz.

Bald kam er vor dem Haus in Chelsea an. In einem kurzen Bogen fuhr der Wagen bis dicht an die verschlossenen Torflügel der überdachten Einfahrt heran. Ein leichtes Schnappen, die Flügel öffneten sich, der Wagen glitt durch die Toreinfahrt, und als die Räder über eine bewegliche Schwelle im Hof wegrollten, schloß sich das Tor wieder.

Vor der direkt in die Hausmauer eingelassenen Geheimtür mit Mattglasabschluß hielt David Judd an, trug Larry Holt hinein und die beiden schon erleuchteten Treppen hinunter bis zum untersten Gelaß. Dort warf er ihn auf die Messingbettstelle, hob die Fußschelle auf, ließ den Ring um seinen Knöchel zuschnappen und zog ihm die weiche Lederhaube vom Kopf. Es roch betäubend nach Formaldehyd. Larrys Gesicht war purpurrot, er sah aus wie ein Erwürgter und atmete langsam, mühsam. David beugte sich zu ihm, fühlte seinen Puls, leise ging er hinaus und schloß die schwere Tür. Auf dem ersten Treppenabsatz blieb er stehen und betrat den Pumpenraum. Er drückte auf einen Schalter. Der elektrische Ventilator begann zu summen.

David stieg rasch in den Hof hinauf, schloß den Mauereingang hinter sich, er hatte keinen Augenblick zu verlieren, der Motor lief noch, er sprang hinter das Steuer und ließ den Wagen langsam rückwärts über die Schwelle rollen. Die Torflügel öffneten sich. Sobald der Wagen die Straße erreicht hatte, schloß sich das Tor wieder geräuschlos.

Die Fahrt ging in die Stadt zurück, diesmal in nördlicher Richtung. Gegenüber von Larry Holts Wohnung hielt der Wagen an.

36

Diana war schon vor dem Abendessen nach Hause gekommen – merkwürdig, wie rasch sie sich an die neue Lösung mit Larrys Wohnung gewöhnt hatte. Die eigentliche Arbeit war jetzt geleistet, der Fall so gut wie gelöst, es blieb nur noch, die Verbrecher festzunehmen. Jeden Augenblick erwartete sie, das Telefon läuten zu hören und die Stimme Larrys zu vernehmen, der ihr mitteilte, daß die beiden Brüder hinter Schloß und Riegel säßen.

Ein Buch lag auf ihrem Schoß, aber sie las nicht. Die Anstandsdame und Pflegerin saß in ihrem Zimmer und nähte. Sunny stand vor der angelehnten Wohnungstür und plauderte leise mit Louie, dem Mädchen, das den Fahrstuhl bediente.

Diana stand auf und ging in Sunnys kleines Zimmer, wo die Frau, zu der sie einst ›Tante‹ gesagt hatte, friedlich schlief. Bei dem Gedanken an die Invasion weiblicher Wesen in Larrys Junggesellenwohnung mußte sie lächeln.

Sie hatte gerade ihr Buch wieder aufgenommen, als Sunny anklopfte und hereinkam.

»Ein Brief für Sie, Miss.« Er überreichte ihr einen Umschlag mit Larrys Handschrift. Sie riß ihn auf und las:

›Liebe Diana. Ein ganz unbegreifliches Mißverständnis hat sich herausgestellt. Dr. Judd hat eine verblüffende Erklärung über den Tod Deines Vaters abgegeben. Ich schicke Dir einen Wagen und bitte Dich, sofort zu Dr. Judd – 38 Endman Gardens, Chelsea – zu kommen.

Larry.‹

Der Briefkopf enthielt die gleiche Adresse. Larry mußte von Endman Gardens aus geschrieben haben.

»Ist eine Antwort nötig, Miss?« fragte Sunny.

»Ja, sagen Sie dem Chauffeur, daß ich sofort komme.«

»Gehen Sie aus, Miss?« erkundigte sich Sunny zögernd. »Soll ich Sie nicht begleiten? Der Herr würde es nicht gern sehen, wenn ...«

»Ich glaube, heute abend brauchen Sie sich keine Sorgen zu machen Sunny«, antwortete sie freundlich. »Auf jeden Fall vielen Dank für Ihren Vorschlag.«

Sie zog sich hastig um und ging hinunter. Die Limousine stand vor der Tür. Der Chauffeur nickte höflich.

»Miss Ward?« vergewisserte er sich. »Ich komme von Doktor Judd.« Seine Stimme klang gepreßt und undeutlich.

Sie stieg ein. Vor einem stummen, düsteren Haus hielt das Auto an.

»Ist das Doktor Judds Haus?« fragte sie.

»Ja, Miss. Wollen Sie bitte die Stufen hinaufgehen und läuten. Der Diener wird Sie dann zum Herrn bringen.«

Dr. Judd selbst öffnete, jovial lächelnd, die Tür und führte sie in den Prunksalon.

»Hoffentlich macht es Ihnen nichts aus, einige Augenblicke hier zu warten, Miss Stuart?« Zum erstenmal mit diesem Namen angesprochen zu werden war sehr verwirrend für sie. »Ich nehme an, Sie haben sich noch nicht an den Namen gewöhnt. Bitte, gedulden Sie sich einige Minuten, ich muß gleich noch mal nach oben, unsere Besprechung war noch nicht ganz beendet.«

Sie setzte sich in einen der großen Sessel. Zehn Minuten vergingen, zwanzig Minuten, aus den zwanzig wurden vierzig Minuten. Nichts rührte sich in dem großen Haus, niemand kam zu ihr. Die Uhr auf dem Kamin schlug klingend.

»Zehn Uhr!« sagte sie zu sich selbst. »Ich möchte wissen, was ihn so lange aufhält.«

Und doch empfand sie keinerlei Besorgnis, zweifelte keinen Augenblick, daß Larry im Hause war. Sie saß neben dem Kamin, in dem ein kleines Feuer angenehm flackerte, die Nacht war kühl, und sie hatte ausgiebig Gelegenheit, den kostbar ausgestatteten Salon zu bewundern, die Gemälde, Gobelins, die prachtvollen Vorhänge und die künstlerische Wandtäfelung. Nicht ein einziges Möbelstück, das nicht mit Sorgfalt und Verständnis ausgewählt war. Der geschnitzte Tisch hätte aus einem kaiserlichen Palast des Fernen Ostens stammen können.

Bequem in einen tiefen Sessel versunken, eine illustrierte Zeitung auf den Knien, wunderte sie sich mehr und mehr, welch wichtige Dinge Larry so lange zu besprechen hatte, was für eine umwälzende Erklärung der Doktor wohl gegeben haben mochte. Wieder blickte sie auf die Uhr. Halb elf! Sie legte die Zeitung fort und begann unruhig auf und ab zu gehen. Jetzt hörte sie das Schnappen einer Türklinke, Dr. Judd trat von der Halle aus ein.

»Hoffentlich haben Sie sich nicht zu einsam gefühlt – er kommt jetzt gleich.«

Daß ›er‹ nur Larry sein konnte, setzte sie voraus.

»Ich fing schon an, unruhig zu werden. – Was für ein wunderbarer Raum!«

»Ja, er ist sehr schön«, erwiderte er unbeteiligt. »Da ist er ja!«

Aber es war nicht Larry, der hereinkam, sondern John Dearborn – oder vielmehr David Judd. Mit einem Ausruf des Schreckens sprang sie auf. Die Maske des Blinden war gefallen, seine klaren Augen musterten sie spöttisch.

»Wo ist Mr. Holt?« rief sie schrill.

David lachte leise.

»Sie wollen sicher etwas essen?« Er zog aus der Wand neben dem Kamin ein Paneel heraus, auf dem eine silberne Platte mit einem kalten Imbiß stand

Diana war leichenblaß geworden.

»Wo ist Mr. Holt?« wiederholte sie.

»Mr. Holt ist glücklich und zufrieden.« Es war der Doktor, der antwortete. »Sie werden ihn später sehen.«

Die merkwürdigen Worte und der eigenartige Ton erschreckten sie. Sie nahm ihren Schal vom Sessel

»Ich kann nicht länger hierbleiben, Doktor Judd, wenn Mr. Holt nicht hier ist. Können Sie mich nach Hause bringen?«

Ohne zu antworten zog der Doktor ein Schubfach des japanischen Tisches auf und holte einen dicken Manuskriptband heraus, den er mit strahlendem Lächeln seinem Bruder hinhielt.

»Sie werden eine entzückende Stunde genießen, Miss Stuart«, sagte er halb zum Mädchen gewandt. »Nein, wirklich, David, es ist zu nett von dir. Ich dachte, du wärst heute abend sehr müde.«

Diana blickte von einem zum anderen. Sie traute ihren Ohren nicht.

»Ich glaube, Sie haben mich nicht verstanden, Doktor Judd!« betonte sie mit Nachdruck. »Ich wünsche, daß Sie mich nach meiner – nach Mr. Holts Wohnung bringen!«

»Sie macht sich Sorgen um ihre Garderobe«, sagte der Doktor halblaut zu seinem Bruder. »Du wirst doch veranlassen, daß sie hierhergeschickt wird, David?«

»Hierhergeschickt wird?« stammelte sie. »Was soll das heißen?«

David Judd setzte sich in den Sessel, aus dem sie aufgesprungen war, und blätterte in seinem Manuskriptband.

»Ich glaube, es ist besser, Sie essen erst eine Kleinigkeit. Sie müssen doch sehr hungrig sein.«

»Ich werde in diesem Hause nichts essen«, rief sie erregt. »Ich will wissen, was hier gespielt wird – wenn Sie mir nicht sagen, was diese seltsamen Reden zu bedeuten haben, gehe ich eben allein nach Hause «

Der Doktor legte seine große Hand auf ihren Arm.

»Mein liebes Fräulein, bitte stören Sie David nicht. Er wird Ihnen jetzt eines seiner wundervollen Stücke vorlesen. Wissen Sie nicht, daß David der größte Dramatiker ist, daß seine Stücke Höhepunkte des modernen Dramas sind?«

Sie sah, wie David zu seinem Bruder aufblickte, der mit vollem Ernst und heiliger Überzeugung gesprochen hatte. Es war unfaßbar. Ihrer verzweifelten Lage bewußt, nahm sie alle ihre Kräfte zusammen, um nicht die Fassung zu verlieren.

»Ich bin absolut nicht in der Stimmung, mir Theaterstücke vorlesen zu lassen, mögen sie noch so gut sein!«

»Ich glaube nicht, daß sie heute noch nach Hause fahren kann«, äußerte der Doktor fast bedauernd. »Vielleicht morgen, wenn du sie geheiratet hast?«

»Ich werde sie nicht heiraten«, antwortete David scharf. »Ich dachte, wir hätten dies besprochen und erledigt, Bruder! Jake ist ja nun tot, aber du könntest genausogut ... Es kommt schließlich gar nicht darauf an, wer sie heiratet.«

Diana war sprachlos vor Schrecken. Sie verhandelten über

ihre Heirat, mit völliger Ruhe und selbstsicherer Anmaßung versuchten sie sich gegenseitig zu dieser Heirat zuzureden. Zitternd vor Empörung stieß sie hervor:

»Ich denke gar nicht daran, einen von Ihnen zu heiraten! Ich bin mit – Larry Holt verlobt.«

Die Brüder warfen sich einen vielsagenden Blick zu. David stand auf, legte das Manuskript mit einem resignierten Seufzer weg und ging quer durch den Salon. Er öffnete eine versteckte Tür, die so geschickt zwischen den Schnitzereien angebracht war, daß selbst Larry sie nicht hatte entdecken können.

»Ich habe die Pläne für das Haus selbst gezeichnet«, erklärte er stolz, »und es mit nicht mehr als zwanzig Mauern aus der Toskana gebaut.« Er winkte einladend. »Bitte, kommen Sie!«

Diana folgte ihm unter dem Bann eines ständig wachsenden Entsetzens. Sie machte sich keine Illusionen mehr und nahm als sicher an, daß der Brief, der sie in dieses Haus gelockt hatte, eine Fälschung war. Eine schwache Hoffnung, an die sie sich klammerte, war die Möglichkeit, daß Larry ihre Abwesenheit bemerken und ihr folgen würde.

Sie betraten einen kleinen, vollkommen leeren Raum. Unter sich hörte sie ein leises, dumpfes Summen und spürte, wie der Boden unter ihren Füßen leicht vibrierte. David blieb stehen, beugte sich über den Fußboden und hob eine viereckige Falltüre hoch, kaum vierzig Zentimeter im Durchmesser, unter der sich eine Glasplatte befand. Als sich die Augen an die unerwartete Perspektive gewöhnt hatten, sah Diana in einen kahlen, zementierten Kellerraum hinunter, der von einer Deckenlampe erhellt wurde. Gebannt starrte sie auf eine Gestalt, die senkrecht unter ihr auf der Kante eines Messingbettes saß und sich eine Wunde an der Hand mit einem Taschentuch verband. Zuerst erkannte sie nicht, wer es war. Dann aber schnellte der Kopf des Mannes hoch, er streckte das Gesicht der Decke zu. Sehen konnte er nichts, aber offenbar hatte er die Geräusche über sich gehört.

Diana schrie gellend auf. Dort unten saß Larry Holt, eine Fußschelle um den Knöchel.

37

David zog sie aus dem ›Beobachtungszimmer‹ in den Salon zurück. Als er sie losließ, gaben ihre Knie nach, sie sank auf den Boden.

»Alles muß in geziemender Weise zu Ende geführt werden«, sagte Dr. Judd pathetisch. »Das ist doch auch deine Ansicht?«

»Ganz und gar, mein Lieber«, pflichtete David bei.

Diana hatte sich auf die Arme gestützt, halb aufgerichtet.

»Was haben Sie mit ihm vor?« rief sie verstört.

Wieder tauschten die Brüder einen Blick.

»Erzähle es ihr doch«, schlug David vor.

»Es ist besser, wenn du es tust«, antwortete Dr. Judd. »Du bist in solchen Dingen so außerordentlich feinfühlig.«

David setzte sich, sein unbewegliches Gesicht blickte über die Stuhllehne weg auf Diana hinunter.

»Wenn ich mit Vorlesen fertig bin«, sagte er, »werde ich ihn ertränken.«

Sie fuhr entsetzt auf.

»Mein Gott«, flüsterte sie gepreßt.

Es gab keinen Zweifel mehr, die beiden waren wahnsinnig! Wahnsinnige, die nach außen den Anschein völliger Gesundheit wahrten, die Jahre hindurch Tag für Tag mit gesunden Menschen Geschäfte gemacht und nicht ein einziges Mal den geringsten Verdacht erweckt hatten. Sie wich zurück, weiter und weiter, bis ihr Rücken an die Täfelung der gegenüberliegenden Wand stieß. Die Mörder ihres Vaters! Sie glaubte, den Verstand zu verlieren, und preßte die Fingernägel in ihre Handflächen, krampfhaft bemüht, gegen die drohende Ohnmacht anzukämpfen.

»Soll ich jetzt vorlesen?« fragte David.

»Ja, ja, lesen Sie bitte!« rief sie heftig.

Sie wollten Larry töten, wenn er mit Lesen fertig war! Dieser eine, entsetzliche Gedanke peinigte sie, mit verzerrtem Gesicht starrte sie auf den Mann in seiner unfaßbaren Eitelkeit, der, lächerlich geschmeichelt, seine Erregung nicht verbergen konnte, als er zu lesen begann.

Nach wenigen Sätzen wurde seine Stimme ruhiger, und erstaunlicherweise gelang es ihm, in den peinlichen, dilettantischen Text etwas von dem Glanz und Schwung zu legen, den nur sein krankes Hirn darin sehen konnte.

Dr. Judd hatte sich von seinem Sessel auf den Boden hinabgleiten lassen und saß mit gekreuzten Beinen auf dem riesigen Bärenfell vor dem Kamin. Seine Hände waren gefaltet, mit großen Augen blickte er andächtig auf seinen Bruder, dessen Elaborat ihn ganz offensichtlich begeisterte. Wenn David selbstbewußt, wie um den gebührenden Beifall einzuheimsen, eine Pause machte, benützte der Doktor auch jedesmal die Gelegenheit.

»Wunderbar, ganz wunderbar! Ist er nicht ein Genie, Miss Stuart?«

Sie blickte schnell zu David hinüber. Die Lobsprüche brachten ihn nicht im geringsten in Verlegenheit, er saß kerzengerade da, ein selbstzufriedenes Lächeln im Gesicht und einen Ausdruck herablassenden Wohlwollens in den Augen.

»Es ist nicht einmal meine beste Arbeit«, versicherte er. »Es gefällt Ihnen doch?«

»Sehr«, antwortete sie. »Bitte, lesen Sie doch weiter.«

Sie hoffte, sie könnte ihn auf diese Weise die ganze Nacht hindurch beschäftigt halten. Inzwischen würde die Polizei nach Larry suchen, vielleicht kannte einer der Beamten das Haus in Chelsea.

Ihre Hoffnungen wurden zerschlagen. Ihr Herz stand still, als sie sah, wie David das Manuskript schloß und zärtlich auf den Tisch legte.

»Bruder, ich glaube ... Sollte nicht diese schöne Hand –?« Ohne den Satz zu beenden, ergriff er Dianas Hand. Er zog einen Schlüsselbund aus der Tasche, die Schlüssel, die Flimmer-Fred hatte nachmachen lassen, und schloß jene Geheimtür auf, die Larry am Morgen entdeckt und benützt hatte. »Wollen Sie bitte mitkommen, liebes Kind!«

Diana zögerte, nahm aber ihren Mut zusammen und folgte ihm die Stufen in den Keller hinunter.

Unten schloß David eine Tür auf und machte Licht. Sie sah

einen Raum vor sich, in dem verschiedene Maschinen standen. Sie traten vor ein Schaltbrett.

»Sie sollen die Ehre haben, Mr. Holt – wir tragen ihm nichts nach – zu erlösen.«

»Erlösen? Meinen Sie das wirklich? Warum öffnen Sie nicht einfach die Tür und lassen ihn heraus?« fragte sie mißtrauisch. Unschlüssig stand sie vor dem Schaltbrett, ihr Hand lag auf dem schwarzen Hebel.

Lautlos trat der Doktor, der ihnen gefolgt war, hinter sie und sagte in sanftestem Ton:

»Der Hebel öffnet die Tür und erlöst ihn.«

Sie zauderte nicht länger, zog den Hebel zurück, der sich ganz leicht bewegen ließ.

»Wir wollen ihm entgegengehen.« Der Doktor legte seinen Arm um ihre Schulter.

Sie schauderte, machte aber keinen Versuch, sich zu befreien. Er führte sie die Treppe hinauf und zurück in den Salon. David schob die Tür zu und verschloß sie.

Warum kam Larry nicht?

»Setz dich ans Feuer«, sagte David zu seinem Bruder, »ich will den dritten Akt meines Werkes lesen. Wenn ich damit zu Ende bin, wird auch Mr. Holt aufgehört haben – zu leben.«

38

Den schmerzenden Kopf in die Hände gestützt, saß Larry auf der eisernen Bettstelle im Kellerverlies. Er hatte die verschiedensten Entwicklungen beim Abenteuer dieser Nacht einkalkuliert, aber daß er wie eine Ratte in der Falle sitzen, daß sich das Rätsel um die Loge A in dieser verblüffenden Weise lösen würde, hätte er nie gedacht. So also war es auch bei Gordon Stuart gewesen – er hatte die Einladung Dr. Judds, in die Loge zu kommen, angenommen, war von David betäubt, durch den Notausgang in den Wagen getragen und ins Haus des Todes gebracht worden.

Diese Überrumpelung hatte er, Larry, zwar nicht vorausgesehen, aber bei seinem Besuch am Vormittag glücklicherweise einiges vorgekehrt. Er mußte daran denken, was wohl Diana, die jetzt behaglich zu Hause saß, empfinden würde, wenn sie wüßte, in welcher Lage er sich befand. Jede Waffe, die er bei sich hatte, war ihm abgenommen worden, doch das beunruhigte ihn nicht besonders. Er stand vom Bett auf. Das Gewicht der Kette an seinem Knöchel war so groß, daß er mit der Hand nachhelfen mußte, um ein paar Schritte gehen zu können. Er warf einen kurzen Blick auf die schwarzen Löcher dicht über dem Fußboden in der Wand – von dort würde die Gefahr kommen, und kein Geräusch, kein Hilferuf würde durch diese massiven Mauern dringen.

Er glaubte, noch viel Zeit zu haben, und setzte sich wieder. Da hörte er über sich ein Geräusch und blickte nach oben, konnte aber nichts sehen. Er wartete noch eine halbe Stunde, bis er den großen Steinblock, an dem die Kette befestigt war, beiseite wälzte. Bevor er aber nach dem wasserdichten Beutel, den er heute morgen unter dem Stein versteckt hatte, sehen konnte, verlöschte plötzlich das Licht.

Seltsam – auch an diese Möglichkeit hatte er nicht gedacht. Er hielt den Atem an, suchte – der Beutel lag an seinem Platz, seine Finger umkrallten ihn, er hob ihn auf und suchte nach den Schlüsseln. Hätte er Licht gehabt, würde er den Schlüssel, der die Fußschelle öffnete, mühelos gefunden haben. Nun aber versuchte er drei Schlüssel, keiner paßte.

Ein leises, gurgelndes Geräusch, glucksend wie Wasser, das aus einer Flasche läuft – ein kalter Luftzug traf seine Füße. Er versuchte einen weiteren Schlüssel, der ihn ebenfalls im Stich ließ. Schlimmer noch – er klemmte und blieb im Schlüsselloch sitzen, ließ sich nicht mehr herausziehen.

Das Wasser, das durch die kleinen Löcher in der Wand einströmte, rauschte. Eine Pumpe stampfte regelmäßig. Er zog und zerrte an dem Schlüssel, Schweißtropfen liefen ihm über die Stirn. Endlich – ein Seufzer der Erleichterung – löste sich der Schlüssel. Das Wasser bedeckte schon die Füße, stieg mit unheimlicher Geschwindigkeit.

Noch ein einziger Schlüssel – alle übrigen waren für das winzige Schloß zu groß. Er löste ihn aus dem Ring, aber der Bart blieb in der Schnur des Beutels hängen. Der rettende Schlüssel fiel ins Wasser. Er tastete und suchte – er war verschwunden. Immer wieder griffen seine Finger in das wirbelnde Wasser und suchten fiebernd auf dem rauhen Zementboden. Endlich bekam er ihn zu fassen, hielt ihn zwischen den Fingern. Ein wilder Freudenschrei. Mühsam hob er seinen Fuß hoch, schob den Schlüssel in die schmale Öffnung. Er ließ sich herumdrehen. Die Fußschelle sprang auf – er war frei.

Zwei Türen, die vor seiner Rettung standen, mußte er noch bezwingen. Er wußte, daß mit dem ständig wachsenden Druck des Wassers eine Arbeit vor ihm lag, die seine Kräfte bis zum äußersten in Anspruch nehmen würde.

Das Wasser reichte ihm schon bis zu den Hüften. Er watete auf den Ausgang zu, stieg die beiden Stufen hinauf. Den wasserdichten Sack hielt er krampfhaft mit den Zähnen fest.

Der Schlüssel drehte sich leicht, aber die Tür hatte keinen Handgriff. Mit jeder Sekunde vergrößerte sich der Druck des Wassers. Er biß die Zähne zusammen, holte tief Atem und zog mit aller Kraft, langsam, gleichmäßig ...

39

Diana hatte die entsetzliche Ankündigung Davids gehört, ohne sie im ersten Moment begreifen zu können. Sie öffnete den Mund zu einem Schrei, aber kein Ton kam aus ihrer zusammengepreßten Kehle. Sie selbst hatte Larry getötet! Ihre Hand hatte den Hebel heruntergedrückt, der ihn ertränkte!

Als ihr der ganze Zusammenhang allmählich klar wurde, schwankte sie auf die beiden zu, stützte sich auf einen Sessel – sie durfte nicht ohnmächtig werden, es mußte einen Weg geben, um Larry zu retten. Verzweifelt suchte sie nach einer Waffe – sie fand nichts. Langsam wurde sie ruhiger. Es waren Wahnsinnige, mit denen sie zu tun hatte. Aber die Zeit war so kurz.

Als David Judd sich nach vorn beugte, bemerkte sie etwas, und ein Einfall schoß ihr durch den Kopf. Sein Jackett stand offen und ließ unter der Achsel, wo der Arm aus der Weste herauskam, ein Stückchen des weißen Hemdes sehen. Von der weißen Hemdfarbe aber hob sich eine scharfe, schwarze Linie ab. Sie blickte noch einmal hin und erkannte eine Pistole, die David in ein Halfter geklemmt unter der Achselhöhle trug.

David las schon eine Weile wieder vor, er war jetzt mitten in einer farblosen, langweiligen Liebesszene. Auf dem Bärenfell neben dem Kamin lauschte Dr. Judd hingegeben den plattesten Phrasen. Als David, von seinem Werk hingerissen, besonders feurig deklamierte, schoß Dianas Hand nach vorn und packte den Pistolengriff. Mit einem Ruck riß sie ihn heraus und sprang zurück. Ein Tischchen neben dem Kamin fiel polternd um, Gläser klirrten.

»Wenn Sie nicht sofort Mr. Holt herauslassen, bringe ich Sie beide um!« schrie sie atemlos.

Die Brüder waren aufgesprungen und starrten sie an.

»Sie – Sie haben meine Vorlesung unterbrochen!« rief David im Ton eines gekränkten Kindes. Etwas anderes schien ihn nicht zu bewegen.

»Öffnen Sie die Tür!« keuchte sie. »Befreien Sie Larry Holt – oder ich schieße Sie nieder!«

David runzelte die Stirn, seine Hand legte sich auf die Marmorplatte des Kamins. Sie sah, wie seine Finger einen Knopf berührten. Das Licht ging aus. Sie gab Feuer.

Der Knall betäubte sie beinahe. Im nächsten Augenblick wurde sie gepackt, starke Arme umklammerten sie. Als das Licht anging, warf David sie in den Sessel und blickte sie wütend an.

»Sie haben meine Vorlesung unterbrochen«, jammerte er und weinte fast. Dr. Judd blickte ängstlich auf seinen Bruder, der immer unverkennbarer in die Manier des Geisteskranken verfiel. Jetzt packte er das Mädchen um die Taille, hob sie auf und stellte sie auf die Füße. In seinen Augen standen Tränen. In einer unvermuteten Anwandlung stieß er sie wieder weg.

»Ich glaube, Bruder, er ist jetzt tot«, wandte er sich an den Doktor, der erleichtert seufzte.

»Ja, jetzt ist er tot. Das Wasser steigt einen halben Meter in zwei Minuten.«

»In einer Minute fünfzig Sekunden«, korrigierte David.

»Um Gottes willen, retten Sie ihn doch!« Diana brach schluchzend zusammen.

»Das Wasser strömt sehr schnell durch die kleinen Löcher ein«, erklärte David. »Wir pumpen es vom Dach des Hauses in den Keller. Wissen Sie, wir haben oben einen sehr großen Wassertank, und die Person, die ertränkt wird, kann nicht schwimmen, weil die Gewichte am Fuß sie festhalten. Einmal gelang es einem, aufs Bett zu klettern – erinnerst du dich noch?«

»Natürlich, sehr gut«, erwiderte der Doktor leichthin. »Wir mußten fast drei Meter Wasser hineinpumpen, bevor er starb.«

Erstarrt lauschte sie dieser Konversation. War es nur ein gräßlicher Alptraum?

»Und dabei nimmt es soviel Zeit in Anspruch, den Keller wieder leer zu pumpen«, erzählte David in gleichem Ton weiter. »Es war rücksichtslos von dem Mann. Er hat uns unnötige Arbeit gemacht. Wir mußten das Bett trocknen. Hast du übrigens gesehen, Bruder, daß die Kette rostig geworden ist? Das ist nicht in Ordnung, es beleidigt meine Augen.« Gedankenvoll blickte er auf Diana hinab. Auf einmal zuckte er zusammen und fuhr herum.

Jemand hatte geräuschlos das Zimmer betreten.

»Keine Bewegung! Widerstand ist zwecklos! Verstanden?«

In der Tür stand, den Revolver in der Hand, Larry Holt.

Von der Halle her hörte man das Geräusch einer splitternden Tür.

»Polizeibeamte sind schon im Haus«, sagte Larry und kam langsam näher. Jetzt stand er David gegenüber, der ihn unter seinen buschigen Augenbrauen hervor finster fixierte. Dann ging alles blitzschnell vor sich. Larry sah die Hand, die sich bewegte, ein Luftzug fuhr an seiner Wange vorüber, die Wandtäfelung hinter ihm zersplitterte krachend, beide Schüsse hatten wie ein einziger geklungen.

David Judd schwankte einen Augenblick hin und her.

»Meine wunderbaren Dramen!« krächzte er mit brechender Stimme und sackte ohne ein weiteres Wort auf dem Boden zusammen.

»David, David!« Dr. Judd warf sich über ihn. »David, nicht schauspielern, ich ertrage es nicht, wenn du das machst! Ich will dir die besten Schauspieler für deine Stücke verschaffen, hör auf damit, David! Sagen Sie ihm doch, daß er aufhören soll!«

Mit dem rauchenden Revolver in der Hand schaute Larry auf den großen, schweren Mann hinunter, der da auf dem Boden neben der Leiche herumkroch.

»Mr. Holt, Sie haben Einfluß auf ihn«, jammerte der Doktor, »bitte sagen Sie ihm, er soll nicht schauspielern, es ängstigt mich, ich kann es nicht ertragen, wenn er das tut. Manchmal hat er stundenlang in diesem Zimmer gespielt – Szenen aus seinen wundervollen Stücken. Sie müssen ihn bitten, Ihnen etwas vorzulesen, Mr. Holt . . . David!«

Doch von David kam keine Antwort mehr.

Der Doktor stand auf, ging auf Larry zu, legte ihm seine große Hand auf den Arm und hob den Kopf.

»Es – tut mir leid«, sagte er heiser. »Armer Junge!«

Er sah Larry Holt fest in die Augen.

»Mr. Holt, ich habe mich vorhin absolut kindisch betragen, aber ich bin völlig bei Verstand. Ich übernehme die volle Verantwortung für alle meine Handlungen – und auch für die meines Bruders. Es ist mir völlig klar, was ich getan habe.«

Harvey kam ins Zimmer gestürzt. Bei dem Anblick, der sich ihm bot, blieb er stehen. Larry winkte ihn heran.

»Lassen Sie ihn wegbringen.«

»Ich wünschte, wir hätten Sie erledigen können!« murmelte Dr. Judd, als er abgeführt wurde.

Diana lag in Larrys Armen und verbarg das Gesicht an seiner Schulter.

»Wir haben den Diener verhaftet, Sir«, meldete ein Polizist, als sie in die Vorhalle kamen. »Er war in einem andern Teil des Hauses eingeschlossen.«

»Er hat mit der ganzen Sache nichts zu tun«, antwortete Larry. »Sie können ihn ruhig entlassen, ich habe auch gar keinen Haftbefehl gegen ihn beantragt.«

Ein großer, hagerer Mann trat von der Straße aus ein und ergriff Dianas Hand. Sie erkannte Sir John Hason und lächelte.

»Sie haben Schreckliches durchmachen müssen, Miss Stuart! Ich habe meinen Wagen hier – und du würdest besser auch gleich mitkommen, Larry! Harvey kann alle Formalitäten hier erledigen.«

Sie fuhren nach Scotland Yard zurück. Larry war während der ganzen Fahrt sehr schweigsam. Er hielt Dianas Hand und antwortete auf die Fragen seines Chefs nur kurz. Erst im Büro des Kommissars begann er zu sprechen.

»John, ich hoffe, du wirst in deinem Bericht an die Regierung nicht behaupten, daß ich den Fall zu diesem günstigen Ende gebracht habe!«

Sir John runzelte die Stirn und sah ihn fragend an.

»Aber selbstverständlich werde ich das tun. Wer sollte es denn sonst getan haben?«

»Hier –!« Larry legte seine Hand auf Dianas Schulter. »Hier steht der beste Detektiv, den wir seit Jahren in Scotland Yard gehabt haben.«

»Du bist dumm!« Diana lachte.

»Schließlich ist es ja auch völlig gleichgültig«, sagte der Kommissar trocken, »wer die Lorbeeren einheimst.«

»Wieso?« fragte Larry.

»Wenn sie nur in der Familie bleiben, meine ich. So – und nun bringen Sie ihn erst mal nach Hause, Miss Stuart!«

Eine Stunde später, als Larry mit seiner geliebten Pfeife friedlich vor dem Kamin saß, kam Sunny mit einem Arm voll Wäsche ins Zimmer.

»Zwei Kragen von Ihnen sind verlorengegangen, Sir.«

»Der Mann, der die Kragen trägt, wäre beinahe auch verlorengegangen, Sunny!«

»Wirklich, Sir? Ich glaube, Sie müssen sich neue Socken anschaffen. Man ist in Monte Carlo sehr elegant.«

»Wir können doch nicht im Sommer nach Monte Carlo reisen, Sie Schafskopf! Da ist es doch viel zu heiß. Nein, ich werde nach Schottland fahren, wenn – hm – wenn ich verheiratet bin . . .«

40

Zwei Monate später saß Dr. Judd auf dem Rand eines sehr schmalen Bettes und rauchte drei Zigaretten nacheinander. Es war ein regnerischer Morgen, graues Licht fiel melancholisch durch das kleine Fenderviereck in die Zelle.

Der Doktor rauchte mit größtem Wohlbehagen – seit zwei Monaten hatte er keine Zigarette mehr gekostet. Dann ging die Zellentür auf, und Larry Holt kam herein. Dr. Judd sprang auf.

»Es ist außerordentlich nett von Ihnen, daß Sie gekommen sind, Holt! Ich hatte eigentlich die Absicht, keinerlei Aussagen zu machen. Aber Sie haben eine so schwierige und ernsthafte Arbeit geleistet, daß ich glaube, Ihnen volle Aufklärung schuldig zu sein.«

Er sprach vollkommen aufrichtig, Larry wußte es.

»Von frühester Kindheit an lebten mein Bruder David und ich im besten Verhältnis zueinander. Sehr früh verloren wir unsere Mutter, und unser Vater war ein exzentrischer Herr, der wenig mit Kindern anzufangen wußte. So wuchsen wir zusammen auf, besuchten die gleiche Schule, gingen zusammen auf die Universität, und ich glaube sagen zu können, daß wir uns völlig genügten, daß wir niemand sonst brauchten. Ich liebte und bewunderte David.« Der Doktor senkte den Kopf. Nach einer Weile fuhr er fort: »Hoffentlich nehmen Sie nicht an, daß ich Ihnen den Tod Davids nachtrage. Ganz und gar nicht. Ich habe die Unvermeidlichkeit erkannt und weiß, daß nichts ihn hätte retten können. Er starb so, wie er selbst es sich gewünscht haben würde. In gewisser Hinsicht bin ich sogar froh, daß alles so gekommen ist, wie es eben kam. Bei den Verhandlungen habe ich die größten Anstrengungen gemacht, um den Richtern zu beweisen, daß ich geistig völlig gesund bin. Ihre Ausführungen haben mitgeholfen, eine Verurteilung herbeizuführen, die ich selbst wünschte. Wie ich schon sagte ...« Er kam noch einmal auf seine Jugendzeit zurück. »Als dann mein Vater starb, hinterließ er uns die Greenwich-Versicherungsgesellschaft, eine kleine heruntergekommene Firma, die kurz vor dem Zusammenbruch stand. Ohne weiteres gebe ich zu, daß ich nie die Unverletzlichkeit des menschlichen Lebens respektiert habe. Ich erwähne dies deswegen, damit keinesfalls der Eindruck irgendwelcher entschuldigender Umstände aufkommen kann. Das Geschäft, das mein Bruder und ich übernahmen, war also sozusagen bankrott. Damals kamen wir zum erstenmal auf die Idee unserer späteren – hm – Operationen, als wir eine Versicherungssumme auszuzahlen hatten, zu deren Übernahme sich unser Vater nie hätte verpflichten dürfen. Die Idee unseres Planes stammt zu gleichen Teilen von David und mir. Wir setzten dann drei Monate später unseren Gedanken in die Praxis um, als wir einen Mann ertränkten, dessen Namen ich hier nicht erwähnen will. Niemand ist durch seinen Tod in Verdacht gekommen. Wir hatten ihn in unserem eigenen Geschäft versichert – eine sehr einfache Sache –, ohne daß er die geringste Ahnung davon hatte. David, der ein hervorragender Architekt und geschickter Zeichner war, unterschrieb alle notwendigen Formulare im Namen unseres Klienten. Wir hatten den Mann genau ausgesucht. Er besaß keine Freunde und stand im Ruf eines Einsiedlers und Sonderlings. Die Versicherungssumme war an einen fingierten Namen zu zahlen, unter dem mein Bruder in Schottland lebte. Er hatte dort ein möbliertes Haus gemietet, nur zu dem Zweck, die Summe dort einkassieren zu können. Wir machten dabei ein außerordentlich gutes Geschäft, hatten wir doch nichts weiter zu tun, als von den andern Gesellschaften das Geld einzuziehen. – Mein Bruder war von klein auf poetisch veranlagt und schrieb schon in Oxford zwei oder drei Stücke, die aber von den Londoner Theatern abgelehnt wurden. Natürlich waren sie noch nicht so gut wie die, die ich später im Macready-Theater zur Aufführung brachte.«

»Das Macready-Theater war doch Ihr Eigentum, nicht wahr?« fragte Larry.

»Ich habe es vor einigen Jahren einzig deshalb gekauft, um Davids Dramen auf die Bühne zu bringen. Gut – unser zweites Experiment war ein Mann namens ... Nun, auch dieser Name spielt hier keine Rolle. Damals mußten wir eine ganze Weile warten, bis wir das Geld von den Rückversicherungsgesellschaften einziehen konnten. Und dabei passierte eine sehr unangenehme Sache. Ein Angestellter hatte herausgefunden, daß die Person, der das Geld ausbezahlt wurde, mein Bruder David war. Durch einen ganz lächerlichen Zufall war er dahintergekommen und fing nun an, größere Geldsummen von David zu erpressen, fürchtete dann aber doch die Konsequenzen, unterschlug einen beträchtlichen Betrag im Büro und floh damit nach Frankreich. David folgte ihm und erschoß ihn in Montpellier. Dieser Teil der Geschichte ist Ihnen ja gut bekannt! Flimmer-Fred war zufällig Zeuge dieses Vorgangs und lebte danach Jahre hindurch auf meine Kosten herrlich und in Freuden – allerdings nur, weil er vorsichtig genug war, niemals eine Einladung zum Essen in meinem Hause anzunehmen.« Dr. Judd lächelte sarkastisch. »Und jetzt komme ich zur Stuart-Sache. David war, wie Sie wissen, von der Bildfläche verschwunden. Wir hatten ihm ein wunderbares Begräbnis bereitet und ...« Er zögerte.

»Und der Körper im Sarg war Lews Bruder«, vollendete Larry.

»Ganz richtig. Er war ein etwas unbequemer Mensch und – mußte eben gehen. Die Abwicklung war in der Zwischenzeit sehr vereinfacht worden. Mein Bruder hatte unser Haus gebaut, es war, mit der Todeskammer, dem Wasser, der Pumpe, den Ventilatoren, seine Schöpfung. Den Gedanken, Todds Heim aufzukaufen, hatte ich merkwürdigerweise schon etwas früher gehabt, also bevor es sich als notwendig erwies, daß David verschwinden mußte. – Ja – vermutlich hat Ihnen Mr. Grogan nicht erzählt, daß wir ihn mit allen Mitteln zu bewegen versuchten, einer Einladung ins Macready-Theater Folge zu leisten, um sich ein Stück meines Bruders anzusehen. Er rettete sich, nicht weil er übermenschlich geschickt war – er lief einfach mit der Verschlagenheit einer Ratte um die Falle herum. – Ich komme jetzt zum Fall Stuart zurück. Wir hatten unseren Plan reiflich überlegt, als Stuart in die Loge kam, wir dachten nicht daran, dort schon Gewalt anzuwenden, sondern wollten ihn einfach überreden, durch den Notausgang hinauszugehen und in den Wagen zu steigen, der draußen vor dem Theater wartete. Nebenbei gesagt, die Logen B und C wurden nie ans Publikum abgegeben. Zu unserer Überraschung befand sich Stuart in äußerst gehobener Stimmung und erzählte uns, daß er seine Tochter entdeckt hätte. Jetzt wurde uns zum erstenmal klar, daß er nicht irgendein unbedeutender Fremder, sondern ein sehr reicher Mann war. Wir brachten ihn in unser Haus, er ging freiwillig mit. Dort besprach ich mich erst einmal mit meinem Bruder David, was wir mit ihm anfangen sollten. Wir kamen zu dem Resultat, daß wir auch unter den neuen Umständen kein besonderes Risiko eingingen. Außerdem war es nötig, so schnell als möglich Geld hereinzubekommen.« Dr. Judd zündete sich eine weitere Zigarette an und erklärte leichthin: »Ich hatte große Summen ausgegeben, einige hunderttausend Pfund – für Kunstschätze aller Art, auch für das Theater. Wir waren, wie Sie sich denken können, in größter Verlegenheit und beschlossen, daß Stuart gehen müßte. Doch verlief es nicht ganz glatt. Der Mann leistete Widerstand. Dabei fällt mir ein – ich nehme an, daß der Manschettenknopf, der bei dem Kampf von meinem Hemd abgerissen wurde, von Ihnen gefunden worden ist, Mr. Holt. Wo fanden Sie ihn eigentlich?«

»In der Hand des Toten«, antwortete Larry.

»Ach, und ich hatte schon David die Schuld daran zugeschoben. Er war in solchen Kleinigkeiten immer etwas nachlässig. – Stuart hatte uns alles erzählt, die Begegnung mit der Aufwärterin, und uns sogar ihre Adresse gegeben. So kamen wir auf die Idee, daß wir Clarissa auffinden und mit irgend jemand verheiraten müßten.« Er zuckte die Schultern. »Es kam mir gar nicht so sehr darauf an, mit wem wir sie verheirateten, wir mußten einfach ihre Herkunft nachweisen und ihr Vermögen unter unsere Kontrolle bringen können. Am nächsten Tag machte sich mein Bruder an die Arbeit, um die Richtigkeit von Stuarts Angaben nachzuprüfen. Es zeigte sich aber, daß dies nicht so einfach war. Die Leiterin des Krankenheims – in Beverley Manor, Sie erinnern sich? –, wo Mrs. Stuart starb, konnten wir nirgends aufspüren. Auch das Angebot einer Belohnung brachte kein Resultat. Dagegen gab es überhaupt keine Schwierigkeiten, die Aufwärterin zu finden und in unsere Gewalt zu bringen. Der blinde Jake brachte sie weg. Durch die Hinweise, die sie uns geben konnte, gelang es, Diana Ward als Clarissa Stuart zu identifizieren. Diese Nachforschungen, falls es Sie interessiert, beanspruchten nicht mehr als einen halben Tag.«

»Warum haben Sie eigentlich Lew verschont?« fragte Larry. »Er war doch einer Ihrer Helfer und kannte einige Ihrer Geheimnisse.«

»Ich hatte mir vorgenommen, jeden zu schonen, falls wir dadurch nicht selbst in Gefahr kamen. Und selbstverständlich wollte ich unsere Pläne nicht durch den Tod eines verkommenen Bettlers, der im übrigen ganz harmlos war, gefährden. Ich habe nur getötet, wenn es nötig oder einträglich war. Der blinde Jake hatte da seine eigenen Ansichten; sein Versuch, Fanny Weldon umzubringen, war eine rein private Angelegenheit, die uns nichts anging. Doch der blinde Jake war wirklich ein treuer Diener von uns, und niemand bedauert seinen Tod mehr als ich.«

Ein kleiner, untersetzter Mann kam durch die Zellentür. Dr. Judd nahm einen tiefen Zug aus seiner Zigarette, warf sie auf den Boden und zertrat sie, bis der letzte Funke verlöscht war.

»Der Henker, wie ich annehme?« fragte er freundlich, drehte sich herum und legte die Hände auf den Rücken.

Elizabeth George bei Goldmann

Mehr Informationen unter www.goldmann-verlag.de

GOLDMANN